4 Bde.

ARNOLD KÜBLER
Öppi der Narr

ARNOLD KÜBLER

Öppi der Narr

Roman

Limmat Verlag Genossenschaft
Zürich

Das Erscheinen dieser Ausgabe wurde ermöglicht mit Beiträgen des Kantons Zürich, der Stadt Zürich, der Stadt Winterthur und der Gemeinde Wiesendangen.

Umschlagzeichnung von Arnold Kübler

Unveränderter Nachdruck der Ausgabe von 1964

© 1991 by Limmat Verlag Genossenschaft, Zürich
ISBN 3 85791 183 2

VORREDE

Daß ich's kurz wiederhole: Öppi von Wasenwachs; Öppi der Student; Öppi und Eva – drei Bände Prosa, drei Romanbände, erschienen in den Jahren 1941, 1943 und 1951; anfänglich unverkäuflich, jetzt vergriffen. Eine Neuausgabe aller drei Bände ist in Vorbereitung. Drei Bände Entschuldigung für ein nichtbestandenes Hochschulexamen, hat man halb ärgerlich meine Öppiarbeit genannt. Müßte im Lande Helvetien, im Lande des Examenrespekts, hochgeschätzt sein. Eben des Ernsts wegen, der dieser Einrichtung damit bezeugt wird.
Ist nicht! Warum nicht?
Spät habe ich's begriffen. Öppi hat's zu nichts gebracht! Ist am Schluß der Bände noch ohne Einkommen, ohne Stellung, ohne Frau und Kinder, ohne Ansehen, ja ohne Aussicht auf solcherlei!
Ein Gescheiterter? Ja und nein.
Im vorliegenden vierten Buch nun bessert's damit. Endlich, am Ende! Meine Höflichkeit, meine Rücksicht auf allfällige geneigte Leser: dieses vierte Buch ist ohne Kenntnis der drei vorangegangenen lesbar und verständlich, oder, um mich kühn auszudrükken, gar genießbar.
Öppi? Warum überhaupt Öppi? Den Namen, meine sie, sagte kürzlich ein Fräulein unschuldigen Standes, trotzdem Angehörige des literarischen Gewerbes, zu mir.
Hät öppe öpper öppis dergäge? Meine Gegenfrage!
Allenfalls? Irgend jemand? Irgend etwas?
Schöne helvetische Mundartreihe. Schöne Wortgestalten! Unnachahmliches Mutterdeutsch. Arme Schriftsprache, wie umständlich nimmst du daneben dich aus! Welcher Sinnwandel von Wort zu Wort mit Hülfe allergeringster Lautveränderungen. Sinnvolle Sprachmusik von vorbildlicher Kürze und Kraft. Ebenbürtig jeder lateinischen Inschrift.
Öppi? Der Name?
Ist meine Schöpfung: Natürlichste naheliegende Bildung. Des Heimatsinns voll! Neuester Schweizer Bubenname. Toni, Ueli, Sämi; warum nicht Öppi? Sprachgeburt aus den Tiefen eines helvetischen Gemüts.
Öppi – soviel wie aliquis im alten Rom. Irgendeiner, irgend jemand. Geht alle an! «L'uomo qualunque» wird der italienische

Übersetzer dereinst ihn taufen; «quelqu'un» in der französischen Sprache. Wann? Öppe glägetlech!
Falls ein inzwischen auftauchender, findiger, reichsdeutscher, nein, bundesdeutscher Leser versuchen sollte, von dem Namen als von einem Helvetismus zu reden, wie sie jenseits der Grenze gern nach solchen in unsern gutgeschriebenen Büchern suchen, nun, dann werde ich den vermeintlichen Einwand als eine Auszeichnung nehmen, wenngleich die Begeisterung meines eigenen Volkes über meinen Fund so ziemlich ausgeblieben ist. Zwar das kleine Mädchen mag schon leben, das seinem Erstgeborenen dereinst als erste den Öppinamen geben und damit einige Schwierigkeiten mit der Namenabteilung des Zivilstandsamtes haben wird. «Öppi, nimm 's Schöppli», wird sie, vom Schalter heimkehrend, zu dem Kleinen sagen.
Und Cheudra? Die Stadt?
Fernhergeholtes griechisches Wort? Am Ende gar französisch auszusprechende Bezeichnung: Schödra?
Cheudra ist Zürich, zugegeben. Nehmt's in den Schnabel, wie er euch gewachsen ist: Cheu-dra! Chäu-dra! Kaue daran. Tu's! Kaudaran!
In Zürich bin ich ein Versager lange gewesen. In Zürich hat die Bühne als Esel mich auf den Plakatsäulen der Stadt bezeichnet. In Zürich haben sie das Fleischhallengebäude, trotz meiner Gegenwehr, gleichgültig umgeworfen; da gibt's das Alltägliche im Übermaß, da ist Geschwätz, Getriebe, Geschäft, leerer Betrieb. Cheudra ist wesenhafter, Cheudra denkt besser!
Maria Wutz, Jean Pauls vergnügtes Schulmeisterlein, lebte in Auenthal, Gottfried Kellers Leute hausten in Seldwyla, die Götter im Olymp, Heiri Wunderli in Torlikon, Öppi in Cheudra.
«Nobile Turegum». Ausgeplündertes, altes Ruhmeswort, aus der Mottenkiste bei vielen offiziellen und halboffiziellen Anlässen hervorgeholt, für alle repräsentativen Verkehrswerbeschriften oder Stadtbücher von beamteten Gelegenheitsvorwortverfassern verwendet. Nobile Turegum? Nach Öppis Erfahrungen: Cheu-dra! Triumph dieser Stätte: Am Ende dieses vierten Bandes des Narren Umkehr: Der Weg zurück! Der verlorene Sohn heimkehrend. Wohin? Nach Cheudra trotz allem.
Ein Wort der Entschuldigung und Erhellung noch an die zum Lesen bereiten Freunde:

Denkbar ist's, daß unter ihnen sich solche vereinzelt finden, die schon meiner allerersten Prosaarbeit, vor einem Vierteljahrhundert, dem «Verhinderten Schauspieler», einige Aufmerksamkeit geschenkt haben. Nun mögen Stücke dieses vierten Öppibandes ihnen bekannt vorkommen, mögen als Wiederholung erkannt werden. Bin ertappt! Habe mich selber abgeschrieben. Bitte um Nachsicht. Jener «Verhinderte Schauspieler» hat sich erst im Laufe der Öppiarbeit als ein vorweggenommenes Stück eben dieser Öppigeschichte herausgestellt. Sobald das klar war, hat der Verlag den weitern Verkauf jenes einstigen Buches eingestellt. Was die sachlich-geschichtlichen Anklänge oder Teilstücke, also das Geschichtsschreiberische dieses Buches betrifft: ich habe mir von gut unterrichteten Leuten da und dort helfen lassen – von Sachkennern also –, habe gar den oder jenen Satz einfach übernommen, zu deutsch: abgeschrieben, habe solche Stellen ehrlicherweise und mit dankbaren Gefühlen für die Verfasser in Anführungszeichen gesetzt. Diese Quellen sind am Schluß meiner Arbeit in einem Verzeichnis aufgeführt. Woher das Abgeschriebene im einzelnen stammt, das festzustellen sei Sache der zukünftigen sogenannten literarischen Kritik, das heißt der Leute, die berufsmäßig übers Geschriebene der andern schreiben, zu deutsch: der Überer. Es gibt Bücher, deren gehaltreichstes Stück eben im angeführten Literaturverzeichnis besteht; ich hoffe, daß es bei mir nicht so sei. *A. K.*

Die Niete

Öppi, ein Schauspieler unterwegs, die große Rolle in der Tasche, reisend nach Örlewitz im Deutschen Reich, dorthin als erster Männerspieler verpflichtet, obgleich er bis anhin sich lediglich in Cheudra als Esel im Weihnachtsmärchen hervorgetan hatte, und das nur dadurch, daß er da mit Gewandtheit den Kopf zwischen die Vorderbeine zu stecken und auf den Vorderfüßen einen Handstand vorzuführen imstande war, den man von Eseln in der Regel nicht zu sehen bekommt; nein, es war keine Spielerleistung, die ihm den neuen Platz verschafft hatte, es war eine Bestechung: einhundert helvetische Franken hatte er dem Bühnenvermittler in Berlin für besondere Bemühungen versprochen, hatte sie bezahlt, und jener hatte beim Wechseln eine beträchtlich höhere Summe deutscher Mark dafür in Empfang nehmen können, denn das deutsche Geld lag nach dem verlorenen Krieg darnieder und galt nicht mehr so viel, wie es vor diesem gegolten, der als Erster Weltkrieg in die Geschichte eingegangen ist. Das vereinbarte Gehalt war allerdings so, daß ein Kaufmann Öppis Auftreten als schmutzigen Wettbewerb bezeichnet hätte. Aus den Einkünften des vorausgesehenen halben Jahres konnte nicht einmal der bestochene Vermittler bezahlt werden.

Öppi reiste weit. Noch wuchs kein Gräslein auf Frankreichs Feldern, auf denen die Grabenkämpfe und letzten Schrecken sich abgespielt hatten, noch versuchten rings um das verschonte Helvetien die Ärzte aller Krankenhäuser mit des Krieges Hinterlassenschaft fertig zu werden, noch klangen den Menschen die Drahtnachrichten der Heeresleitungen im Ohr und der Ton der Kriegsberichterstatter, den sie jahrelang vernommen. Deutschland hatte verloren. Verloren nach vielen in vorbildlicher Sprache verfaßten Siegesnachrichten der obersten Führer und vielen Verschleierungen nach der immer wiedergekehrten Formel: Im Westen nichts Neues. Aber jenseits des Bodensees hingen die Äpfel an den Bäumen, wie sie in Wasenwachs dem Dorfe hingen, und als Öppi nachts durch Bayern und Franken fuhr, den vollen Mond auf die Dächer scheinen sah, darunter die Menschen schliefen, die im Kriege gewesen, während er den Esel im Weihnachtsmärchen gespielt hatte, schämte er sich nun da einzudringen, wo er die schlimme Zeit nicht miterlebt hatte, und es war ihm, als dürfe er

nur ganz bescheiden auftreten und nur auf Zehenspitzen über den neuen Boden gehen.
Er legte in Dresden für eine Nacht sich schlafen, nahm ein Bad, denn der schwarze Kohlenrauch drang um diese Zeit durch die schlecht schließenden Fenster der lottrig gewordenen Kriegs-Eisenbahnwagen; er wusch sich mit Kriegsseife, die kein Fett aber viel Lehm enthielt, welchen Stoff man in Helvetien zum Schmutz selber zu zählen gewohnt war. Ein deutsches Fräulein reichte lächelnd ihm das Ding als einem Unerfahrenen durch das Schalterfenster. Dann setzte er die Reise nach Örlewitz fort. Das Land lag eben, weite Stoppelfelder zogen an den Wagenfenstern vorüber, die Wälder sahen anders aus als jene ausgesehen, darin Öppi Erdbeeren gesucht hatte, und in den Zeitungen standen lauter fremde Dinge. Die Örlewitzer Kirchtürme waren aus dem fahrenden Zug mit eins zu sehen, auf dem Bahnhofplatz stand ein Festbogen aus Holzstangen, mit Tannenreisig umwunden und mit der Aufschrift «Willkommen» geschmückt. Der galt aber nicht ihm, sondern den heimkehrenden Kriegsgefangenen.
Kriegsgefangen! Auf Hunderttausende paßte noch immer das Wort. Sie warteten auf ihre Heimschaffung. Viele Hunderttausende warteten auf die Wartenden. Eva wartete in ihrem Heim in Cheudra in Helvetien auf Carlo Julius, den Gatten. Öppi wartete mit ihr, wartete für sie, wartete, weil Eva wartete. Öppi war Evas Geliebter gewesen. Viele Jahre lang, länger noch als die Jahre ihrer Ehe mit Carlo Julius gedauert hatten, ehe er in den Krieg gezogen war.
«Geh fort, Öppi», hatte sie zuletzt gesagt, aber nicht darum, daß die Liebe zu Ende gewesen wäre, mehr noch darum, daß sie so groß war und auch um der Wahrheit willen: die Wahrheit würde leichter auszusprechen, leichter für den Heimkehrer anzuhören sein, wenn Öppi nicht mehr zur Stelle war. Auch sein eigener Werdegang an der Bühne wollte, wie Eva wohl erkannt hatte, das Opfer und die Trennung.
Nun ließ der Gefangene immer noch auf sich warten. Warum das? Der Friede war da. Warum schickten sie ihn nicht? Weil die Lokomotiven für die Heimkehrertransporte fehlten? Das geschlagene Land hatte sie zu Hunderten, hatte Eisenbahnwagen zu Tausenden als Schadenersatz den Kriegsgegnern abgeliefert. Warum also nicht? Aus Quälsucht? Hunderttausende sahen es so, und

der wartende Tannenreisigbogen wurde zum Mal des fortlaufenden Unfriedens im Frieden.
Im Hotel ließ Öppi sich sofort einen Lindenblütentee geben. Den goß er glühendheiß durch seine Kehle, nicht wegen des Dursts, sondern wegen der dummen Stimme. Die lange Reise war ihr nicht gut bekommen. Das war gleich bei der Zimmerbestellung zu merken gewesen. Ganz dünn und schwächlich war sie zum Vorschein gekommen. Ja, da lag's: die Stimme, die Stimme! Die war und blieb heiser. Monatelang schon. Heiser und unansehnlich anstatt ehern und überzeugend. Da unten gingen sie vor seinem Fenster, die Leute von Örlewitz, die demnächst im Theater sitzen würden, um den neuen Charakterspieler ihrer Bühne zu sehen, da schlenkerten sie die Hände, die nächstens zum Beifallklatschen zu Öppis Ruhm sollten verwendet werden, und er saß hinter den Hotelgardinen und trank Tee gegen die Heiserkeit. Mut! Nur Mut! Aber eben: die Bestechung! Die erste deutlich bewußte und planmäßige in Öppis Leben, auf Anraten Dritter eingeleitet und von erschreckendem Erfolg gekrönt: erster Männerspieler in Örlewitz. Die große Rolle: Herzog Alba im «Egmont» von Goethe. Obgleich er nur als Esel im Weihnachtsmärchen bis dahin hervorgetreten war! Ob die Leute wohl bald ihm hinter die Heiserkeit kämen?
In Helvetien hatte man davon nicht viel Aufhebens gemacht, da war er kaum zu Wort gekommen und hatte, als Esel i-a schreiend, die Luft mit quietschendem Geräusch in die Lungen einziehen können; als Herzog Alba aber galt es sie auszustoßen mit ehernem Klang, die geballten Sätze eines gesinnungsschwarzen, gelbhäutigen, finsteren Kerls galt es schneidend in die Reden der andern zu fällen. Was für Reden! Welche Sätze! Jeder ein Vielfaches dessen, was der Cheudrer Direktor dem Öppi im Verlaufe eines ganzen Jahres aufs Publikum loszulassen erlaubt hatte. Auswendig kannte er sie längstens, das verstand sich, auswendig mit allen Satzzeichen, allen Gegenreden und mit der Kenntnis aller Vorfälle und aller andern Rollen des Stückes.
Das Theater stand auf einem freien Platz mitten in der kleinen Stadt. Es sah weiß und ordentlich aus, Rasenbäumchen drum herum. Öppi besah sich's einigemale von allen Seiten. Eines Morgens ging er hinein. Die Probenarbeit hatte noch nicht begonnen, der Direktor war nicht da. Ein junger Mann, sein Schreiber, blaß

und fett und rothaarig, empfing Öppi laut und gönnerhaft. Ein Brief aus Helvetien für ihn von Eva!
«Carlo Julius kommt nicht! Carlo Julius schreibt voller Verzweiflung! Ach, was kann ich tun?»
Evas Gatte, Gefangener seit fünf Jahren in Frankreich. Auslieferung sämtlicher Kriegsgefangener ohne Gegenseitigkeit hatte der Friedensvertrag vom geschlagenen Lande verlangt. Hunderttausende warteten.
«Ach Öppi, warum bist du gegangen? So schnell! So früh! Ich weiß, es mußte so sein. Du weißt, ich wollte es! Nun bin ich allein! Armes Ich.»
Im Briefe standen die Überlegungen alle, die Eva anstellte, um den Carlo Julius vor der Zeit, ohne weiteres Warten aus dem Gefangenenlager herauslösen zu können. Kein Bekannter, keines Bekannten Bekannter, keines Freundfreundes Freund, der in diesen Tagen des wiederauflebenden Grenzverkehrs in besonderem Auftrag nach Frankreich reiste, dem nicht Evas Hoffnungen für den Gefangenen einige Zeilen lang galten. Zuletzt war mit dem Briefende alles zerstoben. Niemand konnte helfen! Warten! Warten wie so lange schon.
«Im übrigen: Öppi! Kein Zweifel, daß du die beste künstlerische Eroberung des Örlewitzer Theaters bist. Nur merken sollten es die Kerle! Eine Zeitlang noch, gelt, behältst du mich im Herzen, sonst bin ich ganz verloren und verlassen.»
Von Evas Brief, als Öppi ihn in die Hand bekam, waren die landesfremden helvetischen Postmarken abgelöst. Das hatte der fette Rothaarige getan. Der Übergriff wurde stillschweigend hingenommen, weil Öppi furchtsam und unsicher, der Rote aber unverschämt war. Ob der wohl wußte, daß Öppi das geringste Gehalt am Theater bezog? Ob ihm gar seine Heiserkeit zu Ohren gekommen war? Jedenfalls rannte der Schreiber, nachdem Öppi gegangen war, zur nächsten geeigneten Stelle im Theater, um seine Verwunderung über die sprachlichen Besonderheiten des neuen Männerspielers aus Helvetien anzubringen.
Öppi machte weite Wanderungen über Stoppelfelder ungewöhnlichen Ausmaßes, auf Bergkuppen von neuartiger Form, bestehend aus nie gesehenem Gestein. Er fiel auf, weil er auf staubigen Wegen weiße Segeltuchschuhe trug, die an den Süden gemahnten. Einmal verlief er sich in der abendlichen Dunkelheit, geriet

in eine sonntägliche beliebte Ausflugswirtschaft und in einen Saal voll tanzender Paare. Eine schöne Frau, schmalköpfig, dunkel, saß in Gesellschaft mehrerer Herren am Nebentisch. Die Gesellschaft war im Saale nicht recht an ihrem Platz. Die schöne Frau schaute Öppi an, und er hätte, das war zu merken, mit ihr tanzen dürfen, was keiner ihrer Begleiter tat, aber Öppi gestattete sich nicht, sie zu bitten, denn seine Stimme vertrug keine unvorhergesehenen Gespräche.

Im Städtchen gab es gepflasterte Straßen mit rundköpfigen Steinen, die wie Eier in Reihen aneinanderlagen, gab es graue Häuser, ernst und dunkel, ganze Straßenzüge von gleicher Form, gleichen Alters, von einiger Vornehmheit des Baustils, alles um etliches bescheidener, als Derartiges daheim war. Die Dinge, die zum Verkauf angeboten in den Fenstern lagen, die Eßwaren auch, waren schlichter, weniger, spärlicher als in Helvetiens Städten, und die Leute redeten in anderem Ton als dort miteinander. «Mensch, mach deinen Schirm zu», stieß ein junger Mann hervor, den Öppi an einem Gewittertag auf der Straße angestoßen hatte. Mensch! Also nicht «Herr Öppi» oder «Herr Alba» oder «Sie fremder Herr aus Helvetien». Auch nicht «He, Sie!» oder «He, du!» Öppi verspürte erst einige Neigung, beleidigt zu sein, dann besann er sich: Mensch war schließlich keine unbedingt erniedrigende Bezeichnung. Mensch! Gut gesagt! War er mehr? Was sonst? Ein Mensch, abgelöst von Herkommen und Heimat, eine Null der Bühne, ein Wesen voller Hoffnungen und Befürchtungen, unterwegs ins Ungewisse. Es war wohl besser, dem Unbekannten, das ihm geschah, mit Anerkennung zu begegnen, damit das Unbekannte ihn zur gegebenen Zeit auch anerkennen würde.

Wo er ging und stand, begleitete ihn Albas Geist. Sein Gasthauszimmer ward ihm zur Bühne. Dort wiederholte er dreimal täglich, nach vorgefaßtem Plane, seinen gewichtigen Auftrag, sein Erscheinen im Stück, damit er eines Volkes Schicksal besiegelte. In den vier Wänden des Zimmers baute Öppi in Gedanken die Umgebung auf, darin er als Herzog sichtbar zu werden gedachte, stellte er seine Neben- und Gegenspieler auf die Beine, baute er seine eigenen Worte und Bewegungen zusammen, alles so wie er sich's dachte und derart, daß sein ganzes Spiel festlag, ihm in deutlicher Form zur Gewohnheit wurde, bevor er von seinen zugehörigen Mitspielern, den wirklichen, auch nur das geringste gesehen oder gehört hatte. Dabei sprach er immer nur im Flüstertone unter äußerster Schonung der Stimme; mittels Tee und Eukalyptuszucker war sie, man konnte nicht wissen, bis zum Erstlingsabend vielleicht noch zur Klarheit zu bringen.

Das Wetter war strahlend schön. Die Fensterbänke und die Hauswand oben vor Öppis Zimmer gaben am Abend die aufgesogene Wärme wie heiße Öfen wieder heraus, drinnen aber, bei ihm, dampfte der heiße Pfeffermünz- oder Lindenblütentee, indessen er, zum aberhundertsten Mal, jeden anderen Umgangs bar, zwischen Bett und Kommode den gewaltigen Mann spielte.

Der Wirt hatte anfänglich ein mürrisches Gesicht gezeigt, nach und nach begann er es bei Öppis Nahen zu einem Grinsen zu verziehen, das freundlich sein sollte, die rundliche Wirtin aber lächelte dem Künstler bei Begegnungen in den Gängen und auf den Treppen verschwenderisch zu. Seines Aufenthaltes Sinn hatte sich im Hause herumgesprochen. Der Oberkellner kannte den Direktor des Theaters persönlich, hatte ihm schon viele Biere vorgesetzt.

«Oh», hätte Öppi fürs Leben gern gesagt, «wie ißt er, trinkt er, geht er, zahlt er? Wie schluckt er, oder kratzt er sich?» Aber ach, diese Fragen galt es alle zu unterdrücken, da war ja seine Heiserkeit, die ihm derartige Belastungen seines schauspielerischen, empfindlichen Stimmorgans strengstens verbot. Das kleine Ansehen, das er im Hotel genoß, schien Öppi verfrüht, zudem machte die Wirtin mit dem gewinnenden Lächeln höchst gewinnbringende Rechnungen für ihr Haus; Öppi zog aus und mietete ein Zimmer in einer stillen Straße bei zwei alten Schwestern.

Inzwischen hatten die Proben begonnen. Öppi verschwand von den Stoppelfeldern und zog sich aus dem Lichte des Tages ins Dunkel des Theaterinnern zurück. Aus dem finstern Zuschauerraum schallte nach der Bühne herauf die befehlerische Stimme des Leiters, der auf die Empfehlungen des bestochenen Bühnenvermittlers gehört und Öppi berufen hatte. Oben bewegten sich im Schatten der notdürftig aufgestellten Versatzstücke und im Scheine der spärlichen Bühnenbeleuchtung Öppis Künstlerkameraden, seine Freunde oder Feinde, wie eben in Zukunft sie sich erweisen würden; draußen aber, vor den Versatzstücken, im vollen Probenlicht, wurden aus den eben hergereisten Damen und Herren

die Gestalten des Stückes, drin Öppi eine so umstürzende Rolle zugeteilt war. Die Spannung war weitherum groß. Der Theaterleiter war neu für Örlewitz, die meisten Spieler neu für ihn. Einige hatte er anderswo spielen gesehen, mit den wenigsten aber selber gearbeitet. Wie wohl der billige Männerspieler aus Helvetien sich entpuppen würde? Noch blieb Zeit bis zu dessen erster Erprobung. Man verweilte zunächst bei den Anfangsbildern und -vorgängen des Stücks. Öppi kam erst später ins Spiel, sehr viel später erst kam die Reihe an ihn. Es herrschte ein ständiges Kommen und Gehen, eine ständige Unruhe, ein Flüstern und Wispern hinter den Kulissen, ein Reden, Rufen und Verkünden draußen auf den Bühnenbrettern nach dem leeren Zuschauerraum hinunter. Die Gestalten des Stücks waren nun keine Luftgebilde mehr, wie Öppis Gehirn sie während langer Zeit ausgedacht, waren jetzt Erscheinungen aus Fleisch und Blut, dick, dünn, groß, klein, leidenschaftlich oder langweilig, wie eben die Darsteller sie zu verkörpern imstande waren; diese selber aber gingen im Theater aus und ein in Kragen und Schlips, in Schuhen und Hosen wie jeder andere Alltagsmensch, doch ein Schritt aus der Kulisse heraus auf die Spielfläche genügte, um sie völlig zu verwandeln; da schwand die platte Unterhaltung, und sie begannen, auf wohlgeformte Weise in den Worten des Dichters zu reden.
Da war Brackenburg, der unglückliche Liebhaber, der sonst in Dresden unter einem kleinbürgerlichen Namen in den Einwohnerlisten zu finden war, im Namen steckte ein spitziges i, das der Theaterleiter, zu Öppis Verwunderung, rufend immer in ein abwegiges ü verwandelte. Da war Klärchen, Egmonts Liebste, die Heldin des Stücks, aus Süddeutschland gekommen, eines Arztes kluges Kind, ehrgeizig und neugierig, die Öppi unverblümt nach seinen bisher gespielten großen Rollen fragte, daraufhin diesem nichts anderes übrigblieb als kühn zu lügen, daß er in Schillers Tell der böse Geßler gewesen, während er doch nur den Esel im Weihnachtsmärchen gemacht hatte. Der Darsteller des Egmont sah dumm drein. Öppi freute sich zunächst, ihn deswegen geringschätzen zu können, sah hinterher sich jedoch jählings gezwungen, ihn seiner Mordsstimme wegen aufs äußerste zu bewundern. Zu den wenigen, hier vorgeführten, kamen die vielen Leute, die in den Volksmengen des Stücks herumgeisterten, wenige Sätze zum besten gaben, Figuren und Spieler, von denen man zunächst

nicht wissen konnte, was hinter ihnen, in ihnen steckte, denn der kleine Rollendorf aus dem Hannoverschen sah zum Beispiel, im Widerspruch zu seiner Rolle eines ängstlichen Bürgers, sehr selbstsicher aus und redete ein angeborenes, gutes Deutsch.
Mit Spinti aber war etwas Besonderes los! Spinti hatte bei der ersten Begrüßung Öppis den Kopf wie ein angriffiger Geißbock gesenkt, und was hatte er gesagt, als dieser in leicht heiserem Ton ihn, wie es üblich war, nach der Spielzeit des Vorjahres gefragt und wo er sie zugebracht habe?
«Im Feld!» hatte er gesagt, hatte tückisch dabei ausgesehen, denn ihm hätte nach seiner Meinung die große Rolle des Alba zufallen sollen, die der Direktor diesem Unbekannten zugeschoben, der mit seinem eigenartigen Deutsch aus Helvetien heraufkam. Spintis Frau war erst recht von einer aufreizenden Kühle oder abweisenden Freundlichkeit vor Öppi, die etwas Geringschätziges an sich hatte. Es war deutlich zu sehen, daß sie ihn, Punkt für Punkt, auf seine Bühnenkräfte hin musterte. Je mehr sich Öppi in seiner Unsicherheit um irgendein Geneigtheitszeichen der Frau bemühte, um so gelassener wurde sie. Er schenkte ihr das letzte Stück seiner Reiseschokolade helvetischer Herkunft, die weltberühmte Marke, für die, in dieser Zeit des Warenmangels und der abgebrochenen Handelsbeziehungen, die umworbenste Frau mit einem schönen Lächeln gedankt hätte. Eleonore Spinti nahm das seltene Stück mit triumphierender Miene in Empfang, ohne ihr Benehmen gegen Öppi in der Folge im geringsten zu ändern, dabei war sie schon viele Jahre vorher aus dem Fach der jugendlichen Liebhaberinnen in das der komischen Alten übergegangen.
Der Bühnenleiter war mit den Besonderheiten seiner neuen Spieler noch nicht vertraut. Man rückte im Stück nur langsam mit den Proben vorwärts. Die volkreichen Bilder des Anfangs machten ihm viel zu schaffen. Er quälte sich mit Nebensächlichkeiten herum und verlor Wesentliches aus den Augen. Öppis großer Auftritt mußte hinter Belanglosigkeiten zurückstehen. Erst kurze Zeit vor dem Aufführungsabend bot sich ihm zum erstenmal die Gelegenheit, als Alba die Bretter zu betreten. Die Probe hatte sich schon weit in den Nachmittag hineingezogen. Ein paar zurückgebliebene Spieler guckten neugierig zwischen den Versatzstücken hervor. Öppi wiederholte mit allen ausgedachten Einzelheiten das Spiel, das er hundertmal still für sich im Gasthaus-

zimmer aufgeführt hatte. Vor ihm stand Egmont, nicht der bisherige, gedachte, sondern der Herr Kollege vom Heldenfach mit dem einfältigen Gesicht und der dröhnenden Stimme. Das war störend. Öppi übersah ihn in gewisser Weise, wandte sich mit seinen Worten nicht an diesen Schauspieler, sondern an die unsichtbare Geistgestalt, die er bis dahin in seinem Hotelzimmer angesprochen. Der Auftritt lief ohne jede Unterbrechung ab. Kein Zwischenruf, kein Hinweis kam vom Platze des Direktors aus dem dunklen Zuschauerraum. Kein Tadel, keine Ermunterung! Öppi ging zu ihm hin.
«Wie finden Sie's?»
«Halten Sie die Sache so fest.»
Festhalten? Gut, dachte Öppi, festhalten klingt gut. Immerhin merkwürdig, daß man ihn in Cheudra nur den Esel hatte spielen lassen! Kein Wort der Einschränkung hatte der Direktor über seine Heiserkeit verloren! Festhalten! Man hatte in Helvetien ihn vielleicht, hatte ihn sehr wahrscheinlich unterschätzt! In Örlewitz würde er nun entdeckt werden. Gut, daß er den Staub der Heimat von den Schuhen geschüttelt! Schön war's, mit solchen Gedanken über das bemooste Kopfpflaster der Hinterstraßen nach Hause, in das Dachzimmer zu den alten Schwestern zu gehen.

Ein Brief von Eva! Fast jeden Tag ein Brief von Eva jetzt in der Dachwohnung!
«Nichts Neues von Carlo Julius, nichts Bestimmtes, seine Befreiung Betreffendes. Öppi, wie soll ich's ertragen!»
Manches verzweifelte Wort und auch immer ein ermutigendes gleich hinterher für ihn:
«Die Musik tröstet mich: Zuhören ist gut, da brauche ich Worte, arme Worte weder zu machen noch zu vernehmen. Besinne dich, Öppi, auf die Nachbarin, die junge, meistens einsame Frau, die in der Trambahn uns zwei so manchesmal eingehend gemustert hat. Neugierig und auch unverfroren, so daß wir Ärger über sie empfanden. Jetzt, da sie sah, daß ich meinen Begleiter verloren habe, ist sie zu mir gekommen, kommt manchmal abends, spielt Klavier für mich, ausgesuchte Sachen. Lia heißt sie, ist in Berlin zu Hause, eines Helvetiers Frau, in meiner Nähe mit ihm wohnend. Er ist Seidenkaufmann, scheint ihr nicht zuhören zu können. Ich

kann's. Ist sie unglücklich? Ich bin's – aber glücklich unglücklich, dieses sogar in doppelter Ausgabe. Lias Gesellschaft und Freundschaftsdrang, scheint mir, liebe ich nur deshalb, weil sie mich an deiner Seite, dich an meiner mit Augen gesehen hat! Sei umarmt, lieber Öppi, wisse: du bist etwas, bist jemand.»
Zur Aufführung am übernächsten Tage klebte ein geschickter Haarkünstler dem Öppi einen säbelhaften schwarzen Spitzbart ans Kinn. Er sah blaß aus, und seine Nase, mittels Schminke und Knetstoff nach oben und unten verlängert, saß nicht mehr wie ein menschliches Gebrauchsorgan im Gesicht, sondern leuchtete im Oberlicht fahl und gespenstisch aus den Schatten. Die blonden Haare waren fort. Zwei kahle Stirnecken fraßen sich tief hinauf zwischen die Strähnen der schwarzen Perücke, also daß Öppi ein wahrhaft grausam-schönes Aussehen annahm. Unmittelbar vor dem Auftritt traf er im Halbdunkel hinter den Kulissen noch den Brackenburg, den Liebhaber, dessen Haare von Pomade strotzten, der immer zärtlich-elegant die Hände auf seine eigenen Hüften legte, weil er das für vornehm hielt; dieser Brackenburg war von Öppis Aussehen so verblüfft, daß er das Seinige zum mutmaßlichen Erfolg auch beitragen wollte, indem er dem Öppi im letzten Augenblick einen breiten Strich jugendlichen Rots unter die Augen schmierte, wie er es für seine Jünglingslippen brauchte, worauf Öppi endlich gegen zehn Uhr abends, wie ein Volksschlächter aussehend, die Bühne betrat.
Draußen standen schon seine zwei Getreuen oder Untergebenen, die er mit ein paar Worten nochmals zum blinden Gehorsam zu ermahnen hatte, mit zwei Worten, so gesprochen und von solcher Gebärde begleitet, daß jeder im Zuschauerraum es empfand: hier war jedes Widerstreben nutzlos. Auf ihn hatten sie ja alle gewartet: die Herren vom städtischen Theaterausschuß, der Direktor und die Zuschauer, die zwei alten Schwestern, bei denen er wohnte, und die Gastwirtsfrau, die im Theater saß, auf ihn, den Schrecklichen, vor dem die Niederlande zitterten, vor dem die Liebenden, Fröhlichen und auch Sorglosen bangten, die bis dahin an dem Abend die Bühne bevölkert hatten. Nun sollte er ihnen mit einem Blick, mit einer Gebärde, mit einigen Worten zeigen, was für ein Gegner er war, was für einen Gegner sie herausgefordert, als sie vom alten Glauben abgefallen waren – aber ach, daran lag ihm ja gar nichts – ein Klagelied über seine Heiserkeit

wäre ihm viel leichter von der Zunge gegangen, oder auch ein Gesang darüber, daß die Stoppelfelder soviel größer und die Berge soviel niedriger und spärlicher waren als daheim. Eins war ihm klar: dieser Alba war ein so karger Mensch, von so fertig ausgemeißelter, großartiger, einseitiger Kraft, daß er fast kein menschliches Wesen mehr war, daß ein Darsteller sich vor allen Äußerungen hüten mußte, die diesen Mann als einen Menschen unter anderen Menschen hätten erscheinen lassen: da war jede Gebärde zu vermeiden, die an gewöhnliche Zwecke, an alltägliche Geister oder kleine Ziele erinnerte. Die Stimme des Spielers, die Führung der Worte mußte den Vorstellungen übermenschlicher Zwecke entgegenkommen, in jeder Bewegung hatte der Darsteller von jenen andern um ihn herum abzustechen, die weiche Gefühle großen Gedanken vorzogen.
Wie sollte Öppi das machen, da er doch am liebsten still seinen heißen Tee getrunken hatte, da er doch allein vor der dröhnenden Stimme seines Gegenspielers den letzten Rest seiner Selbstsicherheit verlor. Geprägte, große Form in Rede und Regung wäre da vor dem vollen Theater am Eröffnungsabend nötig gewesen, aber er hatte doch nur als Esel auf den Vorderbeinen gestanden und i-a gebrüllt! Nun vergriff er sich in den Mitteln. Er war nicht gemessen, sondern abgezirkelt, die Zuschauer erholten sich schnell vom Eindruck, den er mit Hülfe des Haarkünstlers beim ersten Erscheinen erweckt hatte. Öppi spielte nicht mit Egmont, der neben ihm stand, sondern in sich hinein, nicht mit dem wohligen Gefühl, viele hundert Zuhörer zu haben, sondern mit Scham darüber, daß man ihm zuhörte. Im Gasthauszimmer war alles viel besser gegangen. Er blieb bei der abgeschlossenen Wiederholung seines Spiels im stillen Zimmer, schuf nicht, sondern wiederholte auswendig Gelerntes und war darum außerstande, die Zuschauer glauben zu machen, daß sie einem einmaligen Ereignis beiwohnten, das sich grad an dem Abend, da sie in den Bänken saßen, vor ihren Augen entwickelte. Das wollten aber die Zuschauer. Sie nahmen ihm übel, daß er zeigte, was er auswendig gelernt. Die Gäste des Direktors in der Loge rechts vorn an der Bühne schüttelten die Köpfe, die Herren Stadtverordneten in der andern Loge schüttelten sie ebenfalls. Der Vorhang fiel, niemand klatschte. Öppi ging in die Ankleideräume zurück und wischte sich die Schminke vom Gesicht. Wortlos.

Die Örlewitzer Presse stellte fest, daß er versagt habe, und hielt mit dem Tadel nicht zurück. Der Direktor aber ging wie ein Fremder an Öppi vorbei, grüßte ihn nicht, sondern sah beleidigt aus. Der billige Männerspieler erwies sich als falsche Rechnung. Die Lage war schlimm. Den Zeitungsschreibern mißfiel nicht nur Öppi als Alba, ihnen mißfiel Öppi überhaupt. Mit jedem Wort, das er sprach, mit jedem a oder o oder r, das er von sich gab. Es war eben ein anderes a, als der Schriftleiter des Niederschlesischen Anzeigers es bis dahin gehört hatte, es war kein schlesisches, kein sächsisches, kein brandenburgisches a, o oder r, sondern ein helvetisches a, o oder r. Niemand wollte sie anerkennen, diese a, o oder r. Der Direktor mäkelte dran herum, der Kollege Krachen bemängelte sie, und Spinti zog böse Vergleiche. Öppi kannte das schon, dieses Herumtadeln an der Sprache, die er von seiner Mutter gelernt. Damit hatte seine Theaterlaufbahn überhaupt angefangen, gleich damals, als er sich vor dem Direktor der Cheudrer Bühne am hellen Tage in dessen Kanzlei auf den glänzenden Parkettboden geworfen, nicht um einer Bitte willen, nein, nur deshalb, weil ihm sein Lehrer die Rolle des Franz Moor mit einer derartigen Anweisung beigebracht hatte, also gleich damals sagte dieser Herr, daß Öppi wohl Begabung zeige, daß er aber kein Deutsch könne. Dabei hatte der schon sechs Jahre Volksschule, zwei Jahre Oberschule, fünf Jahre Mittelschule, für Jahre Hochschule hinter sich, vermehrt um ein Jahr teuren Einzelunterrichts bei einem Bühnenlehrer, der ihm das reine Deutsch hatte beibringen wollen. Früher, ja, da wäre allenfalls Grund gewesen, ihn zu tadeln, zu jenen Zeiten nämlich, als ihm noch die k und ch wie Apfelbutzen im Halse staken, als er noch Räusperdeutsch redete und sich mit den Knechten und den andern Buben in bodenständigem Helvetisch unterhielt. Aber darüber war er doch längst hinaus und redete mindestens so gut wie der Pfarrer am Sonntag daheim in der Kirche. Ja, er hatte doch seit Jahren so viel an seiner Kehle herumgedrückt und gepreßt und geübt, hatte seine Zunge so große Bocksprünge machen lassen, daß der ganze Halsbau zeitweise vor Überanstrengung lähmungsähnliche Erscheinungen zeigte. Obendrein hatte sich die Dauerheiserkeit hineingesetzt. In allen Städten, die er besichtigt, hatten ihm die Halsärzte in den Schlund geschaut und ihre Lösungen hineingespritzt. Und nun war der Theaterberichterstatter

des Niederschlesischen Anzeigers immer noch nicht mit ihm zufrieden.
Seine Stellung als erster Männerspieler war erschüttert. Brackenburg machte sich nichts mehr aus ihm. Auch draußen hatte das Wetter umgeschlagen, ein früher Frost war plötzlich auf den späten Sommer gefolgt. Der Direktor übersah ihn in den Gängen. Der rothaarige Kanzleischreiber behielt mit Mühe das allernötigste Maß an Höflichkeit bei. Die Künstlerschaft hatte, nach dem vollständigen Erscheinen der Örlewitzer Presse, eine gewisse Rangordnung erhalten. Die Plätze der obersten Sterne waren vielleicht noch strittig. Öppis Zugehörigkeit zum untersten Ende war unbestritten. Ein Gutes war doch damit verbunden. Leonore Spinti wurde freundlich. Eleonore Spinti, Sängerin und Schauspielerin, die Frau des Oberspielleiters, ließ die Maske fallen. Nun hatte er ja versagt, dieser weithergereiste Männerspieler, der ihrem Mann die Rolle des Alba weggeschnappt hatte. Das war endlich ein Grund zum Lächeln. Schadenfreude und Genugtuung leuchteten auf ihrem Gesicht. Für ihre Rollen hatte sie sich einen öligen Ton zugelegt, hinter den Kulissen aber troff sie von Bosheit. Sie hatte graugrüne Augen, ein blasses, schmales Gesicht, dünne Lippen, und Öppi sah mit Verwunderung, mit welcher Geschwindigkeit beim Reden ihr Unterkiefer sich bewegte, als ob er mit den übrigen Teilen des Schädels nur in einem ganz lockern und losen Zusammenhang stände. Ein Hinweis das? Unfreiwilliger Hinweis auf den richtigen Umgang mit den eigenen Sprechwerkzeugen?
Der Lebemannspieler machte sich, mit einer neuen Rolle betraut, rein gar nichts mehr aus dem Kollegen Öppi. Er stand im Frack, mit dem Sektglas in der Rechten auf der Bühne, die Linke wie immer zärtlich auf die eigene Hüfte gelegt, und brachte mit lächerlicher Wichtigkeit einen platten Trinkspruch vor. Die Arzttochter aus Süddeutschland, die Klärchen gewesen, zog sich auch zurück und wollte nichts mehr von dem Spaziergang wissen, den sie selber dem Öppi vorgeschlagen, bevor der Niederschlesische Anzeiger dessen Unfähigkeit verkündete. Es gab andere junge Mädchen, die unverändert freundlich blieben: eine kleine, braunäugige, von zarter Gesundheit, die immer ein Tüchlein um den Hals trug, weil sie wie Öppi an langwieriger Heiserkeit litt, dann ein blondes Geschöpf mit roten Wangen und vollen Lippen,

die gut gewachsen war, die in Gang und Haltung zeigte, daß sie das wußte. Daneben war sie arg kurzsichtig, hatte ein Lorgnon zur Hand, das sie mit den Gebärden nicht eines jungen Mädchens, sondern mit jenen einer erfahrenen Frau handhabte. Sie knüpfte des öftern, hinter den Kulissen, eine Unterhaltung mit Öppi an. Der aber dachte zu wenig an ihre roten Lippen und zuviel an seine Heiserkeit, verstummte allemal nach einigen Sätzen und zog sich in die nächste dunkle Bühnenecke zurück, bis sie ihn dort aufstöberte und ein neues Gespräch anknüpfte.

Gespräche worüber? Für Gespräche gab es nur einen würdigen Gegenstand: die Sprache. Diese Gespräche führte er mit Eva. Täglich! In seiner Tasche knisterten ihre Briefe.

«Wie, Öppi, hast Mißerfolg gehabt? Bekümmere dich nicht zu sehr darum. Ach, wie gerne hätte ich dich gesehen. Bin ganz gewiß, daß du höchst persönlich und sehr schön gespielt hast! Mach ruhig weiter, schließlich muß das dumme Theater ja dahinterkommen, wer du bist! Froh, daß dort, wie du schreibst, alle Mitspielenden mit Liebsten und Liebstinnen versehen sind. Von Carlo Julius nichts! – Nie werde ich deiner Sprachgespräche müde, ach, wäre ich selber Sprache, dann wüßte ich, wie sehr du mich liebst. Deine Briefe halten mich aufrecht.»

In Örlewitz gab es zum mindesten eine Stelle, wo man an Öppi rein gar nichts auszusetzen fand: bei den alten Schwestern, seinen Wirtinnen. Da konnte ihm die Ortspresse nicht das geringste anhaben, seine Stimme genügte vollauf, sein landsfremder Tonfall war eine Quelle des Entzückens. Er war auch eben zur rechten Zeit gekommen, wie ein Geschenk, im Augenblick, da der frühere Mieter wider alles Erwarten plötzlich ausgezogen war.

Öppi hatte auch gar nicht gezögert, sich für das schmale Zimmer zu entscheiden. Zwar zeigte das Bettchen fast nur die Hälfte des üblichen Breitenmaßes, dafür aber sah man aus dem einzigen hohen Fenster hinaus weithin ostwärts über die Ebene; ein riesiger zweitüriger Schrank gab Platz für die Bühnenkleider; vor dem Fenster lag ein allerkleinster Dachgarten, auf den hinaus man mittels einer Fensterbank steigen konnte. Auf diesem flachen Dachstück vor dem Fenster blühten bei Öppis Einzug die letzten Sommerblumen. Ein paar Röslein waren als Willkommensgruß gepflückt und in ein Glas gesetzt worden. Einige andere hingen noch an den Stauden am Dachrand. Daneben standen Nelken, und hochaufgeschossen ragten zwischen Himmel und Erde am Kännelrand die Sonnenblumen. Der ganze Dachplatz war ein paarmal so groß wie ein Tisch, ohne Brüstung oder Geländer. Turmhoch ragte hier, auf der abschüssigen Rückseite, das Haus über das untenliegende Gelände empor. Die Schwestern waren gebrechlich, augenschwach und herzkrank, turnten aber täglich übers Bänklein hinaus auf die schwindlige Dachplatte, um ihre Blumen zu pflegen. Wie kühne Edelweißpflücker standen sie am Kännelrand. Sie hatten früher mit Blumen gehandelt und ein Lädelchen noch zur Kriegszeit besessen, als es so viele Tote gab und das Geschäft gut ging.

Zur Kriegszeit! Damals also, da Öppi aus einem Naturwissenschaftsstudenten ein Bildhauer, dann ein Schauspieler zu werden in der helvetischen Geborgenheit die Zeit und die Gelegenheit gefunden hatte, damals, als die deutsche Nation das stärkste Volk des Erdteils gewesen, als sie zu Wasser, zu Lande und in der Luft gegen fünf Kontinente der Erde kämpfte, als ihre Armeen auf allen mannigfachen Kriegsschauplätzen mit Erfolg ihre Angriffe entfesselten, überall schwankende Verbündete obendrein stützten, auf fremdem, erobertem Boden standen, den Gegnern blutige Verluste beibrachten, doppelt so große wie sie selber erlitten, damals, als es notwendig war, alle großen Völker gegen die Macht, die Wut und die Wissenschaft dieses einen Staates aufzubieten, als die Blockade zur See, als unbegrenzte Hilfsmittel riesiger Bevölkerungen während fünfzig Monaten eben diese eine Bevölkerung nicht zu bezwingen vermochten. Nahezu zwanzig Millionen Menschen hatten ihr Blut herzugeben gehabt, bevor der einen furchtbaren Hand das Schwert konnte entwunden werden.

Jetzt waren die Befehlshaber jener Tage nicht mehr die Herren im Lande. Kein Kaiser mehr, zu Ende die schimmernde Wehr, die so oft zur Unzeit angeführte der Reden; die Heerführer im Ruhestand, zu Rentnern geworden. Neue Einrichtungen waren geschaffen worden, das Leben dieser Nachkriegsmenschen zu ordnen, von denen es immer noch fünfundsechzig Millionen in einem Staate gab, der auch nach dem Sturz in die Machtlosigkeit noch eine Großmacht durch Lage, Zahl, Art und lebendige Vergangenheit darstellte, obgleich die Sieger dem Geschlagenen einen Achtel seines Bodens abgenommen hatten, obendrein seine Eisenerze, viele Kohlengruben, die Auslandsgelder, die überseeischen Ländereien, Lokomotiven, Eisenbahnwagen zu Tausenden, darüber hinaus sie nun in einem Vertrage, den man mit Haß, Hohn und Zorn, ein vielfältig mißbrauchtes und umgangenes Ding fortan, den Versailler Vertrag nannte, darüberhinaus sie also, die Sieger, weitere riesige Beträge, Milliardenzahlungen in purem Golde forderten.

Einen Gewinn, einen Hungerleidergewinn allerdings, konnte in dem verarmten Lande auch der Ärmste für sich buchen: er war reicher an Rechten geworden.

Auch die Schwestern. Der Umsturz der Dinge hatte sie aus Untertanen zu freien Bürgerinnen befördert; sie hatten mitzubestimmen im Staat, bekamen gelegentlich ihren Wahlzettel zugestellt, ernannten nach eigenem Ermessen ihre parlamentarischen Vertreter, und es sollte im Lande in Sachen des allgemeinen Geschicks etwa so zugehen wie in Öppis Helvetien, wo die letzten Entscheidungen beim Volke lagen. Warum aber hatte niemand, wenn sie doch alle gleichberechtigt und gleichgestellt, also eine brüderliche Gesellschaft waren, warum hatte niemand die Schwestern aufgeklärt und gewarnt, als sie ihre Ernährungsgrundlage, ihr Blumenlädelchen zur Unzeit verkauften? Warum hatte man sie, die müde und mürbe Gewordenen, verlockt, es abzugeben? Verlockt dadurch, daß man ihnen mehr bot, als sie selber seinerzeit für das Geschäftchen hatten aufwenden müssen. Der Erlös hatte leicht die Schulden gedeckt, aber der Überschuß war weniger wert, als es der Zahl nach scheinen mochte. Niemand hatte ihnen gesagt, daß es, wie die Dinge standen, zu behalten galt, was man an Dingen besaß, weil die großen Herren der Kriegszeit, groß auch im Geldausgeben, im Geldleihen, in leichtfertiger Weise übermäßig viele Zahlungsmittel in Verkehr gesetzt hatten, welches Geld nun am Kriegsende sich auf die knapp gewordenen Waren und Bedarfsgegenstände stürzte, die Preise in die Höhe treibend, derart, daß die Schwestern zu ihrem Erstaunen für ein Schächtelchen unentbehrlicher Zündhölzchen viel mehr als zur Zeit ihres Blumenlädelchens zu zahlen hatten. Zur Unzeit verkauft! Die steigenden Preise machten sie ärmer, ohne daß sie Geld verbrauchten. Steigende Preise bedeuten fallenden Geldwert. Das galt für das ganze Land. Dieser Wertabfall zeigte sich deutlich zuerst in der Beurteilung, die das Landesgeld jen-

seits der Grenze erfuhr. Öppi hatte bei der Einreise ins Reich an der Wechselkasse fünf deutsche Mark für einen helvetischen Franken erhalten, für den es ein Menschenalter lang nur eine einzige solche gegeben.
Die Schwestern begriffen durchaus nicht, was vorging. Damit waren sie nicht allein. Sie hatten manchem Menschenopfer Kränze gewunden, aber sie waren auch Opfer, keine toten, sondern lebendige. Sie hatten die Entbehrungen der eben vergangenen Kriegsjahre geduldig ertragen, hatten das Brot mit Kohlrübenzusatz für schmackhaft gehalten, wie's das Vaterland verlangte, hatten für das schlechte und unzuträgliche Fett, das der Staat ihnen zugewiesen, so gedankt, als ob es gutes Fett wäre, waren dem Heer der obrigkeitlichen Verordnungen noch in jenem Zeitpunkt treu gewesen, als das Land nicht mehr die Kraft hatte, diesen seinen Verordnungen überall das nötige Ansehen zu verschaffen. Immer noch lebten sie weiter nach den alten Begriffen, indessen die Umwelt sich neue beschaffte. Sie waren niemandem nütze und in niemandes Gedanken. Seitab gedrängt und machtlos, versuchten sie mit Liebenswürdigkeit von der Welt das Lebensnotwendigste zu erhalten, aber die Welt ließ sie nur um den Preis leben, daß sie immer weniger verlangten. Die Welt forderte von ihnen, daß sie immer weniger bemerkt würden. Sie gehorchten. Sie starben langsam.
Die zwei Zimmer im Dachstock, das der Schwestern und das des Mieters, gingen ineinander. Die Miete des einen Zimmers machte den Mietzins fürs Ganze. Wehe, wenn der Mieter ausblieb. Im Zimmer der Schwestern standen zwei Betten, ein Tisch, ein Sofa, ein alter Schrank und eine Kiste mit Meerschweinchen. Einmal hatten die beiden auch einen kranken Feldhasen mitgebracht und beherbergt. Der war aber zu Öppis Zeit nicht mehr da. Der Winkel neben dem Kachelofen diente als Küche, der Kachelofen selber vertrat den Herd. Gas wurde nur in den allerdringendsten Fällen gebrannt. Sie aßen fast nur Kartoffeln und fühlten sich geborgen, wenn es ihnen im Herbst gelang, einen rechten Vorrat davon im Keller aufzuhäufen. Ganz so ging's mit dem Torf für den Ofen. Sie arbeiten im Dienste einer Begräbnisgesellschaft, machten aus weißgebleichtem Holzstoff Sargwäsche und Kissen für die Toten der Armen, denen man auch nicht einen Zipfel eines Gewebes ins Grab mitgab, der im Lichte noch brauchbar war. Die

Arbeit war schlecht bezahlt, aber die Schwestern wagten aus Furcht vor dem Verlust des wenigen nicht, mehr zu fordern. Es war ihr Los, unter Preis arbeiten zu müssen. Selbst die Frau Bankleiterin aus dem ersten Stock, welche Toni, die jüngere Schwester, manchmal zum Nähen rief, machte Ersparnisse dadurch, daß sie die ausgemergelte Wehrlose an Stelle einer weltklügeren Schneiderin beschäftigte. Das Haus gehörte einem Lederhändler, der sich mit Kriegslieferungen ein Vermögen erworben hatte. Er ließ die Schwestern zwar zu billigem Preise wohnen, aber sie schwebten in steter Angst vor einer möglichen Erhöhung des Zinses und vor dem Einsturz aller Berechnungen. Das kleinste außergewöhnliche Geschehnis brachte sie in eine schlimme Lage. Eine Fensterscheibe, die im Frühling entzweiging, brachte einen Sommer voll Sorgen, wie der Schaden zu zahlen sei. Wenn der Winter etwas früher oder strenger einsetzte, als sie's erwartet hatten, dann erschraken sie bis ins innerste Herz beim Gedanken an das bescheidene Häuflein Torf, das sie während des Sommers hatten in den Keller schaffen können.
Berta, die ältere, war fast siebzig. Sie konnte kaum mehr sehen, war aber sonst noch rüstig, von kleiner Gestalt und überraschend beweglich. Sie wackelte immer leicht und zierlich mit dem Kopfe, hatte eine piepsige Stimme von weltfernem, überaus freundlichem Klang und drückte sich gewählt und mit Feinheit aus. Sie lebte von innen nach außen, sah die Welt im Lichte ihrer heitern Vorstellungen. Verscheucht von deren Glanz, gewann das Widerwärtige nie richtig Macht über sie. Ihr fehlte jede Spur von Verbitterung, das Fehlende betrübte sie nicht. Das wenige, was da war, erfreute ein dankbares Gemüt. Eine leichte Schüchternheit stand ihr reizend, sie schien auch Öppi gegenüber immer nur mit einiger Überwindung den Mut zum Reden zu finden und wäre wohl ohne weiteres noch des jugendlichen Errötens fähig gewesen, wenn die alte runzelige Haut und das spärliche Blut derlei Erscheinungen noch erlaubt hätten. Ein altes Kind war sie, mit Kindergeschichten im Gedächtnis, Blüte und Verfall eines Menschenwesens in rührender Verbindung.
Toni war auch nicht mehr jung, ganz und gar nicht, aber jünger doch und noch nicht aller Hoffnungen und verlangender Träumereien ledig. Sie beklagte dazwischen in ihren Gedanken oder Äußerungen die Armut des gelebten Lebens und macht kein Hehl

aus ihrer Enttäuschung darüber, daß es sie an allen Freuden und Genüssen vorbeigeführt. Sie hatte ein krankes Herz, vor Kummer oder unerfüllter Sehnsucht. Manchmal entfuhr ihr ein Wunsch oder Gedanke, der ein halbes Menschenalter früher am Platz gewesen wäre, worauf die alte Berta sie mit einem sanften Wort daran erinnerte, daß ihre Zeit vorbei und die Hoffnungen begraben seien.
Die beiden teilten sich in die Arbeit, indem sie Rücksicht auf die gegenseitigen Gebrechen übten. Was die Augen brauchte, war Tonis Teil, was die Lunge beanspruchte, war Bertas Sache. Sie tat alle Gänge nach Milch und Brot, bei jedem Wetter, stand stundenlang wartend vor den belagerten Ladentüren, hinter denen der Staat verbilligte Lebensmittel abgab. Unterdessen saß Toni bei der Leichenwäsche. Die fertige Arbeit wurde wöchentlich abgeliefert. Weg und Last erforderten die Kräfte beider Schwestern. Berta schleppte, Toni führte. Auf dem Rückweg machten sie mit dem Erlös die notwendigsten Einkäufe und kamen zuletzt nach langer Reise, zu Fuß und aus Sparsamkeit die Straßenbahn vermeidend, völlig erschöpft in ihre Wohnung zurück.
Einmal traf sie Öppi an einem solchen Lieferungstage keuchend und freundlich streitend auf einem Treppenabsatz des Hauses. Keine wollte der andern erlauben, den schweren Korb mit den Einkäufen zu tragen. Da nahm Öppi den strittigen Gegenstand und rannte damit voran in die Wohnung hinauf, hinter ihm her die Schwestern, mit Dankesworten und Entschuldigungen, also daß sie darüber mehr als vorher ins Keuchen und außer Atem kamen. Derartige Vorfälle sprachen sich im Haus herum, und das Ansehen der Schwestern stieg. Öppis fremdes Deutsch galt bei den übrigen Hausbewohnern nicht als Fehler, sondern als fesselnde Besonderheit.
Die Frau Bankleiterin kam häufiger als vorher zu den Schwestern herauf und vermehrte ihre Aufträge. Sie war hübsch. Sie langweilte sich in ihrer Häuslichkeit. Die Schwestern fürchteten sie. Sie mißgönnte ihnen die Unterhaltung, die durch Öppi gekommen war, und mißgönnte Toni die Freude daran. Sie machte ihm schöne Augen, um der mageren Toni neben der gesellschaftlichen auch ihre weibliche Überlegenheit zu zeigen. In der ärmlichen Umgebung nahm sich ihre gepflegte Erscheinung doppelt gut aus. Die verhärmten Gesichter der Schwestern erhöhten den

Reiz ihrer frischen Wangen. Sie hatte dunkle Augen und blitzende Zähne. Sie lockte Öppi, um Toni zu demütigen. Die Bosheit lag klar da, die Bosheit, die auf der Bühne zu zeigen ihm so ganz und gar nicht gelungen war, die übte die Frau Bankleiterin ohne Zuschauer in der Verborgenheit des Hauses zu ihrem eigenen Vergnügen. Öppi vermied die Begegnungen mit ihr und hielt zu den Schwestern.

Diese hatten für das Zimmer einen überaus geringen Mietzins gefordert, den Öppi bei seinem Einzug aus freien Stücken ein wenig erhöhte. Nun wurde er auch nicht in der Stellung des Mieters belassen, wurde vielmehr zum Helfer in der Not, zum Wohltäter und Sorgenkind befördert, zum Gegenstand des ersten und letzten Gedankens gemacht. Der ganze Haushalt richtete sich nach seinem Kommen und Gehen. Ehe er am Morgen in seinem Zimmer sich rührte, ging drüben den Schwestern kein lautes Wort über die Lippen, schlichen sie in Hausschuhen und auf den Zehenspitzen an ihre Arbeit an der Leichenwäsche. Sie besorgten seine Einkäufe und kochten aus den teuren Sachen allerlei köstliche Gerichte, die ihnen in den Jahren der Armut fast aus der Erinnerung geschwunden waren, aber sie weigerten sich, davon mitzuessen, waren bis auf die Brotkrume genau, rechneten und sparten seine Pfennige, als ob's die ihrigen wären. Berta schloß ihn in ihre Gebete ein, und Toni schlug die Hände zusammen über seine zahlreichen Bühnenanzüge, den Gehrock, den Frack, den Cutaway und den Smoking und über den seidengefütterten Abendmantel, die er alle insgesamt für billiges Geld in einem Altkleiderladen in Cheudra gekauft hatte, damals, als er noch vorgehabt, in Örlewitz vor einer großen Zuschauerschaft rauschende Erfolge zu feiern.

Im Theater blieb's beim ersten Eindruck. Nach Alba war er dort Burleigh in Schillers «Maria Stuart». Er gab die Rolle ungefähr mit den gleichen Unzulänglichkeiten zum besten wie die erste und heimste ungefähr die gleichen Ergebnisse ein. Zwar stand er im Stück jetzt nicht mehr an allzu sichtbarer Stelle, das verminderte den Umfang des Mißerfolgs, obendrein setzte man keine besonderen Erwartungen mehr in ihn. Er selber ging mit etwas hoffnungslosem Gleichmut zu Werke und achtete vermehrt auf seine Umgebung. Es gewährte ihm eine gewisse Genugtuung, zu sehen, wie seine erfolgreicheren Mitspieler an leidenschaftlichen

Stellen zu klassischen Versen ein unpassendes Gebärdenspiel an den Tag legten, das dem plattesten Alltag entnommen war, wie sie allemal da, wo ihnen der Sinn der Sache dunkel war, laut wurden und in sächsischem oder schlesischem Tonfall zu brüllen anfingen, ohne daß jemand Einsprache erhob. Er konnte leider nicht auf ebensolche Weise brüllen, sondern hatte nur ein heiseres Helvetisch zur Verfügung. Die Spielleitung lag diesmal in der Hand eines Steiermärkers, der im tiefsten Baß sprach, eines alten Theatermachers, der's ruhig nahm und der eine Vorliebe für Öppi rein deswegen zeigte, weil des Steirers Nebenbuhler Spinti diesen nicht leiden mochte.

Es gab andere Sorgen als Öppis Unvollkommenheiten. Elisabeth von England wollte durchaus Maria Stuart sein. Aber diese Elisabeth von England aus dem Westen Berlins redete einen tiefen Alt, kratzte sich in den Haaren, war die Freundin des dritten Operntenors, der in allen Gängen das hohe C sang und dem sie sich auf der Bühne gern als Geliebte gezeigt hätte. Maria Stuart aber, ein blasses, ältliches Wesen, wollte Maria Stuart bleiben, obgleich sie eher an eine Nähschullehrerin als an eine verliebte Königin erinnerte. Elisabeth blieb schließlich Elisabeth und Maria blieb Maria. Mortimers Hingerissenheit von dieser Partnerin blieb allerdings rein unverständlich. Mortimer, das war der Weltmannspieler mit dem i im Namen, das immer zu einem ü im Munde des Direktors wurde. Der Kerl mit den Händen auf den eigenen Hüften. Zwar mußte er jetzt sie von dorten wegnehmen, wußte aber nichts Rechtes damit anzufangen und fuchtelte ungeschickt mit ihnen in der Luft herum. Mortimers Begeisterung war ihm wesensfern. Er konnte allenfalls ein Sektglas in die Hand nehmen und «Auf Ihr Wohl, Gnädige» sagen oder «Auf das, was wir lieben», aber Leidenschaft war seine Sache nicht.

«Mit Ihnen möchte ich die Szene spielen», flüsterte Elisabeth von England dem Öppi-Burleigh hinter den Kulissen zu, eben jene Schwarze aus Berlin, die gerne Maria Stuart gewesen wäre. Es war ihr ganz und gar nur um sich dabei zu tun, aber Öppi war doch ungemein geschmeichelt. Mortimer aus der Dresdener Vorstadt wurde zwar abgesetzt, die Rolle ging an Krachen, den großen, dunkeln Rheinländer mit der goldenen Großvaterkette um den Hals, an jenen Nachbarn Öppis aus den Ankleideräumen, der so ausgezeichnet sprach.

Der Direktor strich viel auf der Bühne herum. Nicht mehr so sehr wie am Anfang gefürchtet! Die Nähe verkleinerte ihn. Am Abend der Stuart-Erstaufführung sah Öppi nicht ohne Mitgefühl, was der Mann für Ängste ausstand. Er schlich auf Zehenspitzen um die Versatzstücke herum, sperrte die Glotzaugen auf und trug ein rundes Samtkäpplein auf dem kahlen Schädel, weil's Zugluft gab. Er läutete zu Marias Enthauptung hinter den Kulissen mit dem Glöcklein und spähte durch deren Risse und Löcher, was seine Leute auf der Bühne machten. Trotz seiner Mitarbeit blieb der Herr Mylord von Kent bei irgendeiner Gelegenheit versehentlich hinter den Versatzstücken zurück, grad als seine Anwesenheit draußen auf der Bühne dringend erforderlich war.

«Mylord von Kent, Ihr übernehmt es,
den Grafen sicher an das Meer zu führen»

hatte Öppi-Burleigh zu dem Fehlenden zu sagen. Das Stichwort fehlte, Öppi drehte sich nach Kent um: der war nicht da. Durch ein Loch der Leinwand starrte angstvoll ein Auge des Direktors.

«Mylord von Kent ... wird's übernehmen,
den Grafen sicher an das Meer zu führen»

so kam's von Öppis Lippen, frei nach Schiller, schöpferisch sozusagen und gar nicht so steif wie sonst. Der Vorhang fiel. Öppi war stolz, ging ab und wartete auf den Direktor, damit er ihn an die Brust drücke, «lieber Herr Öppi» zu ihm sage, «ich schätzte Sie falsch ein, Sie sind ein ausgezeichneter Schauspieler», oder so etwas ähnliches. Nichts geschah, Kent erhielt einen Verweis, Öppis Verdienst blieb unerwähnt. Die Presse schwieg.
Die Zeit der großen Rollen war nun endgültig vorbei. In den nächsten Stücken fielen ihm nur noch ein paar Abfall-Satzbrocken zu. Es war ihm lieb.
Er verstärkte seine Bemühungen ums reine Deutsch, beobachtete seine Umgebung, insbesondere Frau Spintis geöltes Mundwerk, und versuchte daheim bei den Schwestern die unbegreifliche Beweglichkeit des Unterkiefers nachzuahmen. Zeitweise schien ihm die ärztliche Seite der Sache das Wichtigste zu sein, der Örlewitzer Halsfacharzt spülte ihm dann den Rachen aus, spritzte ihm allerlei Lösungen durch die Nase, und Öppi ging in frischer Luft im Stadtpark auf und ab, nicht da, wo die andern Spaziergänger

wandelten, sondern abseits in der Abteilung des botanischen Gartens, wo die Täfelchen mit den Pflanzennamen sich aneinanderreihten, daß das Ganze wie ein Friedhof aussah. Hier wandelte Öppi hin und her, stundenlang, sperrte den Mund auf und ließ sich hoffnungsvoll die Wintersonne in den Schlund scheinen.
Er ging zu Spinti zum Unterricht. Frau Leonore war jetzt ganz gewonnen. Aus dem Nebenbuhler war ein Schüler geworden. Öppi bekam Quark auf Brot und Schokolade zum Trinken, Spinti unterrichtete unbeschwert von Überlegungen, indem er versuchte, dem Öppi gegen gutes Geld seine eigene fehlerhafte und kunstlose Sprache beizubringen.
«Spinti spricht kein Deutsch, sondern Sächsisch», sagte der Steiermärker, der zweite Spielleiter, Spintis Gegner. Bei dem nahm Öppi nämlich auch Unterricht. Der lehrte ihn aber nichts, sondern plauderte mit ihm. Dabei verfiel der Steirer jedesmal in seine heimatliche Mundart, die der Öppischen ähnlich war, derart, daß die sprecherischen Unterschiede zwischen ihnen dahinfielen und daß der Unterricht überhaupt überflüssig erschien. Der Steirer nahm kein Geld. Er wohnte weit weg vom Theater, im entlegenen Stadtteil hinter dem Bahnhof. Das war bezeichnend. Er redete nie von der Bühne, aber gerne davon, wie er mit seiner Hauswirtin zusammen im Keller heimlich ein Schwein geschlachtet, und davon, wie der Braten, die Leber oder die Blutwurst geschmeckt hätten. Es war ja die Zeit der kargen Mahlzeiten, da die alten Schwestern fast nichts zu beißen fanden. Der Steirer nannte Spinti einen Schmierenspieler, was Spinti ebenfalls von dem Steirer gesagt hatte. Auf seinem Schreibtisch stand das Bildnis einer Frau von der Bühne. Sie sah schön aus; er erzählte von ihr, von seiner Liebe zu ihr, Öppi erzählte von Eva, beide waren von ihrem Gegenstand ergriffen, und keiner achtete auf des andern Deutsch. Öppi gewann also nichts für sein sprachliches Dasein, fand lediglich einen Mann, der ihm durch seinen Gleichmut zeigte, daß man bei der Bühne sein und sie doch nicht wichtig nehmen könne, er fand obendrein in diesem Mann jemanden, der ihm wohlgesinnt war. Das half nicht viel, denn Öppi hatte kein Zutrauen mehr zu sich selber. Er glaubte an seine Mangelhaftigkeit.
Die Blonde aus Dresden und die kleine Anfängerin mit dem immerwährenden Halstuch kamen zu Öppi ins Zimmer bei den

Schwestern zum Tee. Eine kleine gesellschaftliche Veranstaltung, wie Öppi sie früher bei Eva mitgemacht, deren Gabe es als Wirtin gewesen, Menschen zu freundlichem Verhalten gegeneinander zu verführen. Die braune Welt- und Salondamenspielerin der Örlewitzer Bühne war mitsamt ihrer Frau Mutter auch dabei, die darüber wachte, daß des Kindes fortwährende Koketterie keine Nachteile heraufbeschwor. Die Mutter übertrieb die gebotene Teestundenliebenswürdigkeit und hatte den Mut, Öppis schauspielerische Leistung als Herzog Alba schamlos zu loben. Das Kind spielte auch in Öppis Dachzimmer Weltdame mittels eines immer wiederholten Augenaufschlags und allerlei Künsten ihres kleinen Mündchens. Die beiden erzählten, immer gesellschaftlich bleibend, mit österreichischem Tonfall davon, daß sie die Alpen im Auto durchfahren, aber Öppi dachte nur daran, daß man in den Alpen ein erbärmliches Deutsch redete, und daran, wie er allenfalls zum vollendeten käme. Wie konnte man überhaupt etwas anderes denken! Krachen, der Nachbar aus den Ankleideräumen der Bühne, der Rheinländer, der schwarzhaarige, ernsthafte Junge war auch eingeladen, führte plaudernd am Tisch sein beneidenswertes Deutsch im Munde. Er liebte die Blonde mit dem vollen roten Mund, aber sie hänselte ihn, verlachte ihn des feinen, langen goldenen Kettchens aus Großvaters Zeit wegen, das Krachen um den Hals trug. Ein Landesgegensatz lag da zugrunde! Krachen hing am Vergangenen mit großer Ehrfurcht, ehrte auch die geschichtlichen Stein- und Erzdenkmäler des Landes auf den öffentlichen Plätzen, über welche die Blonde ihren Spott ausgoß. Sie pries den stattgehabten Umsturz der Dinge, hatte einen Liebsten in Dresden, der ein zeitgemäßer Maler und ein Anhänger werdender Dinge war.
«Sie haben einen unzulänglichen Lehrer gehabt», sagte der dunkle Krachen freundschaftlich tröstend zu Öppi. Das ließ sich hören! Also galt es, einen bessern zu finden! Ponto vielleicht, in der Dresdenstadt, der Krachen ausgebildet?
Der rote Kanzleischreiber des Bühnenleiters stellte der Blonden nach und sagte ihr zudringliche Schmeicheleien über ihre schönen Beine. Die waren während der «Maria Stuart»-Aufführungen gut sichtbar, weil sie da als Page herumlief. Sie kam dann zu Öppi und beklagte sich. Öppi wurde dadurch auch darauf aufmerksam, wie schön ihre Beine waren. Aber er hatte grad zu der Zeit neue,

wunderschöne Dichterstellen auswendig gelernt, die er in endlosen Wiederholungen vor sich hinsagte, um sein Deutsch in eine bessere Form zu bringen. Darüber vergaß er die Blonde.
An der Bühne hatte man um die Zeit gar kein Verlangen mehr nach Öppis rein Gesprochenem. Dichterische Rollen kamen für ihn überhaupt nicht mehr in Frage. Man ließ ihn Mundart reden in gänzlich unbekannten Stücken, an Unterhaltungsabenden, mit Schlesisch, Sächsisch, Ostpreußisch und andern nie gehörten Redeweisen. Was er dann von sich gab, brachte die Geduldigsten auf. Die Örlewitzer Presse wurde immer gehässiger. Der Bühnenleiter machte ihn vom ersten Männerspieler zum Sündenbock. Sein bloßes Erscheinen reizte den Alten zu Ausfälligkeiten. Öppi schwieg zu allem. Er wagte sich mit seinen Wörtern überhaupt nicht mehr ans Licht. Sein Mut reichte zu keiner Entgegnung mehr, aber die Brust schmerzte: das waren die ungerächten Kränkungen.
Die Schwestern verdoppelten ihre Bemühungen um ihn. Er saß immer öfter bei ihnen. Wenn er sich verzweifelt in ihrer Stube aufs Sofa warf, bewarb sich Toni darum, ihm die Schuhe ausziehen zu dürfen. Man war nun mitten im Winter. Inzwischen war noch eine dritte Schwester aufgetaucht. Auch ein Neffe, ein Mißerfolgsmensch, der kam, um mit Öppi über die ungerechte Welt zu klagen, ein kauziger, bleicher Geselle, den Öppi nicht leiden mochte, weil er sich auf dessen Mißgeschick berief und so tat, als müßten sie beide die gleichen Gedanken haben.
Da sich Öppi gegen die Demütigungen im Theater nicht wehrte, stieg der Mut des Direktors. Öppis Unzulänglichkeit wurde ihm amtlich bestätigt. Er sollte ein für allemal bei den kleinen Rollen bleiben. Ein neuer Männerspieler war an seiner Stelle zu verpflichten. Öppi hatte nichts einzuwenden. Am andern Tag kam der Bühnendiener uniformiert durch den Schnee zu den Schwestern gestapft: ein Brief der Direktion für Öppi: «Da Sie sich für ein Fach vermietet haben, für welches Sie, wie sich nach allem bisherigen Versuchen herausstellt, durchaus ungeeignet sind, mache ich von meinem, mir nach Punkt soundso des Zivilgesetzbuches zustehenden Recht Gebrauch und löse den mit Ihnen geschlossenen Arbeitsvertrag auf den letzten dieses Monats auf.»
Das war wider die ausdrückliche Vereinbarung, die der Direktor tags zuvor mit Öppi getroffen. Dieser übergab seine Sache dem

Ortsverband der Schauspielergenossenschaft. Eine Versammlung wurde einberufen. Frau Spintis Unterkiefer wackelte heftiger als je zuvor. Ein kleiner Tenor, der auf der Bühne den Dummen machte, machte nun den Ernsten und schrie über die Ungerechtigkeit, die Öppi widerfahren. Er war der Leiter des Ortsverbands. Der Alte wurde ins Unrecht gesetzt. Die Landesleitung in Berlin unterstützte die Meinung des Ortsverbandes. Der Direktor mußte die Kündigung zurücknehmen. «Warum?», fragte sich Öppi. Sein Deutsch war mangelhaft. Hatte der Spielerverband über sein Deutsch nachgedacht? Nein, er hatte ein Mitglied geschützt. Öppi wollte kein Mitglied sein, sondern ein Künstler. Nicht nähren wollte er sich, sondern lernen. Wer nährte ihn?

Daheim in Helvetien führte die Kantonalbank unter dem Abteilungsleiter Mötteli das Konto, das Öppi von den Entscheidungen des Berufsverbandes unabhängig machte.
«Heb em Sorg», hatte der Vater jeweils zu ihm gesagt, wenn er Öppi sein Wochengeld gegeben. Das lag weit zurück. Der Augenblick kannte nur eins: das vollendete Deutsch.
Öppi ging zum Alten und bat um seine Entlassung. Überraschung! Wie? Freiwillig tat der jetzt, wozu der Direktor ihn zu zwingen nicht die Macht gehabt hatte!
Erleichterung! Nichts davon zeigen. Nochmals in die alte Kerbe hauen!
«Gehen Sie ab vom Theater! Sie werden es zu nichts bringen.»
«Doch, ich werde es zu etwas bringen.»
«So?»
Widerspruch! Zum erstenmal. Ganz belanglos kam dem befreiten Öppi der Mann nun auf einmal vor, dieser Alte in seiner Kanzlei, mit dem Butterbrotpapier in der Hand und dem Samtkäppchen auf dem Kopf gegen die Zugluft. Die Sache sprach sich herum. Dafür sorgte der rote Kanzleischreiber. Der war übrigens aus seiner Schreiberei heraus auf die Bühne gekommen und spielte die große Rolle des Roller in Schillers «Räubern» mit schamlosem Gebrüll und frei von jeder Heiserkeit. Er tat ein Kaufsangebot auf Öppis ausgezeichnete helvetische Schuhe, die es im Lande nicht gab, als brauche der hinfort nichts Ordentliches mehr anzuziehen, als hinge er am Galgen, dem Fraß der Vögel preisgegeben.

Es hatte sich auch herumgesprochen, daß Öppi ein entsprungener Mönch, ein ehemaliger Insasse eines Schweigeklosters sei; derlei hatte er nämlich einigen gesprächslüsternen Mädchen aufgebunden, um ihnen begreiflich zu machen, warum er mit Worten so viel sparsamer umging, als es ihnen wünschenswert schien.
«Nach den Spuren der Tonsur auf Ihrem Haupte haben wir Ausschau gehalten», sagte das kleine schwarzhaarige Geschöpf, das ihn am letzten Spielabend mit einem Pfannkuchen in der Hand am Fuße der Treppe zu den Ankleideräumen im Theater erwartete. Dies aus Begeisterung für seinen landsfremden Tonfall und um Abschied zu nehmen. Sie sang im Chor der Oper und wies einen beweglichen Unterkiefer wie Frau Spinti auf. Öppi setzte sich mit ihr ins Kaffeehaus. Hernach standen sie beide unter seinem Schirm beim Schneefall auf der Straße und küßten sich. Weil sie sich nichts mehr zu erzählen hatten. Sie weinte über sein Weggehen, und er tröstete sie. Es war eine hübsche Komödie aus dem Stegreif, die Kleine spielte nicht übel, und auch Öppi zog sich besser aus der Sache, als wie es ihm bis dahin in Örlewitz bei besserer Beleuchtung je gelungen war.
«Oh», sagte am andern Tag die Blonde aus Dresden, als sich Öppi bei ihr in ihrer Wohnung verabschiedete, «jetzt verstehe ich alles – Sie lieben die Schwarzen.»
Warum war er, kurz nach jeder begonnenen Unterhaltung, von ihr weg in irgendeine Bühnenecke geflohen?
Öppi schob entschuldigend die Schuld auf seinen heisern Hals.
«Sie lieben die Schwarzen», wiederholte die Blonde, «bei Schneefall unterm Regenschirm haben Sie es gestern bewiesen.»
Man hatte ihn beobachtet. Nun küßte er sie auch, um ihr's auszureden, um ihr zu zeigen, daß ihm an den Blonden viel mehr gelegen sei. Es machte ihm auch ein viel größeres Vergnügen als die Küsse am Abend vorher, das war der volle Mund, war der Duft ihrer Haare und die schöne Gestalt. Auf die gutgewachsenen Beine hatte sie ihn im besondern während der Stuart-Aufführungen schon aufmerksam gemacht. Mit arg geringem Erfolg. Sie war auch nicht glücklich bei der Bühne, da man ihr Pagen und betrunkene Postfrauen zu spielen gab anstatt verliebte Mädchen, wie sie sich's wünschte. Zu dumm, daß Öppi seine Zeit in Örlewitz mit Rachenspülen, mit Teetrinken, mit einsamen Monologen und alten Schwestern zugebracht hatte anstatt mit ihr. Aber nun

war's zu spät, nun mußte er gehen. So nahm er in der Abschiedsstunde schnell und gehäuft so viel an Zärtlichkeiten, als er konnte, wie ein eiliger Reisender in der Bahnhofwirtschaft rasch seinen süßen Nachtisch hinunterwürgt und dann zum Zuge rennt. Die Frau Bankleiterin schlug über Öppis überraschende Abreise die höchsten Töne des Bedauerns an, aber sie war ein böses Geschöpf und freute sich im Grunde darüber, daß die Schwestern ihren Ritter verloren. Die taten ihm leid. Die weinten! Toni war völlig aus dem Häuschen und wollte ihn nicht ziehen lassen. Was hatte er denn nur zu lernen? Woran gebrach's ihm denn? Niemand im ganzen Städtchen sagte so schön «Grüß Gott» wie er. Wenn's aber sein mußte, dann mochte er ja irgendwo Unterricht nehmen, weit weg auch, wohin man mit dem Fernzug fahren mußte, aber er konnte doch bei ihnen im Zimmer wohnen bleiben und jedesmal nach dem Unterricht zurückkehren. Öppi mußte an sich halten, um keinen Unwillen zu zeigen. Diese Anhänglichkeit war ihm hinderlich. Toni forderte zuviel. Er mußte Deutsch lernen, ein Schauspieler werden, ein großer, einer von jenen, die die Leute herausrissen aus dem Tage, sie bezauberten, zu Gefühlen verführten, die sie sonst nicht hatten, einer von jenen, welche die Sprache so handhabten, daß die abgebrauchte Münze der alltäglichen Worte einen neuen Glanz und Gehalt bekam, eine Zauberkraft von der Art, daß die Dichter sich in den Gräbern rührten vor Freude und das Weltall erschauerte, weil ein gut gedachter Satz, gut gesprochen, zu den flüchtigen Vollkommenheiten der Erde gehörte, um derentwillen es sich zu leben, zu arbeiten und zu entbehren lohnte.
Öppi reiste ab. Zitternd vor dem, was er erstrebte. Ohne Gedanken darüber, was er aufgab: einen Platz im wirklichen Leben, ein bescheidenes Wirkungsfeld, aber immerhin ein Wirkungsfeld. Er floh in die Verborgenheit, um unmeßbaren, fernliegenden Vorstellungen nachzuhängen.

Lehm, Öppi, Eva und die Heimkehr des Kriegsgefangenen

Öppi übersiedelte nach Dresden im Lande Sachsen. Krachen hatte ihm seinen Lehrer Ponto empfohlen. Die Dresdener nannten ihn Bondo, weil man die deutsche Sprache dort mindestens ebenso

mangelhaft handhabte wie in Helvetien. Aber Öppi wollte in Dresden Deutsch lernen. Ponto war Schauspieler am staatlichen Theater. Als Öppi im Bahnhof den Zug verlassen hatte, machte er sich gleich auf den Weg nach Pontos Wohnung, ohne Gedanken darüber, daß er sich hätte ankündigen müssen. Es war spät abends. Der nasse Schnee lag fußhoch. Die Straßen waren dunkel; eben: den Schwestern in Örlewitz fehlte das Geld zum Leben, und den Städtern fehlte es, um die Straßen zu beleuchten. Er verlief sich. Patschnaß erschien er schließlich in Pontos Wohnung:
«Bin Öppi.»
Richtig. Krachen hatte von ihm geschrieben.
«Bitte», sagte Ponto, «eine Probe Ihrer Art.»
Öppi fing an, froh, endlich zu Worte zu kommen und sich ausgiebig beklagen zu dürfen. Oh, es tat gar nichts zur Sache, daß seiner Faustverse Kummer sich nicht um Örlewitz drehte, Verzweiflung war Verzweiflung, die Worte taten wenig zur Sache.

    O sähst du voller Mondenschein
    zum letzten Mal auf meine Pein.

Helfen Sie mir, hieß das für Öppi, befreien Sie mich von Undeutsch und Heiserkeit, lehren Sie mich das reine Deutsch, so wie Sie es können.
Ponto war ein guter, ein sehr kunstreicher Schauspieler und der Meinung, Öppi spiele; Öppi aber spielte nicht, sondern erzählte die Wahrheit, eröffnete sein Inneres, bat um Beistand, etwas versteckt gewiß, und mit ungewohnten Worten.

    O könnt ich doch auf Bergeshöhn
    in deinem lieben Lichte gehn ...

Was hieß das anderes, als daß Öppi gern in Pontos Dachwohnung zum Unterricht ein- und ausgegangen wäre. Ponto aber fand die Äußerungen Öppis eine ausgezeichnete schauspielerische Leistung, wenn man überlegte, daß dieser Herr eben erst aus dem Schnellzug Örlewitz–Dresden gestiegen war.
«Was wollen Sie, es ist ausgezeichnet.»
Öppis trauriger Ton war ihm so zu Herzen gegangen, daß er sogar dessen helvetischen a-Laut tadellos fand, um dessentwillen dieser in Örlewitz so viel gelitten hatte und auf dessen Mängel der Direktor dort noch in der Abschiedsstunde zurückgekommen

war, der Alte mit dem Butterbrot in der Hand und dem Samtkäppchen auf dem kahlen Schädel. Trotz alledem konnte Öppi nicht Pontos Schüler werden. Der litt an schweren Gliederschmerzen. Es gebrach ihm an Zeit. Das schmerzte Öppi. Ponto wies ihn an einen berühmten Sprachlehrer der Stadt, der an Stotternden und stimmgebrechlichen Menschen aller Art schon viel Gutes getan haben sollte. Dessen Wirken war zum mindesten nicht verborgen geblieben, denn es gab einen Verein, der des Wohltäters Namen trug und sich die Ausbreitung seiner Lehrweise zum Ziel genommen hatte. Dieser Herr wiederum übergab Öppi einem seiner Anhänger zur Kur, der Mitglied des genannten Vereines war.

Öppi mietete ein Zimmer an der Bürgerwiese. Das war ein gutes und schönes Quartier, wenn auch der Name etwas herablassend tönte. In der Nähe gab es die Erstgeburtsgärten, das tönte nach alten Vorrechten, aber das Stadtvolk hatte in den Umsturztagen den vormaligen Kriegsminister in der Elbe ertränkt, was eine der ganz wenigen vorgekommenen Gewalttaten gegen die vormals Mächtigen darstellte. Das einstige Königreich, jetzt ein Land unter den Ländern der Republik, die man einmal, nach der Stätte ihrer Gründungsstaatsversammlung die Weimarische nennen sollte! Dreiundzwanzig regierende Fürsten hatte es im versunkenen Kaiserreich eben noch gegeben, auch einen sächsischen König in seiner Residenz Dresden darunter. Nichts mehr davon! Der König, ein Privatmann, in irgendeinem seiner Schlösser sitzend, etwas erschrocken, aber keineswegs arm, denn der große Umsturz hatte ihm alles gelassen, was er vorher als Eigentum besessen.

«Macht euren Dregg alleene», war angeblich der unfeierliche, aber überlegene Ausdruck des abdankenden Monarchen am Orte gewesen, des Fürsten, der bei dem widrigen Vorfall vor den umstürzlerischen Arbeiter- und Soldatenräten in die Sprache seines Volkes verfiel.

«Alleene»! Wo es doch allein, einzig und allein allein in der Ausdrucksweise jener hieß, die sich auf die Sprache verstanden. Eben diese Besonderheit und andere dazu, ja die ganze Tonart der Stadt wich derart vom hohen Stil der Öppischen Sehnsucht ab, daß man auf allen Bühnen mit unfehlbarem Erfolg zum Sächsischen griff, wenn es galt, die Zuschauer zum Lachen zu bringen, aber Öppi,

seine geistige Selbständigkeit erneut darlegend, begab sich in diese Luft, um sein Fehlerhaftes in einer Umgebung, strotzend von Fehlern, zu bekämpfen.
Die Stadt, Brücke, Strom, Dom und Kuppelkirche, große Malereien, versammelt in Schnörkelbauten früherer Jahrhunderte und auch königliche große Gärten – alles noch da, alles nunmehr eine gepflegte, gehobene, erhebende Umgebung für den gestürzten Öppi und dessen Spaziergänge unter mancherlei Fenstern, dahinter die Not wie bei den Örlewitzer Schwestern zu Hause war.

Es galt dem Vater den Geburtstagsbrief zu Silvester zu schreiben, mit Dankbarkeitsgefühlen, mit Vertröstungen, mit der Bitte um Geld, im ganzen etwas weicher in der Tonart, als es zur eigenen Art gehörte und leicht beeinflußt vom berufsmäßigen Umgang mit dem gut Geschriebenen, etwa so: daß er, Öppi, im kommenden Jahr sich aller Voraussicht nach noch nicht werde selber ernähren können, daß es nochmals vorn anzufangen gelte, daß es sich dabei lediglich darum handle, etwas Tüchtiges zu werden, daß der große Erfolg dann nicht werde auf sich warten lassen, insbesondere deshalb nicht, weil er ja des Vaters Art in sich spüre, der ihm, und jetzt kam die Sache geradezu in die Nähe der Tassodichtung, in sozusagen fürstlicher Weise Freiheit des Werdens gelassen, weshalb er ihn auch jetzt wieder um weitere Subsistenzmittel zu bitten wage und dieses hoffentlich bald zum endgültig letzten Male zu tun gedenke. Ein Lobspruch und Gelübde, den richtig aufgefaßten, über alles schönen Beruf des Schauspielers betreffend, gehörte nach den neuesten Mißgeschicken zur Sache. Es gelte, schrieb Öppi, lediglich zu wissen, was zu wollen sei, und dieses Wissen könne bei seinen dreißig Lebensjahren nun gewiß von ihm erwartet werden. Ein Hinweis auf die steigenden Preise für Lebensmittel, Bahnen, Wohnung, Kleider, Bücher gehörte zur Sache, daß aber die neu erworbene Regierungsmacht der Arbeiterschaft an dem allem schuld sein sollte, war eine einsichtslose, eine dumme Bemerkung des Sohnes aus wohlhabendem Hause, hatte ihren Ursprung in der überlieferten Gegnerschaft des Bauernwesens gegen das anders geartete politische Lager.
Der Vater, fünfundsiebzig Jahre alt am Tage des Briefempfangs geworden, schickte und schrieb:

«Gesundheit und guter Name werden Dir hoffentlich nicht verlorengehen, und wenn Du Mut und Ausdauer behältst, wird schließlich auch der Erfolg nicht ausbleiben.»
In neuntausend deutsche Mark verwandelten beim Grenzübergang sich des Vaters eintausend helvetische Franken. Diese Franken hatte der Vater im Laufe seines Lebens mit täglicher schwerer Arbeit im Walde und auf dem Acker verdient. Öppi machte sich keine langen Gedanken über die Ungerechtigkeiten, die zu begehen das Wechselverhältnis ihn instand setzte, vielmehr freute er sich der verbilligten Tagesausgaben. Wer immer in dieser Zeit über die Grenze ins Land einreiste, war über die Geldumstände erbaut und nutzte sie nach Kräften. Hatte nicht Öppi die starken Franken seinerzeit benutzt, um einen schwachen Bühnenvermittler zu bestechen, was ihm allerdings nicht zum Guten ausgeschlagen war. Genau genommen war er ein Schmarotzer im Lande. Solche gab es viele. Die Klugheit gebot die Benützung der ungewöhnlichen Umstände. Öppi ließ sich von ihnen begünstigen, ohne sie zu geplanten Gewinnen auszubeuten. Die Verwässerung, die Blähzeit des Geldes hatte schon unter der seinerzeitigen kaiserlichen Regierung begonnen, als man die Kriegskosten nicht als Abgaben und Opfer vom Volke ehrlich verlangte, sondern sie mit dem Hinweis von ihm pumpte, daß die Schulden vom geschlagenen Gegner einst voll müßten zurückbezahlt werden. Davon war nach der Niederlage nun keine Rede mehr. Man hatte im blinden Vertrauen auf den siegreichen Kriegsausgang eine Menge Geld unter die Leute gebracht, Papier mit Wertangaben bedruckt, zugleich fast ganz und gar nur für die Zerstörung, eben den Krieg, gearbeitet, die Geldflut war der Gütererzeugung voraus, die Geldkenner sahen jenseits der Grenzen, daß man im Reich mehr Markscheine für ein Brot im Bäckerladen hinlegen mußte und hinlegte, als die umliegenden Völker es taten, erkannten hieraus die Schwäche des deutschen Geldes und bewerteten es darnach. Sechs Milliarden Reichsmark waren in Deutschland bei Beginn des Weltkriegs im Umlauf gewesen, deren zweiundzwanzig waren es am Schluß. Sechzig helvetische Rappen hatte man noch zur Zeit des Umsturzes auf den Geldmärkten für eine deutsche Reichsmark bezahlt, zehn Rappen waren es noch, als Öppi seinen Einzug in der einstigen Residenzstadt hielt.

Noch beunruhigte diese Erscheinung niemanden so ernstlich, wie sie's verdiente, man sah und verspürte die Teuerung so wie die Örlewitzer Schwestern sie empfanden, als Sache der Binnenwirtschaft, man schalt mehr fühlend als denkend auf den verlorenen Krieg und – willkommener Ausweg – auf die Härte und Bosheit der Sieger, die neben allem, was sie an greifbaren Reichtümern sofort bekommen, vom Lande grosse Goldmengen, Gold und nochmals Gold als Wiedergutmachung in schwindelhaften Mengen über geradezu historische zukünftige Zeiträume hin verlangten. Im Lande fand man kein Gold. Man mußte mit geschwächter Mark es an den ausländischen Geldmärkten kaufen, Mark dafür anbieten. Das große Angebot drückte den Markpreis. Immer größere Summen kamen ins Spiel. Die geplagte, eingeengte, befehdete republikanische Regierung verlangte Noten, Noten, verlangte sie von der Notenbank, die das fortsetzte, was sie unter Wilhelms des Zweiten Herrschaft begonnen: Sie gab Papier heraus, Papier mit Zahlen bedruckt, Papiergeld, Scheingeld, Blähgeld.

Lehm hieß der Mann, dem der Vorsitzende des sächsischen Sprachvereins den Öppi als Schüler zugewiesen. Er wohnte in der Vorstadt hinter vielen Bahngeleisen und Brücken. In der Stube stand ein grünes Plüschsofa.
«Nun», sagte Lehm, als Öppi erschien, «wir wär'n die Sache schon deixeln!»
Welche Zuversicht! Miserabel ausgesprochen!
«So, bei Pondo war'n Se, en guder Schauschbieler der Pondo.»
Lehm sagte nicht Ponto, sagte aber auch nicht Bondo wie die Arbeiter der Vorstadt, sondern Pondo, denn er war immerhin Sprach- und Sprechlehrer und Mitglied des Sprechvereins.
Daß er seine Sache verstand, daß ihn der große Mann vom Ganzen nicht wenig schätzte, war deutlich daraus zu ersehen, daß jener ihm nun den verunglückten Schauspieler Öppi ins Haus schickte. Der behauptete, heiser zu sein. Davon war eigentlich nicht viel zu hören. Immerhin würde er, Lehm, ihn mal kräftig unterrichten, das war gut fürs Schulmeistergehalt, vorausgesetzt, daß dieser Öppi nicht so ein Windbeutel war, wie andere Schüler es gewesen, die zur Bühne hatten gehen wollen, aber nicht imstande waren, die angesetzten Unterrichtsstunden ordentlich einzuhalten.

«Nu, dann gomm'n Se mal recht büngdlich!»
Öppi tat's. Lehm hatte keinen Schüler gefunden, sondern einen Gläubigen gewonnen. Oft stand die Volksschule den Sprechstunden im Wege. Dann mußte Öppi frühmorgens zur Stelle sein. Es war dann jedesmal noch Nacht, wenn er mit den Fabrikarbeitern hinausfuhr in die Vorortlandschaft der Bahngeleise, Kohlenberge und Fabrikschornsteine. In der Bahn rauchten die Fahrgäste und schwatzten, wie ihnen der Schnabel gewachsen war. Öppi verwünschte den seinen.
Die Arbeiter waren der zahlreichste Berufsstand im Lande. Sie hatten nun ihren Volksstaat, wie er etwa den Forderungen ihrer Programme entsprach, die ein halbes Jahrhundert alt waren, nicht ganz ihnen entsprach, mangelhaft entsprach, denn er war ihnen ja ohne großes eigenes Dazutun zugefallen und mehr aus der Ratlosigkeit der Bisherigen als aus selbständiger Tat. Zwar der Reichspräsident war einer der ihren, Ebert, der ehemalige Sattler, und in den Parlamenten und Regierungen saßen Männer ihrer Wahl, aber die Fabriken gehörten nach wie vor den Eigentümern von vorher, die Löhne rückten langsamer vorwärts als die Preise, die Furcht vor dem Verlust des Arbeitsplatzes war keineswegs aus der Welt geschafft, und die allfälligen Unterstützungen waren zuviel zum Sterben und zuwenig zum Leben.
«Gud'n Morchen», sagte Lehm, schluckte schnell die letzte Gabel voll Frühstückssauerkraut hinunter und zündete in der guten Stube die Fahrradlampe an. Die rauchte und stank. Es galt aber, Gas zu sparen, die Zeiten waren bekanntlich schlecht, es gab ja kein Fett, und das Weißmehl war unerschwinglich teuer.
«'s is een Drauerschbiel», sagte Frau Lehm, die allerdings nicht Mitglied des Sprechvereins war.
Dann begann der Unterricht: bi-i-i-i-e-e-e-e-o-o-o-bbboo, machte Lehm in langgedehntem, surrendem Tone, den Zeigefinger an der Nase. Der Finger diente als Hebel, besser: als Ziehbrunnenrad. Lehm führte ihn zur Ermunterung und Begleitung des Redens mit drehender Bewegung in der Luft herum, um die Töne aus dem dumpfen Rachen in die helle Nase hinaufzulocken.
Bi-i-i-i-e-e-e-b-o-bbbooo, machte Öppi und trieb mit dem Zeigefinger nahe am Nasenflügel das unsichtbare Rädlein herum. Das Ergebnis befriedigte nicht. Er ging vom o viel zu schlapp zum b-o über. Das b war an dieser Stelle nämlich kein gewöhn-

liches b, sondern ein Sprungbrettlaut, von dem aus sich der Sprecher mit Gewalt und zupackerisch auf die folgende O-Reihe zu werfen hatte. Die richtige Ausführung war daran zu erkennen, daß beim Übergang vom o zum bo ein mächtiger Ruck den Körper vom Brustkorb bis und mit der großen Zehe erschütterte.
bi-i-i-e-e-au-bbau-
bi-i-e-e-a-a-bbaa-
Die Zusammenstellungen nahmen kein Ende. Sie reichten für viele Stunden. Öppis Eifer blieb unvermindert. Lehm wurde mitgerissen, soweit ihm so etwas überhaupt widerfahren konnte. Das pünktlich bezahlte Unterrichtsgeld trug das Seinige dazu bei, und die Art, wie der Schüler es bezahlte, ebenfalls. Er war froh, Lehm sein Gold hinlegen zu dürfen. Dessen Schnurrbärtchen hing wie eine alte Zahnbürste unter seiner Nase und sträubte sich igelhaft, wenn der Mann mit dem Finger an der Nase in der Luft herum kreiste und seine Laut-Vorbilder zum besten gab. Er schaute Öppi in den Hals, als sei dessen Kehle ein Gipsmodell; er beobachtete jede Kiefer- und Halsmuskelbewegung nicht als Hörer, sondern wie ein Uhrmacher und sozusagen mit der Lupe im Auge. Am liebsten wäre er überhaupt seinem Schüler in den Hals hineingekrochen und hätte jeden Laut an seinen Platz gesetzt und jeden Atemzug überwacht. Er hatte kein Ohr zum Hören, sondern einen Kopf voll Regeln, was um so schlimmer war, als er diese nicht selber gefunden, sondern auch nur von einem Dritten gelernt hatte. Lehm hatte im Leben noch keinen Helvetier reden gehört. Es war ihm durchaus nicht klar, worin eigentlich die Besonderheit der Öppischen Sprache bestand und bei welchem Muskel der Fehler lag. Er verwechselte des Schülers Mängel mit den Mängeln, die er, Lehm, selber einst gehabt, und wandte auf ihn die Lehrweisen an, die man erfunden hatte, um den sächsischen Schulmeistern sprecherisch zu helfen. Öppis Zunge übte wie ein Rekrut im Kasernenhof. Erst mußte sie sich breit zwischen die Zahnreihen hinlegen, dann sich ballen, rollen und gegen den Gaumen hinaufbäumen oder mit ungeheurer Kraft nach vorwärts stoßen und stemmen und so tun, als gelte es, alle Vorderzähne vorn aus dem Mund hinauszuschieben. Reinweg auf die Sachsen gemünzt war das, denen eben alles, selbst die Butter im Winter, ins Breiweiche geriet.

tttttt-i-i-e-e-etttteee hieß das fürs Ohr. Öppi sah angestrengt wie ein Ringkämpfer aus. Wenn die Sache krampfhaft genug und einigermaßen zu Lehms Zufriedenheit ausfiel, dann galt es bei der Lautgeburt den Unterkiefer völlig still und gleichsam aus Zement gegossen unbeweglich zu halten. Da ging dem Öppi zeitweise Frau Spintis gewandtes Reden und ruhelos geöltes Kinn in einem Erinnerungsbild auf. Ob Lehm mit ihm wohl auf dem richtigen Wege war? Er wagte keinen Zweifel zu äußern. Täglich saß er auf dem Plüschsofa neben dem Kachelofen, der genau dieselben, merkwürdig bunten und leistenreichen Kacheln zeigte, wie er sie in der guten Stube eines Nachbarn daheim zu einer Zeit gesehen, da er von keiner anderen Ausdrucksweise etwas wußte als vom Helvetischen. Wochenlang beschäftigten sich Lehrer und Schüler so mit dem Geriebsel von Wörtern und Sprachsplittern von immer wechselnden Formen. Endlich kam, wie am Anfang des Lebens, das erste Kinderverslein:

> Ich bin ein feines Mäd-d-d-chen
> Kann d-d-d-rehen d-d-d-as Räd-d-d-chen –

Warum so viel Aufhebens mit dem d? Das war auch so ein Sprungbrett oder Zinnenlaut der vordersten Zungenspitze, von dem das Nachfolgende, von dem besonders die Selbstlaute sich leicht absetzen, leicht weg wie Seifenblasen zu den Hörern entschweben konnten.

Tränen der Freude über das Wiedersehen mit dem zusammenhängenden Deutsch rannen über Öppis Wangen. Nun konnte man auch deutlich feststellen, daß die alte Heiserkeit noch da war und daß, abgesehen von den neu hinzugekommenen Künsteleien, sich am Ganzen wenig geändert hatte. Er wagte allerdings nicht, sich derlei Beobachtungen offen einzugestehen, kam aber immer öfter hilfesuchend zu Lehm herausgefahren, wenn ihn in seinem Zimmer die Hoffnungslosigkeit übermannen wollte. Lehm machte allemal ein bedenkliches Gesicht. Das Mitgefühl stieg in ihm auf, er vergaß den Sprechverein und seine Regeln, turnte nicht mit Öppis Zunge, sondern öffnete leise das Klavier und sang mit erhobener Stupsnase, leicht nickend und durch die Nase:

> Vöchlein im hohen Baum,
> Glain ist's, ihr sehd es gaum,

sing-d-och so schön
sing-d-och so schön ...

Öppi sang still mit. Lehm hatte bei der Sache ein schlechtes Gewissen, weil das Lied nicht zum Lehrgang gehörte. Die Freundlichkeit des Gegenstandes aber erleichterte Öppis Herz, er beneidete das Vöglein im hohen Baum um seinen Gesang und versuchte es ihm gleichzutun. Es waren die schönsten und natürlichsten Laute, die er in Lehms Wohnung von sich gegeben. Aber hernach kehrte man zu den Regeln des Sprechvereins zurück.

Im Laufe der Zeit eignete sich Öppi so viele Unarten und Unnatürlichkeiten an, daß man das Ergebnis dem Erfinder des Verfahrens vorführen konnte. Der Gewaltige bestellte den kleinen Schulmeister und den kleinen Schüler zu sich ins Haus. Lehms Angst war groß. Die Prüfung galt ihm nicht minder als Öppi. Die Zuschüsse zum Lehrergehalt hingen davon ab, ob er des Mannes Gunst und Vertrauen behielt. Der Alte saß am Flügel. Er hatte, ehe Öppi an die Reihe kam, bereits mit einem Tenor so lange exerziert, ihn in den hohen Tönen herumgejagt, bis der Mann überhaupt nichts Brauchbares aus der Kehle mehr herausbrachte.
Öppi begann, angstvoll und mit zusammengequetschtem Hals.
bi-i-i-i-e-e-bbbee ...
«Machen Sie den Mund auf», schrie der Alte. Sein Bart zitterte in zorniger Aufwallung.
Was war das? Den Mund aufmachen? Aber Lehm hatte doch gesagt ...
Lehm? Der saß in der Ecke auf einem Stuhl nahe bei dem Sprechgewaltigen und sah aus wie ein Kinderballon, aus dem die Luft entweicht.
«Viel zu kleinen Mund haben Sie», fuhr der Alte fort.
O Himmel, dachte Öppi und schrumpfte wie Lehm zusammen. Der Alte wuchs. Die Probe ging weiter. Öppis Stimme verkroch sich völlig. Mit Lippen und Zunge turnte er herunter, was Lehm ihm beigebracht, krampfhaft, jeder Vorschrift eingedenk, so daß der Alte schließlich mit Lehms Arbeit nicht unzufrieden war.
Viel zu kleinen Mund! Davon hatte nicht einmal die gehässige Örlewitzer Presse geschrieben. Ob man ihn vielleicht erwei-

tern konnte? Wie? Mittels Zerrübungen? Immer übte ja Öppi. Oder im Krankenhaus mittels des Chirurgenmessers? Hoffnungsloser Zustand! Zu dem Alten würde er nie mehr gehen. Den hatte ihm doch Ponto empfohlen. Vor einigen Monaten hatte Öppi diesem noch die Faustverse ohne Schwierigkeit hersagen können, jetzt konnte er, noch unsicherer geworden, nur unter Stottern von der Zeitungsfrau einen D-d-d-resdener Anzeiger verlangen. Da war die Zunge zurechtzulegen, das d anzusetzen, Atem zu schöpfen, da paßten der Straßenbahnschaffner und die Zeitungsfrau und wer eben zur Stelle war, darauf auf, ob Öppi endlich ein bühnenfertiges Deutsch herausbringe.

Wenn Öppis Sprache sich aber nicht ändern lassen wollte, so veränderte sich doch sein Gehör. Es wurde feiner und feiner. Er hörte sich selber, hörte nicht nur die Töne, sondern den Gang der Rede. Hörte Lehm immer besser. Lehms Unzulänglichkeiten schälten sich heraus.

Was war Öppis Umgang? Menschen? Nein, Sätze! Er kam ihnen gründlich hinter die Schliche, diesen Sätzen. Was konnte man aus ihnen machen! Wie lagen sie da in den Büchern, diese Scheintoten, diese Winterschläfer, die man nur anhauchen mußte, damit sie ihre Glieder reckten, ihre Zähne zeigten, ihre Musik ertönen ließen, ihre Krallen und Pranken ausstreckten und die Seelen packten, die Menschen ergriffen, die Gedanken in Aufruhr brachten. Heiser zu sein war lästig, aber nicht heiser sein war noch nicht sprechen können. Sprechen war gestalten. Niemand hatte sprechen können in Örlewitz. Ponto konnte es. Lehm wußte rein gar nicht, um was es ging. Was waren diese Wörter, diese Zeichen, Sätze, Zusammenfügungen anderes als Stoff für den Gestalter, der sie aufgriff, Teile heraushob, Teile fallen ließ, sie verschieden färbte, beschleunigt herauswarf, verlangsamt zerlegte, der nach seinem Herzen, seiner Phantasie, seinem Verstand sie in Beziehung brachte, gegeneinander setzte, verband und trennte, daß sie zu lebendigen, wirksamen Gebilden wurden, flüchtig wie ein Windhauch und doch wirksamer, stärker, unvergeßlicher als tausend Dinge.

Die Einzelheiten mußte man natürlich zur Hand haben, die kleinen Stücke, die t und p und k sollten, fertig geformt, jederzeit zur Verfügung stehen, damit das Ganze so erstehen konnte, wie Öppi es nun immer deutlicher erkannte. Immerhin konnte man an diesen Einzelstücken nicht den ganzen Tag sitzen. Es war angenehm, zwischendurch vom Ende zu träumen, vom Erreichten, von vollendet gestalteten Sätzen, von schönem Klang, von Anhängern, Ruhm und Glanz, bis ein helvetischer Laut, unversehens der Kehle entwischt, den Öppi wieder in die tiefste Hoffnungslosigkeit zurückwarf. Dann sah er sich mit einem Schlag wieder in sein Mietzimmer versetzt, neben das alte Klavier, dran er bald gewaltige Töne zu singen gedacht hatte und das er nun nicht anzutippen wagte, um nicht das Haus auf sich aufmerksam zu machen.

Niemand in seiner Umgebung wußte, was er eigentlich tat. Die Wirtin mit dem großen, häßlichen Mund dachte an ihre Zinseinnahmen und hielt sich im übrigen so fern wie möglich von ihren Mietern. Öppi gab keinen Anlaß zu Klatsch. Er forderte nie etwas, beklagte sich nicht, aß ruhig bei dem sorgfältig eingeteilten Essen, dessen bestes Stück allemal aus amerikanischem Speck bestand, der dem geschlagenen Land mit einer gewissen Wohltätigkeitsgebärde vom siegreichen Feind, zunächst gegen Bezahlung, geliefert wurde. Öppi lernte seine Stücke so aufzuteilen, daß sich ein ordentliches Mengenverhältnis zu den reichlich vorhandenen Kartoffeln und dem Kohl ergab. Daneben erhielt er Zustupf aus Helvetien, Lebensmittelpakete mit Kakao und eingedickter Büchsenmilch. Wie schon vordem in Örlewitz. Am Tische saß ein Zeitungsmacher, ein Redaktör mit seiner Frau, saß ein großer ostpreußischer junger Buchhändler, saß ein Lehrer mit dem Namen Engel, der eben ein junges schüchternes Wesen geheiratet hatte. Sie war auch zur Stelle und bot mit ihrem Engelnamen dem Redaktör Gelegenheit zu Spässen, die huldigend tönten und immer gleich platt blieben. Er pflegte den Umgang mit geschriebenen Sätzen, war aber kein Sprachbesessener, sondern nur ein Meinungsknecht, Weltkriegsteilnehmer auch, der zu Öppis Verwunderung keine Kämpfertaten oder -leiden berichtete, wohl aber dem Kriege als Einrichtung sein Lob spendete, da man nämlich, höheren Befehlen gehorchend, immer gewußt habe, was am Tage zu tun und zu lassen war, da man auch der Sorge und dem Getrampel ums tägliche Brot enthoben gewesen. Schöne Erinnerungen gab es aus der Zeit und manch spaßigen Vorfall und manches ulkige Vorkommnis. Er arbeitete im Stabe einer betont vaterländischen nationalen Zeitung, einer Anhängerin des verlorenen Reichs, deren Entschluß es war, an der Republik und ihrer Regierung nichts Gutes zu finden. Der Mann schalt nicht, gab sich nicht angriffig, sondern ließ seine abschätzigen Anmerkungen gelassen über die kleine hängende Unterlippe und über sein Kinn hinunterrutschen.

Der große Buchhändlergehilfe war Öppi nicht grün, wies unverhohlen darauf hin, daß er zu den unerwünschten Gewinnern der gestörten Geldverhältnisse gehöre. Die Berufsverhältnisse jedes einzelnen Tischgenossen kamen irgend einmal während des Essens zur Sprache, nur die Öppischen nicht. Seine Pläne waren so weit von seinem wirklichen Zustand entfernt, daß er sie nicht zu zeigen wagte. Das Vaterland hatte ihm die unzulängliche Sprache mitgegeben. Er haßte es. Die Gegenwart bestand aus b-i-e-be und bieebo, war nicht erwähnenswert, die Tage in Örlewitz mußten vergessen werden. Er kehrte nach beendigter Mahlzeit jedesmal sofort in sein Zimmer zu dem kalten Ofen zurück und zu dem Klavier, das er nicht zu benutzen verstand, das aber den Zimmerpreis hochhielt.

Da Öppi sich mit Worten nicht äußern durfte, tat er es mit Zeichen. Er zeichnete; nicht etwa wie ein Sehender, sondern wie ein Blinder, nicht weil er dieses oder jenes Schöne erblickte, sondern um sich Luft zu machen, mittels der Erinnerung an früher Geschautes. Steine! Immer Steine! Überall lag auf den Blättern ein Stein, vorn am Bildrand hoch und drohend, oder hinten im Bild quer hergesetzt als Hemmnis aller Bewegung. Das war immer sein Stein! Der Stein, der ihm im Wege lag, das große Hindernis, die Angst seines Herzens, die Beklemmung in der Einsamkeit. Auf den Blättern irrte und geisterte er selber herum, immer allein, auf Brücken, auf Ährenfeldern, als später Wanderer oder verlorener Sohn, eilig, gejagt, gehetzt, immer in Unruhe und bedroht von einem Stein, bis er zuletzt auf einem der Blätter als Gehängter vor einem Riesenstein an einem Tannenast baumelte.

Kleine Wiederholungen der Blätter, erste Notizlein, schickte er an Eva. Sie bekam jeden Gedankengang, jede Hoffnung, jeden Zweifel zu hören, das gleiche in immer neuen Abwandlungen des Ausdrucks, und wurde des Lesens nie müde, mehr: sie hatte Kraft, Glauben und Geduld, ihm immer wieder ermutigend zu antworten.

«Unbeschreiblich schön sind deine Briefe, ein Schauer durchrieselt mich, wenn ich sie lese, alle bewahre ich auf mit einem fast heiligen Gefühl, lege sie beiseite, und du wirst, einmal am Ziele, dereinst große Freude an deinem Geschriebenen haben. Carlo Julius? Nichts Bestimmtes von ihm, über ihn – Öppi, warum bist du gegangen? – oh, ich weiß es ja: du mußtest das tun. Warum tatest du's, mußtest du's? Habe ich dich nicht gebeten, zu gehen? Habe ich? Warum hast du gehorcht – oh, wie gut, daß du gehorcht hast! Wie klug ich war! Wie dumm! Oder doch, wie klug! Aber ihr habt mich verlassen, beide, du und Carlo Julius.
Sieh, nun wohnt Dagny bei mir. Dagny, die dir den ersten Porträtauftrag als Bildhauer gegeben – sie hat Lia verdrängt, aber Lia kommt auch noch – Dagny, die leidenschaftliche, verführerische, schöne Musikerin, die Verschwenderin, die von den Männern alles bekommt, was ihr zu verlangen einfällt, die keine Liebe kann dauern lassen, keine kann halten, die von ihren Geliebten zu ihrem Spiel, von ihrem Spiel zu den Geliebten flieht. Sie verbirgt sich bei mir, läßt mich ihre schönste Musik hören, wundert sich darüber, daß wir – du und ich – so lange schon zusammenhalten, bezaubert mich, nützt mich in der Weise aus, daß sie mittels meines sorgsam gehüteten Ansehens sich selber gegen üble Nachrede abschirmt. Sie schenkt mir mehr, als ich eigentlich vertragen kann: Kleider, Pelze, Schuhe; ich bin jetzt schön angezogen, bin schön, wie sie sagen, jetzt, wo du nicht mehr da bist, mir nicht viel dran liegt, ich ganz und gar verlassen bin ...
Nichts Neues von Carlo Julius! –
Er muß kommen, jetzt kommen. Öppi, immer will ich zu dem oder jenem großen Herrn aus dem Umkreis deiner und meiner Bekannten gehen, von dem ich höre, daß er nach Frankreich wieder fahren kann, in geheimer, in geschäftlicher, in irgendeiner Sendung, und will ihn bitten, für Carlo Julius' eilige, beschleunigte Befreiung etwas zu tun, und immer fehlt mir der Mut und die Zuversicht zu solchen Unternehmungen ... Er muß kommen, jetzt kommen! Damit ich Wahrheit reden kann, Wahrheit über die Jahre der Trennung, die Jahre mit dir ...
Öppi, machst du dir viel aus den Frauen? Nein, gelt nein! Du behältst mich noch im Herzen, bis wir bei dir sind, denn du willst

es wie ich, daß wir alle beide zu dir kommen, sonst habe ich keine Lust, fortzuleben. Was ich leide: andere dürfen dich sehen, gar vor deinem Spiele sitzen, ich darf es nicht, oh, wie eifersüchtig bin ich auf das Unbekannte deiner Umgebung. Du bist mir lieb wie mein Mann, ich kann nichts dafür: der Krieg hat es mit sich gebracht, daß ich zwei Männer liebhaben muß, und es ist keine Sünde dabei, denn es geschieht aus reinem Herzen. Aus der Liebe gehen allein die größten Sachen hervor. Du und Carlo Julius, ihr müßt beide etwas Schönes werden, und ich will euer guter Geist sein. Er soll nichts, wenn er kommt, bei mir vermissen, soll sich nicht zurückgesetzt fühlen.
Zu dreien mit dir sein!
Meine Liebe wächst noch zu dir, und doch will ich für ihn alles tun, ich liebe ihn ebenso wie dich – ach, meine Angst, daß alles zuviel für mich werden sollte. Ich freue mich auf ihn, aber am meisten darauf, zwischen euch beiden zu gehen, zwischen dir und ihm, meinen Kindern und meinen Geliebten. Ich kann vor lauter Spannung nichts tun, ich lese dich mit Andacht, mein Frauenherz fühlt es und spricht die Wahrheit, daß du etwas Einzigartiges bist. Ich liebe dich so, wie man nur selten jemanden liebt, aber mein Carlo Julius kommt deswegen nicht zu kurz, denn ich liebe ihn auch mit derselben Liebe und kann nichts dafür, daß es so gekommen ist.
Innigen Dank für alle Fürsorge und Gedanken in deinen Briefen an mich. Die Nelke, die du von den alten Schwestern aus mir noch schicktest, habe ich geküßt, weil du sie in der Hand gehalten hast. Wie reich ich bin mit euch beiden! Wir müssen, wenn Carlo Julius kommt, zu dir sofort gehen, sonst will ich überhaupt nicht leben. Es wird schön werden zwischen uns, und wir wollen der Welt beweisen, daß es Menschen gibt, die Böses einander anzutun niemals imstande sind.
Ich schicke dir Carlo Julius' letzten Brief zum Lesen – ach, ich will alles für ihn tun – wenn ich dich nur da hätte – nur noch dieses: daß es dir gut gehe, kann mich aufrecht halten, und daß du mich tröstest, so wie du schriebst, daß wir ein Ganzes zusammen seien und jeder von uns ein Drittel, das hat mir gut getan. Immer muß ich denken: du bist mein Kind, mein Freund, und ich bewundere dich in allem, in deinem Mißerfolg und Erfolg, und habe dich lieb, über alle Maßen, das weißt du.»

Öppi ging auch ins Theater. Das verstand sich. Immer mit Spannung geladen, feierlich, gesammelt, allein, wortlos, ausgehungert nach Zwiesprache. Ins berühmte, große, schöne Dresdener Theater, wo so viele ausgezeichnete Spieler ausgezeichnet Geschriebenes auf ausgezeichnete Weise den Zuhörern darboten. Während der Pausen irrte er in den Gängen unsicher auf den roten Teppichen zwischen den schwatzenden Menschen umher. Es war lächerlich, zu schwatzen. Es war lächerlich, daß sie ihre Angelegenheiten besprachen, anstatt still aufs nächste Dichterwort zu warten. Es war Gnade, längs der alten Malereien gehen zu dürfen, welche da die Wände schmückten, vorbei an den Bildnissen großer Spieler und Spielerinnen gewesener Zeiten.

Zunächst versuchte Öppi, sich näher an die Lebenden heranzupirschen, ihnen auf den Mund zu sehen, Erkenntnisse zu sammeln Er meldete sich zu den Statisten. Ponto war ihm behilflich. Das Theater schickte ihm eine vorgedruckte Karte ins Haus, drauf es ihn zur ersten Probe einlud. Das war ein Tag! Die Sache sah aber anders aus als in Örlewitz, es gab keine Löcher in den Kulissen zum Durchgucken, die Bühne war ein streng abgegrenzter Arbeitsplatz; wer nicht gerade beschäftigt war, hatte in den Nebenräumen zu warten. Die Stummen insbesondere waren ohne Rechte, gingen in gesonderten Gängen durchs Haus und hatten keine Gelegenheit, auf Treppenstufen die gleiche Luft mit den Großen zu atmen. Es gab streng geführte Anwesenheitslisten und einen besonderen Vorgesetzten, um das zu verhindern, was Öppi zu tun beabsichtigt hatte.

Immerhin feierte er Wiedersehen mit der Bühne. Als Herr des achtzehnten Jahrhunderts sah er sie wieder, in Seidenhosen, Schnabelschuhen, in weißer Perücke und mit einem Schönheitspflästerchen auf der Wange. Zusammen mit einem kleinen Fräulein bildete er das vierte Paar am Anfang eines langen Zuges von Hofleuten. Die Stellung so weit vorn im Zuge war eigentlich eine kleine Auszeichnung, denn das vorderste Paar war von einem regelrechten Schauspieler gebildet, einem Bühnenangehörigen von großer Gestalt, wenn auch mittlerer Bedeutung, und von einem jungen Mädchen, das auch zu den Künstlerinnen des Theaters gehörte. Das zweite Paar war ähnlich zusammengesetzt. Vom dritten kannte Öppi den jungen Mann, der seinen Platz oben in den Ankleideräumen neben dem seinigen hatte. Dann, wie gesagt, kam er selber. Wenn der ganze Zug lange genug hinter den Versatzstücken gewartet hatte, ging's auf die Bühne. Schön zu zweien. So vornehm wie möglich. Öppi schritt dann auch hinaus ins Licht, nicht als finsterer Held wie in Örlewitz, nicht als Bühnenerscheinung und Dichtergestalt von höchster Bedeutung für den Abend, sondern nur als unbeachteter Höfling. Aber was für eine Bühne war das! Wieviel Platz, wieviel Licht, wieviel Leute! Keinen Blick wagte er in den großen Zuschauerraum hinaus zu werfen, eins galt allein: so vollkommen zu stehen und zu gehen, wie die andern sprachen und spielten.

Wenn der Auftritt zu Ende war, stellte Öppi sich hinter den Kulissen auf, um das weitere zu beobachten. Aber der Bühnenwachtmeister empörte sich über den zudringlichen Neuling und wies ihn mit geringschätziger, befehlerischer Gebärde weg. Öppi merkte, daß er nicht für voll galt. Das war bitter. Er hatte sich selbst in diese Lage begeben, zu großen Zwecken allerdings, aber darnach fragte niemand.

Oben in den Ankleideräumen ging's ihm besser. Er redete mit niemandem ein Wort, aber sein Anzug redete für ihn. Auf den Straßen der Stadt begegnete man noch den Feldgrauen, den hinkenden, invaliden Frontsoldaten, den einbeinigen und einarmigen, mit dunklen Blutspritzern auf dem alten Uniformtuch.

Ihre Erfahrungen?

«... Wir schwärmten aus ... mitten in scherzende Zurufe schnitt ein markerschütterndes Geheul. Zwanzig Meter hinter uns wirbelten Erdklumpen aus einer weißen Wolke und klatschten ins Geäst der gewaltigen Buchen. Vielfach rollte der Schall durch den Wald. Körper schmiegten sich an den Boden. Schuß folgte auf Schuß ... Schreie wurden laut. Stickige Gase schwammen im Unterholz. Ich eilte mit dem Unteroffizier keuchend um eine mächtige Buche. Ein Schlag gegen meinen linken Oberschenkel warf mich zu Boden. Die Wärme des ausströmenden Blutes belehrte mich: verwundet! ... Ich rannte dem Graben zu, aus dem wir gekommen. Von allen Seiten strebten Verwundete aus dem beschossenen Gehölz strahlenförmig darauf zu. Der Durchgang war entsetzlich, von Schwerverwundeten und Sterbenden gesperrt. Eine bis zum Gürtel entblößte Gestalt mit aufgerissenem Rücken lehnte an der Grabenwand. Ein anderer, dem ein dreieckiger

Lappen vom Hinterschädel herabhing, stieß fortwährend schrille, erschütternde Schreie aus ... Und immer neue Einschläge ... Vor meinem Erdloch stand ein Unteroffizier und bat mich, in den Graben zu kommen ... eine Explosion riß ihm das Wort vom Munde: mit einem abgerissenen Bein stürzte er zu Boden ... im Grabenstück links neben uns wurden drei Leute meiner Kompagnie zerrissen. Einer der letzten Treffer tötete das arme Schmidtchen, das noch auf der Stollentreppe saß ...»
Die Ärmsten der Davongekommenen nun auf dem Gehsteig! Mangelhaft Unterstützte, manchmal unentwegt und zwangshaft, nach ausgestandener Verschüttung wieder ausgegraben, die Glieder, die Köpfe wie lose Puppen schüttelnd, die Uniform als Ausweis auf dem Leibe oder aber darum, daß alles brauchbare Gewebe daheim für aufwachsende Kinder von der Mutter zurechtgeschneidert und aufgebraucht, neues aber nicht aufzutreiben, unerschwinglich war.
Öppi trug helvetisches Zeug auf dem Leibe, aus australischer Wolle, in einer englischen Fabrik gewoben, von der Hand eines teuren Maßschneiders verarbeitet, ein auffallend helles, dickes, starkes, fremdes Tuch mit gelblichen Hornknöpfen darauf.
«Ein heruntergekommener Schauspieler», sagten die mangelhaft eleganten Statisten des sächsischen Staatstheaters von ihm. Heruntergekommen? Oh, das zählte nicht, hatte nichts zu bedeuten, aber «ein Schauspieler», ja, das sah man ihm also doch an, das wollte er sein, darum wollte er sich so lange mühen, bis sein Bildnis auch unten in den Wandelgängen im goldenen Rahmen hing. Sie sollten sich nur in acht nehmen, die Bühnenleute, die Rollenspieler, die ihn jetzt übersahen, anstatt zu ihm zu kommen, sich vorzustellen und «Sie sind nicht an Ihrem Platz, Herr Öppi» zu sagen, oder: «Wir kennen Sie besser. Sie werden uns einmal alle übertreffen.» Nichts derlei geschah. Trotzig und grimmig stand er immer vor dem Auftritt in seinen Seidenkleidern mit dem Schönheitspflästerchen auf der Wange zwischen den Hofleuten hinter der Kulisse und machte ein starres Gesicht, das nicht zur Umgebung paßte.
Einmal allerdings war er ein deutlich Bevorzugter: Man wählte ihn unter den Statisten aus, damit er, ganz allein, eine Art lebendigen Dekorationsstücks, in vornehmem Kostüm an die Balustrade eines italienischen Gartens sich lehne, dies allerdings nur

im Hintergrund der Bühne, den Rücken gegen das Publikum gewendet und auch nur für kurze Zeit, denn er hatte, sobald die Schauspieler auftraten, sich in gepflegter Haltung fortzubegeben; immerhin fielen die ersten Worte des erhabenen Tassogedichts noch in seiner Anwesenheit und in vollkommener Weise aus geschultestem Munde – Erquickungen das, wie der wirkliche Tag sie nicht zu bieten hatte.
Dann Evas Zeilen! Plötzlich! Von unterwegs, mit Bleistift geschrieben, in zittriger Schrift auf der Bank eines deutschen Bahnhofs:
«Carlo Julius kommt. Ich bin auf dem Wege zu ihm. Schreibe mir jetzt nicht mehr. In einigen Stunden werde ich ihn sehen. Bist du froh, mich los zu sein? Nein, gelt, ich lebe in deinem Herzen wie du bei mir. Wir werden zu dir kommen. Hast mich lieb? In deiner schönen Umgebung wollen wir miteinander uns freuen. Jeden Tag werde ich, bis wir uns sehen, dich in Gedanken haben.»

Fünf Jahre und mehr hatte sie auf ihn gewartet. Ob sie sich noch verstehen würden? Sie sehnte das Wiedersehen herbei und konnte doch nicht ohne Angst daran denken. Ob sie ihn noch liebte, wie sie ihn einst geliebt? Sie verdachte sich's, daß sie überhaupt so fragen konnte. Ob sie den rechten Ton für ihn fände?
Wie war's doch gewesen in der kleinen Wohnung des kleinen Schauspielers in Cheudra? Eine glückliche Zeit? Ja und nein. Durfte sie sich jetzt auf die einstigen Zwistigkeiten besinnen, die sein mangelnder Fleiß damals hervorgerufen? Hatte nicht der Direktor sie damals zu sich gerufen, um sie wegen des Gatten Ungenügens zur Rede zu stellen? Vorbei, vorbei! Unreife alles. Fünf Jahre Kriegsgefangenschaft konnten manches verändern. Gut, daß es jenes Gefangenentheater im Lager gegeben hatte, so war Carlo Julius in Übung geblieben. Gut werden würde nun alles! Die Liebe zu Öppi war sofort zu gestehen. Wie er's aufnehmen würde? In den Briefen hatte sie nie offen gesprochen, Briefe kamen unter der Zensoren Augen, des Gatten Ehre mußte geschont werden. Und jetzt? Wenn Carlo Julius sie verstieße? Öppi nicht mehr zu ihr hielte? Dies einfach, weil der Gatte wieder zur Stelle war! Eines gab es nur: Wahrheit für alle. Alles war zu wagen. Die Liebe, ihre Liebe zu beiden würde sie alle einen.

In der Hafenstadt, der Heimatstadt ging zu gleicher Zeit der ehemalige Kriegsgefangene Carlo Julius von Bord des Transportschiffes, das ihn mit vielen hundert anderen in die Heimat zurückbrachte. Frei! Nach fünf Jahren! Daheim! Verwunderter, seliger, langsamer Blick auf die Michaelskirche, die Elbebrücken, die spärlichen Schiffe. Alles noch da. Alles gleich, alles anders. Langsamer Gang nach Hause, aufwärts über die gewohnten Treppen. Oben die kleine Wohnung, die Mutter, weißhaarig geworden, klein, zierlich, hübsch noch immer.
«Junge!!»
«Nachrichten von Eva?»
«Sie kommt. Lies!»

Carlo Julius ging zum Zuge, versteckte nach Art der Buben sich, als er einfuhr, hinter einem Pfeiler, sah Eva aussteigen – ja, das war die geliebte Gestalt, so hatte sie sich bewegt in jenen frühern Tagen, etwas scheu, wie jetzt, ganz wie jetzt, da sie sich umsah auf dem leer werdenden Bahnsteig, suchend sich umsah, schon an einen Dienstmann sich wenden wollte, als Carlo Julius hinter seinem Pfeiler hervorkam, ungesehen ihr sich näherte, die Hand von hinten ihr auf die Schulter legte: «Eva!»
Sie konnte nicht reden. Er mußte sie auffangen. Sie umschlang ihn.

In Mutters Stube ein bescheidenes Mahl. Man war arm, allgemein arm. Viele Fragen des Heimkehrers. Fragen auch, wie Eva es gemacht, ihn im Gefangenenlager mit so vielem zu versorgen, ihm mit Geldsendungen immer wieder beizustehen?
Das rührte von ihrer Arbeit her, von dem Unterricht im Tennisspiel für Kinder, von der Heilgymnastik und ähnlichem, damit es aber schwierig geworden war mit der Zeit: die Hände schmerzten, die angestrengten Gelenke schwollen auf. Oft hatten sie beim Schreiben den Dienst versagt, dann war Öppi eingesprungen, hatte mit seiner klaren Schrift des Lagerinsassen Adresse auf die Sendungen geschrieben.
«Öppi! Ja, du schriebst dazwischen ein Wort von ihm.»
«Er hat mir in vielem beigestanden, ist ein Künstler jetzt, ein Schauspieler, hat seinen Platz am Theater verloren, befindet sich zur Zeit in Dresden, steckt in Schwierigkeiten.»

Abends beim Schlafengehen gab es ein Zimmer für die beiden Wiedervereinigten. Ein Bett stand drin, für beide eines, das Ehebett. Die Mutter hatte das so eingerichtet, sie glaubte zu wissen, was nach so langer Trennung sich gehörte.
Als Carlo Julius Eva dort in die Arme schloß, wehrte zunächst sie ab, machte sich los, sah ihn an: «Daß du es weißt – ich bin Öppis Geliebte gewesen.»
«Hab' ich mir immer gedacht. Lange Zeit?»
«Länger, als unsere Ehe zur Zeit deines Abschieds gedauert hatte.»
«Hast du ihn sehr geliebt?»
«Ja.»
«Tust es noch?»
«Ja.»
«Wirst es weiter tun?»
«Im Herzen, wenn du es erlaubst.»
Da schlug er sie ins Gesicht, einmal, zweimal!
Sie hob den Kopf, sah ihn an.
«Schlag mich nur. Ich habe es vielleicht nicht anders verdient. Ich will büßen.»
Eine Träne rollte über die schmalen Wangen. Da verlor er die Sicherheit, erschrak vor der Ruhe ihres Blicks, vor der Trauer darin. Er fiel auf die Knie, bat, umfing sie, seine Frau, die schöne Frau, nach der er sich so manches Mal gesehnt, da er Umgang nur mit sich selber gehabt wie der Onan der Bibel.
«Eva!»
Sie suchte unter seinen Küssen den Weg zurück zu den Gefühlen der ersten Liebe mit ihm, sie wollte Öppi vergessen. Nicht ganz, nicht sofort.
«Carlo Julius», sagte sie nachher, «ich habe dir, als du gingst, versprochen, dich nicht zu verlassen, noch zu vergessen, aber ich habe dir nicht versprochen, treue Liebe zu bewahren. Du weißt es, ich lebe nur, wenn ich liebe und geliebt werde, ich bin nicht untreu – aber der Geliebte muß bei mir bleiben. Ich bin, als der Krieg ausbrach, meiner Heimat fern, in Helvetien geblieben, weil ich in Helvetien dir näher war, weil ich besser von dort aus für dich glaubte sorgen zu können. Öppi hat an der Sorge um dich teilgenommen, er hat mir beigestanden, er ist mein Kind ebensosehr wie mein Geliebter gewesen.

Du hast viel entbehrt, ich will dir helfen, die Entbehrung vergessen zu können. Du sollst mit mir zu Öppi gehen, damit du siehst, wem ich mich anvertraut habe. Willst du das tun? Tu es, das ist dann die volle Aufrichtigkeit. Ich stehe zu dem, was ich getan habe, und schäme mich Öppis nicht. Jetzt gehöre ich dir – wenn du mich noch haben willst – wenn nicht, verstoße mich.»
«... damit du zu ihm gehen kannst!»
«Nein, das könnte ich nicht tun, Öppi und ich haben uns getrennt, nicht erst jetzt, da du vor der Türe standest, sondern vor Monaten schon. Er ist unfertig, muß seinen Weg suchen.»
«Bleibe bei mir, Eva, bist das Beste, was ich habe.»
Von diesem Besten wollte er auch gerne gehabt werden. Was hatte ihn sonst, was hatte er drüber hinaus? Die Mutter gealtert, ärmer als je. Kein glanzvoller oberster Kriegsherr mehr. Kein Garderegiment, kein vormächtiger Staat, Auflösung überall! Einziges Besitztum: Evas sorgfältig weggelegte Ersparnisse, die sie ihm übergeben wollte. Da gab es gleich etwas zu verwalten. Bei Eva war Neuanfang, mit Eva könnte man allenfalls nach Helvetion zurückkehren, von wo er ausgezogen.
Dieser Öppi? Der schrieb da an ihn und seine Frau, sehr ergeben, freundschaftlich bat er um die Erlaubnis, an der Freude der Rückkehr ein wenig teilhaben zu dürfen. Ein Kerl mit Mißerfolg und einer mangelhaften Stimme. Das gab gleich Anlaß zu einigen Überlegenheitsgefühlen. Seine eigene Stimme jedenfalls war gesund, die helvetischen Sprachschwerfälligkeiten ihm nicht unbekannt. Diese Herkunft war allerdings vortrefflich geeignet, einem das Leben bei der Bühne sauer zu machen. Da kam er doch aus einem erheblich besseren Wurstkessel.
Mochte Eva ihm ein paar Zeilen schreiben, wie sie es richtig fand und unter seiner Aufsicht sozusagen:
«... endlich sind wir wieder zusammen. Alle Steine sind von meinem Herzen gerollt. Schön ist's, sich aussprechen zu können, es ist, als seien wir nicht getrennt gewesen. Dank für deinen lieben Brief. Carlo Julius sehnt sich auch, zu dir zu kommen, und ich freue mich, zu dritt mit euch zu sein. Ein Wunder, daß er an Leib und Seele sich gesund hat halten können in dieser langen Zeit. Er ist schön und gut. Daß ich alles jetzt in seine Hand legen kann! Ich freue mich, Carlo dir zu geben, dich Carlo zu geben! – Schreibe uns bald.»

Öppi schrieb seine Überlegungen zur Sache; was für den Rückkehrer, den bestallten Beschützer Evas am besten zu tun wäre? Es konnte Eva nun Gutes am besten dadurch geschehen, daß es dem Carlo Julius geschah. Öppi empfand keine brennende Eifersucht, dafür hatte er keine Begabung. Eva gehörte nun dem Gatten. So verlangte es die Ordnung, so hatte man's daheim gehalten. Die Liebe des Herzens durfte bleiben, mochte wachsen, alle umfassen: Freunde zu dreien zu sein, das war's! Ein Neubeginn für alle, jeder froh über den andern, Öppi über Evas Liebe, soviel ihm davon noch zukommen durfte, Eva über Öppis Dasein und Nähe, Carlo Julius über das Doppelmaß an Zuneigung, das nach den öden Gefangenenjahren ihm verschwenderisch zuteil wurde. Was hatte zu geschehen? Den schmalen Pfad ins Erwerbsleben zurück galt es zu finden. Da war es gut, einen Freund zu haben, den man einfach hatte, nicht erst gewinnen mußte. Einige Hülflosigkeit stand einem eben heimgekehrten Gefangenen nicht schlecht zu Gesicht, das stachelte den Eifer der andern für ihn an. Bis zum Tage der Entlassung war er karg, aber ohne eigene Bemühungen ernährt worden. Nun hieß es, für eine Frau zu sorgen. Was war sein Können? Singen, Bühnenspiele treiben, die Geige leidlich handhaben. Dieser Öppi trieb ähnliches, schien nicht zurechtzukommen. Das gab fachlichen Gesprächsstoff, natürliche Zusammengehörigkeit. Ihn zur Rede zu stellen, war gar nicht notwendig. Evas Darstellungen, die gegenseitigen Gefühle betreffend, mochten genügen, zumal Carlo Julius seine Strafe verhängt und seinen Vorrang wiederhergestellt hatte.

Öppi bekam einen kurzen Brief, der hauptsächlich aus einigen Ausflüchten darüber bestand, warum er so kurz sei. Er möchte sicher, hieß es da, an der beiden Glück teilnehmen, das darzustellen wegen der abgegriffenen zugehörigen Wörter eben schwierig sei. Carlo Julius hoffte, daß einiges davon zwischen seinen Zeilen hängen bliebe. Es hing aber nichts dazwischen. Gewundene Ausdrucksweise unter Verwendung gut lesbarer, großer, etwas langweiliger Buchstaben. Zum Schluß umarmte er Öppi aufs herzlichste. Dessen Jahre mit Eva blieben von der brieflichen Behandlung ausgesperrt. Kein Groll war zu spüren. Am besten schien es nach allem, sich dem Tage zuzuwenden, der grad leuchtete. Öppi war froh.

Ob Carlo Julius nicht in der Dresdenstadt ein Sänger werden könnte? Oder vielleicht in Cheudra, wo Öppi sein ungenügendes Deutsch aufgelesen hatte? Da war Carlo selber wirklich besser dran! Ihm hatte die Mutter, hatte die Stadt seiner Geburt gleich eine Sprache mit in die Wiege gelegt, die nahezu vollkommen und ohne weiteres bühnenfähig war.

Eva und Carlo Julius kamen zu Öppi nach Dresden, fanden für einige Tage Unterkunft im gleichen Haus, wo er wohnte. Eva gab Öppi den Wiedersehenskuß, die beiden Männer umarmten sich gleichsam als alte Freunde und nach langer Trennung. Die Kriegsgefangenschaft gab viel zu erzählen. Eva entnahm daraus immer wieder bereitwillig, daß es viel gutzumachen galt.

Carlo Julius ging mit einer gewissen Breitspurigkeit an ihrer Seite. Da komme ich, besagte seine Haltung. Ein Mann, der sich konnte sehen lassen, gutgeformter Kopf, die Nase ein Stückchen zu kurz vielleicht, braune Augen zwischen schmalen Lidern, die sehr freundlich blicken konnten; der Haarwuchs üppig, dunkel, graue Fäden wiesen auf überstandene Leiden. Stimmlich dem Öppi eindeutig überlegen. Das hörte man deutlich, wenn er, im Hinblick auf die wiederaufzunehmende Bühnentätigkeit, sei's als Schauspieler oder Sänger, sich in Öppis Behausung um einige Dramenstellen zu mühen begann: es klang eher laut und deutlich als wahr.

Eva verteilte und bemaß so klug, wach und mitfühlend ihre Liebe, daß das Einverständnis unter den dreien nicht litt. Öppi hörte des Carlo Julius stimmliche Ratschläge mit Aufmerksamkeit an, er, der Helvetier, war für den Heimkehrer geradezu eine Gefühls- und Gedankenbrücke zu dessen frühern, besseren Zeiten. Er verschaffte mit Pontos Hülfe dem Carlo Julius eine Gelegenheit, vorzusingen. Einige Theaterleute hörten in einem Übungssaal der großen Oper ihn kameradschaftlich an, wie er's nach Schubert gern in alle Rinden einschnitte, in jeden Kieselstein eingrübe, mit verräterischem Kressesamen es in jedes Beet aussäte, daß ihr sein Herz gehörte, ewig gehören sollte. Ihr – das galt Eva. Carlo Julius sang das oft. Eine besondere, hochheberische Kopfgebärde wies allemal unmißverständlich auf den versteckten Sinn hin, und Öppi konnte dran ablesen, wie die Dinge standen. Man fand das im Opernhaus Vorgesungene beachtenswert, den Sänger unfertig, die weitere Ausbildung zu empfehlen; Öppi aber sah Großes für den neugewonnenen Freund voraus.

Carlo Julius berief bei den gemeinsamen Einigkeitsspaziergängen in den Straßen, in den Parkanlagen sich gern darauf, daß er als Gefangener während Jahren nie einen Gehsteig hatte betreten dürfen, Evas Bedauern blieb dann nicht aus, und er besah sich die neugewonnene schönere Umwelt mit leicht zurückgelehntem Oberkörper und erhobenem Kopfe.
Harten Mund hat er, war Öppi dazwischen zu denken versucht. Wesensart? Untersagte sich's wieder: derlei brachte die Gefangenschaft mit sich. Schön und gut hatte Eva nach ihren Worten ihn wiedergefunden. Das mochte gelten.

Die beiden reisten nach Cheudra, Evas Ersparnisse ermöglichten das. Nach Cheudra, in die Stadt, da Öppi ihr Geliebter gewesen, wo sie um ihrer selbst willen so viel Zuneigung und Ansehen genossen, daß man ihr Öppis Gesellschaft ohne üble Nachrede gegönnt hatte. Wie sehr mußte ihr daran liegen, sich mit dem Heimgekehrten nun sehen zu lassen, ihn da zu zeigen, wo sie mit Öppi zusammen gewesen, bei den Freunden, in dem und jenem bürgerlichen Hause, bei dem alten Geschichtsgelehrten, in der Familie des Theologieprofessors, bei dem beliebten Stadttheatersänger und den Seinigen, gerade an diesen Orten die Sprache auch auf Öppi, den Ausgewanderten, zu bringen, damit man sähe, daß sie aufrichtig gegen Carlo Julius gewesen, sähe, daß sie es verstanden hatte, den Geliebten und den Gatten zu versöhnen, daß sie den einen wiedergefunden, den andern nicht ganz verloren hatte.
Carlo Julius kam ins schöne Licht einer nicht geringen Großherzigkeit. Ein überlegener Mann, der imstande war, eine schwierige Lage überlegen zu meistern! Ein Heimgekehrter aus langer Gefangenschaft, ein Liebender, der ein treues Herz wiedergefunden! Ein Ansehen auf Vorschuß wurde ihm zuteil. Lia, die Frau mit dem geheimen Deutschlandheimweh, die zuletzt gewonnene Evafreundin, sah mit überbordender Freude, wie da ein Angehöriger ihres erniedrigten Vaterlandes in seine alten Rechte wieder eingesetzt wurde.
Jedermann gönnte Eva das Besondere, das Schöne ihrer Lage. In ihrer Behausung freilich fand Carlo Julius den Stapel der täglichen Briefe, die Öppi aus Örlewitz geschrieben, las darin, versuchte einige Lächerlichkeiten herauszugreifen, las weiter, verstummte,

las, bis er deutlich sah, was für ein tiefes Einverständnis die beiden verbunden, welch ein Ernst sie geleitet hatte, las, bis es ihn würgte.
«Dieser Dieb, deine ganze Seele hat er erwischt! – Verbrenn das alles!»
Verbrennen, was Öppis Freude einmal sein würde? Seine aufgezeichneten Gedanken?
«Verbrennen, alles!» befahl der Gatte jetzt. Ja oder Nein? Durfte sie's tun? Ihr Stolz und ihre Stärkung war's gewesen. Was war mit der Zerstörung zu gewinnen? Da war Eifersucht. Eifersucht bewies Liebe – Eva gehorchte, warf den Stapel ins Feuer des Ofens.

Marianna

Erich Ponto, ehemaliger königlicher Hofschauspieler, jetzt Staatsschauspieler der Dresdener Bühne, bewahrte Öppi seine freundliche Zuneigung, immer drauf achtend, daß eine gewisse Entfernung von ihm erhalten blieb. Sie sahen sich während der Aufführungen gelegentlich hinter der Szene. Sonst nie. Aber Ponto verhalf dem Statisten oft zu Freikarten für jene Vorstellungen, in denen Öppi nicht herumzustehen hatte. Einmal war ihm das nicht möglich zu tun. Ein Fräulein wollte an seiner Stelle dafür besorgt sein. Ponto rief sie herbei.
Herr Öppi aus Helvetien – Fräulein Marianna Boll.
Sie war in Reifrock und Perücke, das Fräulein vom ersten Paar der Hofgesellschaft. Während der nächstfolgenden Vorstellung des Stücks sah er sie wieder, bedankte sich für die erwirkte Freikarte mit dem Ernst, den eine Theaterkarte ihm zu der Zeit entlockte.
«Ich habe Sie gesehen –
und bewundert», fügte er nach einer Pause hinzu.
Sie hatte an dem betreffenden Abend eine belanglose Rolle als Dienstmädchen innegehabt. Dieser Herr Öppi glaubte sich berechtigt, eine spöttelnde Bemerkung anzubringen. Wie kam er dazu? Verlor er doch keine Worte, das hatte sie wohl beobachtet. Wer war er?
«Ein Schauspieler? Sie auch?» Das Fräulein fragte in einer Weise, als wäre gar nichts Besonderes dabei, etwa im Ton der Fragen: Rauchen Sie? oder: Haben Sie schon gespeist?

«Ja», sagte Öppi, «aber ein schlechter. In Örlewitz hat man mich hinausgeworfen! Wegen Talentlosigkeit.»
Das konnte an der Dresdener Bühne keiner von sich sagen.
«Aus Helvetien?»
«Ja.»
«Ich möchte gern nach Helvetien. Können Sie mir nicht eine Anstellung verschaffen? Aber nicht bei einer Bühne! Nein! Als Dienstmädchen vielleicht, da Sie finden, daß ich so gut dafür passe.»
«Gern! Geben Sie mir eine Darstellung Ihrer Vorzüge.»
Da kam der Auftritt, das Gespräch war für diesmal zu Ende. Als Öppi am folgenden Tag ins Theater kam, lag ein Brief für ihn beim Pförtner. Von ihr.
«Lieber Helvetier! Mutschel, die Kuh auf der bayrischen Alp, war bis jetzt das einzige Wesen, das mich restlos verstand. Sie leckte mir mit ihrer rauhen Zunge die Hand und brüllte, wenn ich fort war. Plötzlich bekam sie ein Kälbchen. Niemand hatte eine Ahnung davon gehabt. Das Kälbchen wurde nach mir Marianna getauft. Von der Alp sah man hinüber nach Helvetien. – Meine Vorzüge kann ich nicht schildern, das klänge zu anmaßend. Klavierspielen ist kein Vorzug. Sollte ein herzliches Mitleid mit allen denen, die zur Bühne gehen, ein Vorzug sein? Bewahren Sie unser Geheimnis. Ich bin ein ernster Mensch.»
Es schmeichelte Öppi, daß sie geschrieben hatte. Was wollte sie nun eigentlich mit dem Brief? Er kam nicht ins reine damit. Das war schließlich auch nicht so wichtig. Wichtiger war die deutsche Sprache. An die hatte er zu denken. So dankte er, von anderen Dingen erfüllt, ziemlich förmlich für den Brief.
Sie hatte eine größere Wirkung erwartet. Der Mißerfolg ärgerte sie ein wenig. Was war mit ihm? Er hatte Geschmack, Ponto war der einzige, mit dem sie ihn Worte verlieren sah. Ihr eigener Partner vorn an der Spitze des Hofzugs war, wie alle waren, den kannte sie lange, ließ ihn nun allein stehen und schwatzte mit Öppi. Das ärgerte den Schauspieler. Gespräche mit dem belanglosen Statisten gehörten sich nicht. Der Unterschied mußte gewahrt bleiben.
«Lassen Sie doch den Burschen stehen.»
Derlei trieb das Fräulein Marianna erst recht an, das Gegenteil zu tun. Öppi merkte, daß sie gegen die Wünsche der Umwelt

verstieß, nahm Rücksicht darauf und hielt sich noch etwas mehr abseits. Nun betonte sie ganz deutlich, daß ihr nichts dran lag, wie ihr Nebenmann die Gespräche mit Öppi aufnahm. Sie hätte ihn gern draußen getroffen. Er tat, als merke er nichts. Seine Zeit war eingeteilt, es gab keine Lücken, sein Umgang war festgelegt: Worte und Wörter – keine Menschen. Sie war nicht gewillt, Mißerfolg zu haben. Es gab ganz andere Leute als diesen Herrn Öppi, die sich aus weniger Entgegenkommen mehr gemacht hätten. Er war so undurchdringlich. Warum? – Einmal überraschte sie ihn kurz vor dem Auftritt hinter der Bühne: seine Blicke hafteten mitten in der Unruhe an ihren nackten Schultern, die weiß und rundlich aus der seidenen Umhüllung hervorschauten. Er bemerkte nicht, daß sie dessen gewahr geworden. Jetzt wußte sie, was die Uhr geschlagen hatte.

Der alte Sprachgewaltige mit dem Barte war ihr auch bekannt, hatte sie auch geplagt. Ohne Nutzen! Angeblich, um die Stimme zu vergrößern. Nun bespöttelte sie, was Öppi so lange schon mit Ernst betrieben.

«B-i-i-e-e-bbeee..., können Sie das?», sagte sie, und «Annelieschen kann das viel besser».

Annelieschen war der Säugling bei Tröschers, den Freunden, bei denen sie wohnte. Sie sprach überhaupt viel von Säuglingen. Die Sprünge der Unterhaltung von ihm zu dieser Menschenklasse waren plötzlich und wurmten Öppi. Dennoch war es angenehm, ihr zuzuhören. Sie sprach zwar nicht vorbildlich, aber unbekümmert, lachte viel, hatte einen hübschen Mund und bevorzugte ihn.

Einmal kam er zu einer Sonntagnachmittagvorstellung viel zu früh ins Theater. Man war noch am Anfang des Stücks, der Hofzug kam erst am Ende. Öppi schlich sich auf die Bühne hinunter. Auf der entgegengesetzten Seite, wo die richtigen Schauspieler ihren Zutritt zur Bühne hatten, stand eine Gruppe und schaute aus der Kulisse heraus nach dem Spiel. Marianna war auch dabei. Sie sah ihn kommen, löste sich sofort von den andern, kam auf ihn zu und streckte ihm beide Hände entgegen. Die Gebärde paßte herrlich zu ihrem Kleid. Jeder Spielleiter hätte das gesagt. Öppi stak in seinen Seidenhöschen und hatte den Degen zur Seite. Er fühlte sich durch Mariannas Gebärde plötzlich dem Tage entrückt, küßte ihre Hände. Niemand sah es. Die versammelten Spieler

guckten hinaus auf die Bretter in die Welt des Scheins, wo grade Schlag auf Schlag ein lang vorbereitetes Tun seine Folgen und Früchte brachte. Marianna und Öppi begaben sich nach der Hinterseite der Bühne. Dort standen sie an der Szenerierückwand, nur durch ein Leinwandstück von den Vorgängen draußen auf dem Theater getrennt und jeder Sicht entzogen. Vorn erreichte das Spiel seinen Höhepunkt. Sie achteten nicht darauf, nicht einmal Öppi. Marianna lehnte an ein Geländer, den Kopf zurückgebogen, und sah ihm ins Gesicht. Er küßte sie. Sie hielt still. Vor dem Versatzstück wurde auch gerade geküßt oder gemordet oder sonst etwas getan, was die Zuschauer im Banne hielt, denn es war tiefe Stille überall. Dann fiel der Vorhang. Der Beifall dröhnte herein, Schritte kamen, Unruhe hob an. Die Kulissenzuschauer liefen auseinander.
«Frechdachs», sagte sie und lief weg. Frechdachs kam in Öppis Wörterbuch nicht vor.
Am Abend sollte das gleiche Stück wiederholt werden. Öppi und Marianna trafen sich draußen vor dem Theater, um in der Zwischenzeit in die Stadt zu gehen. Sie stand, als er kam, schon vor dem Bühneneingang. Er zog den Hut, sie lachte laut heraus.
«Ein Blonder! Ich habe Sie mir immer schwarz gedacht!»
Öppi hatte über die gegenseitigen Farben keine Gedanken verloren. Ihn verblüffte jetzt der Umstand, daß sie ohne Reifrock war, viel schmaler, viel weniger damenartig, ungepudert und viel beunruhigender. Ein passendes Gespräch war schwerer als bisher zu finden; was er allenfalls als Herr des achtzehnten Jahrhunderts hätte sagen können, paßte nun nicht mehr, die Bühnenunruhe war verschwunden, die sonst immer zur rechten Zeit für die nötige Abwechslung gesorgt hatte; ein Mädchen ging neben ihm, mit runden Wangen, seit Wochen war's das erste Mal, daß er nicht allein einherlief in den Straßen dieser Stadt und vor sich hin redete. Die eigenen Angelegenheiten waren sein einziger Unterhaltungsstoff. Diese Angelegenheiten schienen ihm groß und waren unerschöpflich. Sie reichten vom lächerlichsten Geschick bis zu den höchsten Plänen.
Er gab einiges preis. Eine Redseligkeit überfiel ihn. Nun gab's kein Stocken und kein Besinnen mehr. Eine Frage rief hundert Antworten, eine Antwort hundert Erklärungen. Nun hatte er ihn endlich bei der Hand, diesen Öppi, sich selber, den Verkannten,

übersehenen, den niemand im Theater beachtete, nun konnte er ihn endlich für sie beschreiben, diesen Lehm-Gläubigen, diesen Zimmerhocker und lächerlichen Männerspieler von Örlewitz. Es war eine wehmütige Lust, zu sehen, wie sie über ihn lachte, über den unentwegten Bi-i-e-e-bee-Summer, über den heiseren Teetrinker und Pastillenschlucker. Und wie sie lachte! Wie schmerzlich leicht sie begriff und glaubte, daß er auf der Örlewitzer Bühne sich ungeheuer komisch ausgenommen habe. Wie bitter-schön war es, diesen Öppi in die tiefste Lächerlichkeit hineinzustoßen, sich an ihm dafür zu rächen, daß er ihn, Öppi, am Leben hinderte, ihm verwehrte, sich über den Tag zu freuen, der am Morgen anbrach, und welcher Triumph war es dann, ihr schließlich zu sagen, was er von den großen Spielern hielt, die sich nichts aus ihm machten, von ihren mächtigen Bühnenkameraden, die er alle erreichen oder überholen wollte.

Ein schlanker Windhund lief über die Straße. Ein frecher Brettlvers kam ihr in den Sinn. Sie sprach ihn aus: Öppi ist schön, aber was er vorhat, taugt nicht viel, war ungefähr die Meinung. Er begriff nicht ganz. Ein Mann ging vorüber.

«Der sieht aus wie Klemm», sagte Öppi.

«Wer ist Klemm?»

Öppi sah ihn deutlich vor sich, den Mann in der Uniform mit den goldenen Knöpfen, der ihm in Örlewitz durch das Schneegestöber den Brief des Theaterleiters überbracht hatte, drin ihm seine Entlassung mitgeteilt wurde.

«Klemm hieß der Theaterdiener in Örlewitz. Klemm hat mich verachtet.»

Marianna lachte laut auf. Öppi sah sich um. Sie waren mitten in der alten Stadt, auf einem weiten, schönen Platz mit ehrwürdigen Häusern ringsum, wie er sie daheim auf alten Stichen gesehen. Schön gewölbte Tore führten nach Höfen oder weiten Gängen. Die beiden gingen hinein und küßten sich im Schatten der schweren Haustore. Öppi verlor mit einem Schlag seine Zurückhaltung und überhäufte Marianna mit Küssen, plötzlich und heftig, wie er vom Schweigen ins ausgiebige Reden verfallen war.

«Ich habe dich für ein sanftes Täubchen gehalten, nun bist du ein reißender Gebirgsbach», schrieb sie etwas blumig und einstiger Bergferien voll.

Im Theater wurde das Märchen mit den Hofleuten drin vom Spielplan abgesetzt. Öppi kam selten mehr hin. Marianna hatte Proben zu einem neuen Stück, drin Statisten nicht gebraucht wurden.

«Das Theater ist gemein», sagte sie; schrieb ihm aus eben diesem Theater, daß sie es verabscheue, daß sie mit ihm habe plaudern wollen und daß er sie aufgejagt habe, derart, daß es sie nun zu ihm ziehe.

«Bei meinen Freunden, wo ich wohne, bei Klein-Annelieschen, die so wunderschön b-i-e-bee machen kann, habe ich den Sinn des Lebens erkannt: die Frau ist nicht dazu da, um sich zu vergnügen. Das letzte Sichgehören ist eine heilige Handlung, draus das Wunder des Lebens entspringt. Ich muß zu dir, das fühle ich, es wird mich aber nicht froh, sondern traurig machen. Sei du mein Freund, und nicht der Mann, der mich ausnützt, weil ich ihn liebe.»

Öppi las mit stockendem Herzen das frei hingeschriebene Bekenntnis. Das war allerdings ein anderer Lesestoff, als er ihn bei Lehm unter die Augen bekam. Er war verblüfft, erfreut, und etwas beklommen, daß sie da so mit Tinte über die Liebe schrieb und ihm etwas zusagte, um das er mit Worten zu bitten noch gar nicht den Mut gehabt hatte. Es machte ihm rechte Sorgen, sie auf die angedeutete Weise betrüben zu sollen, und zugleich packte ihn die Lust, es schnell zu tun. Die Klauseln und Betrachtungen, die sie an das Bevorstehende knüpfte, schienen ihm zugleich lästig und wunderschön. Er war gegen das Mädchen genau so ungeduldig wie gegen sich selber, er hatte seine Bekenntnisse hingeworfen, seine lang gehüteten Geheimnisse preisgegeben, nun verlangte er von ihr, sich ihm preiszugeben. Die Nähe eines Menschen berauschte ihn. Monatelang war er nur mit dem Zahnbürstchen-Lehm umgegangen. Nun schien ihm, als habe er viel Wesentliches versäumt, und mit Hast verlangte es ihn, nachzuholen, was er als Einsamer hatte entbehren müssen.

Einmal am Tage ging Öppi durch die lange Grunaerstraße zum Postplatz in eine Wirtschaft seine liebgewordenen Kartoffelklöße und ein Stück Braten bei einem Wirt zu verzehren, der offenbar gut mit den Bauern draußen auf dem Lande stand und nicht auf den amerikanischen Speck für seine Gäste angewiesen war. Die

Kellnerin am Ort verfügte über einen viel schlankeren l-Laut des Kloß-Worts, als Öppi ihn zustande brachte.
Eines Tages war die Grunaerstraße menschenleer. Keine Straßenbahn. Öppi griff nach einem Aufrufblatt:
«Arbeiter, Genossen – der Militärputsch ist da.»
Ob man ihn erwartet hatte?
«Die Marinedivision Erhart marschiert auf Berlin ... wir haben die Revolution nicht gemacht, um heute wieder das blutige Landsknechtsregiment anzuerkennen.»
Schwach ausgedrückt, dachte Öppi. Warum so abwehrend, blaß abwehrend, statt zupackend.
«Wir müßten uns schämen, wenn wir das tun würden.»
Mäßiges Deutsch! Täten, statt tun würden, wäre besser! Sprachlich unsicher! Unsichere Sprache, unsichere Gedanken! Sprache war auch Politik. Schwaches Deutsch – schwache Politik. Unterschrift:
«Der Reichspräsident, Ebert.»
Hatte die Reichsregierung, wie sie nun sagte, wirklich die Revolution gemacht? Eben nicht! Die Ereignisse jenes Novembers waren vor allem ein Zusammenbruch gewesen, unerwünscht, unvorhergesehen, nicht eine planmäßig geleitete, vorbereitete Revolution. In der Unordnung jener Tage hatten die Sozialdemokraten zwar die Republik, aber auch Ordnung und Arbeit im Sinn, sie riefen in ihrer Ohnmacht die Offiziere der alten Armee zu Hilfe. Die proletarische, die durchgreiferische Revolution wurde auf Befehl der Arbeiterregierung von den gerufenen Truppen erbarmungslos niedergeschlagen. Ein Riß ging seither durch die Reihen der Arbeiterschaft. Sie rettete ihrerseits die Generäle des Weltkriegs und ihren Anhang vor der Revolution, aber die Militärkreise wünschten nach kurzer politischer Gemeinschaft immer mehr, die Arbeiterregierung wieder los zu werden. Erhart, ein Freikorpsführer, Herr einer Privatarmee, hatte nach dem Friedensschluß, der Regierung ungehorsam, im Osten gegen die Umsturzrussen Krieg geführt. Viele im Lande, die mit jenen Unternehmungen einverstanden gewesen, rückten nun von ihm ab. Sechstausend Mann marschierten mit schweren Waffen in Berlin ein. Die Reichsregierung hatte ihnen dreitausend Soldaten entgegenzustellen. Sie schossen nicht aufeinander. Die Regierung floh aus Berlin zu Öppi und weiter nach Süden. Die Ge-

werkschaften gaben die allgemeine Streikparole aus. Alle Arbeiter kamen ihr nach. Die Beamten hielten zu der Regierung, in deren Dienst sie standen. Nach drei Tagen war der Putsch zusammengebrochen. Dennoch verlor die Arbeiterpartei bei den rasch hinterherfolgenden Wahlen die Hälfte ihrer Stimmen. Der Schwäche wegen!
Öppi blieb unbeteiligt. Er beschäftigte sich mit sich selber. Der Sieg der Republik war ihm recht, wie sich's für einen Helvetier gebührte. Für die Offiziere empfand er die Zuneigung eines bürgerlichen helvetischen jungen Menschen, ohne die deutsche Ausgabe dieser Mannesgattung zu kennen. Die Macht der Arbeiterschaft betrachtete er mit einigem Mißtrauen, weil er an den bestehenden Besitzverhältnissen hing, die ihm erlaubten, das Leben aus gesammelten Kapitalien ohne eigene Arbeit zu führen.
Der Putschversuch veränderte das Wechselverhältnis des Geldes zu Öppis Gunsten, die deutsche Mark sank, der helvetische Franken nahm einen Aufschwung.

Mariannas Freunde, die Malersleute, wohnten elbeaufwärts in einem Vorort. Eine weite Reise bis dahin. Die freien Stunden zwischen Proben und Vorstellung reichten nur zu Zusammenkünften in der Stadt. Sie wagten aus Furcht vor sich selber, aus Furcht vor Öppis neuer Wirtin sich nicht in sein Zimmer. Nach Art der heimatlosen, großstädtischen Paare saßen sie verliebt in Kaffeehausecken, küßten sich in fremden Hausfluren oder trieben sich in den Straßen und in den öffentlichen Gärten herum, zeitweise allzu öffentlich, wie's Öppi vorkam. Einmal sah er die Mutter. Marianna war mit ihr verabredet, nun kam sie zu spät und mit Öppi zusammen an den Treffpunkt. Die Mutter machte aus ihrem Ärger kein Hehl, gab dem verlegenen Öppi sein Teil davon zu fühlen und sah überhaupt ganz anders aus, als dieser sich's allenfalls gedacht hatte. Ihr Mund war sehr verschieden von Mariannas Mund, und deren leicht gebogene, kräftige Nase erschien bei der Mutter unverhältnismäßig groß, krummgezogen und erschreckend scharf. Die Verspätung war sehr unartig gewesen, Öppi sah das wohl ein, aber Marianna schien sich nicht viel daraus zu machen.
Sie war ein Theaterkind. Die Mutter stand einem Milchladen vor, aber sie hatte wenige Jahre vorher noch eine Bühne geführt. Marianna waren große Rollen übertragen worden, so wie andere

Kinder für ihre Eltern Briefe zur Post zu tragen oder den Tisch abzuräumen haben. Othellos Dolch durchbohrte ihr bebendes Herz zu einer Zeit und in einem Alter, da Öppi in der Kirchenbank auf dem Dorf noch fromme Sprüche hergesagt hatte. Der Platz am Dresdener Theater war ihr leicht zugefallen. Sie schätzte ihn darum wenig und war ohne Ehrgeiz. Öppi mißbilligte das. Man würdigte sie, weil es ihr an Anteil und Schwung gebrach, am Theater nicht sonderlich, sie spielte aber leicht und ohne innere Hemmnisse. Ihr galt wenig, was Öppi Sehnsucht war: spielen zu dürfen, denn spielen war ihr eine selbstverständliche Lebensäußerung. Sie spielte immer. Auch mit ihm. Auch in der Liebe.
«Morgen komm ich zu dir», flüsterte sie eines Tages in einem Hausflur ihm zu, als eben ein Vorübergehender ihnen tadelnde Blicke zugeworfen. «Aber ich will Weihrauch und goldene Schuhe haben.»
Richtig: die heilige Handlung. Weihrauch und goldene Schuhe gehörten zu den diesbezüglichen Theaternotwendigkeiten. Die Anordnung mißfiel Öppi, aber er wagte dann doch nicht, sie ganz außer acht zu lassen. Er schlief schlecht nach dieser Ankündigung. Wie vor einer Erstaufführung. Er kaufte Weihrauch beim Krämer, es war aber kein Weihrauch, sondern eine Räucherkerze gegen Stechmücken. Schuhe hatte er selber. Keine goldenen, aber jene andern aus schwarzem Samt mit hohen Absätzen, drin er den Alba gespielt, die ihm ein Schuster in Helvetien nach Maß gemacht hatte. Er stellte sie neben den Ofen, damit sie warm für Mariannas Füße seien. Vaters Winterfinken hatte man daheim, bevor er heimkam, auch neben den Ofen gestellt. Die Samtschuhe waren bei weitem nicht so groß wie Vaters Finken gewesen, aber immerhin: sie hatten ihr Maß. Kurz bevor Marianna kommen sollte, stellte Öppi eine Räucherkerze auf die eiserne Leiste der Ofentüre und zündete sie an. Ein beißender Rauch stieg auf.
Aber sie kam nicht, kam auch später nicht. Eine zweite Kerze wurde angebrannt. Man konnte kaum atmen. Er bekam Kopfschmerzen. Lüften ging nicht an, da wurde das Zimmer kalt, Marianna konnte sich, wenn sie nichts anhatte, einen Schnupfen holen. Man war im April, aber kein Frühlingssonnenstrahl erreichte Öppis teure Wohnung.

Gegen Abend kam sie. Viel zu spät und ohne sich zu entschuldigen. Sie lachte über die Asche der abgebrannten Mückenkerzen auf der Ofenleiste und zog ihn fort. Elbaufwärts, dahin, wo sie wohnte. Die Freunde waren verreist. Der Frühling war da. Öppi kam gar nicht dazu, seinen Ärger zu zeigen, wie er es vorgehabt. Das Haus lag am Strom, zwischen Bäumen versteckt. Ein schmaler Weg führte von der Hauptstraße aus zwischen Gärten hindurch zum Eingangstor. Die ersten Blättlein sprangen aus den Knospen, ein lauer Wind spielte durchs Geäst. Das Haus, alt, mit kleinen Fenstern, sauber hergerichtet, enthielt schöne alte Möbel und viele Bilder von des Hausherrn Hand. Des Malers Farben waren dem Frühling nahe, nicht entschieden, nicht kraftvoll sicher, nicht laut, sondern scheu und zurückhaltend. Lauter zarte Dinge waren da zu sehen, Blumen, verlassene Gegenstände und Kinder. Immer wieder Kinder, kleine, unschuldige, zarte Kinder, mit großen Augen, die den eindringenden Öppi aus ihren Rahmen höchst verwundert anzusehen schienen. Ihm wurde wie den Knösplein an den Bäumen und den Kindlein in der Wiege, ganz butterweich wurde ihm zu Mute, so freundlich, so beschaulich und liebenswürdig war alles. Er fühlte sich von dem abwesenden Maler zu Gast geladen und war dankbar dafür. Marianna beschäftigte ihn mit hundert Einfällen.
Schließlich ging das Dienstmädchen der Freunde zum Schlafen. Sie waren allein. Öppi wäre nun auch gern schlafen gegangen. Er hatte so viel Neues gesehen, daß er nach gar nichts Neuem mehr lüstern war. Alle Ungeduld war geschwunden. Die kleinen Fensterchen sahen ganz helvetisch aus. Solche Frühlingsabende hatte es daheim auf dem Dorfe gegeben. Das war lange her, das lag weit weg. Marianna drückte ihn an sich. Er drückte auch, aber bei weitem nicht so heftig wie hinter den fremden Haustoren in der Stadt. Das Sofa war grün wie bei Lehm, nicht mit Plüsch bespannt zwar, gleichwohl ein unbequemes Möbel. Man konnte gar nicht ordentlich bequem zu zweien drauf liegen. Die verfluchten Räucherkerzen hatten ihn ganz krank gemacht, nun hatte so ein widerliches Sofa grad noch gefehlt, jetzt, wo es galt, die Rechte auszunützen, die ihm eingeräumt wurden.
Ach, mußte das denn unbedingt sein, nach allem andern noch sein, nach dem Warten, nach dem Weihrauch, dem Umzug und den vielen Bildern? Schade, aber es schien in der Tat, als sei er

außerstande, von Mariannas freundlicher Einladung den richtigen Gebrauch zu machen. Wenn sie ihm nur die plötzliche Genügsamkeit nicht übelnahm, aber das schien Gott sei Dank nicht der Fall zu sein, vielmehr begann sie, als sie Öppis überraschende Bescheidenheit erkannte, gewaltig zu lachen, ja es schien ihr eine richtige, herzliche Freude zu sein, daß er sie auf diese Weise mit seiner Sparsamkeit überraschte, wie er sie früher beim Küssen mit der Fülle überrascht hatte. Ganz entzückt war sie, redete wie eine Mutter mit ihm – oder waren es Töne aus dem Säuglingskursus? –, während sie ihn in ein anderes Zimmer brachte, ihn dort in der Freunde großes Doppelbett steckte, worauf sie selber eine Treppe höher oben zum Schlafen ging, allein und genau so, wie sie tags zuvor dort geschlafen.
Die schöne Gelegenheit war nun für einige Zeit verpaßt. Mariannas Freunde kamen zurück. Er hatte sie überrascht, aber sie überraschte in anderen Dingen ihn auch!
«Bäckrrrrrrrr!» wiederholte sie vergnügt, wenn er ihr vorschlug, beim Bäcker etwas Süßes zu kaufen, «Bäckrrrrrr», und lachte über sein schwerfälliges und dickes r und all das Fremde seiner Aussprache, während er sich doch Mühe gegeben, rein wie Ponto zu reden. Was ihm das Herz beschwerte, erfreute das ihre. Seine Kümmernisse waren ihr Entzücken. Sie griff seine Fehler und Eigenarten wie Perlen auf, spießte sie wie schöne Schmetterlinge auf, umarmte ihn, wie Mütter ihre süßen Kleinen umarmen, wenn sie «lieber Dott» zum lieben Gott sagen oder sonst was Verkehrtes.
Er ging immer noch zu Lehm und war immer noch heiser. «'s is dr Märzenschdaub», sagte der. Solange Drahtzaun schweigsam blieb, konnte er sich allenfalls vorstellen, vorwärtsgekommen zu sein. Bei den eifrigen Unterhaltungen mit Marianna aber kehrte seine Rede unversehens zu ihren alten Gewohnheiten zurück. Manchmal ärgerte sie sich über seine Schwärmerei für die Bühne, für eine Sache, die er so wenig, die sie so gut kannte und über die er sich nicht aufklären ließ, ärgerte sie eine Begeisterung, die für sie unaufbringlich war. Oft zeigte sie sich schonungslos spöttisch oder schonungslos in ihrem Entzücken über seine Fehler. Das verletzte ihn, er rächte sich dadurch, daß er über seinen Bühnengedanken sie vergaß, beim abendlichen Zusammensein die Abfahrt ihrer Straßenbahn vergaß und irgendwo auf einer

Bank oder an ein Brückengeländer gelehnt in der Frühlingsnacht von den Schönheiten des vollkommenen Sprechens zu reden anfing. Dann erwachte die Eifersucht in ihr. «Er liebt Lehm mehr als mich», dachte sie, wenn sie sich von ihm verabschiedet und nach dem Vorort hinausfuhr.

Sie schrieb ihm vom Theater aus, während der Probe oder aus den Ankleideräumen heraus viele Briefe: daß ihm zwar am Theater keiner das Wasser reichen könne, daß er aber kein Schauspieler sei, sondern etwas ganz anderes: «Öppi, du bist Dichter.» Das war angenehm zu hören und unangenehm zugleich; er wollte ein Schauspieler sein und sonst nichts.

«Du bist das große Glück, das ich mit Unerbittlichkeit herbeigesehnt habe, das ich allein imstande bin zu genießen, da du so, wie ich dich kenne, erst am Tage unserer Begegnung geboren wurdest. Manchmal überfällt mich ein lähmendes Entsetzen, wenn ich fühle, wie ich dich liebe, und dann weine ich in meine Kissen die halbe Nacht.»
Nun, das tat Öppi schrecklich leid. Er fand allerdings, daß sie mit seinem Geburtsdatum allzu eigenmächtig umging. Er schämte sich nicht wenig, weil ihm schien, daß er sie nicht ebenso gut und tief liebte, wie er selber geliebt wurde. Er kam wieder in das alte Haus, stromaufwärts, nach dem Vorort, zu dem Hausherrn und der Herrin zu Tisch, in deren Bett er jene unrühmliche Nacht zugebracht. Man begegnete ihm mit großer Liebenswürdigkeit. Die Frau des Hauses war guter Hoffnung und voll unberechenbarer Befürchtungen. Furcht und Hoffnung hatten ihr den Gleichmut der Seele verscheucht. Sie machte sich über die Welt und Menschen unwahrscheinlich schöne und schwärmerische Gedanken, schrieb Abhandlungen in überschwenglichem Ton und suchte nach Rednern, die sie vortrügen. Der liebende Gatte bewunderte diese schriftstellerischen Erzeugnisse, Marianna hielt sich in einiger innerer Entfernung davon und umging auch am Abend, da Öppi zum erstenmal bei Tröschers zu Tische war, die Notwendigkeit, etwas davon vorzutragen. Die Hausfrau bat sie aber um des Matthias Claudius Mondgedicht, das gleiche, das Öppi abends beim Einschlafen in seinem Bettchen daheim von der Mutter gehört hatte:

... Der Wald steht schwarz und schweiget,
und aus den Wiesen steiget
Der weiße Nebel wunderbar ...

Da hatte er immer den Birchwald vor sich gesehen, der wie eine dunkle Mauer hinter den Wiesen der Heimat sich erhob in jenem verhaßten Land Helvetien, das ihm die unzulängliche Sprache mitgegeben. Marianna auch sprach an dem Abend nicht sehr kunstvoll, aber leicht und mit angenehmer Stimme. Halblaut nur! Ihre Augen sahen ihn groß an. Sie stand an den Pfosten der Zimmertür gelehnt, ihre schönen Hände leuchteten durch die Dämmerung. Die Erscheinung verwirrte Öppi, und er hörte nur mit halber Aufmerksamkeit hin.

Am andern Tag kam ein Brief. Ihre Freundin Elise, Tröschers Frau, habe an Öppi Gefallen gefunden. Die Freundin habe gesehen, wie er sie, Marianna, liebe. Nun müßten sie sofort ein Kindchen haben, habe Elise gesagt, obgleich sie eigentlich eine Gegnerin der freien Liebe sei. Aber Öppi und Marianna würden sich in reiner Liebe gehören, und für das Kindchen würde Elise besorgt sein, bei der die beiden es jederzeit besuchen könnten. «Da hat sie ausgesprochen, was in mir schwelte und heimlich brannte, und nun schreit mein Herz danach. Aber ich habe noch Kraft, davonzulaufen.»
Er, Öppi, stand weiter in dem Brief, sollte sie nicht verderben, sie wolle zu Meinert gehen und von ihm hören, daß das Leben ein Spaß sei und daß nur Dummköpfe es ernst nähmen. Sie wolle sich nicht mehr gegen ihn sträuben, wolle unter seine seidenen Decken sich legen und hernach herrliche Rollen von ihm bekommen, daß die Kolleginnen vor Neid platzten.

Bi-i-e-bbee ... machte Öppi, grade als der Brief ankam. Bi-i-e-o-bbooo ... Was war denn das? Meinert? Ja, den kannte er, den kannten alle, den fürchteten alle am Theater, das war der Männerspieler von Dresden, der den Alba spielte und den Teufel und alles, was mächtig war und furchteinflößend. Einmal hatte er Marianna geküßt, das hatte sie ihm gesagt. Aber warum wollte sie nun zu ihm? Und der Säugling? Sie hatte immer viel von Säuglingen gesprochen und einen Pflegekurs genommen. Das Ge-

lernte wollte schließlich einmal angewendet werden, das ging Öppi wohl ein. Aber so schnell? Er war ja noch heiser. Wie war's mit den Rollen? Nun, Rollen konnte er ihr nicht geben, aber sie hatte doch sonst so wenig Wert darauf gelegt. Woran lag ihr nun eigentlich mehr, an den Rollen oder an dem Säugling? Er liebte sie doch. Sollte er Marianna einfach den letzteren bewilligen, um sie von Meinert abzuhalten? Das ging doch nicht an. Schließlich lehnte Öppi ab. Schriftlich, wie der Vorschlag gekommen war: sein Deutsch sei noch nicht gut genug. Er gab Marianna den Weg zu Meinert frei, indem er zugleich die Hand ausstreckte, um sie wieder zu sich zu ziehen. Tags darauf erschien die schwangere Malersfrau bei Öppi im Zimmer, um ihre Anerkennung für sein tapferes Verhalten ihm auszudrücken. Sie brachte eine gelbe Tulpe mit, die ausgezeichnet zu der blauen Tapete des eben neu gemieteten Zimmers paßte. Marianna aber schickte ihm einen Brief mit drei schwarzen Kreuzen hinter seinem Namen und mit der Feststellung, daß er sich herzzerreißend stolz und echt gegen sie gezeigt habe. Ganz so wie sie ihn kannte! Nun, das ließ sich hören. Glücklicherweise kam Meinerts Name nicht mehr in dem Briefe vor. Ein kühner Vergleich war zu lesen: daß die Männer es nämlich mit den Frauen wie mit den Zigaretten hielten, die sie wegschmissen, wenn sie genug davon geraucht hätten. Öppi war Nichtraucher, er schmiß also keine Zigaretten weg. Seine Gedanken kamen durcheinander. Hatte er von ihr oder sie von ihm den Säugling gefordert? Sie von ihm doch. Aber da schrieb sie nun, daß er Geduld haben möge mit ihr, sie wollte ihm später gern ein Kindchen schenken, vorerst aber sollte der liebe Gott ihn zur Klarheit führen, wie er's mit Faust getan, sie würde ihn selber für Öppi darum bitten. Zur Klarheit? Damit meinte sie den Verzicht aufs Theater. Der Satz wurmte ihn.
«Lebewohl, Öppi von Wasenwachs, und wenn du kannst, lebe beglückt.»
Öppi versuchte, beglückt zu leben. Es gelang ihm nur halb und halb. Manchmal war er froh, eines menschlichen Wesens wegen unglücklich sein zu können, das war immer noch angenehmer, als nur mit Lehm zu leben. Das Zimmer, drin Öppi wohnte, war nicht mehr so kahl und unfreundlich wie die frühere Behausung. Die Sonne schien den ganzen Tag herein. Ein Garten lag davor mit vielen kleinen Obstbäumen, ein Gittertor schloß

ihn ab. Es gab noch mehr Gärten in der Nachbarschaft, und erst weit weg lag im Dunst die Rückwand der nächsten Häuserzeile. Kein Laut drang von der Straße in diese Stille herein. Vor der Stadt aber trugen auf den Höhen die Wälder schon ihr leichtes, duftiges, grünes Blättergewand. Die Hügel der Landschaft schoben sich in anderer Weise ineinander, als Öppi bis anhin gesehen, die Erde wies ihm ein neues Gesicht. Warum sollte ihm der Sinn immer nur nach der Bühne stehen? Der Ginster blühte, den er nie zuvor in Freiheit gesehen; hoch über dem Elbstrand zog sich das Steilufer hin, dahinter die Felder lagen, eins am andern weithin gedehnt. Unbeweglich lagen sie da für die Ewigkeit unter dem Himmel, indessen unten die Schiffe ruhelos den Strom befuhren, aufwärts und abwärts. Öppi sah so viel, daß er Marianna darüber vergessen wollte, aber er sah das Viele so schön, weil sie ihm immer in den Gedanken lag.

Schließlich kam ein Brief, nicht von ihr, aber über sie. Von einem Buben: daß Marianna jetzt bei ihm und seinen Eltern draußen in Hosterwitz wohne, daß sie viel weine und von Öppi spreche. Der rannte zur nächsten Straßenbahn.

In Hosterwitz fand er den Garten und das Haus. Die Abendsonne fiel eben noch über den Steilrand des Elbtales in den Garten herein, die zartbelaubten Bäume warfen lange Schatten, der Turm des Dorfkirchleins leuchtete. Marianna saß in ihrem Zimmer oben unterm Dach. Sie fiel ihm um den Hals, weinte sehr, und Öppi war auch gerührt. Zwei Sitze waren einander gegenüber in die Fensternische eingebaut. Dort saßen sie, küßten sich und sahen weit in die Frühlingslandschaft hinaus. Als es dunkelte, gingen sie hinunter zu den Bewohnern des Hauses. Die liebten Marianna. Sie hatten draußen in der Welt in Fabriken und Versuchswerkstätten ein tüchtiges Stück Arbeit geleistet und ein rechtes Stück Geld verdient. Mitten im Leben noch und mitten im Erfolg war ein plötzliches Verlangen nach Stille über sie gekommen. Nun saßen sie auf ihrem Stücklein Land am Abhang des Elbtales, bauten ihre Blumen, pflanzten ihr Gemüse und beschauten die Welt. Auf der Terrasse des Hauses stand ein Fernrohr, der Mond ging eben auf, alle schauten durchs Rohr nach ihm und nach andern Himmelskörpern, die sich jedes auf seine Weise belebt, bewohnt und glücklich vorstellen mochte. Der Junge, der den Brief geschrieben, war auch dabei, er war schuld, daß Marianna nun so froh aussah, die vorher immer geweint hatte. Das machte ihn glücklich. Zu gleicher Zeit betrübte es ihn, daß sie, von Öppi erfüllt, ihm weniger Aufmerksamkeit schenkte als früher. Er erfuhr in milder Form und seiner Jugend angemessen die Zwiespältigkeit der entsagungsvollen Tat, die Freude und Schmerzen nebeneinander bringt.

Marianna verließ die sternguckenden Bekannten und zog in die Stadt. Zu Öppi! In ein Mietzimmer nahe beim Bahnhof, mit Mietzimmern zur Rechten und Mietzimmern zur Linken. Die Wirtin wohnte im untersten Stockwerk. Was in den oberen geschah, kümmerte sie wenig. Wenn nur ihr Geld einging. Ein junges, obdachloses Ehepaar hatte da auch Unterkunft gesucht, mit einem kleinen Kindchen, das nur ein paar Monate alt und sehr krank war. Die ratlose Mutter klagte Marianna ihr Leid. Es kam kein Arzt, niemand kümmerte sich um die drei. Oft schrie, wenn Öppi bei Marianna war, nebenan das Kleine kläglich, daß sein Jammer durch alle Zimmer drang. Das Haus sah viel flüchtige Liebschaften. In Mariannas Zimmer lag eine dicke Bibel. Das war der Ausgleich für die verbotenen Liebschaften der Stätte.

«Lies mir vor!» sagte Marianna.

Öppi weigerte sich. Schließlich tat er's doch. Anfänglich dachte er an sein unzulängliches Deutsch, hernach ergriff ihn der Gegenstand, er vergaß die mangelhaften Mittel und zog Marianna mit sich, nicht dadurch, daß er spielte, sondern dadurch, daß er sich zeigte.

«Selig sind, die da Leid tragen, selig sind die Armen im Geiste, selig sind, die reinen Herzens sind.»

Es stand nichts da, daß es zur Seligkeit gehöre, reines Deutsch zu reden. Mariannas Nähe schien ihm zuzeiten auch die Seligkeit zu bringen, aber das war wohl nur zum Teil jene, von der die Bergpredigt redete.

Das gehäufte Beisammensein führte zu neuen Entdeckungen, zu freudig begrüßten, still mit Verwunderung oder mit Schweigen und Nachdenken empfangenen, gegenseitigen Aufschlüssen und Offenbarungen des inneren Menschen. Öppi wunderte sich manchmal über Mariannas scharfe Beobachtungen, wunderte sich einmal gründlich in ihrem Zimmer, als er nach der zärtlichsten Umschlingung eben daran war, ihr für die genossene Freude ein Dankeswort zuzuflüstern, als sie da selber die Stille der Dämmerung unterbrach, nicht um ihm zuvorzukommen und ihrerseits ein Liebeswort zu sagen oder sonst etwas der Lage Angemessenes, nein, um auf einen unsichtbaren Klavierspieler zu schimpfen, der unter ihnen klimperte, den rechten Takt nicht hielt und über dessen Fehler sie sich ereiferte. Öppi war rasch ernüchtert, hatte das unangenehme Gefühl, als zöge sie einen Dritten herbei, obgleich sie beide, äußerst mangelhaft bekleidet, sich selber hätten genug sein müssen.

Bei Lehm war er inzwischen vom b-i-e-bee zu den «Kranichen des Ibykus» von Schiller vorgerückt, nicht etwa, weil sein Können das rechtfertigte, vielmehr deshalb, weil Lehm sich seinen Unterricht nicht ohne einen Erfolg denken konnte oder wollte. Das gesträubte Schnurrbärtchen und der kreisende Zeigefinger paßten aber so schlecht zu den größern Vorhaben, daß Öppis Geschmack sich empörte. Als der kleine Dicke vollends um Ostern herum sich an «Faust» heranmachte, an dessen Mondschein, und auch da immer gleich schulmeisterlich und klauberisch blieb, als hätten alle Dichter nur geschrieben, um geeignete Vorlagen für den Sprechverein zu schaffen, da zog Öppi endlich die Schlußfolgerung, begann Lehm zu verachten und nahm keinen Unterricht mehr bei ihm.

Wenn er nun, auf Marianna wartend, in der Nähe ihrer Wohnung unter den grünenden Kastanienbäumen saß, wenn deren Blätter beim Abschiednehmen grüner als beim Grüßen und bei jedem Wiedersehen voller als beim Abschiednehmen waren, wenn die Kinder um die Bänklein wie kleine Käfer und Schmetterlinge spielten, wenn seine Geliebte schließlich im leichten Kleid strahlend über die Wege kam, dann war das alles so wider alle Voraussicht und entgegen allen Absichten über ihn gekommen, daß es ihm gefiel, sich selber als Beute irgendwelcher großer Weltenkräfte zu fühlen und als ein verantwortungsloses, von der Jahreszeit gerufenes Geschöpf oder Gewächs.

«Was werden wir miteinander erleben?», sagte er einmal zu Marianna, und erschrak über die eigene Frage, die zeigte, daß er den Dingen, ohne viel selber dazuzutun, den Lauf lassen wollte. Sie schien nichts an der Frage zu finden.

«Wer von der Liebe genug hat», schlug sie vor, «sagt's und geht. Keine Klagen des verlassenen Teils dürfen ihm den Abschied erschweren.»

Öppi war einverstanden, wenn ihn auch die Abmachung mehr an ein Gastmahl erinnerte als an eine große Liebe, wie die Dichter sie priesen.
Mariannas Wirtin tadelte die beiden. Sie war gewohnt, daß die Liebschaften in den Zimmern blieben und dort so weit geführt wurden, daß man sich vor dem Hause nichts mehr zu sagen hatte. Diese zwei aber staken immer beisammen, redeten spät abends noch vor dem Haustor miteinander und konnten sich nicht trennen. Das war dumm, ein unerwünschtes Gewerbeschild. Die hetzten ihr die Sittenpolizei auf den Hals. Marianna zog aus.
In Öppis neuer Wohnung war angenehm zu sein. Seine Wirtin entpuppte sich als ein ungewöhnliches Wesen. Ein Fräulein! Sie liebte das Theater schwärmerisch, obgleich sie nie das Geld für eine Eintrittskarte erübrigen konnte, die Schwärmerei war vielmehr ein Überrest aus früheren Tagen, da sie ein junges Mädchen gewesen und in ihres Vaters Haus gelebt hatte, draußen im schönen Dresdener Villenviertel, in glücklicher Zeit. Öppi konnte Marianna zum Essen einladen und mit ihr zusammen in dem blau tapezierten Zimmer speisen. Das Fräulein kochte gern für die beiden, weil dann allemal auch für ihre eigene Mahlzeit gesorgt war. Manchmal warteten Öppi und Marianna allerdings lange aufs Essen oder warteten nach der Fliedersuppe ungewöhnlich lange auf die Spargeln. Dann war das alte Mädchen hinter ihre Bierflaschen geraten, erschien nach langer Pause mit trüben Augen auf der Türschwelle, lehnte sich an den Pfosten, sah mit wehmütigen Blicken nach den zwei Verliebten und sagte, daß alles gleich fertig sei. Eine neue, große Pause folgte. Zuletzt kam sie, schwankend und mit den Platten schaukelnd, hinter ihr Joli, der Spitz, der den Zustand seiner Herrin fühlte. Peinlich und unheimlich war's dem Hund, so daß er mit eingekniffenem Schwanz sich unter Öppis Bett verkroch. Im nüchternen Zustande trug die Art des Fräuleins noch alle Zeichen der Herkunft aus dem guten Hause, dessen Namen man in der Stadt kannte, aus welchem eine unglückliche Liebschaft sie vertrieben. Nun war sie gemieden, halb von den Angehörigen verleugnet, viel zu früh ergraut, vom Laster des Trunks gezeichnet, und besorgte ohne weitere Hülfe die Zimmer ihrer Wohnung für gleichgültige Insassen.
Öppi spann für Marianna weiter an der Schilderung seines Lebens, zurück fast bis zu seiner Geburt, und zu den Ungeschicklichkei-

ten, die er dabei begangen. In der Gegenwart ging nichts für ihn vor. Keine Ereignisse rührten ihn an. Er stieg in sich selber hinein wie in einen Schacht und breitete seine Erinnerungen und Regungen vor ihr aus, die sich ausgezeichnet dabei unterhielt. Sie kannte viele Menschen, aber keiner hatte Zeit noch Neigung, sich in der Weise mit sich selber zu beschäftigen wie Öppi, oder den Hang, so ausgiebig davon zu berichten. Sie hatte ein scharfes Auge für die Verkehrtheiten und Lächerlichkeiten ihrer Umwelt. Öppi sah nur sich selber, aber ohne sich zu kennen. Es bot Marianna großen Genuß, ihn über sich aufzuklären, den Liebsten zu preisen und zugleich eine Überlegenheit zu fühlen. Die Begabung für die Bühne sprach sie ihm allerdings hartnäckig ab.
In irgendeinem Stück hatte der Theaterhaarkünstler Öppis Haare in Locken gelegt. Nun lief er regelmäßig zu einem Barbier, um die Wellen erneuern zu lassen. Er trug ständig den Bühnenabendmantel, jenen, der die alte Toni in Örlewitz entzückt, mit den Seidenaufschlägen, und ging am Vormittag, während Mariannas Bühnenproben, im großen Garten durch die langen Lindenalleen spazieren, wo ab und zu eine der letzten Pferdekarrossen Europas alte Herrschaften an die Luft führte, wo schon seit Jahrhunderten so viele Vornehme auf und ab gegangen, geritten oder gefahren waren. Weil er innerlich unsicher war, betonte er sein Äußeres. Marianna war viel unbekümmerter um das, was sie trug, ihr Geschmack war wechselnd und widerspruchsvoll. Einmal zogen sie draußen in den Vororten zusammen ein Wägelchen auf dem Damm längs des Stroms.
«Was sagen die Leute, denen wir begegnen, von uns?» meinte er.
«Daß der Herr mit dem Dienstmädchen kommt.»
Dann hielt sie das Wägelchen an, hing sich an seinen Hals, küßte ihn.
«Ja, so sehr lieb ich ihn, daß selbst sein Stolz, sein Trotz, sein Eigensinn mir lieb und reizend scheint.»
Desdemonas Verse! Öppi-Othello zwar kam nicht zu Wort, doch genoß er den süßen Augenblick im Frühlingslicht, sich einige Zeilen lang als Gestalt der Bühne zu denken, und merkte, daß er an der Bühne mehr als an Marianna hing.
Er hätte von ihr gern ebensoviel aus der Vergangenheit gehört, wie er selber erzählte, dies aus Neugierde und auch aus Liebe, um tiefer in sie hineinschauen zu können, um sie besser zu be-

sitzen. Er drängte sie, zu erzählen, aber sie begriff ihn nicht oder wollte ihn nicht begreifen.

«Mein Leben hat mit dir angefangen, vorher war nichts», sagte sie, und als er nicht nachgab, nahm sie die Feder und schilderte ihm Leben und Schicksale aller ihrer Tanten und Onkel, aber nicht ihr eigenes. Es gab nur einen Menschen ihres Lebens, der des öftern in den Gesprächen auftauchte: Christian, Betriebsleiter einer Braunkohlengrube. Christian wurde nicht beschrieben oder betrachtet, sondern gebraucht: seit zehn Jahren wollte er Marianna heiraten, und seine Anhänglichkeit war wie ein Zehrpfennig, zu dem man greifen konnte, wenn's schief ging, oder wie ein Schmuck, den sie überlegen verwendete, so oft es paßte.

Marianna wohnte nun wieder höher oben am Strom, in der Nähe der Mutter. Es war jetzt voller Frühling geworden. Das Laub der Wälder schloß sich, und das Gras stand hoch. Die Akazien dufteten am Ufer, die Schiffe schwammen zahlreicher auf dem Wasser, Schulkinder reisten flußaufwärts nach den Sandsteinbergen. Flöße kamen herabgeschwommen, herüber und hinüber gingen die Fähren, an beiden Ufern wandelten auf schmalen Wegen die Menschen, Perlenschnüren vergleichbar, dem Strom umgelegt, seine Wasser rollten unaufhaltsam, und die Berge drängten sich zu ihm hin. Öppi und Marianna lagen, der Liebe hingegeben, am Ufer hinter den Weidenbüschen im hohen Schilfgras. Wenn der Abend kam und der Mond aufstieg, fiel sein silberner Glanz auf Mariannas weiße Schenkel und den Leib, daß sie wie eine Wassernixe aussah. Sie lagen ruhig beisammen, in nächster Nähe plätscherten ahnungslos die Boote vorüber, auf dem Weglein draußen vor den Weidenbüschen strebten verspätete Spaziergänger eilig nach Hause. Die Sterne glitzerten, das schwarze Steilufer glotzte schweigsam zu ihnen herüber nach der flachen Seite.

Auf dem Steilhang, nicht so weit stromaufwärts wie Hosterwitz, wohnten andere Bekannte Mariannas. Ein Bildhauer und seine Frau. Öppi fand aber, als er dahin kam, keine bildhauerischen Kunstwerke, sondern eine müde und geplagte junge Mutter und einen Mann, der die neuesten politischen Schlagworte im Munde führte, einen Unzufriedenen, mit der Zeit Zankenden, der mit Eifer den Umsturzparteien anhing, die um diese Zeit laut ins Horn bliesen. Das Mitblasen hatte ihm oben am Berg ein Stück verwahrlosten Grund und Bodens eingetragen, eine halb aufgefüllte

Kiesgrube mit Blechbüchsen und Schutt, an deren Rand ein selbstgebautes, halbfertiges Häuschen stand. Er verwendete seine Armut geschickt. Deren Fortbestand war ihm wichtig. Sie gab ihm das Recht zu den Angriffen auf die bestehende Ordnung. Er tadelte und bemäkelte die Entwicklung der Welt und mißachtete seine eigene. Öppi verstummte vor so entschlossener Neinsagerei. Der Mann gewann ihn erst, als er des helvetischen Dichters, als er Gottfried Kellers gedachte, der ihm mit seinen Schriften vorangeholfen, dessen Herz ja bekanntlich auf der Menschheit großer Linken geschlagen hatte.

«Sie haben doch nun in Deutschland eine Volksgemeinschaft, eine staatliche Ordnung ungefähr nach seiner Vorstellung.»

«Ungefähr! Sehr ungefähr! Wenn zwei dasselbe tun, ist es nicht dasselbe. Wir eine Republik? Wir ein Volksstaat? Unsere Republik ist ein Ergebnis der militärischen Niederlage, sie ist in niemandes entschlossenem Willen vorher gewesen. Die Marinesoldaten haben die Umsturzbewegung entzündet, als sie bei dem Zusammenbruch der Landfront fürchteten, daß die Admirale der untätig gebliebenen Flotte den Kampf auf eigene Faust fortführen könnten – o ja, es haben auch bürgerliche Kreise bei der Revolution mitgewirkt, heute sind das verdächtige Elemente. Sie bereuen. Haben Sie's nicht gehört: die Revolution hat uns um den Sieg gebracht! Gibt nicht wenige, die solchen Stuß glauben! Die Arbeiterführer haben den Sieg verspielt! Daß ich nicht lache! Dolchstoßlegende! Dolchstoß von hinten in den Rücken des siegreichen Heers, wo es doch die Generalfeldmarschälle waren, die im dümmsten Augenblick nach dem Waffenstillstand riefen. Da hat sich männiglich die Augen gerieben!

Nun fordern die Franzosen, verstehen Sie, der Feindbund, die Angtante fordert Gold! Recht haben sie, aber 's ist zuviel! Wer zahlt?

Schauen Sie dort drüben über der Elbe die Fabrikkamine. Sie rauchen. Werden die Fabrikherren zahlen? Nein, derlei laden sie lieber auf die Arbeiter ab! Längere Arbeitszeit, schmalere Löhne! Tarifverträge? Bei der Angst um einen Arbeitsplatz.»

Dem Öppi kamen die Örlewitzer Schwestern in den Sinn!

«Eben hat die Arbeiterpartei bei den Reichstagswahlen die Hälfte der Stimmen verloren, die sie vor einem Jahr gehabt hat. – Die Herren, die an allem schuld sind, beschimpfen den neuen Staat,

weil seine Regierung, die Arbeiterregierung, keine Milderung der Friedensbedingung vom Feind erreichen kann, der Arbeiter in der Fabrik schimpft ebenfalls und der in den Gruben erst recht – die haben vom Umsturz etwas anderes erwartet als die paar Verträglein!
Unsere Arbeitervertreter? O wie belämmert. Diese Sozialisten! Gibt's nicht gar solche, die sich religiöse nennen. Das ist nun der Punkt aufs i! Sollen sie alle religiös werden; zum Pfaffen laufen, denn ob der Mensch, zu dem der Mensch läuft, ein Pfaffe ist oder ein bürgerlicher Bonze, tut nichts zur Sache. Hauptsache, es wird pariert!
Die Sozialisten wissen nichts, wollen nichts, können nichts. Sie haben von Anfang an im Reichstag die meisten Stimmen von allen Parteien gehabt, was sie aber damit machen sollten, haben sie nie gewußt – o ja: Minister werden, in Klubsesseln sitzen, dicke Zigarren zusammen mit den Bankiers rauchen. Und dazu haben die Arbeiter ihre Stimme gegeben! Ihre Groschen am Zahltag aus der Tasche herausgeklaubt! Die Sozialdemokraten haben nicht die politische Macht erobert, die politische Macht hat die Sozialdemokraten erobert!
Man wird mit der Zeit wohl alt wie eine Kuh, aber so 'ne Kuh wie der deutsche Arbeiter ist, die soll noch geboren werden! Na, ich sitze da in meiner halben Kriegsgrube, die ist fast ein Granattrichter, da warte ich man die Entwicklung ab.»
Öppi hörte zu, wußte nicht viel zu entgegnen. Am Kiesgrubenrand stand ein Kirschbaum in voller Blüte, verschwenderisch und unbekümmert um allen Menschenzwiespalt.
Öppi kam mit Marianna auch zu ihrer jüngeren Schwester Mimi und zu deren Verlobten: Traden, Professor an der Kunstgewerbeschule, halbalt, schmal und mager wie ein Strich, eigensinnig, ein Hartkopf und Schaffensbesessener. Die Lehrerstelle ernährte ihn, dennoch war sie unwichtig, wichtig war's, die Form in der Welt hochzuhalten, die schöne Form, oder besser noch: die gute Form. Er trug Schuhe nach eigenen Entwürfen und Halsbinden, die nicht den Modeerfordernissen, sondern den Anforderungen seiner Palette genügten. In seiner Werkstätte standen die Farbtöpfe nach gewissen Gesetzen seines Inneren aufgereiht auf den Gestellen. Auf seinen Leinwänden sah's absonderlich aus! Da war kein Gras, kein Tier, kein Ding der Welt zu

sehen, das in Wirklichkeit je geatmet oder sich geregt hätte! Schwarze und farbige, große und kleine Punkte und Striche führten zusammen mit Dreiecken und Vierecken aus farbigen Nebeln ein Dasein für sich, ohne Atemluft, ohne Raum, ohne Licht oder Schatten, fern von Tod und Leben. Ein Neuerer, der Traden. Der Verzicht auf die Lebensnähe ergab eigene Möglichkeiten. Die geometrischen Zeichen führten untereinander ein zeugerisches Leben, eine Vermischung ohne Grenze oder Maß.
Weil Traden bei seinen Begegnungen mit der bunten Welt auf keine reinen Drei- und Vierecke stieß, zog er sich verstimmt in seine Werkstätte zurück, weil ihm beim Essen keine Drei- und Vierecke vorgesetzt wurden, vernachlässigte er seine Ernährung. Seine Schrift vermied alle runden, biegsamen Formen und bestand aus lauter Drei- und Vierecken, aus Punkten und Strichen. Ihm selber stach der Figensinn wie ein Punkt aus den Augen.
Bei Tröscher, dem Maler am Strom, hatte er Mimi getroffen. Zuerst besorgte sie ihm die Wirtschaft und stellte die Farbtöpfe in der richtigen Reihenfolge aufs Gestell, dann begann sie, nach seinem Vorbild Punkte und Striche, Drei- und Vierecke zu machen. Nun wollte er sie für immer behalten. Die Mutter war einverstanden. Mimi auch, aber sie entschwand dem verlobten Professor des öftern für einige Tage irgendwohin, erschien dann in irgendeiner Rolle einer neuen Operette auf einer Nebenbühne der Stadt, oder traf an der Bahn einen durchreisenden alten Bekannten, der sie aus allen Geleisen warf und eine Strecke weit, irgendwohin mit sich nahm. Dann mußte Traden von seinen Drei- und Vierecken hinaus in die formlose Welt, zur Mutter, aufwärts am Strom, und auf seine Ansprüche pochen.
Die Milchablage, der die Mutter vorstand, verschaffte dieser ein besonders geartetes Ansehen. Milch war selten. In Örlewitz hatte die alte Berta wegen eines Liters oft stundenlang vor dem Laden stehen müssen. Die Verteilung war zwar staatlich geregelt, aber es gab doch manche Möglichkeit zu persönlicher Auslegung der Vorschriften. Mariannas Mutter bevorzugte bei ihrer Verteilungsweise einen verarmten Mathematikprofessor. Öppis Auftreten war ihr gar nicht recht. Der war schuld, daß Marianna seit einiger Zeit ständig ihre Aufenthaltsorte wechselte. Die Tochter konnte ihr leid tun. Anstatt mit den Leuten ihrer Bühne sich gut zu stellen und an ihr Vorwärtskommen zu denken, verlor sie die

Zeit mit diesem stellungslosen Künstler, der ein so eigenartiges Deutsch mit rollendem r sprach wie ein russischer Hofschauspieler! Das hatte sie damals gleich gehört, als die beiden zusammen zum Treffen mit ihrer Tochter kamen. Die Sache hielt aber länger an, als sie vermutet hatte. Man konnte sich diesen Öppi von Wasenwachs immerhin einmal näher ansehen.
Es gab einen gemeinsamen Sonntagsspaziergang nach der Elbe, hinüber über den Strom und hinein in den Wald am Hang.
«Sing italienisch», sagte Marianna.

Das hatte er einmal gemacht, daheim im Zimmer für sie und bei besonders leichtem Herzen, aber jetzt ging die Mutter vor ihm auf dem schmalen Weglein, er fürchtete sich vor ihrem musternden Blick und schwieg. Er war überaus höflich gegen sie, nicht zuletzt, weil er sich wunderte, mit wie wenig Ehrfurcht die Mädchen mit der Mutter umgingen, sie aber hielt an einer gefrorenen Freundlichkeit gegen ihn fest. Nach dem Wald ging's durchs freie Feld. Der Roggen stand hoch. Ein vereinzeltes Wäldchen lag draußen in der Ebene.
«Hier ist Richard Wagner gegangen», sagte die Mutter.
Wagner war ihr von der Bühne her vertraut. Mariannas Vater hatte in seinem eigenen Theater die großen Wagnerrollen gesungen. Richard Wagner! Öppi brachte vor lauter ehrfürchtigen Gedanken kein Wort heraus. Langweiliger Mensch, dachte die Mutter und ging weiter, gegen das Wäldchen. Dort gab's unter den Bäumen ein Wirtshaus mit eingerammten Tischen und Bänken. Man bestellte Kaffee. Die Mutter schnürte ein mitgebrachtes Paket auf, dem sie eine Schüssel mit Kartoffelsalat und Würstchen entnahm. Die gemeinsame Kartoffelsalatschüssel brachte die seelische Übereinstimmung ein Stücklein vorwärts. Die Sommerluft stand zwischen den Kiefern, und das Harz duftete. Öppi war um Gesprächsstoff verlegen, er konnte die Mutter nicht mit seinen Mißerfolgen an der Bühne unterhalten, die ohnehin sagte, daß er Deutsch wie ein russischer Hofschauspieler rede. Die Höflichkeit allein gab auch nichts her. Die Mutter fand ihn fad und verliebt, ging abseits, um im Grase zu ruhen und die beiden allein zu lassen. Öppi ruhte mit Marianna unter den Kiefern, deren Gipfel leise über ihnen schwankten wie in seines Dichters Lied von der Föhrenstille, in der einem das Herz laut wird und die Grillen schwinden.

Öppis Grillen schwanden auch, er sagte Marianna das Lied vom Föhrenwald leise ins Ohr, was er nie bis dahin getan hatte und woraus sie entnehmen konnte, was zutiefst in seinem Herzen lebte.
Am Abend war er in der kleinen Stube neben dem Milchladen zu Gast. Er bekam den weichsten Sitz und alle Leckerbissen, so wie's in Örlewitz bei den Schwestern gewesen oder an Mutters Tisch zu Hause. Quark und geronnene Milch! Sommerkost! Ganz heimatlich wurde ihm zumut, behaglich, wie er vergessen, daß einem sein konnte. In der Ecke schliefen in einem Korb zusammengerollt vier junge Hunde. Was war das Glück? Die Zusammengehörigkeit mit andern vielleicht. War's am Ende das beste, in dem grünen, bequemen Lehnstuhl ein für allemal sitzen zu bleiben und der Schwiegermutter beim Milchverkauf zu helfen?

Eva und Carlo Julius kamen aus Helvetien zurück zu Öppi. Der Direktor hatte seinen einstigen kleinen Schauspieler liebenswürdig empfangen, hatte Eva auf seine geölte Weise die Freude über die glückliche Wendung der Dinge ausgedrückt; im übrigen hatte ihm nichts daran gelegen, es mit dem einstigen Versager nochmals auf der Bühne zu versuchen.
Der Weg der Einordnung ins Erwerbsleben fing an, sich als schwierig zu erweisen. In Evas Heimat warteten die nordischen Freunde auf das Wiedersehen mit ihr und mit dem Heimkehrer, boten ihnen ihre Gastfreundschaft an. Öppi wohnte am Wege. Vorerst nochmals zu ihm.
«Ich habe ein Mädchen», sagte er etwas zögernd, «sie gehört zum Staatstheater.»
Eva erschrak etwas mehr, als sie es selber von sich vermutet hätte.
«Ihr sollt sie sehen.»
Eva hoffte für Öppi, daß es um eine bedeutende oder beliebte, gar eine große Künstlerin ginge.
Marianna erweckte keinen derartigen Eindruck. Die erste Begegnung verlief kühl, beobachterisch. Die Dreierfreundschaft ließ sich so leicht nicht ausweiten. Carlo Julius und Marianna verfielen zum Befremden der beiden andern in einen vertraulichen Ton, wie er in der Dreiheit nicht gebräuchlich war. Er bot sich als Ausweg in verwirrter Lage.
Öppi empfand es wohl: er war der Verräter. Er verging sich gegen Eva; offene Untreue, Abfall! Die Lage verlangte von Eva,

daß sie über seinen Gewinn einer Liebsten sich froh zeige. Sie war auch froh und war es nicht. Carlo Julius gewann an Boden. So war's also mit diesem Öppi, der tröstete sich jetzt über den Verlust der Liebe Evas! Seine Frau würde ihm fortan erst recht ganz und gar allein gehören. Da brauchte er gar nichts weiter dazuzutun. Die Dreierfreundschaft gab auch Rechte, ähnliche, wie man sie einer Familiengemeinschaft zugesteht. Carlo Julius und Eva brachten ihre Bedenken und Einwände gegen Marianna vor. Sie erschien ihnen draufgängerisch, unfeinfühlig, unernsthaft gegenüber dem Gewesenen zwischen Öppi und Eva. Das Mädchen spürte die Zurückhaltung, die Vierergespräche wurden gezwungen. Öppis neuerscheinende Kühle verwirrte die Liebste, ihr Hang zu mancherlei Derbheiten kam deutlicher heraus, hob sich unvorteilhaft ab gegen Evas scheue Art und Zurückhaltung. Carlo Julius ging auf das Derbe im Gespräch ein und verurteilte hinterher das Mädchen. Er erwies sich als Verteidiger der Dreiheit, das gab ihm einen guten Platz, verpflichtete Eva. Man plante einen gemeinsamen Landausflug nach den Sandsteinbergen. Marianna hielt sich nicht an die Verabredung, blieb ohne Erklärung oder Nachricht weg, die Dreiheit war ihr zu mächtig. Sie erhielt einen Postkartengruß mit spöttischem Unterton.

>Im Walde kochte man mit Sprit –
>Marianna, schade, war nicht mit.

Carlo Julius und Eva reisten weiter. Dem Heimkehrer war's in Cheudra gut ergangen, im Norden erging es ihm noch besser. Da war viel gesellschaftliche Überlieferung, da liebte man das heitere Beisammensein, gab es freundliche Tischsitten, verbindliche Umgangsformen, drin auch das Formelhafte steckte. Formeln lassen sich leicht lernen. Die höfliche Verbeugung, in Helvetien mit Mißtrauen betrachtet – Carlo Julius brachte sie gern und in betont guter Form an. Alle Freunde Evas, Fredrik und Tora, die alte liebe Tante Hilda, Betreuerin ihrer Jugend, die angesehenen Angehörigen von Vaters Seite begegneten Eva mit Herzlichkeit, der lange Ferngebliebenen, die in schwieriger Zeit nicht hatte zurückkommen wollen, die sich so tapfer in der Fremde für sich und ihren Gatten geschlagen. Das Wiedersehen mit der Heimat verschönte ihr Antlitz, das Herz war freudevoll. Carlo Julius konnte mit ihr in ihrer angestammten Sprache ordentlich reden,

die er damals sich angeeignet, als er mit Eva die Hochzeitsreise in ihre Heimat unternommen. Nun war's gut, nun würde er ein Sänger werden, ein Bühnentenor, dieser Wiedergefundene, dieser Wiederfinder. Einige Ausbildung begreiflicherweise würde nötig sein, vor allem aber galt es nun der Stunde zu genießen, den langen nordischen Sommerferien sich einzufügen, der guten Tafeln sich zu erfreuen und der ganz besonders lebhaften, kenntnisreichen, geistvollen Unterhaltung an Fredriks Tisch, dieses Zeitungsleiters, dieses geschätzten Verfassers vieler Bücher, der mit verschwenderischer Herzlichkeit die Wiedervereinigten in seinem Haus empfing. Ein Schimmer der untergegangenen militärischen und staatlichen Macht des deutschen Nachbarreichs umgab in Fredriks Augen diesen gänzlich unsoldatischen ehemaligen Garderegimentsangehörigen Carlo Julius.
Draußen auf den Inseln wohnten Berta und Gustav, der Küsten vermessungsingenieur. Er sang vortrefflich neben seiner amtlichen Arbeit; glanzvoller war's, ein Vollsänger zu werden, mit großer Zukunft, wie man sie sich ungehindert nun ausdenken konnte.
Evas Mutter allerdings hielt an dem Mißtrauen unangenehmerweise fest, das sie vordem gegen ihres Kindes Ehe mit Carlo Julius an den Tag gelegt hatte. Sie hatte seinerzeit viele und ausgezeichnete Leute in ihrer Gaststätte der Nordenstadt bewirtet und selber die abendlichen Bühnenkünstler zu deren Unterhaltung im Theaterchen ihres Reichs ausgesucht, als unabhängige Frau mit den Erfahrungen eines harten Lebens.
«Carlo Julius – was willst du mit ihm?» hatte sie früh gesagt.
«Der? Jetzt ein Sänger? Hat ja keine Stimme, ich glaube nicht daran.»
Evas Haltung? Sie durfte sich nicht irre machen lassen, durfte wegen sich selber nicht zweifeln.
«Ich bekomme ein Kind», sagte sie zu der Mutter.
«Habe ich wohl bemerkt!»
Auch dieser Umstand konnte die Mutter nicht dazu bringen, den beiden mit Geld beizustehen. Eva bekam von ihr lediglich eine Anzahl bester Leintücher mit den Namensanfangsbuchstaben, die das einstige Bauernmädchen selber hineingestickt hatte. Ein paar Löffel des schönen Bestecks, das beim Verkauf der Wirtschaftsunternehmungen zur Zeit dieses Wiedersehens losgeschlagen

wurde, wären Eva willkommen gewesen. Sie hatte nicht den Mut, darum zu bitten, wohl aber den Stolz, zu schweigen.
Mit Evas Vorhaben der Erweiterung des Bundes von drei auf vier Mitglieder war Öppi durchaus einverstanden. Die Nachricht war einfach eine gute Nachricht Evas. Ein Kind in ihrem Leibe! Die Frucht der ersten Nacht des Heimkehrers, von deren näheren Umständen er nichts ahnte.
Eine Unterkunft war für die kleine Familie auf den Zeitpunkt ihrer Rückkehr nach Dresden hin zu beschaffen. Es mangelte im Lande an Wohnungen. Die Städte verweigerten ungeprüfte Zuzugs- und Niederlassungserlaubnisse. Öppi befaßte sich eingehend mit den einschlägigen Vorschriften, schrieb ausführliche Berichte darüber nach dem Norden und machte sich auf die Suche. Er fand mit Mariannas Hülfe ein Quartier in einem stadtnahen Dorf, ein Zimmer mit Küchenbenutzung bei zwei alteingesessenen Leuten, zu angemessenem Preis. Er nahm mit Marianna den Weg nach dem Dorf unter die Füße, sie ging barfuß, und er sah zum erstenmal bewußt, daß sie ebenso schöne Füße wie Hände hatte. Ein Bauer begegnete auf der sommerlichen Straße den beiden Verliebten.
«Legt euch doch ins nächste Kornfeld», rief er im Vorübergehen ihnen zu.
Im Walde lag nahe dem Dorf ein Weiher. Dort kreischten die Badenden in Scharen, rührten den Lehmgrund auf und planschten in der gelben Brühe. Öppi und Marianna planschten mit, nachher liebten sie sich in der Badekabine, dahinein ein losbrechendes Gewitter sie getrieben.

Wie wollte Carlo Julius die Miete bezahlen? Wie das Gesangsstudium in Dresden? Evas Erspartes nahm rasch ab. Ein Stück weit würden vielleicht die nordischen Freunde helfen? Carlo Julius hatte irgendeine Beschäftigung zu suchen. Eine Anfangssumme war dennoch nötig. Öppi schrieb darum an seinen schmalen Bruder in der Sägemühle. Dieser besprach sich mit dem Vater und dem breiten Bruder. Eva war ihnen bekannt, obendrein schrieb Öppi so eindringlich über des Kriegsgefangenen schwierigen Neubeginn, daß die Seinigen, drei helvetische Bauern, nicht anders konnten, als Öppi für Carlo Julius die Summe von zweitausend helvetischen Franken als Darlehen zu gewähren, die

sich bei der stets langsam fortschreitenden Blähung des deutschen Geldes nun in zwanzigtausend Mark verwandelten. Damit ließ sich eine Zeitlang leben.
«Du wirst dieses Geld nie wieder sehen», schrieben Öppis Leute ihren Lebenserfahrungen gemäß dazu.

Der vermehrte Umgang mit den Menschen aus Mariannas Bekanntschaft machte Öppi darauf aufmerksam, daß er im Begriff war, seine Aufgabe zu vergessen. Er kam nicht so ausgiebig zu Wort, wie wenn er mit ihr allein war, dafür kamen die andern zu Wort und stellten die üblichen Fragen nach Herkunft, Plänen, Tun, zwischen zwei Schlücken Tee oder zwischen zwei Zigaretten, neugierig oder auch nur höflich.
«Woher kommen Sie? Sie sind Schauspieler? Bleiben Sie lange in Dresden?»
Ob er ein Deutscher sei, aus Ostpreußen wahrscheinlich, oder ein Pole? Vielleicht auch ein Norweger oder gar Franzose?
Den ganzen Winter hindurch war er zu Lehm gegangen, und nun fragten die Leute, ob er ein Franzose sei! Als ob er sein Deutsch nicht von der Mutter gelernt hätte, sondern vom höheren Schulmeister. Es mußte demnach noch große Mängel haben. Von denen sprach Marianna viel zu wenig. Da konnte er nichts Besseres tun, als abends in seinem Zimmer sich die Fragen zu wiederholen: Sind Sie vielleicht ein Pole, ein Norweger oder gar ein Franzose? Im Tonfall, wie sie gefallen waren! So lange, bis sie ihn recht wurmten und schmerzten und er deutlich fühlte, daß er gar nicht tat, was zu tun war, daß er Gespräche mit einem Mädchen führte, anstatt zu üben und zu arbeiten.

Marianna wollte sich von ihm ein Kind machen lassen und dann hingehen und den Christian heiraten.
«Wenn du einen Funken echte Liebe für mich übrig hast», schrieb sie, «dann besinnst du dich gar nicht, denn ich kann auf diese Weise meine Mutter glücklich machen, die schon lange die Heirat mit Christian wünscht, und den Christian auch, der seit zehn Jahren um mich wirbt.»
Als Öppi über den Vorschlag mit ihr reden wollte, lachte sie ihn aus, weil er's ernst genommen. Öppi war verletzt. Sie spielte immer. Sie schalt das Theater, spielte nicht gern mit den Schau-

spielern auf der Bühne, spielte aber um so lieber außerhalb des Theaters mit den unspielerischen Menschen. Überall, mit jedermann, jederzeit. Sie spielte, wenn's ihr einfiel, mit Öppi; nun wollte er's auch mit ihr versuchen.

«Heirate den Hanns», sagte er zu ihr, als sie das nächstemal beisammenlagen.

Hanns? Wer war Hanns? Ach ja, das war Öppis Freund in Helvetien, der trotzige, schwarze Bildhauer, von dem er ihr mehrmals vorgeschwärmt. Den sollte sie heiraten. Aber warum denn? Wie kam Öppi nur darauf? Und grade jetzt. Aber eben, jetzt hatte er sie grad gekostet, jetzt hatte er genug von ihr, nun gab er sie weg in seinen Gedanken. Sie faßte sich schnell. Nur nicht zeigen, wie ihr war.

«Gut, einverstanden», heuchelte sie, und was denn eigentlich mit diesem Hanns alles los sei? Wie war er? Was konnte er? Paßten sie wirklich so ausgezeichnet zusammen? Vom Nachmittag bis in die Nacht hinein dauerte ihr Fragen, ihr Spott, ihre Neugier, in übertriebener Lebhaftigkeit und so, als habe sie mit Öppi überhaupt nie etwas zu schaffen gehabt. Der merkte wohl, was für ein Unheil er angerichtet und wie sehr er sie verletzt hatte, verlor darüber kein Wort, versuchte keine Wiedergutmachung, sondern gab trotzig die bösen Auskünfte und dachte, daß er lediglich ein Spiel mit ihr getrieben habe, wie sie's mit ihm zu treiben sich gern erlaubte.

Das folgende Zusammentreffen fiel auf einen Sonntag. Sie gingen von Mariannas Wohnung nach der andern Seite des Stroms hinüber und durch den Wald an den Steilhang hinauf. Oben stand Blume an Blume, Halm an Halm, Feld an Feld. Ein Weglein schlängelte sich zwischen den Feldern und dem Rand des Steilhangs dahin. Marianna legte sich ins Gras und schloß die Augen. Die Kränkung stand zwischen ihnen. Öppi war trotzig und schwieg. Er hatte keine Lust zum Reden, aber die Lust auf sie erfüllte ihn stärker als je. Sie merkte das und floh. Im Weitergehen sahen sie schließlich das Haus der Hosterwitzer Freunde in der Tiefe durch den Laubwald herauf sichtbar werden. Öppi wollte die Freunde nicht sehen, er wollte Marianna und versuchte sie mit Gewalt zu zwingen.

«Du sollst mich nicht zu Boden werfen», sagte sie, machte sich los und entfernte sich mit einer spöttisch-tänzerischen Bewegung.

Öppi blickte verstimmt und verstockt hinaus in die Ferne. Als er nach ihr sehen wollte, war sie verschwunden. Er ging den Waldweg hinunter bis zur Straße. Sie war nicht da. Dann rannte er wieder hinauf und wieder hinunter und nochmals hinauf. Umsonst. Schließlich trat er den Heimweg an. An einer Straßenkreuzung traf er mit ihr zusammen, die inzwischen bei den Freunden gewesen war, wo er nicht hatte hingehen wollen. Auf der Elbfähre saßen viele junge Mädchen, sie lachten und beobachteten das verzankt heimkehrende Liebespaar.
Marianna wünschte eine kurze Trennung, um die Verstimmung vorbeigehen zu lassen. Irgendeine ihrer vielen Freundinnen nahm sie auf. Irgendwo! Öppi war wieder mit sich allein. Seit langem zum erstenmal, wie ihm schien. Bi-i-e-bbee- -bi-e-au- -bau-. Was sollte er doch? Reden lernen. Die deutsche Sprache meistern. Was war er? Ein Liebhaber! Die kleine Trennung mußte zur großen Trennung werden. Sogleich, ehe es zu spät war. Marianna kam nach einigen Tagen zurück und benachrichtigte ihn. Zur Liebe bereit. Öppi fand sie im Bette liegend und brachte es fertig, mißtrauisch anstatt entzückt zu werden.
«Fräulein Marianna», sagte er, «ich fürchte, daß ich aus großer Verliebtheit auf den Gedanken kommen könnte, Sie zu heiraten, was keinesfalls sein darf, denn ich bin heiser und rede ein unfertiges Deutsch, weshalb ich es also an der Zeit finde, mich von Ihnen zu trennen.»
Das ungefähr war seine Rede. Nicht ganz so förmlich vielleicht, aber doch viel förmlicher, als sie's von ihm gewohnt war, und nicht ganz so flüssig, wie er sich's gedacht hatte, vielmehr blieben ihm die Worte teilweise im Halse stecken oder kamen nur halb zum Vorschein; er stotterte und sein Herz klopfte. Marianna war blaß, bekam ganz große Augen, als er ihre Arme nicht mehr um seinen Hals fühlen wollte, als er die zärtlichste Umschlingung abwehrte und die Arme zurück auf die Bettdecke legte. Mit großer Überwindung stand Öppi schließlich vom Stuhle auf; an der Tür traf ihn ihr letzter, schmerzvoller Blick, er klinkte die Tür hinter sich zu und rannte mit schlechtem Gewissen, erleichtert und traurig zugleich, auf unbekannten Wegen durch die Vorstädte nach Hause.

Dann reiste er ab. Man war im hohen Sommer. Die Städter gingen in die Ferien. Öppi fuhr ins Gebirge. Auf dem größten der vielen, langgestreckten freien Riesengebirgsrücken zog eine ununterbrochene Kette von Wanderern dahin, von Westen nach Osten die einen, von Osten nach Westen die andern. Sie stiegen aus den Wäldern herauf, welche die Flanken des Berges bedeckten, von den vielen Gaststätten und Erholungsplätzen kamen sie nach der freien Höhe, um in das Land hinauszusehen, um über die Wälder und Sommerfelder hinzuschauen. Dann zogen sie sich wieder zurück in den Wald oder in die fernen Städte hinunter. Öppi war glücklich. Er war nicht allein, und doch hielt ihn niemand von seinen Gedanken ab. Ihm schien, als gehe er zwischen lauter Brüdern und Gleichgesinnten, die alle da oben auf der kahlen Höhe zwischen Himmel und Erde irgendwelchen fernliegenden, erhabenen Zielen zustrebten. Im Dunkel der seitlichen Wälder und auch oben auf dem Rücken des Gebirges lagen Gruppen oder Haufen gewaltiger Steinblöcke, grau, alt, verwittert und bemoost. Er setzte sich zu ihnen. Es war wie ein Wiedersehen mit den Steinen, die er gezeichnet, damals in den ersten Wochen in Dresden, als ihm keine Worte über die Lippen gingen, mit den Steinen seiner Studien, mit den Gletscherfindlingen seiner helvetischen Heimat. Er schlang seine Arme um die Flanken der alten Kerle und drückte sich an der Mächtigen Brust, als schlüge tief in ihrem Innern ein Herz ihm entgegen, ein langsames, festes, stetiges Herz, wie es zu ihnen paßte, die unverrückt lagen seit urdenklicher Zeit, und er streichelte sie wie ein Bittender, als läge es in ihrer Macht, sein Herz beharrlich zu machen, wie das ihrige war.

Die Flucht nach Berlin

Aus dem Gebirge kam Öppi nach Berlin. Er wußte nicht recht wie. Einfach angezogen, wie nur je ein irrender Eisenspan von einem Magneten an die breite Brust gerissen worden ist. Wie war Berlin? Wie's einem vorkam.
So dem Schriftsteller:
«Man wollte aufräumen, nicht nur mit dem Krieg, sondern auch mit den Mächten und Einrichtungen, die zu ihm geführt hatten. Bei aller Enge der Verhältnisse – die Künste waren gerettet! Die Dichtung, das Theater. Die sprichwörtliche Zähigkeit der Ber-

liner schuf Bühnenerlebnisse, die in die Theatergeschichte eingegangen sind. Das Publikum war hellhörig geworden. Die Klassiker rückten in neue Beleuchtung. Die Jungen kamen zu Wort und Gestaltung. Ausverkaufte Konzerte, Zeitungen schossen aus dem Boden. Der Bürger saß mit Begeisterung vor Armeleutestücken, hörte sich Dinge an, für die er selber nicht zu haben war, auch die Voraussagen einer möglichen weit gründlicheren Revolution.»

So dem Geschichtsschreiber:
«Die Hauptstadt traute sich nun wirklich zu, der Kopf des Reichs zu sein. Sie hatte durch den Verlust der Monarchie nichts verloren. Der Monarch hatte mit der großen demokratischen Stadt längst in Feindschaft gelebt, hatte zu ihrem Kulturleben vorwiegend Greuel und Albernheiten beigetragen. Was Gegnerschaft gegen ihn gewesen, wurde nun Vordergrund: Literatur, Theater, bildende Kunst, Film. Fortschrittsfreudige Bürger des Westens, Franzosen, Briten, Amerikaner kamen in Scharen, sich an dem neudeutschen Kunst- und Gesellschaftsleben zu vergnügen.
Wachsend mit den immer wachsenden politischen, industriellen, finanziellen Bürokratien, mit den Aufgaben des Reichs, Mittelpunkt der Arbeit, der Geschäftswelt wie des reichen Müßiggangs, konnte die Stadt alle Arten der Darstellung und Stellvertretung tragen und bezahlen.
Aber die Hauptstadt war nicht beliebt. Das alte Deutschland der Länder und Provinzen wollte eine solche Hauptstadt im Grunde nicht haben. Dieses Berlin war eben die Hauptstadt der Republik, verdankte seinen neuen Charakter dem Weltkrieg und dem Umsturz. Es war autoritätslos.»

So dem kämpferischen Arbeiterjungen:
«Niemand, der nicht jene Zeit in unsern Reihen miterlebt hat, kann sich vorstellen, was mir Berlin, die röteste aller Städte der Erde außerhalb der Räterepublik, bedeutete. Die rote Festung, die Stadt der Maibarrikaden, die Stadt Spartakus'. Ich erfragte meinen Weg und konnte nur mit Bewegung die berühmten Namen der Stadtteile Wedding, Lichtenberg, Neukölln nennen hören. Ich suchte auf allen Mauern nach Kugeleinschlägen, sah allen Vorübergehenden voll ins Gesicht, denn ich war überzeugt

davon, daß ein Auge, das einmal über eine Barrikade gespäht hatte, für alle Zeiten anders blicken mußte. Ich summte und pfiff die Lieder vom roten Wedding und vom roten Berlin: Haltet die roten Reihen geschlossen, denn unser Tag ist nicht weit.»

Öppi mietete ein bescheidenes kleines Zimmer, drin stand ein rundes Tischchen mit wackliger Platte, ein zerfetzter Teppich lag vor dem Bett. Aus dem Fenster sah man in die Tiefe eines Hofes hinunter und hinüber in die Nachbarwohnung, sah oben ein Stück Dach und einen Fetzen Himmel. Ein breiter Treppenaufgang, mit Teppichen belegt, führte von der Straße durchs Haus hinauf. Unten war die Stadt, viele Straßen, ein großes Kaufhaus, die Stadtbahn und die Untergrundbahn, viele Menschen und sehr viele Anschlagssäulen mit unwahrscheinlich zahlreichen und dichtgedrängten Bühnenanzeigen. Neue Stücke jeden Tag! Neue Namen, große Namen, weltberühmte Spieler, verblüffende Titel eben fertig gewordener Reißer und uralte, große Dichterwerke! Er blieb an den Litfaßsäulen wie ein treibender Kahn an einem Hindernis hängen, kümmerte sich um die Besetzung der Stücke und um viele fremde Namen, aber niemand kümmerte sich um ihn und darum, daß er nach Berlin gekommen war. Das mußte anders werden. Er wollte dafür schon sorgen, daß sein Name auch an die Anschlagssäulen kam, mitten hinein unter die andern, oder oben dran, dann würden sie sich mit der Zeit gewiß die Hälse nach ihm umdrehen, diese Eiligen da in den Straßen, diese Vielen, diese eisigen Unbekannten, von denen keiner ihm ins Gesicht guckte.

Er saß wochenlang Abend für Abend im Theater, vor allen Bühnen, in jedem Stadtteil, und hatte dabei seine eigenen Schätzungen, die mit dem Urteil der Maßgebenden nicht übereinstimmten. Er suchte nicht das Neueste, sondern eher noch das Älteste, nicht den Reiz, sondern den Geist. Was für Darsteller! Was für Spiele! Was für Künstler! Immer neue, immer bessere, immer andere! An jedem neuen Ort! Solche mit Geisterstimme, solche mit ehernen Tönen, mit hinreißendem Schwung und beunruhigender Wirkung. Öppis große bisherige Theatererlebnisse schrumpften ein. Seine alten Maßstäbe waren hinten und vorn zu kurz. Die zäh haftende Heimatsprache war noch viel jämmerlicher und hassenswerter, als er bis anhin gedacht, Lehm ein

Trottel, er selber der blutigste Anfänger! Neue Forderungen schossen in ihm hoch, neue Entschlüsse ballten sich in seinem Herzen, ein neuer Abschnitt am alten Werk der Sprachreinigung sollte beginnen. Er suchte keinen Lehrer, Lehrer waren Beichtväter, Lehrer gaben Gelegenheit zu erleichternden Klagen. Keine Mitteilung sollte ihm die Kraft der inneren Sammlung schwächen. Keine Unterhaltungen! Unterhaltungen waren zuchtlos. Kein Wort durfte über die Lippen gehen, ohne daß es behorcht wurde.

Die Umgebung erleichterte ihm sein Vorgehen. Da war jeder mit sich selbst beschäftigt, ohne groß auf den Nächsten zu achten. Der Hausherr war Volkswirt. Er kam mit geschäftiger Miene zu Tisch, grüßte unhöflich und zeigte mit seinem Gebaren der ganzen Tischgesellschaft, daß sie im Hause lediglich Geduldete waren: das blasse Fräulein Studentin mit der Hakennase, das immer vom Leichenschneiden sprach, der ehemalige Herr Hauptmann mit der betont vornehmen Lebensart, die zwei zugereisten Musiker aus Österreich und der Herr Öppi, diese ulkige Erscheinung! Der wollte zur Bühne! In einer Zeit, da es kaum genug für alle zu essen gab, da alles drunter und drüber ging, saß der am Tisch und wartete auf die Gelegenheit, Theater spielen zu dürfen. Als ob nicht jeder Tag dazu die Gelegenheit böte! Aber eben, diesen Öppi hatte man in der Schule mit dem alten Ovid und Horaz bekannt gemacht und mit allen anderen Poeten, wie es ihm, dem Hausherrn, auch widerfahren. Er selbst hatte allerdings diese Dinge so ziemlich vergessen und sie auch nie recht ernst genommen, dieser Helvetier aber glaubte noch an die schönen Worte, beschäftigte sich noch mit Versen, während ringsum die Menschen täglich Geld verloren und man vernünftigerweise nichts anderes tun konnte, als sich mit jedermann um Besitz und Eigentum zu streiten. Es war ein besonderes Vergnügen, so einen bemitleidenswert Dummen zu sehen, der ein Schüler geblieben war, war ein wenig ärgerlich, einen Erwachsenen zu sehen, der noch solchen Jugendbeschäftigungen anhängen durfte. Es gewährte dem Volkswirt eine rechte Genugtuung, diesen Öppi samt allen alten Denkern und Dichtern zu bespötteln und herabzusetzen, die eine so schlechte Vorbereitung fürs Leben waren, indem er zwischen zwei Löffeln Suppe zum großen Spaß seiner Frau aus einem Winkel seines Gedächtnisses allerlei verdrehte

Versbrocken und unpassende Satztrümmer aus der Schule hervorholte und sie unter die Tischgesellschaft warf.
Öppi schwieg und lächelte freundlich, wenn er auch am Pranger stand und dachte, daß der Volkswirt ein ziemlich formloses und vernachlässigtes Deutsch rede. Seine Frau aber führte ihr sächsisches Wort besser, mit lauter Stimme und mit einer Sicherheit, über die man ärgerlich oder auf die man neidisch werden konnte. Krankenschwester war sie gewesen. Das merkte man, nicht an der Güte, sondern an der Wichtigkeit, die sie sich beimaß. Sie begegnete jedermann mit solcher Überlegenheit, als läge die ganze Tischgesellschaft mit Gebrechen zu Bett. Sie führte den Vorsitz und rasselte mit einem großen Schlüsselbund durch die Räume. Alle Schränke waren abgeschlossen. Öppis Anwesenheit im Hause bot gewisse Annehmlichkeiten: er konnte ihr verbilligte Theaterkarten verschaffen. Das kostete ihn allemal vormittags besondere Reisen zu den betreffenden Bühnen. Eine Zeitlang tat er's, aber sie nahm seine Zuvorkommenheit auf eine Art entgegen, als müsse er froh sein, seine Zeit überhaupt mit etwas Vernünftigem totschlagen zu dürfen. Öppi war ihr anfänglich verdächtig gewesen. Ein Mensch ohne Beschäftigung! Aber die verbilligten Karten beruhigten sie. Man mußte von jedermann nehmen, was man nehmen konnte. Sie war eine tüchtige Hausfrau. Im Haushalt der Welt aber gab's große Mängel, und sie hielt mit ihrem Tadel nicht zurück. Es fehlte an allen Ecken und Enden, das ganze Dasein war eine große Krankenstube und sie die einzige Aufrechte. Sie sprach mit äußerster Nüchternheit über Bühne und Bühnenkünstler. Alles in der Welt sollte seinen leicht sichtbaren Zweck haben, wie der Staubsauger oder das Gabelbänklein auf dem Tisch.
Öppi führte, als er nach Berlin kam, eine Komödie in seinem Gepäck mit, ein Theaterstück aus eigener Hand, da er doch, wie Marianna hingesagt hatte, ein Dichter war. Was dem Schauspieler versagt blieb, konnte allenfalls dem Verfasser blühen: ein Bühnenerfolg. Der Einfall zu dem Luststück lag lang zurück, war ihm seinerzeit in der Bildhauerwerkstätte in Cheudra gekommen; sein Inhalt der Traum eines Belanglosen, eines Außenseiters, eines Schusters, den Zufall, Dummheit der Umwelt und eigene Phantasie aufs mal ins Große hoben. Er wird römischer Kaiser. Das war dem erfolglosen Öppi grade recht, um zu zeigen, wie

belanglos eben Erfolg und Macht bei näherem Zusehen sich erwiesen. Die zarte Idee bot sich in der Form eines handfesten Theaterstücks dar, das einigermaßen vorsichtig den großen dichterischen Vorbildern nachfolgte.
Zunächst gab es an der Arbeit noch einiges zu feilen, dann ließ Öppi die Sache abschreiben, schickte ein Exemplar der Abschrift an den Vater, zusammen mit der Bitte um Geld und der Beteuerung seines weiterhin ernstesten Bestrebens und der Schilderung der Weg-Aussichten in der Weltstadt.
Der Vater schickte die Mittel zum Weiterleben, wie er sich ausdrückte, schrieb dazu, daß Posten, wie Öppi da einen erhalten, eben erheblich ins Gewicht fielen, schrieb, daß allenfalls, wenn er so fortzufahren gedächte, bei seines Vaters Tod und der Verteilung des Nachlasses nicht mehr viel für den Jüngsten übrigbliebe. Ein Wunder sei's, daß Öppi bei den fortdauernden Schwierigkeiten nicht schon wieder die Flinte ins Korn geworfen habe.
«Nun widmest du dich der Schriftstellerei. Zu dieser Sache kann ich nicht viel sagen, habe nur das unbestimmte Gefühl, diese Jagdgefilde seien schon kreuz und quer durchstreift und durchstöbert und böten Aussicht nur noch auf spärliche Ausbeute. Was willst du mit diesem Schuster-Kaiser? Deinen Humor spielen lassen? Ist's eine Anspielung auf neuere und neueste Zeit? Ich fühle mich unzuständig, doch darf's der Vater zum Sohne sagen: es steckt nicht gar viel dahinter.»
Der Öppischen Schilderung der deutschen Not, seinen volkswirtschaftlichen Angaben hatte der Vater auch einiges entgegenzusetzen: die Steuern Helvetiens und diese nationalökonomische Anmerkung:
«Wie froh kann ich sein, daß ich meine Kräfte bei guter Zeit angewendet habe und daß ich jeweils, wenn Erfolg mir zuteil wurde, das Verdiente aufsparte für Zeiten des Alters und der Not. Eine etwas streng gehandhabte Sparsamkeit, die man mir manchmal vorgeworfen hat, ist heute noch nicht zu bereuen! Wenn ich auch auf manchen Genuß verzichten mußte, habe ich in meinen alten Tagen die Genugtuung, meine Lieben vor Not bewahrt zu haben.»

Öppi hatte fünfundzwanzig Mark am Tage für Wohnung und Unterhalt beim Volkswirt zu zahlen. Diesen Betrag kaufte man für wenige helvetische Franken. Die deutsche Medizinstudentin am Tische lebte aus der Tasche ihrer Eltern, die zwei Musiker verdienten täglich, was täglich sie brauchten, am ungünstigsten stellte sich der Herr Hauptmann, ein entlassener Berufsoffizier, der eine feste staatliche Entschädigung zum Ausgleich für die verlorene Stellung bekam, die jedoch hinter der weiter langsam fortschreitenden Teuerung nachhinkte. Er war der höflichste Mann am Tisch, der am leisesten sprach, am meisten Zurückhaltung zeigte, ein Weltkriegssoldat, verdammt zu der unwürdigen Beschäftigung eines Papierwarenvertreters, ein vormaliger Angehöriger jenes Heeres, das man nach der Unterzeichnung des Waffenstillstandsvertrags aus den zerschossenen Gräben, Stollen, Häusern wie die Wurzeln eines Baumes aus dem Erdreich herausgezogen hatte, des Heeres, das sich dann, geführt vom immer gleichen Generalquartiermeister und von Offizieren, deren Stolz das Gehorchen war, im Rückmarsch von Ort zu Ort mit der Präzision einer Uhr bewegte, unwissend, wohin es komme, empfangen erst mit Blumen auf den großen Brücken, dann mehr und mehr einer aufgelösten Ordnung begegnend und, gleichsam angesteckt von dieser, selber mehr und mehr der Auflösung anheimfallend im Lande, in das sich der Hunger eingegraben hatte, dem nur die Reichen und Schlauen entgingen, wo aber Zehntausende eines allzufrühen Todes starben.

Die Franzosen, sagte der Herr Hauptmann, haben von allen Beteiligten am Kriege durch uns die schwersten blutigen Verluste im Verhältnis zu ihrer Bevölkerungszahl erlitten. Nun sitzt ihnen der Schrecken in den Gliedern, ist's ihnen eine Lust, uns zu demütigen, zu quälen, zu würgen.

«Sie verlangen», sagte der Volkswirt, «unsinnige Summen Goldgelds, mehr Geld, als das ganze Land wert ist, noch kennt niemand die genaue endgültige Zahl. Derlei lähmt die Wirtschaft, Sie sehen's: Sturz des Markwertes, steigende Flut schwachen Geldes. Ausländisches Geld ist gutes Geld. Wie es bekommen? Mittels ausgeführter Güter. Ausfuhr lohnt sich, aber wir dürfen weder erzeugen noch ausführen, was uns nützlich ist, da reden die Sieger drein und der Versailler Vertrag.»

Um deutsche Waren billig mittels fremden Gelds kaufen zu können, war's günstig, ins Land zu kommen, im besonderen, wenn's um feste, übergroße Dinge wie Häuser ging. Ein fremder

Mann saß während einiger Tage beim Volkswirt am Tisch, der einen solchen Hauskauf um einen Spottpreis hinter sich hatte. Nun vergällten ihm allerlei neu auftauchende Vorschriften und seine Unerfahrenheit im Häuserhandel die Freude am Gewinn, er fluchte und schalt, aber der Volkswirt und seine Frau hegten insgeheim schadenfrohe Gefühle. Dieser Doktor der Rechte war Beamter im Außenhandelsamt der Republik, Abteilung Möbelausfuhr. Fremde Aufkäufer erwarben um lächerliche Beträge ihres Geldes schöne Möbel aus gutem Holz, von guten Arbeitern angefertigt, denen man billiges deutsches Geld in die Hand drückte. Sie schafften die Möbel aus dem Land hinaus, schlugen sie jenseits der Grenze mit großem Gewinn wieder los. Verbote rückten auf und Beamte, die sie handhabten. So einer war Öppis Wirt.
«Neue Möbel? Ausfuhr? Nein. Schwaches Geld gegen gute Ware? Nein! Wir verkaufen uns arm! Ausfuhr neuer Möbel nach den letzten Verordnungen verboten.»
So sprach er tagsüber, nahm die Möbel heim, legte sich mit seiner hübschen Frau ein paar Wochen lang in die Betten und schlief ausgezeichnet darin. Für diese gebrauchten Möbel war die Ausfuhr gestattet, die zugehörigen Zwischenhändler fand er in den Listen des Amtes, und die Vermittlungsgebühren oder Liegegelder verbesserten seine Einkünfte als treuer Beamter.

Dieser Herr Öppi hatte es gut, der brauchte sich nicht immer wieder an neue Betten zu gewöhnen, die kaum geordneten Schränke wieder auszuräumen, um sie fortschaffen und über die Grenze bringen zu lassen, der konnte unbekümmert um den ständigen Wechsel von Mahagoni-, Kirschbaum-, Eichen-, Nußbaumholz-Schlafzimmereinrichtungen seinen Versen nachhängen und in seinem alten Bett schlafen mit dem zerrissenen Teppich davor. Überhaupt war der auch ein Nutznießer der wirren Zustände, der mit wenig fremdem Geld dicke Haufen deutscher Scheine kaufte, dummerweise aber nichts anderes damit anzufangen wußte, als auf Rollen zu warten. Die fremden Hausinsassen waren lästig, aber das Amt verbot dem Volkswirt, die große Wohnung allein innezuhaben. So wählte man denn als Mieter solche Leute aus, mit denen man leicht fertig werden konnte, und bedeutete ihnen jederzeit, daß sie im Hause nur auf

Zusehen hin geduldet waren. Als Ballast! Als Wohnungsfüllsel! Das war für Öppi grad das Richtige, da riß ihn kein Gespräch aus seinem Grübeln heraus. Die Frau hörte nur sich, niemand hörte Öppi. Was für ein Schwätzer war er doch in Dresden gewesen! Viel zuviel hatte er da noch zu seiner Erleichterung geplaudert. Kein Wunder, daß er aus dem Schlamassel nicht herauskam. Mangel an Ernst! Weshalb war er überhaupt heiser? Warum tadelte man ihn? Warum hatte Marianna ihn ausgelacht? Weil er seine Zunge nicht richtig brauchte, weil die sich beim Reden viel zu dick machte und im Halse zusammenrollte, weil er seine schweren r, seine kratzigen k und dicken l noch nicht genügend umerzogen hatte, noch die dumpfen a und o genügend gereinigt. Dahinter war Lehm überhaupt nicht gekommen. Gelegentlich nur gelang ihm so ein schlankes junges l, ein kätzchenhaft weiches, das einmal brauchbar und gut werden konnte.
Sich nur nicht mehr gehen lassen! Kein Wort durfte über die Lippen kommen, ohne daß die ganze Aufmerksamkeit der Bildung eben diesem Wort zugewendet war. Lehm hatte mit bi-e-be ... angefangen, das hieß ja, mitten drin beginnen! Zurück, an den Anfang aller Lautbildung galt es zu gehen! Am Anfang war das Schweigen. Auszuruhen war vorerst das beste. Reinen Tisch machen! Also verstummte er. Das unumgänglich Nötige an Mitteilungen schrieb er auf Zettel oder behalf sich außer dem Hause mit Gebärden. Niemand wunderte sich darüber. Die Stadt nahm's hin. Dabei wollte Öppi mit seinem Namen an die Anschlagsäulen kommen!
«Er ist taubstumm», rief im Wäscheladen ein Fräulein aus der hintern Ecke, brachte ihm den Koffer nach vorn, drin seine Hemden und Taschentücher lagen, und das Mitleid war ihr vom Gesicht abzulesen.
Im Hofe des Deutschen Theaters stieß Öppi überraschend auf den großen Alexander, den Sprachmächtigen, den Satzgestalter, den Stadtliebling, der Narren, Könige, Weise, Bettler mit der gleichen verzaubernden Schönheit und Würde auf die Bühne brachte, der ihm bei einem Gastspiel in Cheudra Jahre zuvor einst ein Wort der Ermunterung hatte zukommen lassen.
«Sie hier?» Und ein freundlicher Gruß, auf den Öppi kaum zu antworten imstande war. Er erschrak über die Begegnung mit dem Vollkommenen. So wie die Alten angesichts einer Gottheit

erschraken; seine Knie gaben nach, fast wäre er im Theaterhofe umgesunken, dahin er doch nur gekommen war, um verbilligte Eintrittskarten für die Frau Volkswirtin zu besorgen.
Nach und nach fing er in seinem Zimmerchen vorsichtig mit neuen Tönen an. Mit Summen, mit Hauchen, mit Flüstern. Auf dem wackligen Tisch lag die dicke Taschenuhr aus Helvetien, des breiten Bruders Konfirmationsgeschenk mit dem erhaben gemachten Schützen auf der Rückseite, der den Lorbeerkranz auf dem Hute trug.
Eine Minute lang flüsterte und hauchte Öppi: mimimi-mümümü-, nach eigener Erfindung. Summende m, spitze i und ü, um mit ihrer Hülfe das Lautvolk aus dem Rachen ans Tageslicht heraufzuholen, heraufzulocken.
Draußen ging die Wirtin mit den Schlüsseln vorüber, sie hörte überhaupt nichts. Nachher starrte er neunundfünfzig Minuten lang in den Hof hinunter oder an den Himmelsfetzen hinauf und überlegte die Aufgabe der nächsten Minute. Um vier Uhr eine Minute ging er hinunter auf die Straße und quer über den Platz nach dem kleinen Kaffeehaus zum Kaffeetrinken. Am Nebentisch saßen die Straßenmädchen. Ein ganzes Rudel. Sie unterhielten sich gut, er erhaschte manchmal einen Fetzen ihres Gesprächs. Er hätte gern mit am Tisch gesessen. Die Mädchen ließen sich für die Liebe bezahlen, er hätte gerne für eine Unterhaltung bezahlt, aber das ging nicht an. Einmal drehte die eine sich um und fragte nach der Uhr.
«Vier Uhr fünfundfünfzig.»
Um vier Uhr neunundfünfzig mußte er der nächsten Übung wegen zu Hause sein. Öppi zahlte und ging.
«Eene Mark, eene Mark zwanzich, eene Mark fufzch», sagten die Kellner. «Bitte weita duachtreten die Herrschaften! – Ist hia jemand noch nicht abjeferticht», sagten die Schaffner.
«Einsteichen» oder «Einsteijen» brüllten die Hochbahnleute.
Es war nichts Geringes, daß sie das Wort an einen richteten, war nichts Geringes, daß man aufpassen konnte, wie so ein Kellner, Straßenbahn- oder Hochbahnschaffner die Aufgabe und das Rätsel des öffentlichen Redens löste.

Öppi drehte sich nachts in seinem Bett nicht mehr von der linken auf die rechte Seite, ohne sich im Halbschlaf aufzurichten: mi-mi-

mi-mü-mü-mü ... Wie war die Stimme? Nicht gut! Traurig! Dann schlief er weiter. Vielleicht war sie am Morgen besser und nach ausgiebiger Ruhe. «Mi-mi-mi ...», wie steht's mit der Stimme? war die erste Frage nach dem Erwachen, bevor er noch den Fuß auf den zerrissenen Teppich setzte. Stetig wuchs die Scheu vor Menschen und Gesprächen. Ein paar Wanzen tauchten in seinem Bett auf. Er brachte sie um und legte die Leichen am Morgen in einer Reihe auf den Waschtisch. Ohne Worte. Worte waren den Dichtern vorbehalten. Lange kümmerte sich niemand um die Beute seiner Nächte. Endlich sah Emma aus Schwedt an der Oder die Aufgereihten und lief zur Hausherrin.
«Die haben Sie mitgebracht», sagte die Tüchtige zu Öppi. Der schwieg. Emma nahm auf eigene Faust die Bettstelle auseinander: Wanzen am Kopfende, Wanzen bei den Füßen, alteingesessene Wanzen in allen Fugen. Öppi war gerechtfertigt, Emma stand hoch bei ihm. Ein wenig später warf sie sein irdenes Privat-Buttergefäß vom Fenstersims des Zimmers herunter, daß es in Stücke ging, aber Öppi sagte keineswegs das dazu, was sie bei solchen Gelegenheiten sonst zu hören bekam, sondern ging leicht über den Vorfall hinweg. Drauf fing sie seine Strümpfe zu stopfen an. Wie mit dem Lineal gezogen kreuzten sich die Fäden hinten an den Fersen, talergroß, oder vorn bei den Zehen. Ihr Deutsch war leider nur mäßig gut, ziemlich zierlich, aber viel zu hoch im Ton, was höchst verwunderlich war, da sie selber schwer und breit im Türrahmen stand, wenn ihr Öppi beim Hinausgehen nachblickte.

Eva und Carlo Julius reisten, aus dem Norden kommend, durch Berlin nach dem Dresdener Heidedorf, wo Öppi ihnen eine vorläufige Unterkunft verschafft hatte. Da starb im Norden Evas Mutter. Ein Erbe fiel den beiden zu. Eva konnte nicht zum Begräbnis reisen, sie schenkte zu der gleichen Zeit einem kleinen Mädchen das Leben. Öppi empfand die Freude darüber, die gute Brüder bei so einem Ereignis empfinden, auch wenn ihre eigene Bedeutung dabei manchmal einen Rückschlag erfährt. Carlo Julius berichtete mit dem üblichen Befruchterstolz die genaue Geburtsstunde und das präzise Gewicht seines Kindes. Öppi verfaßte einen begeisterten Glückwunschbrief. Sein ausgesuchtes Heidequartier erwies sich als ordentliche Lösung der Unterkunftsfrage.

Eva, eine Mutter: Wenn sie es mit ihm in Cheudra geworden
wäre! Ein paar Tage lang hatten sie zusammen derlei dort einmal
erwartet. Ein Irrtum war's gewesen!
Nun war's zu spät.
Mein Zögern! sagte sich Öppi.
Es gehörte zu Eva, daß sie so ein kleines Menschlein ohne besondere Schwierigkeit oder Beunruhigung, mit tiefer Freude zur Welt brachte und ohne Aufhebens von ihren Schmerzen zu machen. Sie mochte schwach und zart in mancher Hinsicht erscheinen, war dennoch an Leib und Seele geschaffen, kleine Menschen in sich drin heranwachsen zu lassen. Wie wunderlich, reich und groß, wie unbegreiflich überschwenglich ein Frauenleib doch auf eine kurze Umarmung zu antworten vermochte! Reichliche Milch fand das Kleine an ihrer Brust. Nun war's gut! Nun war's an Carlo Julius, das Seine zu tun.

Öppi ging immer noch ins Theater. Jeden Abend. Immer erwartungsvoll, immer bewundernd und insgeheim nach Gesprächen hungrig. Ein guter, ein bester Zuhörer. Nach der Stille des Tages hörte er mit Bewußtsein jedes Wort der Bühne, Tonfall und Sprechweise prägten sich ihm ein. Wie Echo klang's nachher in ihm nach. Er lernte große Stücke auswendig und versuchte, einzelne Wörter oder Sätze zu Hause nachsprecherisch und nachahmend zu wiederholen. Er war längst zum beweglichen Unterkiefer zurückgekehrt und fühlte sich wie ein kleines Kind, das sich am Stuhlbein aufrichtet und die ersten Worte lernt.

In den gepolsterten Stühlen der Kammerspiele saß eines Tages die Blonde aus Örlewitz. Ganz nahe. In der gleichen Stuhlreihe. Nur ein paar Sitze trennten ihn von ihr. Ihr roter Mund war voll, wie er gewesen. Öppi dachte an die Küsse in Örlewitz, dachte auch, daß sein Deutsch sich inzwischen nicht wesentlich gebessert habe. Sie suchte mit dem Lorgnon das Theater nach Bekannten ab, er duckte sich, das Herz klopfte heftig. Ihre Haare waren sehr schön zurechtgemacht. Am Ende der Vorstellung verschwand sie in der Menge, ohne ihn gesehen zu haben.
Jeden Nachmittag ging er nach dem kleinen Kaffeehaus auf der andern Seite des Platzes. Die Straßenmädchen saßen auch noch da. Sie beschäftigten ihn aber weniger als vorher. Eine schöne

Frau hatte seine Aufmerksamkeit erregt. Sie nahm ebenfalls ihren Kaffee dort, saß allein, kam allein, ging allein und war auch manchmal allein auf der Straße zu sehen. Sie war die vornehmste Erscheinung in Öppis Lebenskreis, ausgezeichnet und sehr sorgfältig angezogen. Der Hut, die Tasche, der Schirm, die Strümpfe, jedes Stück konnte sich sehen lassen, alle kamen aus den schönsten Schaufenstern der glanzvollen nahen Straße. Den Herrn Öppi schien sie überhaupt nicht zu bemerken, saß gelassen da, gleichgültig gegen die kleine Umgebung, mit blitzenden Fingernägeln und so hübschen Farben im Gesicht, wie die Bilder der vornehmsten Modeschriften sie hie und da zeigten. Der Mund allerdings war kein bloß putziges Schnutchen wie auf eben jenen Bildern, der war groß, aber schön, und die leichte Knickung in der Nase war erst recht von besonderem Reiz. Sie saß also allein da. Kinder schien sie keine zu haben. Sie langweilt sich sicher, dachte Öppi, ist eines reichen Mannes Geliebte oder Freundin, die er nicht zu behandeln versteht. Unter allen Umständen demnach jemand, der sich über den Umgang mit ihm freuen würde. Ein bezauberndes inneres Wesen mußte sie haben, das konnte er wohl erkennen, als am Nachmittag bei einem unerwarteten Regen eine schnurrige Alte zur Tür des Kaffeehauses hereinkam, um ihr einen Schirm zu bringen, den seidenen Regenschirm, den sie zu Hause hatte stehen lassen, den die Alte aus eigenem Antrieb ihr nachgetragen und das, obgleich es ihr schwerfiel, denn sie tat nur mit großer Überwindung die wenigen Schritte von der Kaffeehaustüre bis zu der Dame hin und rannte sofort wieder weg. Dessen ungeachtet war sie also gekommen: Man konnte eben der schönen Frau gegenüber nicht anders, als die liebenswürdigsten Seiten seines Wesens hervorzukehren.

Öppi stand nicht mehr so tief wie ehedem versunken vor den Anschlagsäulen an den Straßenecken, sondern schielte daran vorbei, ob er die schöne Frau entdeckte. Er fing an, auf ihr Weggehen aus dem Kaffeehaus zu achten, um ihren Weg kreuzen zu können. Es war Winter geworden. Wenn Öppi das Kaffeehaus verließ, brannten die Lichter. Der erste Schnee fiel. Die Straße, durch die er täglich ging, durch die sie ging, war verändert. Stiller! Man sah die Ferne nicht mehr deutlich. Man gehörte näher zu den Vorübergehenden. Wie daheim war's: nach dem ersten Schnee kam Weihnachten, und man war freundlich zu-

einander. Da begegnete er ihr an der Ecke des großen Kaufhauses, so gegen sechs Uhr abends. Hatte sie ihn nicht angeschaut? Zum erstenmal! Er ging ihr nach, weg von der Straße, über den großen Platz, ging zu ihr hin, lüftete den Hut:
«Darf ich mich ein wenig mit Ihnen unterhalten?»
Sie sagte nicht nein. Aber Öppis Unterhaltung war nicht sehr flüssig. Glücklicherweise half sie mit. Sie erinnerte sich, ihn im Kaffeehaus gesehen zu haben – aber vorhin? An der Ecke? Nein, da nicht! Sie fand ganz und gar nicht, daß der erste Schnee ein Grund sei, länger als sonst auf der Straße hin und her zu gehen.
«Hier wohne ich», sagte sie kurz hinter dem Kaffeehaus. Öppi beeilte sich, um ein Wiedersehen zu bitten, das sie nicht ohne eine Beimischung spöttischer Verwunderung gewährte.
Das nächstemal saß er in dem kleinen Kaffeehaus an ihrer Seite, wo er sich hingewünscht hatte, und versuchte, gleichgultig und gelassen wie seine Verehrte auszusehen. Aber es gelang ihm schlecht. Er redete zuwenig oder zuviel. Schwieg zu lange oder nicht lange genug. Die Straßenmädchen guckten herüber, und die Kellnerin machte ein Gesicht, als wüßte sie über Öppi besser Bescheid als er selber.
Hernach kam er auch in ihre Wohnung: ein möbliertes Zimmer, wie er eins innehatte, aber die Teppiche bei ihr waren ganz. Die Möbel schienen unbenützt, ja das ganze Zimmer erinnerte an eine Schlafzimmerausstellung. Kein Buch, kein Nähzeug, nicht die Spur einer Tätigkeit war zu entdecken. Nebenan lag ein zweites Zimmer mit einer Palme und einem Klavier, aber da hielt man sich nicht auf. Es gab vielerlei Spiegel und vor allem eine erstaunliche Anzahl verschiedener Flaschen auf dem Waschtisch.
Was er sei?
«Schauspieler.»
«Schauspieler? Hm, so?»
Ein Hinausgeschmissener, Unfertiger, Erfolgloser, der nicht richtig Deutsch zu reden verstand.
Ja, das hatte sie gleich gehört. Zu komisch, wie er sprach. Wie'n Pole oder so jemand! Der «wunderrbarr» sagte, wo's doch «wundaba» hieß. Die Sache mit dem Alba war freilich ulkig, da lachte sie auch, aber nicht so herzlich wie Marianna, und ohne jede Bewunderung. Sie lobte Öppi gar nicht, sondern ließ ihn in der Lächerlichkeit stecken. Nicht einmal die Schilderung seiner

Beharrlichkeit konnte ihr über die Enttäuschung hinweghelfen, daß ein Mensch so alt und zugleich ohne jedes Einkommen sein konnte. Erschreckend so was! Für einen kleinen Diplomaten hatte sie ihn gehalten oder so was, und nun war er gar nichts. Kurzweilig vielleicht, aber unerfreulich. Schließlich entließ sie ihn.
Als Öppi wieder kam, war sie krank.
Die Unglückliche! Er kaufte schnell zwei volle, weiße Chrysanthemen und gab sie bei der Wirtin ab. Am folgenden Tag wurde er vorgelassen. Die Chrysanthemen waren für den Fall offensichtlich etwas zu gewichtig gewesen. Das schien ihr auch so.
Ob Öppi sich etwa einbilde, sie zu lieben?
Er bestätigte das.
An einem langweiligen Krankheitstag war das immerhin hübsch zu hören. Die Bühnengeschichten hörten sich auch ganz ergötzlich an. Der ganze Mann sah im Grunde genommen gut aus.
«Setzen Sie sich doch hier auf die Bettkante.»
Wie scheu er war. Wagte sie kaum zu streicheln. Was konnte er wollen? Was alle Männer wollten. Wenn schon, denn schon, wozu viele Umstände machen!

«Na, legen Sie sich doch endlich zu mir!»
Öppi gehorchte, hing den Rock über die Stuhllehne. Und die Weste! Die abgetragenen, verschwitzten Hosenträger trugen ihm einen Tadel ein. Das Schuhwerk konnte sich sehen lassen.
Als er endlich, mit dem Rest seiner Bekleidung angetan, ihr zur Seite lag, griff sie nach dem geflochtenen Seidenschlips, zog die Mundwinkel herunter und fand den Schlips von allerschlechtester Herkunft.
Öppi lag still, wie ein ausgezankter Schüler. Vom Küssen hielt sie gar nichts, das brachte nur die Haare in Unordnung. Er war ratlos. Ratlos wie Herzog Alba bei der Erstaufführung in Örlewitz.
«Was tut ein Mann, wenn er mit einer Frau zu Bett liegt?» fragte sie schließlich.
Öppi schwieg.
«Er liebt sie.»
Öppi tat's. Dann entließ sie ihn aus dem Bereich ihrer Kissen und Decken. Auf dem Waschtisch standen zwei Geschirre. Das zur Linken war für ihn. Er versuchte ein dankbares oder ge-

winnendes Lächeln, aber sie ärgerte sich darüber. Darauf nahm er Abschied.

Beim Frühstück traf Öppi am andern Morgen den Herrn Hauptmann am Tisch. Sie hatten einander schon öfters etwas anvertraut. Er konnte also das Glück seines neuesten Zusammentreffens nicht ganz verschweigen.

«Wie sieht die Frau aus?»

Öppi gab Auskunft. Der Hauptmann fragte mehr. Öppi entwarf ein bestimmtes Bild.

«Ich kenne sie», sagte jener. «Jede Nacht sehe ich, zwischen zwei und drei Uhr nach Hause gehend, Ihren Stern seine Bahn ziehen, aber nicht oben in der Milchstraße, sondern unten auf dem Pflaster. Was haben Sie denn bezahlt?»

«Ich habe nichts bezahlt.»

«Nun, das ist auch ein Erfolg! Nehmen Sie sich in acht! Guten Morgen.»

Öppi war's unbehaglich. Er hatte angenommen, daß sie um diese Zeit wie er im Schlafe liege. In der nächsten Nacht, um die Stunde, da sie unterwegs war, lag er auch wach in seinem Bett und hegte gesundheitliche Besorgnisse. Am anderen Morgen rannte er da auf und ab, wo sie in der Nacht gegangen, und suchte einen Arzt. Keiner hieß Öppi, keiner kam aus Wasenwachs, keiner hieß wie der Nachbar zu Haus oder so wie wackre Menschen bis anhin für Öppi geheißen.

«Zippert, Facharzt für Haut- und Geschlechtskrankheiten», las er schließlich. Das war wenigstens reines Deutsch. Er ging hinauf. Oben war aber nicht Zippert, sondern sein Stellvertreter und Mitarbeiter Dr. Sztern. Ein prüfender Blick traf Öppi, als er den Untersuchungsraum betrat. Niemals, schien's ihm, war er mit Augen so kühl gemessen worden, wie dieser Arzt ihn maß, der selber wie ein schöner Gesunder aussah, an den nichts herankommt.

Der Befund war ärgerlich. Öppi war mit den vertrackten Kleinkeimwesen angesteckt, die der große Arzt Meißer entdeckt hat.

«Kommen Sie morgen wieder. Ich arbeite in der Regel nicht hier, sondern in der Friedrichstraße. Gut, daß Sie sich gleich zeigten.»

Öppi ging zu Gerda. So hieß sie. Um zu klagen, nicht um anzuklagen. Nach den ersten gestotterten Worten erriet sie den Rest.

Sie wollte mit ihm zu dem Arzt gehen. Er war erleichtert, er war glücklich, daß es ihm nicht so wie mit den Wanzen der Frau Volkswirtin erging, die einfach behauptet hatte, er habe sie mitgebracht. Nun konnte er doch in Gerdas Gesellschaft bleiben und liebte sie dafür. Sie machten sich auf den Weg, vorbei an dem kleinen Kaffeehaus und quer über den Platz. Nun ging er zum erstenmal an der Seite einer schön angezogenen Frau längs den glänzenden Läden und durch die abendliche Straße. Am liebsten hätte er ihren Arm genommen. Gehörten sie nicht gewissermaßen zusammen? Er ging freier neben ihr, als er sonst zwischen den vielen fremden Menschen gegangen, vorbei an den geschminkten Mündern, die ihn immer verlegen gemacht. Schad nur, daß sich Gerda augenscheinlich aus dem Gang nicht ebensoviel machte wie er. Sie war nicht zufrieden mit ihm! Nicht zufrieden mit seiner scheuen Art, vor des Doktors Tür zu stehen.
«Na, wie Sie schon klingeln!» sagte sie, nahm ihm den Klingelknopf aus der Hand, drückte kräftig drauf, so daß ein schriller Ton durch den Flur hallte.
Der Arzt ließ sich durch Gerdas Zweifel nicht von seiner Feststellung abbringen. Er hielt ihr Öppis Wasser vor die Augen, sie schlug den Blick keineswegs nieder, sondern schaute prüfend wie ein Weinkenner durch die Flüssigkeit nach dem Licht, und Öppi schämte sich wie ein Hund.
«Na, na, wer weiß, wo Sie gewesen sind», sagte Gerda unten auf der Straße. «Von mir sind Sie nicht krank geworden.»
Sie mißtraute Szterns Fähigkeiten, hegte heftiges Mißtrauen gegen die gesamte ärztliche Wissenschaft und ließ sich nie mehr bei dem Doktor blicken.
Öppi reiste täglich nach der Friedrichstraße, in das Stammgeschäft sozusagen, denn die Ablage im Westen bestand noch nicht lange Zeit. Er blieb in Doktor Szterns Händen. Die Reise war fast so weit wie sie vormals zu Lehm gewesen. Das Stammgeschäft sah wie eine alte Fabrik aus, dreckig und dunkel. Da war kein großes Zimmer, mit Teppichen belegt, wie im Westen, mit einer Schale voll vornehmer Besuchskarten auf dem Tisch, da öffnete kein Fräulein in weißer Schürze, sondern eine runde, häßliche Alte in abgetragenen Kleidern. Sie hatte Hunderte und Tausende da ein und aus gehen sehen, derlei gehörte zur Welt, diese Krankheiten gaben Brot, ernährten sie, ernährten ihren Doktor

Zippert, den sie als jungen Mann schon gekannt, als er noch ein flotter und feiner Herr gewesen. Sie war daran gewöhnt, daß nach den Festtagen, nach Neujahr und Fastnacht, die Herren zahlreicher zur Behandlung kamen. Da gab's nichts zu wundern, das war nun mal so. Dieser Herr Öppi wurde ja sehr bevorzugt und hatte allen Anlaß, mit ihrer alten Wohnung zufrieden zu sein, denn sie mußte ihn dazwischen gegenüber vom allgemeinen Eingang in ihren eigenen Räumen empfangen, ihn unter Vermeidung des Wartezimmers auf Schleichwegen durch die Schlafstube und Küche zu Sztern in den Behandlungsraum führen. Dort stand das alte Vergrößerungsglas, standen die grauen Flaschen und mitgenommenen Stühle, bei deren Anblick ihm Fausts Verse vom Staub und Urväterhausrat in den Sinn kamen und er mit Grausen sich vorstellte, daß die Alte neben all dem, neben Wässern, Losungen, Proben und Abzapfungen, daß sie in solcher Nachbarschaft sich ihre Schnitzel briet oder was sonst auf ihren Mittagstisch kam.

Im ersten Stockwerk des Hauses befand sich eine Likörstube. Der zugehörige Türhüter und Anlocker stand in einem Rock mit goldenen Tressen und allerlei Litzen und Aufschlägen unten auf der Straße vor dem Haupteingang. Der Mann durchschaut mich, dachte Öppi und versuchte, ungesehen wie ein Verbrecher sich an ihm vorbei in den Flur und zu Doktor Sztern hinauf zu schleichen.
Die Frau Volkswirtin ließ sich nichts vormachen. Kaum hatte Emma für Öppi den ersten Tee gekocht, der ihm vom Arzt verordnet war, als sie schon ins Zimmer kam und ihm auf den Kopf zusagte, was los war. Öppi leugnete. Sie ging hinaus. Ein wenig später bereute er die Lüge, gestand und entschuldigte sich.
«Muß ich ausziehen?»
«Nein. Mein Mann hat dasselbe gehabt.»
Sie sagte das nicht zu seiner Erleichterung, vielmehr um ihn an ihre Überlegenheit zu erinnern. «Acht geben», fügte sie hinzu, «die Krankheit wandert in die Tiefe.»
Öppi beichtete Sztern die Unterredung.
«Lassen Sie die Gespräche mit der Frau», sagte der. Öppi gehorchte. Der ganze Tag verlief gemäß der Szternschen Verordnungen.
Da blieb nur Gerdas Gesellschaft.

«Ich hab mich aber erschrocken», sagte sie, «so alt zu sein und nischt zu verdienen.»
Sie duldete ihn grad so, sie verachtete ihn gerade so viel, daß er's noch ertrug. Am Wege zu ihr lagen auf dem großen Platz jetzt die Weihnachtsbäume zum Verkauf. Große Haufen! Ganze Eisenbahnladungen! Wenn Öppi nahe genug dran vorbeiging, roch er plötzlich im Großstadtstraßendunst das Harz der Heimatwälder. Er brauchte bloß die Augen zu schließen, dann stand der Birchwald vor ihm, dunkel, hoch über dem Dorf, wo die Efeuranken kletterten und das Moos grünte.
Fräulein Gerda kaufte sich auch einen Weihnachtsbaum. Öppi sollte die Lichter dran setzen. Das waren nicht die leichten Klammern und Halter, wie man sie daheim an die Zweiglein klemmte, das waren lange, feste Eisenstäbe, deren eines Ende hart in das Stämmchen hineingebohrt wurde, während das andere Ende die Kerze aufnahm. Öppi machte seine Arbeit gut. Seine Hände bekamen Harzflecken, er wusch sie in dem Becken links, das er kannte.
Am Weihnachtsabend war er bei ihr im Zimmer, wo die Blattpflanze stand und das Klavier. Er sollte spielen «Stille Nacht ...» oder so etwas, aber er konnte das nicht. Er schenkte ihr in hübscher Schachtel drei wohlriechende Seifen, sie ihm einen Schlips. Der Weihnachtsbaum brannte, weil aber die Kerzen nicht auf den Zweigen, sondern auf den steifen Eisenstäben saßen, war das Ganze nicht so schön wie einst daheim. Gerda erzählte von ihrem Freund, dem Leutnant, der sie so sehr liebte und als Pferdekenner ihre schönen Beine über alles bewunderte. Einst war sie auch, wie Öppi es tat, am Sonntag mit ihrem Papa in die großen Bildergalerien zu den berühmten Gemälden gegangen. Eine ganz große Liebe hatte sie gehabt, den ersten Mann, der aus Dresden kam, der sie, die Pförtnerstochter, zur Frau von Welt gemacht.
«Mein Gott, wie habe ich den Mann geliebt», sagte sie, «nächtelang habe ich auf der Schwelle gesessen und geweint, wenn er draußen irgendwo war und nicht zu mir zurückkam.» Sie weigerte sich, eine Dirne zu heißen oder ein Straßenmädchen. «Die Lebemänner», sagte sie, «tun, was ihnen beliebt, rühmen sich dessen und führen ihren Namen mit einem gewissen Ansehen. Nun gut, ich bin eine Lebefrau.»

Öppi war gewiß nicht so dumm, wie er sich gab, machte sicher gelegentlich seine Seitensprünge.
«Mein Seitensprung sind Sie gewesen», antwortete er, und wollte sie an dessen unerfreuliche Folgen erinnern.
«Mein Herr, Sie beleidigen mich.»
Öppi schwieg. Um neun Uhr wollte der Leutnant kommen. Er ging über den großen Platz in sein Zimmer zurück.
Die Weihnachtsbäume waren vom Platz verschwunden. Im Dorf in Helvetien hatte er um diese Stunde immer seine Sprüche in der Kirche hergesagt. Einen Apfel hatten die Kinder bekommen und Nüsse. Oben in den dunklen Bogen der Kirchenfenster hatten die großen Buchstaben gestanden aus Papier, mit den brennenden Kerzen dahinter, daß es rot auf weiß zu lesen gewesen: Ehre sei Gott in der Höhe und Friede auf Erden und an den Menschen ein Wohlgefallen.
An den Menschen ein Wohlgefallen! Wohlgefallen auch an Gerda? Sollte er sie ausnehmen? Vom Ausnehmen stand nichts in dem Spruch. Nun liebte sie diesen Leutnant. Oder er liebte sie. Wie er wohl aussah? Und ob er wußte, was Öppi mit ihr widerfahren! Etwas Wohlgefallen schien sie mit der Zeit auch an ihm zu finden. Zum mindesten legte sie eine gewisse Vertraulichkeit an den Tag, wechselte in seiner Gegenwart vor dem hohen Spiegel ihre Kleider und stand jedesmal im seidenen Hemdchen, in den Höschen und dem sonstigen Zubehör genau so da, wie die Schaufensterpuppen in den vornehmen Wäscheläden längs der Straße sich darboten. Einmal war zugleich mit ihm ein Haarkünstler zur Stelle, bastelte an ihrem blonden, gebleichten Schopf herum und unterhielt sich ausgezeichnet mit ihr, während Öppi, durch diese neue Zusammenstellung aus dem Gleichgewicht gekommen, auf dem Sofa saß und nicht imstande war, Anschluß an das Gespräch zu finden.
Er erfuhr mit Genugtuung, wie sehr bevorzugt er gewesen, als sie ihn zu sich unter die Decken genommen, während die andern, die zahlenden Liebhaber, sich grundsätzlich mit dem Sofa begnügen mußten. Gleich nach einer so angenehmen Eröffnung war sie imstande, mit Verachtung an seinem Kragen oder an einem andern seiner Bekleidungsstücke herumzumäkeln. Daß er um des reinen Deutschs willen lange Zeit still für sich und ohne Frauen zugebracht habe, daran glaubte sie nie recht, dazu hatte

er viel zu viele Vorzüge. Wenn Öppi nach einer schlaflosen, von quälerischen Gedanken erfüllten Nacht bei ihr ankam oder neben ihr im Kaffeehaus saß, ärgerte sie sich des öftern über sein Aussehen und wiederholte ihren Spruch mit dem Na, na und der Frage, wo er wohl wieder gewesen sei. Damit erschwerte sie Öppis Bestreben, die Begegnung zum Anfang eines großen Zusammenseins zu machen, so wie's in den Liedern stand, wo man sich recht verletzte und verwundete, sich dann erkannte und tief verbunden fühlte. Er bemühte sich, von ihr gedemütigt und verachtet, das Mißgeschick zu einem Glück zu machen, sie so zu lieben, so mit ihr umzugehen, daß aus dem Umgang ein Gewinn entstünde, gegen den alle Bakterien und Gefahren nichts bedeuteten. Aber Gerda machte nicht mit. Er wollte die Krankheit mit in ihr Zusammenleben einbezogen haben. Sie wollte vergessen. Was da vorgefallen war, lag für sie längst in entschwindender Ferne, während er in Wirklichkeit immer noch täglich nach der Friedrichstraße fuhr. Zuletzt begriff Öppi Gerdas Wesen deutlicher und verschwand aus ihrem Gesichtskreis.

Dr. Sztern hatte schon mehrmals dazu geraten. Der ging dem Öppi nicht nur mit Lösungen und Vergrößerungsgläsern zu Leibe, sondern gab sich auch mit seinen Gedanken ab. Er war Facharzt für Hautkrankheiten, mehr infolge eines geschäftlichen Abkommens mit Zippert als aus Neigung oder Eignung. Wenn die Abendsonne durch das altersblinde Fenster auf den rostigen und von ätzenden Lösungen zerfressenen Behandlungsstuhl fiel, läutete Zippert, der Partner und Arbeitgeber aus dem Westen, an und fragte nach dem Kasseneingang. Dr. Sztern gab ihm die Zahlen in lateinischer Sprache.
Er sagte, was er treibe, sei ein Handwerk, und stritt seiner Beschäftigung den höheren Sinn ab. Es war peinlich, Öppi wäre lieber in eines Helfers als in eines Handwerkers Hand gewesen. Der Doktor hatte ihm die Heilung in kürzester Frist vorausgesagt, diese Frist war lange vorbei, aber er liebte es nicht, darüber zu sprechen, bekam ein eisiges Gesicht, wenn Öppi von den Bakterien zu reden anfing, wogegen er gleichmäßig freundlich blieb, wenn die Unterhaltung sich um dessen Bühnenlaufbahn drehte. Er war Irrenarzt gewesen und ging gerne mit Irren um, deren zerstörte oder angekränkelte Gedanken ihm Aufschlüsse über das

Denken überhaupt gaben; die großen Denker waren sein geschätztester Umgang, er nannte sich gern selber einen Philosophen, aber seine Gedanken gingen nicht auf das, was ihm widerfuhr, sondern drehten sich um die Bücher, in denen die andern ihr Denken festgelegt hatten.
Nun kam dieser Helvetier mit seinen Mißerfolgen, seiner Niedergeschlagenheit, seinen Plänen und der hohen Meinung von der Bühne, das glich insgesamt einem Wiedersehen mit einem angenehmen leichten Geisteskranken aus der früheren Irrenpraxis. Öppi bewunderte Sztern. Sztern wunderte sich über Öppi; öfters legte der Arzt die Behandlungszeiten so fest, daß man am Schluß zusammen den Weg aus der Friedrichstraße nach dem Westen machen konnte. Die Gewohnheit des gemeinsamen Ganges setzte sich fort, nachdem Öppi aus der Behandlung entlassen war. Aus der gemeinsamen Straßenbahn heraus sahen sie eines Tages einen Gestürzten auf der Straße liegen, einen Unglücksfall oder den Schwächezustand eines Mitmenschen, dem Öppi glaubte zu Hilfe kommen zu müssen.
«Bei solchen Gelegenheiten niemals verraten, daß man Arzt ist», sagte Sztern und blieb, nach dieser Bemerkung eines Großstädters, ruhig sitzen.
«Bringt Scherereien, kostet Zeit.»
Er war vom Spezialfach der Irrenbehandlung zu den Wundärzten vordem abgeschwenkt, dann zu den Hautärzten übergegangen, jetzt tat er sich mit einem andern abtrünnigen Heiler zur Ausbeutung und Fabrikation ärztlicher Apparate zusammen.
Die Irren liebte er immer noch, schrieb an einem Irrenroman.
Diesem Öppi fehlte es am geeigneten Umgang. Sztern nahm ihn mit in das große Fremdenheim, wo er mit seiner Frau zwei Zimmer bewohnte. Bei der ersten Begegnung reichte sie ihm die Hand, in einer Weise, als schöbe sie Öppi weit von sich weg. Oder kam es ihm nur so vor?
Das Zimmer, drin man ihn empfing, verriet in keiner Weise, daß es bewohnt war. Sie brachte den ganzen Tag drin zu. Ohne Gesellschaft. Oder mit Büchern. Aber nicht wie Öppi, der drüber weinte oder lachte, sondern wie jemand, der drüber denken will. Am gemeinsamen Mittagstisch saßen viele Menschen, sie wechselte mit keinem ein Wort, kam aus ihrem Zimmer, setzte sich zum Essen, stand auf und ging mit einer gewissen betonten

Entfernung von allem in ihr Zimmer zurück. Es gab keine Haarschneidermodelle in den Schaufenstern der vornehmen Straßen, die ordentlicher gelegte Wellen oder sauberer geschnittene Haare zeigten als sie. Die Nägel glänzten. Sie beschäftigte sich mit sich selber, leiblich und seelisch, saß in betont grader Haltung auf den Stühlen und zog harte Sitzgelegenheiten jedem weichen Polstersessel vor. Sie drillte sich und war rätselhaft, weil man nicht wußte, was hinter dem Drill verborgen war. Sie schien auf irgendwelche wesentlichen Veränderungen ihres Daseins zu warten, aber Öppi wußte nicht worauf, und Szterns wußten ebensowenig, worauf Öppi wartete.

Zwischen jedem Wiedersehen gab es Pausen; es gab keine Zusammenkünfte nach plötzlichen Eingebungen, sondern nur wohlvorbereitete wichtige Verabredungen; Öppi sah nie eine Zärtlichkeit zwischen den beiden, allenfalls ab und zu eine abweisende Haltung der Frau gegen den Mann. Schien's ihm nur so? Alle drei sprachen kaum von den Dingen, die ihnen am nächsten lagen, vermieden derlei Unterhaltungen und flüchteten mit ihren Worten ins Abgelegene. Sztern ermunterte Öppi zum Reden. Er hatte aus seiner Irrenpraxis die Kniffe zur Hand, wie man Verstockten die Zunge löst. Öppi war froh, zu Worte zu kommen, geriet wider die eigene Absicht manchmal in ein endloses Erzählen hinein. Damit erleichterte er sich, verscheuchte den unbefriedigenden augenblicklichen Zustand, und Sztern verschaffte seiner abgeschlossenen Frau eine Unterhaltung. Öppi war Erzähler bei Szterns. Es widerfuhr ihm zurzeit gar nichts, aber früher war ihm viel widerfahren. Daheim bei den Knechten, im Dorf bei dem Vater und den Bauernbuben. Er entsann sich aller Dinge mit größter Deutlichkeit. Je stiller sein Leben ging, um so üppiger wucherten die Erinnerungen. Zu Anfang vergriff er sich hie und da und sah mit Verlegenheit, wie die schön bemalte Frau ein starres Gesicht bekam, wenn er allzu eifrig oder deutlich den alten schmutzigen Roßknecht oder den großen Misthaufen hinter der Scheune beschrieb. Mit der Zeit eignete er sich eine gewisse Mäßigung an und fand den rechten Ton für so viele Vorfälle, daß er über lange Zeiten hinweg Szterns immer wieder mit neuen Schilderungen aus seinem vergangenen Leben unterhalten konnte. Weder Dr. Sztern noch seine Frau hatten Freude daran, sich so ins Zurückliegende zu verlieren, die Vergangenheit erschien ihnen nicht im gleichen strahlenden Lichte wie Öppi. Sztern legte seine gedanklichen Maßstäbe an dessen Erzählungen, verblüffte Öppi dadurch, daß er in der Fülle der erzählten Vorfälle nach Grundsätzen oder verbindenden Leitlinien suchte. Dieser sah sich durch die aufgedeckten geistigen Zusammenhänge manchmal mit seinem einstigen Tun in die Nähe irgendwelcher großer Erkenntnisse oder großer Denker gebracht. Dr. Sztern griff gelegentlich zu nahezu schmeichlerischen Worten oder Vergleichen, hie und da lag dem eine beabsichtigte Ermunterung zugrunde, wie Öppi wohl merkte, im ganzen aber ließ er sich die Szternschen Urteile gern gefallen, nahm sie ernst und gestand dem Urheber ohne Zögern jene geistige Überlegenheit zu, die so ein Urteilsfähiger sich allemal über einen im Dunkeln Tappenden anmaßt. Manchmal saßen sie zu dreien in einem vornehmen Speisehaus zum Essen oder sonntags in der Halle eines großen Hotels zum Tee, damit die gepflegte Frau endlich wieder einmal ein paar Stunden in einer ihr angemessenen Umgebung zubringen könne. Sztern achtete dabei scharf darauf, daß ihnen alle Aufmerksamkeiten zuteil wurden, auf die ein Gast dort Anspruch machen konnte. Er kannte den Wert der Äußerlichkeiten, setzte sie in seinem Leben in Rechnung, Öppi sah in sich hinein und wollte alles ohne die Umwelt abmachen. Immerhin mußte er an solchen Zusammenseinstagen auf seine Worte und auch auf seine Bewegungen achten; er war auch stolz darauf, mit der weltmäßigen Frau zusammenzusitzen und sein Teilchen Aufmerksamkeit als deren Begleiter zu erregen. Er erkannte nach und nach, daß man lange Unterhaltungen führen konnte, ohne viel von sich selber preiszugeben, merkte, daß der Ton der Welt leichter war als der seiner Gespräche, richtete sich darnach und begann ihn, diesen leichtern oder unaufrichtigern oder bequemern Ton, mit der Zeit ein wenig handhaben zu können.

Öppi – die Nützlichkeit

«Ich habe dem Leiter der Osten-Bühne, meinem Freund Goldberg, von Ihnen erzählt», sagte Sztern eines Tages zu Öppi. «Ich habe Goldberg wieder an Sie erinnert», hieß es einige Zeit später, «Goldberg erwartet Sie», war die nächste Nachricht.

Goldberg war blaß, schmal, schwarzhaarig und hatte eine große Hornbrille mit dicken schwarzen Rändern auf der Nase. «Was für ein Landsmann?»
Verfluchte Frage, verfluchtes Helvetisch!
Der Fernsprecher läutete. Goldberg sprach mit seiner Mutter, gelassen, flüsternd fast, spielend fielen die Worte in den Trichter, selbstverständlich, als säße sie neben ihm. Ein Schauspieler? Spielen ging nicht an. An Spielern war kein Mangel. Es gebrach Goldberg durchaus an Zeit zu einer langen Unterredung, aber er sagte das nicht gehetzt, sondern mit der größten Gelassenheit.
«Ich verpflichte Sie als Dramaturgen und Probenhelfer an mein Theater.»
Von Goldbergs Verpflichtungen fiel kein Wort. Das war Nebensache! Öppi bezog sein Geld aus der Heimat. Es verzehnfachte sich nicht mehr, es verzwölffachte, verdreizehnfachte sich beim Wechseln.
«Herr Öppi, ein Mann aus Helvetien», sagte Goldberg hernach zu seinen Spielleitern, als sie von der Bühne herauf in das kleine Zimmer des Direktors kamen.
Der hätte viel drum gegeben, wenn der Nachsatz weggeblieben wäre! Es war zu merken, daß Goldberg Helvetien mit einem gewissen Nachdruck erwähnte, denn es war das Land mit den großen Bergen und Seen, dessen Werbeplakate in den Fenstern der Reisegesellschaften hingen, dahin sie alle gern in die Ferien gefahren wären. «Seht ihr», hieß Goldbergs Zusatz, «selbst aus diesem Lande kommt einer her, um an meiner Bühne zu dienen.»
«Herr Spielleiter Öppi», sagte er einige Tage später, als grad ein Herr des Bühnenvolksbundes in die Nähe kam. Der Bühnenvolksbund war Goldbergs Brotherr. Öppi war kein Spielleiter, aber Goldberg konnte nicht genug Spielleiter und Anhänger um sich herum haben, damit seine Bedeutung vor den Herren des Bühnenvolksbundes im rechten Licht erscheine.
Öppi bekam in Wirklichkeit eine unansehnliche Aufgabe, um die sich niemand stritt: die Aufsicht über die abendlichen Vorstellungen. Stallwache nannte man's in der Theatersprache. Im Zuschauerraum war ein Platz für ihn frei, damit er sich Abend für Abend das gleiche mit immer neuer Aufmerksamkeit ansehe. Er tat's pflichtgetreu, so wie Goldberg sich's nie hätte träumen lassen.

Am Vormittag saß er bei den Proben. Zwar war da nichts für ihn zu tun, aber Goldberg hatte ihm das Theater zur Verfügung gestellt, nun benützte er's. Der Direktor selber war nicht zu sehen. Hie und da tauchte er flüchtig auf, ging auf leisen Sohlen in tadellosem Anzug und in sehr weltmännischen Schuhen durch die verschachtelten und kleinen Nebenräume des Theaters, die sein Freund, der Bühnenmaler, mit einem knalligen Anstrich in Rot und Blau nach den neuesten Kunstgrundsätzen ausgestattet hatte. Dieser Anstrich zog sich vom Treppenhaus wie eine Wegmarkierung durch Winkel und Ecken nach dem Zimmer des Direktors. Dort hing ein Beleuchtungskörper aus Pappe, der einen mächtigen Stern oder quer durchwachsenen Kristall darstellte.

Wenn Öppi, von Westen kommend, auf dem Weg zu den Proben aus den dunkeln Tiefen der Untergrundbahn im Osten wieder an die Oberfläche aufstieg, umgab ihn eine andere Stadt als die eben verlassene war. Da gab es nicht so viel gutangezogene Frauen mit bemalten Mündern, weniger Läden mit glänzenden, unnützen Dingen, gab's abgetragene Kleider, mehr Bier, Brot und Würste, Lastwagen und abgearbeitete Gestalten. Tore führten tief hinein in Fabrikhöfe. Auch das Theater stand in einem Hof, der sich durch nichts von tausend andern Arbeitshöfen unterschied. So konnte man leichter als anderswo glauben, daß auch das Theater ein notwendiges und nützliches Ding sei, das unauffällig seine Pflicht erfüllte, den tätigen Menschen aus seinem täglichen Gedankenkreis hinauszuführen und ihm den Blick in die Gefilde des Schönen zu eröffnen. Was Öppi bei der Erfüllung seiner Abendpflichten zu sehen bekam, war seichteste Unterhaltungsware, von der Sztern ihm erklärte, daß sie ohne Goldbergs Zustimmung auf die Bühne käme, daß vielmehr der Bühnenvolksbund diese Vorstellungen von ihm für die Riesenzahl seiner Mitglieder verlange. In der Tat hielt der Herr Direktor sich in großer Entfernung von diesen Abenden. Öppi sah ihn nie. Die Schauspieler langweilten sich bei den vielen Wiederholungen all der Plattheiten und fingen an, Unsinn zu machen. Öppi, der bestallte Aufpasser, kam ihnen in die Quere. Er klatschte zwar nicht, war aber immer zur Stelle. Jedes Wort kannte er schließlich auswendig, jeden Witz, jeden Spaß, das Stichwort zu jedem Kuß. Sein Ohr lernte haarspalterische Unterschiede bemerken. An den feinen Verschiebungen

der Tonfälle, welche die Vorstellung des einen Abends von der des nächsten trennten, schärfte sich sein Urteil.
Unterdessen saß Goldberg an den Künstlertischen, in den Treffstätten des Westens und redete vor jugendlichen Zuhörern überlegen von neuen Stücken, von großen Plänen und vom zukünftigen geistigen Theater.
Schließlich sollte ein derartiges Stück einstudiert werden. Goldberg selber verteilte die Rollen. Öppi bekam keine. Neue Gesichter erschienen im Theater. Auch der Verfasser. Er sollte selber spielen. Er hatte mit an den Tischen des Westens gesessen, wo die großen Worte fielen, ein junger Mann, der Sohn eines vielgenannten weltstädtischen Schauspielers. Der Vater würde bei der Aufführung anwesend sein. Dieser Trumpf war von allem Anfang an eingerechnet.
Ein Thronsessel stand bei der ersten Stellprobe auf der Szene. Im übrigen lag weniger Gerümpel umher als sonst. Goldberg setzte sich in den Sessel, die Hornbrille auf der Nase. Mit halblauter Stimme gab er die ersten Anordnungen. Jedermann ging auf Zehenspitzen. Das Weltgeheimnis schien seiner Enthüllung zu harren. Öppi stand in einer Ecke, den gespitzten Bleistift zur Hand. Es gab nämlich immer Künstlerinnen, die ohne Bleistift waren, obgleich Goldberg es gerne sah, wenn man seine Anordnungen aufschrieb.
Die vielen neuen Gesichter versetzten Öppi in Unruhe. Was wollten die Leute alle? Spielen! Spielen wie er. Ob sie ihm wohl ohne Ausnahme über waren? Einer fiel ihm vor allem auf: Luka, ein untersetzter Junge mit großem Kopf, dunklen blitzenden Augen, breiter Stirn, schwarzer Mähne, der nach vielem aussah. Die kleine zierliche Trüüs hatte er schon in den Abendvorstellungen gesehen. Niemand konnte in so entzückender Weise wie sie seufzen, klagen und Rosen streuen. Nun konnte sie ihr Handtäschlein nicht finden, Öppi wußte, wo sie's abgelegt hatte, holte es herbei. Rose Licht hatte eine herrliche volle, tiefe Stimme, sie schwitzte immer wie ein Arbeitspferd und konnte mit Leichtigkeit, spielend Bäche weinen. Öppi warb um alle. Er hätte so gern mitgespielt. Goldberg schenkte ihm sein Vertrauen, aber keine Rolle.
Mit dem Fortgang der Sache gab es Schwierigkeiten. Das Stück war kein Stück, sondern der Versuch, eines zu machen. Der Ver-

fasser pflegte leichtfertigen Umgang mit großen Wörtern. Er verredete alles, glaubte dabei, wichtige Einsichten zu verkünden. Das Ganze wimmelte von Schlagwörtern und Ausdrücken, die eben in den Überschriften der Zeitungen vorkamen, wegen deren man sich vor kurzem in den Straßen noch die Köpfe blutig geschlagen hatte. Die Sache glich einem Parteiblätterstreit. Fernher dröhnte die vergangene Revolution, das Stück war mit dem äußersten Arbeiterflügel der Meinung, daß der Umsturz des Staates einer Fortsetzung und Ergänzung bedürfe. Derlei setzte man den Leuten des Bühnenvolksbundes gerne vor, damit sie im Spiele genössen, was in Wirklichkeit nicht für sie geschah. Viele Menschen wirbelten in den vielen Bildern des Stückes durcheinander. Die Spieler reichten nicht aus. Jedem fielen mehrere Rollen zu. Es mangelte an der Übersicht. Der Verfasser war in großer Erregung. Goldberg versuchte zu lindern und zu mildern, Maßlosigkeit, leeres Wortgedröhn auszumerzen. Der junge Mann weigerte sich, von seinem Übertext das geringste zu opfern. Es gab Zusammenstöße.
Goldberg legte die Spielleitung nieder, die der Verfasser daraufhin selber übernahm. Die Sache wuchs ihm über den Kopf. Seine Anordnungen widersprachen sich. Der Erfolg stand in Frage. Viele weigerten sich, mitzuspielen. Da rief man Öppi! Er bekam einen Platz am Leitungspult, beim Lämpchen, unten, vor der Bühne, wo die Direktoren immer saßen, wenn sie einen scheuen Anfänger anfuhren, der oben vor Angst kaum schnaufen konnte. Gleich darauf gab es eine Audienz für arbeitsuchende Schauspieler. Vor Öppi stand unversehens der Egmont des Örlewitzer Theaters, der ihn dort mit seiner Bärenstimme eingeschüchtert hatte. Was sagte Goldberg zu dessen Gebotenem?
«Ein Organheld! Nichts weiter!»

So verblüffend war es, mit einem Schlag auf einem Machtsessel zu sitzen, daß Öppi immer an dessen vorderster Kante klebte, weder nach rechts noch nach links zu gucken wagte, gespannt und gebannt an allem hing, was auf der Bühne sich abspielte. Er war sehr nützlich, sorgte dafür, daß die verwirrten Anordnungen des Autors an die rechte Stelle kamen, ersetzte vorübergehend jeden Darsteller, der eben drüben in der Wirtschaft «Zum fröhlichen Hecht» sein Mittagessen verzehrte, anstatt in einer Volks-

versammlung zu schreien. Er sorgte dafür, daß jeder von den vielen Spielern wußte, wann er am andern Morgen zur Stelle zu sein hatte, saß in der Fernsprechzelle, um die Säumigen zu mahnen, spielte zeitweise oben die Hauptrollen, wenn dem Verfasser-Darsteller dran lag, zu sehen, wie selber er in der oder jener großen Szene sich ausnehme. Öppi konnte schließlich die vielen Worte alle auswendig, war der erste am Morgen, ging am Schluß der Probe mit den letzten weg, immer zusammen mit dem Schriftsteller und Hauptdarsteller, der ihn untern Arm nahm, mit ihm durch die lärmigen Straßen, immer redend, zum Untergrundbahnhof ging, ihn anrief, zu sich nach Hause aufbot und bis um Mitternacht mit ihm darüber verhandelte, ob bei der oder jener Stelle das grüne, das gelbe oder am Ende doch das rote Licht einzuschalten sei.
Bei diesen Gesprächen kam aufs Mal ein herrenloser Satz des Stükkes zum Vorschein, ein schwärmerischer Satz von Gras, Weltgebraus und Stundenschlag. Der Verfasser gab ihn dem Öppi!
«Eva, liebe, Carlo Julius, lieber – ein Satz! Habe einen Satz! Man kann mich brauchen, sitze bei der Spielleiterlampe, habe einen Satz zu reden, Freunde! In der Weltstadt, in Berlin darf ich vors Publikum treten, auftreten, mich zeigen. O Auszeichnung! Aber ach, ihr habt grad zu taufen vor an diesem Tage, wie ihr mir schreibt. Kniefall vor Klein Sigyn, entschuldigt mich bei ihr – Vergebt! Ihr begreift, kann nicht zum Feste kommen. Ein Satz, ein Satz! Ich werd es zu was bringen!
Ja, ihr habt ganz recht, selber soll ich Stücke schreiben, seht, Goldberg hat mein Schusterspiel in den Händen, Sztern hat das getan, und der Direktor will's spielen ...
Sturm! Sturm! Mir geht jetzt alles zu langsam. Sollen aufpassen hier in Berlin, die Überraschungen werden kommen, meine Stimme ist auf gutem Wege. Neulich bei der Probe heimlich gezeichnet! Welch ein Feld! Welt, mir vom rosigsten Morgenlichte beleuchtet! Schimmer auf euch! Gruß von Öppi, dem jetzt das Leben um die Ohren saust. Keine Frau, leider, die ich an die Frühlingssonne dieser Tage führen konnte! – Lebt wohl, habt lieb euren Öppi.»

Am Abend der Aufführung hing Öppi eine große Tabelle an die Tür der Ankleideräume, drauf jedes Spielers Auftritte, Verkleidung und Umkleidung verzeichnet waren. Nun ließ ihm jeder Beteiligte eine kleine Anerkennung zukommen. Er saß bei dieser weltstädtischen Uraufführung im Frack mit andern Befrackten bebenden Herzens mitten auf der Bühne, wartete aufs Stichwort, schleuderte seinen Satz unter die Zuhörer hinaus, schlüpfte hinterher in Armeleutekleider, schrie bei Straßenkämpfen, brüllte in Volksversammlungen und geisterte als unsichtbarer Helfer durch die übrigen Teile der Aufführung. Die großen Worte berauschten an dem Abend alle Darsteller, ein gewaltiger Stimmaufwand trat zutage, das Spiel artete in ein allgemeines Gebrüll aus. Nur Luka fügte, ganz aus eigener Eingebung, in seine Rolle eine große Pause ein, deren tiefe Stille verblüffte. Der Beifall war spärlich. Die Mitglieder des Zuschauerbundes blieben kalt. Die Anwesenheit des berühmten Vaters half nichts. Dennoch saß man hinterher an den Kunsttischen des Westens, wo nach den Vorstellungen die Bühnenkünstler zusammenkamen, die großen Spieler, die schönen Frauen, die Schreiber, Verehrer, Liebhaber, Anhänger, Kritiker, Freunde und Feinde. Öppi war mit dabei. Goldberg drückte ihm seine Zufriedenheit aus. Mit Öppis Fleiß, nicht mit seinem Deutsch, leider!

«Eva! Carlo Julius! Liebe, nur eine Karte heute, kann Brief nicht schreiben, weil, einmal angefangen, ich tagelang fortschreiben müßte, um alles zu sagen, was ich sagen möchte, alles zu erzählen, was mir erzählenswert scheint. Wunderbar, mir ist, als ob nur noch außerordentliche Dinge mir widerfahren könnten. Komme auf Ostern zu euch. Das Stück ist abgesetzt, der Verfasser faßt mich nicht mehr unterm Arm, grüßt nur noch nachlässig, aber schon naht Goldbergs Mitternachtsvorstellung eines religiösen Spiels für eine geschlossene Gesellschaft, und ich harre des Rollenabfalls. Vorerst noch Klein Sigyn das Händchen küssen. Lebt wohl. Öppi, der im Laufe von zwei Wochen eben in sechs verschiedene Frauen verliebt gewesene! 's ist weniger als eine.»

Rollenabfall? Im letzten Augenblick fehlte dem frommen Spiel der Darsteller des heiligen Petrus. Öppi wußte Bescheid, konnte aushelfen. Auch der Herr Jesus Christus, mit dem zusammen er die Bühne zu betreten hatte, war ein Notbehelf: der Bühnenmaler mit sanftem Profil und kurzem blondem Bart, jener Freund

Goldbergs, dem der blau-rote Anstrich zu verdanken war. Er schritt im weißen Hemd vor Öppi einher auf die Szene hinaus, der ihm in einem Stück frischgefärbter nasser Sackleinwand folgte.

«Herr, schicke die Leute nach Hause», Öppis Satz, der sich nicht auf die Leute im Zuschauerraum, sondern auf Christi Anhänger bezog, die angeblich hinter den Kulissen versammelt waren. Wenn Öppi mit dem Satz fertig war, hatte er Zeit, sich in Gedanken gegen seinen Herrn Jesus zu empören, der mit seinem rheinischen Anklang auch kein besseres Deutsch als er selber sprach. Niemand sonst hatte diesen Gedanken. Weiterhin so an Eva und Carlo Julius:

«Freunde, Freunde, seht her: ein hochmütiger Spielleiter hatte mich nun schon in den Sprechchor eines Legendenspiels gesteckt, wo ich rein gar nichts zu bedeuten gehabt hätte. Da wird ein Bettler krank! Bin der Bettler geworden, bettle jeden Abend, die Beine mit Lumpen umwickelt, am Straßenrand, bettle jeden Abend mittels eines halben Dutzends gut geschriebener Zeilen. Zeilen! Also mit einem halben Dutzend jetzt. So viele sind es inzwischen geworden! Draußen steht, wenn ich komme, die kleine Trüüs, die Rosenstreuerin, ihr wißt, die am ersten Abend, als ich zu scheu war, sich mir genähert hat, mir ‚lauter!' leise flüsterte, so daß ich meine Stimme erhob und die Leute im Saale zu husten aufhörten. Mit so viel Überlegenheit kann man also, wie sie, draußen stehen; ich tu's allzusehr noch in großer Erregung, daß mir Hören und Sehen vergeht. Lebt alle wohl. Carlo Julius, Glücklicher, nimm deine Geige vor, spiele, rede, singe, für die Bühne hat man des Könnens nie genug! Untertänigst für die Einmischung um Verzeihung bittend Öppi klein.»

Das Theater war Abend für Abend voll. Der Zuschauerbund schickte in wohlgeteilten Mengen seine Mitglieder hinein. Der Bund war eine Verbrauchergesellschaft, die mehr Abnehmer als Ware hatte. Die Nachfrage nach Vorstellungen war groß. Es bestand die Gefahr, daß man es mit deren Fehlern und Mängeln nicht allzu genau nahm. Schmalzstullentheater nannten Hochmütige leichthin die Osten-Bühne, weil das bescheidene Publikum gern ein mitgebrachtes Brot in der Pause als Abendessen verzehrte. Die Spieler waren bei dem großen Unternehmen die

erzeugenden Arbeiter, die sich um den Absatz ihrer Kunstwerke keine Sorgen zu machen brauchten. Der Bühnenbund war kein geschäftliches, sondern ein erzieherisches Unternehmen, ein Weg der Volksbildung, gefördert von den Arbeiterparteien, vom republikanischen Staat, von vielen Freunden, denen das Denken aller wichtig fürs Ganze des Landes schien. Die Mitglieder zählten nach Zehntausenden. Eine Verwaltung, ein großer Apparat steuerte das Unternehmen, undurchsichtig, Wenigen bekannt, schwerfällig. Es gab viele unstete Mitglieder, Arbeitslosigkeit und politische Streitfragen verscheuchten sie leicht. Die Beständigkeit einer großen Zahl war aber die Voraussetzung für das Gedeihen des Ganzen. In der Leitung gab es grundsätzliche Streitfragen: wie weit hatte man dem Geschmack der vielen in der Wahl der Stücke nachzugeben, wie weit ihm vorauszugehen? Wieviel bequeme Unterhaltung war zu bieten, wieviel Aufmerksamkeit durfte in jedem Fall verlangt werden? Die Verwaltung rechnete, der künstlerische Ausschuß wählte die Stücke, aber der Ausschuß bestand aus zwanzig sehr verschiedenen Köpfen, jeder las an die zwanzig Dramen im Monat.
Goldberg hatte Öppis Schusterstück dem Ausschuß vorgelegt. «Ich spiele Sie», hieß das in seiner Sprache.
Der Ausschuß hatte, dem Ziele des Bühnenbunds gemäß, immer wieder Stücke auszuwählen, die deutlich den Gefühlen und Erfahrungen der Armen und Machtlosen entsprachen. Eines solchen Werkes Einstudierung übertrug man jetzt Goldberg: die sogenannte weltpolitische Posse eines Verfassers, der den Arbeiterführern nahe gestanden, die Leitung eines Arbeiterparteiblattes innegehabt hatte. Er war tot, von einem jungen Herrn auf der Straße erschossen worden, als er nach dem Sturz der Königsherrschaft in München eine Volksvertretung nach ungefähr helvetischem Muster einberufen hatte. Der Mörder hatte das für seinen Grafenstand als gefährlich angesehen. Für solche Taten konnte man vor gewissen Gerichten der neuen Republik sich auf die Vaterlandsliebe berufen, das milderte die Strafe. Der Erschossene, sagte man, war ein sehr ehrenwerter Mensch gewesen, damit gewann aber sein Geschriebenes nichts. Verriet sich ein proletarisches Fühlen darin? Auf Umwegen! Kein empfundenes Fühlen, mehr ein Reden darüber. Ein wortreiches Ding das, eine politische Lehrdarstellung mit verteilten Rollen, dünn, unleben-

dig, voll Schemen. Der Mord redete vor dem Ausschuß für den toten Verfasser, der Mord hatte der Arbeit einen Verleger eingebracht, das Buch gewann an Bedeutung, weil der Umschlag die Gefängnisse angab, drin es geschrieben worden, drin der Verfasser seiner arbeiterfreundlichen Haltung wegen zur Zeit des alten Obrigkeitsstaates gesessen hatte.

Das Stück war volkreich, Platz gab es für so etwas nur im großen Bühnenhaus am Alexanderplatz. Auf dem blutgetränkten Boden des «Alex»! Verschwunden die Arbeiterumzüge der einstigen Umsturztage. Großes Gewimmel jetzt, Verkehrsgerinnsel, Verkehrsströme! Was strömte an Volk da herein aus den weiten, volkreichen, armen Gebieten des städtischen Ostens! Was strömte an Wogen da durch, herkommend aus den strahligen Straßenkanälen, die sich da zusammenfanden, oder von da ausschwärmten. An der Ecke las man das Arztschild des Armendoktors Döblin, der zur Sache des Umsturzes sich so vernehmen ließ: «Die deutsche Revolution ist und kann bleiben, was sie war, eine Friedens- und bürgerliche Reformbewegung, oder kann werden, was sie bis jetzt nicht war, eine Arbeiter- und Proletarier-Revolution. Viele Machtstellungen sind in den Händen der alten herrschenden Klassen geblieben! Ununterbrochen entreißt man uns neue, schon eroberte. – In diesem weiten, vom Krieg nicht verwüsteten Land irrt die Revolution, die sich in andern Ländern als Furie benahm, Brände warf, die Menschen aus den Häusern scheuchte – sie irrt in Deutschland, klein und kleiner geworden, wie ein Blumenmädchen im zerrissenen Röckchen mit blauen Fingern herum und sucht Obdach. Ach, wie ist es ihrer Schwester, der großen, in Rußland, gegangen!»

Am Alexanderplatz ging zu gleicher Zeit, da dieser Mann schrieb und Leute verarztete, ein Ausschuß der Ortskrankenkasse herum, um Erhebungen bei erkrankten Mitgliedern zu machen. In dessen Bericht las man's so:

«Der vierte Teil der kranken Männer und mehr als ein Viertel der kranken Frauen hausen in Löchern von weniger als zwanzig Kubikmetern, fünf vom Hundert haben nicht zehn Kubikmeter Luftraum, der Mindestraum beträgt in den preußischen Gefängnissen nach Vorschrift achtundzwanzig Kubikmeter für jeden Insassen. Fast der zehnte Teil aller Kranken lebt mit der Familie in einem Zimmer oder einer Wohnküche zusammengepfercht.

Diese Angaben betreffen Erwerbstätige oder vorübergehend erwerbslose Personen, keineswegs Invalide, Greise oder Lumpenproleten, die außerhalb der Krankenkassen stehen. Um diese bekümmert sich niemand.»

Goldberg war sich über die Schwächen des Stückes klar, aber auch darüber klar, daß die Einstudierung seinem Ansehen förderlich sein konnte. Viele zusätzliche Helfer waren für die volkreichen Szenen aufzubieten. Immer neue Leute tauchten in Öppis Nähe auf, die sich in den abendlichen Zirkeln an den Theaterleiter herangemacht hatten. Hunderte von gelegentlichen Spielliebhabern gehörten zu den großen Chören und Massenszenen. Viele Mädchen wurden in lose Sackleinwandgewänder gesteckt. Sackleinwand gehörte zu den bevorzugten Geweben aller Umsturzspiele. Es gab schöne Geschöpfe darunter. Auf den Treppen und in den Gängen saßen sie wartend oft ohne Beschäftigung herum, und es roch nach Menschen.

Die Langeweile rief spielerischen Liebschaften. Goldberg verlor gelegentlich die Lust, mit den vielen Ungeschulten gründlich genug zu üben, dann gab er Öppi überraschend die Leitung des Sprechchors in die Hände. Dieser tadelte bei einer Probe das munterste oder schönste der jungen Mädchen, die es an Aufmerksamkeit fehlen ließ. Sie spendete ihm drauf ein Lob für seinen Scharfblick und lachte zugleich ihn aus, weil er breite seidene Schuhbänder trug, die in Cheudra vordem Mode gewesen waren. Man sah sie in der Stadt immer in Begleitung anderer schönster Mädchen, sie erschien auch zu den Bühnenproben zusammen mit einem solchen Wesen, das jung, rosenfarben, frisch, herausgeputzt und so dumm war, daß sie eines gehobenen Satzes Sinn nicht fassen konnte. Die Bühne war ihr eine Gelegenheit, sich vor vielen aufs Mal zeigen zu können. Öppi war schüchtern vor den beiden. Einmal nur versuchte er's mit einer spöttischen Anmerkung nach deren Art über die Klugheit der Frauen, die ihre mißgebildeten Ohren unter gut hingelegten schwarzen Haaren versteckten; die dunkle Kluge hob darauf mit spielerischer Gebärde ihre Frisur hoch und wies ihm darunter ihr wohlgebildetes feines Öhrchen, daß Öppi ob der plötzlichen Entblößung in Verlegenheit kam und auch wegen der zutage tretenden Sicherheit und Freiheit.

Er ließ sich die Leitung des Sprechchors von einem frisch zupackenden neuen Anhänger Goldbergs ohne jede Gegenwehr wieder entwinden, zog sich in die namenlose Volksmenge zurück, tat viele nützliche aber unscheinbare Dienste und gebrauchte die gebotene Gelegenheit keineswegs, um vorwärtszukommen. Er wollte nicht vorwärtskommen, sondern etwas werden, wollte lernen, nicht lehren.

Darüber gab es immer vieles an die Freunde zu berichten: «... Eva, Carlo Julius, wenn's euch so gut geht wie's mir geht, geht's euch sehr gut. Eben, halb zwölf Uhr nachts, heimgekommen, Proben zwei Wochen lang schon, schreibe nur ein paar Zeilen, um Tinte und Papier auszuprobieren, die morgen einen Brief für euch hergeben sollen. Oh, ich bin betrunken, trunken von der Welt, selig, daß ich lebe, mir noch vieles begegnen wird, tägliches Wunder ist mir das Dasein, täglich ein größeres. Bin verwirrt, glücksverwirrt, so wird's bleiben, eine Klarheit wird zeitlebens nicht kommen, aber was gibt es Schöneres, als den Irr- und Schlangenpfaden des Daseins nachzuspüren. Bin frei, bin froh! Sehe über mich weit hinaus. Verlerne selbst meiner Erbärmlichkeiten, Widrigkeiten mich zu schämen. Zuschauer seiner selbst werden, das ist's. Sehen und von sich selber gesehen werden!
Morgen weiter bei klarerem Verstande!

Bin übermütig, stark mich fühlend, wie ich's mir nicht mehr von mir vermutend war.

Premiere vorbei! Bin heimgekommen, habe mich umgezogen. Schreibe euch. Bin in frische Wäsche geschlüpft, sitze in meinem Zimmer, fühle mich beschmutzt durch den vielen Umgang der letzten Tage, habe lange keine reinliche Stunde, keine einsame Stunde gehabt!
Ach – Einsamkeit macht scheu, wehrlos, ungeschickt. Dennoch!
O schönes Dorf, liebe Felder, kluger Bauerngeist – nein! – ich werde nicht heimgehen. Weiter weg! 's ist mein Geschick! Bei euch? Eva? Klein Sigyn, C. J., Tante Hilda?
Wäre froh über ein paar Worte! Ja, da liegt's! Ich dummer Stauner! Meine Entbehrungen!
Eine Blume für euch! Bin ich zu früh? Evas Geburtstagsfest! Zu spät? Nehmt's in Gnaden auf. Habe nie so voll gelebt! – Marianna

schreibt, schreibt, schreibt, klagt, spielt, ruft mich, leidet! Leidet sie? Ja, aber ich kann nicht antworten, erst muß ich durch sein!
Freude für euch an allem, was da ist! Euer Öppi.»

Das Stück des Ermordeten wurde nicht in den regelmäßigen Abendspielplan des Bühnenbunds aufgenommen. Die Verwaltung fürchtete jene Briefe der Mitglieder, die nach den Dramen, ausgewählt vom Ausschuß fürs Fühlen der Entrechteten, schrieben, daß sie genug von Revolution, Klassenkampf, Prostitution, Krieg und Ausbeutung im Leben und in den Betrieben gekostet hätten und nichts davon mehr hören wollten. Was tun? Die Aufgabe der Leitung war nicht leicht.
«Eure Bühne leistet dem Ungeist schlaffen Kleinbürgertums Vorschub», riefen die kämpferischen Arbeiterteile. «Das Klassenbewußtsein des mittleren Proletariers ist vernichtet. Entschlossene Leute bleiben eurer Bühne fern, wollen von harmlosen Traumspielen sich nicht einlullen lassen!»
Wenn Öppi sich zur Sonntagmorgenvorstellung des Umsturzlehrstücks begab, konnte er in den Blättern, fahrend in der Hochbahn, vom wirklichen Arbeiterleben lesen, wie es nur ein paar Eisenbahnstunden weit von ihm aussah:
«Mitteldeutschland, das große Stickstoffwerk: Länge fünf Kilometer, Breite ein Kilometer, zweihundert Kilometer Geleise, dreihundert Kilometer Rohre, täglich fünfzehn Eisenbahnzüge zu vierzig Wagen Rohbraunkohle verwendend, dreizehn Schlote, des mächtigsten deutschen Industrierings ergiebigstes Werk, das aus jedem Arbeiter einen Reingewinn von tausend Mark im Jahr herauswirtschaftet, hat unter seiner Belegschaft von zwanzigtausend Mann eine Anzahl Bewaffneter, die ihre Gewehre nach dem vorjährigen Marine-Brigade-Putsch behalten haben. Rote Armee? Nein! Arbeiterwehr!
Die Werkleitung fühlt sich eingeengt! Die Regierung beobachtet die Lage mit Unruhe. Ihr liegt viel am guten Einvernehmen mit den Fabrikinhabern, den stolz benannten Arbeitgebern, die ihre republikanischen Arbeiter zwar ausbeuten, aber auch zu ernähren fähig sind. Die Waffen können, wie immer verwendet, lediglich die mühsam errungene Ordnung stören.»
Die Waffen abgeben!

Nein!!
Eine militärische Besetzung?
Würde die Erregung der Arbeiterschaft aufs äußerste steigern.
Ein Umweg: Diebstähle vorschützen. Einige Diebe gibt's immer und überall. Man ruft die Polizei: sie kommt in Scharen. Die Arbeiter werden durchsucht. Die Erregung steigt. Das russische Umsturzbild brächte, so meinen viele, die Lösung.
Generalstreik! Neuntausend Arbeiter verlassen das Werk, die es auf einen Kampf nicht wollen ankommen lassen. Sechs- bis siebenhundert Gewehre bei den Zurückbleibenden! Polizei und Reichswehr marschieren auf, umzingeln das Werk. Ein Teil der Bewaffneten zieht aus. Noch liegen im Werk zweitausend Leute, die in drei Schichten die Notstandsarbeiten verrichten, die Anlage vor Schaden zu bewahren. Die meisten Bewaffneten sind fort. Friedliche Übergabe ist möglich, wird von der Unternehmensleitung abgelehnt. Sie ist beleidigt. Sie sieht nicht Gegner, sondern Feinde. Sie will Unterwerfung, nicht Gleichstellung, keine Volksstaatsgemeinschaft.
Sturmangriff auf das Werk im Namen der Ordnung. Granaten schlagen ein. Zweitausend Gefangene werden in Zementbunkern eingeschlossen.
«Singt, ihr Schufte!
Sie singen: Deutschland über alles.
Kolbenschläge für jeden, der schweigt. Standrecht!
Fünfzig Arbeiter erschossen.»
Öppi las es so im nächsten Blatt, das er kaufte:
«Der mitteldeutsche Aufstand in acht Tagen unterdrückt!»

Eva und Carlo Julius zogen aus dem Heidedorf in die Stadt. Die Zuzugserlaubnis war erhältlich, da die beiden niemandem am Orte den Arbeitsplatz streitig zu machen gedachten, eine Wohnung in einem vornehmen Viertel war gefunden und konnte bezahlt werden. Die guten Kronen, Evas Erbe, die bei einer Bank in ihrer Heimat untergebracht waren, hatten für die Besitzer die gleichen Vorzüge wie Öppis helvetische Franken: sie vermehrten sich wie Kaninchen beim Übergang ins Reich der deutschen Mark.
Eva hatte das Erbe mit jenem Gelehrten in der Heimat zu teilen, der ihre Mutter, die viel ältere Frau, geheiratet hatte, nachdem sie durch den Verkauf ihrer Wirtschaftsunternehmungen in der

Nordenstadt frei und reich geworden war. Er hat sie, sagte Eva, ihres immer erhalten gebliebenen, jugendlichen und bezaubernden Lächelns wegen genommen, oder aber ihres Geldes wegen? Sie schrieb an ihn in rührender Weise als an einen Verwandten, bot ihm in vollendet höflicher Weise ihre Gastfreundschaft an, bezeugte abermals ihre Liebe zu der entschwundenen Mutter, ihre Bewunderung, und so demütig, als wäre sie, das Kind, es gewesen, die der Mutter Ungelegenheiten durch ihre Geburt bereitet hätte, und nicht die Mutter dem Kinde dadurch, daß es unter so unbürgerlichen Umständen, als Mädchenkind zur Welt gekommen. Der gelehrte Schulmeister gab keine Antwort.

Der Wechselkurs setzte die beiden instand, die bescheidene Dachwohnung einer Villa behaglich und überaus geschmackvoll einzurichten. Sie fanden auf dem Antiquitätenmarkt ein Möbel-Gesamtes aus hellem Birkenholz mit Tisch, Sofa, Spiegel, Schreibtisch und Schränken von so schöner Beschaffenheit, daß man sich veranlaßt sah, darüber zu denken, was für widrige Umstände, was für gesellschaftliche Verschiebungen die einstigen Besitzer zur Preisgabe solcher Dinge mochte veranlaßt haben. Carlo Julius bekam obendrein ein kostbares Instrument zur Förderung seiner Studien, einen Flügel bester Herkunft und auch den Unterricht des ersten Gesangspädagogen am Platze. Vor dem Hause lag ein Garten, im mittleren Stockwerk spielte die Hausbesitzerin, eine alte Dame, zu ihrer eigenen Erhebung auf ausgezeichnete Weise Klavier, so wie sie es in besseren Zeiten und lange vor dem Krieg gelernt hatte.

Öppi reiste hin, saß an dem schönen runden Tisch, sah des Carlo Julius neues Behagen, aß mit den guten Freunden aus dem blauen, alten, ihm aus früheren Tagen wohlbekannten Geschirr das von Eva vortrefflich Gekochte mittels des silbernen Bestecks, von dem es dank der guten Kronen einen Kasten voll in sinnreicher Zusammenstellung gab. Carlo Julius kaufte sich jetzt ohne Wimperzucken teure Opernplätze, denn es galt, den großen Vorbildern auf den Mund zu gucken, schade nur, daß die Pflege der Kleinen Eva davon abhielt, häufiger mit ihm zu sitzen.
«Wir wollen Öppi das Geliehene zurückgeben», hatte Eva gesagt, «jetzt, da wir's können.»

«Wozu? Eilt ja nicht. Die haben genug.»
Eva bestand darauf. Öppi schrieb's den Brüdern. Carlo Julius ließ ihm die Teilzahlungen so zugehen, Öppi sie so sich aushändigen, daß der Vorgang im freundlichen Licht einer Unterstützung erschien, die Öppi empfing.

Evas größter Wunsch erfüllt: ein Kindchen! Wie sie es hielt, ins Badewasser tauchte, ergreifendes Bild der Hingabe! Zwar den Händen bekam das viele Wasser nicht, sie schmerzten mehr als je zuvor, die Fingergelenke schwollen an. Niemand machte viel Aufhebens davon. Öppi redete. Alles Aufgestaute brach vor Eva los. Er begleitete sie, neben dem Kinderwagen hergehend, zu dem Einkaufsladen des Quartiers, wo zu oberen Preisen alles zu haben war. Wenn die geplanten Monatsausgaben des jungen Haushalts überschritten wurden, gab es Gelegenheit, den Kredit in Anspruch zu nehmen, der den offenbar Gutgestellten angeboten wurde. Eva tat's nicht, zahlte pünktlich. Vor dem Laden stand Öppi und bewachte das Kindchen. Carlo Julius konnte unterdessen um so ungestörter arbeiten. Öppis Erzählungen ermutigten Eva zu neuen großen Hoffnungen für ihn, ihr zuhören brachte, wie's ihm schien, den tieferen Sinn aller Vorfälle zutage. Carlo Julius freute sich über den Erzähler, dessen Mißgeschicke rechtfertigten das eigene sachte Vorgehen. Die wohlbekannte Lehrerin kam ins Haus zum Tee, ebenso die Frau Hausbesitzerin im untern Stock. Evas Gabe einer Gastgeberin begann von neuem aufzublühen. Der Gatte wurde in Öppis Briefen gelegentlich zu einem bloßen Karl oder Karli, nach helvetischem Gebrauch freundschaftlich so benannt.
«Bitte: Carlo Julius! Dies mein Name.» So stand's eines Tages als Schlußanmerkung von seiner Hand auf einem Evabrief.

Der Frühling war nach Berlin gekommen. Am Eingang zur Untergrundbahn standen die Blumenfrauen mit bescheidenen Sträußchen von Schlüsselblumen. Öppi kaufte. Sie blühten in gleicher Art jetzt auf den Wiesen daheim.
Er kaufte Sträußchen aufs Geratewohl und gab sie denen im Theater, die er zufällig zuerst antraf, irgendeiner unbedeutenden, seitab stehenden Schauspielerin, der Scheuerfrau oder dem buckligen kleinen Fräulein in der Kanzlei, die immer rote ent-

zündete Augen hatte. Er war glücklich: er gehörte zu einem Theater. Nicht mehr in Örlewitz. In der Weltstadt! In Berlin!

Gab es irgendwo herrlichere Gastmähler, gab es berauschendere Feste als die hastigen Mahlzeiten drüben im «Fröhlichen Hecht» bei dem dicken Wirt und den fetten, frechen Töchtern, die sich so gnädig herablassend gegen die Bühnenleute zeigten, weil manche unter ihnen schlechte Zahler waren? Gab es anderwärts solche Tischgesellschaften, wo zwischen zwei Bissen die wohlgeformtesten Worte fielen, wo, von Küchendunst umschwelt, Goldberg seine großen Pläne entwickelte? Welch ein Ereignis, nun dazwischen zu sitzen in der Reihe am runden Tisch, wo früher oder später die Namen aller großen Bühnenleute der Stadt, aller gefürchteten Bühnenschreiber einmal auftauchten, in einem Witz, einer kleinen wohlgeformten Schilderung, in einem gut erzählten Zwischenfall, so daß sie alle gleichsam in die Nähe rückten, mit am Tische zu sitzen schienen. Öppi fühlte sich in außerordentlicher Gesellschaft zu Gast, fand es richtig, an dieser Stelle den niedrigsten Rang einzunehmen, und konnte stundenlang dabeisitzen, ohne ein Wort zu verlieren.

Er achtete vormittags im Unterhaltungszimmer des Theaters darauf, wie sie zu den Proben ankamen, einer nach dem andern, ein wenig wichtig, ein wenig eitel, immer von irgendeiner Sache bewegt oder erregt, etwas laut und mit dem Hang, bemerkt zu werden. Wie verschieden sie sprachen, wie verschieden sie gingen und sich gaben! Das Theater war ohne allzulange Vorbereitungen gegründet worden, Goldberg hatte nicht viel Zeit gehabt, seine Leute auszuwählen. So war ihm allerlei ungangbare Ware in die Hand gekommen: Schauspieler, die anderswo nicht mehr leicht unterkamen, Anhänger der Großstadt, die lieber auf dem Asphalt auf Beschäftigung warteten, als daß sie auf bescheideneren Bühnen irgendwo im Lande draußen wenig beachtete Arbeit leisteten. Daneben standen die vielen jungen unbewiesenen Begabungen, Leute, wie Goldberg sie besonders liebte, Narren des Spieldrangs, die billig zu haben waren, die sich immer unterwegs zu glänzenden Laufbahnen oder auf den Sprungbrettern der Berühmtheit fühlten. Die Ehrgeizigen verachteten die Gleichgültigen, die alten Abgekühlten spotteten über die Feurigen, und beide gehörten wiederum miteinander zu der Bühne, der sie verpflichtet waren, und zu Goldberg, der sie verpflichtet hatte. Die Begeisterten verstanden einander, aber sie kamen sich in die Quere und betrachteten sich dazwischen gegenseitig mit Neid oder Mißtrauen. Sie wollten vieles, konnten oft noch recht wenig, die Gleichgültigen wollten nichts Besonderes mehr, konnten aber vieles besser.

Da war Härms, der immer Verdrießliche, der am Theater nichts Gutes mehr fand und nur jene Zeiten gelten ließ, da er als Erbprinz auf der Bühne große Erfolge gefeiert, da er jung gewesen und den Lorbeerkranz bekommen hatte, der nun vertrocknet und staubig immer noch die Wand seiner bescheidenen Großstadtbehausung schmückte. Der anfängliche Erfolg war ihm nicht treu geblieben. Das hatte ihn verbittert. Die Begabung war mit den Jahren nicht gewachsen, sondern geschwunden. Ein alter Pelzmantel mit rundem, ganz unzeitgemäßem Kragen legte von den guten alten Zeiten Zeugnis ab, aus diesem Kragen heraus blickte Härms' grobes Gesicht mit verbissen hochmütigem Ausdruck auf die eifrigen jungen Leute um ihn herum, deren Zukunftsglaube ihm ein dauerndes Ärgernis bedeutete. Es gab andere, wie den kahlen Odden oder den finsteren Zempihn, die auf der Bühne auch matt und unbedeutend waren, dafür auf einem anderen Tätigkeitsfelde heftig glänzten: sie waren im Laufe der Jahre zu halben Anwälten oder kleinen Wirtschaftsführern geworden, die den Schauspielern klarmachten, daß sie Lohnempfänger wie die Fabrikarbeiter seien und ihre Lohnkämpfe wie jene führen müßten. Sie brachten ihnen die Verträge ins reine und belächelten bei Betriebsversammlungen die kindlichen Spieler, die glaubten, mit dem Talent allein durch die Welt zu kommen. Der dicke Löwy spielte wie ein Handwerker, der seinerzeit eine Anzahl sicherer Handgriffe gelernt hat und nun mit ihnen seine Aufgaben löst. Er war laut, kannte keine Zurückhaltung und hatte in allen Bühnenzirkeln so viele Bekannte, daß ihm wie einem alten Familienmitglied immer irgendwo eine Rolle zufiel. «Wo sind Sie aufgewachsen?», sagte er zu Öppi, «auf einer Almhütte vielleicht?» Denn der kannte niemanden und bestand aus lauter Zurückhaltung.

An der Spitze der Leute: Goldberg, der mit bewunderungswürdigem Lächeln jedem von ihnen mehr versprach, als er je erfüllen konnte, und mit dem gleichen Lächeln seine Versprechen wieder vergaß. Er machte Versprechungen, weil es ihm lieb war, seinen Leuten etwas Angenehmes zu sagen, seine Wortbrüche aber beging er auf so bezaubernde Art, daß die Betroffenen ihm immer verziehen. Selten ein lautes Wort! Die plattesten Mitteilungen bekamen durch den leisen Ton und die gepflegte Redeweise etwas Bedeutendes, sie trugen den Stempel des Vertraulichen oder Geheimnisvollen auch dann noch, wenn er das gleiche schon an einem Dutzend Stellen vorgebracht hatte. Das Theater war bald nach der Gründung in Schwierigkeiten geraten, der Bühnenbund war zu Hilfe gekommen, weil er zum großen Stammtheater hinzu ein weiteres Theater brauchte, um für die Riesenzahl seiner Mitglieder immer genügend Vorstellungen zu haben. Goldberg hatte die geschäftliche Leitung der Bühne bei der Gelegenheit verloren; er war ein schlechter Wirtschafter, verschwenderisch, vom Augenblick bestimmt und von Schulden bedrängt. Immer stand er dicht vor großen Erfolgen, ehrenvollen Berufungen, und immer gab es genügend Leute, die mit ihm den Glauben daran teilten. Es gab keine Frau im Theater, die nicht von seinem Lächeln entzückt gewesen wäre oder von der leicht schmerzlichen leisen Gebärde, mit der er den belanglosen Tag abtat, der ihm unbequem war. Obgleich er jünger war als die meisten seiner Leute, verstummte das lärmige Gerede im Unterhaltungszimmer, wenn er im gutsitzenden Anzug unter der Tür erschien und sich durch den Raum nach seinem kleinen Direktionskämmerchen begab. Er verstand es ausgezeichnet, fast ohne daß sie's gewahr wurden, sich in der nötigen Entfernung von seinen Theaterleuten zu halten. Die Frauen sahen gern auf seine weißen schmalen Hände und beobachteten, daß er im Gehen die Füße mehr als irgend jemand sonst nach außen drehte. Er faßte Spieler, Schriftsteller und Stücke mit Behutsamkeit an, mit einer gewissen zärtlichen Ehrfurcht, derart, daß die Menschen sich zu ihm hingezogen fühlten, daß er auch den größten Dingen gegenüber nie Gefahr lief, sich zu vergreifen. Er hörte Öppis Mängel besser als irgendeiner, fällte aber nie ein Urteil, sondern versuchte, ihn so ins Bühnenleben einzubeziehen, wie es für alle am fruchtbarsten schien.

Berlin, überraschende Stadt: Öppi bekam eine Rolle, eine regelrechte Rolle, nicht weil er inzwischen fertiges Bühnendeutsch gelernt hatte, sondern weil er immer noch helvetisch redete. Eine Rolle in einem bayrischen Stück. Niemand konnte Bayrisch. Öppi auch nicht. Aber sein Helvetisch-Deutsch konnte in Berlin allenfalls für Bayrisch gelten. – Es war kein großer Held, den er zu spielen hatte. Als ganz bescheidenes kleines Männerchormitglied sollte er zusammen mit andern Vereinsmitgliedern auftreten, um dem Gemeindepräsidenten ein Ständchen zu bringen. Öppi war auch nicht bei den Tenören und bekam keine gesangliche Einzelstelle zugewiesen, er stak ganz namenlos zwischen den Bässen und Tenören drin. Nun kam ihm ein deutlicher darstellerischer Einfall. Er hatte so viel Mißgeschick gehabt, so viel Entmutigungen erlebt, daß er nun leicht die Mittel fand, um Mißgeschick und Mutlosigkeit darzustellen. Er rächte sich an seinen Erlebnissen dadurch, daß er sich spielte, wie er war, er erhob sich über alles, was ihm widerfahren, dadurch, daß er aus sich selber eine Bühnengestalt machte.

Unrasiert und vernachlässigt, in sich gekehrt stand er oben, abseitig und vereinsamt mitten im Chor, platzte in die Pausen hinein, verpaßte den rechten Augenblick abzugehen, stieß an, fiel aus dem Takt, fiel aus dem Schritt. Mißgeschick mit dem bunten Lämpchen, das ihm entfiel, Mißgeschick mit dem Nachbarn, den er anstieß, Mißgeschick mit dem Bürgermeister. Alle diese Einzelheiten fügten sich zu einem geschlossenen Ganzen, zu einem Menschen zusammen. Traurig hing der lange Schnurrbart im Gesicht, und mit gebeugtem Rücken sang er ohne eine Miene zu verziehen das Lied vom schönen Wald, derart, daß aus dem kleinen Vereinsmitglied mit den paar bayrischen Brocken Rede auf einmal eine deutliche Gestalt wurde mit einer Vergangenheit, einer Gegenwart und einer Zukunft.

«Ausgezeichneter Schauspieler», sagte Goldberg, als bei der Hauptprobe der Vorhang nach dem Männerchorbild gefallen war, und setzte für Öppi noch ein kleines stummes Spiel mit dem Nachbarn im Chor nach seinem Einfall ein. Am Abend der Aufführung lachten die Zuschauer deutlich über das schrullige Gesangvereinsmitglied, eine Frau beschäftigte sich so gründlich mit dem armen Kerl, daß sie sich dessen ferneres Leben bis in alle Einzelheiten ausdachte, ausmalte, aufschrieb und ihm das Geschriebene schickte. Öppi fühlte die Genugtuung des Spielers, der die Gemüter der Zuschauer bewegt, und genoß die süße Freude des Künstlers, der die Regungen seines Inneren zur Schau tragen darf und kann.

Das Stück gefiel und blieb auf dem Spielplan. Öppi wurde richtiges Mitglied der Osten-Bühne, stand auf dem Theaterzettel an den Anschlagsäulen der großen Stadt, bezog ein Gehalt, das zu mehreren Mittagessen reichte, führte mit Erfolg jeden Abend als Gesangvereinsmitglied seine besondere stumme Einlage im Stück, einen Streit mit seinem Nebenmann, auf. Die Zuhörer taten, was man von ihnen erwartete, und lachten. Sein Nebenmann war aber nicht irgend jemand, war sein Freund Luka, mit dem er die Tage zusammen verbrachte und der seinen mimischen Streit so ausgezeichnet führte, mit so weit aufgerissenem Mund und so kräftiger Gebärde, daß Öppi oft in Gefahr war, aus seiner trübseligen Haltung ins Lachen zu verfallen.

Öppi hatte in Luka beim ersten Zusammentreffen im Theater den gefährlichen Nebenbuhler gewittert. Nun waren sie Freunde. Luka erzählte, daß er dem Öppi nicht minder gleich bei der ersten Begegnung etwas Besonderes zugetraut habe und daß ihm Öppis fremdes Deutsch nie als Mangel, sondern immer als fesselnde Besonderheit erschienen sei. Dieses milde Urteil rührte aber nicht nur von der ersten raschen Zuneigung, sondern rührte auch daher, daß Luka am Theater viel unerfahrener als Öppi war, daß er eben gerade von der Schulbank auf die Bühne gekommen und sich über die Schauspielerei bis dahin nicht allzuviel Gedanken gemacht hatte. Luka wollte ja nicht um jeden Preis ein Schauspieler werden, er war einfach einer, ganz natürlicherweise und ohne Anstrengung.

«Was möchten Sie am liebsten spielen?», hatte Öppi ihn gefragt und keine rechte Antwort bekommen, denn Luka hatte nicht im Zimmer gesessen und über Rollen gegrübelt oder großen Spielern gleich zu werden gewünscht. Er spielte eben, wie er sich regte. Leben war spielen. Er spielte auch jetzt am Theater in den Pausen, beim Essen oder in den Ankleideräumen noch seine kleinen Rollen nebenher, ohne Worte, Gebärdenspiele vom Rollkutscher auf der Straße oder vom abgerissenen Knopf, der wieder angenäht werden sollte. Jeder guckte zu, jeder lachte. Lukas Schule stand in der gleichen Straße wie das Theater, einige Häuser weiter oben gegen den Untergrundbahnhof hin. Unterwegs be-

gegnete er noch den Schülern, die etwas jünger waren als er, die ihn kannten und ihre Mützen zogen. Er hatte kaum Schauspielunterricht gehabt, und doch konnte nun kein Spieler der Osten-Bühne krank werden, ohne daß Luka an seine Stelle gesetzt wurde. Wenn er jemanden ersetzte und neu in alte, oft gespielte Vorgänge einbezogen wurde, dann war's nicht irgendein Unsicherer, der da erschien, oder ein blasser Uneingeweihter, vielmehr war's allemal eine scharf umrissene Gestalt, die auffiel oder herausfiel, übertrieb oder den Ton nicht traf, unter Umständen den Geschmack verletzte, aber nie jemand, der langweilte. Eine gewisse reife Selbstverständlichkeit seines Auftretens ärgerte vor allem die alten Spieler.
Öppi staunte. Das war alles ganz anders als bei ihm. Luka auf der andern Seite wunderte sich gewaltig über Öppis Theatererlebnisse, über seine Verbissenheit und das heftige Drängen nach dem, was ihm so leicht zugefallen. Die Bühne erschien ihm in neuem Lichte und von größerem Wert, wenn er sah, mit welchem Ernst Öppi sich drum bemühte. Sie wurden unzertrennlich. Öppi und Luka hieß es immer, wie ein Firmenname. Eine Art Bergwerksgesellschaft waren sie, da sie ihr Inneres voreinander abbauten und ihre Vergangenheit zur gegenseitigen Unterhaltung oder Aufklärung umgruben. Aus Helvetien der eine, aus Galizien der andere. Luka war in den Straßen groß geworden, durch die er jetzt zu den Proben ging. Für Öppi belebten sich nun diese Gassen, Straßenschluchten, Plätze, Höfe, Kleiderläden, Bäckereien und Vorstädte, die bisher ohne alle Erinnerungen für ihn gewesen, denn sie hatten seinen Freund beherbergt, er hatte da gespielt, seine Kindererlebnisse gehabt und am Sonntag mit dem Großvater weite Reisen bis zum Tiergarten im Westen gemacht. Öppi erweiterte Lukas Lebenskreis, indem er ihn durch sein helvetisches Bauerndorf und die Heimaträume führte, und auch über die Wege, die er gegangen, um zur Osten-Bühne zu kommen, wo sie nun zusammen wirkten und groß werden wollten.
Öppi war in Wahrheit bedeutend älter als Luka, und doch war der in gewisser Weise der ältere, denn er konnte, was er wollte, bei Öppi aber klaffte zwischen Wollen und Können ein breiter Abgrund, wie bei einem Schüler, der zwar vielerlei kennt, über sich selber aber noch völlig im unklaren ist. Nun gingen sie nebeneinander her, liebten sich, glaubten sich gleich, weil sie das

gleiche wollten: spielen. Breithäuptig der eine, fett, untersetzt, mit breiter Brust, ein wenig krummen Beinen, mit vollen Backen, prächtigen Zähnen und schwarzer Mähne; mager der andere, helläugig, mit dünnem blondem Haar und heller Haut; Zug um Zug, Zoll um Zoll verschieden an Leib und Seele, einig in der Zuneigung und im Glauben, daß es nichts Schöneres gäbe, als ein Darsteller der Regungen des menschlichen Innern zu sein.

Das Stück, in dem der Gesangverein auftrat, war inzwischen nach einer kleinen Sommerbühne im Norden Berlins verlegt worden, damit den vielen in jener Gegend wohnenden Mitgliedern des Zuschauerbundes die weite Reise zu den Vorstellungen im Osten-Theater erspart bleibe. Dieses Theaterchen im Norden gehörte zu einem Gastwirtschaftsbetriebe und lag inmitten eines großen Biergartens zwischen alten Kastanienbäumen und langen Reihen eiserner Gartentische.
Es war ein weiter Weg von den westlichen Quartieren der Stadt bis zum Ziel. Eine stundenlange Reise. Man mußte am späten Nachmittag aufbrechen, um rechtzeitig zur Vorstellung zu kommen. Öppi und Luka fuhren immer zusammen. Mit der langsamen Straßenbahn, mit der Hochbahn oder im Mietauto. Dann hielten sie sich für berühmte und begehrte eilige Leute. Das Bühnengehalt hätte für derlei Träume nicht gereicht. Öppi zahlte die Reisen mit seinem Geld aus Helvetien. Jeder der drei Wege hatte seine Besonderheiten, jedesmal zeigte die Stadt sich anders und in neuartigen Zusammenhängen. Öppi begann sie in ihrer ganzen lebendigen Riesenhaftigkeit zu empfinden: die breiten Ausfallstraßen, die in mächtigem Zuge hinauswiesen ins weite Land, das endlose Netz der Verbindungswege und Wohnstraßen, die Geschäftsviertel und Fabrikanlagen, die Schienenwege, die Stadtteile alle, die sich da aneinander reihten, lückenlos, leicht verschieden nach den Bauzeiten oder gefärbt von dem persönlichen Gutdünken irgendeines Bauunternehmers oder Baubeamten.
Jahrring legte sich an Jahrring, ganze Wälder hatte sie im Werden aufgefressen, die Stadt, ganze Dörfer und weite, weite Felder verschluckt. Wie die Steine eines riesigen Baukastens nahmen sich beim Durchfahren all die Häuserblöcke aus, die verschiedenen Viertel, in denen stundenweit die Familien wie Ameisen wohnten, die Väter, die verdienten, die Mütter, die kochten,

wuschen und mit den Kindern sich plagten. Städte standen in der Stadt, Häuser, Häuser, Häuser, Straßen, Straßen, eine endlose Zahl von Schlupfwinkeln für Heere arbeitender Wesen, alle gebunden an diesen Riesenplatz, besitzlos die meisten, mit bescheidenen Vergnügungen, geringem Einkommen, viel Geduld und viel Tapferkeit, mit wenig Aussicht auf irgendeine wesentliche Veränderung, und keines Bewohners wirtschaftliches Geschick von dem des nächsten groß verschieden.

Es war berauschend, auf der donnernden Hochbahn zu fahren, über Wagen, Häuser, Bahnen, Menschen, Straßen hinweg, in die Tiefe hinunter und wieder hinauf in die Höhe, vorbei an Tafeln, Zeichen, Anschlägen und rufenden Bahnbeamten, eingeklemmt zwischen Menschen, vorüber an Geschäftsschildern, Fenstern, kahlen Häuserwänden, mit flüchtigen Ausblicken in fremde Räume, in dämmernde Straßenschluchten, fernhin über Ströme von Bahngeleisen oder noch sparrigen Spielplätzen, versunken im Schatten der Häuserblöcke.

Was lag an der Heimat! Was hatte sie ihm gegeben? Schlechtes Deutsch! Hier war sein Arbeitsfeld, hier konnte er Menschen zum Lachen bringen, hier freuten sich jeden Abend irgendwelche Unbekannte, daß er da war. Da war ein Freund im rechten Augenblick gekommen, war er zu ihm im rechten Augenblick gekommen. Diese Stätte mußte er lieben, in diesem Häusermeer, oft verschrien und unfruchtbar gescholten, blühte ihm die erste Anerkennung. Nun schenkte er seine Liebe diesen blutroten Sonnenuntergängen in staubiger Luft, diesen Umrissen der Häuserblöcke, den fernen Hochkaminen, den rauchgeschwärzten Höfen, den Wasserwegen, den Kähnen und den Bewohnern samt ihren sprachlich fehlerhaften Äußerungen.

Die Kastanienbäume im Biergarten schlugen aus. Unter ihrem bescheidenen Grün saßen, ehe das Theater begann, die Schauspieler vor dem Bühneneingang, verzehrten ihr Abendessen, tranken ihr Bier und begrüßten sich mit übertriebener Herzlichkeit. Dann kam die Schminke, kam für Öppi der abgeschabte Rock, der erste Auftritt und das erste Zuschauergelächter; drauf folgten Pausen, Teile des Stücks, da er nichts auf der Bühne zu tun hatte, da er wieder draußen unter den Bäumen saß, aber nicht als

Öppi wie vorher, sondern im abgeschabten Rock und mit großem Hängeschnurrbart als armseliges Vereinsmitglied. Hin und her ging's so, als lebte er zwei Leben, bald führte er sein Schicksal auf der Bühne als ein Stückchen fort, dann wurde ein wenig weiter an dem Dasein unter den Frühlingsbäumen gewoben. Dieses Hin und Her gab für die Beteiligten eine Kurzweil, von der die Zuschauer drin sich keinen Begriff machen konnten.
Und dann die blonde Polly, das munterste Mädchen, das er je gesehen! So munter, daß er mit ihrer Munterkeit manchmal nicht Schritt zu halten vermochte, obgleich er sich die größte Mühe gab. Sie spielte die naiven Rollen. Mit zwei schweren Zöpfen sah sie aus wie die guten Kinder daheim in Öppis Land, zumal sie sogar von Zeit zu Zeit einen Strickstrumpf mit zu den Bühnenproben brachte; aber sie hatte bald nach Öppis Erscheinen im Theater ihm mit Lachen ins Gesicht erklärt, daß er ein großes Kind sei. Sie gefiel den Leuten im Zuschauerraum und gefiel draußen unter den Kastanienbäumen ihren Mitspielern nicht minder. Sie war von keinem Ehrgeiz gequält, sondern spielte ganz zu ihrer Freude, darum gelang ihr alles, was nicht viel Gewicht hatte, und der Erfolg fiel ihr in den Schoß. Sie hatte am Spielen auf der Bühne allein nicht genug, sondern spielte draußen unter den Kastanienbäumen weiter mit denen, die am Tisch saßen, kleine Spiele ihrer Erfindung, Lehrerin und Schüler, wobei auch die spielmüden, verdrießlichen älteren Komödianten ihr zu Gefallen mitmachten und taten, als seien sie auch muntere Anfänger und jung wie Polly. Sie konnte Öppi und alle Schauspieler der Osten-Bühne trefflich nachahmen. Wenn sie sein schwerfälliges Deutsch vorbrachte, fand jedermann sein Vergnügen daran, und der Lacherfolg blieb nie aus. Öppi stand mit sauersüßer Miene dabei, fand es angenehm, daß sie sich mit ihm befaßte, aber das Zerrbild wurmte ihn, das sie von seiner Sprache entwarf.

Öppi hätte gern vergessen, daß er seiner Mängel wegen zu einer Rolle gekommen war. Einmal würde das bayrische Stück vom Spielplan verschwinden. Und dann? Man empfahl ihm einen Sprechlehrer, einen berühmten Mann, der große Mode war. Die Schauspieler liefen zu ihm wie zu einem Wunderdoktor. Die mit guten Stimmen Ausgestatteten nahm er als Schüler an, hernach hieß es, deren gute Stimmen seien sein Werk. Spieler von einigem

Ruhme und Ansehen umschmeichelte er, den kleinen Unbekannten nahm er nur das Geld ab. Ohne Empfehlung war nicht anzukommen. Das war Mache! Es ging zu wie beim Zahnarzt. Er sorgte dafür, daß immer ein volles Wartezimmer da war. Dann glaubten die Schauspieler doppelt an ihn.

«Ich bin heiser», sagte Öppi, als er ankam. Der Mann bestritt die Heiserkeit, brüllte plötzlich ohne jede Vorbereitung fünf Töne aus einer italienischen Tenorarie ins Gespräch hinein. Solche Töne lerne man bei ihm, hieß das. Er erzählte während mehrerer Unterrichtsstunden dem Öppi um viel Geld, wo das Zwerchfell liege, worüber dieser schon zwanzig Jahre lang im klaren war. Er verabreichte seinem Schüler in kleinen Gaben allerlei Musterwörter und Übungsverse, die Öppi alle längst kannte und so oft wiederholt hatte, daß alle Schüler des Mannes zusammen nicht auf die selbe Anzahl Wiederholungen kamen. Der Lehrer lag im Nebenzimmer, trank Tee und tat so, als ob er zuhöre. Öppi fand das nicht billig und verzichtete aufs weitere.

Nun wählte er eine Lehrerin: Franziska von der Osten-Bühne, schmal und mager, leicht wie eine Flaumfeder, blaß, mit großem Mund, kleinen schrägstehenden Augen und gequetschter Nase. Sie pries die Freundschaft mit auffallender Einseitigkeit und sagte, daß die Liebe ihr unangenehm sei, aber man wußte nicht, ob dies Wahrheit war, denn sie sagte gern Dinge, die ihr ein besonderes Ansehen gaben. Jeder Theaterbesucher verstand ihre Worte, selbst denen auf den hintersten Sitzen entging keines, auch dann nicht, wenn sie flüsterte. Es war nicht Wohlklang, der sie auszeichnete, sondern Sauberkeit. Sie arbeitete sehr viel und war von Ehrgeiz zerfressen, gab Öppi Unterricht, weil es ihr schmeichelte, einen Schüler zu haben, weil er liebenswürdig oder sogar unterwürfig war; sie nahm kein Geld, vielleicht, weil der Unterricht ihr unbezahlbar vorkam, vielleicht, weil sie Öppi so in größerer Abhängigkeit und in steter Verpflichtung zur Dankbarkeit halten konnte. Sie war häßlich, vielen erschien sie nahezu schön oder gar schön, wenn sie am Sprechen war. Nun wollte sie immerzu sprechen, sprechen, große Worte, schöne Verse, gutgeformte Sätze. Und Zuhörer haben! Sie lebte mit ihrer kleinen, verhutzelten, ewig jammernden Mutter in der obersten Wohnung eines Hinterhauses, mit einer Ottomane, mit Büchern, mit

dem Fernsprecher und mit Zigaretten. Wenn Öppi seine Fehler loswerden würde, war's ihr Ruhm. Nun quälte sie ihn, dehnte den Unterricht über den ganzen Tag aus, verfolgte ihn bei jeder Begegnung auf der Straße und bis hinter die Kulissen mit Anmerkungen und Urteilen. Es gab keine unbefangene Äußerung mehr. Jedes Wort gab Anlaß zu Beobachtungen und Tadel. Jeder Gruß war eine Sprechübung. Sie hielt sich für stark, aber sie war kleinlich, sie glaubte große Dinge zu erleben, weil sie große Worte brauchte, die ihr jederzeit in Mengen zur Verfügung standen. Sie hielt sich für leidenschaftlich, weil sie mit ihrem Hund oder vor Fahrkartenschaltern in einem Tone redete, der in die Aktschlüsse großer Dramen paßte. Sie verlangte Fernsprechnummern mit getragener Feierlichkeit, stöberte Beleidigungen auf und hing Kränkungen nach, weil Leiden auszeichnet. Sie sehnte sich nach Erschütterungen, wie sie ihr in den Versen der Dichter begegneten, und wartete jeden Morgen auf den Anruf eines Bruders im Geiste, damit er die Frage an sie richte: «Wie geht es der berühmten Frau?»
Luka kam auch ab und zu zur Unterrichtsstunde, um seine Stimme zu vergrößern oder seinen berlinischen Tonfall zu verbessern. Aber er empörte sich gegen Franziskas kleinliche Schulmeisterei und auch dagegen, bloße Worte zu reden anstatt zu spielen. Er brauchte, um sich zu eröffnen, die Bühne, brauchte die Gebärde, die Szene, den Gegenspieler, dies alles zusammen entzündete seine Phantasie, er war ganz und gar ein Schauspieler, während Franziska und Öppi das in viel weniger ausgeprägter Weise wirklich waren, sondern mehr sein wollten.
Sie feilte mit Öppi zusammen an seinen Wörtern herum, sie putzten, schliffen und wischten, verloren sich in aussichtslose Kleinarbeit. Niemand gewahrte irgendeine Verbesserung, und Polly ahmte Öppi immer in gleicher Weise nach. Er ärgerte sich darüber, daß sie sich mit seinen Unvollkommenheiten abgebe, anstatt mit dem, was er für sie fühlte oder fühlen wollte. So war's mit allem und allen. Sie sah überall Lächerlichkeiten und Niedrigkeiten, freute sich darüber und brachte sie zur Sprache. Sie wagte in Worten jede Dreistigkeit, empörte sich über keine Zote und empfand Genugtuung darüber, wenn ein Mann sich in recht gewöhnlicher Weise vor ihr bloßstellte. In ihren Mundwinkeln konnte man von diesem bösartigen Wesen allenfalls einiges lesen,

aber niemand las, dafür freuten sich alle an den hübschen frischen Farben des Gesichts und an der reizenden Gestalt.

Bühne und Spielerluft machen, daß sie mich nicht anhört, dachte Öppi und versuchte, sie außerhalb des Theaters, wenn sie kam oder wegging, zu erreichen. Sie trug bescheidene Kleider, und er dachte sich, daß es hübsch wäre, sie modisch anzuziehen und zur Geliebten zu haben. Es gelang ihm aber nicht, während der langen Hochbahnfahrten genügend Einfälle aufzubringen, damit sie stets etwas zu lachen hatte, wenn er aber von dem Bauerndorf in Helvetien erzählte, guckte sie über die Geleise hinweg in die Ferne, machte traurige Augen mit etwas feuchtem Glanz drin und sagte, daß es ihr größtes Glück wäre, auf einem Bauerngute zu leben. Dann glaubte Öppi, eine verborgene, stille Seite ihres Wesens entdeckt zu haben, sie aber griff anderntags irgendeine Ungeschicklichkeit auf, die Öppi in seinem Benehmen gegen sie begangen hatte, übertrieb sie ins Lächerliche und gab diese Lächerlichkeit vor den versammelten Theaterleuten zum besten. Öppi warb bei der nächsten Gelegenheit um so nachdrücklicher um sie, doch Polly konnte ihn unterwegs, mitten in seinen eifrigsten Bekenntnissen, mit einem Ausbruch zärtlicher Ausdrücke unterbrechen, die nicht ihm galten, sondern irgendeinem Straßenköter, der unter einer Kellertür stand und wedelte.

Bald kam der Sommer. Die Spieler zerstreuten sich. Luka suchte Öppi in dessen Zimmer im Westen auf. Der wohnte immer noch bei dem Volkswirtschafter, aber nicht mehr hinten nach dem Hof hinaus, sondern auf der Vorderseite gegen die Straße zu. In zwei Zimmern!
Lukas Kleidung wurde von zwei Onkeln bestritten, einem sehr dicken und einem sehr dünnen, die im Kleiderfach tätig waren. Sie brachten für ihren Neffen das leicht Erreichbare nach Hause. Manchmal vergriffen sie sich gründlich im Maß, Lukas äußere Erscheinung mußte die Folgen tragen. Öppi gab ihm eins von seinen Hemden, hernach einen braunen Anzug, der dem Freunde leidlich paßte. Als Öppi ihn unversehens von weitem eines Tags darin über die Straße gehen sah, empfand er eine gewisse Rührung, wie Väter sie spüren, die ihren Kleinen eigenhändig die ersten Höschen angeschafft haben.

Sie sprachen viel von den Frauen, die Luka sehr beunruhigten. «Warst du jemals mit einer Frau zusammen?», fragte Öppi den Freund eines Tages im Gespräch, an der Kreuzung zweier Straßen mitten im Lärm und in der Bewegung der Stadt.
«Nein», sagte der und sah Öppi rasch mit einigem Mißtrauen von der Seite an. «Verachtest du mich deswegen?»
«Ganz im Gegenteil», sagte Öppi.
«Meine Onkel machen sich's leicht, sie haben mir gesagt, daß die Mädchen am Moritzplatz nicht viel kosteten und auch sehr nett seien.»
Öppi antwortete ungefähr das, was ein Vater oder guter Bruder allenfalls dazu gesagt hätte.
Die beiden Freunde fuhren an warmen Tagen hinaus nach den Seen zum Baden und Rudern. Öppi sorgte für die äußeren Notwendigkeiten. Luka strahlte das dazugehörige Behagen aus. Öppi brachte allerlei Eßpäcklein mit, tischte den Inhalt draußen im Grünen wie eine Hausmutter auf und sorgte für eine angenehme Überraschung zum Nachtisch. Luka bemerkte die wohlüberlegte Fürsorge, nahm sie manchmal mit gnädiger Anerkennung, manchmal auch mit bubenhafter Begeisterung auf.

Das Theater spielte bis weit in den Sommer hinein. Dann reiste Öppi zu Eva und Carlo Julius nach der kleinen Stadt in Mitteldeutschland, wo sie im Hause Onkel Gustavs Wohnung für die Ferien genommen hatten. Der Onkel führte dort ein Heil- und Turninstitut nach nordischem Muster. Eva hatte daselbst die Möglichkeit, etwas Heilendes für ihre Hände zu unternehmen.

Klein Sigyn, schrieb sie kurz vorher, hat's auf vier Zähnchen gebracht, es wird Zeit, sagt mir der Arzt, sie der Brust zu entwöhnen. Die Entwöhnung bekam dem Kindchen schlecht. Als Öppi bei den Freunden eintraf, war es krank: gestörte Verdauung, Brechdurchfall. Der heiße Sommer, sagten die Ärzte, verschlimmere das Leiden. Es starb. Weinend kniete Eva neben der kleinen Leiche, die im Bettchen, am Boden eines ausgeräumten Turnzimmers lag. Evas Freude war dahin. Öppi weinte mit ihr. Evas Freude war seine Freude auch gewesen. Er teilte sich mit Carlo Julius in die schwierige Aufgabe, Eva Trost zu spenden, wo kein Trost war. Sie kniete, solange der kleine Leib noch in der Wohnung blieb, neben dem toten Wesen, küßte es wieder und wieder, im geheimsten hoffend und wider alle Einsichten hoffend, daß es doch wieder zu atmen anfange, küßte es, bis man sie vor den Gefahren des Leichengifts zu warnen hatte.

«Öppi», sagte sie zwischenhinein, «gehst so mit, ich danke dir.» Bedrängt von seiner Hülflosigkeit versuchte Carlo Julius einmal leise anzudeuten, daß ihnen ein anderes Kind später doch wieder geschenkt werden könnte, aber Eva wies das heftig, wies das ungeduldig ab. Dazu war nicht die Stunde. Kein Ersatz würde je möglich sein. Eines Mannes Gedanken das! Das verlorene Wesen erst recht preisgeben hieß das, endgültig verlassen dieses für immer ums Leben Betrogene, das nun nicht sollte blühen dürfen; nicht sich entfalten, nicht werden, was aus ihm hatte werden wollen. Zertretene Knospe, betrogen um alles – verloren, verloren! – War's Schuld? War's Strafe? Strafe wofür? Ihre, Evas Strafe?

Die drei fuhren in einem offenen, gemieteten Wagen mit dem Särglein darin durch die Sommerlandschaft, der kleine Leichnam sollte in der neuen Heimat, in Dresden, begraben werden. Wer im Vorüberfahren sie sah, mochte an eine glückliche Reisegesellschaft denken und den Wunsch dabeizusein empfinden.

Weit lagen die reifen Getreidefelder zu beiden Seiten der Straße. Öppi dachte an den Vater, dessen Altersfreude es war, mähend in den gelben Halmen zu stehen; eben jetzt hatte er geschrieben, daß er des Guten zuviel getan, sich im Gerstenfeld angestrengt und mit einem Trunk kühlen Mosts krank gemacht, ein altes bedrohliches Übel zurückgerufen habe. Er befand sich zur Sommerkur in einem kleinen Heilbad, war auf der Besserung, dachte bereits daran, daß er seine alten Dragonerkameraden zu einer Erinnerungsfeier aufzubieten habe, weil jetzt ein halbes Jahrhundert auf den Tupfen genau vergangen war, seitdem er mit ihnen zum Grenzschutz Helvetiens aufgerufen war, als die Deutschen die Franzosen schlugen und ihr großes Reich aufstellten, das Öppi so arg in den Klauen hielt.

Man senkte das kleine Kind nicht weit von der neuen Wohnung entfernt in die Erde. Was nun? Zurück ins leergewordene Zimmer? Des Bleibens war am Orte nicht. Nicht sich trennen! Sie strebten zusammen fort. Wohin? Niemandem lag an einem Irgendwo etwas. Die Mutter in der Hafenstadt besuchen? Ihr war

zu berichten. Carlo Julius schlug eine Reise nach den Stätten seiner frühen Erlebnisse an einem einsamen Ufer der Ostsee vor. Zunächst geriet man in die Bewegtheit eines Ferienortes an einem besuchten Binnensee. Zwei, drei schöne, kaum erwachsene Mädchen drängten sich vertrauensvoll in Evas Nähe, angezogen von ihrer abgründigen Trauer, die ihr eine besondere Schönheit verlieh. Später fanden die drei eine stille und abseitige Unterkunft in einem Bauerngasthaus an eben der Landstraße, da die Gärtnerei stand, in der Carlo Julius als unpassender Lehrjunge viele Stunden im Treibhaus untätig verträumt hatte. Zwei Bauernmädchen, Töchter des Hauses, bedienten mit Scheu und Höflichkeit die drei ungewohnten Gäste. Eva kannte die Geschichten, die Carlo Julius nun aufgefrischt und durch den Ort erneuert in den Sinn kamen. Sie hatte das meiste zur Zeit ihrer Verlobung in Cheudra vernommen, als sie seine Schulden, geringe Schulden, aber immerhin Schulden für ihn bezahlt hatte, als sie stutzig über sein Bekenntnis einer tiefeingewurzelten Faulheit geworden war, die er nur mit ihrer und allein nur mit ihrer Hülfe besiegen zu können behauptet hatte. O die bösen Tage, da sie ihn, den die Cheudrer Bühne zu fördern gewillt gewesen, unter Tränen hatte bitten müssen, seine bescheidene Pflicht des Lernens zu erfüllen.
Träume im Treibhaus?
Träumte er fort? Was war geschehen, was war getan worden, seitdem er zurückgekommen? Wenig! Nichts!
Was, seitdem sie zu einigem Besitz gekommen? Nichts als vermehrte Beschäftigung mit eben diesem Besitz, Träume auf Grund dieses Besitzes. Ob die Mutter mit klaren Augen auf ihn gesehen? War nicht der erschreckende Gedanke Eva schon mehrmals gekommen, daß er im Kerne unverändert aus der Gefangenschaft heimgekehrt sei! Wenn er damals bei der Rückkehr sie verstoßen hätte? Vielleicht wär's besser gewesen. Zu spät! Gebunden, gebunden! Weniger fest gebunden, seitdem das Kindchen tot war! Gar frei, sich selber zu sein. Ihr Brot zu verdienen, wie sie's getan? Das würde leichter sein, seitdem sie das Hülfsmittel der Erbschaft zur Hand hatte. Durfte sie aber, um dieses Hülfsmittel bereichert, ihm die helfende Hand entziehen?
Öppi? Er kam mit den Frauen nicht zurecht. Sie wußte, wessen er bedurfte, wußte, daß er im geheimen das Verschriene, das

Abwegige tat, das die Männer fast immer sich antun, wenn sie zu den Frauen nicht kommen können.
Sein Fleiß, sein Geld und ihr Geld und eine gemeinsame Anstrengung in Berlin. Das würde wohl gehen! –

Eva schwieg vor Öppi. Er mußte seinen Weg suchen, allein, so allein, wie er vorläufig sich's in den Kopf gesetzt hatte.

Vor dem Gasthaus lagen die Äcker des Bauern. Ein großes Feld zog in weitem Schwung sich bis an die Küste der See hinunter. Ein großer Buchenwald begleitete es auf der einen Seite. Am Strande konnten die drei ohne jede andere Gesellschaft ihr Bad nehmen. Einmal ging Carlo Julius früher als die beiden andern zurück. Öppi und Eva folgten beim letzten Abendstrahl, gingen nebeneinander längs der Ackerfurche. Nein, nein, sie durfte ihren Mann nicht verlassen, nein, nein. Noch ihm untreu sein, wie jetzt eben die Gelegenheit war! Guter Bibelspruch, den sie im Gehen tief im Herzen sich wiederholte: O daß ich dich, mein Bruder, der du meiner Mutter Brüste saugtest, draußen fände und dich küssen müßte, daß mich niemand höhnete.

Carlo Julius reiste mit Eva zu der Mutter in die Hafenstadt zurück. Öppi blieb und versuchte sich mit dem Bleistift an den hohen Bäumen des Landwegs. Sie gelangen ihm besser als jemals vorher. Das blonde große Bauernmädchen ließ ihn ihre Zuneigung spüren, er saß mit ihr und dem Vater auf dem Bock des Pferdewägelchens zur Fahrt in die Kirche, war des Heimwehs voll nach Wasenwachs und vergaß für den Augenblick den Ärger über die sprachböse Heimat. Da erreichte ihn ein eingeschriebener Brief der Osten-Bühne, die ihm einen Anstellungsvertrag als Schauspieler für die beginnende Spielzeit anbot. Öppi nahm Abschied, reiste zunächst zurück in die Hafenstadt, suchte dort in der frühesten Morgenfrühe das Gäßlein in der Altstadt auf, wo Carlo Julius als kleiner Junge bei der Großmutter aus und ein gegangen, wie er erzählt hatte. Noch schlief die Gasse. Kleinste Häuser! Die Wohnungen zu ebener Erde, die Fensterläden fest verschlossen. Öppi machte sich ans Zeichnen. Die Perspektive bot einige Schwierigkeiten. Mit der aufsteigenden Sonne wurden die Läden aufgestoßen, vor den breit geöffneten saß Öppi auf seinem Zeichnungssitz, sah tief hinein in die Schlafräume einiger halbangezogener, offenbar berufstätiger Nachtfrauen, die erstaunt den frühen Gassengast musterten, der gar nichts von ihnen wissen wollte. Zum Frühstück überreichte der Freund dem Freund das Erinnerungsblättchen aus unschuldiger Vergangenheit. So ernst nahm man untereinander eines jeden Gewesenes.

Öppi reiste in die Weltstadt zurück. Er hatte von unterwegs ein paar kleine Zeichnungsblättchen, begleitet von liebenswürdigen Worten, an Polly geschickt, die auch unterwegs war. Sie hatte geantwortet: nette kleine Reisebeschreibung im Schülerstil, sehr korrekt, sauber geschrieben, das Papier musterhaft eingeteilt mit streng eingehaltenen unbeschriebenen Rändern. «Bring mir aus den Ferien einen Hund mit», hatte sie geschrieben. «Ich muß ein Wesen haben, das mir restlos treu ist.» «Restlos» war damals Modewort. Alle Parlamentsmitglieder brauchten es, wenn sie mehr behaupteten, als sie selber glaubten. Öppi bekümmerte sich aber nicht um einen Vierbeiner für Polly, sondern dachte die Rolle des Hundes selber zu übernehmen.
Sie kam zu ihm zum Tee. Er erwartete sie am großen Platz, in der Nähe seiner Wohnung. Sie trug ein zitronengelbes Kleid und schwebte wie ein Falter auf ihn zu. In der Freude des Wiedersehens vergaß Öppi das Kuchenpäckchen zu öffnen, das auf dem Tisch lag, das er für die Teestunde gekauft hatte. «Er ist geizig», hieß das in ihrem schönen Köpfchen.
Als Öppi zum erstenmal die bekannten Räume der Osten-Bühne wieder betrat, waren auch die alten Bekannten fast vollzählig zur Stelle.
Nur Goldberg kam nicht mehr! Goldberg hatte sein Theater verloren, oder das Theater hatte ihn verloren. Die Leitung des Zuschauerbundes hatte mit ihm gebrochen, seine Unzuverlässigkeit fiel dort schwerer als die Annehmlichkeit seiner Person ins Gewicht. Alle, die durch seine Einsicht oder Zuneigung an die Osten-Bühne gekommen waren, trauerten um ihn: die Feinfühligen waren beschämt, an den Ort des gemeinsamen Wirkens zurückkehren zu dürfen, von dem er hatte weichen müssen. Sie kannten den Schuldigen! Das war der Abgeordnete des Zuschauerbundes, der kleine Rechnungsbeamte draußen im Hinterzimmer, der tüchtige Streber mit Bauch und Spitzbart, sie kannten ihn

und verachteten ihn, so wie er die Spieler verachtete, alle insgesamt, weil sie phantasievoll, kindisch und schöpferisch waren, anstatt vernünftig, überlegt und strebsam zu sein.
An Goldbergs Stelle saß im Direktionsräumchen unter dem Pappkristall Herr Strippke, der niemals auf den Einfall gekommen wäre, einen Pappkristall als Beleuchtungskörper anzuerkennen, der überdies an Goldbergs Sturz auch nicht unschuldig war. Strippke, immer eilig, durchmaß mit langen Schritten die Räume, sah nach schlechtem Gewissen aus und hatte doch große volksbildende Absichten und eine Menge erzieherischer Grundsätze, die sich sehen lassen durften. Er war ein Mann der Zwecke, Maße, Zahlen und bar aller Vorzüge, die Goldberg besessen; er hatte die alten Spieler teils aus Gutmütigkeit wieder verpflichtet, vor allem aber deshalb, weil es ihm an Zeit gebrach, neue auszusuchen, weil er den Künstlern gegenüber ziemlich ohne Gefühl und Urteil war und die Lust Goldbergs nicht kannte, sich mit Menschen seiner eigenen Wahl zu umgeben.
Öppi merkte sofort, daß die Handwerker der Bühne lauter als vorher auftraten, jene, die sich in den platten Stücken am wohlsten fühlten und die Goldberg immer in einiger Entfernung gehalten. Härms war siegesbewußt, der dicke Löwy unerträglich laut, Zempihn war fort, und Odden gab seiner niedrigen Meinung von der Osten-Bühne lauter als früher Ausdruck. Zu ihnen hielt Lobenstein, der zum ersten Spielleiter Aufgerückte, obgleich dieses Verhalten mit seiner Aufgabe in Widerspruch stand, hielt zu ihnen, weil er von der Vormacht alles Mittelmäßigen und Minderwertigen unter den Menschen überzeugt war. Piehle, neue Errungenschaft, schmeichelte allen, hatte die Gebärden einer Vorführdame, puderte sich wie ein altes Straßenmädchen und verscherzte Öppis Zuneigung gründlich, weil er sich ein abfälliges Urteil über Lukas Kleidung erlaubte. Ja, Luka war auch zur Stelle, unter sehr günstigen Verdienstbedingungen in blauem Anzug mit genügend weiter Hose und mit einem blauen quergebundenen kleinen Schlips.
Er hatte ein Mädchen gefunden. Aus Köpenick. Sonst war nicht viel von ihr zu sagen, als daß sie eben ein Mädchen war und daß er sich davon hatte überzeugen dürfen.
«Nimm mich ganz», hatte sie zu ihm an jenem Sommertag gesagt, als sie mit dem Boot hinausgefahren waren, als sie damit tief

im Schilf versteckt gelegen, drin der Wind rauschte, wo nur der Himmel oben hereinsah und wo man sich noch nach Herzenslust kosen und küssen konnte. Luka hatte die freundliche Aufforderung nicht zweimal an sich richten lassen. Hernach war er tief erschrocken gewesen. Die erste Frau! Man konnte nie wissen, welche Folgen das für einen Anfänger hatte. Ob das Gedächtnis dabei leiden, die Stimme Schaden nehmen konnte? Das war gleich nachzuprüfen, Luka stellte sich vorn auf die Spitze des Bootes auf und begann. Es ging sogar sehr gut. Ganz vortrefflich. Es war geradezu eine Lust, Töne von sich zu geben, noch zu sein, der man gewesen, und doch ein anderer. Also trug er vor, was ihm an Versen in den Sinn kam, daß der nahe Wald dröhnte. Das Mädchen war ganz vergessen.
«Du singst schön», sagte sie plötzlich.
Er war ernüchtert. «Singst!» So etwas Dummes, wo er doch sprach oder allenfalls rezitierte.

Nun, da die Spielzeit begann, hatte das Zusammensein bereits sein völliges Ende gefunden.
Zunächst spielte man die alten Stücke aus Goldbergs Spielplan. Unter den Mitgliedern des Zuschauerbundes gab es immer noch Tausende, die das bayrische Stück und andere alte Vorstellungen nicht gesehen hatten. Mit denen füllte Strippke das Theater. Die Spieler langweilten sich, man ließ ihre Kräfte brachliegen, sie verloren viel von der ursprünglichen Lust am Spiel, dies um so mehr, als ja der Besuch des Theaters nicht einer besonderen Liebe der Zuschauer entsprang, sondern das Ergebnis einer Rechnungsaufgabe war. Es gab viel mehr Urlaubsgesuche und Krankheitstage als je vorher. Dann war allemal Öppi zur Stelle. Er kannte alle Stücke fast Wort für Wort. Er übernahm von einer Stunde zur anderen Aufgaben, die man ihm beim gewöhnlichen Gang der Dinge niemals anvertraut hätte. Bald mit mehr Glück, bald mit weniger Glück.
Mit wenig Glück, als er sich anerbot, an Härms Stelle einen verführerischen Junggesellen zu spielen, einen Mann mit Schlafanzug und Diener und von gelangweiltem Wesen, der überlegene Bemerkungen über Ehe und Frauen machte. Härms hatte auch nicht zu den geistreichen Einfällen gepaßt, die er von sich gegeben. Derlei Unstimmigkeiten störten aber Härms nicht. Öppi

dagegen hatte viel zuviel Lampenfieber, als daß er sich hätte blasiert zeigen können. Das Liebe-Spielen gelang ihm auch nicht recht. Doktor Sztern kam mit seiner Frau ins Theater, aber sie belächelten seine Versuche, den gelassenen Weltmann zu spielen, und Sztern sagte, daß die Schauspielerei kein Beruf für einen erwachsenen Menschen sei. Nun, Sztern redete gern in anderer Leute Entscheidungen hinein und fühlte sich zu Öppis Führer berufen, seitdem sich der bei ihm mit den Folgen seiner Dummheit vorgestellt hatte. Öppi nahm den Ausspruch mit größerer Nachdenklichkeit auf, als er sich selber zugeben wollte. Zunächst allerdings bemühte er sich Abend für Abend weiter, als Weltreisender dem Zauber seines Schreibmaschinenfräuleins zu verfallen, dem er seine Erinnerungen diktierte, so wie das Stück es vorschrieb, spürte dazwischen seine Mängel und wäre gern schamvoll hinter den Kulissen verschwunden.

Luka hatte auch, als Ersatz für einen anderen, eine Rolle in dem Stück übernommen, fühlte sich wohl und stand gern draußen vor den Blicken der Zuschauer. Polly war mit dabei. Ihr gehörte der Erfolg des Abends, sie war das Entzücken der Männer im Parkett und auf den Rängen, spielte das unschuldige Mädchen in einer Weise, daß jeder an seine Jugendträume zurückdachte. Ihr Partner aber, der hübsche Lakow, flüsterte ihr in den Pausen hinter der Bühne Unflätigkeiten zu, die einen Biertisch zum Staunen gebracht hätten. Sie ahmte Öppi in seiner verunglückten Rolle nach. Sein Bühnen-Schreibmaschinenfräulein hatte sich in Wirklichkeit eben zum drittenmal scheiden lassen. Die letzte Ehe war bei Öppis erstem Erscheinen an der Osten-Bühne geschlossen worden. Die neue Freiheit schien ihr gut zu bekommen; sie erhöhte Öppis Verlegenheiten auf der Bühne durch allerlei eigene Erfindungen und Spieleinlagen, mit denen sie ihn aus der Zurückhaltung herauszulocken versuchte. Einmal strich sie ihm auf dem Wege zu den Ankleideräumen auf der Treppe mit ihrer Hand leidenschaftlich mitten übers Gesicht. Vielleicht im Spiel, vielleicht im Ernst. Aber Öppi war's um Polly zu tun. Er brachte ihr eine Tüte voll schöner Pfirsiche zur Vorstellung, die Luka alle in einem unbewachten Augenblick hinter den Kulissen aufaß. Öppi versprach ihr neue. Sie hatte einen eifersüchtigen Zank mit Luka erwartet und legte ihm die Nachsicht als Gleichgültigkeit aus. Polly hatte ihre besondere Menschenkennt-

nis, Luka aber verliebte sich bei der Gelegenheit in sie, hielt das für ein unabänderliches Naturereignis und eröffnete sich Öppi.
«Liebt sie dich auch?»
Darauf wollte ihm Luka keine Antwort geben.
Der Mißerfolg mit Polly und Lukas Denkweise verstimmten Öppi. Er bemühte sich, den großmütigen Freund zu spielen, und verzichtete auf Polly, die sich aus ihm nie viel gemacht hatte. Luka war bei den Großeltern aufgewachsen, in den engen Räumen einer Wohnung des Berliner Ostens und in einem Altkleiderkeller. Die Gosse und enge Höfe hatten als Spielplätze gedient. Viele Nächte hatte er hinterm Ladentisch des Kleiderkellers geschlafen. Die griechischen Aufgaben der Schule waren zwischen Waschschüsseln oder Küchentöpfen gelöst worden. Von der Gosse her hingen ihm allerlei Unarten an: Redewendungen, Gebärden, Haltungen. Er saß breit hingepflanzt auf den Bänken der Untergrundbahn, ohne Zucht und Haltung, daß selbst Öppis dreifach geschiedene Partnerin, die nicht wählerisch war, sich über seine Manieren wunderte. Öppi sah die Schwäche, enthielt sich, um den Schein einer Belehrung zu vermeiden, jedes gesprochenen Urteils, sondern beschloß, dem Freund durch sein Beispiel ein Stück weiterzuhelfen, oder nahm seinerseits einen Teil von Lukas Unarten an, damit die Gleichheit gewahrt bliebe. Polly aber ärgerte sich über Lukas Benehmen. Sie pflegte ihre innere Unanständigkeit durch den allerallgemeinsten äußeren Anstand zu verdecken, ergriff oft die Gelegenheit, mit Spott und Genugtuung zugleich den Mängeln des Liebhabers nachzuspüren. Das verdroß Luka. Er kehrte bald zu Öppi zurück.

Mit der Zeit machte sich an der Osten-Bühne doch ein Bedarf an neuen Aufführungen geltend. Dann zimmerte der Oberspielleiter Lobenstein eine Vorstellung zusammen; der kleine, kurzsichtige, ewig witzelnde Roden versuchte sich als Einüber, um endlich zu jenem Ansehen zu kommen, das ihm als Schauspieler hartnäckig versagt blieb. Selbst Strippke hatte den Mut, zu seinen vielen früheren Geschäften noch eines hinzuzufügen und sich als Spielleiter zu versuchen. Mit dem Erfolg, daß seine Nüchternheit den Spielern die schöpferische Lust verscheuchte und sein ohnehin schwaches Ansehen als Bühnenleiter noch mehr Schaden nahm.

Niemand wartete mehr mit der Spannung der Goldbergschen Zeiten auf die Erstaufführung, niemand glaubte mehr, daß der Abend ein Ereignis für die Weltstadt bedeuten werde. Die Künstler fühlten sich verwaist. Niemand bekümmerte sich mehr mit Liebe und Nachdenken um ihre verschiedenen Begabungen, niemand sah mehr seine Aufgabe darin, diesen Begabungen die gerechte Lebensluft zu schaffen, und keiner war mehr da, der das Werdende liebte, das Ungeborene, und die Rätsel und Wirrsale der künstlerischen Schaffenskraft. Das wundervolle Instrument einer Gesellschaft von Menschen wurde nicht gespielt, und kein Meister war zur Stelle, ihm einen Wohlklang zu entlocken. Die Prahlerei mit alten Erfolgen trat an die Stelle der Gedanken an zukünftige Aufgaben.

Es gab genügend Unregelmäßigkeiten und Willkürlichkeiten, daß Öppi dauernd neue Aufgaben zufielen. Immer aus zweiter Hand. Strippke war froh, einen solchen Ersatzmann und Gebrauchsmenschen im Hause zu haben. Öppi spielte nicht, weil er für begabt galt, sondern weil er zur Stelle war. Strippke war seinerzeit über dessen Fehler aufgeklärt worden, nun glaubte er an diese Fehler und war außerstande, das Bild der Öppischen Begabung im Laufe der Zeit zu ergänzen oder abzuändern. Aber Öppi war nützlich. Er war auch in manchen Lagen ein guter Schauspieler. Das teilte sogar Löwy ihm eines Abends mit allem Nachdruck mit. Mochte krank werden, wer da wollte, Öppi trat an seiner Stelle in die Lücke. Einige Minuten bevor der Vorhang aufging, übernahm er jede beliebige Aufgabe. Die gesammelte Aufmerksamkeit, mit der er die Proben verfolgte, und ein gutes Gedächtnis unterstützten ihn dabei. Nun war er heute diese, morgen jene Gestalt, bald alt, bald jung, wichtiger oder weniger wichtig, sehr ernst oder ungemein lächerlich. Die lächerlichen gerieten ihm am besten, das Rampenlicht erschreckte ihn nicht mehr, die Zurufe aus dem Einhelferkasten waren kein störendes Geräusch mehr, er saß gern, stand gern auf, rührte sich gern vor den Hunderten von Blicken. Seine Wirkungen vergrößerten sich, da die Befangenheit von ihm abgefallen war. Er empfand den Machtrausch und Genuß, den das schöpferische Spiel bereitet, und die Lust, ohne Scheu sich zu zeigen. Nun war er endlich ein Schauspieler, er fühlte sich gewissermaßen am Ziel, ein Rätsel war gelöst, eine Lebensregung ihm zuteil geworden, um die er gekämpft hatte. Zu seiner Verwunderung überkam ihn bald nach den ersten derartigen Erfahrungen ein leichtes Gefühl der Sättigung, eine gewisse Ruhe, vermischt mit einer leisen Enttäuschung. Etwa so: Ist das alles? War das der Sinn der Schmerzen und Entbehrungen?

Ein Dichter? Kein Dichter!

«Ich spiele Ihr Schusterstück», hatte Goldberg zu Öppi gesagt, als er zu so einem Ausspruch die Macht schon nicht mehr gehabt hatte. Der Ausschuß des Bühnenvolksbunds löste das Wort ein. Strippke half dabei mit, stand seinem nützlichen Öppi gut bei. Das Theater schloß mit ihm einen Aufführungsvertrag für die zweite Hälfte der Spielzeit ab.
Das gab einen guten Silvestergeburtstagsbrief für den Vater in Helvetien. Neben der Zusicherung seiner unverbrüchlichen innersten Zugehörigkeit zum Bauernvolk teilte Öppi ihm zugunsten seiner Freunde mit, daß er aus des Carlo Julius Rückzahlungen unter sehr vorteilhaften Umständen sich durch den Theatergarderobier einen Pelzmantel von einem kleinen Schneider des Berliner Ostens habe verschaffen lassen; daneben nahm er auch in anderen Dingen den Mund voll: daß das Theater ihm manchmal zuwider sei, daß ihm im Grunde mehr daran liege, ein guter Stückeverfasser als ein großer Schauspieler zu werden, daß das Theater nie Herr über ihn werden sollte, daß es ihm nicht darum zu tun sei, nun Stück um Stück zu bloßen Erfolgs- und Verdienstzwecken zu schustern, sondern darum, der Welt in seinen Bühnenspielen ein Bild seines Denkens und Fühlens zu geben.
Dem Vater tönte das absonderlich. Der Bub schien sich zum vorneherein dagegen zu wehren, jemals von den väterlichen Unterstützungen unabhängig zu werden.
Was ging in Öppi vor? Fühlte er sich von seinem Doktor Sztern überfordert, der als Kenner der unruhigen Weltstadt ihm geraten hatte, schleunigst, der Karriere wegen, der ersten Komödie eine zweite folgen zu lassen und die dritte rasch nachzuschicken? Sztern gebärdete sich als Öppis literarischer Wegbereiter, seitdem er ihn aufs richtige Geleise in gewissem Sinne gesetzt hatte.
«Hast du nicht für deine Kräfte ein zu hohes Ziel vor Augen?»,

schrieb der maßvolle Vater zurück aus den festen Verhältnissen Helvetiens.

«Wie viele sind schon diese Straße gewandelt, und wie wenigen blüht die Blume der Genugtuung am Wege! Suche deinen Pfad, komme zu einem guten Ziel, mein Segen soll dich begleiten alle Zeit. Bleibe, was auch kommen mag, nur ein braver Kerl. Wir werden dich, wenn du wiederkommst, mit offenen Armen empfangen. Dein treubesorgter Vater.»

Des Vaters Worte, hingesetzt in gestochenen Buchstaben von einer ganz ruhigen Hand, hatten die Würde eines alten Schreibens aus fürstlicher Kanzlei; so ein Brief war jedesmal eine beabsichtigte, unaufdringliche Zurechtweisung der Öppischen Abneigung und steten Fehde gegen sein Herkunftsland.

«Deine Schwester», schrieb der Vater in einer Fußnote weiter, «hat mir für dich einige Zeilen zukommen lassen. Ihre Meinung, aus der Weite der kanadischen Getreidefelder übers Theater geäußert, ist auch die meinige, wenn auch nicht aus den gleichen Gründen. Die Künstler nehmen alles auf die leichte Achsel. Höre sie:

,Deine Berufswahl, Öppi, scheint mir verfehlt. Was braucht in dieser Unglückszeit der Mensch noch Komödien, Schauspiele, Theater? Ich konnte dein Spiel, das der Vater mir zukommen ließ, nicht genießen, konnte keine Freude daran haben. In der Stille der Prärielandschaft bin ich zum Wesentlichen vorgedrungen. Du bist vielleicht ein Gottloser geworden! Wir sind weit voneinander. Eins ist not! Andere verstehen dich vielleicht besser, niemand meint es besser mit dir als ich. Lies das Kapitel einundzwanzig im Evangelium des Lukas.'»

Er las:

«... und es werden Zeichen geschehen an der Sonne und Mond und Sternen und auf der Erde wird den Leuten bange sein, und werden zagen, und das Meer und die Wasserwogen werden brausen.

Und die Menschen werden verschmachten vor Furcht und vor Warten der Dinge, die kommen sollen auf Erden, und alsdann werden sie sehen des Menschen Sohn kommen in der Wolke mit großer Kraft und Herrlichkeit.

... dieser Tag, wie ein Fallstrick wird er kommen über alle, die auf Erden wohnen.

Wahrlich, ich sage euch, dies Geschlecht wird nicht vergehen, bis daß es alles geschehe ...»

Aus der Mutter Buch! Einmal war es ihm Trost und Quelle der Kraft gewesen, als er von der allgemeinen Bahn zu seiner besonderen des Mißerfolgs sich hingewendet hatte. Jetzt las er wenig mehr darin.

Der Vater weiter:
«Was hättest du werden können bei deiner Begabung und Arbeitsfreudigkeit! Lies keinen Vorwurf aus meinen Worten, nur Kümmernis. Manchmal denke ich, es wäre für mich und alle besser gewesen, hätte ich mit Nahrungssorgen zu kämpfen gehabt! Eine gewisse Marianna zieht mir den Speck durch den Mund, schreibt, daß ich allem Vernehmen nach die Verjüngungskur offenbar nicht nötig habe, von der zur Zeit so viel in den Blättern geschrieben werde. Wer ist das Fräulein? Kennst du sie? Warum der Umweg?»
Öppi las Mariannas Namen, von des Vaters Hand geschrieben, mit einer kalten Regung. Sie hatte sich an ihn gewendet! Wie draufgängerisch, respektlos eigentlich oder zudringlich! Sie hatte, nach dem jähen Abschied Öppis, ihn so manches Mal gerufen, mittels Briefen immer wieder gerufen, verzweifelt oft, öfters auch lustig, spielerisch, daß man durch die Lustigkeit hindurch ihr Schluchzen hörte. Sie konnte so vielerlei verschiedenartige Regungen miteinander vermengen! Immer noch sprang sie in den Briefen mit ihm um, wie sie vordem mit ihm umgesprungen:
«Warum hat er mich von sich gestoßen?», so frage sie Tag und Nacht.
Plötzlich hatte sie Öppi um ein Darlehen für den bekannten Christian gebeten, der heiraten wolle. Öppi glaubte ihr spöttisches Lachen zu hören, falls es ihm einfiele, die Sache ernst zu nehmen.
«... verbrenn meine törichten Briefe, in denen ich um deine Liebe flehte.»
Der Brief war auch nichts anderes gewesen als eben das Flehen, das sie verurteilte. Sie kam aus dem Teufelskreis nicht heraus!
Sie schickte ihm Mimi, die Schwester, des Malers ausreißerische, leichtsinnige Verlobte, die den Öppi auf dem zerrissenen Teppich seines Zimmers küßte und lächelnd fragte, ob ihr Mund ihm nun ebenso süß wie Mariannas Mund schmecke! Hinter Mimi her war ein junger Poet gereist gekommen, der sie dem Maler entreißen wollte, ein Dichter, der bei Öppi mit seinen vorgetragenen Er-

güssen den Eindruck eines Verkannten zu erwecken versuchte, daraufhin Geld von ihm lieh und sich, als ein Opfer großer Leidenschaft, von ihm an die Bahn bringen und versorgen ließ.
«Seit du von mir fern bist, bin ich ganz mit mir zerfallen.» So Marianna.
Armes Mädchen! Das ging zu Herzen. Öppi wußte wohl, was einsamer Kummer war. Unwiderstehliche Eingebung: Auf zu ihr! Er reiste mit dem Fernzug, gelangte tief in der Nacht nach dem Vorort und vor das wohlbekannte Haus, darin sie wohnte, kletterte an der Fassade hoch bis zu der Fensterbrüstung ihres Zimmers und rief flüsternd durch den Fensterladen hinein nach ihr.
«Marianna, Marianna!»
Keine Antwort! Öppi kam sich nicht nur selber leicht lächerlich vor, er gestattete sich auch, etwas beleidigt darüber zu sein, daß sie nicht sehnsuchtsvoll nach ihm dagelegen, wo er nach ihren Briefen sie hatte vermuten dürfen. Daraufhin reiste er ohne Nachricht zurück und verstummte gänzlich.

Als die Sonne höher zu steigen begann, wurde die Aufführung des Öppischen Lustspiels angesetzt.
«Wie?», sagten die alten Spieler, «sollen wir auswendig lernen, was der Kleine da geschrieben hat?» Sie forderten bei Strippke eine Rollenverteilung nach ihrer, nicht nach eines Dritten Vorstellung und Inszenierungsplan.
«Laß mich's einüben», sagte etwas flehentlich Roden, der auch am Schwanz des Theaters seinen Platz hatte, der im Lodenmantel, die Brille auf der Nase, immer auf der äußern Randleiste des Gehsteigs ging, fortwährend witzelnd, stets an einem zerkauten Zigarrenstummel lutschend, kurzsichtig wie ein Maulwurf, Roden, der jetzt die Gelegenheit zu einem Aufstieglein witterte, die sich sonst nicht bieten wollte.
Öppi stimmte bei. Das war ja eine Gelegenheit, Kameradschaft zu zeigen. Der Oberspielleiter nahm's übel auf. Der dicke Löwy nahm's seinerseits übel, daß man ihm den Metzger an Stelle des Kaisers zu spielen gab. Armin, Öppis Landsmann, nahm es wiederum übel, daß ihm Öppi die Rolle des Schusters nicht zusprach, sondern einen Gast dafür beizuziehen gedachte. Er hielt Öppi von da ab für einen ausgesprochen schlechten Hund, während er ihn vorher als den grundehrlichsten Menschen seiner Bekanntschaft

angesehen hatte. Beides war gleichermaßen unrichtig. Die bächeweinende Rose konnte ebensogut lachen und machte die Schustersfrau. Der Vertreter und Verfechter der wirtschaftlichen Schauspielerangelegenheiten wollte seinen Jahren entsprechend den abdankenden Kaiser spielen. Er redete bei der ersten Probe aber nicht wie ein Reichsbeherrscher, sondern nur wie ein scheidender Bürovorsteher und gab, da man das nicht guthieß, die Rolle wieder ab. Sie fiel an Luka, den Freund.
Öppi hatte den Hauptdarsteller außerhalb der Osten-Bühne zu suchen. Es ging immerhin um eine Uraufführung, da war der Bühnenvolksbund zu einer vermehrten Anstrengung bereit. Die Rolle bot Gelegenheit zu einem beträchtlichen Verkleidungs- und Verstellungsspaß, da der Hauptdarsteller in kaiserlicher Ausrüstung seine Schustersfrau vor sein Antlitz kommen ließ, ohne daß sie ihn dabei erkannte.

Irgendwo in Berlin, wußte man, hielt sich, zur Zeit unbeschäftigt, ein bekannter Darsteller humoristischer Rollen von Geschmack und Erfahrung auf, der einst ein königliches Theater selbst geleitet hatte. Öppi suchte nach ihm. Das war umständlich, weil zu der Zeit es weder Straßenbahn noch elektrisches Licht gab. Lohnstreik! Öppi bezog nun auch eine Entlöhnung. Vierhundert Mark waren es am Anfang der Spielzeit gewesen, daraus waren inzwischen siebenhundert geworden. Ohne Öppis Dazutun vom Arbeitgeber, eben dem Bühnenvolksbund, heraufgesetzt. Aber die Pension beim Volkswirt kostete jetzt täglich fünfundsechzig Mark an Stelle der anfänglichen fünfundzwanzig, und die Straßenbahn drei Mark, wenn sie fuhr. Immer die fortschreitende Steigerung aller Preise. Die Löhne der Arbeiterschaft folgten zögernd. Die Teuerung war ihnen weiterhin stets um eine Nasenlänge voraus.

Öppi fand den Mann in einem großen, seltsam leeren Gebäude bei einer Kerze einsam sitzend. Er war alt und durchtrieben. Öppi dachte an den Örlewitzer Alten und seine Prophezeiung, daß er's zu nichts beim Theater bringen werde. Die Verhandlungen gestalteten sich zäh und umständlich, wie mit einem orientalischen Teppichhändler. Möglicherweise war der Mann froh, zu einer ansehnlichen Aufgabe zu kommen, ließ aber nichts derlei durchblicken. Konnte man denn wissen, ob dieser abgesandte Öppi überhaupt Vollmacht zu gültigen Vereinbarungen hatte? Öppi wurde beklopft wie eine hohle Wand. Der Mann war ein Versteckenspieler. Vor allem ging es darum, dem jugendlichen Besucher die richtige Vorstellung von der eigenen künstlerischen Bedeutung und Rollenvergangenheit beizubringen. Öppi hörte gläubig und stumm bis um Mitternacht zu, bis er dem Manne als ein richtiger weltfremder Poet erschien. Daraufhin kam der Abschluß zustande.

Der erfahrene Spieler war dem ungeschickten Roden weit überlegen und richtete die Szenen, in denen er zu tun hatte, mit Geschick und unvermerkt so ein, daß er dabei am besten zur Geltung kam. Das war dem Ganzen nicht nachteilig. Er hatte eine Reihe uralter, nie versagender Bühnenscherze zur Hand, die er in Öppis Stück einbaute. Dieser hatte ihm auch einige neu hinzukommende Sätze zuzugestehen, die von gründlicher Kenntnis der Bühne und zugleich von einem ganz anders gearteten Geschmack zeugten, als der seinige war.
Der Oberspielleiter bedeutete dem ungeschickten Roden mit jeder Miene seine Geringschätzung. Die byzantinische Prinzessin des Stücks war bald gefunden: Trüüs, das dunkle anmutige Persönchen aus Wien, das seine blauen Augen so überraschend aufschlagen konnte. Spielt Wimpernklavier, sagte der böse Oberspielleiter. Ein schwebendes Wesen mit glockenreiner Stimme. Sie war sich ihres wichtigen Beitrags zu Öppis Komödie sehr bewußt und gestattete sich demzufolge auch ihren willkürlichen kleinen Eingriff in sein Gedichtetes. Er stimmte ohne Widerstreben der Dummheit zu, weil die Pfuscherin so lieblich war und weil das Neinsagen gegen irgend jemanden ihm schwerfiel, seitdem das Dasein so fröhlich, so erfreulich und unwahrscheinlich schön geworden war.
Luka, dem Jüngsten von allen, war die Rolle der ältesten Figur zugefallen, dessen, der von der Weltbühne abgehen wollte. Ein Thronverzicht! Lukas weiße Zahnreihen standen dem Sinn der Sache im Wege, nun, die würde man mit schwarzem Lack belegen, damit sie fehlten. Für des Kaisers vorgeschriebene Prachtsschuhe verschaffte sich Öppi ein paar Holzböden, wie sie der Säuleinmetzger in der Heimat getragen, und ließ sie mit Goldbronze bestreichen.

Schließlich konnte man den Abend ankündigen, die Zuschauer aufbieten, die Freunde benachrichtigen, die Zeitungen einladen, den Theaterzettel drucken, drauf oben an der Reihe aller Spieler Öppis Verfassername in den fettesten Buchstaben zu stehen kam.
Aus dem Norden reisten Evas Jugendfreunde Fredrik und Tora durch Berlin. Sie riefen Öppi zu sich ins Hotel. Der hochangesehene literarische Leiter eines ganz großen Blattes empfing ihn mit einer Höflichkeit höchst ungewöhnlicher Art, bezeugte dem kleinen Verfasser eine Art Respekt auf Vorschuß, völlig ernst gemeint, weil er Evas Freund und eben weil er ein Verfasser war. Solchen Jungen stand der Weg zu jeder großen Entwicklung offen, dazu das Seinige mit wagender Zuneigung zu tun, lag dem noblen Manne am Herzen.

«Wie heißt der Schusta?», sagten die Bühnenarbeiter.
«Schusta Aiolos, Aialos, Eialoos! Da fehlt wat! Arme anjetraute Eheliebste!»
«Wie fühlst du dich?», fragte Eva, als Öppi sie und den Gatten am Anhalter Bahnhof abzuholen kam.
«So!», sagte Öppi und warf die Arme in die Luft, mitten unter der Menschenmenge.
«Theaterkarten zu einer Uraufführung an der Osten-Bühne, Verfasser Öppi. Nie gehört! Kennen Sie jemanden dieses Namens?», fragte der erste Theaterkritiker des großen Berliner Blatts den zweiten oder dritten. «Nein? Unbekannte Größe, neujebackene Entdeckung! Na, mia liegts zu weit ab. Wollen Sie bitte hingehen, Herr Kollega? Kurz fassen!»
Das Theater war an dem Abend voll wie gewohnt. Manche Leute mit Klappstullen in der Tasche, wie's zur Stätte gehörte. Doktor Sztern saß mit seiner festlich schönen Frau in Bühnennähe. Carlo Julius, Eva und Frau Tora in ihrer Nachbarschaft. Fredrik, ihr Gatte, der nordische Dichterkenner, mußte zu seinem Bedauern fehlen. Die Frau Volkswirtin fehlte nicht. Alle ließen sich leicht von den Vorgängen auf der Bühne mitnehmen, alle freuten sich der Sache, freuten sich für Öppi, lachten herzlich, lachten nicht allein: das ganze Publikum machte mit, das Publikum mit dem Schmalzbrot in der Tasche jubelte über den armen Schuster und seinen märchenhaften Aufstieg, den er nicht gesucht, in den man ihn hineinschubste. Der alte Gastdarsteller erlebte einen erfolg-

reichen Abend, Öppi wurde herausgerufen, man reichte ihm einen Lorbeerkranz, den Doktor Sztern heimlich und mit etwelchem Übereifer hatte kommen lassen. Die Hauptdarstellerin ließ sich am Schluß des Abends auf Öppis Kosten in einer Droschke nach Hause fahren, sich einen Handkuß von ihm beim Einsteigen verabreichen. Die Freunde und Frau Tora wohnten in Öppis Nähe. Alle Frauen fanden insgeheim, daß dem Gefeierten eine Liebste für die Nacht rechtens zukäme. Nichts derlei geschah.
Ein Wagenrad von Lorbeerkranz, schrieb mit ärgerlichem Unterton der Kritiker des großen Berliner Blatts am andern Tag, habe man dem treuherzigen Verfasser gereicht, und es dünke ihn nun sehr schade, daß er, der Kritiker, nicht in der Lage sei, den naiven Ruhm eines solchen Abends bestehen zu lassen, vielmehr sich genötigt sehe, das Morgengrauen der kühlen Besinnung heraufzurufen.
O ja, gefallen habe das Aufgeführte den Leuten so gut, wie das lange nicht vorgekommen, aber eben, da läg's: Provinzschwank, Vereinsabend, die sattsam bekannten Figuren des bürgerlichen, ach so verstaubten Lustspiels – epigonisch, epigonisch! «Des Ganzen Sinn: Kleider machen Leute. Nun, Herr Öppi, das wußten wir auch ohnehin! Und was geht vor in den drei Akten? Noch weniger! Beneidenswerter Öppi aus Helvetien!»
Beneidenswert? Oha! Öppi sah genauer hin. Warum das? «Wegen des Kinderglaubens an solche Unwahrscheinlichkeiten, wie Ihr Stück sie auftischt. Sind Sie ahnungs- oder aber skrupellos? Unverfroren, sich solche Szenen aus der Feder fließen zu lassen?»
Öppi las das, tat es zweimal. Ahnungslos? Unverfroren? Wie nur? Gab es denn nicht ihn selber, den das Plättmädchen als taubstumm erklärt hatte, während er im Begriffe war, als großer Redner auf die Anschläge der Litfaßsäulen zu kommen? Gab es nicht Versagen für heißes Streben, Früchte für solche, die nicht gesät hatten? Gab es nicht Liebe, die Gleichgültigen zufiel, Macht, die sich selber nichts galt? Gab es nicht alles? Alles?
Darauf ließen die Zeitungsschreiber sich gar nicht ein. Daß in dem Stück verborgen oder verhüllt, als Anlaß hinter den spassigen Theatervorfällen eine Erfahrung, ein Gefühl der Wahrhaftigkeit stecken könnte, kam niemandem in den Sinn. Dazu gebrach's an Zeit, gebrach's an offener Aufnahmelust. Sie fanden, was sie schon mit sich herumtrugen: Angelerntes und Erinnerungsfetzen,

fanden Bekanntes, fanden Anklänge an große Beispiele, Ähnlichkeiten. Sie legten ihre dürren Maßstäbe an, und das Urteil war da, rasch fertig und zur rechten Zeit, um noch ins Blatt zu kommen, ins große, ins zweit-, dritt-, viert- oder fünftgrößte. Wie sie ihn auslachten, durch den Kakao zogen, diesen Jüngling mit der genialischen Stirnlocke, ehrenwert sicher und mit leidlicher Verskunst begabt, der einen handfesten Schwankstoff durch falschen literarischen Ehrgeiz verdarb, vermutlich demnach ein Student der Literaturgeschichte war, der redlich, allzu redlich, so redlich, daß es schon unredlich war, die Großen studiert hatte. Wie sie ihn bespöttelten, diesen Vertreter der bürgerlichen Wohlanständigkeit mit seinen spärlichen Einfällen, seinem Dilettantismus, seiner übertriebenen Rhetorik, seinen Plattheiten und seiner Harmlosigkeit; eine Peripherietheatervorstellung, zu der man leider die Operettenmusik nicht gedudelt habe, die zur Sache gehört hatte.
Dank den vielen Anlehnungen kein ganz verlorener Abend, schrieb ein milde Gestimmter.
Blond! Daß er ein Blonder sei, war auch zu lesen.
Das betraf seine Leiblichkeit, hatte nichts mit der Sache zu tun. Ein Rassenvermerk! Hohnvoll oder nicht? Fremdes Windlein, das da in den Blätterwald hereinrauschte. Autoren hatten schwarzhaarig zu sein, waren es meistens. Schwarzhaarig wie Luka aus Galizien. Es gab freundlich gemeinte, gleichermaßen befremdliche Anmerkungen später erscheinender Blätter:
«Zeichen und Wunder! In Berlin hat man einen deutschen Dichter aufgeführt, einen richtigen unbekannten, deutschen Poeten. Schöpfer eines Werks, das ohne Unsauberkeiten und zweideutige Anspielungen auskommt! Und gefallen hat!!»
Deutscher Dichter? Kein Wort von Helvetien. Man verleibte ihn stillschweigend dem Reich ein.
«Ein Dichter?» fragte das nächste Blatt. «Schwer zu sagen. Dichterischer Mensch meinetwegen. Das Schusterspiel wiegt allzu leicht, mehr Wille, größerer Wille! Die Zeit vorwärtstreiben, lieber Herr.»
Wie sollte Öppi das anstellen, da er doch mit sich selber nicht ins Reine kam?
«Ein Dichter», schrieben die alten Örlewitzer Schwestern Toni und Berta, «hat in unsern Räumen gewohnt. Hochverehrter, ed-

ler Freund, wir haben Ihr Bildnis mit Blumen geschmückt, es steht mitten auf unserm Tisch. Wir sehen Sie auf der Bühne stehen, von Jubel umbraust, mit Lorbeer geschmückt. Wie wird Ihr Vater sich freuen! Tausendfachen Dank für Ihren Bericht. Vergeben Sie, daß wir Ihre Zeit beanspruchen. Wir danken Gott für Sie und schließen Sie in unsere Gebete ein. Ihre alte Toni und noch ältere Berta.»

Die Blätter, die sich so in den Kunsturteilen widersprachen, befehdeten sich heftig im wirtschaftlichen und politischen Teil; die größere Fehde nährte die kleinere. Das literarische Urteil wurde aus Quellen gespiesen, an denen Öppi in der Regel nicht trank. Die Zugehörigkeit zu der einen oder andern Zeitungsgruppe gab Anlaß zu vorgefaßten Meinungen. Sie verwoben sich mit den begründeten auf allen Lebensgebieten zu wirren Bildteppichen.

Der Auslandsmitarbeiter der großen Heimatzeitung hatte noch vor der Aiolos-Aufführung erfahren, daß Öppi ein Schauspieler sei. Schauspielerdramen, so war's ihm bekannt, wiesen gewisse kennzeichnende Schwächen und Eigentümlichkeiten auf. Seine Meinung war am Abend der Vorstellung schnell gemacht: Stück eines fingerfertigen Mimen, der vieles in sich aufgesogen hat. So schrieb er's nach Helvetien.
Öppi, fingerfertiger Mime!
Die vaterländische Zeitung druckte den Schimpf unbesehen ab, obgleich sie's besser hätte wissen können.

Was war zu tun? Wie war zu schreiben?
Wußten es die Zeitungsmacher? Sie wußten eins: daß nicht gelten sollte, was bis dahin gegolten.
Die Zeit vorwärts treiben!

Manche brachten auf dem Papier ihren Vater um oder sonst einen nahen Anverwandten, aber Öppi verspürte keine derartigen Gelüste.
Dann las er's: Gebote für einen strebsamen, jungen, durchgreiferischen Literaten:
«Sei jung! Immer und überall jung. Und wenn du es nicht bist, sage, du seiest es. Schrei es heraus, plakatiere es, brülle es den

Leuten ins Ohr: Ich bin verdammt und unerhört und nie dagewesen jung. Erfinde merkwürdige Arten, dieses behauptete Jungsein zu beweisen, zum Beispiel dadurch, daß du das schwere Geschick deiner Generation beklagst, der es nicht mehr gegeben sei, harmlos jung zu sein, versuche es mittels betont greisenhafter Gewohnheiten. Sei frech! Aber nicht geradewegs und auf direkte primitive Art. Rede vielmehr über die eigene Frechheit. Mache dich überhaupt mit deinen schlechten Eigenschaften wichtig. Erfinde welche! Halte dir immer vor Augen, daß heute nur notorisch unangenehme Kerle durchdringen. Anständige und bescheidene Leute werden mit Recht für dumm und ungeschickt gehalten.»

Öppi schickte dem Vater die gesammelten Presseurteile in ungetrübter guter Laune und tief erfreut darüber, daß man sich überhaupt mit ihm befaßte. Einige entlastende und selbstverteidigerische Anmerkungen begleiteten die Sendung.
«Die großstädtischen Kritiker, zur Hauptsache jüdischer Art...»
Ob jüdisch oder nichtjüdisch, das hatte mit der Berechtigung der Urteile so wenig zu tun, wie seine Blondheit mit dem Wert des Schusterstücks. Diese Urteile waren entweder richtig oder nicht, anderes zählte nicht. Öppi griff so, zu seiner Entlastung, noch zu einem Vorurteil oder einer Voreingenommenheit, auf deren Wirkung man im Lande und sogar in Helvetien zählen konnte. Wer war jüdisch in seiner Umgebung? Goldberg, Sztern, Roden und Luka, die ihm, dem Unbekannten, geholfen, seine Arbeit aufs Theater zu bringen!

Öppi war jetzt ein junger Bühnenautor, von dem ein geschäftsgewandter Verlag und Vertrieb noch einiges Aufführbare erwarten durfte. Die Gesellschaft, die sein Stück zur Verbreitung und Ausbeutung übernommen, lud ihn zu einem Sommerabendfest im Garten des Geschäftssitzes ein. Er fühlte sich nur halb an seinem Platz. War scheu. Man rechnete mit ihm, aber er zählte im höheren Sinne nicht. Es gab andere Pferde im Stall, mit denen mehr Staat zu machen war, zeitgemäße Leute, die nicht mehr verständlich-herkömmlich und ruhig-lesbar schrieben, die aber schrien, stöhnten, platzten, um sich schlugen. Vor Hingabe, Zorn, Liebe, Leid und Schmerz. Öppis Sätze geleiteten den Leser oder Hörer vom Satzgegenstand zur Aussage mit einiger Stetigkeit, die der Zeitgemäßen führten vor Abgründe. Erschüttern war die Parole, Herz sein die Losung. Die Sätze zerbrechen, aufbrechen, Sprache in Splittern bieten, dunkel ergreifen lieber als alltäglich deutlich sein. Echo trüber Erlebnisse, Früchte aus Krieg, Umsturz, Elend; aus Anlässen, fehlend in Öppis Leben, auch fehlte ihm die Gabe, mitzutun in bloßem «Alsob».

Eine junge Frau des Verlagsumkreises deutete ihm den Unterschied zwischen den Gesundschöpferischen, wie er einer sei, und den andern, Genialisch-Schwierigen. Nachher küßte sie sich mit ihm an gut sichtbarer Stelle der Villa. Es stellte sich heraus, daß sie die Frau des Abteilungsleiters war, der Öppis Stück zu betreuen hatte, der diesen nun erstaunlich frech fand, während er eher Ungeschick an den Tag gelegt hatte. Die Frau versuchte Öppi hinterher in seiner Wohnung zu treffen, vielleicht um den Zwischenfall zu beheben. Sie kam in einem unpassenden Augenblick, als er mit Luka eben von Hause wegging, Öppi ließ es bei einem höflichen Gruß bewenden, tat unbeteiligt, ließ sie stehen, und die Frau errötete vor Scham, Zorn und Verlegenheit.

Einige Wochen hindurch trat Öppi an die Stelle eines jeden ausfallenden oder fehlenden Darstellers in seinem eigenen Stück. Von seiner mangelhaften Sprache war jetzt seltener die Rede, die Schauspielerei verdeckte zum Teil die Fehler, das gewachsene Ansehen milderte die Urteile, obendrein war die Osten-Bühne im ganzen lauter und gröber geworden.

Öppi in der schönen Heimat

Öppi fuhr nach Helvetien. Ins Dorf. Die Heuwagen standen abends in den Straßen, groß und breit, dufteten, wie sie vordem geduftet, und warfen lange Schatten. Er schlief wieder in seinem ausgezeichneten Bett auf der Roßhaarmatratze, im Holzhäuschen, oben im ersten Stockwerk im abgeschrägten Zimmer mit der offenen Tür hinaus auf die Laube. Der Duft der Sommernacht strömte herein, grad so, wie's vor Öppis Auszug gewesen und wie er ihn geatmet, ehe er in benzingeschwängerten Straßen zu leben begehrte. Unten schliefen der alte Vater und die Stiefmutter mit den schönen weißen Haaren und dem feingeschnittenen

Gesicht, die wie eine Frau aus der Stadt aussah. Sie schätzte alles Städtische überaus, und Öppis Unternehmungen begegneten ihrer wohlwollenden Teilnahme, wie weit sie sich auch von den Schätzungen des Dorfes entfernen mochten.
Er hatte die Stiefmutter zum Gruß auf die Wange geküßt, was im Dorfe auch gegenüber echten Müttern nicht eben gebräuchlich war; er hatte den Vater umarmt, der viel größer war als Öppi selber, und hatte seinen Kopf gegen dessen bärtiges Gesicht gedrückt. Derlei war dem Vater von seinen drei andern Buben nie widerfahren, auch hatte er nichts derlei je im Dorfe beobachtet, sondern war solchen Begrüßungen nur in Büchern, am ehesten in der Bibel, begegnet. Achtzig Jahre hatte er alt werden müssen, ehe ein Sohn ihn zum Gruße umarmte, und nun war's der Sohn, der ihm am meisten Kummer machte, weil er weder Bauer noch Zahnarzt oder Professor hatte werden wollen, wie er anfänglich vorgehabt und wozu er auf dem besten Wege gewesen. So karg waren im Lande die Bezeugungen der Zusammengehörigkeit. –

Öppi aber hatte auf der Bühne so oft Zeugnisse der Liebe oder Anhänglichkeit von sich gegeben, weil ein Spielleiter sie forderte, weil die Anmerkungen eines Stückeschreibers sie verlangten, daß er nun leichter als früher den Weg von der Regung zum Ausdruck dieser Regung fand. Ein wenig gebärdete demnach er sich bei der Begrüßung als Schauspieler, wie er's selbst im Augenblick der Umarmung empfand, und führte sich, ohne es zu wollen, im väterlichen Hause als ein Mensch ein, den die Welt draußen geschmeidiger als die Daheimgebliebenen gemacht hat. Der Vater ließ sich jetzt im Alter, da er Zeit zu Gefühlen und weniger mehr zu arbeiten hatte, dies ungewohnte Zeugnis der Sohnesliebe gerne gefallen.
Öppis Brüder betrieben ihre Bauernhöfe, besorgten die Äcker, Wiesen, das Vieh, die Wälder und die Holzfuhren, der Vater hatte zu ruhen beschlossen. Aber die Untätigkeit war seine Sache nicht, immer wieder griff er zur Axt, zum Hackmesser, zur Säge, ging in die Wälder hinaus oder stieg auf Leitern. Die verfeinerte Stiefmutter schalt, schalt zu Recht, denn kurz vor Öppis Heimkehr war der Vater bei einer Arbeit gefallen und hatte den Fuß gebrochen. Nun war er immer noch im Gehen behindert. Öppi nahm ein Tellerchen mit Öl, tauchte die Finger

hinein und knetete des Vaters Fuß. Er kannte diese Kunst ein wenig, hatte Eva ein paar Handgriffe abgeguckt, die sich gründlich darauf verstand. Öppi betrachtete den Fuß, der nicht mehr glatt und weich war wie die seinigen oder so, wie er sie bei den Mädchen gesehen und bei den badenden jungen Leuten, wenn man im Boot hinausgefahren war nach den Seen von Berlin. Die Haut war welk, die Zehen von den harten Schuhen gequält, manche Stellen von bläulicher Farbe. Was für Wege hatten sie zurückgelegt, diese Füße, was für Strecken auf Äckern, Wiesen, durch Wälder und auf steinigen Feldstraßen war der Vater gegangen: säend, erntend, werkend für die Brüder und ihn, fürs Ganze, für diese Heimat um ihn. Er knetete behutsam den geschwollenen Knöchel, mit vielerlei Wechsel in den Griffen und in der Art und Richtung des Streichens, derart, daß der Vater von der wohltätigen Wirkung schnell überzeugt war und nun täglich Öppi für den Dienst in Anspruch nahm.

Die Felder und Wälder waren also Öppis Brüdern übergeben worden. Aber der Vater kümmerte sich um Wachstum und Wetter in gleicher Weise, wie er's sein Leben lang getan, besah den Himmel, ehe die Sonne aufging, klopfte ans Quecksilber und zog Schlüsse aus seinem Gliederreißen. Er wartete gern auf die immer wiederkehrenden Augenblicke, da sein erneutes Eingreifen in den Gang der Dinge hochgeschätzt und wertvoll war. Wenn die Ernte kam, litt es ihn nie daheim. Die Ernte war die Liebe seines Alters, ernten ging ihm ans Herz, erfüllte ihn mit Freude. Da nahm er seine Sense, ging allein nach einem besonderen Feld, wo kein Knecht mitmähte, der rascher vorankam und weniger sauber schnitt als er selber. Bis an die Brust versunken stand er zwischen den Halmen, weithin sah er die reifen Ähren vor sich wanken, dann tat er Sensenstreich um Sensenstreich, langsam und regelmäßig, mit Gedanken an die Güte Gottes, an den Tod und mit dem Gefühl des erfüllten eigenen Lebens. Vieles war ihm gerühmt worden, vieles war gekommen mit Lärm und Aufsehen und verschwunden in Nacht und Vergessenheit, aber die Ernte war immer wieder da.

Abends las er. Allerlei Zeitungserzählungen in Fortsetzungen und in verschiedenen Zeitungen zu gleicher Zeit. Wenn er begann, paßten die Anfänge nicht zu dem, was ihm vom Tag vorher in Erinnerung geblieben war, er machte vergebliche Versuche, in seinen Gedanken Fortsetzungsstücke zusammenzubringen, die nicht zusammengehörten, und mußte regelmäßig weit in den neuen Teil hineinlesen, bis ihm klar wurde, in welcher der vielen begonnenen Geschichten er sich befand.

Öppi las für ihn aus den Werken der großen Dichter. Ab und zu hatte der Vater den einen und andern Band aus des Buben Büchern zur Hand genommen, als er noch zur Schule ging, hatte ihn beim Znüni oder zum Vesperbrot neben das Holztellerchen gelegt, drauf er den Speck zerschnitt, und hatte gelesen, hatte manches mit freier Aufmerksamkeit verfolgt, was die Schule mit Zwang von Öppi forderte. Die rechte Ruhe hatte man dabei nicht gehabt. Die Knechte mußten die nötigen Anordnungen bekommen, das Heu lag draußen, oder die Holzwagen warteten auf Verfrachtung.

Jetzt war's anders. Dem Öppi zuzuhören war gut. Man brauchte die Pfeife nicht außer acht zu lassen und konnte sein Schlücklein Wein dazu trinken. Eigentlich las er gut, der Bub, besser, als der Pfarrer im Dorf zu reden verstand. Ein wenig schnell, immerhin verstand der Vater mit Leichtigkeit jedes Wort, und der Sinn kam deutlich heraus. Einiges ging ihm förmlich zu Herzen, und es gab Stellen, die schön und feierlich wie eine Predigt in der Kirche waren. Das Theater war am Ende doch nicht so minderwertig und verächtlich, wie's ihm geschienen oder wie ihm schien.

Die Geschichte des Tasso begriff der Vater sehr gut, sie dünkte ihn weder gänzlich neu noch fremd. Solche Menschen, die sich im Leben rein gar nicht zurechtfinden, die bei jedem Zwischenfall oder Mißerfolg der Meinung waren, daß ihnen ein Unglück widerfahren sei, das nie wieder gut werden könne: nun, solche Leute waren ihm auch bekannt. Als Friedensrichter hatte er manche merkwürdige Erfahrung gemacht; manch einer war heimlich kleinlaut zu ihm gekommen, der vorher aufbegehrerisch gewesen, und hatte ihn gebeten, eine verfahrene Angelegenheit wieder einzurenken, so wie der überspannte Tasso da schließlich zu dem vernünftigen Antonio kam. Natürlicherweise war in dem Bühnenstück alles auf eine selten schöne und gute Weise ausgedrückt, so wie es die Menschen im Alltagsleben eben nicht konnten.

Die Uhr rückte rasch fort, wenn Öppi vorlas. Der Vater wartete den ganzen Tag auf den Beginn des Lesens und rief, wenn der

Bub zögerte, abends durchs Haus hinauf, er möge herunterkommen und anfangen. Auf Tasso folgte die Geschichte des Othello in Shakespeares Versen. Öppi kannte große Stücke auswendig. Manche Zeilen der süßen Desdemona hatte er von Marianna gehört. Die Rolle des Jago war ihm selber in den ersten Anfängen seiner Bühnenlaufbahn von einem Lehrer eingetrichtert worden. Er las mit mehr Farbe und mehr innerer Bewegung als bis dahin. Als das Stück zu Ende ging, als Othello seine Geliebte umbrachte und der Schurke Jago endlich seinen Degenstich bekam, da ertönte zwar kein Beifallsrauschen für Öppis Leistung, aber das Publikum verhielt sich auch nicht ablehnend, eine einzige, eine kräftige Äußerung fiel: «Dä schlächt Chaib!» sagte der Vater und nahm einen Schluck aus dem Weinglas. Öppi-Jago war mit dem Erfolg zufrieden.

Das Lesen führte ihn in den Bereich des reinen Deutschs zurück. Das ganze Dorf sprach, wie es gesprochen, da es ihm die vielen Fehler beigebracht hatte. Er sprach mit allen im Dorf in gleicher Weise, wie er als kleiner Bub geredet, und so, als seien die Zeiten bei Lehm und in den einsamen Mietszimmern in Deutschland nicht Wahrheit, sondern wirkungslose Angstträume gewesen. Er reiste ab. Der Abschied vom Vater war das letzte in helvetischem Deutsch gesprochene Wort.

Mehrere Begegnungen, die ihn beim Gang durchs Dorf noch dazu hätten veranlassen können, wußte er zu vermeiden. Gleich jenseits der Brücke wohnte in der Post eine überaus freundliche und gutherzige Bäuerin, aber Öppi drehte im Vorübergehen den Kopf zur Seite, um nicht ins Küchenfenster zu sehen und Worte wechseln zu müssen. Es war schmerzlich und schön zugleich.
Als das letzte Haus des Dorfes hinter ihm lag, fing er mit reinem Deutsch an. Still für sich, Übungsverse, Arbeitszeilen, Säuberungszeilen. Wie bei Franziska oder bei jenem Berühmten in Berlin, der soviel Geld verlangt hatte, um ihm den Sitz des Zwerchfells zu erklären. Das Zwerchfell brauchte man beim Atemschöpfen. Die Bauern ganz hinten in den Brachäckern, die Öppi von ferne sah, wußten das wahrscheinlich nicht, aber ihr Zwerchfell tat seinen Dienst auch so, und ihr Atem ging für ihre Zwecke richtig. Öppis Atem ging für seine Zwecke noch nicht

richtig genug. Er mußte viel größer werden oder umfänglicher. Dazu dienten die Übungszeilen auch. Es gab ein ganzes Büchlein davon voll, ein handgeschriebenes, das Öppi immer in seinen Koffern mit sich führte. Wenn er vorn im Büchlein begann und alles durchging, reichten diese Verse grad vom Dorf bis zum Bahnhof. Über diesem Reden verloren die Felder in der Umgebung ihre freundlichen Heimatzüge, und Öppi hatte mit einem Schlag das Gefühl, auf fremder Erde zu gehen. Die Wiederholungen dieser Arbeitsverse waren seine Unterhaltungen während der langen Eisenbahnreise. Wenn der Zug durch die Nacht rollte, stand Öppi im Seitengang und bewegte die Lippen wie ein Betender oder floh ans Ende des Wagens, an einen Ort, der nicht der reinlichste war, und versuchte, reine a zu bilden.

Öppi wieder in der Wohnung seiner Freunde in Dresden. Eva und Carlo Julius wieder im Norden. Öppi mit einem neuen Bühnenstück beschäftigt, drin ein Bauernvater einen unredlichen Schauspiel- und Sprechlehrer, angebunden auf einem Stubentisch, mitsamt diesem Stubentisch und dem ganzen Hof bei lebendigem Leibe verbrennt, weil er ihm den Sohn zur Bühne verführt hatte.
Zwischenhinein machte er weite einsame Wanderungen quer durch den großen Heidewald bis nach den jenseits gelegenen Dörfern. Dort eines Tages ein Radfahrer, der ihn einholt, aufhält: «Polizei: Bitte, Ihre Papiere», oder genauer: «Bidde Ihre Babiere.»
«Wozu? Warum?»
«S'is wechn der bolidischn Sachn.»
Politische Sache?
«Mord! Sie haben drecksche Schuhe. Sie dreibn sich außen rum.» Treiben sich draußen herum. Öppi, ein Herumtreiber! Er wies sich aus. Helvetische Papiere. Gut!
Mord? Mord an Rathenau, dem Reichsaußenminister. Drei Mitglieder eines unterirdischen, republikfeindlichen Bundes hatten ihn erschossen, als er im offenen Wagen aus einem Berliner Vorort in sein Amt gefahren war. Ein ungewöhnlicher, ein edler, ein überaus gescheiter Mensch, so las es Öppi, ein reicher Wirtschafter, der dem untergegangenen kaiserlichen Regiment große Dienste erwiesen. Vergessen das!

Nachher also Minister der Republik, die von jenen gehaßt war, denen er vorher vornehmlich gedient hatte. Offensichtlich waren seine Gedanken im Einklang mit den Ereignissen fortgeschritten. Ein Buch legte sie dar:
«Eigentum, Verbrauch, Ansprüche sind nicht Privatsache. Die Regelung des Verbrauchs erschließt den einzigen Speicher, aus dem die Fülle des Wirtschaftmaterials absichtsvoll vermehrt werden kann.
Verbrauch ist nicht Sache des Einzelnen, ist Sache der Gemeinschaft, Sache des Staates, der Sittlichkeit und Menschheit. Eine irrsinnige Wirtschaft erzeugt Überflüssiges, Nichtiges, Schädliches. Würde die Hälfte der verschwendeten Weltarbeit in fügliche Bahnen gelenkt, wäre jeder Arme der zivilisierten Länder ernährt, gekleidet, behaust.»
Die Wirtschaft der Republik stand nach wie vor im Schatten jenes Vertrags von Versailles, mittels dem die ausgebluteten, verschuldeten, schwergeschädigten Franzosen sich zu entschädigen versuchten. Gold! Gold!! Zahlen sollten die Unterlegenen auf ein Jahrhundert hinaus. Buchhalterische, erboste, weltfremde Rechnerei:
«Wir müssen die Deutschen ihre Niederlage auskosten lassen, solange wir Kraft dazu haben.»
Niederlage? Sie wurde strittig bei den Niedergelegten. Was eben noch Ereignis gewesen, wurde Legende. Vergangenheit unterwarf sich dem umdeutenden Willen.
«Niederlage?» sagte daheim jetzt der Offizier, der am Tage des Rückzugsbefehls fest mit seinen Leuten im Graben gesessen. «Falsch, unwahr! Verrat war's!» Die Schuldigen verzogen sich. Die Schichten der wirklich am Unheil Schuldigen beschuldigten nun jene, die an ihrer Stelle die Staatsaufgaben übernommen hatten. Schuldig genannt wurde nun die Republik, dem Feinde zulieb sei sie eingeführt worden. Sie wehrte sich nur schwach, war schwach, weil es zu wenig Republikaner gab. Sie brachte ihre Gegner nicht um, beließ notorische Verhöhner in ihren Ämtern. Schandvertrag nannten jene das Abkommen, zu dem ihre Fehler geführt hatten, und gewannen Ansehen mit solchem Verfahren. Jedes Wirtschaftsministers Sorge: Wie diesen Vertrag erfüllen? Wie ihn bekämpfen? Verhandeln, verhandeln! Die Ergebnisse wechselten mit den politischen Köpfen, die von der Gegenseite

an die grünen Tische abgeordnet wurden. Man konnte gegen den Vertrag in selbstgerechter Weise Zeter schreien oder aber die nächste Jahresrate zu mildern suchen.
Nicht zahlen? Rief Vergeltungsmaßnahmen!
Erfüllen, was unterschrieben war?
Selbstmord! schrie der verflossene Wirtschaftsminister des versunkenen Reichs, der seinerzeit die Geldnotenpresse in Gang gesetzt hatte. Nun druckte sie immer weiter, immer mehr minderwertiges Geld, für das sich immer weniger Gold kaufen ließ.
Die Wiedergutmachungsbeträge sind am Niedergang unseres Geldes schuldig, behaupteten in steter Wiederholung die Republikfeinde. Bei diesen saßen auch die großen Wirtschafter, des Wirtschaftsministers Fachfreunde, die Fabrikbesitzer und Industrieherren. Sie klagten mit und ließen der Sache den Lauf, denn den Schlauen bot der Markfall neuartige Möglichkeiten neuartiger Gewinne. Obendrein: die steigende Papierflut verblüffte die fremden Sachbearbeiter und Zahlungsabgesandten, das Fieber der Blähzeit gab Anstoß zu Verwirrungen, die man klug nützen konnte. Seht her, rief der deutsche Unterhändler, was eure Begehren aus unserm einst so wohlbeleumdeten Gelde machen!

Rathenaus Mörder fanden milde Richter, denn auch die hohen Richter saßen vielfach in den Reihen der Republikfeinde, standesbewußte Herren das, unbesehen aus der kaiserlichen Zeit von der Republik übernommen.
«Verbrauch: Sache der Gemeinschaft??»
Was bedeutete das? Angriff auf die freie Verfügung übers persönliche Eigentum. Wohin gehörte der Mann? Zu den Umstürzern? Christus im Frack – sein Spottname.
Gemeinschaft? Danach stand im Lande nicht der Sinn! Stand nach Ordnung, Unterordnung, Überordnung, nach Befehl und Gehorsam, wie es gewesen.
Ein Jude! Die Trauer war groß, aber der Jubel erschreckend, den es bei Bürgern gab, die sich christlich nannten.
Der Ermordete hatte kurz vor seinem Tode eine fällige Wiedergutmachungszahlung, mit den Vertragsnationen verhandelnd, um mehr als eine Milliarde guten Geldes vermindern können. Nun zeigte sich's, daß die Schwäche der Mark nicht auf jene Ver-

träge allein zurückzuführen war, sie fiel trotz der erleichterten Zahlungslage weiter, rascher als jemals bis anhin. Dreihundert deutsche Mark hatte man eben noch für einen Dollar zahlen müssen, vierhundert nach dem Morde, dann fünfhundert und sofort fünfhundertfünfzig.

Aus Helvetien kam Herr Dolf mit guten Franken und kaufte, kaufte im allgemeinen Ausverkauf, keine Nippsachen, sondern ein Rittergut. Mit ihm kam Lia nach Dresden, seine Frau, jene Freundin Evas, die ihr nach Öppis Abreise aus Cheudra ihre Freundschaft mit einigem Nachdruck angetragen oder zugewendet hatte. Lia, die Berlinerin, die reiche Schuhhandelstochter, die kinderlose, kraushaarige, mit ihren drei immerfort kläffenden Schoßhündchen, forsch und mit ihrem Gatten zeitweise tief unzufrieden, der ihr nicht ausgiebig genug zuhörte, wo sie doch mit Liebe, Fleiß, auch mit Begabung und etwas zupackerisch mit ihrem Flügel umging.
Dolf, ins Webereifach gehörig, ein Seidenkaufmann, ein Fabrikäntchen, geizig und spekulativ zugleich, hatte im Sturm die reiche Tochter aus dem großen Schuhhaus geholt, wie weiland die Sabinerinnen geholt wurden, andererseits hatte man sie ihm gerne überlassen, damit sie dem Hausstreit um Geld und eheliche Liebe ihrer Eltern entrückt würde.
Wie Dolf sich freute! Was für ein Sprung heraus aus den väterlichen Äckerlein am Waldberghang in Helvetien, näher heran an die umfänglichen Geschäftsbegriffe des Schwiegervaters. War's gar der, dem der Handel eingefallen? Ging's nicht so sehr um Grund und Boden und Landwirtschaft als um zeitgemäße verzwackte Geldgeschäfte mit einem Rattenschwanz von Verschiebungen und Schiebereien? Nichts darüber in Gesprächen zu vernehmen!
Ein Rittergut mit Äckern, Wiesen, Haus, Garten, Scheunen, Vieh und Maschinen! Nicht allzuweit von Lias Berlin. Großer Haushalt! Ihre Sache? Nicht zu häufig, war zu hoffen, da sie doch den kleinen in Cheudra nicht richtig liebte. Vieh? Nein! Die drei Schoßhunde, ja! Es gab eben zur Zeit des Handels Kohl im Garten, Kartoffeln und Obst, da sollten Carlo Julius und Eva mal mitkommen und ordentlich was heimholen. Dolf hatte einen helvetischen Verwalter mitgebracht. Er führte die Pferde und den

Wagen, in den alle sich zu einer Gutsumfahrt setzten: Dolf, Lia, Eva, Carlo Julius, dem Lias Geneigtheit nun auch zufiel. Ab und zu gab's einen Halt, die helvetischen Männer beschatteten mit der Hand das Gesicht vor der Abendsonne und führten ein Sachgespräch:
«Die Gutsgrenze? Nach dem Acker dort?»
«Nein! Weiter rückwärts.»
«Ganz im Hintergrund?»
«Am Horizont! Gehört alles dazu.»
«Ein Rittergut!»

Als der Herbst da war, gebar Eva einen Buben.

Frau Zepkes Mieter

Öppi kehrte nach Berlin zurück. Nicht mehr zu dem Volkswirt. Der Stadtmitte näher, den Eisenbahngeleisen und Bahnhöfen näher, fand er ein herrschaftliches Zimmer bei Frau Zepke, altmodischer Art, mit einem Waschkrug auf der Kommode, mit Kronleuchter, gutem Teppich, gehäkelter Bettüberwurfsdecke, hohem Spiegel, mehrfachen Vorhängen im Stil der Jahrhundertwende. Sie war nicht erbaut über seine vielen Bücher, derlei zerrieb den Lack des Spiegelmöbels. Der Dollar kostete, als er einzog, zunächst gegen tausend, dann tausendfünfhundert, dann zweitausend Mark. Das Zimmer war keineswegs teuer, einige tausend Mark, dann zehntausend, zwanzig-, dreißigtausend Mark. Öppi war weiterhin der Osten-Bühne als Schauspieler verpflichtet, bezog die Anfängergage von zehntausend Mark, die Bühnenarbeiter hatten eine Mindestentlöhnung von dreizehntausend Mark für sich herausgeschlagen. Öppis fortgeführte Verpflichtung war John zu verdanken, den man als künstlerischen Berater und Schauspieler-Erzieher an Strippkes Seite gerufen hatte.
Die Schuster-Aufführungen waren dem Öppischen Ansehen gut bekommen. Hundertmal war das Spiel über die Bretter gegangen. Jede Aufführung hatte soundso viel Kasseneinnahmen gebracht. Davon war ein Teilbetrag dem Verleger und Inhaber der Vertriebsrechte abzutreten. Dieser hatte seinerseits dem Öppi einen Anteil abzuliefern. Der Zeitpunkt dazu war da. Die

Abrechnung kam. Vertragsgetreu soundso viel Monate nach den Aufführungen. Das Geld kam auch. Öppis Anteil wäre zur Zeit der Aufführungen zwei Herrenanzüge wert gewesen und ein paar Hemden dazu, zur Zeit der Zahlung des Theaters an den Verlag noch einen Anzug, jetzt reichte er noch zur Anschaffung eines Paars langer Unterhosen, allerdings der besten Sorte.
Solche Abrechnungen gab es viele. Öppi spürte dabei im eigenen Haushalt die andere Seite der Markerweichung, daraus er Gewinn zu ziehen pflegte, wenn er seines Vaters Scheine in die Wechselstuben brachte. Sein Fall war ein Fall unter vielen, ein Fall unter Millionen Fällen. Das Land bot der Welt ein Bild der Geldtollheit, wie es in solchem Ausmaß nie dagewesen. An die drei Jahre schon!
Wie lange noch?
Der Geldschwund machte Recht zu Unrecht, machte die Erfüller gerechter Abkommen zu Betrügern, verfälschte den Sinn sinnvoller Übereinkünfte. Schulden, in gutem Gelde aufgenommen, zahlte man in verschlechtertem zurück. Kein Gesetz konnte das verhindern. Schuldner sein war gewinnbringend. Die Gerichte schützten das, sie urteilten nach dem Buchstaben des Gesetzes, gebärdeten sich so, als sei Mark gleich Mark geblieben. Steuerhinterziehung ward durch die Verhältnisse begünstigt, ja auf den Plan gerufen: von der Veranlagung bis zum Tage der Zahlung entwertete sich das Geld des Steuerschuldners, das der Staat schließlich bekam. Zinsgläubiger, die gutes Geld hingelegt hatten, erhielten verwässertes als Entgelt.
Der Staat selber wurde zum Betrüger, bestahl die Rentenempfänger. Wer ihm vor dem Kriege, während des Krieges gutes Geld gegeben, geliehen hatte, mußte den tausendsten Teil davon vollgültig zurücknehmen und hatte nichts zu fordern. Kriegsanleihen, Staatsanleihen, Pensionen und Gehälter wurden mit abgeglittenem Papiergeld abgegolten.
Redlichkeit schwand, Gerissenheit war alles.

Wie steht der Dollar? fragten die Dirnen auf dem Gehsteig, um mit einem allfälligen Kunden ins Gespräch zu kommen. Wie steht der Dollar? fragte der kleine Berliner Junge die Mutter, wenn sie am Morgen ihn für die Schule aufweckte, fragte der Haarschneider den Geschnittenen, der Professor den Studenten im Examen, fragte die Geliebte den Liebsten abends an der Hausecke.

Wie der Dollar im Kurse stand, war die tägliche, von jedermann gelesene, spannende Nachricht auf der Vorderseite der raschesten Tagesblätter. Für den Dollar konnte man auf der ganzen Welt, außerhalb Deutschlands, über lange Zeiträume hin ungefähr gleich viel kaufen, und für einen helvetischen Franken auch. Gleichbleibende Kaufkraft des Geldes war die Grundlage gerechter Wirtschaftsverhältnisse.

Wenn im Verhältnis zur Mark der Dollar stieg, stiegen alle Preise, fiel der Lohn des Arbeiters, auch wenn die Zahl auf der Zahltagstüte die gleiche blieb, wie sie zwei Wochen früher gewesen. So für alle Festentlöhnten. Da schwand das Geld, das bei der Sparkasse lag, obgleich des Sparbüchleins Zahl die gleiche blieb, es versickerte auf unerklärliche Weise, niemand, der's aufhalten konnte.

Die Millionen Werktätiger, die jeden Morgen zur Arbeit antraten, hatten weder Zeit noch Wissen, weder die Gelegenheit noch die Macht, gegen die Ausplünderung, die ihnen widerfuhr, das Geringste zu unternehmen. Sie begriffen durchaus nicht, wo der Hase im Pfeffer lag; verlangten Lohnaufbesserungen, die den Preissteigerungen entsprachen, erhielten sie ein paarmal, dann knöpfte der Arbeitgeber die Tasche zu und behielt recht, denn er war der Stärkere. Arbeitslos zu werden war ganz schlimm, denn die Unterstützungen rückten noch träger als die Löhne vor. So auch die Kriegsrenten der Kleinen.

Ein Mann, vom Kriege um das beste Teil seiner Arbeitskraft gebracht, erhielt eine Unterstützung von vierundfünfzig Mark im Monat zu einer Zeit, da die Leute auf der Straße schon Zehntausende, Hunderttausende, Millionen in der Tasche trugen. Hüter der Währung, Hüter der Geldgeltung war nach dem Gesetz die Reichsbank. Dort saß als Leiter eine alte Exzellenz, Überbleibsel aus der kaiserlichen Glanzzeit, unabsetzbar, von den zaghaften Republikanern der ersten Regierung auf seinem Posten belassen, weil jene Männer, hochachtbare Gewerkschafter, die Währungsfragen nicht so ernst genommen, wie sie es verdienten. Die alte Exzellenz hatte ihre Verteidigung zur Hand: fehlender Außenhandel und die Wiedergutmachungsgoldmilliarden. Der übliche Gedankengang, von jedermann nun schon angenommen. Nicht ganz unwahr, nicht ganz wahr.

Industrie und Landwirtschaft trugen, wie das Reich, die alten Schulden in Papiergeld ab. Sie konnten die Markrutschung ruhig nehmen, Geld hatte Sinn und Wert ja nur da, wo es Güter gab. Geld ohne Kaufgelegenheit war gar nichts. Ihre Güter blieben Güter, ob auch unsinnige, ja lächerliche, unglaubhafte, irre Zahlen aufs Papier gedruckt wurden. Fabrik blieb Fabrik, Kohle blieb Kohle, Boden blieb Boden. Den Herren lag nicht viel am Stopp der Notenpresse. Die Zustände stärkten ihre Macht gegenüber der Arbeiterschaft. Förderten die Herren den Marksturz? Zeitweise war das nachweisbar. Entsprach er ihren Zwecken? Oder ließen sie laufen, was zum Schaden der Republik eben lief? Der richtige Verstand entdeckte Geschäftsmöglichkeiten, die es in ordentlichen Zeiten nie gegeben. Vielleicht führte die allgemeine Unordnung das Ende der feindlichen Milliardenforderungen herbei? Vor allem: nicht unter die Räder kommen!
Die Fabrikanteile gewannen an Wert, im gleichen Maß wie des Geldes Kraft schwand. Sie behielten den Dollar- oder Frankenwert, den sie einmal besaßen. Solcher Besitz schützte vor der Seuche der Geldentwertung. Alles drängte zum Aktienkauf. Die Nachfrage steigerte die Kurse weiter. Das Börsen- und Geldfieber wurde öffentlich sichtbar: auf den Straßen des Berliner Westens wuchsen rasch gezimmerte Wechselstübchen aus dem Boden, Geldstättelein, Holzhüttchen, gleich den Rebhäuslein in Öppis Heimat und im Stile der Latrinen auf Bauplätzen.
Die Warenausfuhr brachte fremdes, bestes Geld in die Hände der Industrieherren. Gesetze beschränkten die freie Verfügungsgewalt über solche Kostbarkeiten. Sie blieben wirkungslos.

Die Osten-Bühne begann mit ihren Spielen. John, nunmehr ihr künstlerischer Leiter, der beste Mann, den man nach allerlei vorangegangenen Versuchen schließlich ausgewählt. Luka kannte ihn, dem er die erste Ermunterung auf dem Wege zum Schauspieler verdankte. Vor John machte Lukas Urteil halt, und die Verehrung trat an dessen Stelle. Öppi war bereit, gleich wie Luka zu fühlen. John wollte das Theater wieder zum Gefäß für einen hohen Inhalt machen. Das Paar war ihm hochwillkommen. «Die

Jungen» hießen sie bei ihm. Die Ergebenheit schmeichelte ihm, und seine Absichten wuchsen.
Öppi kam in Johns Haus. Das erste Haus in einem Meer von Häusern, das er nicht betrat, um ein Zimmer zu mieten oder einen einsamen Zimmermieter zu besuchen. Die Herzlichkeit war groß und ungewohnt. Öppilein hieß er bald, denn er war Lukas Freund, und Luka galt sehr viel. Frau John, eine ehemalige Schauspielerin, gab Schauspielunterricht. Man sprach immer von Talenten, Talent war alles, Talent berechtigte zu allem. Luka aber hatte Genie. Derlei sagte Frau John, nicht in irgendeinem gehobenen Augenblick und mit besonderer Nachdenklichkeit, sondern ganz beiläufig auf der Treppe, zusammen mit viel belangloseren Worten. Man griff leicht zu den höchsten Ausdrücken. Frau John verfügte über einen höchst entzückten Augenaufschlag. Wenn der zur Anwendung kam, nannte sie himmlische Dinge nicht mehr himmlisch, sondern hemmlesch. Öppis und Lukas Freundschaftsgefühle wurden untersucht, beklopft, besprochen und gelobt. Die beiden hatten selber nie darüber geredet. Sie ist zudringlich, dachte Öppi, und doch war es angenehm, in mancher guten Regung sich erkannt und in vielem erraten sich zu sehen. Die Mängel seiner Sprechweise begegneten einer freundlichen Teilnahme, ja fast einer Vorliebe.
«Erzählen Sie», war Frau Johns immer wiederkehrender Ausspruch.
Öppi erzählte. Mehr als er wollte. In der Nähe der Johnschen Wohnung lag ein freies Baugelände mit einem Akazienwäldchen, wo sie gern saß und viel von sich selber redete. Öppi durfte dort mit ihr sitzen, er erzählte von den Tannenwäldern daheim und küßte ihre Hand, drauf noch der Handschuh saß. Sie zog für seine Lippen den Handschuh aus und küßte ihn auf die Stirn, obgleich man nicht auf der Bühne, sondern im Akazienwäldchen saß. John genoß als Schauspieler einen ausgezeichneten Ruf. Er gab die glanzvolle Stellung an einer der größten weltstädtischen Bühnen auf, um an dem kleinen Osten-Theater in großem Sinne zu wirken. Die Schauspieler sollten unter seiner Führung ihre Eitelkeiten verlieren, keine Rollen mehr spielen, um für sich Erfolg zu haben und hervorzutreten, sondern nebeneinander im höchsten Sinne gleichgeordnet für das große Ziel arbeiten, die Werke der Bühne in reiner Form zu zeigen und den Träumen ihrer Schöpfer angemessen.

Das waren alte Grundsätze oder Absichten, oft gepriesen, oft beschrieben und gefordert, aber selten befolgt. Öppi und Luka waren immer um John, einer zu dessen Rechten, einer zur Linken. Oben auf dem Dach der Wagen, unten in der Tiefbahn, beim Essen und nachts, wenn die Stadt schlief, wurden die Dinge des Theaters besprochen. John konnte immerzu vom Theater reden, von seinen eigenen Erfahrungen oder von denen anderer; er hatte alle großen Spieler auf der Bühne gesehen, mit ihnen zusammen gespielt, hatte die Glanzzeit dieser Bühne und jener Bühne mitgemacht, vieler Bühnenleiter Aufstieg und Untergang mit angesehen; versunkene und vergessene Bühnen und Bühnenleistungen feierten Auferstehung mit ihm, berühmte Stellen fanden in ihm einen ausgezeichneten Nachahmer und Wiedererwecker; lebendige und tote Bühnenschriftsteller und Theaterschreiber waren mit eingezogen in das große bunte Gemälde. John war vom Theater besessen, immer von neuen Erscheinungen aufgejagt, fiebernd wegen alles Kommenden. Die Bühne fraß seine Zeit, kürzte seine Mahlzeiten, raubte ihm den Schlaf und gefährdete seine Gesundheit. Er war ein Mann in mittleren Jahren, ging und hielt sich wie ein Jüngling; seine blauen Augen leuchteten, und der Blick ging in die Ferne. Ein Prophet oder Apostel in der Großstadt, konnte man manchmal denken. Etwas angestrengt sah er aus; wenn Goldberg sich vor allem gelassen gab, gab John sich vor allem erregt.
Er packte die Arbeit im Osten-Theater hitzig an. Es gab viel mehr Proben für jedes Stück als je vorher. Bedächtig und ehrfürchtig las man zunächst in seiner Wohnung Satz für Satz. Das war die Leseprobe, eine alte vergessene Gewohnheit, die er wieder hervorholte. Jedes Wort war eine Kostbarkeit. Öppi ging leer aus. Die neue Osten-Bühne durfte sich nicht den Gefahren aussetzen, in die Öppis Deutsch sie gebracht hätte. Man fürchtete die Presse. Öppi kam durch John wieder als Namenloser in den Sprechchor, wurde zum stummen Figuranten, wie er's in Dresden gewesen. Die Zurücksetzung kränkte ihn nicht, er liebte John, sie geschah den höheren Zwecken zuliebe.
«Die Kunst bedankt sich», sagte John, wenn Öppi eine Aufgabe übernahm, die ihn in den Augen der andern Spieler erniedrigte. Er hatte immer ein großes Wort zur Hand, beherrschte das schauspielerische Handwerk in verblüffender Weise, sprach ausgezeichnet mit ungemein gewandter Zunge, behandelte bei den

Proben die Einfälle und Eigenheiten der Spieler mit Takt, wie Kostbarkeiten, bog sie alle unvermerkt zu seinen Zwecken oder im Sinne des Ganzen um, war immer bereit, seine Erläuterung dadurch zu verdeutlichen, daß er kurze Stellen vorspielte, wobei er in rascher Folge jede Gestalt jedes Stücks annehmen konnte: Frauen und Männer, Heilige oder Verbrecher, Alte, Junge, widerwärtige oder edle Erscheinungen aus allen Lebenskreisen und von jeder beliebigen Herkunft. – Er redete und erklärte scheinbar ohne jede Ermüdung, warb ums Gelingen und um die Gestaltung der Rollen mit einer hitzigen Unruhe, die nicht frei von einer gewissen Schamlosigkeit oder Zudringlichkeit war. Es hagelte Erklärungen und Anregungen.

Die neuen Aufführungen gefielen, der Zuschauerbund war zufrieden, die weltstädtische Presse betrachtete das kleine Theater mit nachsichtigem Wohlwollen. Johns Ansehen kam ihm zustatten.

Bald gab es auch wieder einmal eine Vorstellung außer der Reihe, eine Sonntagmorgenzugabe zum Spielplan, wie einst bei Goldberg, für Theaterverhungerte, für Gesinnungsbedürftige, Umsturz- und Weltverbesserungsstück eines Arbeiterdichters. John selber spielte einen schwungvollen, gefühlsseligen Barrikadenkämpfer und sah prophetisch aus; Öppi und Luka lagen mit ihm hinter den Straßensperren und hatten große Gefühle.

Sie waren im Sommer zusammen gewesen, hatten in den Sandsteinbergen vor Dresden dem Echo mit Versen der Dichter gerufen, und Luka hatte große Augen vor Öppis neu verfaßtem Brandbühnenstück gemacht, wie das zum Zeichen der Anerkennung unter ihnen Sitte war. Sie steckten immer beisammen, besprachen alle Vorgänge der Osten-Bühne gründlich und mit scharfen Urteilen. John setzte Luka aufs Absprungbrett zur hohen Laufbahn. Er bezog bedeutend mehr Gage als Öppi, aber der Dollar kostete im Spätherbst schon viertausend, dann viertausendfünfhundert Mark und mehr, die Straßenbahn zweihundert, bald dreihundert, ein Mittagessen Tausende, bald zehntausend Mark. Gute ausländische Eßwaren, Einfuhrwaren standen in den Läden entsprechend hoch im Preis, aber Öppi verpulverte weiter helvetische Franken und kaufte in den Feinkostgeschäften Sachen, von denen die meisten Berliner durch die Schaufensterscheiben

abgeschieden blieben. Vor den Vorstellungen aßen sie Abendbrot in Öppis Zimmer: lauter ausgesuchte Dinge, von Öppi mit fürsorglichen Gedanken eingekauft; in bester Laune, übermütig und unbekümmert strichen sie die Butter dick aufs Brot, legten die besten Wurstwaren dick auf, führten die Messer in den Fäusten, stemmten die Ellbogen auf den Tisch, wiegten sich in den Stühlen, knackten Nüsse und bewarfen sich damit, grunzten und lachten dröhnend vor Zufriedenheit. Frau Zepke kochte Tee.
«Nein, nein», sagte sie jedesmal, «nein, wie man nur so lachen kann!»
Frau Zepke lachte nicht. Sie schlief auch nicht. Sie arbeitete den ganzen Tag hindurch im Haushalt, legte sich früh zu Bett, aber sie schlief nicht. Nach und nach vernahm Öppi ihre Geschichte. Seit Erich, der Sohn, tot war, konnte sie nicht anders als immerfort an ihn denken. Sie war allein und grad so arm, wie sie damals gewesen, als sie aus dem Pommerland nach Berlin gekommen war, wo sie mit ihrem Vater zusammen von den Äckern der reichen Bauern die Steine gelesen hatte, nur zählte sie jetzt nicht mehr siebzehn und auch nicht mehr fünfundzwanzig, wie sie gezählt, als sie Herrschaftsköchin war und Zepke kam und um ihre Hand anhielt. Zepke, der Diener und Ausläufer des großen Pelzwarengeschäfts in der Leipzigerstraße, mit dem bescheidenen Gehalt. Sie hatte ihn abgewiesen. Aber der Bekannten waren wenig, ihre Zeit gehörte der Herrschaft, so daß sie, als er später den Versuch wiederholte, ihn zum Manne nahm, obgleich es sie wurmte, daß er bei der erneuten Werbung den schadenfrohen Hinweis auf den offenbar ausgebliebenen, umsonst erwarteten Prinzen nicht unterlassen konnte. Brav war er ja. Ein eigenes Heim zu haben war besser, als Herrschaftsköchin für immer zu bleiben.
Einige Jahre lang hatten die Dinge sich recht angelassen, der Bub war groß geworden. So ein guter Ruderer wie der gewesen! – Jetzt alles verloren!
«Wir sind bei Erich gewesen», sagte sie jedesmal, wenn sie mit Zepke am Sonntagabend vom Kirchhof zurückkam. Diese Reise war der einzige Anlaß, die rußige Straße zu verlassen, in der man wohnte. Frau Zepke war blaß vom Mangel an Sonne und Luft und vom Übermaß an Kummer. Sie hatte große hellgraue Augen, darum sich tiefe Schatten legten; ein schönes Gesicht noch in ihren alten Tagen. Sie kämpfte um die Erinnerung an Erich, kämpfte

mit allen Mitteln gegen die Schwächen des Gedächtnisses und gegen das Vergessen, bevorzugte alle jene Bekannten, die ihn gekannt, suchte die Verbindung mit jenen jungen Männern aufrechtzuerhalten, die seine Kameraden gewesen. Sie wollte keinen Trost hören, schickte sich nicht ins Unvermeidliche, wie die Leute sagten, sondern war voll Trotz und Auflehnung gegen das, was ihr widerfahren. Als sein Geburtstag sich jährte, buk sie in verschwenderischer Weise eine Menge Kuchen, lud eine große Gesellschaft in die gute Stube ein, wo Zepkes Bett und das ihre standen, wo der beiden große Bildnisse an der Wand hingen, das gute Sofa stand, wo die Andenken Erichs aufgestellt waren, wo an gewöhnlichen Tagen niemand sich aufhielt, weil man in der Küche lebte. Frau Zepke war an dem Tage von ihren Aufgaben als Gastgeberin, auch vom Sinn des Tages erregt und redete viel lauter, als Öppi sie je hatte reden hören.
Erna war auch zur Stelle, Erna, Erichs Verlobte, ein blasses und stilles Schreibmaschinengeschöpf, von der Mutter Zepke seinerzeit gar nichts hatte wissen wollen, die jetzt ihre beste Helferin im Kampf um Erichs Andenken war, der lebendige Beweis dafür, daß er gelebt hatte, daß er geliebt worden und eines Mädchens Herz erfüllt hatte. Erich war tot, aber Erna sagte Muttchen zu ihr, wie er gesagt hatte. Erna war verheiratet! O, der Tag, da sie, nach Erichs Tod, verlobt aus den Ferien zurückgekommen! Welch ein Gang zu Muttchen Zepke war das gewesen!
Verlobt! Wie konnte sie sich verloben, da sie doch mit Erich verlobt war. Verrat und Abfall! Untreue und Betrug! Erich war doch ihr Liebster, sie war sein!
Was hatte Erna da zu weinen gehabt. Sie war ja gar nicht gekommen, um von ihrer Liebe zu dem neuen zu erzählen, ihre Liebe gehörte Erich, war nur gekommen, um zu sagen, daß sie einen Heiratsantrag angenommen habe, was doch gewiß klüger sei als ihn auszuschlagen, zumal es sich um einen Mann in geordneten Vermögensverhältnissen handelte.
Mutter Zepke war nach einigen Tagen Überlegens auch zu dieser Meinung gekommen, aber Erna hatte viele Gänge tun müssen, um Muttchen über die Enttäuschung hinwegzuhelfen, derart, daß der neue Bräutigam eifersüchtig geworden, eifersüchtig auf den toten Verlobten, was Mutter Zepke aufs tiefste empörte und zu abschätziger Kritik an dem neuen trieb, den sie nie gesehen. Ernas

Verlobter hatte bei seiner Braut auf diese Gespräche Rücksicht zu nehmen und mit dem Toten wie mit einem lebendigen Nebenbuhler zu rechnen, obgleich er längst vermodert im Grabe lag.
Die alten Erinnerungen Frau Zepkes zeigten bei solchen Erzählungen sich besonders deutlich. Öppi hörte von seinen Ruderkünsten, vom Tage, da sie mit Stolz ihn von der Glieniker Brücke im siegreichen Boot mit seinen Kameraden hatte sitzen sehen. Am Tage darauf war er krank geworden, hatte die Leber auszutrocknen angefangen, rein rissig war sie in ihm geworden, wie eben das Feuchte in der Küche ja Risse beim Trocknen bekam. Dran war er gestorben.
Sie hatte ihn mit Strenge behandelt, war für ihn ehrgeizig gewesen und bereute insgeheim manche Härte, deren sie sich gegen ihn schuldig gemacht hatte. Darum auch schlief sie nicht in der Nacht. Verloren!
Verloren auch das Geld! Die Ersparnisse hin!
«Vater», hatte sie manchmal draußen in den Biergärten vor Berlin bei den Sonntagsausflügen, unter den Bäumen gesagt, «hast dein Bier gehabt; ein Bier genügt, brauchst kein zweites, bekommt dir nicht, spar deine Pfennige.»
Während vierzig Jahren hatten sie ihr Erübrigtes zu der Sparkasse getragen, und jetzt wollte die Sparkasse ihnen nur so viel wieder herausgeben, daß man kaum ein paar Tage davon leben konnte. An die vierzigtausend voll einbezahlte gute alte Mark zu nichts zerronnen! Wie ging das denn zu? War so etwas überhaupt möglich? Wo saßen denn die Betrüger? Ob nicht doch eines Tages die Verbesserung kommen konnte, wie manche es hofften, eine teilweise wenigstens, eine Stabi – Stabisi ... «Stabilisierung», sagte Öppi. Ja Stabilisierung! Ein Markanstieg! Da das Geld sich erholen konnte? Eine Höherbewertung? Von der Bank es abholen? Warten? Es liegen lassen, wo es lag? Denken, denken! Schlafen? Schlafen nicht!
Im Bette nebenan lag Zepke und schnarchte. Der war noch da. Der schlief! Viel zu schnell hatte er wieder schlafen gelernt, viel zu schnell vergessen, was ihnen widerfahren. Der schlief! Bei dem stand alles wie vordem und seit jeher, der war immer noch Ausläufer und Diener im gleichen Pelzhaus mit dem gleichen Dienstrock, derselben Mütze, dem fast gleichen Lohn. Die Mieter waren auch noch da, für die sie sich rühren mußte, um das Leben zu fri-

sten, die in den sauberen Betten wohnten, in die Küche kamen, um heißes Wasser zu verlangen und bei ihr in ordentlichster Umgebung lebten, weil sie ja nicht anders konnte, als alles in schönster Ordnung zu halten. Sie haßte die Mieter, weil sie aufs Vermieten angewiesen war, weil da junge Leute waren, die leben durften, wo sie doch ihren Erich hatte verlieren müssen. Sie haßte diese Zimmerbewohner, weil sie auf den Möbeln herumsaßen, auf den Matratzen lagen und die Teppiche zerscheuerten, die sie mit schwer erarbeitetem Geld gekauft, und weil sie fürchten mußte, daß alles völlig abgenutzt und unbrauchbar würde, ehe sie noch stürbe.

Das galt auch für diesen Herrn Öppi, der im übrigen, zum Unterschied von den andern, nicht nur Ansprüche stellte, sondern ihr auch einige Ansprüche zugestand. Fast wie ein Sohn, oder ein Angehöriger wenigstens. Daß er ihr ab und zu eine Theaterkarte schenkte, mit ihr zusammen in der Straßenbahn nach dem Theater hinfuhr, rechtzeitig für sie die Hochbahnfahrkarte für die Rückfahrt löste, ihr diese nach Hause brachte, so daß sie nicht am Schalter warten und kein Geld für die Reise ausgeben mußte – das machte sie schwach gegen ihn. Sie schaute nicht so scharf auf Öppis Unarten, wie sie auf die Fehler der andern Mieter aufpaßte. Er kam auch nie in die Wohnung zurück, verließ nie das Haus, ohne den Kopf durch die Küchentüre zu strecken und zu grüßen. Sie verzieh ihm die vielen Bücher, die das Gestell über Gebühr belasteten und die beim Staubwischen soviel Mehrarbeit machten, fügte sich auch in die absonderliche Tageseinteilung des Schauspielers und dessen langes Schlafen am Morgen. Immerhin kam sie auch bei ihm nie ins Zimmer, ohne die zwei oder drei weißen Fädchen vom Teppich aufzulesen, die sich beim Waschen und Trocknen vom Handtuch gelöst hatten und zu Boden gefallen waren.

Nicht zuletzt war Öppi auch ein guter und pünktlicher Zahler, der ihr gelegentlich sogar fremdes Geld in die Hand steckte, Geld von jener vielerwähnten und begehrten Art, das nicht, wie das Gehalt ihres Mannes und die Zahlungen der andern Mieter, in Gefahr war, am nächsten Tag weniger als am vorausgehenden wert zu sein. Das erlaubte ihr, mit dem Sparen wieder von vorn anzufangen, sparen nicht mehr fürs Leben, sondern fürs Begräbnis, damit sie und Vater Zepke nicht allzu armselig, sondern in bevorzugter Weise in gutem Sarg und Wagen, von schönen Pferden gezogen, hinausgefahren kämen nach dem Kirchhofe zu ihrem Erich und nach dem Plätzchen, das sie schon lange als Ruhstatt für ihre Gebeine gekauft hatten.

Zugleich mit Öppi und Luka wurde unter der neuen künstlerischen Leitung Törpinghaus Mitglied der Osten-Bühne. Törpinghaus, Sohn der großen Stickstoffwerke, der seine allbekannte Herkunft vergeblich unter einem Bühnendecknamen zu verstecken versuchte. Törpinghaus: Börsenberichte, Wirtschaftskämpfe, Verstandestaten und Erfindungen! Vor dem Namen konnte niemand gleichgültig bleiben: Macht und Ruhm hieß das, Erfolg und Reichtum. Der Sohn spielte Theater, jetzt Theater vor den Arbeitern. Vorläufig mit mäßigem Erfolg. Der Name stand ihm bei und hinderte ihn zugleich. Er stand seiner Herkunft wegen sofort an der Osten-Bühne im Mittelpunkt der Gedanken und auch deshalb, weil John vieles andere über diesem neuesten Jünger vergaß. John kam aus einer bescheidenen Berliner Bierschwemme, der andere aus reichem, geradezu fürstlichem Hause und brauchte doch des einen Hülfe, weil er der Bühne gegenüber auf eine noble Art scheu, schüchtern und zugleich überaus ehrgeizig war. Ein Abgetrennter, ohne das sein zu wollen; abgetrennt durch das bisherige Leben, durch das Herkommen, die Haltung, den Gang, die Redeweise. Ein erzogener Mensch! Er rauchte aus einer kurzen, englischen Pfeife und trug knabenhafte Anzüge. Sohn eines Arbeitgebers! Die Spieler waren Lohnempfängerssöhne, abhängig in irgendeiner Weise vom Gang der deutschen Wirtschaft, mit Öppi verhielt sich's anders, weil sein Vater als Bauer in Helvetien lebte. Manchmal betrachtete er wie ein Zeichner Törpinghausens Profil, das eine reine und schöne Linie zeigte. Dazu gehörte eine trotzige Art, den Kopf zurückzuwerfen. Mit dieser Bewegung hatte er dem Vater widerstanden, der ihn in den Werken haben wollte, deren ungestörte und uneingeschränkte Beherrschung die Gesellschaft des Vaters eben noch mittels Polizei und Waffen unter Blutvergießen gegen die eigenen Arbeiter verteidigt hatte.
Um die halbe Welt war der Sohn vor dem Vater geflohen, um heimlich Theater spielen zu können. Öppi begriff das. Derlei konnte man tun. Wie ein Bruder war dieser Törpinghaus. Aber Öppi sagte nichts, denn Törpinghaus war auf dem Wege zu großen Lei-

stungen, er selber nur ein kleiner Ersatzschauspieler. Beide konnten stundenlang auf und ab gehen, ihre Stimmen und Sprechwerkzeuge üben und foltern, nicht aus dem gleichen Mangel – denn Törpinghaus sprach ein schönes Deutsch –, aber mit dem gleichen Ziel und mit ähnlicher Verbissenheit. Jener spielte schon viel länger als Öppi auf den weltstädtischen Bühnen augenfällige Rollen, aber er trat immer noch mit der Angst im Herzen auf die Bretter, Angst vor dem Rückschritt im Ansehen. Angst vor der bösartigen Presse, Angst vor seinem eigenen Streben. – Er fragte den dümmsten Feuerwehrmann hinter der Kulisse beim Abgang, wie sein Spiel gewirkt habe, suchte nach Urteil und Anerkennung bei den kleinsten Köpfen, die grad herumstanden. Weil er mächtig war, umringten ihn die Schmeichler. Er wußte es und verfiel doch für den Augenblick jedem süßen Lob. Öppi sah ihn mit ruhigem Urteil draußen stehen: das war der Krampf noch, den er so ziemlich überwunden. Törpinghaus litt beim Spielen, wie Öppi so lange gelitten. Er dachte viel zuviel nebenher, hatte kein Vertrauen zum schöpferischen Augenblick auf der Bühne – er gebar nicht, sondern zeigte eine Arbeit. Törpinghaus, angezogen von der Fülle des Talents, das ihm selber in so karger Weise zugefallen war, bevorzugte Luka. Er hatte alles, was Menschen sich wünschen: Geld, Rang, Erziehung, eine entzückende Frau und freie Bahn, gehörte zu denen, die in dieser Geldblähzeit nicht nur nichts verloren, sondern im Schlafe reicher mit jedem Dollarsprung wurden, weil die Aktien der Werke dabei stiegen, zu deren Teilhabern er gehörte, aber er bewunderte oder beneidete vielleicht den andern, der nichts besaß als seine reiche künstlerische Phantasie, der als Kind im Kleiderladen hinterm Ladentisch geschlafen, der in der Gosse gespielt und mit dem Großvater aus dem Dunkel eines ostjüdischen Dorfes nach der Weltstadt gekommen war.

Törpinghaus spielte zum Beginn der Saison die zwielichtige große Rolle eines orientalischen Tyrannen von fremder Schönheit, in einem literaturgeschichtlich ehrwürdigen, aber verstaubten, wenig lebendigen Stück mit mäßigem Erfolg. Dann kam Lukas große Gelegenheit: der gefährdete, gefährliche Junge, der verschupfte, mißgebildete, zum Tode verliebte Bursche Michael Kramer in des großen Dichters Gerhart Hauptmann gleichnamigem Stück. Groß? Einfach Deutschlands Dichter jener Tage, der Armeleutedra-

matiker, der Volksfreund, Volksverklärer, der von Sturz und Einsturz so vieler Schätzungen nicht Berührte, der darüber Erhabene, Stolz der Nation, der märchenhaft angesehene, maßlos gefeierte, mächtige Mittelpunkt des Schreiblebens jener Jahre, vieler Jahre, auf allen Bühnen gespielt, einfallsreich und immer schaffend.
Das gab einen Abend, der Aufmerksamkeit aller sicher.
Der Rollen waren wenige im Stück. John spielte neben Luka die Hauptfigur. Für Öppi fiel nichts ab. Das Strohfeuer seines Ansehens war gesunken. Es gab viel weniger Unordnung im Theater, so daß seine Aushilfsfähigkeit an Bedeutung verlor. John setzte klug ihn neben die Lampe des Spielleiters unten im Parkett, wenn er selber auf der Szene stand. Ein paar Anmerkungen fielen zur Sache des Spiels aus Öppis Mund, die John ihm gewissermaßen auf die Zunge gelegt hatte. Immerhin: Öppi hörte scharf zu. Mit den Worten war im einzelnen nicht eben viel anzufangen. Gebrach es nicht an Schönheit? Platte Gedanken in alleralltäglichster Sprache – und dennoch – ja, da lag's: die Worte traten zurück, da war nicht Rede, da war unmittelbares Leben. Wie die Gestalten sich mischten, die Vorgänge sich verknoteten, da lag die Schaffenskraft. Im Bühnenlicht blühte das Gegebene auf. Hatte man ihm, Öppi, nicht die vielen Worte seiner Stückarbeit vorgeworfen? Am Ende mit Recht? Offensichtlich mit Recht!
Am Tage vor der Aufführung, als der Theaterzettel zu drucken war, kam John zu Öppi:
«Was die Ankündigung betrifft – ich denke, wir setzen es drauf: Spielleitung John und Öppi oder Öppi und John?»
Ob es ihm ernst damit war? Zwei Spielleiter? Ungewohntes Vorkommnis. Öppi widerstand der Versuchung. Er hatte nichts von Belang zur Sache beigetragen.
«John, bitte nur John allein, ohne mich!»
Dabei blieb's.

Polly war Lukas Partnerin. Sie beging als kleines Wirtstöchterchen, beschützt von den Wällen eines äußerlich wohlgeordneten Daseins und unter den Fittichen von Vater und Mutter, eine Fülle kleinster Bosheiten und Niederträchtigkeiten gegen den armen buckligen Verliebten, die diesen schließlich in den Tod trieben. Luka fand für die Darstellung seiner verachteten Verliebtheit viel ausgezeichnete Töne und Gebärden. Das Zusammenspiel mit

Polly geriet aufs beste. Es war für die beiden ein großes Vergnügen, sich so im Spiel zu verstehen, daß sie auch hinter den Kulissen weiter Liebhaber und Angebetete spielten. Mit eins erhob die alte Verliebtheit sich aus ihrem Grabe, die richtige, die sich früher schon einmal gezeigt hatte, damals, als Luka die Pfirsiche aufgegessen, die Öppi für Polly mitgebracht hatte. An Luka gab's nun nicht mehr so viel wie zu jener Zeit zu tadeln, die veränderten Umstände gaben ein anderes Ergebnis: Polly verliebte sich auch in Luka. Die ungünstigen Betrachtungen, welche die zwei Freunde vordem über Pollys inneres Wesen angestellt hatten, erwiesen sich gegenüber dem Gang der Dinge als wirkungslos. Es zeigte sich, daß der uferlosen Freundschaft der jungen zwei Männer doch gewisse Grenzen gesetzt waren. Öppi fühlte sich mit Verdruß an die zweite Stelle gesetzt und hielt sich abseits. Luka mied ihn. Daß er Pollys Geliebter wurde, vergrößerte sein Ansehen, denn es hatten sich viele um diese Rolle bemüht. Der dicke Löwy gehörte auch dazu, ihm blieb nur eine unflätige Bemerkung als Rache.

Öppi traf Fräulein Gerda auf der Straße. Sie lobte ihn der guten Hose wegen, die er trug, fand überhaupt seine Erscheinung gepflegter und seine Haltung besser als früher. Wie's ihm ginge? Ach, nun hatte er's also endlich zu einer Stellung am Theater gebracht. Mit Hülfe des Doktors von der Tauentzienstraße!
«Habe ich Ihnen nicht Glück gebracht?», sagte sie schließlich, verzog den breiten Mund zu einem Lachen und kniff die schrägstehenden Augen zusammen.
«Das haben mir schon viele gesagt, daß ich ihnen Glück bringe.»
Öppi nickte, ließ es bei der erfreulichen Feststellung bewenden, ohne recht zu wissen, ob diese Gerda nun ungemein leichtsinnig oder dumm und vergeßlich oder blöd durchtrieben oder alles zusammen war. Jedenfalls wollte sie ihn nun auch auf der Bühne sehen. Alle Künstler der Osten-Bühne hatten von Zeit zu Zeit ihre Bekannten in der Mitte der ersten Reihen sitzen, die Mutter oder Schwester, ehemalige Lehrer, Tanten oder junge Bewunderinnen. Zum erstenmal würde nun jemand rein seinetwegen kommen. Vor Beginn der Vorstellung guckte Öppi, wie es Sitte war, durch ein kleines Loch im Vorhang nach ihr aus. Ihr gebleichtes Haar leuchtete grad in der Mitte vor der Bühne zwi-

schen lauter unscheinbaren Köpfen anständiger Leute. Öppi, ein Herr des achtzehnten Jahrhunderts, war in Seidenhosen, wie er einst in Dresden vor Marianna gestanden.

«Sie sehen ja gut aus», sagte Fräulein Gerda nachher, «erwecken aber den Eindruck, als sagten Sie nebenher, daß Ihnen im Grunde an all dem nicht viel liege und Sie's nicht nötig hätten, vor Zuschauern zu stehen.»

So weit also war's mit seiner Gelassenheit gekommen. Er fühlte sich gut beobachtet.

Fräulein Gerda brauchte von Öppi rein gar nichts zu erhoffen: ein reicher Amerikaner sorgte für ihr Leben, auch so ein Hergereister, der gegen seine Scheine das deutsche Geld bündelweise durch die Schalter gereicht bekam, im übrigen ein guter Kerl, von mangelhafter Lebensart allerdings und durch einen schlechten Gang gekennzeichnet, keinesfalls in Haltung und Art auch nur im entferntesten mit einem ihrer Offiziere zu vergleichen. Manchmal war's ihr geradezu peinlich, mit ihm auf der Straße gesehen zu werden. Er wohnte im teuersten Haus der Stadt, hatte auch ihr draußen im Westen ein eigenes Zimmer hübsch einrichten und für sie tapezieren lassen, in der Augsburger Straße, gar nicht weit von Öppis früherer Wohnung, aber nun wollte der Mann nicht nur am Tage weiß Gott wie viele Stunden mit ihr zusammensein, sondern auch des Nachts aus lauter Liebe bei ihr schlafen, wozu sie gar keine Lust verspürte. Immerhin mußte sie sich in acht nehmen, ihn zu kalt zu behandeln, oder gar ihre Vorliebe für die Offiziere zu verraten, denn –

«unberufen», sagte sie, «toi, toi, toi», und klopfte dreimal auf das Tischtuch und den edlen Holztisch des vornehmen Speisehauses, wo sie mit Öppi sich hinbegeben hatte, «der Mann glaubt doch, daß ich ihm treu sei».

Eine Flasche Weißweins stand auf dem Tisch, die Tafel war gedeckt, darunter nahm Fräulein Gerda seine Füße zwischen die ihrigen, duldete am Schluß nicht, daß er ihr Essen bezahlte. Zuletzt ließ sie einen Wagen kommen und fuhr nach Hause, wo der Amerikaner sie erwartete.

«Kommen Sie doch gelegentlich zu einem Kaffee und einer Plauderstunde zu mir.»

In Öppis Wäscheschrank lag ein feines gesticktes Taschentuch, Handarbeit aus Helvetien, aus Cheudras teuerstem Laden, das

er einmal einer Blonden zugedacht hatte, die ihn nachher sitzen gelassen. Es lag schon lange zwischen seinen Wäschestücken. Fräulein Gerda würde sich sicher darüber freuen. Also nahm er es mit.
Die Tapete des Amerikaners war schön geblümt. Es gab einige goldgerahmte Bilder an der Wand, mit vornehm gekleideten Herren und verschwenderisch sparsam angezogenen Damen. Der Kaffee übertraf an Geschmack alles, was Öppi bei Frau Zepke unter diesem Namen zu trinken bekommen, und die Unterhaltung stockte nie. Er gab Gerda das Tüchlein. Weil's doch bald Weihnachten sei. Sie verstand sich auf Spitzen und Wäsche.
«Woher haben Sie das?»
«Aus Helvetien.»
«Für mich gekauft?»
«Nehmen Sie an!»
Öppi bekam ein rückhaltloses Lob für seinen Geschmack. Sie ließ das feine Tuch durch ihre schmalen, etwas knochigen Hände gleiten. Die Fingernägel blitzten. Sein Geschenk übertraf sogar die Gaben ihres derzeitigen Geliebten, nicht des Amerikaners, sondern jenes Rittmeisters, der sich in derlei Dingen sehr gut auskannte. Der Rittmeister konnte sich bemühen wie er wollte: ein solches Tüchlein, wie Herr Öppi ihr da gegeben, war in der ganzen Tauentzienstraße nicht aufzutreiben.
Öppi war glücklich über das Lob und darüber, daß er sogar einen Rittmeister übertroffen. Ein hübscher Augenblick. Er war ganz bereit, sich zu verabschieden und sich über den ganzen Vorfall wie über eine Reihe schöner Verse zu freuen, aber Gerda kannte doch die Männer und wußte, woran ihnen am meisten gelegen war. Keinesfalls mochte sie sich auf so feinfühlige Weise beschenken lassen und eine so kostbare Gabe von Öppi annehmen, ohne daß sie mit einem Gegengeschenk antwortete. Sie wurde nun ihrerseits verschwenderisch, wie er sich gezeigt, und bot ihm, was sie sonst möglichst teuer zu verkaufen pflegte: sich selber.
Öppi war überrascht. Da wiederholte sich eine gefährliche Lage. Die Ärzte kamen ihm in den Sinn. Gerda erriet ihn, sie ließ es bei den Zärtlichkeiten bewenden und bei der Liebe mit der Hand.

Die reizendste Frau der Osten-Bühne war Trüüs. Öppi sah sie seit langem mit immer gleichbleibender Zuneigung, Trüüs aus Wien

mit der melodischen Stimme, der keine andere gleichkam, die zarte, die zierliche, die anmutige. Sie liebte, litt um der Liebe willen. Ihr Liebhaber hatte sie verlassen wegen einer anderen. Das war um so schlimmer, als er ein großer Schauspieler und einer der fesselndsten Männerdarsteller der Weltstadt war. Da hielt es schwer, Ersatz zu finden und Balsam für den gekränkten Stolz. Es konnte ihm nicht leicht einer das Wasser reichen, und sie war nicht gewillt, mit weniger vorlieb zu nehmen, als sie vorher gehabt. An der Osten-Bühne kam niemand in Frage. Die Rachegedanken und hochgeschraubten Ansprüche trennten sie von den anderen Leuten der Bühne.
Manchmal war sie verzweifelt und des Trosts bedürftig. Öppi spendete ihn aus seinen Erfahrungen und mit milder Stimme wie lindernden Balsam. Sie hörte ihm gern zu, wenn nicht gerade jemand zur Stelle war, von dem sie sich wesentlichere Vorteile versprach. Sie war voll Mitleid mit sich selber, aber erbarmungslos gegen andere. Die Rollenansprüche der häßlichen Franziska begegneten sich manchmal mit den ihrigen, dann ballte sie voll Ehrgeiz die kleinen Fäuste und berief sich auf ihre weiblichen Reize in einer Weise, welche die reizlosere Nebenbuhlerin aufs tiefste verletzte. Sie dachte nur an sich, dachte an alle andern nur insoweit sie ihr nützlich oder hinderlich waren.
Der bissige Spielleiter Lobenstein spottete über die Jünglinge der Osten-Bühne, die sich ihrethalben vergäßen, die sich selber nie einen Augenblick vergäße. Öppi konnte sich ihrem Zauber schwer entziehen, und nur ganz langsam gelang es ihm, die kleinen ungünstigen Beobachtungen so beisammen zu halten oder zusammenzufügen, daß das Bild ihres Wesens ihm deutlicher wurde. Das gelang ihm, weil sie ihm kaum entgegenkam. Öppi zählte nicht, er lebte zu sehr im Schatten. Obendrein hatte der verflossene Liebhaber sofort nach dem Schusterspiele unmißverständlich erklärt, daß der Verfasser von einer verbotenen Ahnungslosigkeit und Arglosigkeit sei. Sie war die einzige Frau der Osten-Bühne, die eine höhere Schule besucht hatte, zierte sich mit den lateinischen Brocken, die ihr im Gedächtnis geblieben, die den Beweis für die vorzügliche Bildung abgeben sollten. Wer beim Essen das Messer zum Munde führte oder bei festlichen Gelegenheiten den Kaviar in ungeschulter Weise aufs Brot strich, verfiel ihrer Verachtung, wer aber niederträchtige

und verachtungswürdige Taten von irgend jemandem aus ihrem Gesichtskreis zu berichten wußte, erfreute sich großer Teilnahme und konnte der schnellsten Verbreitung seiner Berichte sicher sein.

«Nehmen Sie sich in acht», sagte Doktor Sztern, «die schwarzen Launen schauen ihr aus den Augen.»

An der Osten-Bühne konnte John nicht mehr ohne Rollen leben. Die Aufgabe des Erziehers genügte ihm nicht. Die Lust zu spielen war mächtiger. Schließlich holte er sich einen gleichgeordneten Mitarbeiter, der die Erzieherei fortsetzen sollte, und verlangte von seinen Anhängern, daß sie ihre Ergebenheit ohne weiteres auf den Neuen übertrügen. Öppi und Luka weigerten sich, sie hatten ihre Ergebenheit nicht gespielt, sondern empfunden, sie galt nur John; er schien das nicht zu bemerken.

Der Neue brachte ein schwaches Stück auf die Bühne, das von einer starken Sache handelte: Kohlen, Arbeiterfragen kamen zur Sprache, aber eben nur zur Sprache, wurden verredet. Keine Arbeiter von Fleisch und Blut, leere Grundsatzverkünder bevölkerten die Bühne. Mit dem Kohlenherrn, der Hauptfigur, stand's nicht anders.

Das war alles um so unerfreulicher, als es den Kohlenherrn wirklich gab, auch darum, daß die Kohlen so nah, so wirklich wichtig waren, die Kohlenfrage den Tag beherrschte.

Der Kohlenherr der Wirklichkeit: der Mann, lebend über den Kohlenlagern des Westens, der bei der allgemeinen Verarmung den Weg gefunden hatte, der reichste Deutsche zu werden, König der Blähgeldzeit. Die Stickstoffherren waren Wissenschafter; was sie erzeugten, wie sie's erzeugten, hatten sie erst zu erfinden gehabt. Der Kohlenherr holte seins aus dem Boden. Er war ein Schatzgräber. Er hatte selber die Schatzgräberei vor Ort betrieben, Kohle mit der Haue gehauen, hatte im Schein seiner Grubenlampe das schwarze Gestein aufblitzen gesehen, es mit der Hand befühlt. Als das Geld schwach wurde, ward die Kohle stärker. Sie lag unter Tag, mußte gehoben werden. Das taten die Grubenarbeiter, Bergarbeiter.

Im Kriege hatte die ganzliebende kaiserliche Regierung dem Kohlenherrn das auszeichnende Zeichen des Eisernen Kreuzes geschickt! Seiner wirtschaftlichen Leistungen wegen!

«Eisernes Kreuz?», sagte der zu den Seinigen, «habe ich vor dem Feinde gelegen? Nein!»
Zurückschicken? Ging nicht an.
So bestätigte er, als Kaufmann, den Empfang der Sache: «Erhalten: ein Eisernes Kreuz.» Eines! Nicht: das Eiserne Kreuz! Nicht das einzige, vielbegehrte! Bestätigter Materialempfang! Warensendung! Nichts weiter! Mutiger Mann, selbständiger Kopf!

Zu den Wiedergutmachungen des Friedensvertrags gehörten auch große Kohlenlieferungen des Reichs. Die Republik kaufte sie vom Kohlenherrn, zahlte ihn mit dem leicht abgeschwächten Geld ihres Anfangs, mit dem immer schwächer werdenden aus ihrer Reichsdruckerei. Der Kohlenherr durchschaute früher als die andern Wirtschafter den Vorgang und wahrscheinlichen Weg des Vorgangs: Markschwund! Unaufhaltsamer Markschwund! Geldverwässerung! Kohle bleibt Kohle! Er borgte sich Geld, kaufte damit und kaufte mit den Zahlungen der Republik des nächsten Ratlosen, des nächsten Unsicheren Kohlengrube und bezahlte ihn möglichst lange hinterher mit entwertetem Geld, wie es der Staat mit seinen Gläubigern machte. So immerfort, immerfort, sicher, daß der Mark nie etwas anderes einfallen würde, als immer weiter zu fallen. Fiel ihr, vorübergehend, einmal ein, das nicht zu tun, konnte man sie stoßen, indem man nach fremdem Geld für die Wirtschaft rief. Niemand wagte solche Riesenschulden wie er zu machen, niemand zahlte Schulden mit so riesigen Gewinnen wie er. Ein scharfer Rechner, ein rastloser Ordner und Planer, rastloser Beobachter aller Wirtschaftsvorgänge, nach langen Verhandlungsnächten bis zum Morgengrauen vor den letzten Zeitungsnachrichten sitzend; Herr in einfachster Kleidung, dunkler Hose, von keiner Bügelfalte je verunziert, der seinen Kindern wenige Jahre zuvor bloße drei alte gute Mark als Monatstaschengeld ausgesetzt hatte, weil man den Betrieben kein Kapital entziehen dürfe.
Die Unternehmerpartei wollte ihn zum Parlamentsmitglied machen.
«Ja», sagte er, «wenn ich nie vor der Volksversammlung reden muß.»
Er war halskrank, sprach leise, hatte Sprechschwierigkeiten wie Öppi zu Zeiten. Das war aber die einzige Ähnlichkeit zwischen den beiden.

Man bot ihm ein Schlößchen mit großem Grundbesitz, einschließlich einem Adelstitel, zum Kaufe an.
«Was kostet die Liegenschaft ohne Adelstitel?»
Die Ermäßigung war unbedeutend, er verzichtete. Er liebte die Arbeiter. Sie gehörten zu seinen Jugendbildern. Sie waren der Arbeit entwöhnt aus dem Kriege gekommen. Arbeiter ohne Arbeit verloren ihren Wert, ihre Geltung vor sich selber, verloren ihre Werte. Nur Arbeit hatte damals dem Lande helfen können. Also Arbeit schaffen! Kohle fördern, Geld aufnehmen, Werke kaufen. Warten! Zurückzahlen! Jahrelang ging das nun schon bei immer rascherem Abgleiten des Gelds. Er baute Schiffe, taufte eines – Bosheit? Schmeichelei? – auf den Namen jener Exzellenz, die ihm das Papiergeld mit immer höheren Summen bedruckte, ihm in immer größeren Mengen auf den Tisch legte. Er kaufte Holz, braune Kohle zu den schwarzen, Kokereien, Eisengruben, Walzwerke, Hotels, Zeitungen, Maschinenfabriken, Ölquellen, Papierfabriken, Hunderte von Betrieben und Anteile oder Beteiligungen von vielen hundert weitern Unternehmungen des Handels.
Die Verhandlungen rissen nicht ab, zu denen die Gegenparteien mit dicken Aktenbündeln erschienen, er mit seinem Zahlenverstand und Zahlengedächtnis. Geld nie behalten, schwindendes Geld weggeben, je schneller es sich entwertet, um so schneller es weggeben! Fieber der Wirtschaft! Überaus geeignet zur Schwarzmalerei an den grünen Tischen der Zusammenkünfte mit den siegreichen Mächten.
Teile des Kapitals, sagte der Kohlenherr, müßten für die Erhaltung der Nation geopfert werden. Es waren die Gelder der Sparer, der alten Leute, der Kinder, Waisen, Witwen, insgesamt zweihundert Milliarden in Geld. Der Kohlenherr, der reichste Mann des Landes, bescheiden, mächtig, bestaunt, letzte Hoffnung vieler Verblendeter, niemals hatte bis dahin ein Einzelgänger ein solches Wirtschaftsreich besessen oder in solcher Windeseile sich geschaffen.
Die französische Armee brach in sein Kohlen- und Industrieland, in Deutschlands größte Werkstätte ein. Die Republik war mit hunderttausend Telephonstangen der Wiedergutmachung im Rückstand. Man mußte holen, was die Widerspenstigen nicht vertragsgemäß gaben. Man mußte dem Verlierer noch einmal

zeigen, daß er der dauernd Unterlegene war. Torheiten der Rechthaberei! Das war immer der unselige europäische Bruderkrieg, der neun Jahre nach seinem Ausbruch hier noch weiter gespielt wurde, als ob Deutsche und Franzosen keine andern Aufgaben zu lösen gehabt hätten.
In Berlin versuchte die Regierung, das Land in eindrucksvoller Empörung antworten zu lassen: passiver Widerstand, Streik. Verweigerung jeder Zusammenarbeit mit der Besetzungsmacht. Keine Zahlungen mehr! Einheitsfront aller Parteien. Die große Arbeiterpartei machte mit, wie sie es zur Zeit des Kriegsausbruchs getan. Des Staates Kräfte waren für ein derartiges Vorhaben zu gering. Der Kohlenstreik wies Lücken auf, die Besetzer trennten das Industriegebiet vom übrigen Lande ab. Brückensprengungen, Störungstaten, aufgezogen von den wiedererwachten Selbsthilfebünden, von geheimen soldatischen Organisationen, riefen den üblichen Vergeltungsmaßnahmen gegen Unbeteiligte. Das Volk bezahlte, nicht die fremden Soldaten. Die Lebensmittelversorgung versagte, in den Familien der Arbeiter und Angestellten brach der Hunger aus. Der Staat verlor seine Einnahmen aus den reichen Gebieten und hatte deren Bevölkerung mit Geld zu unterstützen. Es gab Sammlungen zugunsten der Betroffenen, und die Schauspieler der Osten-Bühne beteiligten sich am großen Werk mittels Vorstellungen außer der Spielplanreihe, ohne Sonderentschädigungen. Ein Darsteller las von der Bühnenrampe herunter den Bericht des Reporters:
«... Die Arbeiterfrau ... die Kinder, die Kinder! ... täglich zu sehen, wie sie schwächer und blasser werden, täglich diese gierigen und fragenden Augen zu sehen ... früher habe ich an Gott geglaubt ... schon lange nicht mehr. Müßte er nicht die Armen, Elenden, Hungernden schützen, die Dicken, Reichen, Übermütigen strafen! Die Satten leben, sind glücklich, er läßt kleine, unschuldige, arme Arbeiterkinder hungern ... Sind wir so schlecht, daß wir im Elend umkommen müssen? ...
Eine Treppe tiefer, im Flur: ... Küchentüre weit offen ... ein kleiner Junge schleicht sich heran, nimmt eine Kartoffel aus dem Topf auf dem Herde, die Frau bemerkt es, läuft ihm nach, der sich hinter dem Rücken seiner Mutter, der Nachbarin, versteckt. Die Frauen schreien sich an, stürzen aufeinander los, schlagen, kratzen, beissen sich in tierischer Wut ... wegen einer halbrohen Kartoffel.»

Evas Freund Fredrik hatte in der großen nordischen Zeitung ein paar Spalten über Öppis Schusterspiel geschrieben, jetzt kam es auf die Bühne der schwedischen Hauptstadt. Der Berliner Verleger schrieb Öppi, daß er dem ganzen Norden die Aufführungsrechte für eine feste Summe dortigen Geldes zu verkaufen Gelegenheit habe. Einen recht großen Betrag in deutscher Mark würde das beim Wechseln geben. Öppi lehnte ab, ließ sich die eingehenden Zahlungen der Bühnen als Kronenbeträge im Norden selber gutschreiben. Zugleich bekam er einige helvetische Franken aus Aufführungen in der Heimatstadt Wittudaderdur. Dort hatte der Vater sich des Buben Spiel zusammen mit dem breiten und dem schmalen Bruder, mit deren Frauen und Kindern angeschaut. Im Saale hatte der Rektor der Schule, hatten der Latein-, der Rechnungs- und der Deutschlehrer gesessen; sie hatten dem Vater die Hand geschüttelt, ihn zu Öppis Arbeit beglückwünscht, der nach vielem Versagen nun offenbar doch auf guten Weg gekommen sei. Viel Kummer, von Öppi verursacht, war damit aus des Vaters Herz und aus seinem Gedächtnis getilgt. Öppi konnte am Silvester ihm zu seinem achtzigsten Geburtstage einen schönen Brief schreiben, ihm ausgiebig für seine Güte, seine Langmut und sein Zutrauen danken, ihm sein Teil am Erfolg in Wittudaderdur zuschreiben, sich ein wenig voreilig wie einer ausdrücken, der nun am Ziele war, konnte dem Tasso gleichend sich vor den Vater als den Fürsten stellen, der ihm das alles ermöglicht habe, und der Vater freute sich über des Buben Anhänglichkeit.

An der Osten-Bühne überließ John dem neuen Mitarbeiter breite Gebiete der Theaterarbeit; er rückte zum zweiten Spielleiter auf, redete belehrend, brachte seine Freundin, eine breite Blondine mit höchst unnatürlichen Spielangewohnheiten, mit, dem Ergebnis seiner Ausbildungsverfahren. Der Mann war ein P- und T-Laute-Spezialist, gemahnte an Lehm, ein Platz- oder Explosionslautverfechter, bei dem diese Laute eine derartige Bevorzugung oder Betonung erfuhren, daß die Sprache einer Brunnenröhre mit falscher Luft zu gleichen anfing, die keinen gleichmäßigen Fluß, sondern nur stoßweise Ausbrüche zustande bringt. Derlei verlangte er nun mit mehr oder weniger Nachdruck auch von Öppi und den andern.

John ließ ihm freie Bahn. Wo war John, der Lehrer, geblieben? Wo der Mann mit den weitgespannten Zielen? Der Erzieher? Zum Schauspieler war er geworden, zum Mann mit geklebtem Bart und mit Schminke im Antlitz. Die Rolle hatte ihn geschluckt. Alles war Rolle. Er hatte Öppis Ergebenheit angenommen und wieder weggelegt, als ob Öppi auch nur eine Rolle gespielt hätte. John als Erzieher: das war auch nur eine Rolle gewesen, deren er überdrüssig geworden, sobald ein leichterer Erfolg winkte. Wieviel schöne Worte waren doch gefallen! Alles an der Bühne waren Worte. Jetzt machte er große Worte mit Törpinghaus zusammen, nun verbrachte er mit ihm die Nächte, und Johns Eifer war dem berühmteren Gegenstand seiner Menschenneugier entsprechend größer als kurz vorher, da es um Öppi und Luka gegangen. Dabei war John die beste Erscheinung, der Öppi bis anhin bei der Bühne begegnet war.

Der Neue brachte außer der Blondine auch einen jungen, blondhaarigen, gutgewachsenen Anfänger mit, der patzig auftrat, mit Ellenbogen ausgerüstet war, eine Art deutsches Männerschönheits- oder Jünglingsideal darstellte, ein erfreulicher Anblick in der Tat war und bei Trüüs sofort besser einschlug, als Öppi es je getan, dies insbesondere von dem Tage an, da der Theaterfriseur die zugewachsene Stirn freilegte und dem Burschen zwei ausrasierte veredelnde Stirnecken verschaffte, zu denen ihm die Filmleute geraten hatten, bei denen er ein Erfolg zu werden begründete Aussicht hatte.

Erfolg, das war was für Trüüs.

Ein Denker verliebte sich in sie. Er hatte ein Buch geschrieben, in langer Zeit, als Frucht langer Überlegungen und nach schmerzlichen Erfahrungen.

«War's ein Erfolg?» war ihre Frage. «Reden die Leute darüber? Hat's Aufsehen gemacht?» Was der eine Ausgezeichnete gedacht hatte, war ihr völlig gleichgültig, was die dummen Vielen allenfalls drüber schwatzten oder schrieben, darnach wollte sie die Gabe und den Mann einschätzen.

Erfolg! Erfolg! Das Wort kam immer wieder. Der Bühnenerfolg! Geschwätz, Händeklatschen und Zeitungsnotizen! Darum drehte sich's! Erfolg! Mit welchem Mittel? Im Dienste welcher Gesinnung? Wer fragte danach! So war's mit Trüüs, so war's mit allen!

Gab es überhaupt einen Schauspieler, der sich durch die Dinge, die er darstellte, im geringsten verpflichtet fühlte? Gab es einen, dessen Gedanken im leisesten Zusammenhang mit dem standen, was er redete? Diese Frage wurde überhaupt nicht aufgeworfen. Die Forderung nach der Übereinstimmung eines Menschen mit den Taten, die er tat, war für die Bühne aufgehoben. Als Regel aufgehoben, nicht nur zur Ausnahme. Das blieb nicht ungestraft. Die Spieler zahlten diese Vermessenheit des Theaters damit, daß ihnen der Sinn für diese Übereinstimmung verlorenging, die Lust am Darstellen überwucherte und fraß ihr Leben. Sie verfielen dem berauschenden Gift, große Dinge darstellen zu können, ohne sie tun zu müssen. Nun wurde ihnen Darstellung ihr eigenes Leben. Sie spielten nur und waren nichts mehr. Sie wollten nicht das Sein, sondern den Schein.

Das war's, wovor Marianna ihn immer gewarnt hatte, das war's, was sie an der Bühne nicht leiden mochte und dem sie doch selber ganz und gar verfallen gewesen. Nun begriff er ihr Entzücken über ihn, der damals ums Spielen buhlte und so weit davon entfernt war. Aber nun war's anders. Nun hatte er den süßen Reiz gekostet, mit Behagen scheinen zu dürfen, was man nicht war. Und um dieser Genugtuung willen sollte er nun sein Leben verspielen? Hatte er dazu so inbrünstig ums reine Deutsch geworben, bei Lehm gelitten, in einsamen Zimmern geweint und sich von untergeordneten Theatermachern verachten lassen? Das konnte nicht sein. Beim neuen Deutsch wollte er bleiben, oder vielmehr drum wollte er sich weiter bemühen, um das gut Geschriebene, aber nicht dadurch, daß er ein Komödiant blieb, es mußte vielmehr fürs gut Gesprochene noch andere Anwendungen geben, andere Ergebnisse mußten ihm entwachsen. Welche? Das war unklar.

Öppi verlor die Freude an der Osten-Bühne. Vertrug er den Absturz seiner Bedeutung von der Aufführung seines Schusterspiels bis zu Johns flausigen Reden nicht? War er gekränkt, ohne sich's zuzugeben? Im Ausland gespielter Autor, am Theater mit Belanglosigkeiten beschäftigt. Nun verlangte man gar von ihm, daß er des neuen Spielleiters Verfügungen ernst nehme, bei dem doch, wie an einem enthäuteten Leichnam, alles deutlich dalag: die leere Gebärde, die Aufgeblasenheit, das Mißverhältnis zwischen dem Geiste der Dichtung und dem Ausrufer, der jene

Schöpfungen zu seinem eigenen Ruhm unter die Leute bringen wollte.

Öppi sehnte sich nach seinen einsamen Stunden zurück. Da hatte er richtig mit der Sprache zusammen gelebt. Er schämte sich. Das Theater hatte ihn enttäuscht. Und John auch. Um so belangloser Dinge willen hatte er solche Schmerzen erduldet. Mit Luka konnte er gar nicht reden, der liebte Polly und spielte mit Polly, daß man durchaus sich nicht auskannte, wo das eine begann und das andere aufhörte. Es war unerträglich. Öppi glaubte sich berechtigt, dem Theater seine Verachtung zu zeigen, weil es nicht gehalten, was er sich davon versprochen. Nun benahm er sich in den Vorstellungen so schlecht wie nie einer zuvor, verlachte sich selbst und das Spiel im Spiel, bog in den ernstesten Stücken seine Gestalten plötzlich zu Hanswursten um, daß die Nebenspieler vor Lachen aus den Rollen fielen, beleidigte durch sein Verhalten die Zuschauer, Spielleiter und ernsten Mitspieler. Es gab einen Streit mit Törpinghaus, bei dem Öppi die ersten Worte mit jenem wechselte, den er von allen Leuten des Osten-Theaters am höchsten schätzte.

Sein Verhalten führte zu Zwischenfragen und Rügen in einer Schauspielerversammlung, denen er mit frecher Verachtung begegnete, er forderte John heraus, indem er ihm vor den versammelten Schauspielern seine Mißachtung kundgab; er tat es mit dem heimlichen Gedanken, John möchte ihn zur Rede stellen und ihm Gelegenheit geben, sein Herz auszuschütten. Aber John schwieg. Öppi kaufte ein Einglas, klemmte sich's ins Auge, nahm die Gewohnheiten oder das Gehaben mittelmäßiger Verführer an, saß immer in den Ankleideräumen der Frauen, wo jederzeit irgendein weibliches Wesen mangelhaft bekleidet war, bis sich die Schamhaften beklagten.

Im Stück, drin Gerda den Öppi in Seidenhosen gesehen, spielte in entsprechendem Zeitkostüm auch die rote Irma mit, ein Mädchen aus gutem Hause, mit einigen Pressebeziehungen, rundlich, klein, jungmädchenhaft, viel durchtriebener, als es den Anschein machte, nicht eben schön und nach Abenteuern begierig. Sie hatte am ersten Spielabend jenes Stücks eine Robe überzustreifen, die nicht zum ersten Male aus dem Leihgeschäft geholt wurde, aus deren Schmutz sich eine Spielerin kurze Zeit vorher einen bösen Hautausschlag am Oberarm und an den Schultern zugezogen hatte. Nichts berechtigte zu der Annahme, daß die Robe inzwischen gereinigt worden sei, niemand dachte an den früheren Vorfall. Irma zog ahnungslos das Zeug über. Öppi sah's, ging nachher zu ihr, nahm ein keim- oder pilztötendes Mittel mit, klärte sie auf und betupfte mit einiger Wichtigkeit und gründlich ihre sehr weiße Schulter und den wohlgebildeten Arm.

«Bist ein guter Kerl, Öppi», sagte sie und gab sich bereitwillig ein wenig in seine Hut.

Als er sich selber an der Bühne völlig unerträglich geworden, ging Öppi zu dem kleinen, dicken Verwaltungsmann mit Bauch und Spitzbart, der im Hinterzimmer bei der Kasse saß, der die Macht, Goldberg hinaus aus dem Theater zu drängen, gehabt hatte.

«Ich bitte um meine Entlassung.»

«Gern», sagte der Dicke und löste den Vertrag, der Öppi noch einige Wochen bis zum Ende der Spielzeit gebunden hätte.

Einige zehntausend Mark erspart, dachte er dabei.

Öppi ging. Wie in Örlewitz: Flucht! Niemand schüttelte ihn: Öppi, erwache! Wenn er nur brechen, sich trennen, sich lossagen, weggehen konnte!

Aus aller Ordnung

«Noch ein Jahr», schrieb um diese Zeit Carlo Julius an Öppi, «brauche ich bis zur Bühnenreife und deren zwei, um die Schäden auszubessern, die mir meine bisherige Lehrerin mit ihrem falschen Verfahren zugefügt hat. Sie taugt nichts, hat keinen Eifer für mich, legt Wert nur noch auf Dollarschüler. Wunderst dich? Tu's nicht! Die menschliche Stimme ist gleich jedem beliebigen andern Instrument, das man zu beherrschen lernen muß. Mein Piano taugt in der Höhe noch nichts, die Kopfresonanz fängt erst zu erscheinen an, und vom Brust-Beigabe-Ton verspüre ich in guten Augenblicken ein erstes Erscheinen.»

Eva setzte zur Bekräftigung und zum Zeichen ihres Einverständnisses mit des Carlo Julius' Urteil ihren Namen mit vielen Grüßen auch unter das Papier.

Ein Jahr oder zwei! Öppi fühlte neuartige Empfindungsströme! Der Freund hatte doch Frau und Kind! Das ging doch um Eva. Die Sache ging ihr nahe, das sah man an den zittrigen Buchstaben! Öppi setzte sich hin und schrieb, sich auf die Freundschaft berufend, Unangenehmes: eine Art Ermahnung, hinweisend auf die Verweichlichung des Geistes, als aller Schülerergebenheit Frucht, dazu eine Lobpreisung aller selbstgefundenen Verfahren des Lernens und allgemein eine Beschwörung des Fleißes, mit besonderem, unausgesprochenem, angedeutetem Bezug auf den Adressaten.

Carlo Julius wich aus. Er nahm's nicht übel. Zorn war unbequem, verpflichtete. Er legte in seiner Antwort dem Öppi, wie man sagen könnte, lächelnd die Hand auf die Schulter, verwies überlegen auf dessen Unkenntnis der besonderen Schwierigkeiten der Gesangskunst im Vergleiche zu der Pfuscherei eines Schauspielers und lud bei alldem Öppi ein, doch recht bald, doch rasch wieder zu ihm und zu Eva herüberzukommen.

Diese Besuche behielten die Annehmlichkeiten, die Freuden bei, die sie für beide Seiten von Anfang an gehabt hatten. Carlo Julius war Hahn im Korb. Die Frau Hauswirtin erschien hie und da in der oberen Wohnung zum Spielen, Lia, die Rittergutsbesitzerin, kam, musizierte ebenfalls, etwas weniger gut, aber jugendlich draufgängerisch. Sie bat Eva und den Gatten öfters zu sich aufs Land hinaus. Ein Musikerpaar, Vater und Tochter, erschienen von Zeit zu Zeit, fernher gemahnend an den alten Harfner der Literatur und seine Mignon; zum Kreise gehörte ein nordischer Zahnarzt, das Liebenswürdigste, was man sich denken konnte, und seine helvetisch strahlend schöne und übermütige Frau. Bei den täglichen, immer teureren Einkäufen war die kleine, märchenhafte, arme Baronin zu Eva gestoßen, der man eben vom Herzen weg die Schwierigkeiten eines Haushalts und einer Ehe darlegen konnte, ohne der Ungeschicklichkeiten wegen in Verruf zu geraten, ohne Klatsch befürchten zu müssen. Der Gatte, Reichswehroffizier von Rabenstein, legte für Eva die Hand an die Mütze und grüßte von weitem sehr höflich und sehr elegant. Evas Äußerungen stellten fleißig bei allen Freunden und Bekannten den Gatten in vorteilhaftes Licht. Der kleine Jan bewies im Wägelchen das Eheglück des Hauses, ein wohlgeratenes Kerlchen, früh geschickt, braunhäutig, mit Evas großen Augen, ins Dunkle gewandelt.

Nun also die Verlängerung des Studiums auf abermals beträchtliche Zeit! Das Geld schmolz dahin. Eva sah bekümmerten Herzens die Not der einkaufenden Hausfrauen auch ihres bevorzugten Quartiers. Ihr Hab und Gut sollte weiter schwinden, ohne daß etwas einkam. Die treuhänderischen Verwandten im Norden ließen ihre Verwunderung über die Wirtschaftsweise des Ehepaares durchblicken. Das war peinlich.
Ein neuer Lehrer für Carlo. Der teuerste abermals, so wie er sich auf die besten Opernplätze weiterhin setzte, zu denen Eva der auftauchenden Besorgnisse und der Mutteraufgaben wegen nicht mehr hinkam. Die Lehrerin war gewiß unangenehm geworden, hatte aber bei den Schlußgesprächen eine schlagende Anmerkung zu machen: Herr Carlo Julius übt nicht, arbeitet nicht!
Die Briefmarkenspielerei war wieder erwacht, sie führte ihn zu geographischen Anteilnahmen, diese zu nichts.
Evas Hände kamen des Buben wegen vermehrt mit kaltem Wasser in Berührung, die Schmerzen nahmen zu, sie konnte am Klavier als Begleiter schlecht mitkommen. Das gab Vorwürfe, heftige Auseinandersetzungen, abgebrochene Übungsversuche, daran sie die Schuld zu übernehmen hatte, zu bereitwillig übernahm.
Carlo Julius allein? Er konnte am Flügel nicht sitzen bleiben, ging's gut, ging's gut; ein paar verunglückte Versuche, und er gab auf, flog aus, flog ab wie ein Vogel vom Ast, führte sich in die Stadt spazieren. Der Herr Opernsänger vor den Verkaufsläden! Immer wurde irgend etwas gekauft, Nippsachen, Hübschheiten, ein Buch, gar jene vierbändige Luxusausgabe der Märchen aus «Tausendundeiner Nacht», als Eva schwanger gewesen, als sie gar nicht lesen, nur brechen konnte, Bücher fürs Büchergestell, für sie, aus ihrem Geld bezahlt! Liebenswürdiger Einfall, dafür sie sich dankbar zu zeigen hatte; tat sie's nicht, war der Gatte in seinen sogenannten besten Gefühlen verletzt.
Gut angezogen sein war für einen angehenden Sänger wichtig! Öppis Ausrüstung verfiel der Kritik, sein Ziegenfell-Pelzmantel war Gegenstand neidischen Spotts. Der Freund schonte den Freund nicht, als der vernachlässigte Öppi zu Tisch mit schlecht oder vielmehr gar nicht geschnittenen Fingernägeln erschien. Der Vorfall rief Evas Verteidigung auf. Die war schön zu hören. Bei sich hörte sie's noch wie ehedem:

«Wenn du doch mein Bruder wärest!
Wenn du doch an den Brüsten meiner Mutter gelegen hättest!
Dann dürfte ich dich küssen nach Herzenslust,
So oft ich dich auf der Straße träfe,
Und niemand würde mich verachten.»

Einmal, als er zu Besuch war, vergaß in der Wohnung Eva sich mit Öppi, gab sich ihm hin, sagte es sofort dem heimkehrenden Gatten und in Öppis Gegenwart.
«Seid ihr ganz bei Trost! So was!»
Dabei blieb es. Evas allfällige Fehler oder Mängel ließen sich ausbeuten, gegen eigene verrechnen! Von der liebevollen Freundschaft zur liebenden Umarmung, die eine konnte das andere wohl einmal gewähren.

Die Ärzte empfahlen Eva dringend eine Badekur, die dem Fortgang der Erkrankung Einhalt für einige Zeit geböte. Von der Verarmungsangst ergriffen, empfand sie Gewissensbisse, das Geld dafür auszugeben. Öppi sprang dem Haushalt mit einem Beitrag aus seinen Kroneneinnahmen bei. Carlo Julius reiste ins Heilbad, Zimmer zu bestellen und auszuwählen; solches besorgte er mit größter Gründlichkeit und umständlichem Gehaben. An seine Arbeit erinnert zu werden, ans Aufstehen am Morgen, machte ihn rasend. Mit Frau und Kind ins Bad zu reisen: nie dagewesen, großer Vorfall. Er machte dort gute Figur, Herr mit grauen Schläfen, hochaufgerichtet, am Laufgitter seines Bübleins, bedeutende Erscheinung nach allgemeinem Urteil.

Eva eroberte das Herz der Frau Geheimrätin, die auch im Orte kurte. Dem Buchstaben der republikanischen Verfassung nach gab es keine solchen Titelverleihungen mehr; die Bezeichnung erhielt sich dennoch für die früher damit Ausgezeichneten, wurde fortgeführt, gerne von vielen vernommen als Erinnerungsrest an die versunkenen, früheren glanzvollen Kaiserzeiten. Diese Frau Geheimrätin war ihrem Titel überlegen. Sie hielt Ausschau nach Menschen. Viele bedeutende, reiche, kluge Leute gingen in ihrem und ihres Gatten, des einstigen Königsbegleiters, Haus in der Elblandschaft ein und aus, wenige gab es, niemanden gab es mit dem besonderen, diesem stillen, ja unscheinbaren Zauber dieser Eva

mit ihrer vollkommenen Höflichkeit, die nicht leere Form, sondern Wesensart war, dieses alles – das sah die kluge Geheimrätin wohl – verbunden mit viel erduldetem Leid und einer schwierigen Aufgabe.
Als man wieder daheim war, blieb der Umgang erhalten, selbst der vorsichtige, eher gemessene Gemahl ging zur Zuneigung für Eva über. Dem Carlo Julius öffnete sich eines der reichsten, schönsten, klügsten Häuser des Landes. Er las den Herrschaften Öppis Schusterspiel vor, Öppi wurde in den neuen Umgang einbezogen.
Carlo Julius hatte einige photographische Aufnahmen des kleinen Jan gemacht. Ihm einige Einnahmen zu verschaffen, gaben Geheimrats ihm die Porträts ihrer Lieblingshunde in Auftrag. Nun verschwand er von den Gesangsübungen weg in die Dunkelkammer, das Vergnügen oder Wunder, dort die Bilder aus dem Nichts auftauchen zu sehen, zog eine Neugier auf etwas chemisches Wissen nach sich, das Carlo naiv überschätzte. Alles zusammen gab Anlaß zu neuen Einkäufen eines Arsenals von Flaschen, Salzen, Lösungen und Instrumenten, zu Ausgaben, die mehr verschlangen, als die Aufträge einbrachten.

Öppi schrieb am Tisch im Zimmer bei Zepkes, dachte und schrieb. Sein zweites Theaterstück, das Brandstück hatte bei den Bühnen niemand haben wollen. Ein neues also! Welcher Art?
Eine gangbare Handelsware, ein gefälliger Spielstoff nach allgemeinem Geschmack, gesuchte Sachen das, brachten immer was ein. Das also! Aber wie?
Oder mehr? So wie er es schon versucht hatte. Mit etwas eigner Wahrheit, als Schüler der großen Vergangenheit? Dichterisch gestimmt, wie der Kritiker es ihm zugesprochen. Angelehnt an die Vollkommenheiten der Dagewesenen! Gar Dichtung?
Wie die Zeitungsschreiber ihn ausgelacht hatten! Wie die Wiederholung vermeiden? Wie den gerügten Mängeln begegnen?
Den Jungen, den Neuesten, den Zeitnahen sich anschließen? Den Verkörperern der Gegenwart sich zuwenden? Einer Richtung beitreten?
Die Zeit vorwärtstreiben! hatte man ihm zugerufen. Das hinter Zepkes Tisch! Wie nur?
Hinter die Dinge treten! An Zepkes Tisch?

Ging er unaufrichtiger als andere durch die Vorstädte? Sah er falsch, weil sie ihm häßlich zwar, aber auch schön, über alle Maßen schön erschienen? Wie die andern mit seinem also Angeschauten umgingen! Selbstherrlich! Zertrümmerer alle! Satzzertrümmerer, Sachzertrümmerer. Sprachfetzen verwendet zu rätselvollen Mitteilungen. Mitteilungen? Nein, zu Anrufen, Aufrufen, Schreien. Hohes teilt mit, wer eine Einsicht vermittelt. Höchste Einsichten lassen sich in Worte fassen, sagten Öppis große Vorbilder. Höchste Einsichten lassen sich nicht in Worte fassen – so verkündigten die Zeitgenossen. Erschreckend, geheimnisvoll, anziehend diese Wortmächtigen, diese ungreifbaren Sätzeschleuderer. War noch lebbares Leben im wild Hervorgestoßenen? Klatschten schlottrige Wortgewänder um Kleingeratenes?

Heftig, heftig, heftiger! war die Parole. Ja nicht umgänglich! Untergänglich lieber! Untergang des Abendlandes! Au fein, wir gehen unter!

Schreien, brüllen, stöhnen, schelten; bersten, platzen, faulen, brennen – alles so! Hinaufgreifen in des Himmels Unerreichbares, niederstürzen auf die berstende Erde, die Sterne zwischen die eigenen Augenlider klemmen. Gott antrommeln! Was die sich herausnahmen!

Wortrausch?

Wie sie mit dem Mond umgingen, dem Gestirn der friedlichen Wasenwachser Waldnächte, wie sie nach ihm griffen, als rote Zote ihn vor Schenken hängten, ihn in der bloßen Hand zerdrückten, die Maulhelden, ihm die schwarze Larve vors Gesicht banden und knochig sein Silberlicht schalten.

Ist nicht meine Kragenweite! sagte sich Öppi.

Dennoch entstiegen unversehens dem Abgelehnten ergreifende Anrufe, unvergeßlich Unsagbares, Empfindungen, reich wie reichstes Wissen, umfassend Schönes!

Öppi schrieb Reime, verschrieene Reime! Übelste herkömmliche Zwangsform! Schablone, für jeden Teig die gleiche!

Baum – Traum, Liebe – Triebe. Alles bis ins letzte abgewandelt! Zwischen solchen Schalbrettern war kein Platz, sich auf persönliche Art umzudrehen. Zur Niedlichkeit verdammt, wer mit diesen Klingeleien sich einließ.

Öppi suchte nach Reimwörtern an Zepkes Tisch.

Manchmal ging er mit einer Art Feierlichkeit in eines der vornehmsten Speisehäuser des Westens zu Tisch. In den großen Räumen, wo er langsam sein Mittagessen kaute und sein Wasser trank, war niemand. Er wurde mit ausgesuchter Höflichkeit behandelt. Der Kellner nahm ihm den Mantel ab, legte ihn nach Tisch ihm wieder um, immer noch den Abendmantel aus Cheudra, dessen Seidenfutter und Aufschläge allerlei schäbige und glanzlose Stellen aufwiesen.

Manchmal sah er Luka, der von der Osten-Bühne den Weg in die westlichen großen Theater in Eile durchlaufen hatte. Jetzt saß er, auf eigene Rechnung, an ausgesuchten Gasthaustischen, in gutsitzenden Anzügen, mit Leuten von immer bekannteren Namen; sein Wirkungskreis erweiterte sich, Öppi durfte als bevorzugter Gast ihn in den Ankleideräumen aufsuchen, konnte ihn um Freikarten bitten und bei den diesbezüglichen Rückfragen an Bühneneingängen mit Erschrecken feststellen, wie sein eigenes Wirkungsfeld nach der kurzfristigen Ausweitung an der Osten-Bühne nunmehr mit nie vorausgesehener Geschwindigkeit zusammenschrumpfte. Er fühlte Neid und schämte sich des Neids. Ratlosigkeit und Unsicherheit fielen aus ihren Hinterhalten mit neuer Kraft ihn an. Dann legte er sich hin und schlief, schlief während zwölf Stunden in der Nacht und während vieler am Tage, wie die Murmeltiere der Berge zur Winterszeit.

Es gab nicht weit von Zepkes entfernt ein kleines Russenkaffeehaus mit russischen Musikern. Da saßen die Russenflüchtlinge der Revolution beisammen, redeten russisch zusammen, aßen russische Kuchen, von russischen Bäckern gebacken, und besprachen ihre Angelegenheiten. Öppi saß dazwischen, begriff von allem nichts, war aber von hohen Meinungen über seine Umgebung erfüllt. Eine Frau, die er oft betrachtet hatte, war eines Abends länger als gewöhnlich sitzen geblieben, allein, ihm grad gegenüber in der nächsten Ecke. Das Kaffeehaus war schon leer. Sie steckte eine Zigarette in den Mund, Öppi versuchte ihr mit Feuer beizuspringen, sie war selber mit Streichhölzern ausgerüstet und lehnte freundlich dankend ab. Aus der Ferne. Mit liebenswürdigem Nicken.

Sie liebt mich, dachte Öppi voreilig und wartete draußen in der Dunkelheit auf sie. Ob er ihre Bekanntschaft machen dürfe? Sie

verneinte. Höflich und liebenswürdig, wie sie das Feuer für die Zigarette abgelehnt hatte. Später begegnete er ihr wieder zwischen den kleinen Tischen, dran sie mit ihren Landsleuten saß, schämte sich und wagte sie nicht anzusehen. Eines Tages stand sie, als er einsam seinen Tee schlürfte, plötzlich vor ihm.
«Guten Tag! Wie geht's? Sie sind immer so allein!»
Sie ersuchte ihn um ein kleines Darlehen, ein beträchtliches, wie's Öppi vorkam. Er sagte zu, brachte das Vereinbarte, das Geld, tags darauf in verschlossenem Umschlag ins Kaffeehaus. Sie steckte die Sache ohne viel Umstände ein.
«Könnte leer sein», sagte Öppi; ob sie den Inhalt nicht nachprüfen wolle?
«Des Inhalts bin ich vor Ihnen so sicher, wie ich sicher bin, daß morgen die Sonne aufgehen wird.»
Nun war er ganz gewonnen!
Draußen schien die Sonne. Der Frühlingswind strich über die Asphaltstraßen. Keine andern Gäste zur Stelle. Öppi durfte sich zu ihr setzen und allerlei hören und reden. Am andern Tage, Sonntag vormittags, holte er sie zu einem Spaziergang ab. An der Ecke trafen sie den Zahnarzt, der ihr Arbeitgeber gewesen war. Zahnärztin, jetzt ohne Beschäftigung, Flüchtling, Witwe, mit wenig Geld, heimatlos, zur Miete mit ihren Verwandten zusammenwohnend, zur Vorsicht und zur Rücksicht auf ihren Ruf verpflichtet und von einem deutschen Strumpfhändler angeschwärmt.
«Err will mir heirratten.»
Öppi hatte den Mann im russischen Café gesehen, sitzend mit ihr und ihren Verwandten am Tisch, betont gut angezogen, krummbeinig, mit aufgedrehtem Schnurrbart, hatte ihn um sein Dabeiseindürfen beneidet, denn die Russen waren insgesamt ganz ungewöhnliche Leute. Öppi war hiervon überzeugt, nicht weil er sie gründlich kannte, sondern weil er sie gar nicht kannte. Immerhin: sie sprachen viel von sich, man sprach von ihnen, sie hatten schöne Frauen und kamen von weither. Nun kannte er, Öppi, auch eine Russin.
«Ich will ihn nicht», sagte sie. «Ich liebe ihm nicht! Und err hatt kein Geld. Strümpfe! Das ist kein Geschäft. Err verdient nichts. Wenn ich würde ihm lieben, dann err braucht kein Geld zu haben, aber ohne Liebe err muß haben so viel!» Und sie warf die Hände auseinander.

Man ging auf den Wegen im Tiergarten. Es war warm. Die Bäume grünten. Öppi beschrieb seine Heimat, Helvetien. Wo die guten Franken herkämen. Darüber wußte sie schon Bescheid. Er stieg über eine Einfriedigung und pflückte ihr ein paar verbotene Blumen. Am Ausgang des Parks setzten sie sich auf eine Bank. Er sah sie an. Sie war voll und klein, es gab manches kleine feine Fältlein um den Mund und um die Augen. Sie kämpfte mit Geschick dagegen. Sparte nicht an Puder, und der Mund war rot bemalt, klein und hübsch. Sonst sah sie rundlich drein und gütig wie eine kleine Mutter. Sie wies ihm ihre weißen Hände, die nicht mehr richtig jugendlich, aber von schmaler, guter Form waren, mit etwas breiten Fingerenden.

«Diese Hände haben schon viel Gutes getan», sagte sie und führte allerlei Beweise an. Der Bruder, Bildhauer in Paris, hatte, von ihrer Form entzückt, die beiden Hände in Ton geformt. Öppi küßte die eine Hand. Die Frau sah still vor sich hin. Es war Mittag. Niemand ging mehr auf den Wegen des Parks. Öppi gab ihr einen Kuß auf die gepuderte und leicht flaumige Wange. Sie rührte sich nicht. Dann küßte er leicht ihr rotbemaltes Mündchen. Weil sie eine Frau war. Weil sie Russin war. Weil niemand zur Stelle war.

«Wie heißest du?»

«Maruschka.»

«Komm, Maruschka!»

Sie gingen zusammen zum Essen. Dahin, wo sie immer mittags zu Tisch saß. Er bekam von ihren Kartoffeln, und sie aß von seinem Blumenkohl.

«Du bist ein guterr Mensch und verständig», sagte sie auf dem Heimweg zu ihm, «drum man hatt dir gern.»

Als Öppi Frau Maruschka das nächstemal abholen wollte und zur verabredeten Stunde im Empfangsraum der Wohnung stand, machte sie ein erschrockenes Gesicht.

«Err kommt!»

«Wer?»

«Der Strumpfhändler. Du mußt sagen, daß du bist hier, um nach Nadja zu fragen, meiner Nichte, die wohnt hier auch.»

Es klingelte. Der Strumpfhändler kam. Er begrüßte Maruschka in betont kameradschaftlicher Weise, machte ein ernstes und steifes Gesicht gegen Öppi. Der fragte nach Nadja, der Nichte.

«Sie ist nicht da», sagte Maruschka.

Öppi solle später wiederkommen oder anrufen. Dann gingen sie alle drei die Treppe hinunter.
Der Strumpfhändler im steifen Hut sah mißtrauisch drein, schwieg, und Öppi schwieg ebenfalls. An der ersten Straßenecke verabschiedete er sich. Maruschka aber kam ihm über den Damm nachgelaufen:
«Oh, err ist so eiferrsüchtig! Ich muß ihm beruhigen. Geh voraus in das Kaffeehaus und warte, bis ich komme.»
Dann rannte sie zu dem Strumpfhändler zurück. Öppi wartete lange, schließlich kam sie:
«Err warr sehr böse und hat gar nicht geglaubt, daß du bist gekommen wegen Nadja. Jetzt err wird mich vielleicht nicht heirratten. – Dann was mach ich?»
Öppi schwieg und dachte nach.
«Dann du mußt mirr heirratten.»
«Wenn das ein Grund ist», sagte Öppi, der nicht so ohne weiteres den Vorschlag abzulehnen wagte.
«Überlege dir's, und ich werde kommen morgen zu dir, schauen, wie du wohnst.»
Am andern Tag besorgte Öppi ein Pfund Kirschen, stellte zwei Rosen auf den Tisch seines Zimmers und holte Maruschka ab. Sie trug ein leichtes Sommerkleid, ging mit vollen nackten Armen neben Öppi her und sah jugendlicher aus als je zuvor.
«Also hier wir werden wohnen», sagte sie, lehnte sich in die Ecke von Frau Zepkes gutem Plüschsofa, rühmte die gute Ordnung und lobte die deutschen Hausfrauen. Sie ließ ein paar gute Worte über Frau Zepke fallen, schloß Öppi in die Arme und wollte die Einzelheiten der Heirat besprechen. Er erwiderte ihre Küsse, hatte sich aber in der Zwischenzeit soweit besonnen, daß er die Heiratsvorschläge unter mannigfacher Begründung ablehnte.
«Wieso?» sagte sie, «wenn du küßt mich so heftig und du kaufst mir Blumen, dann du liebst mich.»
«Allerdings», sagte Öppi etwas laut und faselte einiges vom Unterschiede zwischen Liebe und Ehe. Liebe ohne Heirat? Nein, das ging nicht. Darauf konnte sie sich schon mit Rücksicht auf ihre Verwandten gar nicht einlassen. Die Verhandlungen zerschlugen sich. Maruschka nahm die Rosen und wollte gehen. An der Tür warf sie sich nochmals an seinen Hals und küßte ihn ungestüm:
«Wir wollen heirratten.»

Öppi schüttelte den Kopf, brachte sie zur Hochbahn, dort verabschiedete sie sich kühl und förmlich von ihm.
«Die hat aber ordentlich was über den Hintern», sagte Frau Zepke bei Öppis Rückkehr. Eine Beobachtung durchs Fenster gemacht!
Öppi war auf die erwähnte Einzelheit ihres Leibes nicht deutlich aufmerksam geworden. Bald darauf erblickte er Maruschka zufällig am Arm des Strumpfhändlers auf der Straße, fand Frau Zepkes Beobachtung bestätigt und war recht froh, ihr entronnen zu sein.

Frau Zepke empfand eine Vorliebe für die rote Irma. Sie kam des öftern, konnte stundenlang in Öppis Zimmer warten, bis er nach Hause kam, begegnete der alten Frau mit süßen und schmeichlerischen Tönen, trug weiße Röcke, die ihr ein kindliches Aussehen gaben, und rührte Frau Zepkes Herz mit dem Flügelschlag ihrer Augendeckel. Sie war voll Ziererei, legte eine weltgewandtes Wesen an den Tag und gefiel dem Öppi an manchen Tagen ein wenig, an andern gar nicht, oder beides durcheinander und zu gleicher Zeit. Er gefiel ihr sehr. Manchmal küßte er sie, weil sie's ihm gar so leicht machte, war darauf wieder launenhaft und gleichgültig; sie brauchte nur ein Geringes von seiner Zeit oder seiner Aufmerksamkeit zu fordern, das er nicht ohne weiteres zu geben geneigt war, und er wünschte sie über alle Berge.
Ihre Stupsnase war von fehlerhafter Form, sie wurde von einem berühmten Arzt um teures Geld, der Bühne halber, mittels eines schmerzhaften Eingriffs verschönert. Das Krankenheim lag nicht weit von der Zepkeschen Wohnung. Öppi kam um einen Anstandsbesuch nicht herum, ärgerte sich bei dem Gang, weil die nahe Lage der Klinik Irmas Mittel war, den Besuch von ihm ohne Worte zu fordern, ärgerte sich auch darüber, daß sie ihres entstellten Aussehens wegen sich zunächst nicht vor ihm zeigen wollte und ihn zwang, sie über dieses Aussehen hinwegzutrösten.
Sie war viel unterwegs, nahm sich und ihre Angelegenheiten äußerst wichtig, lachte über Öppis Zurückgezogenheit und sein vieles Schlafen. Es gebrach ihr an jeder Einsicht in seinen geistigen Zustand. Sie setzte sich mitten in seinem Zimmer auf einen Stuhl und spielte ihm Rollenstücke vor, die ihr gut standen und darüber er entzückt sein sollte. Er nahm's aber krumm, daß sie vom

Theater redete, ohne sich im geringsten um seine Erlebnisse dort zu kümmern und um die Einsichten, die er sich dort erworben.

Öppi bekam einen Brief des Steueramts, von der Abteilung sechzehn des Steuerbezirks hundert, Steuernummer sechshundertneun, Sollregister vierundsechzig: Sechzig Mark Steuern hatte er bis Mitte Mai nur bezahlt anstatt einhundertsechzig, die er gemäß seiner Steuererklärung, die Einnahmen des Vorjahres betreffend, schuldig war. Der Rückstand von hundert Mark war zu Vermeidung weiterer Mahnung und der Zwangsvollstreckung innerhalb eines Monats zu entrichten. Auf dem Brief klebte eine Briefmarke zu zweitausend Mark. Man stand im Hochsommer. Ende August kostete der Dollar zehn Millionen, im September zwanzig, fünfzig, hundert Millionen und mehr.

Frau Zepke meisterte die Millionenrechnungen für Öppi nicht mehr. Erna kam ihr zu Hilfe, schrieb in gestochen feiner Schrift die Riesenziffern auf kleine, billige Blättchen. Wenn Öppi seine alten liegengebliebenen Tausenderscheine zu Zahlungen hätte verwenden wollen, wären deren Zehntausende nötig gewesen; von den neuen Hunderttausendern brauchte es immer noch einige tausend. Alles zu kleine Stücke! Die Millionennoten waren schon zum Kleingeld herabgesunken.

Solche Papiererei in zehntausend, hunderttausend Berliner Häusern, allein der Mieten wegen, eine weit größere für die weit größeren Handels-, Lohn- und Kaufgeschäfte.

Händler und Wechsler verkauften deutsche Scheine an jenen Stellen der Welt, die weit genug von den Ereignissen entfernt lagen, um Käufer an den Wert des Gekauften glauben zu lassen. Freche Gäste kamen über die Grenzen, kauften große deutsche Scheine, ließen sie aus Dummheit und unverschämter Verachtung voll in Flammen aufgehen und auch darum, daß sie sich dabei für Augenblicke unermeßlich reich vorkommen konnten. Oft gings' den Eingereisten um nicht viel mehr als einige lärmige Tage mit viel Essen und Trinken.

«Schmeckt das jetzt gut zusammen?», fragte ein helvetischer Herr und Tafelkenner einen Landsmann, der auf dem heimkehrenden Bodenseeschiff eine deutsche Wurst zusammen mit einem Stück Gugelhupf verzehrte.

«Gut?», sagte der andere, «wär's nicht dumm, noch Brot zu fressen, wenn mich der Gugelhupf so billig zu stehen kommt?»
Schwarzhändler murmelten an den Straßenecken ihre Kaufpreise für fremdes Geld den geeigneten Vorübergehenden in die Ohren, höhere Zahlen, als die amtlichen Kurse an den Bankschaltern nannten.
«Höchste Preise für helvetische Franken, Sie – Herr! Helvetiafrankke, Schwiizerfrankke, ich chaufe Frankke, Sie, Landsma.»
Am Gesicht oder wer weiß woran, die Zugehörigkeit dem Öppi abgelesen!
«Bedaure, habe keine.» Seine Antwort, in gutem Bühnendeutsch gegeben.
«Chöntscht wenigschtes rede wied's vo der Mueter g'lehrt häscht, uufblasni Blatere», sagte der Empörte.
Öppi wechselte seine helvetischen Franken zum amtlichen Kurs, wie ihn die Regierung festsetzte, deren Amtssprache sein liebes Deutsch war, stand mit seinen helvetischen Scheinen an den Schaltern der großen Bank und wartete stundenlang vergeblich auf die Abfertigung, weil die Herren hinter den breiten Brustwehren keine Zeit für ihn fanden, weil sie mit der Arbeit hintendrein und überanstrengt waren, von den ungeheuerlichen Zahlenkolonnen zermürbt, welche die Bücher zu sprengen drohten und über die eng gewordenen Seiten hinausdrängten. Man ließ ihn stehen, weil er sich nicht bemerkbar machte, weil er sich daran gewöhnt hatte, übersehen zu werden. Man übersah ihn, weil seine geringen Beträge nicht an die Schalter der großen Bank gehörten, sondern in irgendeine Wechselstube, er war Luft, weil die Schalterbeamten ihre eigenen persönlichen Geld- und Wechselgeschäfte besprachen und die Möglichkeit erwogen, aus der großen Verarmung etwas für die eigene Kasse zu erobern. Also wartete er auf den Bänken des großen Schalterraums auf sein kleines Wechselgeschäftlein, nach Gesetz und Vorschrift, während man ihm um die nächste Ecke in einer der vielen unerlaubten schwarzen Börsen sein Geld mit Zuvorkommenheit sofort und zu höheren Kursen abgenommen hätte. Das ging ihn alles nichts an.
Was ging ihn an? Gut Gesprochenes, Gedichtetes! Kamen sie ihm denn umsonst zwischen die Zähne, täglich beim Üben in seinem Zimmer, hörte er umsonst sich's sagen in Zepkes Stube, unter vielen andern Zeilen auch diese vier:

«Ich danke Gott und freue mich
Wie's Kind zur Weihnachtsgabe
Daß ich bin, bin, und daß ich dich
Schön menschlich Antlitz habe.»

Nicht mehr von Monat zu Monat, nicht mehr von Woche zu Woche oder von Tag zu Tag – von Stunde zu Stunde stiegen die Preise. Der Arbeiter bekam am Zahltag ein Bündel Banknoten in die Hand gedrückt, zählte sie nicht nach; keine Zeit verlieren, sofort rennen, kaufen, aber die Läden gaben Ware immer weniger gern heraus. Frau Zepke trug ihres Mannes Gehalt schleunigst zum Kunstfettladen, zählte abends nach den bescheidenen Einkäufen die siebenstelligen Zahlen zusammen, rechnete nach Millionen wie einst nach Pfennigen, aber viel langsamer.

Einhundertdreißig Druckereien, dreißig Papierfabriken arbeiteten für die Notenbank, die der Nachfrage nach Scheinen nicht mehr genügen konnte. Zehn Milliarden Geldzeichen waren im Umlauf. Nennbetrag: dreitausendachthundert Trillionen. Eine Billion wurde im November für den Dollar bezahlt. Niemand konnte unter der Zahl sich noch das geringste Wirkliche vorstellen.

Zehn Billionen Zellen bauen den menschlichen Körper auf, entstehen durch Teilung aus zwei einzigen des Anfangs. Hundertfünfzig Millionen Kilometer Entfernung trennen die Erde von der Sonne. Dreihunderttausend Kilometer durchläuft das Licht in einer Sekunde, achtzehn Millionen gibt das schon in der Minute, aber erst nach einem Jahr ununterbrochener Bewegung gerät der Lichtstrahl in die Billionenregion hinein.

Der Berliner jener Tage trug in Mengen Geldscheine herum, die Billionen von Mark sein Eigentum nannten – großmäulige Behauptung! Lächerliche Wische, von Menschenhaufen noch immer gehandhabt, umgewechselt, mitgeführt, untereinander ausgetauscht, weil des täglichen Lebens Erfordernisse ohne etwas Geldähnliches nicht zu befriedigen waren.

Entwertete Notenabschnitte wurden im Reich von Zeit zu Zeit eingezogen, in den Verbrennungsöfen geeigneter Papierfabriken unter Aufsicht verbrannt. Zweitausend Beamte der Reichsbank waren mit den Notentransporten und der Kontrolle der Druckereien beschäftigt. Deren Menge genügte nicht. Gemeinden und Länder bekamen nicht so viel Noten geliefert, wie sie anforderten. Die Notenbank ermächtigte sie, eigenes Geld zu drucken, das Notgeld, buntscheckige Papierlein ohne eigentlichen Wert, verschieden von Stadt zu Stadt, in Beträgen, die, fürs ganze Reich zusammengenommen, ebenfalls in die Trillionen hinauf reichten. Niemand unter den lebendigen Bewohnern der Erde hatte je so etwas mitgemacht.

Der Bergmann arbeitete, wie er es immer getan, der Bauer bebaute sein Land, wie sich's gebührte, die Angestellten waren am Morgen pünktlich zur Stelle, des Arbeiters Werkstücke gewissenhaft geschaffen; die Frauen säuberten ihre Wohnungen und hielten die Kinder rein; die Menschen hatten einander nötig, hatten nötig, die Güter des Lebens untereinander auszutauschen, aber eben: das Tauschmittel, das Gleitmittel, das Geld taugte nichts mehr, hatte jedes Ansehen verloren.
Vorbei die Jahre, da die Frauen die schmutzigen Geldscheine noch mit Sorgfalt zusammengefaltet und in ihre Einkaufstaschen gelegt hatten, weil sie doch Reichs-Mark, des Reiches Mark hießen und einen gefühlvollen Anklang an vergangene größere Zeiten im Namen mit sich führten.
Nichts mehr davon!
Man begann das Lügenpapier zu meiden. Jenseits der Grenze gab's dafür überhaupt nichts mehr zu kaufen. Wer immer Güter oder Sachen zur Hand hatte, ging zum Tauschhandel der ältesten Zeiten über. Der Landarzt ließ sich vom Bauern mit Butter bezahlen, der Schuster mit Eiern, der Bauer kaufte Maschinen mit Roggen, der Schneider-Hausbesitzer bezahlte des Kennelspenglers Dachausbesserung mit Blech, das er vom Walzwerkbesitzer als Entschädigung für einen schwarzen Anzug aus bestem Stoff hatte sich geben lassen, der ihm zufällig aus der Vorkriegszeit noch geblieben war. Hotels und Gastwirtschaften fiel es verhältnismäßig leicht, sich das vortreffliche fremde Geld zur Fortführung ihrer Unternehmungen zu verschaffen. Der Pächter zahlte den Pachtzins mit Zucker aus den Rüben seiner Felder, die Banken gaben Wertpapiere, wertbeständige Werte heraus, die auf Roggen gründeten. Schwankungen des Roggenpreises waren niedliche Ausschläge, verglichen mit den Todessprüngen der Mark.

Als die Ordnung des täglichen Lebens nicht mehr aufrechtzuhalten war, Lebensmittelläden der Plünderung anheimfielen, keine Zigarre mehr einreiste, die großen Betriebe zu erliegen drohten, die Erwerbslosen in den Straßen der Stadt sich zu erregten Gruppen ballten, die Mark im Ausland verstoßen war, da der Widerstand im Kohlengebiet das letzte Gold der Reichsbank aufzuzehren drohte – da begannen die Staatsmänner der belehrten Völker hüben und drüben wieder zu verhandeln.

In Deutschland gab's neues Geld. Gab's? Richtiger: es wurde gemacht! Das konnte man also! Eine neue Mark, die galt, mit der man am Nachtage so viel kaufen konnte, wie man am Vortage dafür bekommen hatte. Die Rentenmark der Rentenbank, eine Mark, wie sie vor vielen, vielen Jahren gewesen.
Die Notenflut wurde, wie man sagte, also gestoppt, die Notenpresse stillgelegt. Wer stoppte? Wer legte still? Die gleichen Wirtschafter, die sie so lange ungestört so schnell hatten laufen lassen; die gleichen Leute, die nun gar dem Dollar einen letzten Auftrieb nach oben mit einem bloßen Beschluß gaben, ihn mit viertausendzweihundert Milliarden bewerteten, weil das die anstürmenden Umrechnungen erleichterte. Papiermarkbesitzer wurden damit ein weiteres Mal vom Staate ausgeraubt.

Kostete das Landesunheil der Blähzeit einem Verantwortlichen den Kopf? Eine Strafe irgendwelcher Art? Nein! Die Schuldigen? Das Ausland, der Vertrag, die Wiedergutmachungen; Sündenböcke zum Auswählen, und keineswegs ganz und gar unschuldige. Wunder der Rentenmark nannten die Geldschöpfer ihre eigene Schöpfung. Wunder der Rentenmark? Kein Wunder, eine Wirtschaftsmaßnahme, ein Geldeingriff, ein Heilschnitt, der seit langem fällig war und möglich gewesen wäre.
Die neue Mark, Geld, nicht ans Gold gebunden, fest im Wert ohne die berühmte Deckung gelben Metalls, das die Länder mittels ihrer Arbeit erst zu kaufen hatten, dann in die Keller legten. Geld, gestützt auf Grund und Boden. Ein neuartiger Vorgang, eine große volkswirtschaftliche Erfahrung, Widerlegung vieler angesehener Lehren und Lehrer, Gelegenheit zu fruchtbarem Nachdenken bietend. Aber das Geldwort vernebelt die Köpfe. Übers Geld will man nicht denken, man will es haben.

Allein, sagten die Geldwirtschafter, hätten sie die Wirrnis behoben, das Neue geschaffen, ohne jede fremde Hilfe! Warum das nicht früher? Bevor die Zerstörung so weit gediehen war, daß Frau Zepke nicht ein Pfennig ihres Ersparten mehr blieb? «Wir Deutschen sind eine eitle Nation, und es ist uns schon empfindlich, wenn wir nicht renommieren dürfen» – so der Reichsgründer selber!
Nachdem die Flut sich verlaufen hatte, sah man die Schäden der Überschwemmung erst deutlich. Es gab nun gutes Geld, gab aber viel weniger Geld, weil es gut bleiben mußte. Die Zinsen waren hoch, Betriebskapitalien knapp, die Löhne mager, aber fest. Keine Millionäre mehr massenhaft auf der Straße. Fort das Rauschwort. Viele Industrie- und Handelsbetriebe waren der bösen Zeit erlegen, die stärksten waren stärker geworden, ihre Arbeitsweisen durchdachter, härter; die Wiedergutmachungen erfuhren eine Milderung. Die Arbeiterverbände hatten keine wirtschaftliche Macht mehr. Alte Gewerkschaftsbeamte mit dreißig und mehr Dienstjahren verloren ihre Stellungen, wurden erwerbslos. Vom knappen Verdienst wollten die Mitglieder keine Beiträge mehr abzweigen, Tausende gaben die Mitgliedschaft auf, die Verbleibenden zahlten noch drei Mark an Stelle der früheren dreißig im Jahr. Ein Streik war undenkbar, nennenswerte Erwerbslosenunterstützung nicht mehr möglich, die Arbeitgeber schoben die alten Tarifverträge beiseite, die starken Metallarbeiter unterzeichneten als erste ein Abkommen mit zehnstündiger Arbeitszeit an Stelle der acht Stunden, die ihnen die Republik gebracht hatte. Die Kohlenarbeiter hatten bei geringeren Löhnen fünfzehn Wagen Kohle statt der bisherigen zwölf in verlängerter Arbeitszeit jeden Tag zu fördern.

Der Winter war grau, kalt; wochenlang lag unbewegt die Nebeldecke nahe über den Häusern der Stadt. In diesem Grau war, zeitig am Morgen, Öppi eines Tages unterwegs, war an die verkehrsreichste Stelle der Stadt gekommen, wo die Häuser am engsten beisammen standen – da – ein Metallklang, ein Tönchen! Ein Geldstück war auf die Straße, dicht am Gehsteig, gefallen, ein Metallgeldstück, wie sie seit kurzem wieder in Umlauf gekommen, ein Ding mit Gewicht an Stelle der schwebenden Fetzlein der vergangenen Tage. Der Verlierer hatte offenbar den Verlust

nicht gemerkt, ging ruhig weiter. Nur wenige Leute waren zu der frühen Stunde unterwegs. Öppi strebte nach der Stelle hin. Ein Geldstück! Laufen? Wäre zu auffällig gewesen! Nur den Schritt etwas beschleunigen. Zwei andere Herren strebten, so wie er, dahin, wohin er strebte! Er sah es wohl. Als die drei eben sich zu bücken anschickten, kam die Hand eines vierten, unvermerkt Herbeigekommenen von rückwärts dazwischen, griff nach dem Geldstück, nahm es fort. Dann ging der vierte weiter, ruhig, als ob nichts geschehen wäre. Alle drei andern gingen auch so weiter.
Haltung! Haltung!
Fundunterschlagung?
Lächerlich! Sechshundert Diebstähle waren vormals in Berlin auf ein Jahr gekommen, auf sechzigtausend hatte schon in den ersten Jahren die Geldblähzeit sie gesteigert.

Ein Erwerbsloser, die Füße mit Lumpen umwickelt, bettelte in der Winterabenddämmerung, draußen an den Seen, Öppi an.
Schuhe? Ob ihm Schuhe genehm wären, fragte Öppi.
Der Mann traute seinen Ohren nicht. Schuhe! Gern würde er am andern Tag sie holen kommen. Öppi gab ihm Fahrgeld und Adresse, machte daheim das Schuhpaket fertig, übergab es Frau Zepke, kündigte ihr des Empfängers Erscheinen an.
Andertags ging die Klingel. Frau Zepke ging zur Tür.
«Was wünschen Sie?»
«Soll ein paar Schuhe hier abholen.»
«Mann, was reden Sie da! Schuhe! Was, Schuhe? Ein Paket sollen Sie abholen. Schuhe!» Und reichte ihm böse, verbittert oder mißgünstig das Paket durch die Türe.

Ihr Erspartes war nun endgültig zu nichts geworden. Die Bank fand es nicht mehr der Mühe der Rechnungsführung wert, strich Zepkes aus ihren Büchern einfach aus. Sparen! Von vorn zu sparen anfangen für die Reise mit dem Schimmelgespann erster Klasse hinaus zu Erich. Wenn nur Zepke etwas mehr, anstatt noch weniger als früher verdienen würde. Sie konnte seine kleine Zufriedenheit nicht ausstehen. Nacht für Nacht schlief der in seinem Bett und schnarchte. Viel zu schnell hatte er wieder schlafen gelernt. Viel zu schnell hatte der vergessen, was ihnen beiden widerfahren. Sie besorgte die Pflichten, die sie ihm gegenüber hatte, aufs genaueste, und mit einer Art schroffer Güte oder zu Zeiten mit Haß und Verachtung.

Nach außen hin gab sie ihm immer den Vorrang und sah darauf, daß sein Ansehen bei ihren Bekannten unangetastet blieb. Der gutmütige Alte genoß das Vertrauen des großen Hauses, in dem er angestellt war. Dieses Vertrauen trug ihm allerlei besondere Aufträge ein. Zur Winterszeit, wenn die Pelzkäufe sich häuften, die vornehmen Kundinnen auf ihre teuren Erwerbungen zu Hause warteten, hatte Zepke nach Geschäftsschluß viele Sondergänge mit kostbaren Mänteln nach den reichen Vierteln der Stadt zu tun und versäumte die Abendessenszeit.

Sie saß dann wartend in der Küche, ärgerte sich über sein Zuspätkommen, ängstigte sich über sein Ausbleiben, schalt auf das Pelzhaus, das den alten Mann so in Anspruch nahm, und fürchtete für ihn wegen der glitschigen Straßen und der Dunkelheit. Drehte sich endlich der Schlüssel im Schloß der Wohnungstüre und kam er durch den Gang geschlurft, war von der Sorge nichts mehr zu merken, vielmehr zankte sie mit ihm und schalt ihn hart aus. Das war es eben: er wurde als Alter noch mit Sonderaufträgen in die Nacht hinausgeschickt, weil er sich zeitlebens so viel hatte bieten lassen. Sie war mit Mißmut geladen, wenn er einen ganzen Sonntagvormittag lang an einer alten Schuhsohle herumflickte. Wenn er aber gar krank wurde und sich hinlegte, hagelte es böse und beißende Worte, daß dem Öppi hinter seiner Zimmertür die schönen Dichterzeilen im Halse stecken blieben, daß er mit angehaltenem Atem hinhören mußte, welch seltsame Veränderung zum Bösen bei der alten Frau an solchen Krankheitstagen vor sich ging. War's so, weil der alte Zepke in der gleichen Ecke lag, in welcher Erich krank gelegen? War's, weil er dem Übel nachgab und sich pflegen ließ, was sie sich nie erlauben durfte?

Zepkes waren jetzt Öppis hauptsächlichster Umgang. Wenn die Zwiesprache mit den Dichtern vorbei war, saß er in der Küche auf dem Sofa hinter dem Tisch oder auf dem Kohlenkasten neben dem Herd. Zepkes häusliches Leben spielte sich in der Küche ab. Die gute Stube betrat man nur, um sich ins Bett zu legen. Der Küchenboden, der Herd und das spärliche Geschirr waren immer blitzsauber. Weil die Gegenwart mager an großen Ereignissen war, erzählte man sich von der Vergangenheit. Frau Zepke sprach ausgezeichnet, mit natürlicher Redebegabung. Manchmal versuchte auch Zepke, irgendeinen Faden von früher aufzugreifen, fing aber immer am unpassenden Ende an, stieß auf Lücken in seinem Gedächtnis, verlor sich in Nebensächlichkeiten oder versank in halbe Selbstgespräche, bis seiner Frau, die längst alles erraten hatte, die Geduld ausging, so daß sie ihn mit Spott und Zwischenrufen wie einen lahmen Gaul zu flotterem Zeitmaß antrieb.

Hie und da kam Zepkes Schulfreund zu Besuch, der Kellermeister, der Junggeselle mit der geröteten Nase, der ein gutes Geld verdiente und so geizig war, daß er nie sein Mietzimmer heizen ließ, sondern sich im Mantel zu Bett legte oder aber den Sonntag in Zepkes warmer Küche verbrachte, um für die Woche gewärmt zu sein. Dabei gab er nie Fahrgeld aus, um dahin zu kommen, sondern erschien an kalten Wintertagen nach einem weiten Weg mit staubigen Schuhen in Zepkes Küche. Dort angekommen, verlor er zwei Worte, dann sank ihm der rote Kopf vornüber, und er schlief auf dem Stuhle ein. Im Zimmer nebenan lag Zepke und schnarchte. Frau Zepke ärgerte sich über beide, über den Mann, der einen solchen Freund hatte, und über den Freund, der Kaffee bei ihr trank, seine Heizung sparte, nie das geringste für den Haushalt mitbrachte, obgleich sein Bruder draußen auf dem Lande ganze Felder voll Kartoffeln besaß.

Zepkes machten sich keine Gedanken über Öppi, keine über dessen Treiben oder dessen Zukunft. Er war vor Fragen sicher, nichts schreckte ihn aus seinem Dämmerdasein auf; er konnte sein weltfernes Treiben führen, ohne sich allzusehr von seiner Umgebung zu unterscheiden. Er konnte sogar die Neujahrsnacht mit den drei alten Leuten in der Küche verbringen, ohne daß sie sich darüber wunderten; vielmehr freuten sich die zwei Männer über seine Gesellschaft. Als es zwölf Uhr schlug, als in allen Vergnügungsstätten die Menschen ihre Gläser erhoben, die Kapellen spielten, die Glücksferkel quietschten, die Neujahrsküsse klatschten, das Feuerwerk knallte, im Augenblick, da auch Luka irgendwo ein Silvestermahl hinter sich hatte, sang Öppi mit dem Kellermeister und dem zahnlosen Zepke in der Küche das Lied von der Jugendzeit, der schönen, die nie wiederkehrt; Frau

Zepke aber floh in das dunkle Zimmer einer abwesenden Mieterin, die auch auf dem Tanzboden sich rührte, stand dort am Fenster, sah auf die Straße hinunter und weinte.
Hie und da nur, wenn Öppi bei Licht zu später Stunde über einem Buche saß und Zepkes Schnarchen in der Stille so deutlich aus dem Nebenzimmer vernehmbar war, als sei die Zwischenwand gefallen, als sei die Tür zwischen den zwei Räumen sperrangelweit offen, an solchen Abenden, wenn er die Blätter beim Lesen kaum umzuwenden wagte, weil das Geräusch Frau Zepkes gespenstisch leichten Schlummer störte, wenn er beim Lampenlöschen vor Rücksicht zusammenzuckte, weil eine ungeschickte Bewegung die Glasperlen des Leuchters zum Klirren brachte, so daß Frau Zepke erneut nebenan aus dem Schlafe fuhr – dann, in solchen Augenblicken der Abhängigkeit, durchfuhr ihn mit blitzartiger Erleuchtung die Erkenntnis der sonderbaren Maßstäbe, die sein Dasein bestimmten. Dann haßte er die Alten, als sei er mit ihnen für immer in ein Leben und in einen Raum zusammengesperrt, und es schien ihm auf Augenblicke, als könne ihn nur eine gewaltsame und blutige Tat an den beiden Schläfern aus der Verkettung befreien.

Die rote Irma hatte bald gemerkt, daß Öppi zugänglicher war, wenn sie ihre Freundin Suse zu den Zusammentreffen mitbrachte, versuchte drum des öftern, irgendein Unternehmen zu dritt in Gang zu setzen.
Einmal kamen die zwei Mädchen spät in der Nacht, ihn zu einem öffentlichen Ball des Westens abzuholen. Ohne jede Vorbereitung standen sie da und forderten ihn zum Mitkommen auf. Er ging. Der Saal war überfüllt. Kein Einlaß. Was tun? Nach Hause gehen? Niemand verspürte Lust dazu. Auch waren keine Hausschlüssel mitgekommen, da die Mädchen nicht vor dem Morgen hatten heimgehen wollen. Man konnte zusammen Öppis Zimmer aufsuchen und die Nacht verplaudern, aber da lag ja der alte Zepke nebenan und schnarchte, und Frau Zepke würde mit wachen Augen hinter der Türe zum Nebenzimmer liegen und sich wundern. Öppi hatte nicht den Mut zur Regellosigkeit eines solchen nächtlichen Besuchs, empfand mit Scham und Zorn seine Abhängigkeit und seine Zusammengehörigkeit mit den beiden Alten, die ihm in dem Augenblick mit greller Deutlichkeit zum

Bewußtsein kam. Ob die Mädchen seine Lage durchschauten? Er fürchtete ihren Spott! Unter allen Umständen mußte ein Ausweg gefunden werden, der ihn vor der Lächerlichkeit bewahrte.
«Ich weiß ein Hotel», sagte er, «wo die Dirnen absteigen, da wird man uns alle drei aufnehmen und ohne mit der Wimper zu zucken.» Er machte den Vorschlag mit einiger Großmäuligkeit, ohne recht an die Durchführung zu glauben. Die zwei Töchter waren einverstanden. Das Abenteuerliche und die Neuigkeit lockten.
Das Haus, das Öppi nun aufsuchte, lag in der Nähe der Zepkeschen Wohnung. Dort hatte er, bei mancher späten Heimkehr, die Dirnen mit ihren Kunden aus- und eingehen sehen. Es regnete und stürmte. Niemand war auf der Straße. Samstagnacht! Die Straßenmädchen waren voll beschäftigt, denn die Männer hatten den Zahltag in der Tasche und den Sonntag vor sich. Das Haus war voll. Kein Zimmer frei. Öppi führte die Verhandlungen unter dem dunkeln Eingangstor. Man verwies ihn an andere Häuser, gab ihm bereitwillig die Adressen, zuvorkommend und liebenswürdig, wie nur je bei Tageslicht ehrenhafte Menschen einem Unwissenden Auskunft geben, so daß Öppi ob dieser Höflichkeit und neuen Lebensluft förmlich in Entzücken geriet und das angefangene Vorhaben mit gesteigertem Eifer fortführte.
An den neuen Orten war's dasselbe. Alles besetzt. Es gab weitere Verhandlungen im Flüsterton und neue Adressen. Abseits im Dunkel standen allemal die beiden Mädchen und warteten. Gleichgültige Häuser, ordentlich in Reih und Glied mit den andern, entpuppten sich im Schutze der Dunkelheit als Schlupfwinkel der gehandelten Liebe. Öppi verriet mit keinem Wort, daß die neuen Adressen ihm von Fall zu Fall zukamen, sondern tat so, als seien sie ihm alle gegenwärtig und von frühern Streifzügen her bekannt. Daß er alt sei, hatte die freche Irma einmal zu Öppi gesagt, hatte ihm mit Überlegenheit und weiblicher Schlauheit erzählt, daß ihrer Freundin Suse seine dünnen Haare mißfielen. Nun rächte er sich, fühlte die Genugtuung, so zu tun, als läge ihm an allen beiden gar nichts, als wäre er je nach Lust und Laune in ganz anderer Frauen Gesellschaft, heute so, morgen so, ohne Unterschied, in frecher, verächterischer Weise und so ohne Scham, daß er auch jetzt vor den beiden diesen Umgang nicht im geringsten verbärge. Aber er verbarg etwas anderes: sich selber.

Das gelang ihm auch ausgezeichnet, die Mädchen hielten sich an den Öppi, den er ihnen vorspielte, und hatten ihn nie vorher so beachtenswert und vielleicht sogar nie so anziehend gefunden. Endlich kam man unter. Öppi schrieb drei falsche Namen ins Gästebuch, geriet wegen der anzugebenden Geburtsjahre in einige Verwirrung, bemerkte seinerseits mit Genugtuung das Erstaunen der Dirnen und des Wirts darüber, daß er bei ihm ein Zimmer mit zwei Mädchen zusammen bezog, die sich auf den ersten Blick so gründlich von jenen weiblichen Wesen unterschieden, die sonst bei ihm aus- und eingingen. Was mochte im Kopf dieses Mannes vorgehen, der Jahr und Tag die gemeinste Art menschlichen Zusammenseins betreute und sein Leben draus fristete? Das Hotel war nicht wie die andern besetzt, weil es das miserabelste und ungepflegteste Haus von allen war. Das Zimmer war ungeheizt. Ein verschlafenes, übernächtiges und schmutziges Dienstmädchen mußte mitten in der Nacht Feuer machen. Auch sie sah mit erstaunten Augen und ein wenig scheel auf die drei. Im Zimmer stand ein Doppelbett, drin die Dirnen mit ihren zahlenden Gästen zu liegen pflegten, ihrem Verdienst nachgingen, nachlagen oder nachschliefen. Öppi schwieg. Die Mädchen verstummten auch. Später wurden alle drei lebhaft, um die Verlegenheit zu übertönen. Die Mädchen schüttelten sich vor Kälte und Ekel. Zu Hause standen ihre eigenen saubern Betten auf gleichem Boden oder Tür an Tür mit dem Zimmer der Eltern, die das Ihrige taten, um sie vor den Häßlichkeiten der Welt zu bewahren. Nun schliefen die Eltern, und die Kinder standen mit Öppi vor diesen Hurenbetten. Dem war aufs Mal nicht mehr viel von den vorgegebenen, ausschweifenden Nächten anzumerken. Man schob das große Liegesofa an den notdürftig geheizten Ofen, die Mädchen zogen die Schuhe aus, breiteten ihre Mäntel auf dem Sofa aus, Öppi nahm die Wolldecken aus den gemiedenen Betten und wickelte sie den beiden vorsorglich um die Füße. Dann durfte er sich um der Wärme willen zu ihnen aufs Sofa legen. Zu seiner Rechten lag dicht am Ofen die rundliche Irma, schmiegte sich an ihn, drückte seine Hand und seufzte in großer Verliebtheit. Öppi gab nur notdürftig Antwort, drehte sich soviel als möglich zu der schmalen Suse an seiner Linken, fand sie wunderschön, wohlriechend wie eine Zauberblume. Er küßte ihre Wange und flüsterte ihr ungefähr das ins Ohr, was ihm auf der andern Seite Irma ins Ohr flüstern wollte. Suse wies ihn sanft ab, machte ihn auf Irmas Ansprüche und auf seine Verpflichtungen gegen sie aufmerksam. Dann drehte sich Öppi zu dieser zurück, um sich gegen Suse gehorsam oder aufmerksam zu zeigen und sie zu gewinnen. Umsonst! Unter vielem Hin- und Herdrehen verging die Nacht ungefähr so, wie jede andere vergangen war, da jedes der drei daheim im eigenen Bett gelegen. Ein wenig zerschlagen gingen sie ungewaschen am Morgen die Treppen des Hauses hinunter, hinüber zu Frau Zepke zum Morgenkaffee.

Suse zog sich von Öppi zurück, das tat ihm leid; die rote Irma aber zeigte sich bald an der Seite und in Gesellschaft eines lauten Komödianten, der die Frauen wie Rollen wechselte und in dessen Umgebung sie sich ein betont hemmungsloses und schamloses Gebaren aneignete, das in grellem Widerspruch zu jenem kindlichen Augenaufschlag stand, mit dem sie kurz vorher noch Frau Zepke berückt hatte.

Öppi versuchte es dazwischen allein mit den öffentlichen Ballfesten und Kostümbällen. Wer in Gesellschaft lebte, Freunde hatte, ging mit Freunden dahin, ging vielleicht hin zum Spiel eines Abends, der in dem großen Trubel vergnüglich sein konnte. Wer allein war, ging hin, um Gesellschaft zu finden, ein Mädchen für kürzere oder längere Zeit zu erobern, Mädchen gingen mit guten Freunden hin, um Ausschau nach besseren zu halten. Man zog sich zum Spaß ein paar zusätzliche Dinge über, entfernte, noch lieber, vieles vom üblicherweise Getragenen; es gab Gesichter, die sich für solche Abende eine besondere Schönheit zuzulegen verstanden, wie das Tagesleben sie nicht erlaubte. Öppi nahm die Sache gründlich; er hatte viel zu wenig Selbstvertrauen, um sich nach eigener Eingebung herzurichten, ging hin und ließ sich um bestes Geld von einem Schneider ein Pierrotkostüm aus weißem Seidensatin bauen, als ob er zu einem Hoffest geladen gewesen wäre. Damit angetan schlüpfte er in seinen Mantel hinein und fuhr mit der Straßenbahn zu den Ballstätten. Die Seide flatterte um die Knöchel.

«Mensch», rief eines Abends ein Unbekannter aus dem Dunkel des Potsdamer Platzes, «dir ham'se wohl die Hosen jeklaut.»

In den Sälen ging er, eine auffällige Erscheinung, leicht wehmütig, still beschwingt, während Stunden zwischen den Balltischen und Abendgästen herum, die das als Rolle nahmen, sah an den Stellen, wo viel getrunken wurde, sah in den Gängen, Nebenräumen, verborgenen Winkeln die verliebten Paare sich küssen, die gegen Morgen das Feld beherrschten und sich wie Herdenschafe in der Kühle aneinanderschmiegten. Manchmal fielen ein paar Küsse auch für ihn ab, manchmal gab es mit einem schönen Geschöpf ein paar nachklingende Worte, wer aber richtig lag, fischte nicht nach Verabredungen für spätere Tage – der Abend hatte sich selbst zu genügen. Es gab Mädchen, die große Gewandtheit im Balleben erworben hatten, am Abend leicht durch die Türen herein- und am Morgen wie aufsteigende Wölkchen wieder hinausschwebten.

Öppis Eleganz trennte mehr, als daß sie verbunden hätte.
Helena aus Reval spürte das deutlich.
Sie war klein, sehr blond, strahlte von Sauberkeit, ihre helle Haut war wie Wäsche rein, und man konnte mit ihr nicht anders als höflich umgehen.
Öppi war ihr und ihrer Freundin schon aufgefallen, als er, von den Mädchen kaum merklich aufgemuntert, Helena zum Tanz bat.
Sie unterbrach Öppis beharrliches Schweigen durch einen lächelnden Hinweis auf sich selber –
«... das sind meine Zöpfe.» Dabei zeigte sie auf zwei dicke, lange geflochtene Packschnurgeflechte, die ihr über die Achseln herunterhingen.
«Ja», sagte Öppi.
Dann tanzten sie weiter. Helena hielt an:
«Sie dürfen nicht für sich allein tanzen.»
Eine leichte Zurechtweisung. Dabei hatte er sie doch in den Armen gehalten. Offenbar lag ein Ungenügen vor. Das machte ihn vollends störrisch. Daher fand sie es kurzweiliger, mit ihm zu plaudern. Die Freundin kam dazu, er taute auf und hatte großen Lacherfolg mit der Aufklärung über seinen Pierrotkauf und dessen Kosten, die für ein Hochzeitskleid ausgereicht hätten.
Die beiden Freundinnen arbeiteten ernsthaft in einer kunstgewerblichen Werkstätte. Öppi kam auch dorthin und erwarb einiges Ansehen, als sich herausstellte, daß er mit einer Säge und großen Lattenstücken umzugehen verstand; er saß an einem Sonntag auch in Helenas Wohnung beim Tee, mit ihm ein anderer, unbe-

kannter junger Eingeladener, und die reizende Gastgeberin freute sich sichtlich über den kurios umständlichen Umgang der beiden Herren, die sich gegenseitig im stillen zum Teufel wünschten. Öppi brachte überraschend es eines Tages doch zu ein paar Küssen mit ihr, es waren die wertvollsten, die er seit langem erhalten; sie war ernster Werbung wert, klug, hatte von allem Anfang ihn an Eva gemahnt, aber Öppi scheute zu der Zeit den Ernst im Umgang mit den Frauen.
Rücksicht und Höflichkeit waren noch da.

Das fand auch Resl, die Krankenschwester aus München, heraus, trotzdem sie bei ihrem Berliner Besuch, und neben dem Umgang mit ihren ewig politisierenden linksradikalen Freunden, nur wenige Tage mit Öppi zusammen war, Resl, die ihm grade paßte, wie er ihr grade paßte.
«Bist verheiratet?»
«... Nein.»
«Ich denke doch, daß du's bist.»
Das war die Umgangsart. Öppi ließ sie, seine andere Seite weisend, rasch stehen. Sie schrieb, schalt ihn aus, schickte ein Bildchen, das sie gemacht, darauf er, eine verkommene Rübe, wie sie schrieb, unwahrscheinlich dof aussähe.

«Wie steht der Dollar?» hatte zur Blähzeit eine käufliche Frau am Potsdamer Platz ihm zugeraunt. In den Rentenmarktagen kreuzte sie wieder Öppis Weg.
«Möchte es gerne erleben, daß du mal frech wirst», sagte sie nach einigem Zusammensein.
Öppi wurde nicht frech.
Eine Reise mit diesem Kavalier? ließ sie sich durch den Kopf gehen. Sie schlug ihm das vor.
«Mach Ferien mit mir.»
«Das Geld?»
«Kleinigkeit! Ich klaue einem Kunden die Brieftasche, wenn er's am wenigsten vermutet, und wir rauschen ab.»
«Danke, kann nicht, habe zu arbeiten.»
«Arbeiten? Was arbeitste denn?»
«Üben.»
«Üben? Was üben? Übe mit mir.»

«Bedaure.»
«Bedauerst? Da bedaure ich gar nichts mehr! Willst nicht, na, denn nicht! Willst daheim bleiben, willst gehen? Geh! Um ein Haar hätte ich mich in dich verliebt! Nun, schwimm ab, du trübe Ente!»

Öppi gewann für einige Abendausgänge ein wasch- und kochechtes Berliner Mädchen, die im Kaffeehaus, als er ihr die Hand wiederholt küßte, «muß das sein?» kühl fragte, woraufhin er sie wieder aus den Augen verlor.

Monat um Monat verging, der Winter wich dem Frühling, der Sommer war nahe. Doktor Sztern und seine Frau waren von Berlin längst fortgezogen. Die Osten-Bühne erlag den bösen Zeiten der Geldknappheit. Krone um Krone des nordischen Kontos schwand dahin, es gab keine vorteilhaften oder tauschenden Umrechnungen mehr, auch Evas Geld verminderte sich bei jeder Überweisung um dieselbe Kronenzahl, die Carlo Julius in Mark verlangte. Luka spielte an den großen Berliner Bühnen, die Theater waren schlecht besucht, geriebene Direktoren suchten nach unanständigen Auskleidestücken für ein ungebildetes, neu zu Geld gekommenes Publikum.
Öppi suchte mit seinem fertig gewordenen neuen Bühnenspiel einen Theatermann auf, legte ihm die Maschinenschrift auf den Tisch.
«Mensch, det sind ja Verse!» sagte der erschrocken und klappte entrüstet das Manuskript wie einen Brotkasten voll schwarzer Käfer wieder zu.
Die Arbeit ward des Lesens nicht wert befunden.
Eva spendete einiges Lob aus halbem Herzen und mit der schonend angebrachten Anmerkung, daß sie noch Besseres von Öppi erwarte.
«Carlo Julius», schrieb sie, «arbeitet gut, es geht vorwärts!» Ein wenig später im Brief der Zusatz ... «wenn er nur des Morgens aufstehen wollte».
«Carlo Julius arbeitet an seinen höheren Lagen ... der Lehrer ist zufrieden ...»
Einige Tage später: «... der große Lehrer hat mich kommen lassen: Carlo übt nicht, der Lehrer will ihn fallenlassen, was dann? Jeden

Morgen hab ich's zu sagen: Liebster, steh auf! Carlo Julius, komm zum Frühstück. Der Angstschweiß steht mir auf der Stirn. Wie beneide ich die Frauen, die in Ruhe und Wohlstand ihre Kinder bekommen, wie das alles auf mir lastet, wie schwer unter solchen Umständen der kleine Wurm zu tragen wird.»
Wurm? Eva erwartete ihr zweites Kind.
«Ich bin nicht unglücklich, Öppi, über meinen Zustand. Nur muß ich sehr viel brechen. Ist's falsch? Sind die Zeiten nicht dazu beschaffen? Für so kleine, süße Wesen wird wohl immer etwas übrigbleiben. Du wirst nicht denken, daß es besser nicht da wäre! Neulich hörten wir einen großen Sänger, den seine Tochter am Klavier begleitete! Es gibt so entzückende Mädchen, Öppi, sieh zu, daß du über dich hinaus kommst. Heirate! Versuche, Geld zu verdienen. Habe ich dich gekränkt mit meiner Anmerkung über dein letztes Stück? Nein? Du kannst Besseres machen. Manchmal freue ich mich in Gedanken daran, was noch Schönes bei dir zutage treten wird. Einen Glauben habe ich an dich – felsenfest.»

In der kleinen Wohnung im Dachstock in Dresden, über dem sommerlichen Garten schien die Sonne schon lange, schien seit Stunden in das freundliche helle vordere Zimmer hinein, auf die Birkenholzmöbel und den schwarzen Flügel. Eva fütterte den kleinen Jan – Ihr Gedanke: wie ist der Gatte zum Aufstehen zu bringen? –
«Carlo Julius! Komm jetzt endlich.»
Was das nur mit ihm war? Lag's an der Erziehung? Hatte die süße Mutter ihn verhätschelt?
«Carlo Julius, Jan ist schon fertig, komm, er wartet auf den Papa.»
War der Krieg an allem schuld, hatte die Gefangenschaft ihn so kraftlos gemacht?
«Carlo Julius, bitte.» Jetzt mit Tränen. Sie ging hinüber.
«Schweig endlich! Kotz du dein Kotzen. Du kotzst und ich soll singen!»
Er schrie's, trat sie in den Leib, darin das Kind lag. Hinterher bereute er, kniete nieder, versprach goldene Berge, bemitleidete sich selber wegen der Vorwürfe, die er sich aller Versäumnisse wegen zu machen genötigt sehe!
Vorsingen zu Verdienstzwecken? Kleine gesangliche Beschäftigung suchen?

Nein, damit verbaute man sich zum vorneherein die großen Wege. Und obendrein: Vorsingen erforderte vor allem einen ganz eleganten Anzug. So ein Anzug fehlte ihm eben.
«Er müßte einen vornehmen Anzug haben», schrieb Eva an Öppi. «Ach, daß ich so arm sein soll. Klein Jan ist meine ganze Freude, redet mit unglaublichem Geschick, ist etwas Einmaliges! Verzeih meine Rede und Klage, ich bin ja reich, daß ich ihn habe, deine Freundschaft habe. Carlo Julius: es tut mir leid um ihn, tut mir leid, daß er nicht tun soll können, was er als Vater tun muß. Manchmal übt er jetzt fleißig, manchmal gar nicht – ich liebe ihn dennoch.»

Lia und Dolf verkauften ihr Rittergut, einige Monate lang hatten sie es nach dem Kaufvertrag noch zu bewirtschaften. Lia schalt auf die Bauern, die den Gatten und sie in den landwirtschaftlichen Dingen nach Strich und Faden übers Ohr gehauen hätten. Sie war als gelegentliche Gutswirtin nicht mehr für voll genommen worden, seitdem sie, am Erntefest, infolge mangelnder Küchenvorbereitungen den Karpfenteich ausräumen und den Inhalt der Knechteschar hatte vorsetzen lassen. Eva und Carlo waren manchmal bei ihr, sie bei diesen zu Gast.
«Carlo Julius», sagte sie nach dem Gutsverkauf und sehr viel Geld in der Tasche fühlend, «kommst voran, wie ich höre, wann denkst du aufzutreten?»
«Darnach frage ich nicht, das Ziel ist noch weit.»
«Eva ängstigt sich.»
«Da liegt's ja! Sie macht mich unruhig, kotzt jeden Morgen ihr übliches Schwangerschaftskotzen, stört mich, ruft der Angst! Wie soll ich da nur richtig atmen können?»
«Euer Geld nimmt ab.»
«Pah, wird schon reichen, bis ich fertig bin.»
«Wann etwa, denkst du, könnte das sein?»
«Frag nicht so. Ihr könnt mich nur in die Enge treiben, anderes könnt ihr gar nicht, versteht nichts vom Singen, rein gar nichts von dessen Schwierigkeiten versteht ihr.»
«Wär's nicht richtig, auf einen Nebenverdienst auszugehen?»
«Lenkt ab!»
«Denk an die Kinder.»
«Tu ich ja.»

Carlo Julius war nahe daran, sie anzuschreien; dazu fehlte ihm der Mut. Lias Gemüse half dem Haushalt, allerlei Gewobenes kam zu dem kleinen Jan. Er überwand sich, änderte den Ton. «Lialein, gute Freundin», sagte er in unerschütterlich überlegener Weise und legte die Hand auf ihre Schulter, «laß gut sein, laß das meine Sorge sein, ich muß ja Bescheid wissen.»
«Und wenn euer Geld alle sein wird?»
«Dann macht man Schulden.»
«Wie sie bezahlen?»
«Kümmert's mich?»

«Wo ist eine Frau», schrieb Öppi an seine Freunde, «groß, blond, schön, klug und liebevoll, die mich weiterhin Bergmann meiner selbst bleiben läßt?»
Die Beschreibung paßte, ohne daß ihm's bewußt wurde, bestens auf Eva. Er kam zu Besuch, aber Carlo Julius schickte ihn, wenn er zu üben vorhatte, neuerdings aus dem Zimmer. Öppi ging mit Eva und dem kleinen Jan einkaufen, hörte deutlich, was für ein vorbildliches leichtes l der kleine Kerl schon auf der Zungenspitze sitzen hatte; er stand wartend mit ihm vor den Ladengeschäften, die junge Baronin kam herzu und legte ihm mittels Vergleichen dar, wie schön sie Eva fand. Eva vernahm seine Geheimnisse, das Verschwiegene erriet sie, er vernahm die ihrigen, die schlimmsten verschwieg sie.

Öppi übte, Öppi arbeitete. Es war nicht zu verkennen, daß sein Können voranrückte. Es ging nicht um Lindenblütentee und die Lehmschen bi-e-bee, oder Franziskas Uhrmacherfeilereien an jedem Laut, seine schwere Sprache fing sich zu lockern an, die langen, wortreichen Zusammenstellungen mit den gehäuften o oder u oder a, die er wie ein frommer Beter unermüdlich wiederholen konnte, nun, die taten ihre Wirkung und gingen ihm zeitweise mit nicht mehr alltäglicher Fertigkeit von der Zunge. Das war gut. Erschreckend schön aber und unheimlich schön war der Blick, der sich vom bloßen Können und Geschicktsein auftat nach dem Reich der eigentlichen Redekunst.

Vor seiner Zimmertür klopfte Frau Zepke in der Wohnung herum, vor den Fenstern fuhren die Bahnen, eilten die Menschen, aber Öppi erlebte in seinen vier Wänden Freuden, wie sie keinem Geschäftsmann in den glänzenden Läden zuteil wurden, noch den großen Staatsherren oder sonst einem Erfolgreichen, der die Welt in Atem hielt. Öppi verarbeitete keine Rohstoffe, erzielte keinen Umsatz, beschäftigte kein Tippfräulein, aber er erlebte die Genugtuungen eines Magiers, wenn er empfand, was man mit dem Atem in der Brust aus jenen Reihenfolgen schwarzer Zeichen machen konnte, die auf weißen Blättern der Bücher standen. Lesen? Armseliger Notbehelf. Sprechen war leben. Sprechen war gestalten. Welche Lust war das, so ein Wort dem Grabe des Buches zu entreißen, es in die Luft zu werfen, farbig, einmalig, scharf oder weich, je nach Bedarf, je nach Laune oder Eingebung, ihm andere zu gesellen, gedehnte, gehäufte, geballte und rasende, sie zusammenzufügen, sich entfalten zu lassen wie die Blätter, Knospen und Blüten eines Baumes. Daß der Sinn strahlend sich aus dem Ganzen erhob und der Leib begeistert war von der Lust des schaffenden Atems.

Morgens, wenn die Schreibmaschinen in den Geschäftshäusern zu klappern begannen, wenn die Bahnen überfüllt zu den Arbeitsstätten fuhren, wenn die ganze große Menschenmenge der Stadt in Bewegung geriet, wenn der alte Zepke aus der Tür schlürfte, das Fräulein von nebenan zur Straßenbahn rannte und die Jungens von oben ihre Fahrräder die Treppe heruntertrugen, um zur Arbeit zu fahren, plätscherte Öppi mit dem Wasser im Waschgeschirr, schlug auf dem Tisch einen Gedichtband auf und knüpfte mit irgendwelchen Versen eine Unterhaltung an. Sie spann sich den ganzen Vormittag hindurch fort, Stunde um Stunde. Jeden Tag stieß er beim Blättern auf eines Dichters Zeile, die ihn traf, dann ging's fort von Vers zu Vers, dann lief er auf dem schmalen roten alten Teppichläufer von der Tür zum Fenster, vom Fenster zur Tür und erlebte in Fülle alles an einem Vormittage: Freude, Schmerzen, Erhebung, Liebe und Trauer, gehäuft, wie sie in den Versen aufgespeichert waren. Er flüsterte und schrie, lachte und weinte, die Stunden vergingen, niemand fragte nach ihm.
Öppis Gedächtnis füllte sich mit Versen, Sprüchen, Liedern, mit den Ausdrucksformen großer Gedanken, großer Gefühle. Er rief ihnen, wann es ihm behagte, im Großstadtgewimmel, an den Haltestellen der Straßenbahn oder auf den nächtlichen Heimwe-

gen. Er war einsam, nie allein. Erhabene Gestalten waren um ihn: Engel oder Götter, große Menschen, alle Erfindungen der Dichter, lauter ausgesuchte Gedanken und Erscheinungen. Ringsum tönte die Stadt, mißbrauchte man die Sprache für die Plattheiten des Tages, fürs Geschäft und fürs Essen, er brauchte sie, um übermenschliche Erscheinungen zu beschwören. Nicht für die Bühne, nicht für Zuschauer, nicht um sie zu zeigen oder vorzutäuschen, sondern um mit ihnen umzugehen. Gedämpft nur drang der Lärm der Welt an sein Ohr, nebelhaft spielte ihr Treiben vor seinen Augen; sein eigenes Schicksal in dieser Welt: er erfaßte es nicht. Er dankte, wie Matthias Claudius ihn lehrte, dem lieben Gott, daß er war – war – daß er die Sonne sehen konnte und das Meer und das Laub und das Gras, die schönen Sterne und den lieben Mond, das heißt, er sah weder Mond noch Sterne und nur wenig von der Sonne, denn er lebte in seinem Zimmer hinter den Vorhängen, welche die Sonne fernzuhalten hatten, da sie doch Frau Zepkes roten Teppich bleichte. Tat nichts! Er weinte – weinte? – ja, Tränen der Ergriffenheit, des Lebensglücks, der tiefen Erregung – weinte um Taillefer, den Helden, den untergegangenen, tausendjährigen, weil er mitten in Gefahren so überströmend tapfer sein Lied gesungen. Öppi vergoß Freudentränen über des Normannenkönigs Freuden und darüber, daß der liebe Gott dem Sperling auf dem Dach täglich sein Essen gab, daß er sicher auch ihm, dem Öppi, niemals vorenthalten würde.

Das Alltäglichste verwandelte sich ihm ins Große und Bedeutsame. Die Sonnenuntergänge in den Straßenschluchten füllten sein Herz mit Schauern über die Schönheit des Daseins. Es gab in seinem Umkreis nichts Gewöhnliches mehr, nichts, das nicht höchster Beachtung wert gewesen wäre. Auch die nüchternsten Häuserzeilen der Stadt noch bewegten sein Inneres. Die Hinterhöfe aber, die abseitigen Bauplätze, die Güterumschlagstellen an den Bahnhöfen und Stapelplätze waren erhabene Stätten in der Abendruhe. Lebendig empfand er die Geduld der wartenden Kohlenhaufen, die Klugheit der Bogenlampen, die Kraft der beladenen und wartenden Wagen, die Trauer der einsamen Deichsel ohne Bespannung. Er weinte im Zwielicht über die Eisenbahnschienen, über ihren Hang und Drang nach der Ferne, über die Kameradschaft der vielen dicken Möbelwagen, die im Schatten der Häuserblöcke ihre Köpfe zusammensteckten, weinte über die Verlassenheit der riesigen Alteisenhaufen und über die vergessenen Alten, die dazwischen hausten. Nichts Nebensächliches war auf der Welt, die Ergriffenheit hörte nicht auf, willenlos besah er das Dasein, ziellos, in himmlischer, trauriger Glückseligkeit.

Dazwischen, unversehens, die andere Seite, die Zeiten der Mutlosigkeit, der Selbstbetrachtung und Notizen wie diese:
«Ich bin nichts! Rein gar nichts! Von allem bisherigen Tun ist nichts übriggeblieben, verflogen wie Nebel, was ich wollte und konnte. Beklemmung. Zehnmal am Tage wechseln meine Entschlüsse, meine Vorhaben. Es ist furchtbar, auf so wankem Grunde zu stehen.
Habe ich nicht in kurzer Zeit alle Menschen aus den Augen verloren, die ich früher fast täglich gesehen? Dieser untätige Winter hat mich vom Theater entfernt.
Ich könnte nur mit einem Vorbehalt zurückgehen, um mich da einzuordnen, wo mir befohlen würde, wo ich mich um mein äußeres Geschick nicht zu kümmern brauchte, im Winkel stünde und von andern benutzt wurde.

Gegen meinen Willen, gegen das Tiefste meines Wollens, ja als einen insgeheim sich Sträubenden schrieb mich heute der Kanzleibeamte der Berliner Technischen Hochschule als Studenten fürs nächste Semester ein, nachdem ich in einem Anfall von Ratlosigkeit und kranker Hoffnung ihm meine alten Studienzeugnisse, eine schriftliche Anmeldung und eine Lebenslaufbeschreibung gemäß seinem Verlangen hingelegt hatte. Wie ein Kind stand ich dabei; ohne die Kraft, nein zu einer Sache sagen zu können, die ich eben vorher ausgedacht oder ausgeträumt hatte.
Soll das so fortgehen? Soll ich nie dazu kommen, zu tun, immer nur getan werden; einsam sein, fern vom Leben, richtungslos?
Einmal, zur Zeit der Aufführung, machte ich einen Anlauf, mich zu behaupten, und ließ jämmerlich mich wieder aufhalten. Heute lockt mich die Bühne nicht mehr – ich gehöre nicht dazu.
Dieses Versenktsein in sich selber, dieses Betrachten, dieser verhaßte Hang, nachzudenken statt böse über manches zu werden, dieses verfluchte Allesgutfinden – es ist nicht gut!

Eine Stadt mit geschlossenen Toren und hohen Mauern ist das Leben, ich stehe davor, kam nie hinein bis heute und versuche vergeblich jetzt da, jetzt dort am Ragenden hochzuklettern.»

Ein Abtrünniger

Da starb sein Vater.
Öppi fuhr sofort nach Hause. Im Krankenhaus der Kleinstadt sah er den Vater wieder. In der Halle hinter dem großen Gebäude. Im Sarge liegend! Gleich beim Eintreten fielen Öppis Augen auf ihn, denn die eine Hälfte des Sargdeckels war abgehoben. Er trat näher, aber der Vater rührte sich nicht, wandte den Kopf nicht und machte keine Bewegung fürs Wiedersehen.
Da erfaßte Öppi zum erstenmal deutlich, daß der Vater tot war. Sein Bart war länger als sonst, ein wenig wirr, nicht so streng geschnitten, wie es die Regel gewesen. Friedlich gefaltet lagen die Hände auf dem Körper, ganz abgemagert und knochig, in einer Haltung, wie Öppi sie zuvor nie gesehen. Aber eben: das war das Neue, der Tod. Der Kopf stieß oben an dem Brettchen der Stirnseite an, ganz ausgefüllt war der Sarg von der großen Gestalt. Die untere Körperhälfte konnte man nicht sehen. Sie stak unter dem Sargdeckel. Auch die Füße waren nicht sichtbar. Die hatte er noch vor einem Jahr gerieben und geknetet. Nun war er nicht dabei gewesen, da es um viel mehr gegangen als um einen beschädigten Fuß, die Stiefmutter auch nicht, das hatte er schon vernommen. Sie war eben selber hinfällig. Vielleicht waren im Krankenhaus keine Betten frei gewesen. Oder man hatte nicht gedacht, daß es so schlimm mit dem Vater stehe. Die Brüder hatten auch zu Hause in den Betten gelegen, müde, denn die Erntezeit war da. Vater hatte ja noch nach dem Gang der Arbeit gefragt und geglaubt, die Brotfrucht komme ohne ihn nicht ein. So war er allein mit dem Tod gewesen, ganz allein hatte er's mit ihm ausmachen müssen, zur Erntezeit, da er sonst die reifen Halme geschnitten. Öppi hatte vielleicht zu der Stunde geweint, da der Vater im Todeskampf gelegen, aber nicht um diesen geweint, sondern um Taillefer, der ihn im Grunde nichts anging, der nichts für ihn getan, nur darum geweint, weil der so herrlich gesungen hatte auf dem Hastings-Felde, wo der Tod umging.

Die Lippen waren zusammengepreßt, und um die Mundwinkel sah's schmerzvoll aus. Wie eine Beschreibung schrecklicher Leiden. Von der Stirn zur Nase zog sich, wie es immer Vaters Besonderheit gewesen, jene breite Verbindungsbrücke, scharf nach den beiden Seiten hin abgesetzt, wie aus Stein gehauen, so wie er's bei Zeus oder bei Homer in den Tafelwerken klassischer Kunst gesehen. Nun, da die Wangen eingefallen, die blauen Augen geschlossen und in ihre Höhlen zurückgesunken waren, hob sich im Liegen das ganze Gebäude der Nase noch mächtiger und gebieterischer als zu Lebzeiten aus dem ganzen Gesicht heraus.
Die Jahre prägen das Antlitz des Menschen, und wenn das Leben mit Formen fertig ist und nichts mehr am Werke ändern will, dann kommt der Tod, der als letztes großes Ereignis die Formen noch einmal gründlich und abschließend umgestaltet.

Die Bemerkungen eines Wärters rissen Öppi aus seinen Betrachtungen. Was hatte der sich einzumischen? Konnte der nicht schweigen! Aber eben: der Wärter war während Vaters letzten Lebenstagen in dessen Nähe gewesen, zur Zeit, da Öppi den Kohlenwagen mit den sprechenden Umrissen nachlief, war zur Stelle gewesen, als man dem Vater die Bauchhöhle geöffnet und erschrocken sofort wieder zugemacht hatte, entmutigt durch die durchbrochene Speiseröhrenwand, den Grad der Entzündung und den Zustand der Gewebe. Der Mann spreizte sich mit seinen Kenntnissen, ärgerte Öppi mit seinem Bemühen, des Vaters Krankheit in die Reihe vieler ähnlicher Erkrankungen einzuordnen, wohin sie der Wissenschaft nach wohl gehören mochte. Der lebende Krankenhelfer genoß in dem kahlen Raum seine Überlegenheit über den Toten und dessen Sohn, der nicht zur rechten Zeit sich auf den Weg zu seinem sterbenden Vater aufgemacht hatte.

Am Begräbnistage war das Wetter regnerisch. Die nahe Ferne schon verschwand in Dunst und Nebel. Die Wälder waren verhängt. Die Welt lief leise. Geräusche starben im Entstehen. Öppi fuhr mit dem Leichenfuhrmann nach der Stadt. Dieser Mann war hie und da ins Öppische Haus gekommen, hatte Wildwestbücher zum Lesen geholt, obgleich er in Wirklichkeit einen Bauernhof betrieb und mit seinen vier Töchtern fuhrwerkte, als ob es Buben

wären. Öppi hatte im Leben nicht viel mehr als ein Dutzend Worte von ihm gehört, nun fügte der Mann einige zu den Dutzend hinzu, aber nicht viele. In der Stadt wurde der Sarg mit dem toten Vater auf den Wagen geladen. Der Fuhrhalter setzte sich wieder auf den Bock. Öppi ging hinterher. Der Wagen fuhr abseits der gewöhnlichen Straße durch stille Viertel mit schönen Häusern in großen Gärten. Das Wasser tropfte von den Bäumen.
Hier war er zur Schule gegangen. Wie die Griechen sich ausgedrückt hatten oder wie die Römer geschrieben, das war ihm von der Schule beigebracht worden, auch mancher Spruch und Gedanke deutschen Ursprungs, des Behaltens wert oder des vollkommen Gesprochenwerdens würdig, über dieses vollkommene Sprechen selber war nie ein Wort gefallen. Das Reden, die Redeweise, das Naheliegendste, Alltäglichste, Häufigste, war unbeachtet geblieben, war im Zustand belassen worden, wie er's von Hause mitgebracht, wie es alle Schüler von Hause oder von der Straße mitgebracht. Darum hatte sich kein Erzieher bekümmert, kein Lehrer von denen, die er verehrt, kein kluger Kopf, kein Vielwisser war dahinter gekommen, daß da eine Aufgabe lag. Drum war er bis ins Innerste getroffen worden, als er merkte, daß das Alleralltäglichste, das Reden, zur Kunst werden kann, derart getroffen, daß er sich bis zu dem Tage noch nicht von der Entdeckung erholt hatte, daß er nun trotz aller Verzögerungen und Hemmnisse nichts anderes wollte, als ein Künstler der Rede werden.
Das Hufeisen schlug gegen einen Stein. Die Blumen, vom Regen gebeugt, hingen über den Wegrand. Sommerblumen, Wiesenblumen! Er hatte als Schüler sie alle mit Namen gekannt, ringsum im ganzen Gau, die in den Wiesen, die in den Sümpfen, in den Wäldern und am Eisenbahndamm. Nun war ihm das meiste entfallen und kümmerte ihn nicht mehr. Es war traurig zu sehen, wie geliebte Dinge gleichgültig werden können. Auch die Bühne war ihm gleichgültig geworden. Wie war's da gewesen? Die Bühne hatte ihn weniger seiner Begabung wegen als um seines Fleißes willen geschätzt. Den Fleiß hatte er vom Vater. Aber das andere, den Drang zur gutgesprochenen Sprache? War der ihm auch vom Vater überkommen?
Dem Vater war das rauhe Helvetisch immer gut genug gewesen. Ein Leben lang hatte er's gebraucht. Zum Bitten, zum Befehlen, zum Werben und Beten. Es war gut genug gewesen, um die Buben

zu erziehen, Knechte zu tadeln, Pferde anzufeuern, gut zu jedem Gespräch über die Welt und den Himmel, zum Friedenstiften und um die Feuerwehr zu befehligen. Darin hatte sich sein Vater in keiner Weise vom Dorf unterschieden, seine Sprache war die Sprache aller gewesen, aber seiner Hände Werk hatte immer sein besonderes Zeichen gehabt. Er hatte beim Mähen die saubersten Wiesen gemäht, beim Pflügen die geradesten Furchen gezogen. Ob er Bretter aufschichtete, Brennholz unter Dach schaffte, Heu auflud, Tännlein setzte im Frühlingswald, niemals waren seine Schichten, Haufen, Reihen, war sein Getanes mit dem eines andern zu verwechseln gewesen. Dabei schien das alles so zu kommen, ohne daß er sich besonders bemühte, er konnte nicht anders, er tat's im Spiel, nicht aus Ehrgeiz und nicht aus Kleinlichkeit, es war sein Wesen, das sich da zeigte in der Form der Heufuder und in den Schwaden der Sense, das bedeutete alles viel mehr als Ordentlichkeit: es war Form.

Seine Schrift war zweckmäßig: sie war leserlich, aber sie war auch schön. Sie stand nicht nur des Sinns wegen da, das schöne Aussehen fügte zum Sinn etwas Neues hinzu. Bestimmt umrissen, von klarer Gestalt wie Kristalle folgten die Buchstaben aufeinander, gleich vom Anfang bis zum Ende des Briefes, vom ersten bis zum letzten Brief eines Tags, gleich fast vom Anfang bis zum Ende des Lebens. Sauber gestochen hatte Öppi des Vaters Zeilen daheim auf dem Schreibtisch liegen gesehen, hatte volle Blätter selber draußen in der Weltstadt von ihm erhalten. Sorgfältig war das Schwarze aufs Weiße hingesetzt, mit wohlabgemessenem freiem Raum und weißem Rand, sauber wie die Schriftstücke königlicher und kaiserlicher Kanzleien zu einer Zeit, da es noch nichts Gedrucktes gegeben. Genau so hielt es der Vater mit jenen langen Bleistiftzahlenreihen, die er bei Versteigerungen in sein Notizbuch eintrug, draußen im Winterwald, bei Schnee oder Regen oder in dunkeln Bauernstuben, wenn er seine Holzkäufe tätigte. Er kaufte Holz und fällte Holz, viele Reihen großer Stämme; wenn aber der Frühling kam, pflanzte er am selben Ort mit Sorgfalt neue dichte Reihen junger Tännlein, mit dem Bewußtsein, ein liebender Hüter des Lebendigen zu sein, wie ein Gärtner, wie ein Vater kommender Menschen und Ahne späterer Wälder.

Ein Schimmer von Spiel und Leichtigkeit begleitete seine schwersten Arbeiten, eine geheime Formerlust geisterte durch seiner

Hände Werk. Öppis Vater war immer ohne Einschränkung ein Angehöriger seines Dorfes gewesen, seiner Gemeinde, seines Volkes, wirksam und fruchtbar, die klaren Pflichten des Lebens völlig erfüllend. Ohne das vollkommene Deutsch! Was wollte er, Öppi, denn damit? Sich selbst entzücken? Zuschauer entflammen? Ruhm erwerben? Sein Vater hatte zum Leben nie Zuschauer gebraucht. Aber die Dichter? Lebten sie nicht vom Anteil der andern? Die Besten unter ihnen hatten die Zuschauer gemieden oder waren gemieden worden. Der Wald oben am Berg und die Wiesen wuchsen auch und blühten, ohne nach Zuschauern zu verlangen.

Im Dorfe läuteten die Glocken. Die Leute hatten die Arbeit hingelegt, ein langer Zug ging hinter des Vaters Wagen einher. Die alten Lindenbäume standen noch beim Kirchhoftor, neben der Schmiede. Der Schmied drückte ihm die Hand. Vor diesem Mann hatte Öppi früher, zur Zeit der Bubenstreiche, sich immer gefürchtet. Nun war er grauhaarig. Sein Sohn, der neben Öppi in der Schulbank gesessen, führte die Schmiede. Was war er, Öppi? Niemand wußte es.

Die Bauern hatten ihr Arbeitsgewand ausgezogen und die schwarzen Röcke angelegt, die schlecht auf den verbogenen Gestalten saßen. Öppi stak im Rock des hohen Bruders, der in Amerika lebte, er besaß selber kein schwarzes Kleid, wie der Brauch es wollte, denn er gehörte zu keiner Gemeinschaft, zu keinem Dorf, das gemeinsam seine Toten begräbt, auf gemeinsamem Raum das Leben führt, die Jahreszeiten erlebt, das Wetter, den Segen und das Mißlingen.

Am Kirchhof trennte sich der Zug. Der Vater rollte allein nach der neuen Begräbnisstätte vor dem Dorfe zwischen den Wiesen, begleitet von jenen, die ihn in die Erde betten sollten. Die Lebendigen blieben zurück und begaben sich in die Kirche hinein, um den Pfarrer zu hören. So hielt man's im Dorf. Der Pfarrer holte seine besten Worte hervor. Im gleichen Tonfall wie zu jener Zeit, da er Öppi über das Himmelreich unterrichtet. Was für ein Deutsch war das! Schlechtes, ungepflegtes Helvetisch-Deutsch. Früher war das dem Öppi nicht aufgefallen, denn er hatte kein Ohr gehabt, aber jetzt hatte er eines. Die andern Gäste in den Bänken waren sich gleich geblieben, sie hörten mit mehr oder weniger Aufmerksamkeit zu, mehr oder weniger ergriffen, aber sie hatten nichts daran auszusetzen, daß aus des Pfarrers Mund die Bibelsprüche in schlechter Alltagssprache herauskamen, anstatt in vollkommenen Wortgestalten, wie Öppi sich's dachte.

So war's mit allem. Die Heimat war unerträglich. Sie beleidigte mit jedem Wort sein Ohr. Sie gab mit jedem Gespräch ihre Mißachtung für das kund, was er erstrebte. Nichts ging ihr übers Helvetische. Wer rein sprach, war fremd. Sie mochte das Schönere nicht leiden; wer dem Vollkommenen nachhing, schloß sich aus ihrer Gemeinschaft aus. Öppi mußte die häßlichen Laute an Stelle der besser geformten setzen, um die Umgebung nicht von sich wegzustoßen. Die Bauern wollten ihr Helvetisch von ihm haben. Die oben im Dorf und die unten im Dorf, auch die Nachbarsfrau in der Postablage wollte das, die Brüder wollten es und die Schwägerinnen nicht minder.
Mit den alten Schulfreunden in der Kleinstadt war's ebenso. Was kümmerte sie die Sprache der Dichter. Sie sprachen helvetisch hinterm Ladentisch, wo sie ihre Kräutlein und Tröpflein verkauften, sprachen ihr ungepflegtes Deutsch, um die Kranken zu beraten, um ihren Bankkunden die vorteilhaftesten Geldanlagen zu empfehlen, Helvetisch war die Sprache, mit der man am besten Geld verdiente. Sie hörten ihn gern, den Öppi, der allerlei schrullige Dinge von der Bühne erzählte; im tiefen Klubsessel gebettet, waren seine Erfahrungen recht ergötzlich zu vernehmen, nur war's nicht klar, wo er mit all dem hinauswollte. Viel Geld war kaum damit zu gewinnen. Solche Gedanken sprachen sie jedoch nicht aus, und Öppi hütete sich seinerseits, von seinem innersten Geheimnis zu reden.

Mit den Dingen war's wie mit den Menschen. Sie trugen nicht die reinen Bezeichnungen wie unter dem Himmel Norddeutschlands. Der Mond, der Wald, die Berge waren nicht die gleichen, wie er sie bei den Dichtern gefunden, wie er sie in Frau Zepkes Wohnung mit reinen Lauten angerufen, nein, das waren die Berge, Wälder und Gestirne seiner Jugendzeit; sie wollten von ihm benannt sein wie damals, sie wehrten sich geradezu gegen das reine Deutsch, stellten sich breit hin, als hieben sie ihm auf die Schulter und riefen: willkommen, alter Öppi, und wollten gar nichts anderes von ihm hören als Helvetisch. Sie erfüllten ihn mit Wiedersehensfreude, redeten von alten Zeiten und wollten ihn haben, wie er gewesen. Es schien sogar, als schwebe die fehlerhafte Sprache in der Luft, denn selbst im einsamen Zimmer geriet sein Deutsch ihm nicht so gut wie bei Zepkes, da saß ihm plötzlich wider alle Absicht und Anstrengung ein fehlerhafter Heimatlaut wie angeflogen zwischen den Lippen.

Ja, das war die Heimat, die ihn gebildet, genährt, gelehrt, bis es ihm eingefallen war, davonzulaufen, die Heimat, die nun sein Deutsch nicht anerkannte, die sein Teuerstes verachtete und von der er hinfort auch rein gar nichts mehr würde wissen wollen. Der Vater war auch ein Stück Heimat gewesen. Das Herzstück der Heimat vielleicht. Nun war er tot, grad in dem Augenblick vom Tod weggeholt worden, da Öppi mit der Heimat nichts mehr zu tun haben wollte. Ohne Heimat sein, hieß frei sein.

«Wo willst du hin?» hätte der Vater gefragt, wenn Öppi zum Abschied vor ihn hingetreten wäre, und Öppi hätte ihm keine zufriedenstellende Antwort geben können. Nun fragte niemand. Ohne Vater zu sein war ein neuer Zustand, alle die vielfältigen Bindungen waren gefallen, die sein Leben an ein viel älteres, an ein anderes, an ein viel vernünftigeres Leben gebunden. Eingestürzt die Brücken, über welche die Gedanken des einen die Gedanken des andern gesucht. Die Liebe beschränkt, die Zusammengehörigkeit engt das Leben ein. Der Tod zerschneidet Fesseln und befreit die Überlebenden. Freiheit ist Gefahr. Viele schreien nach Freiheit, aber sie wissen nicht, wovon sie reden. Sähen sie, was Freiheit ist, würden sie zittern und erkennen, daß sie nicht Freiheit wollen, sondern Bande.

Ein Erbe fiel ihm zu. Ein Rest! Viel von des Vaters Erarbeitetem hatten schon zu dessen Lebzeiten die Lehrer für Schauspielkunst und reines Deutsch, die Zimmervermieterinnen und Gasthofsbesitzer überall da bekommen, wo Öppi ohne Einkommen Theater spielte. Immerhin blieb noch genug, daß die Villenbesitzer und Geschäftskerle, die geborenen Geldvermehrer und Rechner allerorten mit Freuden die Summen ergriffen, angelegt und nutzbringend verwendet hätten, aber Öppi konnte mit dem

Gelde nichts anderes anfangen, als was er bis dahin damit getrieben hatte: es mindern.

In der Kleinstadt traf er Kathrin. Die weinte um ihre tote Mutter. Öppi fand sie in dem großen Zimmer ihres Hauses, drin der rote Teppich lag. Sie saß am Tisch, allein, in schwarzen Kleidern, und hielt ein kleines weißes Taschentuch in der Hand zusammengepreßt. Die Zeit lag lang zurück, da er sie getroffen, wenn er zu seinem Schulfreund, ihrem Bruder, über den Hinterhof gekommen war, wo es aus vielen Gasthofsküchen nach Bier und Braten gerochen. Sie hatte so anders ausgesehen als die Kinder im Dorf: schwarz und dunkeläugig; schwarzhaarig und dunkeläugig war sie immer noch, kein Kind mehr, sondern ein weibliches Geschöpf, von der schönen Art, Haltung und Kleidung, wie sie in den Weltstädten an ihm vorbeigingen und im Vorbeigehen seine Gedanken an sich zogen.
Sie malte. Die Zimmerwände hingen voll Bildnisse. Immer wieder das gleiche Porträt: die Mutter. Seit kurzem war sie tot. Nun saß Kathrin allein zwischen den Bildern, die sie gemalt und die alle gut gerahmt und mit Geschmack angeordnet an den Wänden zu sehen waren. Sie hing in Gedanken den Stunden nach, da die Mutter noch gegenwärtig gewesen, schloß die Augen, verlor sich an die inneren Bilder der Entschwundenen, sehnte sich nach ihr, nach ihren Gesprächen und nach ihrer Zärtlichkeit.
Die Brüder waren bei ihren Berufen, dachten an den Tag oder an die Zukunft, hatten ihre Pflichten, ihren Ehrgeiz und spielten ihre Rolle in der Welt. Sie spielte keine Rolle, nicht einmal malen mochte sie mehr, seit die liebste Erscheinung aus dem Dasein verschwunden war, der Mensch, der ihr am meisten Mut gemacht und sie am rückhaltlosesten bewundert hatte. Immer gingen die Gedanken rückwärts, in die Zeiten, da es einfacher gewesen war, das Leben zu führen, sie war unsicher vor dem Heute und Morgen, wehrte sich gegen den zudringlichen Augenblick und gegen die Macht des Vergessens, die ihr das Erinnern zu schmälern versuchten.
Oben unter dem Dach des Hauses hatte sie eine Werkstätte eingerichtet. Dort knetete sie in Ton den Kopf der Mutter. Mit geschlossenen Augen sozusagen, nicht nach Zeichnungen und Notizen, sondern nach den inneren Vorstellungen, nicht messend,

sondern träumend. Sie kannte das bildhauerische Handwerk keineswegs, noch den kürzesten Weg, dem Ton die rechte Form zu geben, sie wollte davon auch nichts hören noch wissen, sondern suchte mit einer Art nachwandlerischer Versunkenheit auf ihre eigene Weise das Bild der Mutter zu fassen. Sie legte in unermüdlicher Weise bald da, bald dort in dem begonnenen Antlitz neuen Ton auf, nahm anderswo Teile weg, änderte und formte am Mund, an den Augen, an der Wange und der Stirn immer wieder. Jeder Griff und Druck gab ein neues Gesicht. Hundert Antlitze schauten sie an, aber sie suchte mit Geduld nach dem einen, letzten, einzigen, das sie in allen Zügen als ihre Mutter erkennen würde.
Öppi saß bei ihr. Draußen lag Helvetien, lag der Tag, der ihm so wenig Befriedigung wie ihr gab, lebten die Schulfreunde mit ihren Schreibmaschinen und Schreiberinnen, die keinen Zweifel am Helvetisch hegten, lebten die Bürger des Städtchens und die Bürgerinnen, die Kathrins Malerei und Abweichung vom gewöhnlichen Gang der Dinge vielfach mit Zweifel und Ablehnung betrachteten. In der Mitte des Raums stand das Tonmodell der Mutter, dran sie ohne Eitelkeit arbeitete. Wie ein Bekenntnis war's, ein wortloses, ihres sehnsüchtigen Herzens.
Öppi bekannte auch manches, das er anderwärts immer verschwieg. Kathrin hörte zu und glaubte, was er sagte, ohne zu fragen. Plötzlich hörte er sich selber, hörte sich helvetisch reden. Das konnte mit ihr nicht anders sein, dazu zwang der Ort, zwang das Herkommen, damit konnte er es gar nicht anders halten. Dennoch: das war die gemiedene, die befehdete Sprache. Unvermittelt stand er auf, um zu gehen.
«Hättest gern noch ein wenig bleiben können.»
Ganz einfach, ganz offen sagte sie das. Die verborgene Ursache in Öppis Verhalten ergaben eine Überraschung, eine Überrumpelung. Kathrin verriet, ohne zu wollen, daß ihr an seinem Bleiben gelegen war. Sie hatte eine volle wohlklingende Stimme von dunkler Färbung, sprach langsam. Öppi blieb an der Tür stehen. Kathrin schaute zu Boden. Eine schwarze Flechte, kunstreich geordnet, zog vom Ohre weg sich über die Wange nach der Schläfe hinauf in südländisch fremdartiger Arabeske, die zu ihr ganz natürlich gehörte, zugleich gehörte sie der Heimat in der Art und in ihrem Herzen voll an. Öppi ging langsam zu ihr zurück und küßte

sie auf die Wangen. Kathrin rührte sich nicht. Dann versuchte er eine Art Erklärung des vorgehabten Weggangs und redete von seinen Spracherfahrungen. Das klang fremd und fügte der Stunde sich nicht recht ein. Das neue Beisammensein war zugleich ein Wiederfinden. Wenige, lang zurückliegende Begegnungen waren beiden im Gedächtnis geblieben, hatten ihr Schönes in der Erinnerung still behalten. Öppi legte den Arm um sie, überhäufte sie plötzlich mit Zärtlichkeiten, auf die sie nicht gefaßt gewesen. Kathrin wehrte sich nicht dagegen.

Kathrin kam mit dem Rad zu ihm ins Dorf, nach Wasenwachs hinausgefahren, obgleich sie sich dadurch dem Klatsch des Städtchens aussetzte, tat es in offener Zuneigung, tat es, weil sie ihm nicht abschlagen mochte, worum er bat. Sie war begehrt und viel umworben. Ihr Vertrauen und ihre Nachgiebigkeit fielen wie zwei große Güter ihm zu, ohne daß er's irgendwie verdient hätte. Öppi nahm die Gaben mit einer gewissen Gelassenheit an, dachte weniger daran, sich ebenso rückhaltlos als Schenkenden gegen sie zu erweisen, als vielmehr daran, wie er des Gewonnenen sich ungestört erfreuen könnte. Kathrin trug sich mit dem Plan eines Arbeitsaufenthaltes in Paris.
«Da möchte ich auch hin. Da könnten wir beide unsere Vorhaben vorantreiben und zusammen sein.»
Kathrin willigte ein.

Vorher noch kam Luka zu Öppi ins Dorf. Der Besuch war längst fällig, war vereinbart worden, als die beiden noch ganz gute Freunde gewesen waren. Die Freundschaft hatte unterdessen gelitten, aber der über Gebühr verlängerte Wechsel mußte eingelöst werden. Ein Jahr zuvor hatte es Polly noch Spaß gemacht, Luka zurückzuhalten. Ihre Anziehungskraft war inzwischen geringer geworden. Öppi hoffte, den Freund wiederzugewinnen und die Zeiten neu aufleben zu lassen, da er ihn bemuttert. Damals hatten sie sich immer, wenn einer verreist gewesen, zum Willkomm an der Bahn abgeholt. Öppi holte also Luka nun von der Bahn ab; nicht vom Bahnhof des Dorfes, nicht im Städtchen, wo die Schnellzüge hielten, sondern viel weiter weg, an der Grenze des Landes. Wie's die hohe Regierung allenfalls mit reisenden Fürsten tat. Niemals war das zu tun jemandem im Dorf eingefallen. Da mochte ein

Tagelöhner von früh bis abends arbeiten, um so viel Geld zu verdienen, wie Öppi für eine Übertriebenheit ausgab. Die Brüder wunderten sich. Als ob er einen Säugling erwartete.

Als der Gast dann kam, war's gar kein Säugling, sondern ein untersetzter, breiter junger Herr, reisemäßig und städtisch sporthaft angetan, daß es doppelt unverständlich war, warum Öppi ihm bis an die Landesgrenze hatte entgegenfahren müssen. Sie saßen zusammen an des breiten Bruders Tisch, dem das Abholen so mißfallen, auf dem Bauernhof oben im Dorf. Die Knechte saßen an derselben Tafel und wunderten sich über den schwarzen Dicken, den Öppi da mitgebracht hatte, der an keinen von ihnen je ein Wort verlor. Die Schwägerin war im unklaren, wie weit auf den Gast Rücksicht zu nehmen sei, und fühlte sich unbehaglich und unbequem. Die Küche dampfte, die Pfannen brodelten auf dem Herd neben dem Tisch, am Boden stand das Becken mit dem Hundefutter drin, und die Knechte rochen nach Vieh und Stall.

Das waren erstaunlich fremde Zusammenstellungen. Öppi war auch fremd, saß in völlig veränderter Haltung zu Tisch und aß in einer Weise, wie Luka es nie von ihm in der Großstadt zwischen den Kellnern der vornehmen Speisehäuser gesehen. Der Herr des Hauses schwieg. Luka schwieg auch. Öppi ebenfalls. Das gab unerfreuliche Mahlzeiten, während die zwei früher bei Frau Zepke bei kalter Küche sich vor Lachen die Bäuche gehalten hatten. Das war ein paar Jahre her, und die Worte gingen nicht mehr so leicht von den Lippen wie damals.

Öppi brachte das Notwendigste mit Mühe in reinem Deutsch heraus, denn diese Sprache paßte nicht in die heimatliche Küche hinein, und der Bruder sah, es hörend, immer besonders frostig und steif aus, redete Öppi aber helvetisch, dann wurmte es ihn selber, mit so lumpigem Deutsch vor seinem Freund zu erscheinen, ihm in vergrößerter und überdeutlicher Form alle Sprechlaster vorzuführen, um derentwillen John ihn einst an der Osten-Bühne hintangesetzt und Polly ihn verlacht hatte.

Luka fühlte Beklemmungen und japste nach dem Lebenselement der Bühnenluft; er aß mit mäßigem Genuß, was man ihm vorsetzte, gab sich keine Mühe, den Bauern etwas vom Theater zu erzählen. Er konnte sich gehen lassen, laut sein, begeistert sein, und in Worten sich ausgeben, wenn die Umgebung nach seinem Sinn war, konnte aber nicht unter undurchsichtigeren Umständen die kleine Münze einer Unterhaltung im richtigen Zeitpunkt und im richtigen Maße in Umlauf setzen. Luka verstand nicht, Gast zu sein, und war in einem Hause, wo man nicht verstand, Gäste zu haben. Dazu war er schwarzhaarig und krummnasig, ähnlich wie die Pferdehändler aussahen oder die Gütermakler, die überall da noch einen Gewinn für sich herausfischten, wo's einem Bauern an den Kragen ging. Der Schwägerin erwuchs einige Mehrarbeit aus dem Besuch, sie wartete auf den Dank des Gasts, aber umsonst, denn Luka war verwöhnt und erfolgreich, man riß sich in der Weltstadt um ihn. Er übersah seine kleinen Verpflichtungen oder notwendigen Aufmerksamkeiten im Hause, vielleicht auch widerstrebte es ihm, für eine Gastfreundschaft zu danken, die ihm ohne Wohlwollen gewährt worden.

Öppi und Luka fuhren zusammen in die Berge, wie's zum üblichen Begriff einer Helvetienreise gehörte. Das bloße Zusammensein genügte ihnen nicht. Öppi stellte Rundreisen zusammen, Bruder und Schwägerin dachten an das viele Geld, das er um dieses unangenehmen Bekannten willen ausgab. Die Stiefmutter ebenfalls. Das Dorf lag zwischen Hügeln und Wäldern im mittleren Helvetien, aber Luka hatte sich's als Bergdorf gedacht gehabt, am Fuß eines steilen Waldes, von Zacken und schneeigen Kuppen überragt. Als Öppi das erfuhr, ärgerte er sich darüber, daß seine Heimat den Erwartungen des Freundes nicht entsprochen hatte, und ärgerte sich über den Freund, der etwas anderes von seinem Heimatort erwartet hatte, als dieser ihm bieten konnte.
Die Helvetier drehten in den Eisenbahnwagen die Köpfe nach Luka, maßen ihn mit neugierigen Blicken oder machten aus ihrer stummen Kritik und Ablehnung kein Hehl. Sie zeigten sich selbstsicher und unerzogen. Luka empörte sich über ihr Benehmen, Öppi fühlte sich mitschuldig. Luka machte überhaupt nie ein Hehl aus einem Mißfallen und war im ganzen weniger begeistert, als er sich's vorgenommen oder dem Öppi vorausgesagt gehabt hatte. Öppis schmaler Bruder bat die zwei nach der Sägemühle zu Tisch im nächsten Dorf. Der Weg dehnte sich in der Mittagshitze, und die Bremsen stachen. Es waren die Bremsen, die zum Sommer gehörten und zum rechten Emdet, aber Luka schlug wild um sich, fluchte schrecklich über die kleinen Tiere, und Öppi verübelte

ihm das Schelten über diesen uralten Bestandteil des heimatlichen Sommers.

In den Bergen kam Öppi schlecht bergauf, sein Herz klopfte übermäßig, er erlag der Gefahr, den bequemern Weg dem richtigen vorzuziehen und verlief sich. Luka spöttelte spielerisch über die offenbar werdende, mangelhafte Kenntnis des Landes. Er überließ Öppi die Führung und wahrte sich das Recht, über die Ergebnisse zu urteilen. Er war kühl, Öppi war eifrig. Sie kamen nicht höher als bis zu den Alpweiden, wo die Kühe frei herumliefen, wie's Luka nie zuvor gesehen, wie sie ihm nie auf den Straßen der Großstadt begegnet waren. Sie schienen ihm gefährlich und unberechenbar, er wich aus, Öppi aber ging auf die Tiere zu, klopfte ihnen auf den Hals, ließ sich die Hände lecken. Seine Überlegenheit im Umgang mit dem Hornvieh lag klar zutage.

In der Nacht schliefen sie in einem kleinen Berghotel aus Holz mit dünnen Wänden, in Betten mit schweren Federdecken, wie sie's nicht gewohnt waren. Luka wälzte sich unruhig auf seinem Lager hin und her und warf sich herum, daß die Sprungfedern krachten. Ein Kindlein schrie irgendwo im Hause, sein dünnes Stimmlein drang durch die Wände. Es klang jämmerlich. Luka konnte keinen Schlaf finden. Plötzlich schlug er voll Zorn und Ungeduld mitten in der Nacht donnernd gegen die Zimmerwand, daß das Haus dröhnte und Öppi mit klopfendem Herzen aus seinem Schlummer auffuhr. Das Kindlein schwieg erschrocken. Hernach fing es von neuem an, Öppi lag nun auch wach, hörte deutlich Lukas Ungeduld aus seinem Drehen und Wenden heraus und hegte unfreundliche Gedanken. Er schwieg aber darüber und verschloß sie bei sich.

Anderntags stiegen sie von den Bergen hinunter, fuhren auf den Seen, aßen an berühmten Gaststätten und führten wie ehedem kleine Stegreifspiele zusammen auf. Sie selber erschienen darin als zwei berühmte Bühnenleiter, über welche die Schauspieler ihrer Theater sich unterhielten. Diese Unterhaltung ging um ihre Freundschaft. Sie erschien darin in um so schönerer Form, je brüchiger sie in Wahrheit geworden war. Das Spielen und die Übereinstimmung im Ausgedachten mußten über die Unannehmlichkeiten des gestörten, wirklichen Zusammenseins hinweghelfen.

Sie reisten nach dem Gotthard. Die hohen Berge waren nicht sichtbar, sie staken im Nebel, Luka nahm's persönlich, war beleidigt, verstummte und machte Öppi für das unfreundliche Verhalten seines Landes mitverantwortlich. Er hieb mit dem Stock nach den Blumen am Rande der Paßstraße, Öppi dachte an die Verse vom Knaben, der Disteln köpft, und an die Verachtung dieses Tuns, die aus den Versen sprach.

Sie setzten die Reise bis nach Italien fort, weil sie sich's so vorgenommen. Weil sie aus Helvetien fortwollten, weil sie's noch nicht aufgegeben hatten, die alte Freundschaft wiederzufinden. Kathrin kam zum Abschied an die Bahn. Öppi stand auf dem Trittbrett, gab ihr, als die Räder zu laufen begannen, einen Abschiedskuß. Kathrin war noch nie an der Bahn von jemandem geküßt worden, der nicht zur Familie gehörte. Das konnte allenfalls ein Verlobter tun. Ein älterer Eisenbahnbeamter hatte den Kuß beobachtet. Er kannte Kathrin und ihre Brüder und verbreitete die Nachricht von dem Abschiedskusse in der Stadt.

Öppi und Luka stiegen auf das Dach des Mailänder Doms, aßen Fische in fremdartiger Umgebung, saßen auf den Steinfliesen römischer Theater, schlürften neuartige Getränke im Schatten steinerner Bogen. Öppi sperrte die Augen auf, Luka die Nüstern; Öppi sah, Luka roch. Öppi vermißte die Traumgestalten, mit denen er zuletzt immer umgegangen, und die Gespräche mit ihnen; Luka hing am Augenblick, ruhte zwischen zwei Spielzeiten aus und wollte den Tagen an Genüssen, was immer möglich war, entreißen. Er schwamm zur Nachtzeit im Gardasee, aber Öppi stieg in der Mittagsglut zwischen Häusern in die Höhen um des Schauens willen. Sie bewunderten Verschiedenes und entfernten sich immer mehr voneinander. Öppi stellte die Fahrpläne zusammen, Luka fuhr darnach, Öppi las und übersetzte die Speisekarten, Luka aß nach diesen Angaben. Die Führung im Äußerlichen brachte Öppi dazu, eine gewisse Führung im Geistigen zu beanspruchen, aber Luka verhielt sich anders gegen die Dinge, als jener es wollte, und hielt an seiner eigenen Weise fest. Er liebte die Gerichte nicht, die der Freund ihm mit Nachdruck empfahl, und versank vor anderem als jener in Bewunderung. Er verschlang die fremden Frauen mit den Augen und brach mitten im ruhigen

Gehen über eine schöne Vorüberwandelnde in Begeisterung aus. Öppi war mit sich selber beschäftigt, aber davon konnte er nicht reden; die lauten Ausbrüche des Freundes waren ihm unwillkommen, machten ihn neidisch oder eifersüchtig.
Es war klar, daß Luka nach diesen Ferientagen heimfahren und zur Bühne zurückkehren würde, was aber Öppi beginnen sollte, war nicht klar, und Luka war froh, daß darüber nicht gesprochen wurde. Öppi diente dem Freunde noch und noch vor allem als Reiseerleichterung und wünschte immer deutlicher in seinem Innern das Ende des Zusammenbleibens.
Sie fuhren vom Festland im Boot nach Venedig. Die Sonne war am Untergehen. Luka stand vorn am Bug, schaute über die Wasserfläche hin in die Ferne:
«Das Meer! Ich sehe es zum erstenmal.»
Öppi drehte den Kopf, sah über die Schulter nach Luka hinüber: «Das ist nicht das Meer», warf er hin, «das ist die Lagune»; etwas geringschätzig, wie immer seit einiger Zeit, wenn Luka sich irrte.
Auf dem Postamte in Venedig lag für Luka ein Stoß Briefe von Polly. Öppi hegte bei deren Anblick allerlei unfreundliche Gedanken, die deutlich auf seinem Gesicht zu lesen waren. Luka fürchtete die Blicke und unausgesprochenen Urteile, behandelte die empfangenen Briefe mit betonter Gleichgültigkeit, las sie hernach heimlich und mit dem Gedanken, daß es schön wäre, mit Polly in Venedig zu sein.

Eines Tages stand er in einer Reisekanzlei am Schalter, um Geld zu wechseln, legte den Ellenbogen aufs Brett, stützte sich darauf und wartete lange auf die Abfertigung. Aufs Mal fehlte ihm die Brieftasche. Gestohlen! Er fluchte wild, war empört, schalt auf den Dieb, was er nur schelten konnte. Öppi beobachtete ihn ziemlich gelassen: das kommt vom breiten Behagen, dachte er, und vom Genügen am Augenblick. Der Zwischenfall war unangenehm, er störte Öppi in seiner Beschäftigung mit sich selber. Zögernd und mit einiger Lauheit schlug er sich in der Sache an die Seite des Freundes, erinnerte an die Scheine, die ihnen geblieben waren oder an jene, die man später wieder verdienen könnte; Luka aber wollte nicht an die Zukunft denken, sondern an den Dieb, der ihn um sein Gut gebracht, und an jeden einzelnen Geldschein, dessen Verlust ihn soundso viele Freuden kostete.

Das Mittagessen wollte an dem Tage nicht schmecken. Öppi suchte Zuflucht bei seinen Dichtern. Sie halfen immer. Sie versagten auch jetzt nicht, lieferten ihm, als er das Glas voll roten Weins hob, einige tröstliche Zeilen:

> ... Trink ihn aus den Trank der Labe
> und vergiß den großen Schmerz,
> wundersam ist Bacchus Gabe
> Balsam fürs zerrissene Herz ...

Schillers Worte! Luka sah mißtrauisch drein: War's Spott, war's Ernst?
Die mangelhaften Sprachkenntnisse nötigten ihn, bei den Nachforschungen ausgiebig Öppis Hülfe in Anspruch zu nehmen, die ihm dieser mit überlegener Freundlichkeit zuteil werden ließ. Ganz umsonst: Luka bekam sein Geld nicht wieder. Die Ausweispapiere waren auch verschwunden. Er mußte sofort abreisen. Der plötzliche Abbruch enthob sie des Streites, der seit langem auszubrechen gedroht hatte. Kein Wort fiel in der letzten Stunde vor der Abfahrt des Dampfers zwischen ihnen. Die Spannung entlud sich schließlich auf einen armen Gepäckträger, der für den Weg vom Hotel zum Anliegeplatz der Boote ein paar Liren zuviel forderte. Öppi zankte mit ihm, schrie laut vor dem Dogenpalast an der Stelle, wo sonst die vornehmen Herren Venedigs gelassen ihre Boote bestiegen hatten, schrie ungerechtfertigt und ganz im Widerspruch zu seinen sonstigen Gewohnheiten, schrie, weil das Verschweigen und die Stille zwischen ihm und Luka unerträglich geworden waren.

Schließlich verschwand das Schiff am Horizont. Öppi sah's mit schmerzlicher Genugtuung davondampfen. Sofort begann sich zwischen ihn und die Dinge des Tages jene schimmernde Entfernung von vordem einzuschalten, nach der er sich seit einiger Zeit immer deutlicher gesehnt hatte.

Kathrin schrieb, beschrieb ihre Tage und Tätigkeiten vor der baldigen Abreise, die Umständlichkeiten, die der Bronzeguß des mütterlichen Porträts mit sich brachten, schrieb eines kindlichen Vertrauens voll, wie er bei allem dabei und tief in ihren Gedanken sei.

«Deine Briefe zu lesen – oft durchschauert's mich. Wärst du da!
Ich denke an deine Küsse – gäbe gern sie dir wieder – jetzt
gleich!»
So kurze Bekenntnisse der Liebe fanden sich in den Briefen eingestreut wie rote Muster in schlichtem Gewebe.
«Ich glaube ganz genau zu wissen, wie du bist.»
Wie war er, Öppi? Ein kleines Bedenken fiel ihn an. Wußte er's selber?
«Bisher schrieb ich meinen Namen, Katrin, ohne den h-Buchstaben, es schien mir unbescheiden, du scheinst ihn zu lieben, jetzt schreibe ich mit h, wie es dir gefällt: Kathrin.»

Öppi und die Sonne

Öppi reiste weiter nach Süden, über den Po, an alten Städten vorbei, an berühmten Namen, an Küsten, an Straßen, die aus Ebenen eifrig bergan stiegen, vorbei an kahlen Bergen, fremden Bahnhöfen, reiste mit mächtigen Römerfrauen, die, auf ihren eigenen Kissen sitzend aus den Seebädern nach Hause fuhren, sah den Petersdom und die Kirchen alle, die Stiere im weiten Feld, querte das Land und kam wieder ans Meer und in eine alte Stadt. Abends, als es dämmerte, als die Wasser glatt lagen und die Segel müde heimkehrten in den Hafen, bestieg er ein Schiff: Das Schiff nach der Insel.
Lautlos glitt es aus dem stillen Hafen. Der Mond schien. Die Luft war lau. Silbern lag der Nebeldunst. Dunstig die Ferne, als hülle nicht die altgewohnte Luft des Tages die Fahrt ein, das Schiff und ihn und alle Leute darauf, sondern ein besonderes Element, mit besonderen Gesetzen für die Geschöpfe, die drin lebten.
Öppi lehnte mittschiffs ans Geländer. Auf dem Vorderschiff zu seinen Füßen kauerten dicht gedrängt dunkle Gestalten: Heimkehrer, die mit fremden Gesängen die Sehnsucht nach der Insel besangen und die Freude, sie wiedersehen zu dürfen, in gurgelnden Lauten und grunzenden Tönen verkündeten, wie Öppi sie nie gehört.
Kein Wort seines geliebten Deutschs fiel an Bord. Er war allein mit seinen Vorräten an Sprechbarem. Wer immer mit ihm abends am Tisch unten im Schiffsraum beim Essen saß, hatte sein

Ziel auf der Insel und seine bestimmten Absichten, hatte seine Pferde zu kaufen, seine Kerzen an den Mann zu bringen oder seine Felle zu besehen. Selbst der Priester im schwarzen Kleid reiste nicht, um Gott zu suchen, sondern irgendwelcher irdischer und handgreiflicher Aufgaben wegen. Er schlief zusammen mit Öppi in einer Kabine. Der Morgen der Landung, die silberne Bucht, die niedrigen Klippen, das Grün und alle andern Farben und deren Spiegelbilder entlockten dem geistlichen Mann kein Gebet noch irgendein Lied, sondern einzig die trockene Feststellung: wir sind da. Dabei brachte er seine Unterhosen in Ordnung.
«Wir sind da.»
«Wo?» Da, zwischen Klippen und fremdem Grün, da, wo er nichts zu suchen, nichts zu tun hatte, wo man ihn nicht kannte noch erwartete. Da sein auf der Erde, einfach, neugeboren, zum ersten Mal, da, zwischen Bäumen und Felsen, da, in der Luft, atmend und schauend. Da-Sein war alles, nicht Dort-Sein, nicht Fort-Sein, nicht im Gestern, nicht im Morgen, sondern mit allen Augen da sein, wo er war.
Alles ging von Bord. Öppi schleppte seinen Koffer durch ein schlafendes Städtlein nach der Stelle, von welcher der Postwagen hinausfuhr ins Land. Einige Inselbewohner standen schon da und warteten. Kein Fahrplan band die Reise, kein Abzeichen kennzeichnete den Mann, der sich schließlich ans Lenkrad setzte, kein Dienstrock betonte die Wiederholung und das Gleichförmige eines ständigen Verkehrs, so wie auf den heimatlichen Bergen eben noch die Postfahrer vor ihm gestanden in Einform und Mütze, nein, der Mann am Steuer, so konnte Öppi sich's leicht denken, fuhr mit seiner Hakennase und dem schwarzen Schopf grad so zum erstenmal mit Öppi davon, wie dieser selber zum erstenmal die kahlen Felsen im Lichte liegen sah und die spärlichen Häuser und die gleißende Straße. Die Reise ging der Küste des Meeres entlang. Stunde um Stunde verrann. Die Scheiben des Wagens rasselten, Staub quoll hoch, spärliche Gehöfte lagen im blendenden Licht. Magere Kühlein rannten erschreckt davon und bargen sich unter Gebilden von fremden dicken Gewächsen, sparrigen, stacheligen Kaktusgebilden, wie sie von den Kinderbüchern her in Öppis Gedächtnis lebten und auf denen jetzt in Wirklichkeit der weiße Staub in fingerdicken Schichten lag.

Im Wagen saß vor Öppi ein junger Mann im Seemannskleid, gar jünger als Öppi, der war nicht allein: ein Mädchen saß bei ihm, eine ältere Schwester wahrscheinlich, die den Seemann an der Küste abgeholt hatte. Die beiden hielten sich an der Hand. So waren sie vielleicht doch Liebesleute und keine Geschwister? Oder doch Geschwister? Öppi kam in seinen Gedanken zu keinem sichern Ergebnis, die Fremde verwirrte ihn, und das Tun der Menschen war nicht mehr deutbar. Von Zeit zu Zeit holte er den großen Reifen Brot aus dem Netz des Wagens herunter, den er bei der Abfahrt am frühen Morgen gekauft, brach sich ein Stück ab; die Zärtlichen gaben ihm Wein aus ihrem Glase. Fremde Früchte lagen zum Kauf an den sparsamen Haltepunkten der Strecke, feilgeboten von barfüßigen Frauen auf grobem Pflaster vor kleinen Häusern. Alles war fremd und erstaunlich; auch der Haarschnitt des Herrn zu seiner Linken: dessen Haare waren vom Ohr schräg abwärts zum Backenknochen zu einer Spitze rasiert, wie Öppi es nie gesehn.

Vor den Fenstern des Wagens erschien nach langer Leere eine Stadt am Meere, hoch auf Felsen gebaut, ganz den Städten gleich, die ihm daheim in den Sammlungen der Museen auf alten Bildern begegnet waren, davor man immer mit dem Hute in der Hand gestanden. Ein Fluß zog an der Stadt vorüber, eine Brücke wölbte sich, Tümpel glänzten, spärliche Büsche grünten, Karren warteten, die nur halb soviel Räder hatten wie die Wagen zu Hause. An den Tümpeln knieten die Frauen und wuschen, die Esel wakkelten mit den Ohren: ja, das war der Wäschetag, wie der alte Dichter ihn besungen, in fremder Sprache vor zweitausend, dreitausend Jahren, die Wäsche ohne Brunnenrohr und Wasserhahn und Dampf, da man die Laken mit Wagen zum Fluß gefahren, wie er's in vielen Schulstunden mühsam eingetrichtert bekommen, alles das, ach, lag nun farbig da, im Lichte des Himmels, wie's vor Jahrtausenden gewesen.

Am Nachmittag wendete sich die Straße landeinwärts und aufwärts. Die Zärtlichen stiegen aus. Auch der Mann mit dem Haarschnitt. Ein Herr im Strohhut kam in den Wagen. Einsam zog die Straße dahin. Sie sandte keine Verzweigungen aus, ohne Verwandte und Anhang zog sie durchs Land und suchte niemanden auf. Ehrfürchtig begrüßte man den Herrn im Strohhut. Es war der Doktor, der seinen Taschen eine Arzneiflasche nach der an-

dern entnahm, seine Ratschläge gab, seine Fragen stellte, er, dem die Frauen in weiten glockigen, zinnoberroten Röcken frische Melonen zum Wagen brachten, kleine Geschenke oder Zahlungen, die alle aufs Wagendach kamen – er, dem ein junges Weib im Kopftuch strahlenden Gesichts ein Hühnchen überreichte, das der Menschenfreund dann, ob es auch lebend war, mit zusammengebundenen Füßen wie ein verschnürtes Paket hinauf ins Gepäcknetz warf.
Auf hohem Karren fuhr ein Genesender vorbei, beide Wagen hielten. Von Gefährt zu Gefährt ging im abendlichen Schatten die Rede über Befinden und Kur, derart, daß Öppi erstaunten Auges diese Welt betrachtete, wo Genesende nicht im Fenster saßen, nicht in Krankenhäusern langsam durch lange Gänge gingen oder aus weißen Kissen schauten, wo sie vielmehr auf hohem Wagen fuhren und Gespanne lenkten, wie vormals die Athleten durch die römischen Arenen gejagt waren, wo sie sich gewaltigen Ruhm oder im Sturze den Tod geholt hatten.
Wo waren die Wiesen, die zu der Zeit zu Hause grün und saftig standen, die der Bauer schnitt und deren Gras man in der Sonne, die Öppi an dem Tag leuchtete, so ohne Sorgen hätte dörren können?
«Verbrannt», sagte der Doktor. Ausgeglüht eben von dieser Sonne, die vom Frühling an Tag für Tag unverhüllt heruntergebrannt und auf der Straße gegleißt hatte, von dieser Sonne, vor der das Korn in den Schatten der Ölbäume floh, vor der sich der Weinstock in die verborgensten, schattigen Felsenwinkel flüchtete, von der Sonne, die nun am späten Nachmittag, zum Untergang gewendet, schräg in das lange Tal hereinschien, den jenseitigen Hang bestrahlte, ein Städtchen beglänzte und den großen Kalkberg hinter ihm beleuchtete, daß seine Furchen, Runsen und Kanten hervortraten, daß der ganze Berg lebendig wie eines alten Schauspielers verwittertes Antlitz aussah, wenn der Beleuchter volles Licht auf ihn grad in dem Augenblicke fallen läßt, da irgendein gewaltiger Vers und Gedanke seinen Bann über ihn geworfen hat.
Jene Sonne war's, die flammend hinter den dunkeln Türmen eines Städtchens stand, welches bei einer Wegbiegung hoch oben am Bergesrand erschien, so überstrahlt, als brächen sich westwärts an seinen Mauern die Wogen eines endlosen Meeres aus Glut und Brand.

Öppi war aufs tiefste bewegt. Auch das Hühnchen oben im Netz wurde unruhig und streckte den Kopf über den Rand seines Aufenthaltsortes in den freien Raum des Wagens hinaus. Der Doktor aber fuhr mit dem Stock, ritsch, ratsch, am Gepäcknetz entlang, daß er dem Huhn fast den Kopf vom Rumpfe gesäbelt hätte. Erschrocken zog sich das Tier mit den verschnürten Füßen in die hinterste Ecke des Netzes zurück. Von dort ließ es in Herzensangst ein Ding durch die Maschen des Netzes und auf die Hosen des Doktors fallen, das sonst in Mengen auf Hühnerleitern und auf dem Boden der Höfe liegt. Der Doktor fluchte. Öppi aber reinigte mit einer Zeitung die schmutzige Hose, damit dem Huhn keine weitern Unannehmlichkeiten aus seiner Handlungsweise erwüchsen. Der Doktor hielt ihn für einen lombardischen Geschäftsreisenden, und Öppi war zufrieden, in solcher Daseinsform im Gehirn seines Nachbarn zu leben, wie er in Wahrheit noch nie gelebt.

Mühsam erklomm der Wagen das letzte Wegstück. Kurz vor dem Ziel, schon unter dem Gemäuer des Städtchens, schlug Feuer aus dem Motorgehäuse vorn hoch, eine Flamme schoß auf, gelockt vielleicht vom glühenden Himmel und gerufen von der abendlichen Feuerstunde. Ein Schrei entrann der Kehle des Hakennasigen am Steuer, ein Schrei und ein Befehl, treffend und packend, wie ihn Öppi sonst allenfalls vor dem Fallen des Vorhangs gehört in fernen Theatern, wenn endlich ein Messerstich oder eine blutige Tat einem großen Schauspiel ein Ende bereitete. Der Doktor stürzte aus dem Wagen. Öppi folgte ihm. Gleich neben der Straße fiel der Hang steil ab, und des Doktors Melonen oben auf dem Dach waren gefährdet. Öppi riß einen Stein los und legte ihn unters Hinterrad. «Bravo», sagte der Doktor. Noch brannte vorn das Triebwerk. Der Hakennasige löschte mit Sand. Über seinen Kopf weg schmiß Öppi ein paar Hände voll nach dem Feuer. Die Flamme erstickte. Der Hakennasige drehte den Kopf und warf ihm einen Blick zu, der die Anerkennung verschwenderisch zeigte. Öppi sah selbstbewußter als eben vorher hinüber über das dunkelnde Tal und nach den Bauern, die schattenhaft aus dessen Tiefe herauf nach dem Städtchen geritten kamen.

Er blieb an dem Orte. Auf der Hauptstraße ging man über Steinplatten, auf der Mitte des Wegs stand das Gasthaus. Es sah ärmlicher aus als das ärmlichste, in dem er je gewohnt, aber er aß fürstlicher als je an Stätten mit fürstlichem Drum und Dran. Täglich kam auf seinen Mittagstisch das Fleisch seltener und fremder Vögel, von denen er gelesen oder gehört, daß es an den Tafeln großer Herren geboten würde, die sich's auf silbernen Platten von Dienern bringen ließen, Herren, die sich aufs Leben verstanden und sich kein X für ein U vormachen ließen. Täglich verzehrte er Trauben mit gewaltigen Beeren, so wie er sie hie und da in den großen Städten hinter Schaufenstern hatte liegen sehen, in Korkmehl eingepackt, selten gekauft, bestaunt und in solchen Läden feilgeboten, auf deren Fensterscheiben geschrieben stand, daß der Inhaber einst Könige beliefert habe.

Auf der Straße grüßte er den Doktor, grüßte ihn der Doktor, und abends beim Essen tat's der Hakennasige. Öppi wohnte im Hause eines Haarschneiders, abseits der Hauptstraße, an steiniger Gasse. Ein großer viereckiger Backofen lag grad vor dem Fenster im Freien, es war aber kein Backofen, sondern das Nachbarhaus mit dem sonnebestrahlten Hohlziegeldach, das bis in die Nacht hinein die tagsüber eingesogene Wärme in Öppis Zimmer hineinstrahlte. In dem kahlen Raum hing ein Fliegenfänger, der war mit ausgetrockneten Fliegenleichen so dicht bedeckt, daß die lebendigen, gottseidank, ohne Gefahr dran herumklettern konnten. Es gab eine besondere Art kleiner roter Wänzlein, die Öppi nirgends bisher gesehen und die von außerordentlich hübscher Farbe waren. Ein grob gepflästertes Gäßchen führte zum Hause hin, ein Mauertor nach dem kleinen steinernen Hof, eine steinerne Treppe ging vom Hofe hinauf nach dem Zimmer. Nebenan lag des Haarschneiders kranke Frau, seit Monaten lag sie darnieder. Der Mann sah blaß und übernächtig aus. Öppi hörte, wenn er über die Treppe ging, das Stöhnen der Kranken. Über der Treppe breitete der Weinstock des Hofs sein Dach aus, von den quergelegten Bambusstäben hingen die schweren Trauben herunter, daß Öppi, wenn er unter diesen Trauben den Jammer des Weibes vernahm, allemal von dem zwiefachen Zeugnis himmlischen Segens und menschlichen Gebrechens in zwiespältiges Nachdenken versetzt wurde.

Drei Täler nahmen von dem Orte ihren Ausgang. Öppi stieg über die Hänge hinunter, hügelab, hügelauf durchstrich er die

Landschaft. Stachlichte, verdorrte Gräser rissen Fäden aus seinen modischen Hosen. Hart und dürr lag die Erde. Magere Ziegen- und Schafherden lagerten im dünnen Schatten der Ölbäume. Die Ackerkrume war spärlich. Überall trat der Granit zutage, fuhren die Wagen, standen die Häuser auf Felsgrund, ging der Fuß auf uraltem Gestein, das aus einem Guß und Stück bergetief unter ihm sich dehnte, bis hin zum Herzen der Erde. Unten an den Hängen lagen die kleinen Felder, mittels Mauern geschützt, von Mauern begrenzt. Wo sie Wasser witterten, drängten sie sich zusammen, und die Weinstöcke drückten sich in die schattigen Rinnen des Tals, von Sehnsucht nach Wasser verzehrt.
Auf den Hügeln lagen an sichtigen Stellen uralte Bauwerke, zu Kegeln getürmte, im Rund geschichtete, notdürftig behaune Blöcke: Behausungen vorzeitlicher Inselbewohner, die niemand gesehen, von denen niemand geschrieben, die nichts hinterlassen als diese kargen Zeichen ihres einstigen Daseins. Wo waren sie? Wie weit fort in der Zeit? Verlaufen in der Ewigkeit! Undeutliche Schemen am Rande des Vergessens, keiner deutlichen Vorstellung mehr gehorsam und kaum in eines Menschen Gedanken. War er selber noch in eines Menschen Gedanken? Ein Mensch in seinen Gedanken? Der Doktor oder der hakennasige Wagenführer? Kathrin?
Öppi kletterte an den ehrwürdigen Quadern hoch, setzte sich im Sonnenglast oben auf die Kante des Runds. Eidechsen sonnten sich an seiner Seite. Ihm wuchs ein Bart! Ein Gedankenbart! Wild und struppig, undenkbar für die zeitgenössischen Städte; baumlang lehnte die Keule an seiner Seite. Das Städtchen drüben auf der Kuppe, wo er eigentlich wohnte, verschwamm im Dunst, er blinzelte fernhin über die Wellen des Landes nach fernen Feinden, haarig die Brust, das Herz voll Mut, indessen hinter und unter ihm in den Quadergängen des Steinbaus sein Weib ihr Wesen trieb und briet, daß ihm der Dunst um die Nase strich. Dann fiel sein Auge auf den Brunnen an der Halde unter der Stadt. Dort kamen und gingen die Frauen mit Krügen, so wie er's zu jener Zeit abgebildet gesehen, da er noch in Großmutters Bibel geblättert und die Geschichte der Rebekka am Brunnen vernommen. Großmutters Häuschen verdrängte die Urwelt vor seinen Augen, ihr großer Kachelofen kam vors innere Auge, ihr Öllämpchen, der Rauchfang und die dunkle Küche, die Wähen,

die sie gebacken, die tickende Uhr und die Seligkeit jener frühen Jahre ergriffen sein Herz, da es einfach gewesen zu leben, da er mit Stillsein und schweigendem Träumen die Zufriedenheit und Liebe seiner Umwelt sich hatte erwerben können.

Er stieg auf den Berg, der das Städtchen überragte, auf den Berg mit den Blöcken und immergrünen Eichen und dem Karrenweg, der sein Gestein durchfurchte und sich über die granitene Flanke hinaufschwang nach der Hochfläche halboben am Hang. Dort kam ihm jener Wagen entgegen, mit den Ochsen im Joch und den schweren Rädern, handgefügt, die knorrige Holzlast hoch über die Köpfe der Ochsen getürmt, jenes Gespann also begegnete ihm, das die gelehrten Lehrer beschrieben, als er schon ein großer Junge war und auf der mittleren Schule sich mit den Sprachen der Alten schlug. Damals hatte er in schwierigem Griechisch oder Latein diesen Wagen beschrieben gefunden, der ihm nun durch den Hohlweg entgegenkam, der die tiefen Furchen in endlos wiederholten Fahrten, die tiefen Rinnen ins harte Gestein gegraben hatte. Da waren sie: die schnaubenden Ochsen im Joch, die rollenden Augen, die beindrehenden Tiere, alles, worüber er sich früher so sehr gewundert, zu jener Zeit gewundert, da er noch an Vaters Tisch gegessen und in Heimatbetten geschlafen. Da kam das hochbeladene Gefährt nun leibhaftig her, schwankend, mit dem singenden Fuhrmann, zwischen den duftenden Büschen, zwischen dem Lorbeer, darin die Ziegen staken, daß ihre krummen Hörner oben aus dem Laube guckten, als säße der Wald und die Welt voll Teufel.
Oder war's anders? War er dem Ganzen anderswo begegnet? Oben in den Städten des Nordens, nicht in Gedanken, sondern mit körperlichem Auge auf den Bildern der Maler? Der Italienfahrer! In weiten Räumen, farbig, in reichen Rahmen, in weiten Sälen, in Augenblicken der Vertiefung, da Schauen, Aufnehmen, hingebendes Betrachten die einzige und allerernsteste Aufgabe der Stunde gewesen.
Wie? Oder hatten sie ihn vielleicht aufgenommen, zu sich genommen, die alten Zeiten, diese Ochsenkarren-Zeiten, diese tausendjährige, beschriebene, immer nur Geist und Gedanke gebliebene Welt? War sie da? Eingebrochen in sein Leben? Hatte sie ihn seinem Leben entzogen?

Warum nicht? Was hielt ihn denn? Was hätte ihm den Abschied erschwert? War er nicht leicht genug, daß sie ihn über die Brücke entführte? Niemand suchte ihn, niemand vermißte ihn. Keine Bühne erlitt einen Verlust an ihm, den kein Brief mehr erreichte, über dessen Tun und Wosein kein Mensch zurzeit Bescheid wußte. War es nicht der Augenblick, sich aus dem Lichte des Tags wegzustehlen und durch die gefundene Pforte fortzuwandern in alte Welten, in immer fernere Fernen der Zeit?

Öppi drückte sich seitwärts in die Büsche, ließ den Ochsenkarren und den singenden Fuhrmann an sich vorbeiziehen. Er blieb ungesehen. Sein Herz klopfte, und der Atem wagte sich kaum von den Lippen aus Furcht, das Geistergebilde aufzujagen.
Er stieg weiter, gelangte auf die kleine Hochfläche und erklomm dann die oberste Kante des Bergs. Blöcke türmten sich über Kronen, Kronen über Blöcke. Knorrige uralte Bäume schlugen ihre Wurzeln ins Gestein. Aus ihrem Schatten schaute Öppi von den freien Blöcken hinab in die Täler und hinüber über die Bergrippen, die in stetigem Schritt und ruhigem Verlauf von den innern Rücken schieden und sich gegen das Meer hinunterzogen, einer hinter dem andern, immer weiter, in immer fernern Fernen sich verlierend. Er schaute dahin, jetzt dorthin, dann wieder dahin und nochmals dorthin: in die Nähe, in die Weite, nach Tiefen und Höhen, nach Blöcken und Bäumen, Schwerem und Leichtem.
Schließlich begannen die Täler sich mit Schatten zu füllen, mit immer längeren, immer dunkleren, immer dichteren. Die höchsten Hänge verloren drauf auch den Glanz des Tags und schimmerten in matten Abendfarben. Öppi stand, wie sie beleuchtet, im Scheine des untergehenden Gestirns, mit ausgebreiteten Armen auf dem obersten Block, schöpfte tief Atem und sang sich die Seligkeit der Stunde vom Herzen und den Dank fürs Dasein. In seinem geliebten Deutsch kamen die Verse reihenweise und ununterbrochen aus dem Gedächtnis ihm in den Mund, die Verse alle von der Sonne, von der Welt, von den Sternen und den Menschen, die vielen, vielen Zeilen, die er eingesogen, wiedergekaut, aufbewahrt in seinem Innern, versenkt, daß aus der unbewußten Fülle sie ihm verschwenderisch zuströmten.

«Sie rückt und weicht, der Tag ist überlebt
dort eilt sie hin und fördert neues Leben ...»

Die ewige Sonne rückte und wich, überstrahlte ihn mit dem letzten Licht, die Ziegenböcke wackelten mit den Hörnern hinter den Büschen. Immer länger wurden die Schatten, dann kam die Nacht, drauf ein neuer Tag und ein neues Abschiedsspiel und Zwiesprache zwischen ihm und dem himmlischen Licht.
Im Schwinden trafen die letzten Strahlen weit drüben über Tälern und Kämmen immer ein kühnes Gemäuer, das sie auffing, das sie gesammelt wie das Feuer eines fernaufblitzenden Diamanten zu Öppi herüberwarf. Er reiste dorthin. Zur Mittagszeit traf er ein. Die Sonne glühte auf die Steinfliesen der Straßen, die Sohlen brannten. Ausgestorben lagen die Gassen.
Irgendwo in einem Hause bekam er zu essen. Zwei Frauen kochten. Zwei Räume waren da, einer unten, einer oben. Unten kochten sie, oben aß er. Ein kleines Mädchen brachte ihm alles die Treppe herauf. Sie war scheu, setzte rasch die Platten hin und rannte wieder hinunter. Über ihm wölbte sich das Dach: Schilf, Pflästerung, Balken, Hohlziegel. Die Wände waren weißgetüncht. Nie hatte Öppi in solcher Umgebung ein Mittagsmahl eingenommen. Er ging zögernd die Holztreppe hinunter. Dort saßen die Frauen am Feuer: die eine war groß und schön gewachsen, mit ernstem Gesicht, ein reifes Weib.
«Bleiben Sie zur Nacht», sagte sie.
War's Höflichkeit? War's Ernst? War's wenig? War's viel? Sehr viel am Ende? Die Frauen hatten ihn in einer Weise bewirtet, daß es ihm unmöglich schien, ihnen Geld bieten zu dürfen. Was war zu tun? Er drückte dem kleinen Mädchen ein paar Münzen in die Hand. Zuwenig vielleicht! Oder zuviel schon? Sollte er bleiben? Tat er dann das, was man von ihm erwartete? Oder sollte er gehen? Die große Frau lächelte.

Verwirrt verließ er schließlich das Haus, irrte durch ein paar Gassen, geriet durch eine dunkle Türöffnung in die Schenke des Orts. Ein paar junge Männer saßen beim Wein. Ein Gästetisch auf nackter Erde. Ein Schenktisch auf Pfählen in der Ecke. Einige Fässer reihten sich an der Wand. Öppi bat um Platz bei den Gästen. Die Männer rückten zusammen. Die Unterhaltung stoppte. Ein Alter kam kurz nach Öppi durch die Tür und setzte sich wortlos an der gegenüberliegenden Wand auf einen niedrigen Holzpflock. Öppi bestellte ein Glas Wein. Das Gespräch hob wieder an und kreiste um ihn. Die jungen Männer waren in Deutschland kriegsgefangen wie jene andern gewesen, denen der Triumphbogen gegolten, den Öppi auf dem Bahnhofplatz von Örlewitz gesehen, Gefangene jenes Kriegs, der den Örlewitzer Schwestern das Leben verkümmert, der dem Volkswirt in Berlin in seiner Folge in immer andern Betten zu schlafen und unredliche Gewinne zu machen erlaubt hatte.

Zu jener Gefangenenzeit hatte man da oben auf den Felshängen der Insel nichts Gutes an den Anhängern der deutschen Sprache gefunden. Die Zeitungen hatten sie in einer Weise beschrieben und dargestellt, daß das Bild noch deutlich in der Erinnerung des Alten haftete, der an der Wand auf dem Pflock saß. Wie hatten die Frauen in den stillen heißen Gassen wegen dieser Barbaren leiden müssen, die das süße Italienisch nicht kannten und von denen der Alte nun endlich nach langer Zeit ein Beispiel leibhaftig vor sich sitzen sah!

«Ihr habt unsere Söhne gemordet!» warf er Öppi heftig ins Gesicht und ahnte nicht, daß dieser sein Leben dazu verwendet hatte, um von seinem häßlichen a zu einem reinen a und von einem halsigen o zu einem wohlklingenden o zu kommen. Die jungen Männer zeigten sich ritterlich und verwiesen dem Alten den feindseligen Ton. Als man im Gespräch schließlich aufs Allgemeine der Staaten kam, auf die Art auch, wie sie miteinander umgingen und auf das schöne Bild des ewigen Friedens, da wollte Öppi das Seinige zur Milderung der Gegensätze im Staatenleben tun und entwarf für die neugierigen Zuhörer ein Bild jenes Lands der deutschen Sprache in höchst abendlicher Beleuchtung. Von ihm geschildert erschien es vor den Augen der Weintrinker als von lauter Sonnenuntergangssüchtigen erfüllt, von Inselfreunden bevölkert, von lauter Menschen mit sanften Gemütern bewohnt, die so wie die Örlewitzer Schwestern miteinander umgingen. Das war ein Heimatland voll wunderlicher Gestalten, drin man Auszeichnungen fürs reine Deutsch verlieh, belebt und bewegt von Begeisterten, die sich an Sonntagvormittagen in Sackleinwand steckten und den andern Begeisterten Bühnenstücke voll edler Gedanken vorspielten; da gab's lauter Theaterleiter, die

ihr Geld um der reinen Kunst willen verpulverten; Kanonen, Heere, Geiz, Zorn und Haß, alles war weggezaubert, das Land der deutschen Sprache lag so still und friedlich mitten in Europa, war von so bezaubernder vorbildlicher Gesinnung, daß die Gäste mit Staunen hörten, wie sich die Zustände dort gewandelt hatten, wo sie einst unzulängliche Kartoffeln hinter den Drahtgittern der Gefangenenlager verzehrt. Verblüfft schwiegen sie, als er endlich zu Ende kam. Stille im Raum!
«È istruito» – er weiß Bescheid, flüsterte der eine der Zuhörer zum andern.
«È istruitissimo» – er ist aufs beste unterrichtet, warf der Wirt ein.
«Lei è il figlio del Kaiser», sagte der Alte.
Seiner Majestät des Kaisers Sohn! Der Kronprinz!
«Pscht», machte Öppi und legte den Finger auf den Mund, «viaggio incognito» ich reise unerkannt.
«Ma siamo amici» – sind Freunde, fügte er bei, stand auf, gab den Männern die Hand und trat in die Sonne hinaus, des dunklen Weins Wirkung im Kopf verspürend. Die Männer boten ihm ihre Begleitung an. Er lehnte ab. Figlio del Kaiser! Was hätte er einwenden sollen. Höher wär's nimmer gegangen. Er hatte zugestimmt, wie er sich vom Doktor im Wagen hatte zu einem lombardischen Geschäftsreisenden machen lassen.

Er schritt talwärts. Des Kaisers Sohn! In seinem Land der deutschen Sprache war, wenn man's recht bedachte, doch noch manches zu verbessern. Nur gut, daß er bald ans Ruder kam: wie manchen Schauspieler gab's, dem man endlich zum wohlverdienten Ruhm verhelfen sollte. Die Örlewitzer Schwestern hatten sofort eine Rente zu bekommen, auch dem Steirer von der Örlewitzer Bühne mußte eine Liebenswürdigkeit oder Gunst erwiesen werden. Ebenso dem Doktor Sztern, der Frau Zepke und vielen andern. Es gab noch so manchen Menschen, der nicht auf dem Platze stand, der ihm gebührte. Das mußte anders werden. Dafür wollte er schon sorgen. Auch war das Ganze noch nicht bis ins Innerste friedlich und gerecht, wie er sich's wünschte. Offensichtlich gab's viel zu tun, jahrelang zu tun, bis jede Stadt und jedes Dorf im Land den Segen seines Daseins endlich deutlich zu spüren bekäme. Als Öppi mit dem ungefähren

Überschlag seiner kaiserlichen Wohltäter- und Führungsgrundsätze endlich zum Schluß kam, war er verirrt.

Der kleine Seitenpfad, von dem die Männer in der Weinkneipe gesprochen, der Weg zum Städtchen, der da oben auf dem Bergrücken von Öppis Straße hätte abzweigen sollen, war verpaßt. Im Vorwärtsgehen führte ein schmales Sträßlein ihn hinab gegen das Meer, fort in ein verlassenes Tal und immer weiter weg vom Berg, an dessen Flanke die kleine Stadt lag und des Haarschneiders Haus. Er bog vom Sträßlein ab, querte, der Himmelsrichtung folgend, ein paar Hänge, verlief sich immer mehr, verfing sich in dem niedrigen Gebüsch, stolperte an den steinigen Halden, sah sich zuletzt im Bereiche eines rauchenden Buschbrands und erreichte gegen Sonnenuntergang, dem Gewirr der Hänge entrinnend, einen freien breiten Talgrund. Ein paar Tümpel lagen da. Oleanderbüsche schwankten leise im sanften Abendhauch, Schafe grasten. Ein Hund bellte. Ein Mann kam. Der Hirte? Kein gewöhnlicher Hirte jedenfalls, denn er trug sein Gewehr über dem Rücken und eine Felljacke auf dem Körper, sein Gesicht aber konnte man nicht sehen, das bestand aus lauter Haaren, alles Haare, viele wirre Haare, und ganz zuletzt hinter den Haaren ein paar Äuglein. Öppi wußte es sofort: das war der Räuber, der Räuber aus den Kindergeschichten oder jener aus den Beschreibungen der Insel, die ja auch den lächerlichen Preis angaben, um den man in den einsamen Tälern im Lande einen Gegner konnte umbringen lassen. Was sollte er tun? Schreien? Das Städtchen mit der Schenke lag weit zurück und das andere Städtchen mit des Haarschneiders Haus weit voraus, da half kein Schreien, so fragte er nur nach dem Weg.

«Woher kommen Sie?»

Öppi gestand. Der Mann stieß einen Fluch aus, drin die Befriedigung darüber nachzitterte, daß der Fremde so weit herkam. Natürlich! Da war die Entdeckung weniger zu fürchten. Dann verlangte er Zigaretten. Bat nicht, sondern verlangte! Öppi hatte keine! Es war peinlich. Er beschloß, Raucher zu werden, falls er am Leben bleiben dürfte. Sie gingen Seite an Seite über den Talgrund, gegen die Büsche am gegenüberliegenden Hang, kamen zu einem Steinmäuerchen und einem Pfad. Dies ist der Weg, sagte der Räuber. Öppi streckte ihm die Hand hin. Der nahm sie,

riß sie an sich, mitsamt dem ganzen Öppi, der dranhing, riß er sie gegen sich, und die Äuglein blitzten hinter den Haaren. Ebenso heftig aber warf er die Hand wieder weg, schleuderte er Öppi zurück:
«Scher dich», hieß das, «lauf», hieß das, «es lohnt sich nicht», hieß das, «aber schnell, sonst reut's mich!» Öppi rannte um die Büsche. Es dunkelte rasch. Als er auf eine deutlichere Straße stieß, war's Nacht. Das Mondlicht ruhte auf dem Land, daß es aus fernen Tiefen zu ihm herüberleuchtete, das Gestirn stand hinter dem Berge, Öppi wanderte im Schatten des mächtigen Klotzes vorbei an riesigen Felsblöcken, die wie Geister und Gespenster plötzlich am Wegrand auftauchten und ihre Schattenrisse gegen den erleuchteten Himmel warfen. Ochsen schnaubten in den Büschen, unsichtbares Vieh grunzte in den Tiefen der Hänge. Schließlich kam er aus dem Bergschatten heraus und hinauf auf den Rücken, drauf das Städtchen lag. Da breitete sich vor ihm im Mondglanz das Tal, durch das er am ersten Tage angefahren gekommen, leuchteten die roten Gemäuer wie Silber, stand grad vor ihm auf der jenseitigen Kante des Bergs das Gestirn, grad so auf dem Bergrücken, wie er selber leicht darauf einherging, grad so hoch etwa wie er selber war und so ihm gegenüber, daß er vor sich den Pfad über die Höhen liegen sah, den er allenfalls hätte entlang gehen müssen, um vollends zu dem Himmelskörper zu gelangen, um mit der Hand dem Scheibenrand entlangstreichen zu können. Links lang wär's gegangen! Nach einigem Zögern schlug er sich schließlich doch rechts und legte sich in des Haarschneiders Haus schlafen.

Später siedelte er nach einem abseitigen Ort über, der höher zwischen den Bergen lag. Dort gab's ein Gasthaus, das ein wenig geleckter aussah als die andern rohgefügten Häuser des Orts. Ein alter Insler hatte es gebaut, ein Mann, der mit seinen Ersparnissen aus Amerika zum Sterben in seine Heimat zurückgekommen war. Im Hause wohnte seine Tochter und der Schwiegersohn mit dem verkrüppelten Bein, der Schuster war. Hinten in einem Winkel des Hofs pflegte der zu hämmern, frühmorgens schon, wenn's noch kühl war, wenn kaum die Sonne in Öppis Zimmer schien, wenn er am Fenster stand und in das ummauerte, unter offenem Himmel liegende Viereck hinuntersah, drin das Feuer

brannte, drin die Kinder herumkrochen, wo der Alte auf einem Holzpflock saß, wo die Töpfe am offenen Feuer brodelten und so viele Menschen beisammen lebten.
Die junge Frau kniete auf der Erde. Ein Säugling ruhte in ihren Armen. Ein Teller stand vor ihr auf dem Erdboden, draus fütterte sie ein zweites Kind, das immerhin schon auf den Beinen stand, indessen ein drittes sich ihr von hinten um den Hals hängte. Ein Huhn stand dabei und holte sich zwischen zwei Löffeln das Seinige aus dem Eßteller.
In der Nähe des Dorfs standen in einer Talmulde in gemessenem Abstand voneinander ein paar uralte Bäume mit weit ausladenden Ästen. In ihrem Schatten lagerten, wenn die Sonne im Mittag stand, die matten Schafe und ruhten. Sonst war kein Wesen weit und breit zu sehen. Mit der wandernden Sonne verschob sich der Schatten der Bäume, sie traf dann mit ihren Strahlen die äußersten Schafe und brannte ihnen aufs Fell. Langsam erhoben sich daraufhin die getroffenen Tiere, eines nach dem andern, in Pausen wichen sie vor der Glut, trollten sich weg und legten sich in der Mitte der Herde oder am andern Rande derselben wieder nieder. Andere Tiere kamen ins Licht und taten das gleiche. Kein Blättlein regte sich in den Bäumen. Kein Lufthauch drang in das glühende Tal. Unter einem der Bäume saß Öppi. Er hielt den Atem an. Die ewige Sonne spielte vor seinen Augen mit den Schafen. Das waren nicht mehr die Tiere, wie er sie kannte, die blökten, fraßen und nach Futter liefen, ihre Schritte standen jetzt im Einklang und Zusammenhang mit dem Himmel, waren wie kleine Marken und Zeichen des großen Sonnenlaufs oder der Bahn der Erde, und Öppi selber saß nicht mehr an einen Baumstamm gelehnt auf der Erde, die ihn mit allen andern Menschen trug, saß vielmehr auf einem gewaltigen Sessel, drauf er die Welt übersah, wie sie mit ihm durch den Weltenraum dahinflog in gewaltigem Flug, daß der Äther rauschte, die Sonnen aufblitzten, die Gestirne herübergrüßten. Von Ort zu Ort zu kommen war das höchste Glück, Bewegung war alles, Wandern war Leben, und er wollte hinfort nichts anderes mehr, als von einer Stätte zur andern ziehen und unterwegs sein.
Abends, wenn das Gestirn unterging, sah Öppi den heimgekehrten alten Insler auf dem großen Stein bei seinem Hause sitzen, seitab ein wenig, am Abhang, wo ihm der Abendschein voll in

das greise Antlitz fiel, dem Westen zugewandt, wo die Sonne versank, wo sie hinfuhr und aufstieg über den amerikanischen Städten, über New York und Wallstreet, über den Häfen und Bauten, wo er die Tage seines Lebens zugebracht, die geschäftig gewesen. Öppi fühlte sich dem Alten nah, der sein Handwerkszeug hingelegt hatte, der nichts mehr tat, als sich am Lichte zu freuen und am Gehen und Kommen der Sonne, er fühlte sich alt wie jener, zum Sterben fertig und zugleich auch am Anfang des Daseins, wie ein Neugeborener, als sähe er jeden Tag zum erstenmal des Himmels Bewegung und ohne Erinnerung an früher gelebte Tage.

Zuletzt brach er wieder auf und zog weiter südwärts, nach dem Tieflande zu, wo die Felder sich immer breiter und ruhiger zwischen die Hügel legten, wo die Städte nicht mehr trutzig aussahen, sondern wie Schausitze und Aussichtsbänke auf runden Kuppen lagen, wie Inseln im Meere des Segens, wo die fremden Kaktuszäune ihn hoch wie Bäume überragten, wo die Karren mit Trauben fuhren, die goldene Stadt auf fernen Felsen gleißte, dahin, wo schließlich am Meere die ersten Palmenreihen ihm über die Ebene winkten, Zeugen und Sendboten neuer Länder, anderer Sonnen, fernerer Zonen, ungeheure Lockung und Vorworte mächtiger ungeborener Ereignisse und Geschichten. Öppi fühlte die Ferne an seinem Herzen reißen, und die Lust packte ihn, sich zu verströmen und aufzulösen in der Luft um den Preis, überall sein zu können.

Man hielt ihn nicht mehr für des Kaisers Sohn, sondern für einen Gelehrten, einen Techniker, einen Zeitungsschreiber oder einfach für einen Weltmann, der herumreiste. Öppi richtete sich nach diesen Vermutungen und bemühte sich allemal, so lange das zu sein, für was man ihn hielt, bis ein neuer Einfall eines Unbekannten ihn aus der Laufbahn schleuderte. Es war unvergleichlich, jeden Tag ein anderes Hirngespinst zu sein und um den Preis, daß er gar nichts war, abwechselnd alles sein zu können. Als er vollends eines Abends hinter dem Berg am Meer, bei den Salzwerken, einer Kolonne von Sträflingen begegnete, in gestreifter Jacke und von Aufsehern begleitet, da war's ihm ein Zeichen dafür, was alles es an menschlichem Leiden und Erleben geben mochte, das er nicht kannte, ein Bedauern fiel ihn darüber an, daß es ihm nicht vergönnt war, als Ausgestoßener in der Sträflingskolonne den Sonnenuntergang anzusehen.

Von Kathrin ein Brief!
«Du rückst mir fern und ferner! Schreibst nicht mehr!»
Richtig, das war ihm entfallen, er wollte ja in Paris mit ihr zusammensein. Nun beschleunigte Öppi die Reise. Das beste war, die Insel noch einmal mit der Eisenbahn bis zur Nordspitze zu durchqueren, dort ein Fischerboot hinüber nach Korsika zu nehmen, von wo die großen Dampferlinien nach Frankreich führten. In dem kleinen Fischerort gab es ein paar letzte Badegäste, an einem abgelegenen, kurzen, zwischen zwei Riffen eingebetteten Sandstrand. Eine städtische Inselfamilie führte in der Stille da ein verlängertes Sommerleben. Öppi kam mit dem empfehlenden Brief eines flüchtigen Landesbekannten in ihr Haus. Zwei Frauen, Mutter und Tochter, baten ihn zu Tisch, ein junger, schöner, eitler Bursche, Vetter oder so etwas, saß mit dabei. Der war stimmbegabt. Die Rede kam darauf, auf Öppis Leidens- und Arbeitsfeld!
«Eine Probe bitte», sagte er zu dem Jungen.
Der sang frei los, zeigte seine Begabung, zugleich ein paar Unarten und Mängel.
«Gutes Material», sagte Öppi abschließend, in sachlich-fachlichem Ton.

Was er treibe, fragte die Mutter.
«Ich schreibe fürs Theater.»
«Er schreibt fürs Theater», wiederholte das Mädchen. Einige Bewunderung klang sofort im Stimmklang wieder.
«Ich mache auch Zeichnungen.»
Er wies den Frauen seine Reiseblätter von der Insel.
«Come disegna bene!» Wie gut er zeichnet!
Der Junge ließ sich eine kleine Unverschämtheit gegen den Gast zuschulden kommen. Wie sie es ihm verwies! Wie es aus ihren Augen blitzte!
Öppi bekannte, angestachelt von der Zustimmung am Tisch, seine tiefen Eindrücke und erfahrenen Erhebungen der Inselreise.
«Mia terra.» Meine Erde, mein Grund, sagte das Mädchen.

Sie wollte fort! Das war selbst aus dem Liebesbekenntnis herauszuhören. Sie war Dornröschen, war durch Überlieferung und Familienart offenbar gebunden. Sie griff mit Lebhaftigkeit alles auf, was zur Sprache kam, urteilte rasch und entschieden, pries die Dichter, las die Großen, Öppi pries das gleiche. Freudig erlebte man große Übereinstimmung und gegenseitiges Einverständnis, aus völlig verschiedenen Lebensbereichen gab es ein Grüßen hinüber, herüber. Ola ihr Name.
Sie hatte die schönsten, lebendigst-schmalen kräftigen Hände, eine starke Nase römischer Gattung, von der Art der politischen römischen Frauen in den Antikensälen der Museen in der Ewigen Stadt, war kohlschwarzen Haars, hatte ebensolche schmale Augen, eine gebräunte fehlerlose Haut, trug ein Spitzenkopftuch, das ihr Antlitz beschattete, das sie sofort in aller schönen Frauen Gesellschaft brachte, die je an Höfen gemalt in den Bildergalerien aus goldenem Rahmen prüfend auf Öppi geblickt hatten.
Der Mund fest, ordentlich breit die Lippen, eher schmal als voll. Nun kam Öppi, ein Fremder, sehr fremder Fremder, konnte tun, wonach sie sich sehnte: schauen, reisen, sich bilden. Ein Verfasser, ein Schriftsteller, den sie bei sich gleich mit größerm Ansehen bedachte, als er's wirklich genoß. Wie ein Vogel, sagte sie, sei er, der auf der Kante eines Schiffes für eine kurze Weile sich niederließe, dann wieder abflöge, ins Weite! Und die Schiffer blickten ihm nach, die Zurückbleibenden.
Öppi fand Unterkunft bei ansässigen Leuten des Orts. Er blieb einen Tag, wagte, scheu, sich nicht, um sein Bad zu nehmen, an den Sandstrand der Familie, sondern kletterte abseits, auf der Suche nach einer verborgenen Stelle, in den Felsenklippen herum. Ob er nicht wieder käme? fragte das Mädchen die Mutter.
«Wenn er nicht abgereist ist, wird er kommen.»

Öppi begab sich abends zu den Frauen, um Abschied zu nehmen. Sie lobten das Bad des Tages.
«Ich habe das meinige auch gehabt – nella spuma – in der Gischt.»
«Nella spuma», wiederholte das Mädchen, es hörte sich an, als wäre sie bei dem Abenteuer gerne dabei gewesen.
Die Sprache der Frauen gemahnte unversehens an manchen Stellen ans Lateinische, war deutlich zugehörig dem alten Reich, dem Geiste, dessen vorbildliche Ausdrucksweise man ihm, dem

Schüler, in den Bänken von Wittudaderdur beizubringen versucht hatte. Solches lag ihnen also im Blute: uralte Kenntnis, uralte Schönheit menschlichen Wesens, menschlicher Haltung.
«Yo ahimè!» So vernahm er's von ihr! Klageruf des alten Dichters aus den Anfängen der Zeit, aus den Anfängen des Denkens, dem Öppi zugehörte, lebendig noch im Munde dieses schönen Mädchengebildes! Wie das sie adelte, sie erhob. Alle Verzauberungen auf der Insel erfahren, hier ergriffen sie in menschlicher Gestalt ihn mit verstärkter Gewalt.
Sie begleitete ihn abends, um aufzuschließen, ans Haustor hinunter, legte dort ihre schöne Hand in die seine zum Abschied, und das Kerzenlicht fiel auf das schöne Wesen.
«Addio amico!»
Früh am Morgen holte ihn anderntags der Fischer ins Boot und auf den Weg nach Paris.

In Paris

In dem kleinen engen Hotelzimmerchen konnte Öppi keinen Schlaf finden. Die aufgetürmten Stockwerke bedrückten, die schmale Gasse beengte ihn. Zwei Eheleute wohnten nebenan, die klapperten mit dem Kochgeschirr, daß das Geräusch durch die dünne Wand so unvermindert laut zu ihm herüberdrang, als wohnte er mit den Unbekannten in ein und demselben Raum. Die Sonne war weg, der Himmelsraum beschränkt, die Kirchen dunkel. Es gab beängstigend viel Menschen. Ein Liebespaar wanderte durch den Tuileriengarten. Die Einsamkeit, die auf der Insel leicht zu ertragen und ein natürlicher Zustand gewesen, wurde ihm unerträglich. Öppi war froh, als Kathrin ihre Ankunft anzeigte.
Er ging zum Bahnhof und verpaßte sie in der Menge der Reisenden am Zuge. Erst ganz zuletzt fand er sie, wartend und suchend am Ausgang des Bahnhofs. Etwas hilflos. Nicht sicher wie daheim. In einem fremden schwarzen Umhängemantel, ein kleines Plüschhütchen auf dem Kopf mit schmalem Rand, das er nie gesehen und von dem er nicht wußte, ob er es schön finden sollte oder nicht. Das ganze Zusammentreffen kam ihm eigentümlich und zusammenhanglos vor. Er war geistesabwesend, gedankenlos,

selbstbeschränkt, begrüßte sie ohne jene Herzlichkeit, auf die sie schon des Zutrauens wegen Anspruch gehabt hätte, mit dem sie ihm entgegenkam, er sagte ihr nichts über ihr Aussehen, auf das sie doch, um ihm zu gefallen, besondere Sorgfalt verwendet hatte. Unterwegs im Wagen zum Hotel besann er sich auf den Abschied in Wittudaderdur, gab er ihr ziemlich unvermittelt einen Willkommskuß, mehr aus Überlegung als aus Drang und weil's so gewissermaßen zum Ganzen gehörte.

Er hatte in ihrem Auftrag ein Zimmer in einem kleinen Hotel für sie besorgt, nahe bei den Museen, etwas versteckt, und bei einer dicken alten Wirtin. Das Haus stieß mit der Schmalseite an die Straße. Die Längsseite mit den Fenstern sah auf einen kleinen Hof hinaus, drin verlor ein junger Kastanienbaum seine letzten Blätter. Im ersten Zimmer zu ebener Erde neben dem Hauseingang schlief die Wirtin. Ein langer glasbedeckter Gang führte von da der Längsseite des Hauses entlang nach dem Treppenaufgang, drin standen grüne Pflanzen, Vogelbauer hingen von der Decke herunter, und die Zimmer des Hausherrn und der Mägde reihten sich aneinander.

Kathrin war zufrieden.

Öppi saß dabei, als sie ihre Koffer auspackte, sah die Fülle der mitgebrachten Kleider, war inselkrank, von dem Inselmädchen beeindruckt, und brachte auch da nur eine lahme Anerkennung, ein lahmes Freudewort heraus.

Er beklagte sich über seine eigene ungeeignete Behausung.

«Zieh hierher», sagte sie ohne viel Überlegung und verbarg die Verletzung, die in seinem Verhalten lag.

Öppi holte die Koffer, schleppte sie selber mit Anstrengung durch die belebten Straßen, so wie er's oft auf der Insel getan oder notgedrungen hatte tun müssen. Kathrin ging neben ihm her, anerbot sich, mitzutragen, und sah so schön aus, daß die Vorübergehenden auf sie aufmerksam wurden. Er war mit seinen Koffern und der alten Schleppgewohnheit von der Insel her in dem Augenblicke gar kein passender Begleiter für sie. Sie schien das nicht zu merken oder machte sich nichts draus, und Öppi hatte auf halbem Wege, als er einen Augenblick ruhte und sich den Schweiß von der Stirne wischte, eine deutliche Erleuchtung, in welch uneingeschränkter und ganz natürlicher Weise sie ihm ergeben war. Er fühlte mit Beschämung, wie wenig er getan hatte, um sich diese Ergebenheit zu verdienen.

Er bezog ein Zimmer neben dem ihrigen. In jedem Raum hörte man deutlich alle Geräusche des Nachbarn. Öppi lauschte auf die ihrigen, hörte hin, wie sie mit dem Waschwasser plätscherte, wie Kathrin sich schlafen legte, und verfolgte in Gedanken ihre Bewegungen.
«Öppi», rief sie am ersten Morgen durch die Wand, als er sich selber zu rühren begann.
«Kathrin?»
«Komm zum Frühstück!»
Er ging. Auf dem Tisch lagen die frischen Brötchen, die Kathrin bereits unten in der Straße beim Bäcker geholt hatte, daneben stand der Teekocher aus Helvetien; zwei Tassen und das nötige Eßbesteck waren auch zur Stelle. Das hatte sie alles, um Fragen zu entgehen, zu Hause heimlich einpacken müssen. Mit Gedanken an ihn und Gedanken über sie beide mochte sie's getan haben. Vielleicht hatte sie für ihn mit Herzklopfen die Unaufrichtigkeit gegen ihre Geschwister begangen. Öppi verlor nicht soviel Nachdenken an den Vorfall, wie es angemessen gewesen wäre, er fühlte zwar eine leichte Rührung, fand sich aber schnell in die neue Bequemlichkeit, sagte ein paar verbindliche Worte und ließ sich zufrieden am Tisch nieder.
Nach dem Frühstück ging Kathrin zum Malen. Er schlurfte in den Hausschuhen in sein Zimmer zurück. Um sich nicht allzu gründlich und unvorteilhaft von ihr und allen Menschen ihres gemeinsamen Lebenskreises zu unterscheiden, war es nötig, einen Beruf zu haben. Öppi fing wieder zu reden an. Jeden Morgen! Stundenlang! Er lernte manches zum Alten hinzu, feilte und schliff, legte sich in Gedanken eine hinreißende Laufbahn als Vortragskünstler zurecht, mit dem Ergebnis, daß er sich bis zum Mittagessen vortrefflich mit sich selber unterhielt.
Dann ging er aus dem Hause, um Kathrin beim Essen zu treffen. Unterwegs gab's in Läden schöne Bilder zu sehen, neue und alte, von leibhaftigen Menschen vordem gemalt, als in der Welt so großartige und bedeutende Dinge geschahen, daß man ihm in der Schule jahrelang davon erzählt hatte, gab's neue Bücher in andern Fenstern, gab's wundervolle Möbel aus Palästen, standen

Paläste, lagen Straßen, Zeichen, Namen, Spuren großer Männer und bezaubernder Frauen, lauter ausgesuchter Köpfe, die sich großartig oder verblüffend benommen und die Welt mit ihrem Dasein erfüllt hatten. Zwischen all dem ging also nun auch er, Öppi von Wasenwachs, und erschien, beeinflußt von seinen vornehmen Begegnungen, betont gelassen und leise in der kleinen Studentenwirtschaft, wo man die Mahlzeiten einnahm.

Er sprach nie helvetisch mit Kathrin, hielt sich ans reine Deutsch, an das Deutsch der Dichter, und wenn auch ihre gemeinsamen Bekannten daheim ihn deswegen verlacht hätten, so war doch Kathrin kein Mittel gegeben, ihm zu widerstreben. Wenn sie ihn auch närrisch zu finden geneigt war, gab sie doch nach, obschon sie sich zu Anfang bei den gestelzten Reden völlig unbeholfen und unnatürlich vorkam. Er schalt auf die Heimat und schalt übers Helvetische, ohne daß sie seinen beredten Klagen etwas Schlagfertiges entgegnen konnte. Innerlich nur regte sich ihr Trotz, denn sie war auch ein Stücklein Helvetien und alle Ihrigen daheim ebenfalls, und sie hielten drauf, es zu sein.
Aber Öppi war ja – dachte sie – ein großer Vortragskünstler, hatte große Dinge vor und brauchte nur in die deutschen Städte zurückzukehren, um für das, was er redete, oder dafür, wie er redete, wieder wie vordem beklatscht zu werden. Das fremde gepflegte Deutsch legte eine gewisse Entfernung zwischen sie, die sich nie ganz verlor, die Kathrin unsicher machte. Diese Unsicherheit empfand sie mit einigem Ärger und konnte sich doch nicht dagegen wehren. Wenn Öppi mit ihr nach irgendeiner besonders teuren oder ausgesuchten Gaststätte zum Essen ging, fühlte sie sich in eine merkwürdige Komödie verstrickt, als sei sie nicht mehr dasselbe Mädchen, das sie vor kurzem noch daheim gewesen. Öppi dachte bei solchen Besuchen allemal an die großen Herren der Vergangenheit oder der Gegenwart und an die weltgewandten Frauen; er tadelte Kathrin wegen kleiner Vergehen gegen die Tischsitten der großen Welt, von der er seine Maßstäbe bezog, und verging sich doch selbst in solcher Weise gegen sie, daß er sich über die Aussprüche irgendwelcher toter Schreiber oder anderer längst entschwundener Gestalten viel begeisterter zeigte, als er je sich über sie vor ihr entzückt gezeigt hatte.

Sie gingen zusammen ins Theater. Öppi verfiel in neue Entzückungen über den oder jenen Tonfall eines Schauspielers, über diese oder jene Redeweise oder gesprochene Stelle, über lauter Dinge, die sie gelassen hinnahm. Dann fing er selber an, die französischen Darsteller zu wiederholen, große Stücke auswendig zu lernen und sich als Anfänger an ein französisches Theater zu denken. Er las laut, las ihr vor, nahm einfach geschriebene französische Schriftwerke und veranlaßte sie, abwechselnd mit ihm laut zu lesen. Sie las ungeschult, war des lauten Lesens ungewohnt, schämte sich, stockte und fürchtete vor lauter neuen Anforderungen und Versuchen ihr eigenes eigentliches Wesen zu verlieren. Dann trug er ihr vor. Gutes Deutsch. Unbekannte Dinge. Schwierige Gedanken. Schwereres, als sie fassen konnte. Sie las wenig, lebte nicht mit dem Gedachten, sondern mit dem Sichtbaren. Sein Gedächtnis voll Verse verwirrte sie. Sie verwechselte das, was er im Kopfe hatte, mit ihm selber und hatte kein Maß, um ihn zu beurteilen. Sie liebkoste ihn nie von sich aus und wehrte sich nie gegen die Liebkosungen, die von ihm ausgingen. Mit der Zeit schien sie weniger aufmerksam als am Anfang auf seine Reden zu hören, oder mit größerem Unglauben. Beim Zusammensitzen abends in seinem Zimmer kam's vor, daß ihr Gesicht sich plötzlich verdunkelte, daß sie verstummte, ihm vorzeitig mit einer Entschuldigung gute Nacht sagte und in ihr Zimmer ging. Am andern Tag war sie immer wieder gleichmäßig heiter.

Eines Abends saßen sie in einer besonders ausgezeichneten Eßstätte, an besonders angenehmem Platz, vor besonders guten Platten. Ein alter Kellner mit weinrotem Gesicht bediente sie in ausgesucht höflicher Weise. Damit ehrte er sich und seine Gäste. Öppi suchte bei sich nach den Verdiensten, welche diese Ehre rechtfertigen sollten. Er war nichts. Zu einer Zeit hatte er mit Luka zusammen Theaterleiter werden wollen. Diese Art Leute speisten alle gern in guten Häusern. Solche Erinnerungen paßten vortrefflich zu dem Abend. Wie er nur diese Pläne so gänzlich hatte vergessen können! Bühnenleiter zu werden war überhaupt das gegebene Ziel. Der Weg aus dem tatenlosen Leben heraus. Da lag alles wohlvorbereitet schon da, er brauchte nur zu beginnen, die Lehren aus seinen ungezählten Theaterbesuchen zu zie-

hen. Ein paar Anforderungen waren ihm noch nicht ganz klar, einige Bücher waren noch zu kaufen. Öppi zählte sie Kathrin an den Fingern auf, entwarf ihr überhaupt gleich den ganzen Plan und Spielplan, schloß Verträge ab, richtete ein, verdiente Geld, erwarb Ruhm und Anhänger, kaufte Bilder für die Theaterräume und setzte aus dem Stegreif schon die ersten Bühnenleiter-Anschläge fürs schwarze Brett auf. Bühnenleiter! Das war sein Lebensziel, und es war prachtvoll zu sehen, wie, vom Lichte der neuen Erkenntnis bestrahlt, alles bisherige Theatermißgeschick in lauter Kraft und Geglücktes sich verwandelte. So überzeugt war Öppi von der Richtigkeit der neuen Eingebung, daß er mit glühendem Eifer sich von der Unentschlossenheit zur Tat eilen sah, daß Kathrin ihm den großen, lange heimlich genährten Plan Wort für Wort glauben mußte. Anfänglich war sie begeistert, hernach aber, als er seine nächsten fünf Lebensjahre im einzelnen endgültig vor ihr ausgebreitet hatte, wurde sie stumm. Öppi schwieg schließlich auch. Das Feuerwerk war abgebrannt. Sie zahlten und gingen. Daheim sah Kathrin sichtlich verstimmt aus und begehrte gleich in ihr Zimmer zu gehen.
«Was hast du?»
Sie schwieg. Er fragte mehr.
«In den ganzen Zukunftsplänen hast du mich nicht mit einem einzigen Wort erwähnt.»
Öppi wußte nichts zu erwidern. Er war überrascht und ertappt. Er hatte nicht an sie gedacht. Aber was wollte sie denn zwischen den Hirngespinsten? Dann hätte er ja Ernst damit machen müssen. Was drängte sie sich in seine Träume, die er aufnahm und fallen ließ, wie es ihm paßte. Ohne Verantwortung. Ohne daß jemand die Erfüllung von ihm forderte. Kathrin würde Erfüllung von ihm fordern. Was drängte sie sich in seine Phantasien!
«Ich habe dir nichts zu sagen», gab er schließlich zurück, hart und schroff, um die Schwäche seiner Stellung zu bemänteln und aus Verlegenheit.
Sie hob die geballte Faust gegen ihn auf!
Öppi sah sie an.
Sie ließ die Faust wieder sinken und schlug die Augen nieder.
Öppi bereute das Wort, aber er fand keins zum Wiedergutmachen. Trotzig ging er im Zimmer auf und ab. Lange. Kathrin stand neben der Tür und rührte sich nicht.

«Ich habe dich nicht kränken wollen», sagte er zuletzt. Dann ging sie.

«Öppi», rief Kathrin am andern Morgen durch die trennende Wand. Wie immer! In ihrem Zimmer stand das Frühstück bereit wie immer.
«Warst du gestern böse auf mich, weil ich die Hand gegen dich erhoben habe?»
«Nein, gewiß nicht!»
Hatte sie nicht recht gehabt? Er wünschte, sie hätte nicht recht gehabt. Er redete stockend, um eine beleidigende Antwort zu verteidigen, die nicht zu verteidigen war. Seine vielen Worte verhüllten nur schlecht die häßliche Absicht, eines Tages wieder davonzugehen, wenn es ihm paßte, so wie er gekommen war, so wie sie sich's auch beide zu Anfang daheim bei der ersten Verabredung mochten gedacht haben. Hernach aber, als Öppi ihr den Kuß vom Trittbrett der Eisenbahn gegeben, jenen Kuß, den der Bundesbahnbeamte beobachtet und der sich in der Kleinstadt herumgesprochen hatte, da war's ihr schon unwahrscheinlicher vorgekommen, daß die Freundlichkeiten zwischen ihr und Öppi, so wie sie angefangen, einmal aufhören sollten. Was seither gekommen war: das hübsche Frühstück jeden Morgen, die Zärtlichkeiten, die Gespräche, die Umarmungen und gemeinsamen Gänge, das war doch alles so, daß man ans Aufhören gar nicht denken durfte.
Kathrin litt. Öppi redete. Er führte die Sache von der Tat aufs Feld der lehrhaften Erörterungen und holte so schonend als es ging alle eheverächterischen Sätze heran, deren er in seinem Gedächtnis habhaft werden konnte, die alle von Geistern stammten, deren Überlegenheit sie anerkennen mußte. Er stellte sich selber als einen Kerl hin, mit dem verheiratet zu sein niemanden locken könnte, beschwor seine Mißerfolge, seine Unfertigkeit, führte sein mangelhaftes Deutsch ins Gefecht und malte sich als traurigen Kumpan. Es klang hohl. Die Worte erreichten sie nicht. «Ich hab dir nichts zu sagen», hatte er geantwortet, als sie ein Bekenntnis seiner Liebe erwartet hatte.
Kathrin zählte die großen Männer auf, die verheiratet gewesen, Öppi rief die unverheirateten herauf, derart, daß er sich zuletzt vor der zusammenberufenen Versammlung auserlesener Geister ganz erbärmlich und großmäulig vorkam, während Kathrin sich

auch durch die größten Junggesellen der Weltgeschichte nicht von der Verachtung abbringen ließ, die sie für eine Liebe hegte, die ihr Ende im voraus bedachte.

«Wenn ein Mann mich heiraten will, liebe ich ihn schon deswegen», sagte sie schließlich. Dann ging sie fort.

Öppi fand sie nicht am gewohnten Ort zum Mittagessen. Spät Nachmittags hörte er sie in ihr Zimmer zurückkommen und suchte sie auf. Ihre Augen standen voll Tränen.

«Jetzt bin ich ganz allein in Paris.»

«Ich will dich durchaus nicht allein lassen.»

Sie wehrte mit einer Bewegung ab. Abends holte er sie zum Essen in der kleinen Wirtschaft. Sie ging neben ihm her durch die Straßen, lehnte den Arm ab, den er ihr bot. Die alte Kellnerin, bei der sie täglich saßen, fühlte die Verstimmung und zeigte sich besonders aufmerksam und liebenswürdig. Den ganzen Tag hindurch war Kathrin allein gewesen. Nun hörte ihr wieder jemand zu, und sie konnte erzählen, was sie getan und wie traurig sie gewesen, konnte dem Öppi zur Strafe ins Gesicht werfen, daß sie nahe daran gewesen, in die Seine zu springen. Er hörte zu. Im Erzählen sah sie sich plötzlich selber als einen dritten Menschen, sah, wie sie am Abend dieses beschriebenen Tags ein Stücklein von dem guten weißen Pariser Käse aufs Brot strich, während sie doch am Morgen nicht mehr leben zu können geglaubt hatte. Fast mußte sie lächeln. Zwar war sie, ohne zu wissen wie, ganz benommen und traurig nach dem Bois de Boulogne hinausgelaufen. Mit der Zeit aber kam ihr im Gehen die Sache mit Öppi immer weniger wichtig vor, es gab so schöne Farben im Bois, und man guckte auch sie wie etwas Sehenswertes an, zuletzt hatte sie sich ganz gefaßt und erkannt, daß es überhaupt viel besser war, an der weinenden Magdalena im Louvre weiterzumalen, an den großen Meister Rubens zu denken und zu arbeiten, anstatt mit Öppi die Zeit zu verlieren, zumal sie nun einmal in Paris war, wo es so viel zu lernen gab.

Öppi war ordentlich erleichtert, als sie ihm das ruhigen Gesichts erzählte. Zugleich wurmte es ihn insgeheim, daß sie so leicht mit ihm fertig wurde.

Er konnte nun nicht mehr als Liebhaber zum Morgenessen kommen. Als Gast war's ihm immer noch erlaubt. Daß Kathrin jeden Morgen wie vordem die Brötchen unten beim Bäcker holte, vergalt er durch vermehrte Aufmerksamkeit. Die Liebesgespräche waren abgeschafft. Ungefährliche Gegenstände kamen zur Sprache. Seine Angelegenheiten traten in den Hintergrund. Kathrin besann sich auf ihre bevorzugten Gegenstände: die Heimat, die verstorbene Mutter und die Geschwister in der Heimat. Sie las wenig und hatte keine Verse im Gedächtnis, weit zurückliegende Vorfälle und Geschehnisse konnte sie aber mit großer Deutlichkeit schildern. Öppi unterhielt sich ausgezeichnet.

Die Mutter nun, sagte Kathrin, hätte ihn, den Öppi, rechtzeitig durchschaut, und seine windbeutelige Gesinnung wäre bei Lebzeiten ihrem Urteil nicht entgangen. Lebendig schilderte sie die Ablehnung, die ihm und seinen Grundsätzen von der unerschrockenen Mutter zuteil geworden wäre. Öppi ward's unbehaglich zumute. Sie erzählte auch von dem Großvater, der weit aus dem Süden herauf nach Helvetien gekommen, an den schwarzen Haaren und der braunen Haut schuld war, die Kathrin den fremden Einschlag gaben. Diese dunklen Farben waren schon der Mutter Reiz gewesen, hatten die Männer ihr nachgezogen, als sie noch als junge Magd bei einem Schlächter der Stadt das Fleisch zu den Kunden trug, denn der Muschi, der Monsieur, der fremde Großvater hatte viele Kinder gehabt, die früh ihr Brot selber hatten verdienen müssen. Mit der Mutter war nicht zu scharwenzeln gewesen, die wußte, was sie wollte, und verlor keine Zeit mit Nebensächlichkeiten. Das hatte jener übermütige Pöstler zu fühlen bekommen, der, veranlaßt durch eine Wette, in die Metzgerei zu ihr an den Hackblock trat, um sie zu küssen. Die Mutter wehrte ab, draußen standen die Kumpane, der ehrgeizige Pöstler aber versuchte mit Gewalt, seine Wette zu gewinnen und den Kuß von der Metzgersmagd zu bekommen. Da hatte die Mutter das Hackbeil drohend erhoben und es, zur Warnung mehr und als Schreckmittel, auf den Hackblock heruntersausen lassen, grad an die Stelle, wo der Pöstler dummerweise seinen Daumen hatte liegen lassen. Der Daumen nun mußte dran glauben und blieb abgetrennt wie ein Wurstzipfelchen auf dem Block bei der ungeküßten Jungfrau zurück, als man den bleichen Postangestellten zum Arzt schaffte, damit er den Stummel verbinde.

Das waren Geschichten, da ging was vor sich; Kathrin wurde eifrig, Öppi dachte an ihre erhobene Faust und daran, daß er an jenem Abend gewissermaßen gut davongekommen sei.

Was die Mutter hernach im Leben gewirkt und wie sie's geschafft, war nicht minder erstaunlich als die Sache mit dem Hackblock: wie sie Kinder geboren, wie sie gekocht, gebraten, Bier gezapft, Arbeiter gespeist, Geld verdient, Ordnung gehalten; wie sie die Suppe verteilt unter die vielen Gäste jeden Mittag, nicht umsonst, nein, zu wohlbedachtem Preis, daß ihr was blieb, aber nicht zu teuer und recht zubereitet, so daß sie immer aus der Gießerei und den Kesselschmieden zum Essen kamen, immer so viele Männer und Esser, wie die Gaststube fassen konnte; wie die Mutter nicht nur Bier und Essen gespendet, sondern des öftern dem oder jenem einen guten Rat gegen Leberleiden, gegen Eheschwierigkeiten oder Magengeschwüre gegeben. Ohne Entgelt zu nehmen, nebenbei und aus Klugheit und Güte zugleich!
Ja, da sah Öppi, wenn Kathrin so redete, auch wieder den Hinterhof in der Kleinstadt vor sich, mit den holprigen Pflastersteinen, dem Küchendunst und Biergeruch, den er manchmal durchschritten, und fügte so das Seinige zu ihren Erinnerungen hinzu, daß sie, glücklich über den Beistand, in ihrer Darstellung mit neuem Eifer fortfuhr und die späteren Jahre zu schildern begann, da der Vater tot war, da man die Wirtschaft verkaufte, da die Mutter in ein stilleres Haus zog und nichts mehr zu tun hatte, als große Reisen mit der Tochter durch die Galerien Europas zu machen oder kleinere Reisen, um in den Zinshäusern die Mieten einzukassieren oder zankende Mieter zu beschwichtigen. Sie, die so viele Jahre lang wegen ungeduldiger Gäste gerannt war und in Unruhe gelebt hatte, stand nun gelassen vor Raffaels Bildern oder vor jenen des Rubens oder anderer Maler und besah die Leute drauf auf ihre Weise, so wie's in keiner Kunstgeschichte stand, wie aber das Leben sie gelehrt hatte, Menschen und Welt zu beurteilen: nicht nach Farben, sondern nach Taten. Sie urteilte auch nicht über die Malerei der Tochter, sondern ermunterte sie einfach zum Schaffen dadurch, daß sie sich am Entstehenden freute, oder dadurch, daß sie als Modell sich bereit hielt, jederzeit und mit größter Geduld; mitten im Sommer sogar hatte sie in den Ferien einmal stundenlang in der prallen Sonne neben einem Kälbchen ausgehalten und ihm zugeredet, damit es gleich ihr für die Malerin sich still hielt. Öppi kannte das Bild, das bei dieser Gelegenheit entstanden war. Rührende Vorstellung: ein Mensch, der in seiner Jugend Kalbfleisch in Körben zu den

Kunden getragen und im Blute eines Schlachthauses gestanden hat, legt im Alter die Arme um den Hals eines Kälbchens, damit ein gutes Bild in schönen Farben draus entstehe.
Öppi konnte stundenlang zuhören, seine Betrachtungen bei sich anstellen und mit Erstaunen die Schilderung eines Lebens erfahren, das keine Zeit zum Träumen gekannt hatte, keine Zeit, um auf große Dinge zu warten, das keine Jahre hatte tatenlos verrinnen lassen, an deren Ende dann ein großes Ergebnis plötzlich hätte dastehen sollen. Da war einfach Tag an Tag gefügt mit seinen Anforderungen und Pflichten, stand ein Ganzes am Ende, das sich planvoll gebaut zeigte. Die Söhne derer, denen sie unzählige Male den Suppenteller auf den Tisch gesetzt oder das Bierglas, konnten nun zu ihren Söhnen kommen, wenn sie eines Arzts bedurften oder eines Anwalts. Sie selber aber hatte am Ende eines mühevollen Lebens in den Galerien Europas gesessen, wo ihr Kind sich dem schönen Schein überließ und die Augen der Besucher von den Bildern weg auf sich zog. Oh, das hatte sie immer ungemein gefreut, wenn die vornehme Welt, die reichen Nichtstuer oder verdiente Leute die Köpfe nach ihrem Kinde wandten; immer war sie sich dabei wie der Hüter eines köstlichen Schatzes vorgekommen.

Nie hatte Kathrin einen besseren Zuhörer gehabt, nie hatte sie so gut erzählen können. Der Zuhörer beeinflußte sie. Das Gedächtnis gab plötzlich Dinge her, die sie selber überraschten, Kleinigkeiten riefen ungeahnten Wirkungen, Öppi nahm Nebensächliches manchmal mit solcher Freude auf, daß es auch ihr in neuem Lichte erschien. Er sah das Dasein der Mutter in großen Umrissen, verglich es mit anderen Lebenskreisen und zog Parallelen, die Kathrin überraschten. Die Mutter kam ihr deutlicher und lebendiger in den Sinn, als es lange der Fall gewesen, und das grade durch Öppi, dem Kathrin erklärte, daß sie ihn bei Lebzeiten mit Nachdruck in der nötigen Entfernung von ihrer Tochter gehalten hätte.
So kamen sie im Kreise, ohne es zu wollen, auf ihre Liebesgeschichte zurück. Auch auf Kathrins frühere Liebesgeschichten aus der Zeit, da die Mutter sie noch behütet hatte, da sie ihr Männer ausgewählt oder vorgeschlagen, die Kathrin nicht gefielen, da Kathrin sich verliebte, wo die Mutter abriet. Nun

half ihr niemand mehr in dem schwierigen Fall mit Öppi, der in ihre Angelegenheiten nach und nach wie ein Bruder eingeweiht war, dem sie so schwer etwas verschweigen konnte, dem sie zeigen wollte, was für ausgezeichnete Menschen ohne Erfolg sich um sie bemüht hatten, während er alles bekommen, ohne sich dafür ein wenig Mühe geben zu wollen.
Immerhin gab sie ihm nach all den Gesprächen, wenn es abends zum Essen ging, nun wieder den Arm. Er tadelte sie nicht mehr, wenn sie nach Tisch die Fingerspitzen zum Waschen ins Trinkglas tauchte; das laute unbekümmerte Lachen, das ihm früher ein Fehler geschienen oder eine Unvollkommenheit, erschien ihm jetzt in seinen dunklen Tönen wie ein Anzeichen ihrer kindlichen Unbefangenheit und ihrer schönen Natur, die sich frei zeigen durfte, weil sie fern von allem Gemeinen war. Das Lachen klang ihm in den Ohren nach, beunruhigte ihn. Daß er es nicht besser vordem gehört hatte!

Kathrin sprach mehr als bis dahin von ihrer Malerei, von ihren Erfolgen oder Mißerfolgen und von den Lehrern.
«Die? Die macht's im Schlaf», hatte einer von ihr gesagt.
Dran war viel Wahres: Kathrin malte fast wie sie atmete, halb unbewußt oder träumend, ohne allzuviel Gedanken und ohne jede Klugrederei. Es trieb sie nicht zu großen Gegenständen oder schwierigen Aufgaben, vielmehr hielt sie sich in einem gewissen Rahmen, malte keine anspruchsvollen aber gute Bilder ohne Eitelkeit und ohne irgendwelchen Hang nach Überraschungen. Sie kehrte bei sich selber immer wieder zu den alten Meistern zurück, in deren Schatten sie mit ihrer Kunst blieb und deren Grundsätzen sie anhing, ohne zu glauben, daß die Leinwand vor allem dazu da sei, die eigene Persönlichkeit aufzuzeigen, wie's die neuern Maler oft um den Preis taten, daß für niemanden etwas Erfreuliches dabei herauskam. Immer wieder kam sie von ihrer Arbeit im Louvre, vom Malen nach Rubens zurück, erregt und voll Freude über neuentdeckte Farben und Feinheiten. Sie hatte geschultere Augen als Öppi und kannte sich gut aus in den Mitteln der Maler; sie schätzte das Handwerkliche hoch, fragte nicht so sehr nach dem schöpferischen Geist oder ließ sich von ihm nicht erreichen. Sie kümmerte sich mehr um die Ausdrucksweisen eines Schaffenden als um seine geistige Verfassung. Öppi

lernte von ihr; sie durchstreiften gemeinsam die Gemälde, welche in den Schaufenstern der Bilderhändler standen. Kathrin erfaßte das Einzelne, Öppi zog abschweifende Gedankenkreise und bemühte sich, Bilder und Maler jedesmal in den weiten Bezirk der lebendigen Gesamtheit einzubeziehen.

Kathrin begann ihr Selbstbildnis, ging dabei auf ganz besondere Weise vor. Sie zeichnete nicht, wie's überall gelehrt oder gehandhabt wurde, die große Einteilung auf, in leichten Umrissen angebend, wo der Mund hinkam oder die Augen, damit dann, wenn die Hauptstücke gut verteilt waren, die Arbeit am Einzelnen beginnen konnte, nein, sie fing mitten im Gesicht an, mit der Oberlippe, mit den Nasenflügeln oder der Grube der Oberlippe und malte dieses Stück vollständig zu Ende, derart, daß die Arbeit nie wie ein Werdendes aussah, sondern wie der zufällig erhaltene Rest eines fertigen, ganzen, aber zerstörten oder zerrissenen Bildes. An das Anfangsstück fügte sie, geduldig und ruhig weitergehend, nach allen Seiten arbeitend, Pünktchen um Pünktchen, Pinselstrichlein um Pinselstrichlein, immer fertig und endgültig, bis die Augen und die Stirn und das Kinn drankamen und ins Bild gerieten. Sie irrte sich nicht im Maß oder in der Entfernung der Teile und schien die Gefahr nicht zu kennen, daß so ein Ohr oder ein Auge an den falschen Platz kommen könnte. Eine nachtwandlerische Sicherheit lag in der Arbeitsweise, als trüge sie die Bilder im Blute und brauchte nicht die Augen, um Fehler zu vermeiden.

Sie zeichnete Öppis Bild abends beim schlechten Licht des Zimmers. Er saß stundenlang still. Nur die Mutter hatte mit gleicher Ausdauer wie er als Modell gedient. Manchmal brach sie mitten im Arbeiten in entzückte Ausrufe aus über seine schöne Nase oder sonst eine Einzelheit seines Gesichts, mit der sie gerade beschäftigt war. Öppi kürzte seine Ausgänge ab und war immer zur Stelle, wenn sie von ihren Unternehmungen ins Hotel zurückkam. Dann erzählte sie ihm die neuesten Begegnungen, die ihr im Saale des Louvre widerfahren, wo sie arbeitete, erzählte von sonderbaren Reisenden, Bilderbeschauern, von Menschen oder Männern, die auf sie aufmerksam geworden, und von dem Saalwächter, der immer eine Schmeichelei für sie bereit hatte, mehr: der sie mit einem zudringlichen Einverständnis beobachtete, wenn sie, vom langen Stillstehen in den schwach geheizten Räumen ins Frieren kommend, sich in der Saalecke an jene Stelle begab, wo die aufsteigende warme Luft der versenkten Heizungsrohre ihr unter die Röcke drang und am Leibe hochstieg.

Am Sonntag ruhte die Arbeit in den Bildersälen. Kathrin nahm Öppis staubige, nie geklopfte Kleider, stellte sich am Ende des Hotelgangs unters Fenster, klopfte und bürstete Rock und Hosen, wie sie's daheim manchmal für die Ihrigen getan. Das machte keine andere Frau im Hotel. Nur die staubigen und schmuddligen Zimmermägde des Hotels banden die Haare mittels eines weißen Kopftuches so zusammen, wie Kathrin das nun tat. Daran dachte sie nicht, sondern folgte ihrer Eingebung. Irgendein Zimmermieter sah sie beim Bürsten, streckte ihr seine Hose durch den Türspalt: «Tenez, s'il vous plaît.»

«Bürsten Sie das, bitte.»

Zornig erzählte sie Öppi den Zwischenfall, sah schön dabei aus, und es gab keine bessere Antwort, als sie für ihr Erlebnis zu lieben. Er verlor Haare. Jeden Morgen schwammen eine Reihe im Waschwasser, und seine Stirnecken verlängerten sich. Durch stetes Waschen dachte er dem Schwinden Einhalt zu tun. Kathrin war nicht fürs Waschen, sondern fürs Salben. Öppi kaufte ein goldgelbes Fettgemisch aus Rinderknochenmark und Schwefel. Kathrin wollte ihm bei der Kur behilflich sein, sie zog den Malkittel an, setzte Öppi vor sich hin auf einen Stuhl, strich ihm die Salbe in die Haare, rieb und arbeitete nach Vorschrift. Seit den jäh abgebrochenen Zärtlichkeiten war sie ihm nie mehr so nahe gekommen. Er vergaß den platten Zweck ihrer Berührung, die Haarbehandlung wurde ihm zur Liebkosung, zaghaft lehnte er den Kopf gegen den schmutzigen Malkittel, schlang schließlich die Arme um ihren Leib und drückte sie an sich. Spät und unentschieden wehrte sie ab.

Er erzählte Kathrin Evas Geschichte, erzählte seine gemeinsamen Jahre mit ihr. Kathrin hörte still zu, stellte keine Frage, nahm mit Vertrauen auf, was er mit Vertrauen preisgab. Ein ganz und gar ungebräuchliches Wort fiel zum Schluß von ihr zur Sache, ein gehobener Ausdruck, ein Dichterwort uralter Herkunft:

«Herzeleid!» Kathrins Kennzeichnung für Evas Erlebnisse. Unvermittelt stand das Wort da, mit Scheu von ihr ausgesprochen, die großen Ausdrücken gern mit Mißtrauen begegnete, es war die ganz und gar angemessene Sprache für die Art des Fühlens, die Feinheit ihres Zuhörens und die Auslegung des Vernommenen. Öppi war dankbar.

Öppi sollte ihr Kamerad sein. Nicht mehr! So hatte sie sich's vorgenommen. Aber es war schwer, mit ihm den kameradschaftlichen Ton zu finden und das richtige Maß der Entfernung innezuhalten. Die vertraulichen oder freundschaftlichen Ausdrücke mit derbem Einschlag, die in Helvetien gebräuchlich waren und deren Gewicht und Bedeutung sie kannte, wurden in den gemeinsamen Gesprächen nie angewendet. Öppi sprach reines Deutsch. Die Unterhaltung brauchte Ausdrücke, die ihr fremd oder ungewohnt waren, so daß ihr immer dazwischen wieder schien, als führten sie das erste Gespräch. Er verfügte über eine gewählte Ausdrucksweise, ihm staken die Dichter im Kopf und die Verse im Gedächtnis, und wenn er sie mit seinem Verhalten verletzt hatte, ging er doch in Worten auf ausgewählte Weise mit ihr um. Er küßte ihr auch die Hand, wenn sie nachmittags zwischen drei und vier vom gemeinsamen Mittagessen zurückkamen und im Flur vor ihren Zimmertüren sich trennten, küßte ihr die Hand, was in Helvetien kein Mensch tat, der an den heimatlichen Sitten hing.
«Öppi, du Narr», sagte sie, um die leichte Verwirrung zu verbergen, die sie dabei wider Willen befing.
Es klang ihm angenehm! Du Narr, wiederholte er hernach für sich im Zimmer. So wie sie's gesprochen. Dabei horchte er durch die Wand, wie sie sich rührte, wie sie in ihrem Zimmer einen Stuhl rückte, den Schrank aufschloß oder den Wasserhahn rinnen ließ. Um sich zu waschen. Oder um Strümpfe zu waschen. Sie war aufs beste angezogen, aber sie wusch ihre Strümpfe selber. Sie hatte vor allem ihre Pinsel zu waschen und legte keinen Wert darauf, die Haut ihrer Hände schön weiß und die Nägel glänzend zu erhalten, wie's sonst die reizenden Frauen tun, sondern setzte sich unbekümmert den Schädigungen des wechselnden kalten und warmen Wassers aus. Wenn es Störungen in der Wasserleitung oder mit dem Ablauf gab, rief sie Öppi. Bei diesen Besuchen konnte es nicht ausbleiben, daß ein Kleidungsstück noch auf dem Bett lag oder über dem Stuhl hing, das sie eben aus-

gezogen, daß das Bett noch ungeordnet war, wie sie's verlassen, daß die Kopfkissen die Spuren der Schläferin wiesen. Lange hatte er diese platten Alltäglichkeiten nicht gesehen, mit der Zeit zogen sie seine Blicke an und prägten sich seinem Bewußtsein ein.

Er merkte mit heimlicher Freude, daß die Zimmermädchen ihn und Kathrin unverändert als Liebesleute betrachteten und auf besondere Weise an die Tür klopften, wenn sie ihn bei ihr im Zimmer vermuteten.
«Bonjour Monsieur'Dame», sagte die dicke Wirtin unten am Eingang und verband sie beide mit ihrem Gruß. Öppis Nachthemden gingen entzwei. Sie zeigten rote Besätzlein, stammten vom Vater und reichten bis auf den Fußboden. Nun sollte er einen Nachtanzug aus Hose und Jacke kaufen, wie alle Männer sie trugen, die in der Welt gerne den Ton angeben wollten. Kathrin ging zum Einkaufen mit. Das gehörte zur Kameradschaft. Als die Dinger aber vor ihnen auf dem Ladentisch lagen und die Verkäuferin zum Wählen aufforderte, da beschlich eine leise Verlegenheit die zwei Kunden, und sie kauften aus Scheu und Verwirrung ein graues langgestreiftes häßliches Stück, das unscheinbar wie eine Sträflingsjacke aussah. Immerhin begehrte Kathrin, ihn abends drin zu sehen, Öppi warf den Mantel um, schlich sich über den Gang in ihr Zimmer, Kathrin sah ihn unsicher an. Er ergriff ihre Hand, aber sie wehrte ab.

«Ich werde dich nie mehr bitten», versprach er am andern Tag. Kathrin versuchte aus seiner Nähe zu entkommen. Sie war ihrer selbst nicht mehr sicher. Eine helvetische Malerin kam in ihren Gesichtskreis. Mit ihr saß sie ab und zu, wenn die Arbeit im Museum zu Ende war, in einem Kaffeehaus zusammen. Ein junger Maler kam hinzu, ein Mann mit Talent und ohne Zucht, zudringlich, vertraulich und plump. Kathrin ärgerte sich und konnte ihren Ärger vor Öppi nicht verschweigen. Er lächelte überlegen, nachsichtig und wußte in dem Augenblick, daß sie bei den Zusammenkünften mit den neuen Bekannten im stillen an die Annehmlichkeiten des Umgangs mit ihm dachte und Vergleiche anstellte, die sie eben jetzt näher zu ihm hinbrachten, da sie sich hatte entfernen wollen.

Das eine Zimmermädchen des Hauses war Mutter. Ihr Mann war im Kriege gefallen. Zwei Kinder lebten mit ihr im Hotel: ein kleines Mädchen von fünf Jahren und ein zweijähriger Junge. Sie spielten miteinander tagsüber unten im Hotelgang oder in dem kleinen Zimmer der Wirtin neben dem Eingang. Die Mutter schielte und war meistens schmutzig, aber rotwangig und kräftig, eine Vlämin. Auch die Wirtsleute waren Belgier. Der Krieg hatte sie alle zusammengebracht, nun bildeten sie eine Familie. Öppi hielt sich manchmal, wenn er kam oder ging, im Zimmer der Wirtin bei den Kindern auf und spielte mit ihnen. Er konnte scheinbar einen Nagel durch seinen Fuß hindurch in den Fußboden hineintreiben, derart, daß er den angenagelten Fuß nicht mehr vom Boden loszubringen vermochte und festgenagelt in der Stube stand. Die Kinder schoben, zerrten und drückten ohne Erfolg an den angenagelten Beinen herum, bis Öppi ihnen schließlich mit vielem Stöhnen und Ächzen behülflich war, die eigenen Füße vom Zimmerboden zu lösen. Dieses Spiel mußte er jeden Tag mehrere Male aufführen, immer erwarteten ihn am Eingangstor die Bitten und die freudige Begrüßung des kleinen Mädchens. «Monsieur, clouez les clous! Clouez les clous!!»

«Daß du so mit den Kindern spielen kannst», sagte Kathrin, «ich habe sie gar nicht gesehen.»
Ihr Ton klang fremd. Das war die Eifersucht.

Um diese Zeit kam Kathrin eines Nachmittags mit einem neuen Hütchen nach Hause. Eine geschickte Verkäuferin hatte sie überrumpelt. Der Kauf war ihr nur zur Hälfte recht, der Hut entsprach nicht in allem ihren Wünschen. Öppi mußte kommen und sehen. Vielleicht war er zu ändern. Kathrin drückte hier ein wenig am Rand herum, zupfte dort ein Band zurecht und verlangte sein Urteil über die Wirkung. Die Frage war ernst, er fühlte sich geschmeichelt. Kathrin schlüpfte in ihren Mantel. Zum Mantel paßte das Hütlein besser. Immerhin nicht so gut, wie es sollte. Am Ende lag's am Kleid? Ein Versuch mit einem andern Rock konnte nichts schaden. Öppi mußte den Kopf nach dem Fenster drehen. Hinter der Schranktür zog sie sich um. Unten im Hof stand der junge Kastanienbaum im feuchten Nebel, kahl und ohne ein einziges Blatt.

Im andern Rock sah das Ganze völlig verändert aus, nicht ganz nach Wunsch noch, aber man konnte ja den einen Rand des Hütchens herunterbiegen oder eine Beule eindrücken, wo ein Hügel gewesen war und umgekehrt. Zuletzt griff Kathrin nach Bändern und Nadel, nach Bischen und Resten, steckte auf und rückte zurecht: das gab gleich neue Hütchen, eins, zwei, drei, ein halbes Dutzend Junge, wie bei den Kaninchen. Dann waren es wieder die Röcke, die nicht paßten, die Jacken und Blusen; die vergessensten Stücke wurden aus dem Schrank geholt, alles, was sie in dem großen Koffer aus Helvetien mitgebracht; überall lagen auf den Stühlen, auf dem Tisch und dem Bett die Kleider, die Einfälle jagten sich, sie schlüpfte da heraus und dort hinein, schlüpfte in einem fort, und es lohnte sich schon gar nicht mehr, daß Öppi dazwischen in den Garten hinaus und nach dem nackten Kastanienbaum guckte. So sah er eben nach der Spiegelschranktür, dahinter sie stand, sah dazwischen ein Stück ihrer nackten Arme, durfte er ihr von Zeit zu Zeit ein weit entlegenes Stück Kleidung hinüberreichen. Was immer sie anzog, jedes Kleid hatte seine Geschichte, seine Erfolge; das gehäufte An- und Ausziehen glich einem Blättern in alten Erinnerungen oder Tagebüchern. Zum Gefallen waren alle die Dinge angeschafft und überdacht worden und um schön zu sein. Sie entsann sich der Lobsprüche, die sie mit der oder jener Zusammenstellung erreicht, entsann sich verblüffender Wirkung und wurde vor Öppi ihrer Erscheinung immer sicherer. Abwechselnd erschien sie vor seinen Augen bald jünger, bald älter, ernsthaft oder leichtfertig, gelassen wie eine Dame, lustig wie ein Lehrmädchen, herausfordernd, hochmütig, unnahbar, alles durcheinander und nebeneinander; das ganze Zimmer war voll Kathringestalten aller Art. Öppi saß verblüfft und entzückt da, alle Ausdrücke der höchsten Bewunderung flossen wie Öl von der Zunge; gleichsam aus sicherem Versteck konnte er ihr nun alle Liebeserklärungen machen, die in ihm bereitlagen, indem er alles Lob und Entzücken auf die Hüte und Kleider schob, derart, daß sie ihn nicht abweisen konnte, daß sie, noch nie in dieser Weise gelobt und bewundert, von der Fülle dessen verwirrt wurde, was sie so gerne anhören mochte.

Der ganze Nachmittag verging. Die Dämmerung kam. Es wurde dunkel. Beide waren vom Spiel ermüdet. Sie erinnerten sich an ihr Vorhaben, abends zusammen auszugehen. Es war Zeit, sich umzuziehen, wie's die Verabredung erforderte. Ermattet legte sich Kathrin auf ihr Bett. Öppi ging zögernd, um sich fertig zu machen, an ihr vorbei, nach seinem Zimmer. Lange stand er dort am selben Fleck und rührte sich nicht.

«Öppi», rief Kathrin durch die Wand. Etwas heiser. Halb blieb ihr das Wort im Halse stecken.

«Komm.»

Sie blieben beisammen. Das war nun wieder die Liebe, von der Kathrin nichts mehr hatte wissen wollen. Das gleiche und doch nicht das gleiche. Für beide etwas ganz anderes. Sie kannten sich besser, wußten mehr voneinander, fanden sich schöner, reicher, begabter, einziger als vorher. Sie hatten aufeinander gewartet, übereinander gestaunt, sich bewundert, beklagt, verletzt, bemitleidet, waren ratlos voreinander gewesen und hatten viele Gedanken aneinander verloren.

Kathrin empfand die Liebe nun nicht mehr wie eine Art sonderbare Freundlichkeit, zu der sie eingeladen war und an der ihr im Grunde nicht viel lag. Sie wunderte sich über sich selber und gestand Öppi diese Verwunderung. Er kam sich vor wie ein großer Pfadfinder und Aufklärer, der mit Genugtuung das Mädchen vor den Schätzen ihres eigenen Empfindens erstaunen sah.

Man muß vor allem ein Mensch sein, hatte sie früher gedacht. Man muß vor allem ein Weib sein, hatten die Frauen zu ihr gesagt.

Nun wurde sie ein Weib und erschauerte über die erweiterte Kenntnis ihrer selbst, über die Bereicherung ihres Lebens, und hing Öppi an, der ihr dazu verholfen.

Sie bewunderte ihn. In keiner Rolle hatte er so viel Erfolg gehabt wie jetzt als Liebhaber. So blieb er Liebhaber. Er aß mit ausgezeichneter Lust, schlief tief und lange, bummelte an den Ufern der Seine und durch die engen Gassen, verbrauchte und vertat weiter sein bescheidenes Erbe und Geld, das ihm die helvetische Bank jeden Monat überwies, verarmte, ohne darüber nachzudenken, wartete auf Kathrin und fühlte sich in die Reihe der großen Liebhaber und Verführer versetzt, die sich in dieser Stadt ausgezeichnet und Ruhm bei Frauen und Männern erworben.

Kathrin schlug ein neues Kapitel im Buche ihres Lebens vor ihm auf. Es handelte weniger von der Mutter, mehr von den Männern.

Nicht von allen vielleicht, die ihr begegnet, aber von vielen. Öppi war hocherfreut, die Bekanntschaft so vieler neuer Gestalten zu machen und zu wissen, daß er am Ende der Reihe als schließlich Siegreicher stand. Da gab es freilich allerlei Gestalten, die was los hatten, manche, über deren Verhalten zu Kathrin er sich ärgerte oder über ihr Verhalten zu ihnen. Insbesondere war da ein Offizier oder Diplomat, den Kathrin vor Jahren in Paris getroffen, als sie malte und im Vorort wohnte. Der hatte Kathrin im Strohhut und Malerkittel in der Bahn getroffen, hatte sie angeredet und eingeladen. An der Place de l'Opéra wollten sie sich treffen. Öppi war verstimmt darüber, daß sie zu dem Treffen ihr schönstes Kleid angezogen hatte und den schicksten Hut, aber er gönnte ihr's, daß der Offizier verblüfft an der Place de l'Opéra sich einer Dame gegenübersah, in der er mit Mühe die Kleine aus dem Vorortzug wiedererkannte, gönnte es Kathrin, daß der Mann sich stotternd hinterher wegen seiner Kühnheit, sie angeredet zu haben, entschuldigte. Vielleicht war das nur eine durchtriebene Höflichkeit oder gut angebrachte Schmeichelei gewesen, denn der Mann faßte sich offenbar schnell und hatte schon beim Essen den Mut, ihr näherzurücken. Ein gewandter Weltmann! Das war aus der Erzählung heraus noch deutlich zu merken, und ein Kerl, der nicht auf Geldsendungen aus der Heimat wartete, sondern das Seinige selbst erraffte und im teuersten Hotel der Stadt wohnte, in das er nach dem Essen die Kathrin aus Helvetien schließlich zum Kaffee einlud. Bezaubert hatte er sie auch, sonst wäre sie nicht mitgegangen, hätte nicht eine Einladung angenommen, von der ihr die Mutter, die damals noch lebte, des bestimmtesten würde abgeraten haben. In dem schönen Hotelzimmer war der Weltmann sehr angreiferisch geworden, Kathrin hatte um sich geschlagen und sich in einer Weise gewehrt, daß der Mann einmal mehr überrascht war und den Eindruck bekam, daß das Mädchen mehr verteidige, als er gewohnt war verteidigt zu sehen.
«Vous êtes vierge?» Eine Jungfrau.
«Ja», sagte Kathrin aus Helvetien.
Dann ließ er sie gehen, ohne Begleitung, allein die Treppe hinunter und am Hotelpförtner vorbei. Wie eine Dirne kam sie sich vor. Sie errötete lange nachher noch vor Scham beim Erzählen.

Ach, das war nicht die schwerste Beleidigung, die sie erlitten. Wieviel Mißgriffe, Fehlschläge, Verletzungen, gewollte und ungewollte Kränkungen gab es in so einem Mädchenleben, wieviel Gedankenlässigkeit und Ungeschick liegt im Umgang der Menschen untereinander. Wie sehr gebricht es an Wissen vom Nächsten, welch klägliche Spiele spielen sich ab im Raume, der zwischen Leben und Leben liegt. Nein, nein, es fiel Kathrin nicht leicht, sich zurechtzufinden.

Daheim, bei den Seßhaften und Verständigen, war's langweilig, da schüttelten die Hausfrauen den Staubwedel und schliefen mit dem Putzlappen in der Hand, da sehnte sie sich hinaus und nach den Gängen der Bilderhäuser in Florenz, Rom, Paris, wo die Schönheitsanbeter vor Malereien pilgern und die Menschen nicht auf die Wohnungseinrichtung des andern, sondern auf sein Menschentum neugierig sind. Wenn sie aber in fremden Städten ging, braunhäutig und mit pechschwarzem Haar, Großvaters Nachkomme, zigeunerhaft, gefährlich und bescheiden, auffallend und schlicht zugleich, dann kannten sich die Herumtreiber und Weltlandstreicher in ihr nicht aus und trafen den Ton nicht, den sie zu hören liebte. Niemand erriet hinter ihr die kleine Stadt und das Haus mit den Zimmern, drin überall der Spruch gehangen «Ein jedes Ding an seinem Ort, erspart viel Mühe, Zeit und Wort.» Sie sah leidenschaftlich aus und hatte geduldige und wartende Bewegungen. Sie entflammte die Männer und war eine Malerin, unterwegs in der Welt, ihren Eingebungen also ebensosehr verpflichtet wie den Regeln der Gesellschaft, ohne Obhut, ein wenig vogelfrei: drauf stellten die unterhaltsamen oder draufgängerischen Verführer ab, denen sie begegnete, die nichts von der Mutter wußten und von dem Daumen des Pöstlers, der auf dem Hackblock zurückgeblieben war. Wenn Kathrin in Bedrängnis kam, nicht mehr weiter wußte, dann entzog sie sich den Blicken der gefährlichen Bewerber, fuhr heim zur Mutter, die in der Küche grad beim Geschirrwaschen war, die sie küßte, umarmte, willkommen hieß, die sich freute und lachte und von den Brüdern erzählte und spottend den frommen Spruch zu Hülfe zog: «Daheim ist's gut, da kann der Pilger rasten.»

Einmal freilich war ein Hartnäckiger nachgereist gekommen, dem sie entflohen, den sie am Arno getroffen, ein braungebrannter schöner Mensch, dem sie ihre Adresse gegeben und die Heimat beschrieben, der also kam mit vielen Koffern und den ernstesten Absichten. Er mißfiel der Mutter, die mit ganzen Häusern voller widerspenstiger Mieter fertig wurde, die es auch verstand, einen begeisterten Liebhaber und seine Koffer über die Alpen zurückzuschicken. Kathrin war damit zufrieden gewesen, denn der Schöne machte in Helvetien gar nicht mehr so gute Figur, wie er am Ufer des Arno gemacht hatte.

Die Liebe verträgt keine Pläne und wohlabgemessenen Einteilungen der Zeit, das mußte Kathrin von ihrer Freundin her wissen, von jenem muntern Mädchen mit der Kunststopferei in der Kleinstadt, mit den frischen Farben im Gesicht, mit der immer guten Laune, die einen Philologen liebte, einen Studenten, der sie lange Zeit hindurch um eine Gefälligkeit gebeten, die sie ihm, noch ehe sie verheiratet waren, nach allgemein anerkannten Begriffen abschlagen mußte. Mit dem Heiraten ging's nicht so schnell, wie sie wünschte, er würde bis dahin noch manches Buch zu lesen, sie noch manchen Kragen für fremde Herren zu glätten haben, und das Warten war langweilig. Des Mädchens Grundsätze wurden schwankend, das Frühlingswetter war ihnen besonders unzuträglich. Also machten sich die beiden an einem Sonntag im Baumblühet auf den Weg, um weit weg zu gehen. Sie wollten am Abend nicht, wie sonst von Ausflügen, in die Stadt zurückkommen und sich auf der Straße vor der Kunststopferei die Hand zum Abschied geben, sie wollten sich ihren Gutnachtwunsch nun grad kurz vor dem Einschlafen in aller Heimlichkeit gegenseitig ins Ohr flüstern.
Die Wiesen blühten und dufteten verschwenderisch, die Blumen schenkten den Bienen reichen Honig, die Sonne schenkte der Erde ihr Licht, die Wälder schenkten Schatten, alle Wesen und Dinge nahmen und gaben und fragten nicht ängstlich nach Maß und Anrecht. Der Philologe und das Mädchen suchten sich gegen Abend zum ersten Zusammensein ein bescheidenes Gasthaus aus. Sie waren müde und hungrig. Die alltägliche Ordnung war auf den Kopf gestellt, und der aufgeweckte Liebhaber trank ein Glas Bier, was er sonst nicht tat. Ein kaltes! Hernach ein zweites und ein drittes, denn man war kurz vor dem Heuet und die Sonne hatte schon recht warm geschienen.

Oben im gemeinsamen Zimmer zeigte er sich sehr schweigsam. Zerstreut! Ja sogar abwesend. Das Mädchen wunderte sich. Plötzlich zuckte es schmerzvoll in seinem Gesicht.
«Was hast du?»
«Kolik» sagte er und wand sich, wand sich nun stundenlang trotz Kirsch, Zucker, Tropfen, Ratschlägen und Umschlägen und Wärmeflasche bis gegen Morgen. Das war das Bier! Das Mädchen hatte eine unruhige Nacht, aber nicht von der Art, wie sie sich's gedacht, und kam erst beim Morgendämmern, als er endlich ermattet einschlief, auch zu einem kurzen Schlummer.
Am andern Tag kehrten beide zusammen in die Stadt zurück; sie zog mit einiger Verspätung den Rolladen ihres Geschäftleins in die Höhe, begann ihre Arbeitswoche als munteres Mädchen und gerade so, wie sie die vorangehende beschlossen hatte.

Öppi bekam von Kathrin auch Liebesgeschichten aus der Heimat zu hören, in denen sie selbst eine Rolle gespielt hatte, in denen Männer auftraten, die er kannte, so daß er gleichsam aus dem Hinterhalt die Taten manches Jugendfreundes und Kleinstädters nachträglich verfolgen konnte, die ihm immer unbekannt geblieben waren. Manchmal hörte er ihre Schilderungen mit dem Gefühl, daß er zu Unrecht in ihre Geheimnisse eingeweiht werde, daß sie sich ihm allzu rückhaltlos offenbare, und doch mochte er sie nicht unterbrechen, denn Kathrin schien keine Ruhe zu finden, ehe sie ihm nicht alle ihre Geheimnisse preisgegeben. Sie wußte genau über die wenigen Liebesnächte Bescheid, die ihr widerfahren, und gestand ihm lachend, daß er ihr erst die klare Ordnung durcheinandergebracht habe.
Öppi wagte kaum mehr vom reinen Deutsch und von seinen eigenen Angelegenheiten zu reden, um Kathrin nicht an seine Verachtung der Heimat zu erinnern. Sie wies immer mehr mit besonderm Nachdruck auf ihre Zusammengehörigkeit mit Helvetien hin, zeigte sich mehr als vorher stolz auf die helvetischen Einrichtungen, auf die helvetischen Bekannten, auf ihre Erfolge in Helvetien und auf ihre Liebe zu dem Lande, so daß Öppi an solchen Anzeichen merkte, wie sie den Gegensatz zu ihm suchte, wie sie ihn heimlich angriff oder herausforderte und aus der Verstrickung der Verliebtheit loszukommen suchte.

Es war grauer Winter geworden. Vom Meer her überfiel der Nebel die Stadt manchmal so dicht, daß die schnellen Wagen stockten, daß die alten Kirchen und Türme in seinem Grau sich verloren, die festen Mauern sich auflösten und Dunst wurden. Öppi pries für Kathrin auf langen Spaziergängen am Fuße der zerfließenden Bauten in begeisterten Tönen das nebelhafte Dasein und die Verzückungen des Wandelbaren und Unbestimmten.

Weihnachten kam näher. Sie wartete mit Anteil auf das Fest. Es war seit langem bestimmt, daß sie in die Heimat führe. Weihnachten war immer zu Hause gefeiert worden. Die helvetische Malerin, die auch in der Galerie arbeitete, wollte die Reise mit Kathrin zusammen machen, so würde sie nicht allein unterwegs sein. Öppi sang ihr im Nebel auf der Straße das erste Weihnachtslied ins Ohr, sie war gerührt darüber, daß er alle Verse im Kopfe hatte.

Kurz vor der Abreise wurde sie krank und legte sich zu Bett. Mit Fieber. Öppi holte Rizinusöl. Sie wollte keinen Arzt haben. Er berief sich auf seine Erfahrungen in ähnlichen Fällen und arbeitete vor ihren Augen mit Töpfen und Tellern, mit Kochgeschirr, Milch, Grieß, Tee und Zwieback. Seine Fürsorge hätte für zwei Ehemänner ausgereicht. Und er hatte gesagt, er sei nicht zum Heiraten geeignet! Dabei ging er nicht aus dem Zimmer, rückte die Kissen zurecht, wusch, kochte und ging auf Zehenspitzen, derart, daß zwischen zwei Schmerzensanfällen die Verliebtheit sie überkam. Dazwischen dachte sie an die Heimfahrt und daran, daß sie ihm entränne, und behauptete vor Öppi, sich darüber zu freuen, daß sie nicht heirateten. Sie bat ihn, bis zu ihrer Rückkehr aus dem Hotel auszuziehen. Er versprach's. Am Tage der Abreise nahm die Malerin die knapp erholte Kathrin in Obhut. Öppi kam an zweiter Stelle, durfte sie nicht zur Bahn begleiten, durfte ihr nur unten vor dem Hotel am Wagenschlag seine Grüße an den Bruder auftragen und die Hand drücken, damit die Malerin, die schon zur Stelle war, keinerlei Verdacht schöpfte.

Für die Zeit ihrer Abwesenheit sollte er in Kathrins Zimmer wohnen. Aus Sparsamkeit. Er brauchte so für das seinige keine

Wochenmiete zu zahlen, und sie zahlte für das ihrige nicht umsonst. Das war ihre Anordnung. Öppi zog um und geriet erst recht in ihren Daseinskreis, den zu verlassen sie ihn aufgefordert hatte. Er kochte sein Frühstück mit ihrem Kocher und drückte sich in die Kissen, in denen Kathrin gelegen. Die rotwangige Vlämin beklagte ihn spöttelnd, lachte und zeigte ihre ausgezeichneten Zähne. Von Tag zu Tag schob er's hinaus, sich ein neues Zimmer zu suchen, und wußte nichts mit sich anzufangen.

«Ich hab dir nichts zu sagen.»
Wie er das nur hatte über die Lippen bringen können! Schließlich kamen ein paar Zeilen von ihr. Sie war gut gereist und bedankte sich für die Krankenpflege ungefähr so, wie man einem Krankenhause die erfolgreiche Behandlung bestätigt. Dem Brief hätte gut eine Zahlungsanweisung für geleistete Pflegedienste beiliegen können.
Öppi magerte ab und sah daraus, daß er wirklich liebte. Dann kam das Fest. Das Alleinsein wurde unerträglich. Seine Gedanken, die ihn sonst unterhalten, waren eingefroren. In den großen Speisehäusern fand er, wenn andere Gäste da waren, vor lauter Ratlosigkeit keinen Platz, ging zu Tisch, wenn die Säle und Räume noch leer waren, und würgte eine Erbse hinunter. Taillefer und die anderen Helden der Lieder rührten ihn nun schon beim zweiten Vers zu Tränen, nicht erst beim zweitletzten. Oft begann sein Herz mitten im Schlaf mit schrecklichen Schlägen zu klopfen. Es schien ihm unmöglich, eine andere Unterkunft zu suchen oder zu finden als die, welche er hatte. Er blieb im Hotel und siedelte in sein früheres Zimmer zurück.

Eines Nachts hörte er Stimmen nebenan. Kathrin kam mit der Professorsfrau, für die er auf ihr Ersuchen ein Zimmer im Hotel besorgt hatte. Die Begleiterin begab sich nun ins untere Stockwerk hinab. Öppi warf den Mantel über und klopfte an Kathrins Tür. Sie riegelte auf. Er küßte ihr die Hände; sie entzog sie ihm, sah ihn fremd an, mit Augen, die inzwischen mit Wohlgefallen auf dem helvetischen Weihnachtsbaum und auf den Dingen der Kleinstadt geruht. Sie flüchtete hinter ihre Koffer und Hutschachteln. Im Reisekleid stand sie halb abgewendet mitten im Zimmer, Öppi im gestreiften, gemeinsam eingekauften Nacht-

anzug schlotternd an der Tür. Warum er nicht ausgezogen sei?
Er stotterte ein paar Entschuldigungen, besann sich zuletzt auf
seine lächerliche Lage und verschwand aus der schmalen Tür. Sie
riegelte zu.
Am andern Morgen kam Kathrin fertig angezogen und zum Ausgehen bereit in sein Zimmer. Die Frau Professorin wartete im
ersten Stock. Kathrin setzte sich auf den Stuhl an der Tür.
«Geh fort», bat sie, schaute zu Boden und sah hilflos aus. «Ich
unterliege sonst.»
Es war der Augenblick, sie wieder zu gewinnen. Er hätte vor ihr
niederknien und ihr erzählen können, wie's ihm in der Zeit ihrer
Abwesenheit ergangen. Aber hatte sie nicht eben deutlich in
helvetischem Tonfall gesprochen? Hatte sie nicht den vollen
schönen Mund so gesetzt, wie man's in Helvetien sah, wie sich's
mit dem reinen Deutsch so schlecht vertrug? Ja, so würde man
an seiner Hochzeitstafel reden! Helvetisch! Niemand würde
Faust hersagen oder ein sauberes a im Halse haben, niemand sich
drum kümmern, daß er die geheime Arbeit eines halben Lebens
drauf verwendet, das heimatliche Krautdeutsch auszurotten.
«Grüezi» würden sie sagen und «Herrje» und «Häscht dieses»
und «häscht säb», und niemand würde sich nach dem Taillefer
sehnen und nach den andern Geistern, die sich so wunderbar ausgedrückt.
«Ich werde gehen», sagte er, griff nach dem staubigen Koffer auf
dem Schrank und fing an einzupacken. Sie gab ihm die Hand:
«Ich werde dich besuchen.»
Öppi mußte unten bei der dicken Wirtin überraschend das Zimmer wieder kündigen, das er erst am Tage vorher für weitere
Wochen gemietet hatte. Er stotterte ein paar unzusammenhängende Entschuldigungen.
«Je comprends», unterbrach sie ihn, «ça doit être fini!»
Dabei sah sie hart aus und machte ein Gesicht wie jemand, der
ein ganzes Trümmerfeld zerstörter Liebschaften übersieht und
sich nichts daraus macht. Öppi merkte, daß er mit allen Empfindungen und Besonderheiten seines Zusammenseins mit Kathrin doch nur einer in einer langen Reihe von Verliebten war,
die durch den glasbedeckten Gang an den Kanarienvögeln vorbeigegangen und deren werdende oder erlöschende Leidenschaften
sie beobachtet hatte.

Der Windbeutel

Öppi mietete ein neues Zimmer oben an der Place St-Michel beim Pantheon, in einem schmalen, eingeklemmten, hochgetriebenen Haus. Vor der Tür rasselte und knatterte der Verkehr, eine enge Wendeltreppe kletterte durchs Haus hinauf und endete genau vor seinem Zimmer. Ein Luftstrom jagte beständig über die Treppe. Oben pfiff er durch die beschädigte Tür zu Öppi hinein und zog durch die Fugen und Spalten der Fensterrahmen wieder ins Freie. Es gab ein gewaltiges, wackliges Bett, das fast den ganzen Raum ausfüllte, einen Strohsessel mit abgesägter Lehne, einen Kindertisch und eine Lampe mit einem schnurrigen Pappdeckelschirm, der die Handarbeit irgendeines Vorgängers war. Ein schräges, lichtloses Nebengelaß enthielt eine Kommode und eine Waschgelegenheit. Öppi band mittels einer Schnur die Lampe über dem Kindertisch fest, verstopfte alle Ritzen des Fensters mit Zeitungspapier und hing in sinnreicher Weise einen Ziegelstein an die Tür des Nebengelasses, damit sie besser schlösse. Zuletzt schlug er zwei Nägel links und rechts über der Zimmertür in die Wand, hing die eine Bettdecke als Windschutz dran auf, verschaffte sich eine Benutzungskarte der nächsten Bibliothek und begann zu lesen: die Geschichte der Stadt und des Landes. Er kochte sein Frühstück auf dem Teekocher und lag nachts in der einzigen benutzbaren Rinne des Riesenbetts zum Schlafen. Die Frühlingsregen trommelten aufs Blechdach, aufs abgeschrägte Stück grad über seinem Kopf; der Mond schien durchs Fenster, der Eiffelturm stand im Nebel, die Dächer und Katzen spielten miteinander nächtliche Spiele, und die Schatten und Kamine waren zum Greifen nah, die er bis anhin nur aus der Ferne der Straßentiefe gesehen.

Öppi saß am Kindertisch und las laut. Halbe Tage lang. Nicht als Leser, der viel erfahren will, sondern als Hörer, dem es aufs Gutgesagte ankommt. Las als Hörer seiner selbst, dem kein Wort entgeht. Geschriebenes ward Gesprochenes. Der Schreiber wurde zum Erzähler. Die geschichtlichen Gestalten rührten sich in ihren Gräbern, standen auf, wandelten und redeten. Sie atmeten. Atem war Leben.

Zu den Herrschaften aus den Versen der Dichter, zu Taillefer, zu Bertrand de Born, zum Taugenichts mit den Hyazinthen, zu den Geburten der Erfindungskraft gesellten sich nun die tätigen Herren aus der Weltgeschichte oder aus Frankreichs Geschichte, die Wirksamen, die scharf Umrissenen, die Ausnahmegestalten, alle, die dieses gesagt, jenes getan, jenes gebaut, die hier gewirkt, dort gegangen; fürchtenswerte und liebenswerte Gestalten, die er nur durch einen belanglosen Zufall nicht mehr selber sehen und sprechen konnte, weil nämlich ein paar kleine Jahrhunderte, ein paar zufällige und verachtenswerte Zeiträumchen ihn von jenen trennten. Unten in den Straßen begegnete Öppi den Kirchen und Palästen, die sie gebaut; seine Schattenbekannten gingen über die Plätze und durch die Straßen, wo sie gegangen, um dieses zu tun oder jenes zu leiden, gingen auf den Brücken, vor den Toren, an den Ecken, da man sie noch sehen konnte, wenn nur das Auge die Kraft hatte, durch den Tag hindurch zu ihnen hin und in die Tiefe der Zeit zu dringen. Da Öppi keinen Zeitgenossen an seiner Seite hatte, flüchteten die Denkbilder nicht vor ihm, sondern die Stadt der Börsen, des Lärmens und Fahrens, der Unruhe und des grellen Lichts flüchtete vor den Schemen. Der laute Tag klang gedämpft an sein Ohr, fernher schollen die Geräusche der Lebendigen, echohaft und nicht wirksam genug, um den Kopf nach ihnen zu wenden. Der Tag, durch den er ging, war nichts als Erinnerung, und die Erinnerungen fügten sich ihm zum lebendigen Tage.
Seine Gänge und Wanderungen durch die Gefilde des Gewesenen, seine Begegnungen mit dem Ehemaligen waren von ungewöhnlichem Glanz, von berauschendem Reichtum der Empfindungen, von nie gesehener Lebensfülle, denn da trafen sie alle zusammen, aus den entlegensten Winkeln der Zeit, aus den mittelalterlichen Kirchen und Klöstern wie aus den Gärten des achtzehnten Jahrhunderts: Entthroner und Entthronte, Mörder und Opfer, Sieger und Unterlegene, alle waren da; schöne Frauen, Geister jeder Zeit, ohne Schranken, und die Entfernungen der Jahrhunderte verachtend, schwebten in nie aufhörender Fülle, allen Glanz und alle Schmerzen des Daseins um sich, zu ihm hin.

Der Frühling brach an, der Frühling, der jedes Jahr kam, aber er kam anders als sonst. Solche Luft, wie sie ihn jetzt umhüllte, hatte er nie daheim geatmet, so milde, so süß war sie ihm nie eingegangen; die Sonne warf ein anderes, neuartiges Licht in die Gärten, an die Mauern, über die Brücken: das war nicht die Welt, wie sie immer gewesen, das war ein neuer Zustand, mit neuen Gesetzen, ein glänzenderes Leben mußte anheben, jetzt, wo daheim die Dachkennel zu tropfen anfingen und ein derber Schneeschmelzewind dem Winter ein Ende machte.

Öppi kannte sein Deutsch, drum hatte er Ehrfurcht vor dem Französischen. Auf einsamen Felsen, auf nächtlichen Schiffsdecken, an den Haltestellen der großstädtischen Straßenbahnen, im schmierigen Abort der Schnellzüge, in einsamen Mietzimmern, in Untergrundbahnen, auf Treppen und Brücken und in weiten Wäldern war er übend den Heimlichkeiten der Sprache nachgegangen, hatte er auf der Lauer nach ihren Feinheiten gelegen und heftig um sie geworben. Nun wußte er, daß ein Leben grad genug sein mag, um die eine kennenzulernen, daß die Sprachlehrbücher für die Dummen da sind und daß die Mehrsprachigkeit zum Ehrgeiz der Gasthausleute und Reiseführer gehört, aber nicht zu einem feinhörigen Menschen. Nun scheute er sich, Worte in einer Ausdrucksweise zu verlieren, die er als unerlernbar erkannt hatte. Sprach er, durch irgendwelche Umstände gezwungen, französisch, drückte er sich mit Scheu aus und mit Scham, wie ein Geladener sich allenfalls vorsichtig und unsicher in einer Gesellschaft bewegt, deren Gesetze und Gewohnheiten ihm fremd sind. Zuletzt verwechselte er alle Französischredenden um sich herum mit jenen Gestalten, deren vollendeter und großartiger Ausdrucksweise er in den Büchern der Bibliothek begegnete. Die Stadt der Straßengänger, der Putzmacherinnen, Wagenführer erschien ihm in einem solchen Glanz, daß er es für ratsam hielt, in dieser auserlesenen Gesellschaft ein für allemal den Mund zu halten. Es gab keine Gespräche oder Begegnungen, die ihn auf das richtige Maß zurückgeführt hätten, niemand richtete das Wort an ihn.

Täglich kamen die Zeitungen; er kümmerte sich nicht darum; immer neu, feucht fast noch erschienen sie in den Straßen und in den Händen schreiender Ausrufer, Öppi las keine. Immerzu klapperten die Drahtspruchapparate, die Schreibmaschinen und das Geld in den Banken; er fühlte nichts, hörte nichts, floh die breiten Straßen, die weltberühmten Pulsadern des zeitgenössischen Lebens. Seitab im Gewirr der Gassen und Gäßchen erlebte er seine Erschütterungen vor altersgrauen Gemäuern, in dunklen Kirchen, vor den Durchbrüchen der Straßenbauten, da die abgerissenen Häuser ihm ihre bloßgelegten Räume mit anklägerischer Gebärde wie große blutende Wunden wiesen. Täglich stieß er auf neue Dinge und Gebilde, die ihm Gelegenheit gaben, sich in die Tiefen der Zeit zu verlieren. In weiten Sammlungsgebäuden dehnten sich die Säle voll Zeugnisse verschwundener Hände: Bilder, Bildwerke, Handgefertigtes und Handgeschriebenes! Manches war für den alltäglichsten Gebrauch der Vergangenheit bestimmt gewesen: Gefäße aus Rom, aus Griechenland, Gefäße aus dem Leben jener Männer und Frauen, mit deren alter Sprache ihn die Schule geängstigt. Ihn bekümmerten keine Stil- noch Formfragen, er zog keine Vergleiche, sah nicht hin um zu lernen, nicht hin um zu wissen. Was lag an Kenntnissen! Warum Kenntnisse, da er ja nicht lebte, wie die Wachen lebten!

Nein, er stand vor den Inhalten der Fensterkästen nur darum still, weil sie Zeugnisse gelebten Lebens waren, Werke atmender Wesen, die er nicht gekannt. Manchmal las er auf den alten Gefäßen, eingedrückt in den vordem weichen Ton, den Namen dessen, der das Werk geschaffen. Wo war die Hand, die diese Namenszüge geschrieben? War sie nicht mehr zu fassen? Zu drücken? Was lag da hinter ihm, weithin, vergessen, verloren, versäumt? Die Zeit! Die vergangene Zeit. Reue und Geiz quälten ihn. Geiz, der nicht um verlorenes Geld, sondern um verlorene Zeiten litt. Die Vergangenheit sog ihm das Leben aus. Er breitete sich gleichsam rückwärts über die Jahrhunderte hin aus und dachte nie nach vorn. Was war Sorge? Was war morgen? Unsinnige Vorstellungen! Hinter ihm lag in der Zeit eine berauschende Welt. Ihn beunruhigte keine Neugier aufs Kommende noch irgendein Zukunftsplan. Rückwärts ging alles Drängen und Wollen durch die Gräber der Verschollenen, nach deren Freundschaft und Wärme er sich sehnte, wenn er allein in der schmalen Rinne seines Betts lag und Kathrins Atem ihn nicht mehr streifte.

Die steinernen Göttinnen, die überall in den Gärten auf hohen Sockeln standen, brachten ihn in Verwirrung, sie glichen Kathrin und zeigten manchmal mit freier Gelassenheit den vielen Vorübergehenden, wie schön sie waren. Hie und da begegnete er ihr unter vielen anderen ausgesuchten oder lustigen Frauen auf den Bildern der Maler, wo er sie nie vorher gesehen. Im Luxemburger Garten gab es ganze Reihen französischer Königinnen, die, in Stein gehauen, auf den Terrassen standen und um den Teich mit dem Springbrunnen drin. Öppi mußte die Augen niederschlagen, wenn er zwischen ihnen hindurchging, denn es waren ganz ungewöhnliche Frauen; eine gab es unter ihnen, die ihn vor allem bewegte, sie hatte sich ganz unter die Äste eines Kastanienbaumes zurückgezogen, als warte sie in der Verborgenheit auf den Geliebten, und es schien Öppi, als brauchte er nur deutlich hinzuschauen, um ihre Brust im Atmen sich leise regen zu sehen.

Die Zeit war gründlich vorbei, da er manchmal nach dem Essen, satt, mitten auf dem Straßendamm zufrieden nach Hause gegangen, ein wenig belastet vom Mahl und die Sonne wohlig auf dem Rücken fühlend. Jetzt aß er lächerlich wenig, auch die leichtesten Speisen beschwerten ihn wie Pflastersteine. In den Gaststätten flossen die berühmtesten Weine, aber er hatte gefunden, daß der Pfefferminztee einen ruhigen Schlaf gab. Nun braute er sich jeden Abend hinter dem verstopften Fenster einen Topf voll davon, trank Lindenblütentee zum Frühstück und lebte doch in einem ständigen Rausch, im Rausch, welcher der Erweiterung seiner Gefühle und Gedanken entsprang.
Wenn aber zufällig und unerwartet auf der Straße ein liebenswürdiges Wort ihn traf, nur so ein treibendes, herrenloses Wort, eine Gebrauchshöflichkeit von einem Kellner oder von einer Frau, der er den gefallenen Schirm aufgehoben, dann durchfuhr ihn mit eins das Gefühl einer schauerlichen Einsamkeit, und er konnte tagelang in seinem Sinn dem Klang des Gesprochenen nachhängen.

«Wollen Sie nicht so freundlich sein, dem jungen Mann, Herrn Öppi von Wasenwachs, ein paar Zeilen zu schreiben, der hier in meinem schäbigen Hotelchen im Quartier Latin in Paris täglich am Briefkasten sich fast die Augen nach Nachrichten ausschaut,

die offensichtlich zu seiner Betrübnis zu kommen zögern. Ein Hotelgast.»
Dieses Schreiben schickte Öppi an Eva und Carlo Julius. Sie verstand: ein Notschrei! Schrieb erschrocken sofort zurück, fragte nach Kathrin, deren photographisches kleines Porträt sie von Öppi erhalten hatte.
«Ist sie so schön, wie das Bildchen sie darstellt?
Wie sehr gefällt sie mir!
Aber – du hast sie nicht mehr? Verloren? Hast sie gehen lassen! Warum?»
Öppi gab knappen Bericht. In dem Brief ein Satz: «Sie ist nicht wie du.»
Nicht wie Eva hieß das. Sie las, las es zweimal, viele Male. Eine tiefe Freude fiel sie an, übertönte alles Mitgefühl mit seinem Verlust. So war er ihr nicht verloren!
Carlo Julius las auch, stutzte, wurde bedenklich. Was das nun hieß? Wie schwer das wog? Sehr schwer? Gar nicht schwer? Eva verbarg ihre Empfindungen, half ihm über Mißtrauen und Unbequemlichkeit hinweg, verharmloste den Ausdruck.
«Du weißt, Öppi und ich hatten immer so viel zu bereden und zu erzählen, weißt es: ich war jederzeit eine gute Zuhörerin, das ist diese Kathrin vielleicht nicht im gleichen Maß gewesen.» Der Mann gab sich zufrieden, es war immerhin seine Frau, die da vorteilhaft bei einem Vergleich abschnitt!
«Er arbeitet», schrieb Eva, «bald viel und wiederum gar nicht. Verdient etwas weniges mit Bildern. Wären wir erst soweit, daß er seine zwei Kinder ernähren könnte! Der kleine Yorik ist ein so süßer Kerl, hat einen Riesenappetit. Ein übler Hautausschlag plagt ihn mit Jucken, er kratzt sich, muß nachts gebunden liegen! Vergib, ich bin kurz, bin eine geplagte Hausfrau, Mutter, Ehefrau! Hast du das Mönchsbildnis im Museum gesehen? Ich kann dir den Namen des Malers nicht sagen, ein Mensch in der Kutte, mit brennenden Augen, er hat mich, ein kleines Mädchen aus dem Norden, bei meinem ersten Aufenthalt dort angeschaut, daß ich's nie wieder vergaß! Du bist ihm ähnlich. Ich bin begierig, die neue Bühnenarbeit zu lesen, womit du, fleißiger Mensch! bald fertig sein wirst, wie du schreibst! Schicke sie uns gleich!»
Die Komödie ging vorerst an Luka; Eva begriff es: er sollte für Öppi Schritte bei den Bühnen unternehmen. Luka hatte mit ei-

nem freimütigen Brief das Venediger Zerwürfnis schon lang wieder behoben. «In der Arbeit und in der Theaterkunst», hatte er geschrieben, «werden wir uns immer verstehen, in den alltäglichen Vorkommnissen gibt es die Dinge des Herkommens, des Lebensgangs, der Vergangenheit, die störend auftreten können.»

Es war gar nicht angenehm, daß Luka gegen die übersandte Arbeit seine Bedenken anzumelden hatte. Öppi habe, sagte er, dem Vers, der Poesie, der sprachlichen Form zu viele Rechte eingeräumt, die Figuren damit verniedlicht, die Kraft der Gestalten gebrochen, die Gegnerschaften verwischt.
Luka schrieb das mit vielen Entschuldigungen, mit Einwänden gegen sich selber und, wo das immer möglich war, mit eingeflochtenen Anerkennungen. Ein aufrichtiges, wahrhaft freundschaftliches Dokument, ihm um so höher anzurechnen, als John und seine Frau, Lukas künstlerische Beistände, ohne weiteres den bequemen Weg lauter Lobes vor der Sache einschlugen.
«Mensch, Öppi, hast Kathrin nicht mehr, die Schöne!? – Wie mag's zugegangen sein! Harte Sache das!»
Lukas Einwände hielten ihn nicht davon ab, das Stück des Freundes auf den Tisch eines Theaterleiters zu legen, der ihm es zu lesen versprach.
Öppi schrieb dem Freunde weiterhin Anmerkungen über den Glanz der Redekunst, Luka antwortete zustimmend, ergänzend mit lebensnahen Beispielen aus seinen täglichen Spielabenden. Können! Ja, viel Können! Darin waren sie einig. Luka erprobte es. Öppi träumte. Der gründliche Unterschied blieb unbeachtet. Daneben bezahlte Luka regelmäßig in des Freundes Abwesenheit die Rechnungen des Lagerhauses, dahin Öppi seine Hinterlassenschaft aus der Zepkeschen Wohnung hatte überführen lassen.

Von Kathrin ein Brief! Öppi schuldete ihr Geld, das sie ihm vorgeschossen. Er hatte nicht sofort die ganze Summe zur Hand, steckte das Verfügbare in einen Umschlag und trug es in die Gemäldesammlung, wo sie arbeitete. So hatte sie's ihm vorgeschlagen. Dort standen sie sich verwirrt am Fuße der Leiter gegenüber, die sie beim Malen gebrauchte, denn das Vorbild war ein großes Gemälde, und die Einzelheiten, die Kathrin zum

Nachmalen sich ausgesucht, befanden sich weit oben im Bild.
Sie gab ihm die Hand. Eine warme, lebendige Hand war's, nicht die Hand eines griechischen Töpfers, die seine Namenszüge auf den Tongefäßen gezogen und die inzwischen längst vermodert war. Sie sah ihn groß an. Neugierig, ein wenig erstaunt, scheu und liebevoll. Sie sprachen von der Malerei, von Kathrins Arbeit oder von der Vorlage, von nebensächlichen Dingen; in allem verborgen gab es etwas ganz Hauptsächliches, auf das sie im Sprechen nicht kommen wollten. Öppi hatte Kathrin nie im weißen Malerkittel gesehen, der ihm nun schön wie ein Ballkleid erschien.
Kathrin sah den Staub auf Öppis schwarzem Hut liegen. Er ist ohne Frau, dachte sie, freute sich, hätte am liebsten den Hut genommen und den Staub mit dem Ärmel heruntergewischt. Sie unterdrückte die Regung. Öppi merkte nichts davon. Die Galeriebesucher musterten die beiden.
«Auf Wiedersehen», sagte Kathrin zuletzt.
«Auf Wiedersehen», wiederholte Öppi auf dem Heimwege vor sich hin. Die Worte verließen ihn nicht wieder. «Auf Wiedersehen.» Wie ein hundertfaches Echo war's in ihm. Wie ein Knochen war der Spruch, dran er tagelang nagte. Er wagte seine Behausung nicht mehr zu verlassen. Kathrin hatte «auf Wiedersehen» gesagt, da konnte sie jeden Augenblick kommen. Aber sie kam nicht.
Ich muß sie vergessen, dachte er. Es ist lächerlich. Tausend Leute sagen jeden Tag auf Wiedersehen, Hunderttausende, Millionen, niemand denkt sich etwas dabei. Nur ihn brachte dieses abgeschliffene Stück menschlicher Äußerungen aus der Fassung. Ich hab dir nichts zu sagen, hatte er ihr vor einigen Wochen geantwortet, nun war er krank vom Warten auf sie und vor Sehnsucht, mit ihr reden zu können. Die Begegnung im Bildersaal durfte sich nicht wiederholen. Wozu ein Wiedersehen! Es brachte nur Qual.
Das schrieb er ungefähr so auf. Dazu nahm er den Rest des Betrages, den er ihr schuldete, und ein Spitzentaschentuch, das ihr gehörte, das eben mit der saubern Wäsche aus der Waschanstalt an ihn zurückgekommen war. Es hatte sich offenbar aus ihren Sachen in die seinigen verloren. Alles zusammen gab ein kleines Paketchen. Er trug es zum alten Hotel, steckte die Sendung dort in Kathrins Fach, rechts vom Eingang, da, wo die Zimmerschlüs-

sel hingen und die dicke Wirtin wohnte. Sie sah ihn, gab ihm Kathrins Schlüssel in die Hand und veranlaßte ihn, das Päcklein selber in ihr Zimmer zu tragen. Oben war das meiste unverändert. Nur die sichtbaren Zeichen der Schönheitspflege hatten sich gemehrt, der rote Lippenstift lag auf dem Tisch neben andern farbigen Mitteln. Ihm stieg das Blut zu Kopf. Sie schminkte sich. Für wen? Das hatte sie früher nicht getan. Da war der Tisch, dran sie zusammen gesessen, jetzt saß sie allein davor und vor dem Spiegel, machte sich schön, pflegte aufzustehen und fortzugehen. Zu wem? Nicht zu ihm. So wie sie gewachsen und geworden war, hatte sie ihm gefallen und mit dem ruhigen Gesicht, das der Schöpfer ihr gegeben, hatte sie die Menschen angezogen; wie ein wartendes stilles Wasser war sie gewesen, verwundert fast manchmal, wenn die Männer sich in sie verschauten – ja, so war's gewesen, aber jetzt, seit Öppi sie aufgeweckt, jetzt war's anders, jetzt kannte sie sich, jetzt legte sie Rot auf die Lippen, auf den großen Mund, daß er zu den schwarzen Haaren und dunklen Augen leuchtete, jetzt ging sie und rief einen andern, irgendeinen, dem sie nun anpries, was sie verlockend machte, und Öppi haßte die Straßen voll Menschen, haßte die Stadt und haßte Kathrin, weil sie bereit war, einem andern sich so zu zeigen, wie sie sich ihm gezeigt.

In der Ecke stand noch ungeordnet das Bett. Die volle Vlämin war noch nicht dagewesen um das zerdrückte Kissen zu schütteln, und die Wäschestücke lagen da, wie Kathrin sie beim Ankleiden hingeworfen. Öppi preßte sein Gesicht in die Kissen und atmete tief, als freue er sich an der Luft eines Höhenkurorts. Dann besann er sich auf die steinernen Königinnen und die Gestalten der Vergangenheit, legte sein Paketchen auf den Tisch und ging weg.

Kathrin fand den Brief. Das mit dem Geld war richtig, aber die Sache mit dem Taschentuch war ärgerlich. Das Taschentuch hätte er behalten können, das hatte sie ihm doch für immer geliehen oder geschenkt. Ob Öppi nun ganz und gar nichts mehr mit ihr zu tun haben wollte? So wie man sich bei aufgelösten Verlobungen die Geschenke zurückgab, kalt, geschäftlich? Sollte sie grade jetzt seinen Umgang verlieren, wo sie ihn aufzusuchen vorgehabt hatte, nun, da sie wieder allein und die Freundin nach Helvetien zurückgereist war?

Kathrin hatte den Abreisetag der Professorsfrau schließlich mit Ungeduld erwartet. Es war ihr willkommen gewesen, Öppi mit Hülfe dieses Besuchs von sich wegscheuchen zu können, mit der Zeit jedoch hatte sie gefunden, daß sein Umgang doch mehr Vorzüge gehabt habe. Eine verheiratete Frau, die Frau Professor. Mit Titel und Ansehen. Als sie ein paar Liebesverse Öppis an Kathrin von dieser zum Lesen bekommen, da waren ihr die Tränen in die Augen gestiegen, vor Rührung, vor Sehnsucht, vor Schmerz. Alle Tage, die Kathrin mit ihr zugebracht hatte, schienen Öppi recht zu geben. Verheiratet zu sein war wenig, die Liebe war alles.

Diese verheiratete Frau war vor allem ein Mensch gewesen, sie hatte den alternden kranken Vater gepflegt, den Umgang mit ihresgleichen darüber geopfert, hatte dem fremden Gelehrten in allem sein Recht werden lassen, der im Hause zur Miete wohnte, so daß er, der in wissenschaftliche Arbeit Versunkene, sich an die Erleichterungen des Lebens gewöhnte, die ihre Nähe und ihr aufs Nächste gerichtetes Tun ihm verschafften. Der Vater starb. Das Haus sollte verkauft werden. Der Gelehrte sollte sich eine neue Wohnung suchen. Die Bücher einpacken! Umziehen! In Unordnung kommen! Die Arbeit unterbrechen! Alles allein, ohne den Beistand, den er bis anhin unter viel leichtern Umständen genossen? Er heiratete sie.

Nun blieb alles beim alten, die Bücher konnten auf den Gestellen ruhen, die gelehrte Arbeit ging ihren Gang, und die Verwandten beglückwünschten das Mädchen. Der gelehrte Gatte hielt seine Vorlesungen, die junge Frau führte ihren Titel und machte die Wirtin vor ausgesuchten Köpfen, die bei ihrem Gatten zu Gast waren. Bei ihrem Gatten, nicht bei ihr. Sie ordnete sich unter, und man ließ sie in der Unterordnung. Was sie beschäftigte, kam nicht zur Sprache. Hie und da versuchte sie auf ihre Weise mit einem Kleid, einem Schmuck, einer neu gelegten Welle des Haares ihre kleine Aufmerksamkeit zu erregen, aber ohne den gewünschten Erfolg. Der Kreis am Tisch geriet nicht in Bewegung. Wie eine Gefangene war sie, wie eine Tote, und die Reise mit Kathrin war hochwillkommen gewesen. Der gelehrte Gatte hatte sie ruhig ziehen lassen, sein neuester Band mußte fertig werden, er hatte nichts zu bedenken, sie war ja sein, eines Gelehrten Frau, von der er zwar nicht allzuviel wußte, über die er aber, durch anderes in Anspruch genommen, nicht allzuviel nachdachte.

Es war in Paris nichts Tadelnswertes mit ihr vorgefallen, kein Mann hatte sie geküßt. Und doch war sie anders abgereist, als sie gekommen, unruhiger, schöner, jünger, aufgelebt, von Kathrins Liebesgeschichte betroffen, besser angezogen, reicher in der Kenntnis ihrer selbst. In den Bildern, in der Luft, in den Bewegungen, in den Blicken der Menschen, in den Reichtümern der Verkaufsläden, in der Sprache und in den Büchern hatte es gelegen, das Unbekannte, das Geahnte, Vermißte: die Liebe, die Liebkosung, die Welt des schönen Umgangs zwischen Menschen und Menschen. Ganz außer sich war sie gewesen, die verheiratete, unbeachtete Frau Professor, außer sich über den ungeahnten Reichtum des Lebens, der jedem zugänglich war und den sie mit der Armut eines hochmütigen Daseins in der Heimat ohne Schonung verglich. Stellung, Reichtum, Ruhm, Ehre, Titel: es ist alles nichts außer der Liebe, hatte sie zu Kathrin gesagt, die sie daheim noch eben still und ihrer selber nicht bewußt gesehen. Nun sprach sie so viel von den Mitteln und Künsten des Gefallens, daß Kathrin dazwischen der Gespräche überdrüssig wurde. Zuletzt hatte die junge Frau den Fehler begangen, Kathrins Kleidung nachzuahmen, ihr in der äußern Erscheinung sich anzugleichen, ihr die erprobten Mittel des Schönseins zu entwenden. Das führte am Ende des Zusammenseins zu einer kleinen Verstimmung, und nun war's gut, daß die Frau wieder nach Helvetien abgereist war. Kathrins Kopf war voller Gedanken über die Wandlung, die sie an der jungen Frau beobachtet. Es wunderte sie überaus, was Öppi zu dem allem gesagt hätte. Was mochte er treiben? Die Abende waren seit der Abreise der Freundin recht einsam geworden. Da kamen die Gedanken an Öppi zahlreicher als eben vorher zurück.

Eines Tages lief sie in plötzlicher Eingebung, als es dämmerte, nach der Gasse, wo er wohnte. Vor dem Hause las sie im Schein der Gaslaterne nochmals den Brief, drin er sie bat, jedes fernere Zusammentreffen zu vermeiden. Das stand wohl dem Buchstaben nach da, zugleich aber stand zwischen und hinter den Zeilen das Gegenteil des Gesagten. Sie hielt den Brief in der Hand und tat

vor sich selbst, als habe sie noch die Freiheit, zu wählen, die Freiheit, hinzugehen oder umzukehren, und doch war der Entscheid unwiderruflich in ihr gefallen, trieb es sie unwiderstehlich in das Haus hinein und die Wendeltreppe hinauf. Sie klopfte.
Öppi hob die Bettdecke vom Nagel an der Tür und schloß auf. Er war ungepflegt, unordentlich und nur halb angezogen. Die Lampe mit dem schmutzigen Pappschild beleuchtete den Kindertisch. Ein Buch lag da. Kathrin setzte sich aufs Bett: «Ich möchte dich zum Abendessen holen.» Im Nebengelaß seifte er sein Gesicht ein und griff zum Rasiermesser. Kein lebendiges Wesen hatte bis dahin mit ihm zugleich in dem Raum geatmet. Sie sprachen durch die klinkenlose kleine Tür wie vordem durch die Wand. Die Räume waren so eng, daß Öppi seine Siebensachen nicht zusammensuchen konnte, ohne an ihr vorbeigehen zu müssen, nicht, ohne daß sie sich in den Atemkreis kamen. Sie machte sich's gar nicht bequem, sondern saß in steifer Haltung wie jemand da, der je eher desto lieber wieder fortgehen will. Sie speisten zusammen an einem neuen Ort, an Öppis Tisch, in einer italienischen Wirtschaft. Auf dem Rückweg nach Kathrins Hotel kamen sie an dem Kaffeehaus vorbei, drin sie früher hie und da zusammen gesessen. Es war ein kühler Abend, die Tische und Stühle draußen auf dem Gehsteig unter dem Vordach waren leer, und die großen Kohlenfeuer brannten einsam. Kathrin und Öppi drückten sich in eine Ecke. Ganz am andern Ende der Tischreihen saß ein zweites Paar.
Kathrin erzählte ihre Erlebnisse mit der Professorsgattin. Öppi führte seine Bekannten vor und den Umgang, den er in der Zwischenzeit gehabt: Männer und Frauen, eine lange Reihe aus allen Jahrhunderten, von allen Altersstufen, große Leute, kleine Leute, viele ausgezeichnete großartige Menschen, Köpfe, Charaktere, leidenschaftliche Frauen, Denker und Besessene, auch solche, von denen sie öfters gehört und doch nicht dieselben, nicht die gleichen blassen Schemen, sondern lebendige Menschen, mit viel Alltäglichem behaftet, die lebten, litten und liebten, wie's die Menschen rings um Kathrin in ähnlicher Weise auch noch betrieben. Dieser Öppi war gar nicht allein gewesen! Und die Frauen, in deren Nähe er sich befunden, waren keine flauen Geschöpfe, man konnte das Ganze unmöglich ohne eine eifersüchtige Regung anhören. Schließlich kam die Reihe an Kathrin sel-

ber; Öppi verglich sie mit seinen Buchbekannten, es gab schmeichelhafte Ähnlichkeiten; verblüffend war dazwischen, was er sagte, übertrieben und unwahrscheinlich, aber schön anzuhören, denn in solche Gesellschaft hatte sie noch niemand gebracht. Hie und da war's lächerlich, und sie verbarg derartige Beobachtungen keineswegs vor ihm, sondern lachte laut, lauter, als der gute Ton es erlaubte, und so, daß man sie weit übers nächtliche Boulevard hören konnte. Dieses Lachen berauschte Öppi, frei und unbekümmert wie es war, dunkel gefärbt und tief. Ihre Hände waren wie vordem vom Pinselwaschen ein wenig gerötet, aber niemals hatte ein glänzender und lackierter Nagel ihn so tief entzückt wie ihre wenig gepflegten Fingerspitzen ihn an diesem Abend entzückten.

Das Liebespaar am andern Ende der Tischreihe küßte sich. Ja das war Paris, wo die Liebe sich frei zeigen darf, weil man mit Wohlgefallen nach ihr sieht oder gar nicht nach ihr sieht, es war nicht Helvetien, wo sie sich verstecken muß, weil die Stammtischzoten die Luft verpesten. Ach, in Helvetien hätte vor langer Zeit schon Kathrin ihn gerne einmal geküßt, bei einer Begegnung, die weit zurücklag, so daß sie nie bisher davon gesprochen, daß sie bis dahin in ihrem Gedächtnis ganz verschüttet geblieben. An dem Abend kam sie ans Licht der Erinnerung, jene Begegnung, jenes Zusammensein auf den Mauern des alten Burghofs in der Stadt, die sich halb zufällig ergeben und in einem Augenblick, da Öppi, von vielen Plänen voll, ihr diese ohne Rückhalt anvertraut, so, daß sein überraschendes Vertrauen sie völlig gefangennahm. Damals hätte sie zum Dank und als Antwort ihn gerne geküßt und hatte es doch nicht gewagt. Ihm aber war, von seinen Angelegenheiten in Anspruch genommen, ihre Geneigtheit nicht deutlich geworden.

Das alles gestand sie ihm nun, und Öppi sah, wie tief gegründet das war, was sie für ihn getan. Beiden kam es vor, als liebten sie sich schon lange und viel länger, als sie bis anhin selber gewußt. «Ich bin dir», sagte Öppi, «vor vielen Jahren, als Bildhauerlehrling an der Seite meines Meisters Hanns in der Ladenstraße von Cheudra begegnet. Wir kamen von der Arbeit, von einem Neubau, waren staubig. Ich grüßte dich überrascht etwas scheu im Vorübergehen. Du hast mit einem Lächeln geantwortet. ‚Wie? Solche Mädchen grüßen Sie?' hat der Meister mit einigem Neid gesagt, hat mich für ausgezeichnet gehalten.»

Schließlich brachen sie auf.
Vor der Türe des Hotels wollten sie sich trennen.
«Gib mir den Kuß, den ich damals auf dem Burghof nicht bekommen habe», flüsterte Öppi.
Sie küßten sich. Die Vorsätze verflogen.

Oben im Zimmer zog Kathrin den neuen Schlafanzug an, den er noch nicht gesehen, mit großen Blumen, drin sie ganz neu aussah und bei dessen Kauf sie doch an ihn hatte denken müssen, obwohl sie gar nicht wollte. Das eigene Wesen bereitete beiden neue Überraschungen. Die Liebe rief Begegnungen mit sich selber und mit dem andern. Die Empfindungen sprangen wie fremde Blumen auf. Sie umarmten sich mit größerer Leidenschaft und zugleich mit größerer Scheu vor dem Unendlichen in sich.
Als Öppi gegen Morgen fortging, erhob sich hinter der Glastür ihres Zimmers unten am Hauseingang die dicke Wirtin ein wenig von ihrem Lager, zog die Kordel, welche ihm die Tür aufschloß, nickte dabei wohlwollend und verständnisinnig zum Zeichen, daß sie wohl Bescheid wisse.
«Si vous voulez la voir, je ne vois rien», hatte sie am Tage gesagt, da er aus dem Hotel ausgezogen war, hatte dabei mit widerwärtiger Gebärde Daumen und Zeigefinger vor den Augen zusammengeklappt und die Lider wie Fensterläden heruntergeschlagen, hinter denen es ein unsauberes Geschäft zu verbergen galt. Daran erinnerte sich Öppi und fühlte deutlich, daß die Alte aus ihrer Mitwisserschaft Rechte gegen Kathrin herauszunehmen imstande war. Er beklagte das Zusammensein um dieser Folge willen, sagte Kathrin seine Gedanken, und sie dankte ihm dafür.

Von da ab wartete Öppi wieder auf ihren Besuch. Umsonst! Sie kam nicht. Er hörte nichts und wagte nicht, sie aufzusuchen. Beim täglichen Schlendern durch die Museen stand er ihr plötzlich gegenüber: Als Bildwerk stand sie unter Bildwerken, ein wenig abseits von den großen Sälen. Als Göttin stand sie vor ihm, mit zerbrochenen Gliedern und durchgebrochenem Leib. Aus gelblichem Marmor. Der ganze Oberkörper fehlte, grad über dem Nabel zog sich die Bruchfläche quer durch den Körper. Der eine Oberschenkel war bis zum Knie erhalten, der andere bis zum Knöchel des Fußes. Sie kam aus dem Bad, ein paar Falten

eines hochgerafften Tuchs legten sich über den Schoß, drauf lag die Hand ohne Arm, beim gebogenen Gelenk fing sie an, und die feinen Finger umspannten die Falten.
Rührten sich nicht, wie er so hinsah, die Gelenke? Leise und kaum merklich, wie im Schlaf oder im Traum? Öppi erschrak. Er sah sich um. Niemand beachtete ihn. Er trat zurück. Die Besucher trippelten um gleichgültige Grabmäler. Aus einer versteckten Ecke ließ er die Blicke ruhiger auf den marmornen Körper fallen. Es war Kathrins Gestalt. Die vorgerückte Stunde verscheuchte die letzten Museumsbesucher. Es dunkelte. Bewegte der weiße Leib sich nicht leise beim Atmen? Öppi lauschte. Der Wächter im Hauptsaal machte seine regelmäßigen Gänge hin und her. Manchmal entschwand er der Sicht. Dann konnte er auch nicht in den Nebensaal hineinsehen. Öppi ging auf die Gestalt zu, sie stand nicht auf hohem Sockel, sondern grad vor ihm. Leise berührte er mit der Hand die zarte Innenfläche der Schenkel, küßte die abgebrochene Hand und nannte flüsternd ihren Namen: «Kathrin!»
Kathrin kam zu einem neuen Zusammensein mit einem festen Plan für den ganzen Tag, einem förmlichen Arbeitsplan ohne Pausen und Lücken für Unvorhergesehenes, ohne Gelegenheit zu Überraschungen und Offenbarungen. Ganze Reihen von gemalten und ausgehauenen Menschen, Männern, Frauen, Köpfen und Berühmtheiten galt es zu sehen, dazu viele Goldschmiededinge, Schränke, Schriften und Bauwerke. Als sie gegen Abend vom Schauen müde waren, verriet Öppi seine Entdeckung.
«Laß uns hingehen», sagte Kathrin.
Sie standen zusammen vor ihrem entkleideten Spiegelbild. Er schilderte ihr die erste Begegnung, wiederholte den Kuß und die Liebkosung. Kathrin schloß die Augen. Dann nahm sie seinen Arm, ging mit ihm nach seiner Dachkammer, und ihr wollenes Unterleibchen aus der Heimat hing über die abgesägte Stuhllehne vor dem Kindertisch.

«Vielleicht wird sie ein Kind bekommen», ging's ihm in den folgenden Tagen durch den Kopf, und er dachte an die Knospen der Kastanienbäume, die täglich dicker und praller wurden, dachte an die ganze Fülle des Frühlings und daran, daß Wachsen, Blühen und Früchtetragen einzig und allein das Leben war, daß seine

großen Absichten keine Früchte trugen, sondern nur Kümmernisse brachten. Richtig neugierig war er schließlich, zu erfahren, wie das sich machte, wenn er selber zu so einem frühlingshaften Wachsen sollte Anstoß gegeben haben.
Natürlich würde er Kathrin dann heiraten, vorausgesetzt, daß sie damit einverstanden war. Er würde sie ganz schön um ihre Zustimmung bitten. Das alles paßte zwar gar nicht zu seinen Plänen; diese würden eben zurückstehen müssen, weil der Vorfall vieles zu tun gäbe! Papiere besorgen, Ämter besuchen, Wohnung einrichten, Möbel kaufen. Die großen Absichten würden leiden, aber Kathrin lebte ja auch ohne weitgespannte Absichten: sie tat, was der Tag von ihr forderte. Er liebte Kathrin, aber er sagte nichts. Er war neugierig, wie die Würfel fallen würden, und wartete auf die Entscheidung wie ein Lotterieloskäufer. Was auch kommen mochte, alles war gut. Ein wenig bange war ihm zwar um seine erhabenen Vorstellungen von Menschen und Dingen, die sie gern belächelte und durch dieses Lächeln verscheuchte.
Zuletzt blieb alles beim alten. Sie war nicht Mutter. Öppi empfand eine kleine Enttäuschung, denn er hatte sich geschmeichelt, eine Tat getan zu haben, die von nachhaltigerer Wirkung als sein ganzes sonstiges Treiben gewesen wäre.

«Ich muß ihn loswerden», sagte sich Kathrin. Jeden Tag sagte sie sich's, und jeden Tag zog es sie zu ihm hin, und sie mußte sich zur Wehr setzen, Vorsätze fassen und mit sich kämpfen. Sie konnte die Liebe nicht vergessen, tagelang mußte sie in Gedanken jedes Zusammensein auskosten, mußte Sehnsucht nach mehr erleiden und sich selber wankelmütig und schwach vorkommen.
Mit den helvetischen Leuten war's keine Freude mehr zusammenzutreffen, die machten sie erst recht an ihn denken. Nie hatte sie so viele Vorsätze gebrochen wie um seinetwillen, der sie doch wie niemand gekränkt hatte. Sie saß nun häufig allein zu Tisch. Es war gar nicht schön. Irgendein Herr, dem sie eines Tages in einer Gaststätte gegenübersaß, verzehrte ein Gericht, das sie gern für sich bestellt hätte, von dem sie aber nicht wußte, wie es hieß. Es ging um nichts Ungewöhnliches, nicht um eine seltene oder kostspielige Speise fremder Herkunft, sondern nur um ein Plättchen Gemüse, und doch wandelte dieser Mittagstisch ihr Schicksal. Sie fragte den Herrn nach dem Namen des Gerichts. Er gab ihr Aus-

kunft. Sehr höflich. Ihr Französisch hörte sich so entzückend ungeschickt an. Wie schön sie war. Die Natürlichkeit, in so selbstverständlicher Weise ihn anzureden, nahm den Mann sofort gefangen. Er sah dem Schweden ähnlich, den sie gekannt, war blauäugig und blondhaarig. Nach Tisch stand sie ruhig auf und ging nach Hause, er folgte ihr, erfuhr ihre Adresse und schrieb. Schrieb ihr nochmals. Umsonst! Öppi stand im Wege. Zuletzt wartete er am Hotelausgang auf ihr Erscheinen und bat sie in höflichster Weise um einen gemeinsamen Abend. Nun nahm sie an. Um der Ablenkung willen, um Rache an Öppi zu nehmen und auch darum, daß der Fremde ein liebenswürdiger und gut aussehender Mann war.

«Ich möchte Sie heiraten», sagte er zu ihr.

Nun kam sie zu Öppi, ein wenig förmlich, schon beim Eintritt ins Zimmer deutlich zurückhaltend, und erzählte ihm die Begegnung. Ganz ruhig. So ruhig, daß ihn die Art des Erzählens mehr als der Inhalt wurmte.

«Habt Ihr Euch geküßt?»

«Ja.»

«Schöne Nachricht!»

Öppi warf den Stuhl zu Boden, der als Türgewicht an einer Schnur am Eingang zum Nebengelaß hing, damit sie besser schlösse. Eine Staubwolke erhob sich. Kathrin sah durchs Fenster hinaus ins Dunkel und zitterte. Sie faßte sich rasch:

«Du hast kein Recht, mir Vorwürfe zu machen. Du hast mich ja nicht haben wollen. Wie ein kleiner Bub bist du. Liebhaber könnte ich Hunderte haben, nicht jeder wie du vielleicht, was aber mache ich auf die Länge mit deinen Vorzügen?»

Öppi versuchte, so gut es ging, die Eifersucht zu unterdrücken. Sie gingen zusammen zu Tisch, zum Abschiedsessen.

«Daß du einen fremden Mann auf der Straße kennenlernen und dich nach ein paar Tagen mit ihm küssen würdest, habe ich nicht von dir gedacht.»

«Nach ein paar Wochen, nicht nach ein paar Tagen», sagte sie still.

«Ich will mich aber nicht besser machen, als ich bin.»

«Hast du gar nicht nötig zu tun, bist ja so gut, wie du bist; so schön, so lieb; so recht hast du, und ich mißgönne dich ihm», wollte Öppi sagen, aber er dachte sich's nur.

«Wenn ich euch nun zusammen auf der Straße begegnen sollte?
Was dann?»
«Was wirst du denken?» fragte sie und sah ihn groß an.
«Daß er so ernsthaft dich lieben möge, wie du es wünschest und
verdienst.»
Sie schien mit der Antwort zufrieden.

Nun durfte Öppi sie nicht mehr vor die Hoteltür bringen. Am
Tor des Luxemburger Gartens reichte sie ihm die Hand zum Abschied. Nachher trat sie allein in die nächste Kutscher- und Wagenführerkneipe, trank stehend in wenigen Zügen ihr Glas Bier
zwischen den Männern, die sie verwundert maßen. Wegen des
Biertrinkens und wegen des schönen Aussehens. Sie war erleichtert. Nach einigen Tagen fand Öppi bei einer Rückkehr ins Hotel
einen Zettel in seinem Zimmer. Sie war dagewesen. Zusammen
mit dem Bruder. Verlobt, und um Lebewohl zu sagen, weil sie
zur Vorbereitung der Hochzeit nach Hause fuhr.

Eine Zeitlang war Öppi zu gleicher Zeit oder nacheinander eifersüchtig, betrübt, froh, erleichtert, sehnsüchtig und erlöst. Er
vermißte die Liebe fast ebensosehr wie die Geliebte. Er vermißte
Kathrin und war zugleich erbaut über die wiedergefundene Freiheit. Hochzeit und Verlobungen lenkten die Aufmerksamkeit des
Tages auf die Beteiligten, sein Dämmer- und Dunstleben war vorzuziehen.
Er kehrte zurück zu den kleinen Ursachen mit den großen Erschütterungen als Wirkung. Die Franzosen nahmen ihn meistens
für einen deutschen Staatsbürger, und der Wirt zankte mit
ihm wegen des großen Kriegs, den die beiden Länder miteinander geführt. Öppi berief sich nie auf seinen helvetischen Reisepaß, ließ alle Irrtümer über seine bürgerliche Zugehörigkeit auf
sich beruhen, denn es war unterhaltend, als Phantasiegestalt in
den Köpfen der Leute zu spuken. Der Hotelwirt erlaubte sich,
wenn's frische Handtücher gab, das Zimmer seines Gasts ohne
Anklopfen zu betreten. Der ärgerte sich über den rücksichtslosen
Einbruch in seine Stille, putzte den Mann herunter, der sich den
Tadel seines obersten Dachzimmerbewohners lächelnd anhörte.
Hernach dachte Öppi mehrere Tage über seine eigenen Worte
nach und darüber, ob er und wie sehr er den Wirt gekränkt und

im zarten Inneren verletzt habe und ob eine Entschuldigung am Platze sei.

Er war stolz darüber, daß er den Schmerz der Trennung auf sich genommen, und hatte zugleich das Gefühl, eine von vielen Wunden oder Narben bedeckte und gesteigert empfindliche Haut bekommen zu haben. Wenn er an die Entschwundene dachte, dachte er zugleich an den freien Platz, den sie hinterlassen, und an die Kräfte, welche die Trennung ihm zurückgegeben oder in ihm freigemacht hatte. War nicht die Welt unendlich? War's nicht beschränkt, an einem Wesen zu hängen, eines mehr als ein anderes zu lieben? Die Wonne des bloßen Daseins durchschauerte ihn. Er liebte alles und alle, aber er liebte drum niemanden und niemand liebte ihn. Die freundlichen Worte des Kassenfräuleins in der Badeanstalt, der Gruß des italienischen Gastwirts, die Bemerkungen eines freundlichen Kellners rührten ihn tief wie Bekenntnisse lebenslänglicher Zusammengehörigkeit, und er hing derlei Bemerkungen nach, spann sie zu weiten Geschichten aus, in die er auf eine fesselnde Weise verstrickt war.

Seine Augenlider waren entzündet und rot vom Lichte des Frühlings. Gespannt ging er zum Arzt und voll Erwartung, weil ein neuer Mensch die ersten Worte an ihn richten sollte. Er nahm die Ratschläge des Arztes als Zeichen des Wohlwollens und die Rechnung und Zahlung als belanglose Begleiterscheinung. Er hatte Kathrin weggehen lassen und fahndete nun bei Unbekannten nach einem Wort der Zuneigung. Er konnte kein Liebespaar sehen, ohne sich ins goldene Zeitalter versetzt zu fühlen, wie die Maler es malten, dazwischen hätte er gern eine Dirne gebeten, mit ihm zu speisen, damit ein paar Worte an ihn gerichtet würden, aber er wagte nicht, es zu tun.

Eines Tages, als er nichts mit sich anzufangen wußte und das Alleinsein völlig unerträglich wurde, lief er zu Jeff, dem helvetischen Maler, dem Schulfreund, bei dem er hie und da mit Kathrin zu Tisch gewesen. Plötzlich und unangemeldet stand er in der Wohnung. Die Herrschaften waren nicht da, nur Suzanne, das Dienstmädchen, war zu Hause, sie, die ihm einmal die staubigen Kleider am Leibe gebürstet, weil die Herrin des Hauses sich über sein verwahrlostes Aussehen aufgehalten hatte. Nun stand sie mitten im Zimmer, neben ihm auf dem weiten Teppich, bei den

alten Möbeln, in dieser Behaglichkeit, die ihn nach dem Schmutz und der Armseligkeit seiner Behausung wie eine festliche Umgebung berauschte. Tiefe Stille herrschte in den Räumen. Sie kam ihm nah, und er küßte sie. Sie vermißte ihren Geliebten, der fern war und von dem sie sich hatte trennen müssen, um ihr Brot zu verdienen; Öppi vermißte die Geliebte, die er hatte ziehen lassen, weil er sich davor scheute, sein Leben mit dem Leben und den Vorstellungen der allermeisten Menschen in ein erträgliches, übereinstimmendes Verhältnis zu bringen. In der Nacht trafen sie sich am großen Triumphbogen und begaben sich auf den Weg nach seiner Behausung. Sie sah gesund aus, ein wenig derb und frisch und unterschied sich sehr von Öppis wehmütiger Erscheinung. Eine welthaft angezogene schöne Frau musterte im nächtlichen Straßenwagen die beiden eingehend, und Öppi konnte in ihrem Gesicht lesen, was für ein seltsames Paar er mit Suzanne zusammen bildete. Er blieb seinen Gewohnheiten treu und redete unterwegs viel und mit Hingabe vom Schatten der großen Kirchen und den Statuen am Wege, halbe Selbstgespräche, so daß das Mädchen, das während langen Zeiten kaum aus der Küche kam, sich nur unter Schwierigkeiten an seiner Seite zurechtfand. Öppi dachte wohl mittels seiner Reden den Zauber in die Nacht und über sie beide zu bringen, den er zunächst vermißte, aber Suzanne wurde nicht bezaubert und bezauberte ihn ebensowenig. Sie zierte sich, als der Augenblick, dies zu tun, längst vorbei war, schämte sich vor dem Liebhaber, dem sie sonst in weißer Schürze nach dem Klingeln die Wohnungstüre aufmachte, und konnte sich nicht vergessen. Öppi vergaß sich auch nicht, sondern wurde zurückhaltend und schweigsam. Sie verglich ihn mit ihrem richtigen Geliebten, und Öppi schnitt schlecht dabei ab.
Es war eine Liebesnacht, die in einem gewissen Punkte ganz den Liebesnächten mit Kathrin glich, und doch waren die zwei Ereignisse himmelweit voneinander entfernt und nicht in einem Atem zu nennen. Öppi sah deutlicher als je zuvor, daß man von einer Frau das Äußerste verlangen und sich geben lassen kann, und doch des Segens der Gemeinschaft entbehren muß, wenn man seine eigenen selbstsüchtigen Kreise nicht durchbrechen und öffnen will.

Die Polizei hielt ihn auf der Straße an.
«Monsieur, votre carte d'identité! Ihre Ausweiskarte, bitte.»

Öppi hatte keine, hatte es unterlassen, sich die vorgeschriebenen Papiere zu verschaffen. Von der Insel war er ohne die erforderlichen Grenzstempel ins Land gekommen.
«Wie lange in Paris?»
«Einige Monate.»
«Einige Monate und keine Ausweiskarte!»
«Vous ne travaillez pas.»
Öppi war am empfindlichsten Punkt getroffen! Er, nicht arbeiten? Übte er nicht, las er nicht, lernte, redete er nicht?
«Mais oui, je travaille.»
Man rief ihn zu den Amtstellen. Die Polizei hatte nicht seine Arbeit, hatte ihre Arbeit, hatte Einkommensarbeit, Verdienstarbeit im Sinne gehabt.
«Ein Verfasser? Wo er sein Geschriebenes erscheinen ließe?»
Öppi dachte an das Schusterspiel.
«In Berlin-Potsdam.»
In Potsdam! Im Herzen des deutschen bedrohlichen Soldatenwesens. Bei den Erzgegnern! Ein ganzes Büro voll Männer reckte die Köpfe nach ihm. Mit Hochgenuß sah er die große Bewegung, die sein Vorhandensein erzeugte, sah er im Geiste sich in große Angelegenheiten verwickelt. Wenn sich auch zuletzt aller Aufwand in nichts auflöste, hatte er sich doch trefflich bei diesem Vorfall unterhalten und hatte mit Staunen die vielen Räume voll schreibender Beamten und arbeitender Leute gesehen, während er doch immer glaubte, die Menschen verbrächten ihre Tage zur Hauptsache damit, ihre Freundschaften zu pflegen und ihrem Umgang mit dem Nächsten Sorge zu tragen.

Die Luft wurde immer schmeichlerischer. Die bronzenen Meerweiber an den Denkmälern ließen sich die Wasser mit steigender Lust über die Brüste rinnen. Die steinernen Königinnen zogen sich ganz hinter die grünen Vorhänge der Kastanienbäume zurück. Alte Herren spielten Ball mit Kindern, die kleine Fräulein waren. Viele Mädchen strömten sonntags durch die Gartentore der Tanzstätten.
Ein neuer Zimmerbesorger kam in Öppis schmutziges Hotel und bildete dort zusammen mit seiner Frau ein schönes Paar, dem Öppi ehrerbietig Platz machte, wenn er den Staubigen im Treppenhaus begegnete. Er kaufte Blumen, um den alten Blumen-

frauen einen Gefallen zu tun, schenkte sie aus Ratlosigkeit der Hotelierstochter, deren Alter sich frech und eklig gegen ihn benahm. Im Bois de Boulogne sprangen riesige Blüten aus dem Frühlingsboden: es waren die bunten Kleider der Frauen, die unter Bäumen ihre Liebsten küßten. Boote schwammen dort auf Spiegeln, die Kathedralen warfen immer stärkere Schatten. Nachts war's noch kühl, aber tagsüber war's warm. Viele viele Stühle warteten in den Gärten auf Menschen, die Marmorfrauen auf den Sockeln schauten immer freundlicher drein, Ostern wollte kommen. Die Schönen im Süßigkeitenladen an der Place St-Michel strahlten und lächelten, Öppi begann zu stottern und verlangte das Seinige mit Herzklopfen. Zum Teetrinken las er nun in seinem Zimmer deutsche Zeitungen und drückte sie ans Herz, weil sie lauter deutsche Wörter enthielten. Fausts Spaziergang mit Wagner war das Deutschgeschriebene, das er jetzt immer wiederholte, sein tägliches Selbstgespräch, sein Lebensgesang, sein Gebet und Jubel und seine Unterhaltung. Unter dem schrägen Blechdach sang er das Lied zum erstenmal frühmorgens, wenn das Sonnenlicht auf dem fernen Eiffelturm ruhend durch den Dunst zu ihm herüberschimmerte. Zwei Russenmädchen im Nachbarzimmer redeten immer laut und lebhaft miteinander. Zu denen wollte er am Ostermorgen gehen und ihnen seine Verse hersagen. Sie würden ihn nicht verstehen, denn sie sprachen nur russisch und französisch. Überhaupt wartete niemand darauf, ihn zu hören. Auch am Ostertage würde es wie immer sein: nur er und die Verse.

In Deutschland dagegen gab's Putzmacherinnen, die ein Lächeln oder Nicken haben würden bei jener Stelle von den mangelnden Blumen und den Menschen, die man an deren Statt nehmen sollte. Ja, in Deutschland würde ihn jedermann verstehen. Jede Mutter, jeder Kellner, jeder Straßenbahnführer wußte von Faust. Zurück also! Heim! Fort! Nicht zu dem Menschen oder jenem! Zu wem denn? Nicht dahin oder dorthin, nicht in jenes oder dieses Haus, nein, einfach zurück ins Land der deutschen Sprache. Zu Fausts Wald! Zu Fausts Feld! Zu Fausts Ostermorgen und zu allen den Frauen und Männern, die jedesmal an dem Tage dort über die Wiesen gingen, zum Bettler, der sang, zu den Soldaten, die marschierten, zu den Mädchen, die auszogen, und den Burschen, die hinter ihnen her gingen.

Rückkehr zum geliebten Deutsch

Der Ostertag fiel dennoch anders aus, als Öppi sich's gedacht hatte. Ein rauher Wind wehte vor Berlin über die großen Flächen und warf die junge Saat hin und her. Große Wolken zogen am Himmel dahin, und die spärlichen Wanderer wunderten sich über ihn, der mit ausgebreiteten Armen im Felde stand und vor sich hin redete. Fausts Pudel war nirgends zu sehen. Fern am Horizont standen die Fabrikkamine, in den Kaffeehäusern allerdings und an den Bahnhöfen sprachen die Leute deutsch, alle, ohne Ausnahme, besser oder weniger gut, weniger von Gegenständen die ihm nahe waren, und mehr von Dingen, an die er in der Regel nicht zu denken pflegte.

Öppi läutete bei Luka. Er merkte schon an der Flurtüre, daß es mit dem Freund eine andere Bewandtnis hatte als früher. Ein dienstbares Mädchen öffnete halb, fragte mit erheblicher Geringschätzung nach seinem Begehr. Dann ging sie, ihn anzumelden. Derlei hatte früher jenseits aller Möglichkeiten gelegen.
Nun ja, die Leute konnten schließlich nicht wissen, wer er war!
Lukas Freund! War er's noch?
Die beiden umarmten sich, wie sie es früher getan, wenn sie nach den Ferien wieder zusammenkamen. Etwas Antiquarisches lag in der Weise, etwas Formelhaftes. Beide waren dabei, das Ihrige zu tun, um der Freundschaft den einstigen Glanz wiederzugeben. Lukas Wohnung wies eine Menge neuartiger Annehmlichkeiten auf, vielerlei Möbel, sogar einen Schallplattenkasten, der sein Eigentum war. Seine Stimme tönte auch anders als früher. Fester! Voller! Etwas angreiferisch, dachte Öppi. Ein paar Vorhänge trennten einen Erker vom übrigen Raum ab, im Erker nahm Luka sein Frühstück ein, vor dem Erker standen die Bäume des Tiergartens, an dem ringsherum die schönsten Wohnungen der Stadt lagen. Dieses Drum und Dran verfehlte nicht seinen Eindruck auf Öppi, und er wunderte sich darüber. Früher hatten sie derlei Umstände rein übersehen. Luka wies ihm alle Errungenschaften einzeln vor und freute sich drüber. Mit den Anzügen hatte sich das Blatt auch gewendet. Das waren nicht mehr die zufällig aufgegriffenen Stücke, welche die Kleideronkel nach Hause brachten, die ihm immer zu eng um die Schenkel gesessen und Querfalten ge-

worfen hatten, wo eine langgelegte, einzige senkrechte hingehört hätte. Nun war sie da, diese Längsfalte, vom ersten Schneider der Stadt hingebügelt, und der Schrank hing voll weitgeschnittener und stoffreicher Hosenpaare, in denen Luka, obgleich er in Wahrheit voller und schwerer als früher war, geradezu weltmännisch leicht und gewandt aussah. In den Schuhen hat er sich vergriffen, dachte Öppi, die sind zu gelb und auffällig. Die Beobachtung erfüllte ihn mit einer gewissen Genugtuung, weil er nach Einwänden gegen den Freund suchte.
Das Wiedersehen beunruhigte ihn. Er war an den alten Ort in die Weltstadt zurückgekehrt und hatte gedacht, alles so wieder zu finden, wie er's verlassen. Er traf aber nichts so wieder, wie er's verlassen. Was er und Luka einst zusammen erträumt, hatte dieser erreicht. Die Bühnenleiter, die sie vormals zusammen in Gedanken aufgesucht und verblüfft, hatten ihn inzwischen gerufen und Verträge mit ihnen abgeschlossen. Öppi träumte neue Träume, aber Luka hatte die alten verwirklicht; Öppi war geneigt, ihm das übelzunehmen, verbarg aber die Regung, und Luka erkannte sie nicht, denn er hatte überhaupt nicht so viel Zeit oder Aufmerksamkeit für den Freund wie früher übrig. Öppi sah mit Eifersucht, daß sein Erscheinen und Dasein bei Luka viel weniger schwer als vormals ins Gewicht fiel, daß er nur ein Vorfall unter vielen anderen Vorfällen war: der Fernsprecher schrillte, die Wohnungstür klingelte, Verabredungen fielen, schöne Frauen frugen dem Freunde nach, das Dienstmädchen war unterwürfig, Geld kam in seine Hände, ging wieder, wie's gekommen war, die Schallplatten sangen ihm zum Frühstück, und er aß mit gewaltiger Lust in den teuersten Gaststätten der Stadt.

Der lange Friedel saß auch dabei, jener blonde junge Kerl, der seinerzeit an der Osten-Bühne mitgespielt, der nichts zu beißen gehabt, aber einen schönen Wuchs für die Bühne mitgebracht hatte. Dem begegnete man nun auf den Anschlägen und Ankündigungen der Lichtspielbühnen und in den zugehörigen Bilderzeitungen, drin er auch allerlei Gedanken zum besten geben durfte, die andere für ihn gedacht hatten. Die Filmgesellschaft hatte ihm die Haare aus den Stirnecken rasieren lassen, damit die Stirne so frei und hoch wurde, wie's der Markt verlangte. Diese künstlichen Stirnstücke mußten täglich nachrasiert werden, sie sahen nackt und schamlos aus, aber Friedel saß mit bestem Gewissen mit den entblößten Stücken in den Kaffeehäusern und in den Kneipen der Künstler. In den Schultern des Anzugs steckte die erforderliche Watte, damit er breit und männlich aussah, was in Wahrheit nicht ohne Einschränkung der Fall war. Zur Zeit der Öppischen Abreise hatte Friedel kaum seine Zimmermiete zahlen können, nun fuhr er im eigenen Wagen, lebte in einer weiten Wohnung, drin gab's Tafeleien, bei denen auch John zugegen war. Öppi kam auch hinzu. John redete immer noch viel und hitzig wie früher, Öppi saß schweigsam dabei und verurteilte alles. Er zog sich in sich selber zurück, niemand hinderte ihn dran. Trüüs liebte nun Friedel, der sie nicht mehr liebte. Öppis Wiedererscheinen war an sich nichts Beachtenswertes, da er aber aus Paris kam, legte jedermann Wert drauf, ihm in kurzer Unterhaltung zu zeigen, daß er Paris ebenfalls kenne.

Mit dem Geld war's auch anders. Öppi konnte nicht mehr an die Schalter gehen und für eine helvetische Note ganze Bündel deutscher Scheine in Empfang nehmen. Die meisten Schalter von vordem waren geschlossen, und an den übriggebliebenen gab's keine Umrechnungen im alten Stil mehr, die sich jeden Tag anders gestaltet hatten. Sie blieben gleich, und seine helvetischen Franken gaben in der neuen Markwährung nicht eine größere, sondern eine kleinere Zahl als Wechselbetrag. Die fremden Häuserkäufer waren in ihre Länder zurückgekehrt, ebenso die Nutznießer und Zuschauer des Volksbankrotts, die seinerzeit die Eisenbahnen und Gasthäuser gefüllt. Wenn Öppi Straßenbahn fuhr oder ein Brötchen kaufte, nannte man beim Zahlen eine vernünftige Ziffer, die der entsprechenden Ziffer in andern Ländern glich, nannte allemal ungefähr die gleiche Zahl, die er bei einem derartigen Handel auch in Helvetien gehört hätte. Er wußte, woran er war, wußte bei jeder Ausgabe, um wieviel ärmer er wurde. Die Umrechnerei und das Mißverhältnis der Kurse hatten seinerzeit immer Gelegenheit zu falschen Vorstellungen über die Daseinskosten gegeben. Er konnte haargenau ausrechnen, wie lange der Rest des ererbten Vermögens reichen würde. Bis dahin mußte er mit dem reinen Deutsch im reinen sein. In Paris war er mit seinen eigenen Redeleistungen sehr zu-

frieden gewesen. Vielleicht war's wirklich an der Zeit, einen Saal zu mieten und die Leute durch seine Kunst zum Staunen zu bringen.
Befremdlich nur, daß Luka kein Wort über sein verbessertes Sprechen verlor. «Mensch, dein Deutsch ist fabelhaft geworden», hätte er doch sagen können, wie's so seine Art sich auszudrücken war, dem die bewundernden Ausrufe leicht von den Lippen gingen, leicht auch aus dem Hals, wie reife Äpfel zu Boden fielen, so daß Öppi in Lukas Nachbarschaft seiner Sache etwas unsicherer wurde, als er's in Kathrins Nähe gewesen. Luka verlor indessen keine Worte über Öppis Wörter. Er war mit seinen eigenen abwechslungsreichen Angelegenheiten beschäftigt. Öppi hatte seinerzeit mit überlegener und verächtlicher Gebärde der Bühne den Rücken gekehrt und war bei dieser Gebärde geblieben. Nicht einzusehen, weshalb er an den verlassenen Platz zurückkehren sollte, Luka wenigstens sah's nicht ein, denn Öppi schwieg von den geschauten Gefahren der völligen Ungebundenheit und von seinen Sorgen um das schwindende Vermögen. Er vermied sogar den Anschein jeder Bemühung um die Bühne, man sollte ihn holen, Luka sollte ihn am Arm nehmen und den Wiedergewonnenen zum Theater zurückführen.
Luka nahm Öppi nicht am Arm, zog es vor, nicht genau hinzusehen, falls bei dem Freund nicht alles stimmen sollte, und blieb bei seinen Sorgen um die neuesten Anzüge oder die nächste Verabredung. In seinem Schrank standen ein paar neue braune Stiefel, die ihm nicht an die Füße paßten. Das Geschenk eines Onkels. Luka bot sie Öppi an. Der lehnte ab. Ohne viel Überlegung und nicht ohne Schroffheit. Dann sah er des Freundes Gesicht, drin Zorn und Verlegenheit waren, und nahm an; Luka hatte das gleiche Geschenk früher von ihm angenommen. Öppi nahm an, aber nicht freudig oder mit freundlichem Dank, sondern halb verdrossen, verdrossen darüber, daß Luka das Richtige getroffen hatte. Es war das erstemal, daß ihm ein Notwendiges geschenkt wurde, etwas, das er nicht anschaffen wollte, obgleich es ihm fehlte, nicht anschaffen mochte, weil die Sorgen um seinen Besitz und die Zukunft ihn zu quälen begannen. Öppi schämte sich zu zeigen, wie willkommen ihm die Schuhe waren, und er erschrak darüber, daß sie ihm willkommen waren. Kurze Zeit war's erst her, daß Luka in Öppis altem, ihm

geschenkten Anzug über die Straße gegangen, aber damals waren sie täglich zusammen gewesen und hatten sich als Freunde geliebt, jetzt dagegen blieb Luka wenig Zeit, blieben ihm weniger Gedanken als früher für Öppi: er hatte einfach ein paar überflüssige Schuhe beim Freunde gut angebracht.

Die Deutsche Republik war im gesamten, wie Luka, in der Zeit der Abwesenheit Öppis gut vorangekommen. Das neue Geld, zur Zeit seiner Abreise geschaffen, hatte den Fleiß der Bewohner gehoben, der Fleiß der Bewohner das neue Geld mit festem Wert ausgerüstet. Vom Kriegsende war man in mancher Beziehung weit abgerückt, wenn auch die Umwelt schwer zu vergessen hatte, was das Land im Kriege Böses und auch Großes getan hatte. In den ersten Jahren der neuen Republik war es das Bestreben der Franzosen gewesen, den furchtbaren Nachbarn zu schwächen, wo immer es anging. Jetzt änderten sich die Verhaltensweisen, bessere Erkenntnisse brachen sich Bahn, klügerer Umgang. Die Wirtschaft verspürte das deutlich. Das Einkommen der Nation, am Kriegsende auf die Hälfte der früheren Zeit gesunken, näherte sich den einstigen Beträgen schon wieder. Das Verrottete, Heruntergewirtschaftete der Kriegsjahre war wieder hergestellt, die besteingerichtete Handelsflotte wieder im Entstehen, ebenso die schnellsten, pünktlichsten Eisenbahnen und ein wackeres Straßennetz.
Die Arbeiter schafften in neu geordnetem Rahmen, ihr Erzeugtes war besser als früher auf die Märkte in durchdachter Ordnung ausgerichtet. Maschinen übernahmen es, vieles in Menge anzufertigen, was bis dahin die Hände hatten herstellen müssen, die Gütererzeugung stieg an. Betriebe verschmolzen aus einem Gegeneinander in ein Miteinander, gewaltige Ballungen verstärkten Macht und Reichtum der Fabrikherren. Des Kohlenkönigs buntscheckiges Reich war zerfallen. Neue Rechner und Ordner verbanden nicht mehr das Fernliegende zu geschlossenen Wirtschaften, sondern das Nahverwandte.
Bürgermeister und Finanzminister konnten jetzt mit Zuversicht nach Amerika reisen, um Anleihen für nützliche oder werbende Zwecke aufzunehmen: landwirtschaftliche Bodenverbesserungen, Kanal- und Straßenbauten, Siedlungsprojekte, Ausstellungen, Grünanlagen, Schwimmbäder. Dennoch: die tüchtigen, für

die Leistungen ihrer Betriebe besorgten Arbeitgeber arbeiteten für die Ausfuhr, für die Mehrung ihres Reichtums, ihrer Macht, für die Macht des Staates, nicht mit rechter Anteilnehme am Wohle des Volkes. Erfindungen der Techniker betrachtete man mit Genugtuung als Siege über das Ausland. Mit diesem Sammelnamen belegte man mit einem Gemisch aus Wehleidigkeit und Überheblichkeit die Umwelt jenseits der Grenzen, ohne an deren Verschiedenartigkeit zu denken, oder daran, daß vor allem deren vertieftere Kenntnis ergiebig gewesen wäre.

Die neue politische Gleichberechtigung hatte in all den Jahren ihres Bestehens keinen vermehrten Kitt, keine wachsende Zusammengehörigkeit ins Volksgefüge gebracht. Die Fabrikherren behielten ihren klassenhaften, herkömmlichen Abstand von den Arbeitern, sie drangen nicht zur Einsicht durch, daß deren Massen einmal, bei verbesserter Lebenshaltung, einen großen Binnenmarkt darstellen könnten. Die Großen bekämpften die Arbeitererrungenschaften der Republik. Arbeitsabkommen und Verträge wurden durchlöchert, wo immer das anging. Man verblieb bei Spannungen, Ungleichheiten, Fehden übers Kreuz auf den verschiedensten Ebenen des Landeslebens, blieb beim politischen Machtkampf, beim schlauen Kombinieren, bei Verstellung und Lüge im großen, ohne dazwischen sich zu erinnern, daß das Einigende, Verbindende mehr für alle zu bedeuten habe als das Trennende, daß im Streite selbst ein Verbindendes liege.

Des Carlo Julius Wirtschaft war an dem allgemeinen Aufstieg nicht mitbeteiligt. Verzehr und Vermögensschwund gingen da weiter. Von den Umrechnungstänzen und Selbsttäuschungen der Blähzeit war keine Rede mehr. Was man bezog, verminderte in der exakt gleichen Menge das noch Vorhandene. Eva fürchtete je länger desto mehr die geheimen verurteilenden Gedanken jener Verwandten im Norden, die als Treuhänder Einblick in die Wirtschaft ihrer Ehe hatten. Es wurde immer schwieriger, des Carlo Julius Studium weiterhin zu rechtfertigen. Am Ende erschien sie den Ihrigen gar als verschwenderische und unfähige Hausfrau. Ängstliche Anmerkungen, jedes Rühren an dem Gang der Dinge riefen schroffen Zurückweisungen und Gereiztheiten des Gatten. Ein neuartiger, hochnäsiger Ton kam in seine Abwehr, weil er zwar vom Singen mehr wußte, aber nicht mehr als früher damit

anfangen konnte. Das unangenehme Geschäft, im Norden Geld abzurufen, blieb ganz bei seiner Frau.
Die Bildermacherei brachte gelegentlich ein paar Mark ein. Wenn man genau hinsah, waren die Unkosten größer als das Gewonnene. Die Dunkelkammer schien zeitweise wichtiger als der Platz am Flügel. Der kleine Yorik lag seines Schorfs wegen noch immer in der Nacht mit gebundenen Händen in seinem Korb. Die Kümmernis um den Kleinen raubte Eva viele Stunden Schlafs. Sie erwachte müde am Morgen. Immer kochte sie Frühstück für die Familie, wie sich das für sie allein nach des Gatten Vorstellung gehörte.
«Carlo Julius, es ist spät, willst du nicht aufstehen?»
«... auf später!»
«Carlo Julius, du verschläfst die Zeit, sollst zum Unterricht fahren.»
«Laß mich! Rede nicht. Heute nicht, morgen erst.»
«Entschuldige vielmals, ich täuschte mich im Tage.»
«Na, da hast du's ja! Kümmere dich ums Haus, laß mir meinen Kram. Machst mir Unruhe.»
«Könntest trotzdem aufstehen, jetzt.»
«Nein! Komm zu mir, Kleines! Mein Lütten.»
«Es ist spät.»
«Nicht zu spät! Komm.»
«Bitte nicht, Carlo Julius!»
«Leg dich hin! Willst nicht? Gut! Ich stehe überhaupt aus dem Bett nicht auf, bevor du nicht bei mir gewesen bist!»
Nun tat sie's. Freude gab es nicht mehr dabei. Mit Erschrecken sah sie ihr Herz mit Abneigung an Stelle der Zuneigung sich erfüllen. Der Befehlston: Wie gewöhnlich er in dieser Lage sich ausnahm. Die Liebe des Herzens auch verlor ihren Urgrund und Nährboden: das Glück der Umarmung.
Hinterher schlief er mit erneuertem Anspruch auf Ruhe.
«Carlo Julius, du wolltest so lieb sein, mir Kohlen aus dem Keller zu holen, meine Hände schmerzen.»
«Später, habe Bilder zu entwickeln.»
Sie schwieg. Die Kohlen blieben, wo sie lagen.
Die Kälte des Winters drang leicht in die Dachwohnung ein, war schwer zu ertragen. Der kleine Yorik im besondern, der zu Atemnot neigte, bedurfte der Wärme. Gegen Mittag öffnete

Eva nach langem Überlegen die Tür zum Wohnzimmer, wenn es dort nach ein paar Übungstönen still geworden war.
«Die Kohlen, Carlo Julius?»
«Da haben wir's! Immer Störungen! Bin am Arbeiten!»
Daraufhin ging Eva selber. Nicht allein die Finger, auch die Handgelenke schmerzten von der Last.
«Heirate mich», hatte er einst zu ihr gesagt, «und ich werde lernen, meine Faulheit zu meistern.» Und nun? Was lag dem Versagen zugrunde? War's Erbe? War's die Enge, die Verantwortungslosigkeit der Gefangenenjahre, die zugleich Pflege, karge Pflege, aber doch Pflege gewesen?
«Ist's meine Schuld?», fragte angstvoll sich Eva. Aber das Gewöhnliche, das Niedrige, das unversehens aus ihm hervorbrach nach der Glätte, die er vor Dritten an den Tag legte? Woher das? Wie würde es zum Vorschein kommen, wenn einmal das ganze Hab und Gut sollte durchgebracht sein? Die Kinder, hatte sie gedacht, würden ihm ein Ansporn sein! Irrtum! Wirklich Irrtum?
Draußen, im Unbekannten, kam Carlo Julius auf eine neue Art zur Geltung, wenn die Frauen und alten Leute stillstanden, sich umdrehten, um die schöne Familie, ihn, Eva und die zwei wohlgeratenen, so malerisch verschiedenen Buben zu sehen. Wie die Taten der Erfinder, so konnte man auch gesunde Haushalte, starke Nachkommen aus nationalem Blickwinkel und als Siege übers böse Ausland betrachten. Grund genug für den Vater, sich wie ein Hahn auf dem Hofe hin und her im Gehen zu wenden. Kein Beschauer wußte um den vorausgegangenen Streit und den gefallenen Vorwurf des Gatten, daß die Haartolle des kleinen Jan nicht auf der Stelle sitze, wo er sie für den Spaziergang haben wollte.

Die wachsenden Schwierigkeiten des Haushalts konnten den Freunden nicht ganz verborgen bleiben. Die kleine Baronin, Genossin der täglichen Einkäufe, sah die Trauer in Evas Antlitz, obgleich diese ihre Anstrengungen darauf richtete, den Gatten gegen alle nachteiligen Urteile seiner Umgebung abzuschirmen. Eines Tages, man konnte nicht wissen, würde er doch noch sich erheben und seinen Platz in der Menschengesellschaft erobern. Die Baronin machte Carlo Julius zu ihrem Lehrer, ließ sich von

ihm Gesangsunterricht erteilen, hatte soviel natürliche Anlage, Leichtigkeit der Rede, Wohlbildung des Halses, Helle der Seele, daß seine Hinweise, sein Beispiel, daß die Wiederholung der Ratschläge, die ihm zuteil geworden, bei der feinen Frau rasch zu einigen Fortschritten führten. Dies stärkte das Selbstbewußtsein aller Beteiligten. Lehrer der vornehmen Frau eines Reichswehroffiziers. Von Rabenstein! Das klang!
Die Vorrechte des Adels waren zwar aufgehoben, aber die unsichere, die geduldige Republik hatte von allem Anfang an diesen Geschlechtern erlaubt, ihre alten Namen, nur eben als Namen, fortzuführen. Nun klangen bei deren Nennung die alten Zustände mehr oder weniger deutlich mit, als Erinnerung oder Hoffnung mit, als Erinnerung aus tiefen, tiefen Zeiten, als Hoffnung oder als Anspruch an den Staat, drin man lebte, dies manchmal mit einigem Recht, geschöpft aus Leistung oder aus wertvoller Art, manchmal ohne jede ernstliche Berechtigung, aus blassem, leerem Hochmut. Die neue Schülerin hob in den Augen der alten musischen Hauswirtin des Carlo Julius Ansehen merklich, zumal sie nichts von den wahren Verhältnissen im oberen Stockwerk wußte, obendrein nahm seine gedrechselte Höflichkeit in der Folge gegenüber der alten Dame noch zu. Die malende, ältliche Tochter teilte die respektvollen Gefühle der Mutter. Der Umgang der Dachstockbewohner hob geradezu die Bedeutung des Hauswirts, zumal niemand angesichts der geschmackvollen alten Möbel der Sängerfamilie ahnen konnte, wie vernachlässigt und pilzbefallen Gemäuer und Holzwerk hinter den Abschrägungen der zwei Schlafzimmer waren. Wer hätte denn in diesen Jahren unter den alten Hauseigentümern genügend Geld für notwendige Ausbesserungen gehabt!

Zu ebener Erde wohnte im Hause neuerdings ein Mann der aufsteigenden Industrie, ein Glaswarenfabrikantenverbandsanwalt, ein Sündikus, ein arbeitsamer, kurzer Dicker mit einer rothaarigen, lebhaften Gattin, deren dunkle neugierige Eichhörnchenaugen nie stillstanden. Das kurzweilige Haus war recht nach ihrem Sinn. Mit Eva kam man leicht in ein freundschaftlich-höfliches Gespräch. Sachter Abwehr setzte die Neue eine muntere Zudringlichkeit entgegen und erzwang sich einigen Umgang. Offiziersleute, das zählte! Eine reizende Baronin im Hause, das

beschäftigte die Sündikusfrau. Sie nahm ebenfalls Gesangsunterricht bei Carlo Julius. Ein paar Mark gab das für die Haushaltkasse.
«Da siehst du, Evachen, wenn es mit Tenor nichts werden sollte, Lehrer werden kann ich noch immer –»
«– nichts werden sollte?» wiederholte sie erschrocken.
«Na ja, Redensart! Stimmen sind empfindlich. Man denkt sich manches, wenn der Tag lang ist.»
Die Sündikusfrau war kein Wesen von so wohlgebildetem Hals und Geschmack wie Maja von Rabenstein.
«Sie heult», sagte Carlo Julius, «kann keinen Ton sauber halten, ihn rein zu Ende führen, ohne ihn mit dem folgenden zu vermengen oder zu verschmieren.»
Er hatte seinen Erfolg mit dem Tadel. Sie wollte den ihren auch haben, zog sich verführerisch an und kam zu großem Ausgang gerüstet in die Dachwohnung hinauf, während der Sündikus im Büro saß. Die Bemühung blieb Eva nicht verborgen.
Was ist's, dachte sie eines Tages in der Küche ... So still alles? Welch tiefe Arbeitspause!
Dann: Klatsch! Ein Schlag!
Die Sündikusfrau hatte die Genugtuung, dem Lehrer für hervorgelockte, nichtsdestoweniger abzulehnende Annäherungen eine geklebt zu haben. Eine Backpfeife!
Dummer Carlo Julius! Daß er sich so bloßstellte!
Der Unterricht blieb. Eva verlor kein Wort über den Vorfall, die Sündikusfrau erzählte ihn auf ihre Weise dem Ehemann, Carlo Julius verlor dort einiges Ansehen, das Eva gutgeschrieben wurde.

Dolfs und Lias Rittergut war zwar verkauft, dem neuen Besitzer aber noch nicht übergeben worden. Klein Yoriks Taufe hatte auf dem Gutshof stattgefunden. Lia, die Kinderlose, war aus Liebe zu Eva entschlossen, die Wohltäterin der Familie zu werden. Sie fühlte bei diesen schlechten Rechnern sich wohl, weil sie aus Verhältnissen kam, wo das allzugute Rechnen zu ständigen Familienstreitigkeiten führte. Sie beschloß, dem Kleinen ein Sparbuch anzulegen, regelmäßig etwas darauf einzuzahlen, vielleicht eine Studienversicherung für ihn abzuschließen. Sie traf Verfügungen. Eva schien's, als habe sie bei der Sache klein Yorik als Pfand zu hinterlegen. Das Recht zu Einmischungen war verspürbar einbezogen. Aus Liebe alles! Eva war eine günstige Gegenspielerin: die Befehlerische bedurfte einer Nachgiebigen. Lia brauchte Evas Freundschaft und Bereitschaft des Zuhörens, denn das Rittergut hatte zwar die Kraft, ihre Eheschwierigkeiten zeitweise zu verkleinern, keineswegs, sie zu beheben. Die Zuschüsse aus jenen Gemüsegärten waren Eva hochwillkommen, wenn auch Lias eifrige Art und Betonung des Gebens die Freude an den Gaben leicht beeinträchtigte. Sie blieb gern bei Eva zu Gast, sah deutlich deren schwierigen Stand, sorgte dafür, daß zu ihrem Beistand ein Hausmädchen verpflichtet wurde. Carlo Julius sah damit sein Ansehen abermals ohne jedes eigene Dazutun wachsen.

Schön und wahrhaft stärkend blieb immer die Freundschaft der ungeheimrätlichen Frau Geheimrätin. «Nennen Sie mich Käthe, liebe Frau Eva.» Ihr Geschlecht: Felix Mendelssohn, der Musiker; ein gleichnamiges Bankhaus in Berlin; Moses Mendelssohn, der Philosoph aus dem achtzehnten Jahrhundert, Lessings des Dichters Freund. Überlieferung solcher Art, Talent, geistiges Leben, Ansehen flossen ein in die Zuneigung, die Eva von Frau Käthe zuteil wurde. In deren Haus hatte Carlo Julius allen Grund, sich von der besten Seite zu zeigen, und ließ es auch an Bemühung nicht fehlen. Frau Käthe fand immer wieder, neben vielen Gästen, gesellschaftlichen Verpflichtungen und Vorhaben, die Zeit, Eva ihre Zuneigung zu bekunden, Zeit zu einem Zusammensein. Nimm dich in acht, hatte der hochgestellte Gatte anfangs zu ihr gesagt, warnend aus Furcht davor, daß die rasch gefaßte Neigung seiner Frau bei der Künstlerfamilie zu Mißbrauch oder gesellschaftlich unerwünschter Ausnützung führen könnte. Frau Käthe war ihres Urteils vor Eva sicher, schenkte ihr ein uneingeschränktes Vertrauen. Sie zeichnete Eva dadurch aus, daß sie mit dem Herrn Geheimrat zusammen in die kleine Wohnung zu Tisch kam, Evas Gabe der Gastfreundschaft und ihre Kochkunst mit Freude und Anerkennung sah, alles ihrer Tochter hinterher lobend als Ansporn berichtete.
Die Tochter kam Carlo Julius zuerst unter die Augen.
Er begegnete einer kühl-höflichen Haltung. Eva sah das kluge Wesen später: wieviel rascher Verstand, Spiel, Hang zu liebenswürdigem Spott, schöne Koketterie, selbstsichere Haltung!

Ein Mädchen für Öppi? dachte Eva. Nicht hoch genug hinaus konnte es mit ihm gehen.
«Sie ist selbstbewußt, genießt das Leben, ist kritisch und wählt.» Öppi ein Niemand, schweifender Künstler!

«Öppi, willst du dich nicht binden an ein wertvolles Mädchen, ein wackeres? Dann hätte ich meine Ruhe, könnte an dich und deine Frau denken, anstatt immer nur an dich allein. Zu uns sind neue Freunde hier in der Stadt gestoßen: ein scheuer nordischer Zahnarzt, ein Weiser, von dem jedermann sich mit Genuß malträtieren läßt, und seine helvetische Frau, deine Landsfrau, das übermütigste weibliche Wesen, das ich gesehen, mit lachendem Mund und prachtvollen Zähnen, groß gewachsen, dunkel, derb oft und voll von Spässen. Beneidenswert!
Komm bald! Wir erwarten dich alle.»

Öppi brachte jenes neue in Paris erarbeitete Lustspiel zu den Freunden, das Lukas Einwendungen gerufen, dazu die Zeichnungen von der Insel, weitere aus Paris und viele Reisevorfälle und Berichte. Man hörte ihm zu, alle hörten ihm zu, er kam mit den Freunden an Frau Geheimrats Tisch, Evas Vertrauen in Öppis Weg und Zukunft fand neue Nahrung. Er setzte sich hin und begann eine Beschreibung der Inselreise zu verfassen, spürte dabei, daß Kinder sich nicht an solche Vorhaben kehren, sondern ihr eigenes Recht auf Aufmerksamkeit beanspruchen. Eva besah seine Bleistiftstriche und empfand dabei das mögliche Wachstum des Zeichners.
«Ach, Öppi, du wirst vieles machen, mehrerlei machen müssen, mein Zutrauen zu dir ist felsenfest.»
Es gab für Öppi keinen größern Ansporn als ihr Lob. Carlo Julius hatte ein sehr geglücktes photographisches Bild des kleinen Jan gemacht, nun setzte er Öppi in einen Gartenstuhl und versuchte ihn im Bilde bedeutend darzustellen.
Zu der Beschreibung der Insel paßte vortrefflich ein Brief, den Ola ihm um diese Zeit hatte zukommen lassen, zugleich mit der italienischen Übersetzung gewisser Stellen klassischer deutscher Dichtung, da Öppi, wenn's mit einer Sprache allein nicht nach Wunsch ging, nunmehr mehrsprachig aufzutreten gedachte. Olas Brief war vom obersten bis zum untersten

Rand und nach den Seiten hinaus mit großen Buchstaben prall gefüllt, sie sprengten das Blatt. Sie war an verschiedenen Stellen mit der Feder hängen geblieben; deren gewaltsame Fortführung hatte die Tinte verschiedentlich in Spritzern weit über die Seite gejagt.
«Sie gefällt mir mit ihrem Temperament», sagte Eva.

Carlo Julius, wenn es ihn anfiel, seine Übungen vorzunehmen, wies bei dieser Gelegenheit Öppi neuerdings aus dem Zimmer, um ungestört zu sein, zugleich dem Üben auf diese bequeme Weise einen besondern Ernst zumessend. Öppi nahm dann den kleinen Jan auf den Rücken und trug ihn zum Elbstrom hinüber. E-l-be sagte der Kleine mit so leichtem l-Laut, daß es eine Lust zu hören war. Er hatte von den ersten Anfängen an eine Fähigkeit als Gabe mitbekommen, nach der Öppi mit fünfundzwanzig zu streben angefangen. Ihm ward von Vater und Mutter eine Formen-Sprechschönheit zuteil, die Öppis Heimat nicht zu geben imstande war, ja nicht einmal zu hören begehrte. Ein Gewitter ging, als die beiden wieder einmal den Weg machten, über die Landschaft nieder. Der Donner rollte, verging, hörte auf, es heiterte auf.
«Wo ist der Donner jetzt?» fragte der Kleine.
Es war nicht leicht, ihm eine befriedigende Antwort zu geben, ohne dem Rest physikalischen Unterrichts zu widersprechen, den Öppi noch im Gedächtnis mit sich trug. Die Fenster der Häuser waren geöffnet, drin lagen die Frauen, um die frische Luft zu genießen.
«Alle Mütter sind Frauen», sagte unvermittelt der kleine Jan. Seine Mutter war eine Frau. So hatte man's ihn gelehrt. Die Anwendung des Satzes auf den Anblick, der sich den Augen bot, seine Erweiterung, die Verallgemeinerung war seine eigene frühe Denkleistung, in einen richtigen Satz gegossen. Öppi spürte des kleinen Buben Gewicht, das auf seinem Rücken vertrauensvoll ruhte, der Evas Geborener war, und vernahm mit einer Art Ehrfurcht seinen ersten Anfang denkenden Verhaltens, mittels dem der Mensch seinen Ordnungsweg durch die Fülle des jederzeit Geschauten sucht.
Im Garten lag beim Sandhaufen, im Schatten neben dem Haus, Yorik, die Händchen am Wagen festgebunden, damit er sich nicht

kratze. Die Bienen freuten sich an der Salbe, die man auf seinen Kopf gestrichen, wie an einer Blume, stachen dazwischen einmal zu. Er lag mit erschrockenen Augen, ohne zu weinen, ein frühe Leidender. Der Sandkasten war leer und vernachlässigt, Öppi suchte ein Baugeschäft auf, kaufte Sand, schob die volle Karre durch das vornehme Wohnviertel, setzte den Haufen instand und empfand eine neuartige Genugtuung.

Öppi war für die Freunde eine Art Paradestück, man konnte mit ihm ein wenig Staat machen. Wer aus Paris kam, war einer gesteigerten Beachtung sicher, sei es des Politischen, der Liebe oder der Kunst wegen. Begreiflich, daß so ein Rückkehrer nicht ohne Schwärmerei vom Erfahrenen redete. Gut war's, nicht alles ungeprüft von ihm hinzunehmen, schließlich war man im Herzen deutsch, ein gedemütigtes Volk im Wiederaufstieg, und brauchte sein Licht nicht unter den Scheffel zu stellen.
«Ja, ja, lieber Öppi», hatte Carlo Julius bald nach der ersten Begrüßung gesagt, «wir haben nun auch unsere deutsche Akademie.»
Die war eben gegründet worden. Von der überlieferungsreichen französischen war ihm nicht viel mehr als der Name und ihr Ansehen bekannt, nun genügte es, den Namen zu nehmen, die deutsche Bezeichnung davorzusetzen, um sich einmal mehr dem Ausland gewachsen zu zeigen. Je weniger Carlo Julius seine Obliegenheiten als Künstler und Familienoberhaupt erfüllte, um so notwendiger war es für ihn, sich Zweige vom Lorbeerbaum des Vaterlandes anzustecken.
Er machte im Umkreis der Gesangsbeflissenen die Bekanntschaft eines erfreulichen jungen Mädchens, lernte auch die Familie kennen, mit der man freundschaftlichen Umgang begann. Das waren dann seine, im Unterschied zu Evas Freunden.
Das blonde Mädchen, eine Frau für Öppi? war deren Gedanke. Sie suchte nach Kuppelgelegenheiten und war jedesmal froh, wenn die Vorhaben zu nichts führten. Eine ernstgemeinte, bürgerliche Fühlungnahme und Erkundung, ein Spaziergang aller Beteiligten von beiden Seiten mitsamt der Erbgroßmutter, die eine Fabrikbesitzerin war, führte auch diesmal zu keinem Ergebnis. Öppi ließ es an Ernst und Haltung fehlen, kletterte wie ein Bub vor den Augen der würdigen alten Dame im vornehmen

Schloßgarten auf eine astreiche hohe Buche voll frischen Laubs, weil sie ihn an Wasenwachs gemahnte.
Öppi aus Paris zurück: das rief bei den Offizieren einer besonders gearteten Aufmerksamkeit! Man kam zusammen mit dem hochgewachsenen, leichtfertigen, gescheiten Freiherrn von Rabenstein, der seiner reizenden und ganz und gar standesgemäßen Frau untreu war. Um deren Liebe bemühte sich ein draufgängerischer Freund des Ehemanns, ein ausgesprochener Republikfeind, ein Putschist, der sich von der Gruppe seiner Gesinnungsgenossen eben einen sogenannten Blutorden hatte verleihen lassen. Die Offiziere küßten ehrerbietig auf der Straße die Hand einer weitern Frau, die ihre Reize auch nicht für den legitimen Gatten allein aufsparen wollte. Strenger Dienst und Liebesspiele! Man kam mit diesen Herren geradezu in die Nähe dichterischer Gestalten. Widersinnig war's, daß sie auf die Juden schalten, obgleich Rabensteins mit einem solchen Mann freundschaftlich in ihrer Stube umgingen, der in zuverlässiger Weise zur Stelle war, wenn es galt, ein altes Schmuckstück der Familie zu Geld zu machen.

Neues von den Franzosen? Von diesen Geldeintreibern, Quälgeistern? Da wollten die Offiziere gern was hören, am liebsten Spöttisches, Überlegenes über den Erbfeind, der Deutschland die Niederlage beigebracht hatte. Hatte er wirklich?
Doch nur mit Hülfe der halben Welt! In Wahrheit also doch nicht! Auf hunderttausend Mann hatte man das deutsche Heer in dem Schand-Friedensvertrag beschränkt. Aus Furcht! Verständlich das, nach vier Jahren seiner Siege! Aber warum hatte die Republik derlei unterzeichnet? Weil sie die Folge der Niederlage war! Oder war die Niederlage die Folge von Umsturz und Republik? War sie! Das Ergebnis des berühmten Dolchstoßes von hinten! Deutliches Bild das! Weitere Erläuterungen überflüssig.

Öppi war in das Land der deutschen Sprache zurückgekehrt, hatte seine Vorstellungen über sich selber und seine kommenden Vortragsabende. Jedermann, der ins Land einreiste, kam mit Vorstellungen über das, was ihm da bevorstand. Das waren die Lebenslockungen! Dem Vorgestellten folgte die Verwirklichung;

manchmal folgte sie, manchmal nicht. Dann rief man neue Vorstellungen wach. Der Verbrauch war riesig. Eigentümlich, daß man wandelbare Vorstellungen auch über vergangene Geschehnisse haben konnte. Derlei erlaubte die Schwäche des Gedächtnisses. Vorstellungen füllten die Lücken der Erinnerung, traten an die Stelle mangelnden Wissens. Die Vorstellungen waren biegsam, leicht zu rufen, das Wissen war hart, schwierig zu erwerben.

Die Offiziere waren Männer mit männlichen Berufen. Öppi nur ein Redekünstler, dennoch hingen jene, wie er, an Vorstellungen, die ihnen genehm waren, und bemühten sich nicht redlich um das Wissen vom Kriegsende. Man stand im Dienste der Republik, ließ sich von ihr bezahlen und hielt insgeheim zu ihren Feinden im Innern. Man betrug sich, der Offiziersehre voll, gegen den Staat so unanständig, wie nur irgendein Schwindler des Alltags sich im Alltag beträgt. Den obersten Chef dieses neuen Heers rühmte man seiner Intelligenz wegen, um seines Stils und seiner militärischen Gaben willen, manche taten's darum, weil ihm jedesmal die Tränen übers Kriegergesicht rollten, wenn er von der Entmachtung des abgedankten Kaisers Wilhelm II. sprach, viele endlich, weil er sich's erlauben konnte, ohne daß sie ihn abzusetzen die Kraft hatten. Gesinnungsfreunde der Offiziere hatten seinerzeit den Reichsaußenminister ermordet, angeblich, weil er sich mit den Umsturzrussen an den Verhandlungstisch gesetzt hatte. Dieselben Offiziere machten sich die angebahnten Verbindungen zunutze und erprobten, in den Weiten des russischen Landes übend, neuartige Waffen, während ihr Staat die Methode gewordene Klage über das ungerechtfertigte Mißtrauen und den Unverstand der Franzosen weiter fortführte.

Da starb der Reichspräsident, der Oberste der Republik, jener Mann, der einmal ein Handwerker, ein Sattler gewesen, den beim Umsturz die Arbeiter und Gewerkschafter, den die gründende Nationalversammlung an die Spitze des neuen Staates gestellt hatte. In Helvetien liebte man solche Männerwege, im Reiche waren sie bis dahin nicht dagewesen. Dort ruhte der Staat darauf, daß derlei möglich war, er stellte geradezu diese Möglichkeit dar und den Glauben an deren Segen. Im Lande des gut gesprochenen Deutschs glaubte man, glaubten die vormals bevorzugten

Schichten, daß allerbeste Leute nur von ihnen kommen könnten und beileibe nicht aus dem Unbekannten.
So las es Öppi:
«Die Deutschen vermißten vor der einfachen Würde dieses Mannes den glitzernden Glanz des Kaiserhofs ... Die Schwäche seines äußeren Bildes und seine Zurückhaltung im öffentlichen Auftreten hinderten ihn daran, eine populäre Persönlichkeit in dem Lande zu werden, das an das prunkvolle prätentiöse Auftreten Wilhelms II. gewöhnt war ... Selbst unter den Arbeitern sahen viele ohne Ehrerbietung nach ihm, weil er nur aus ihren Reihen hervorgegangen war.»

Wie schrieb der Dichter?

>Ich danke Gott und freue mich
>wie's Kind zur Weihnachtsgabe,
>daß ich bin, bin, und daß ich dich
>schön menschlich Antlitz habe.

Die vormals Bevorrechteten und Gegner des Volksstaats brachten mittels fortgesetzter Verleumdungen den ehemaligen Sattler ums Leben.
Ein neuer Reichspräsident war zu wählen.
Wählt den Generalfeldmarschall, sagten die Republikfeinde der vordem bevorzugten Volksschichten in geheimer böser Hoffnung. Wählt ihn, sagten die Dankbaren, unsern Beschützer und Retter aus bösen Tagen, der das Russenheer von uns abhielt, mit überlegener Ruhe, spielend in die Sümpfe lockte und gefangennahm. Wählt ihn nicht, sagten die Republikgründer, er liebt uns nicht, schätzt uns nicht, Mann der Vergangenheit und des alten Regiments, schadet, auf den ersten Platz berufen, unserm Staate.
Wählt ihn, sagte Carlo Julius, Evas Gatte, der ehemalige Garderegimentssoldat.
Wählt ihn nicht, sagte Öppi, dachte an seine eigenen Bundespräsidenten in Helvetien und wurde nicht ernst genommen.
Laßt ihn Präsident werden, sagten die blinden Republikfeinde unter den Arbeitern, die Russenfreunde waren, in der Hoffnung, daß er das Ende eines unbefriedigenden Zustands und den Anfang ihres Staates nach östlichem Muster werden könnte.

Millionen wählten ihn. Ihre Vorstellung: Vater des Vaterlands, Diener des Vaterlands, Hüter des Eids, deutscher Recke nach altem Muster. Vorstellungen, Vorstellungen!
Wie war's wirklich? Sein Bild bei denen, die nicht hofften oder glaubten, sondern dachten:
«Die Natur hat ihn einfach, geradlinig und selbstverständlich gewollt. Deutscher, Preuße, Christ, Monarchist, Soldat, Kamerad. Wer gewohnt ist, die ungeheure Allseitigkeit und Vielheit des Lebens mit der Kraft wissenden Geistes zu bewältigen, blickt mit Lächeln, wie vor Blumen und Vögeln auf eine Mannsgestalt, die mit der ganzen Schönheit des Unwissenden durch Meere von Blut, Ströme von Galle, über Berge von Hindernissen kinderleicht hinwegschreitet, von ungeheurer Verantwortung bedrückt und doch im Kerne unverantwortlich, weil nicht imstande, das Recht der andern Seite und die Doppelnatur alles Lebendigen zu sehen. Welcher Mensch eignet sich besser zum Fetisch, zur Statue, zum Symbol?»
Also zu Vorstellungen!
Wer von den Wählern wollte wissen, wußte es noch, hatte es je gewußt, daß ihre großen Heerführer, als sie jählings nach dem Waffenstillstand riefen, nicht einen Mann aus ihrer Mitte zum obersten Befehlshaber der Gegenseite schickten, um die Bedingungen zu erfahren, unter denen er gewährt würde, was doch im höheren Sinne ehrenvoll für beide Teile gewesen wäre, daß vielmehr die Generäle draufhielten, ihren Nimbus zu wahren und im Einverständnis mit der neuen Reichsregierung jener Tage einen Mann aus deren Mitte, einen Zivilisten mit der Aufgabe betrauten. Wer bedachte, wußte, daß der Generalfeldmarschall diesen Zivilisten, einen nachmaligen republikanischen Reichsminister, dringend bat, die Aufgabe zu übernehmen, daß er ihm, dem angesichts der Eröffnungen des Feindes Erschrockenen, zur Unterzeichnung unter allen Umständen riet, ihm hinterher für die Erfüllung dankte, daß er aber, der Generalfeldmarschall, schwieg, nicht Farbe bekannt hatte, als seine politischen Gesinnungsverwandten hinterher diesen Mann eben der Unterzeichnung des Waffenstillstandsvertrags wegen ermorden ließen.

Der Generalfeldmarschall wurde zum Reichspräsidenten gewählt. Ein Traumbild: Der unwiderstehliche Held auf weißem

Roß. Feinde? Wir stehen unter seiner väterlichen Hut! Niederlage? Er lebt – also ist sie nicht wahr!
Vorstellungen! Vorstellungen!

Nach dem Wahltag kam Öppi ins Krankenhaus. Seine Redeübungen waren gestört, die Oberlippe verdickte sich zusehends, schmerzte auch. Einige Tage hatte er in seinem Zimmer, unten in der Wohnung des Sündikus gelegen. Hatte nach Wasenwachsischem Hausverfahren das Übel mittels Wärme, mit trockenen Salzsäckchen fälschlicherweise anstatt mit feuchter Wärme behandelt, hatte ein bescheidenes Hautpickelchen erwartet, hatte, als es zu kommen zögerte, einen Arzt gerufen, der zur Fortsetzung des eingeschlagenen Verfahrens riet und so dumm dabei aussah, daß Öppis Gedanken von sich selber ab- und auf die ernste Frage gelenkt wurden, wie dieser Mediziner konnte zu seinem Titel gekommen sein!
Dann war das Fieber erschienen. Der abermals gerufene Dumme empfahl Öppi, zur Nachbehandlung das Spital aufzusuchen.
Zur Nachbehandlung? Seltsame Redeweise. Es war keine vorausgegangen, keine des Arztes jedenfalls!
Öppi, ein armer Schauspieler ohne Stellung, begab sich in die allgemeine kostenlose Sprechstunde des nahegelegenen Krankenhauses. Unterdessen holte der heimgekehrte Doktor ein Handbuch aus seiner Fachbibliothek, blätterte drin und las es wieder einmal:
«... durch Reibung in die Poren der Haut gepreßte Erreger, Streptokokken, Staphylokokken, wachsen entlang dem Schafte eines Haars in die tieferen Hautschichten. Entzündungen. Aufgabe: Wegschaffen der Parasiten und Herde. Wie? Meinungen verschieden. Säuberung mit dem Messer. Wärme? Charakter der Bakterien verschieden, Widerstandskraft der Betroffenen auch. Zeigt der Furunkel bösartigen Charakter, wird er größer, bestes Mittel: ausgiebiges Schneiden unter Ätherrausch. In ganz schlechtem Ruf stehen die Gesichtsfurunkel, Lippenfurunkel, Oberlippenfurunkel. Gefahr des Übergreifens auf Blutbahn. Vena facialis. Augenhöhle, Gehirn! Tätigkeit der Gesichtsmuskulatur preßt Kokken in Spalträume, Infektion drin fortschreitend wie in Maulwurfsgängen, Schneidebrenner! Angehörige über Ernst aufklären. Allfällige häßliche Narbe unwichtig, gemessen am Obwalten der Lebensgefahr!»

Der Doktor klappte den Band zu; keinerlei Selbstkritik fiel ihn an. Gut, daß er den Kandidaten inzwischen abgeschoben hatte. Im Krankenhaus musterte Kotte, der alte Wärter, die stadtbekannte Erscheinung, Öppi in einem Vorzimmer, drin immerhin ein Schragen mit einem Wachstuch drauf stand.
«Ziehn Se mal den Rock aus, die Weste auch!»
Öppi tat's.
«Nu läch'n Se sich mal dahin!»
Hinlegen hieß das. Fehlerhaftes Deutsch wie das Lehms und seiner Frau.
Öppi tat's. Dann störte ihn die Lage. Ein Einfall kam:
«Sie werden doch nicht schneiden wollen?»
«Nu freil'ch wär'mer.» Werden wir, hieß das!
Öppi erhob sich: «Verzichte, gehe!»
«Ja? Wollen Sie denn schtärb'n?»
«Nicht unbedingt!»
«Na also!»
Der Chirurg kam, machte am gleichen Tag noch eine erste Öffnung, einen Schnitt, quer über die Oberlippe gezogen, wie ein Entwässerungsgraben in eine Wiese gelegt wird.
Halt! Meine Lippe! wär' zu rufen Grund gewesen! Mein Werkzeug, mein Muskel, Ringmuskel, Redemuskel, mein p- und b- und f-Laut – und aller Laute Instrument, Träger und Erzeuger!
Halt, schade um mein schönes menschliches Antlitz.
Öppi rief nicht, schlief, blieb im Krankenhausbett, bekam am andern Morgen das Thermometer unter den Arm geschoben und sah mit Bedenken und Beklemmung ein geheimnisvolles, eher böses Lächeln auf den Lippen eines jungen Heilgehilfen, der vom Instrument die sehr erhöhte Zahl ablas. Man legte ihm einen Stauverband um den Hals, der Angst erzeugte, der den Gang des Blutes von der kranken Stelle weg nach dem übrigen Körper herabsetzen sollte. Umsonst! Das Fieber stieg.
Halt! wäre nach einigen Tagen neuer Grund zu rufen gewesen, als der Chirurg einen Ableitungsgraben von oben nach unten durch die Lippe zog. Halt, halt! erst recht, als er nach einigen weiteren Tagen quer durch die Mitte der Oberlippe selbst das Messer führte, rücksichtslos jetzt wie ein Ackerpflug, wie ein Sägeblatt längshin durch den runden Baumstamm fährt, denn die Sache blieb immerfort bedrohlich, die Bakterien führten offen-

bar ein wildes Vermehrungsleben in den weichen Unterlagen und schienen alle Aussicht zu haben, mit dem Patienten endgültig fertig zu werden.
Der alte Kotte suchte mit grabendem Finger in Öppis Mund nach dessen Zahngebiß, um es wegzulegen, aber Öppi kaute mit seinen festsitzenden Zähnen, dennoch stieß Kotte auf lauter Weiches, weil alle Gewebe, alles Fleisch des Kopfes, innen und außen, bös aufgeschwollen war, so verdickt, daß Öppi schließlich überhaupt nicht mehr aus den Augen schauen konnte.
Eva war sofort, am ersten Tag an Öppis Bett erschrocken gekommen. Sie kam jeden Tag, jeden Morgen, jeden Nachmittag saß sie neben ihm.
«Carlo Julius», sagte sie, «Öppi ist in Lebensgefahr, er braucht mehr Pflege, als das Krankenhaus ihm geben kann. Du erlaubst, daß ich ihm beistehe.»
«Tu's, Eva», sagte er, freute sich seiner Gesundheit und hatte seine Freude, in der Rolle des Gewährenden zu erscheinen. Man verpflichtete neben dem Hausmädchen ein weiteres junges Geschöpf für die Kinder, damit dem Hausherrn nichts abgehe.
«Wie geht's?» fragte abends in der Dämmerung die alte Oberschwester-Diakonissin mit teilnehmender, allerschönster Stimme und beugte sich über Öppi.
«Gut!» sagte er, so gut wie er überhaupt noch reden konnte. Gut! Es war kein Grund da, das zu sagen, und sie wiederholte seine Auskunft mit etlicher Verwunderung, aber Öppi war sich seiner Lage nicht bewußt, hatte Zustände des Wohlbefindens, wie sie oft dem Tode vorausgehen. Er war einer jungen Schwester erster böser Fall. Sie war des Mitleids voll. Eva half ihr, dem Fiebernden mit kühlem Wasser Füße und Handgelenke zu überrieseln. Ihr Gedanke den ganzen Tag hindurch: Öppi darf nicht sterben, ihr Gebet zum Himmel: laß Öppi leben! Zu Öppi insgeheim: verlaß mich nicht. Ihr Blick traf ihn, wenn er morgens zum Verbinden in ein tieferes Stockwerk gebracht wurde, und wieder beim Zurückkommen, sie war dabei, als ihn, mitten an einem heißen Tag, ein Frieren befiel, ein Schüttelfrost ihn im Bette hin- und herwarf, der ein Anzeichen dafür war, daß die Bakterien in Menge vom Ort ihres Einbruchs in die Blutbahn überzutreten im Begriffe waren. Sie packte ihn zusammen mit der Schwester in viele Wolldecken ein und umgab ihn mit Wärmeflaschen.

Diese Bakterien! Wie erfolgreich sie gegen den Öppischen Leib vorgingen, der sie so oft in frühern Tagen erfolgreich ohne Aufsehen abgewehrt, ihnen überhaupt keinen Zugang gewährt hatte. Auf so stille und natürliche Weise mit ihnen fertig geworden war, daß man gar nicht auf ihr Treiben aufmerksam geworden, die ja jederzeit und überall vorhanden sind und auf der Lauer vor dem Menschen liegen. Jetzt war's ihnen geglückt! Dieser willenlose Träumer, dieser Schlafwandler Öppi am Rande des Tages, ohne Kraft und Taten, der, klar! hatte nicht Festigkeit noch Kraft noch Haltung genug, den Einbruch abzuwehren. Der war zu fällen!

Der Chirurg wandte sich mit dem Messer von der Lippe weg, der Backe zu, ja dem Hals, ja der linken, bis dahin verschont gebliebenen Gesichtsseite. Drei Gräben zog er nebeneinander durch die Backe, andere anderswo. Öppi erwachte nach diesem Krafteingriff im Verbindezimmer. Man setzte ihn aufrecht. Das warme Blut rann ihm über die Brust hinunter, er fühlte das und fühlte sich elend, immerhin bei klarerem Bewußtsein als in den zurückliegenden Fiebertagen.

«Eine Kampferspritze», hörte er den Arzt sagen.

Eine Schwester kam durch die Türe herein, heiter bewegt, denn sie war dabei, in die Ferien abzufahren. Schütteln vieler Hände, schöne Wünsche! Öppi winkte ihr schwach mit der Linken, unter großer Anstrengung auch seinen wehmütigen Gruß zu, empfand die Wonne des Sommers ein klein wenig und in äußerster, alleräußerster Verdünnung.

«Bin geschnitten worden», sagte er zu Eva oben an der Tür, der's fast das Herz brach. Aus Wasenwachs riefen die Freunde den breiten Bruder, der von den Feldern ging und ein Flugzeug bestieg. Öppi war kaum imstande, Notiz von dem besorgten Besucher zu nehmen, der Bauer ging, des Vertrauens auf Eva voll, wieder fort. Eva saß bei Öppi, als ihn aufs Mal eines Tages bedünkte, daß sein Blut in den Adern einen andern Weg, entgegengesetzt dem bisherigen, einzuschlagen versuche; dieser Vorgang der Umwendung, das war zu fühlen, hatte entscheidende Bedeutung. Öppi setzte sich still bei sich, im Allerinnersten, zur Wehr. Nein, sagte er, nein, nein, ich will nicht wie du willst, Blut, will so wie bisher, will leben, leben! Geh deinen Weg, Blut! Geh so wie bisher deinen ordentlichen Gang!

Die Gefahr ging vorüber. Der Sommer entfaltete sich voll. Wenn die wirren Tagesgeräusche abklangen, hörte Öppi die Stille vor dem Haus, bewegungslos liegend. Herein klangen, einzeln gefaßt, wie teure Steine in Fassungen liegen, die letzten vereinzelten Geräusche klar nun und deutlich ausgebildet: eine Musik, ein Ruf, ein Gesprächswort, ein Glockenschlag. Dann kam Kotte, der alte Wärter, schloß die Fenster, gab Öppi das Schlafmittel, machte seine Einreibung, brachte die letzten Worte des Tages an.

«Gute Nacht, schlafen Se wohl, angenähme Ruhe.»

Der Spruch reichte für den Weg vom Fenster bis zur Türe. Tag für Tag: Gute Nacht, schlafen Se wohl, angenähme Ruhe. Als ob man seine Pfennige in eine Sprechbox gesteckt hätte. Einmal, als es schlimm stand, kam er ans Bett und strich mit der alten Hand wortlos, tröstlich, über Öppis Kopf.

Wie ihn nähren? Der Mund verschnitten, wund. Die Eßlust gering, immerhin mit der Zeit sich langsam steigernd. Eva kochte weiche Sachen, brachte kühle Fliedersuppe, Fruchtsuppen, schob mit äußerster Vorsicht, das Ekle des blutigen Eingangs vergessend, ihm langsam ein Löffelchen voll davon in den zersäbelten, eitrigen Mund, in die Verbandstoffhöhle, drehte es dort um, damit der Inhalt sich ausleere, oder strich es an der heilen Unterlippe ab, Stunden vergingen, bis er etwas Nennenswertes in sich hatte.

Mit der Zeit fielen die Fieber. «Mensch, jetzt tüchtig futtern», schrieb Luka. «S'is heile», sagte der Chirurg in der Folge, als man Öppi die Binden vom Kopfe löste. Das hörte sich so erfreulich an, daß dieser ihm den sächsischen Klang verzieh. Vielleicht kam es bei allem Reden doch mehr auf den Inhalt als auf die Redeweise an!

Nun ließ auch Carlo Julius sich blicken. Er saß am Bett mit freundlicher Nachsicht für die offenbare Unzulänglichkeit, die Öppi da neuerdings an den Tag gelegt hatte. Luka kam aus Berlin. Öppi lag bärtig in den Kissen; durch die dunkeln Stoppeln zogen sich rote Narben übers Gesicht. Er machte die ersten Versuche des Aufstehens, hielt sich an der Bettkante fest, suchte aus seinem Gedächtnis ein geliebtes Gedicht herauf und brachte es dem Freund dar, ihm damit zugleich die neu erworbenen Sprechmängel vorführend, die dem verhauenen Mund und dessen gestörter Anatomie zuzuschreiben waren. Das Gesicht zeigte böse Verschiebungen: Die Nasenspitze wies aufwärts statt abwärts wie früher, die Hälften ungleichmäßig, wie sie es meistens bei Kartoffeln sind. Man weigerte sich zunächst, ihm einen Spiegel zu reichen; als er ihn bekam, sah er sich ohne Erschrecken; das Gefühl der Rettung und der wiedererwachenden Kräfte übertönte mit Jubel die Schäden.

Der dicke kleine Sündikus kam auch an Öppis Bett. Die Spitalluft und der weiße Verbandstoff riefen seine Kriegserinnerungen wach. Der Glaswarenverbandsmann hatte in den Gräben gesteckt, hatte, frisch ausgebildet und unerfahren, in blinder Tapferkeit gleich am ersten Tag seines Auftretens auf dem Kampffeld, Zeichen gebend, einen Arm über den Grabenrand hinaus hochgereckt, worauf ihm sofortige wohlgezielte Einzelschüsse des Feinds die Hand zerschlugen. Er wies Öppi die Narben. Dessen Anblick brach die harte Schale auf, mit der diese Erfahrung des Bürogängers sich umgeben, darein sie sich verkrochen hatte. Dieser friedliche Mann, freundliche Besucher, hatte also auf sich schießen lassen, auf andere geschossen, hatte, so gehörte sich's, Leute umgebracht, in einer Schlacht gelegen. Ein Kriegsteilnehmer!

Öppi ging seit langem in der Stille mit einem solchen um: mit dem Taillefer des Uhland-Gedichts, dessen Taten und Verhalten ihm Übungsgelegenheit und Quelle der Erhebung immer wieder waren.

> ... Als nun das Normannenheer zum Sturme schritt
> der edle Taillefer vor den Herzog ritt:
> manch Jährlein hab ich gesungen und Feuer geschürt.
> Manch Jährlein gesungen und Schwert und Lanze geführt.
>
> Und habe ich Euch gedient und gesungen zu Dank
> zuerst als ein Knecht und dann als ein Ritter frank
> So lasset mich das entgelten am heutigen Tag
> und vergönnet mir auf die Feinde den ersten Schlag!

Im Hastingsfelde war das gewesen, in den Normannenkriegen, vor vielen Jahrhunderten. Was hatte Öppi mit der Sache zu tun?

Warum erschien ihm Taillefers des Ritters Verhalten so vorbildlich? Ging es etwa nur um gedankenarme Freude an der Schönheit der Sprache? Lebte in ihm verborgen die Lust am Dreinschlagen oder eben nur das unverbindliche Spiel mit dieser Lust, dies zu seinem Trost und seiner Erhöhung, weil er in Wahrheit gar nirgends eingriff? Warum hatte der Sündikus Menschen erschossen? Aus Pflichtgefühl und Gehorsam. Niemand verlangte von Öppi, daß er dreinschlage. Wollte er eben nur mit dem Reden vom Dreinschlagen Erfolge erringen? Bloße Vorstellung! Vorstellung von Vorstellungen. Oh, wie dumm das alles! Taillefer war ein Pflichterfüller gewesen, darüber hinaus ein Sänger, da lag seine Freiheit. Gesang und Tod – Brüder das? Spielte er mit derlei Gedanken? War er bereit, sich dienend zu schlagen? Wem dienend? Welcher Sache dienend?

Die blauäugige Baronin mit der feinen Haut schätzte das Dreinschlagen, das gehörte zum Beruf des Gatten. Sie achtete den Krieg hoch. Den wirklichen oder eben auch nur den der Vorstellung und des Gesprächs? Es gab Leute solcher Gesinnung, die wirklich dabei gewesen, davon nicht loskamen, das Erlebte offen priesen, solche, die mit dem Glasverbandssekretär im Graben gelegen, angaben, wie ihnen, als man sie rief, zu Mute gewesen: «Aufgewachsen in einem Zeitalter der Sicherheit, wob in uns allen die Sehnsucht nach dem Ungewöhnlichen, nach der großen Gefahr. Da hat uns der Krieg gepackt wie ein Rausch. In einem Regen von Blumen sind wir hinausgezogen, in einer trunkenen Stimmung von Rosen und Blut. Der Krieg mußte es bringen, das Große, Starke, Feierliche. Er schien uns männliche Tat, ein fröhliches Schützenfest· auf blumigen, betauten Wiesen. Ach, nur nicht zu Hause bleiben, nur mitmachen dürfen!»

> ... da sprengt' er hinein und führte den ersten Stoß
> davon ein englischer Ritter zur Erde schoß,
> dann schwang er das Schwert und führte den ersten Schlag,
> davon ein englischer Ritter am Boden lag ...

Lebte in ihm, Öppi, etwas Ähnliches? Wartete er auf das Große, Starke, Feierliche? Kraft war in Taillefer, zu dienen, dienend zu singen.

... doch heut im Hastingsfelde dein Sang und dein Klang
der tönet mir in den Ohren mein Leben lang ...

Tat und Gesang – eines nur, ein und dasselbe. Öppi? Ein Träumer hinter Frau Zepkes Vorhängen!

«... deshalb schätzen wir den Krieg nicht allein als den unbestechlichen Messer und Wäger jeglichen Bestandes, sondern mehr noch als die höchste Anspannung eines einheitlichen Lebenswillens. Einen solchen Willen im Kampfe zu sehen, seinen Jubel und seine Verzweiflung zu spüren, das ist ein wunderbares Gefühl und zugleich ein tragisches Bewußtsein. Es wird getragen von dem glühenden Fanatismus nationalistischer Gesinnung, die auf schonungslose Beseitigung jeder Gegnerschaft ausgeht ...»
Schonungslose Beseitigung des Gegners! Ja, so eine Denkart ging im Lande um, irre Vorstellung bloß oder böses Verhalten. Würde die eine eines Tages das andere werden? Man lehrte nicht, lernte nicht, Gegner zu sein, Gegnerschaft galt als Feindschaft; Segen der Gegnerschaft, umfassende Sicht auf deren Fruchtbarkeit – fremd dem Volke, fremd den Spitzen, engstirnig und unreif das Gesamte vor den Aufgaben des Zusammenlebens. Rücksichtslose Ausrottung? Traum der Beleidigten! Drum hatten sie den Generalfeldmarschall gewählt.
«Wir hassen von ganzem Herzen den augenblicklichen Staatsaufbau, er versperrt die Aussicht, unser geknechtetes Vaterland zu befreien, das deutsche Volk von der erlogenen Kriegsschuld zu entlasten, notwendigen Lebensraum im Osten zu gewinnen ...»
So der Bund der Grabenkämpfer. Der Präsident der Republik, der Generalfeldmarschall, war Ehrenmitglied dieses Bundes und blieb es.

Öppi lag eine Zeitlang erholungsbedürftig, in frische Atemluft gesetzt, im Bett auf den Terrassen des Krankenhauses. An den Apfelbäumen des Gartens hatten die Äpfel schon den halben Weg ihres Lebens hinter sich, ihre Blüten waren, als Öppi eingeliefert wurde, eben am Aufbrechen gewesen. Er erholte sich nur langsam von vielerlei Nachwirkungen des großen Generalangriffs der Bakterien, der Chirurg hatte noch da und dort am Leibe ein paar Öffnungen zu schneiden, um unerwünschte Spätzusammenkünfte böser Stoffe zu entfernen. Harmlose Kratzer im Vergleich zum Vorangegangenen!

Unterdessen verdüsterte sich Evas Lage. Sie war glücklich, ihn gerettet zu sehen, und ersorgte bei sich des Zugvogels nahes Entschwinden, machte sich Gedanken über die Frauen, die aller Voraussicht nach über die Schleichwege des Bedauerns sich an ihn heranmachen würden. Die jungen Haushilfen mußten entlassen werden. Carlo Julius rechnete in plötzlichem Kleingeist ihr vor, wieviel Zeit sie für Öppi geopfert, mehr: wieviel Sorge, Gedanken und Gefühle sie für ihn aufgebracht habe. Sie liebte Öppi, das war ihm auf eine neue Weise deutlich geworden. Liebte sie ihn so, wie er, Carlo Julius, es immer gewußt, gebilligt, ja willkommen geheißen? Mehr? Anders? Umfassender? Konnte man in ihre Liebe sich teilen? Der Gedanke war nicht neu. Öppi würde immer ein verläßlicher, ein hülfreicher und gutgestellter Freund sein. Eva hatte immerfort sich zu ihm, ihrem Gatten, gehalten. Zu Erweiterungen der Liebe war's zu spät. Öppi stand mit den meisten, mit allen Freunden, angesichts der gefürchteten Lage auf Evas Seite, auf der Seite der Forderungen, des Urteils. Ihr Verteidiger gegen ihn! Die Eifersucht, halb echt, halb aufgeboten, war ein Weg, Eva ins Unrecht zu setzen, sie zu beschuldigen, ihr Zweifel über das Recht ihrer Ansprüche an ihn einzuflößen. Öppi hatte ihr den erfahrenen Beistand hoch anzurechnen, er, der Gatte, war der Gewährer.
Carlo Julius scheute nach wie vor vor jeder Erprobung seines erworbenen Könnens zurück. Die Front der Freunde, gegeben, nicht beabsichtigt, wurde ihm eng und unbequem. Er fing auf sie zu schelten an, nahm Zuflucht bei einem seltsam unbegründeten Hochmut, verurteilte sie in Bausch und Bogen wegen schädlicher Gesinnungen, wie man das im politischen Kampf tat, wo die vielfache Wiederholung des Gleichen, auch des gleichen Dummen, als Beweis galt. Er fand in seinem Werdegang sich den bisher so wohlgesinnten Freunden gegenüber benachteiligt, beklagte sich über seine Gärtnerlehrzeit, tischte den frühen angeblichen Plan eines Doktorexamens auf, an dessen Verwirklichung ihn nur die Begegnung mit Eva und die Liebe zu ihr verhindert habe. Überall, sagte er zu ihr, rede man von ihnen beiden als von Frau Eva und ihrem Mann, setze sie an die erste, ihn an die zweite Stelle und

niemals umgekehrt. Das gelte ihm als Beweis dafür, daß sie in der Gesellschaft den Platz der Hauptperson beanspruche. Eva geriet in Verwirrung. Alle Dinge begannen kopfzustehen. Der kleine Jan sprach den schwerwiegenden Satz: «Vater kann nicht arbeiten, wenn wir da sind.»
Frau Käthe, die Geheimrätin, nahm Eva und die Kinder zu einem Erholungsaufenthalt in ihr weites Haus auf. Der Gatte fand auf Lias Vorschlag hin Unterkommen auf dem Rittergut, dort bewirtete der Verwalter den Opernsänger ohne zu urteilen und der Geselligkeit zugetan.

Das Krankenhaus entließ Öppi, der zunächst Unterkunft in der verlassenen Wohnung der Freunde fand. Von dort vermochte er unter Aufbietung aller Kräfte ein nahes Gasthaus zu erreichen, um seine Mahlzeiten einzunehmen, tat dies immer in einer verborgenen Ecke, damit sein Anblick niemanden erschrecke. Die krummbeinigen und auch die gradbeinigen Frauen auf den Straßen kamen ihm zauberhaft schön vor. Sein geschwächter Körper sank im Stuhle des ersten Barbiers, bei dem er sich präsentierte, ohnmächtig zusammen, dem Barbier erging's ähnlich vor Angst, als er das Messer in dem furchenreichen Antlitz seines Kunden ansetzen sollte. Öppi ermaß das Schlimme seines Anblicks deutlich, als er, einen Kaffeegarten betretend, sah, wie ein weiblicher Gast bei seinem Erscheinen die hochgehobene Tasse nicht mehr zum Munde hinbrachte, erstarrt auf halbem Wege damit innehielt. Etwas zu Kräften gekommen, fuhr er im Schlafwagen nach Helvetien in die gute Luft.

«Sie chönd vo Glück säge», war in schamlosem Helvetisch die Rede des Wund- und Unfallarztes in Wittudaderdur, der Schulstadt, «'s hät scho mänge b'butzt.»
«Hast's überhauen, bravo Öppi», sagte Kavestrau, der Schulkamerad und treffliche Strahlenarzt, der Öppis abtrünnigen Weg immer mit Wohlwollen, ja Anerkennung und zugleich mit geheimem Bedenken betrachtete. Sein Lob tat gut, wenn es auch nur der körperlichen Unterlage des Lebens galt, für die man wenig konnte.
«Bist wieder hundertprozentig.» Das kam von der Ärztin Verena Langraf, Schulkameradin auch sie, die Öppis Blutkörperchen

unter dem Mikroskop zählte, des Befundes sich freute, sich gut mit ihm verstand.

«Guete Schpruch», kam es in Wasenwachs aus dem Munde der Magd, wenn Öppi bei der Kartoffelernte auf des breiten Bruders Feld sich aufrichtete, Hölderlins Lied vom Herbst mit entstelltem Antlitz, schwer redegeschädigt, mühsam im Dunst des Tages zum besten gab.

Er aß an des breiten Bruders Tisch mit neu erwachendem Appetit, die kleinen Nichten betrachteten ihn mit scheuer Neugier. In der Schulstadt versuchte ein Heilbademeister ihm die Muskelschmerzen, Folgen seiner Erkrankung, aus Schultern und Nacken fortzukneten, auf dem Wege zu den nötigen Bahnreisen dahin kamen ihm die Straßenränder gegen das Gesicht gehupft, so war der täuschende Eindruck, den die Schwindelanfälle hervorriefen, die ihn oft in den Graben zu stoßen drohten. Waldluft, Emdgeruch, Bauernkost, Feldwege taten ihr gutes Werk an ihm, nur die Gemeindeschwester traute der Gesundung nicht über den Weg. «Es hat ihn», sagte sie zu seinem sonderbaren Gehaben, wenn er auf seinen Gängen mit dem widerspenstigen Mund hörbar erneut seine Exerzitien anstellte. Aufs ganze gesehen war er in der Heimat ein gescheiterter Gescheiterter – also fort, zurück in die Weltstadt!

Muttchen Schöller

«Ihr seht verwegener aus, als Ihr's verdient, Herr Graf», rief Ludwighardt, der Vortragskünstler, ihm dort auf der Straße zum Gruße zu. Ein geradezu festlich-poetischer Empfang, eine Dichterzeile, jenseits aller dummen Verwunderung und teilnehmenden Fragerei.

«Erzählen Sie!» rief Frau John, streckte ihm beide Hände entgegen und holte zu einem ausgiebigen Augenaufschlag aus, erzählte dann selber von neuen Begabungen, unerhörten Talenten, die inzwischen ihren Weg gekreuzt hatten, so daß Öppi, auch wenn er ausfiel, keine Befürchtungen fürs Fortleben des Theaters zu haben brauchte. Die Schauspieler sahen mit einem Blick, daß er beruflich sich unter ihnen nicht mehr zeigen konnte; Öppi erwarb sich kurze Beachtung bei ihnen nur dadurch, daß er über den Hergang seiner Entstellung tolle Lügengeschichten auftischte, die von den Dummen weitergegeben wurden, aber nur von den ganz Dummen.

Bei der Frau Oberstleutnant in der Brandenburgischen Straße war er hochwillkommen. Sie hatte eben einen Mieter für das große Vorderzimmer gesucht. Die alte Lene freute sich, daß das Zimmer nicht länger leer stand, teils der Frau Oberstleutnant wegen, teils auch, weil sie nun für den Insassen zu sorgen hatte. Für einen Nächsten zu sorgen war nämlich ihr eigentliches Lebensziel, sonst hätte sie nicht dreißig Jahre im Hause der Frau Oberstleutnant als Magd gedient. Die Söhne des Hauses hatten sich verheiratet und waren fortgezogen, der Herr Oberstleutnant lebte nicht mehr, ohne Mieter war das Leben im Hause doch allzu einsam. Die große Wohnung kostete viel Geld, aber man wollte die Räume nicht verlassen, drin die Frau des Hauses mit ihrem Gatten ein glückliches Leben geführt. Die Mieter sollten das Ihrige zu den Zinszahlungen beitragen, insbesondere spielte der Inhaber des Vorderzimmers bei den rechnerischen Überlegungen der Frau Oberstleutnant eine wichtige Rolle. So kam Öppi vom ersten Tage an ohne weiteres Zutun zu einem gewissen Ansehen in einem kleinen Kreise, in dem auch sein zerhauenes Gesicht kein Nachteil, sondern eine Empfehlung war.
«Hat Herr Öppi schon eine Stellung gefunden?» frug von Zeit zu Zeit die alte Lene.
Ein Mensch ohne Stellung war etwas Unvollkommenes und Unhaltbares; ein Mensch, der keine Stellung innehatte und auch keine suchte, war etwas Unvorstellbares. Sie durfte die Frage wohl stellen, denn sie kümmerte sich auch sonst um Öppi, pflegte ihn, sah nach ihm, kochte Tee, deckte den Tisch, wie sie's mit anderen Schutzbefohlenen gemacht und ganz so, wie sie es mit den Söhnen der Frau Oberstleutnant gehalten. Die waren auch auf Stellungsuche, obgleich sie doch Offiziere und grad so alt wie Öppi waren. Der eine von ihnen, gottlob, hatte sich in einer Jutefabrik in Hamburg gut eingearbeitet und verkehrte geschäftlich sogar mit dem alten Feind, den Engländern, denen er's auch nicht verbarg, daß der zurückgetretene Kaiser Wilhelm, der Flüchtige im holländischen Exil, zu seinen Freunden gehöre. Der andere Sohn, der Herr Hauptmann, versuchte sich als Makler bei

einer Schiffsgesellschaft, das war nichts Rechtes, brachte nichts. Wenn Herr Öppi, sagte Lene, mal was von offenen Stellungen höre, solle er doch freundlicherweise den Herrn Hauptmann benachrichtigen. Öppi versprach's. Der Herr Hauptmann hatte auch ein Buch geschrieben, von dem kein Verlag etwas wissen wollte, das er in Maschinenschrift jedem Bekannten vorlegte. Es konnte sich um nichts anderes als eine republikfeindliche Schrift handeln.

Einmal kam der Sohn, der Kaiserfreund, zu Öppi ins Zimmer, verbeugte sich in äußerst formvollendeter Weise, bat ihn, ein wenig auf seine Mutter, auf die hinfällige Frau Oberstleutnant achtzugeben, bat ihn, ihm Nachricht nach Hamburg zu geben, wenn ihr Befinden nicht gut sein sollte. Öppi versprach's. Es war, als bezöge man ihn in die Familie ein. In der Tat war die alte weißhaarige Dame sehr schwach geworden, seitdem der Herr Oberstleutnant tot war, seitdem Deutschland darniederlag, seitdem die Söhne keine angesehenen Offiziere mehr waren, seitdem der Jüngste im Kriege an der westlichen Front umgekommen, dessen Leichnam man nach Kriegsende hatte ausgraben und nach Hause bringen lassen. Nun lag er beigesetzt im nahen Friedhof; die Mutter ging, so wie Frau Zepke es mit ihrem toten Sohn hielt, ihn häufig dort besuchen, ganz allein, unter steter Lebensgefahr den Fahrdamm querend, denn die Augen waren halb blind, und die Ohnmachtsanfälle belauerten die einsame Frau.

«Warum gehen Sie nicht nach Helvetien zurück?» sagte sie zu dem bedrängten Öppi und geriet in freudige Erregung, als sie hörte, daß dort ein Bruder lebe, der eine Sägemühle besitze, wo es doch gut mitzuarbeiten und sein Brot zu erwerben wäre. Sie wußte eben nicht, wie sehr es Öppi weiterhin und immer noch und trotz allem ums vollkommene Deutsch zu tun war, und hatte nie Gedanken über derlei Dinge verloren. Sie sprach mit piepsiger hoher Stimme von dünnem Klang wie ein kleines Kindchen auf rührende Weise. Öppi war ihr ein lieber Mieter. Sie lud ihn bei sich zu Gast, abends, allein, ins große Eßzimmer der Familie ein, wo die vielen Bilder in Rahmen standen, wo der Herr Oberstleutnant in Öl gemalt an der Wand hing. Nach Tisch gab es schwarzen Kaffee und dicke Zigarren, wie sie's von den Herrengesellschaften der alten Zeit her gewohnt war. Öppi

rauchte ihr zuliebe, trank wider seine Gewohnheit den schwarzen Kaffee, um nicht allzusehr von ihren Vorstellungen eines rechten Gastes abzuweichen, und geriet durch die ungewohnten Genüsse gänzlich aus aller leiblichen Ordnung. Die alte Lene bediente bei Tisch, wie sie vormals viel größere Tischgesellschaften bediente; man sprach viel vom Herrn Oberstleutnant. Sein Jagdschrank mit den Gewehren stand noch in Öppis Zimmer, das einst des Herrn Oberstleutnants Herrenzimmer gewesen. Auch der Schreibtisch mit dem dicken Wörterbuch alles Wissens hatte ihm gedient. Einige Fächer waren noch immer verschlossen und konnten von Öppi nicht benützt werden; drin lagen allerlei Andenken an den Herrn des Hauses.
Die alte Lene besorgte für Öppi die nötigen Einkäufe für den Abendtisch. Wenn sie verhindert war, mußte Öppi selber nach Wurst, Butter und Käse laufen. Dann stand er mit selbstzerstörerischen Betrachtungen zwischen den Köchinnen und Hausmädchen in den Läden und dachte an den Herrn Oberstleutnant, der ein Mann gewesen und einer Sache treu.

Öppi bewarb sich bei der Staatsbibliothek unter den Linden um eine Benutzerkarte, erhielt sie, lieh sich Bücher aus. Das gab Reisen zwischen der Stadtmitte und seiner Wohnung im Westen. Dabei war deutlich zu merken, daß sein zersäbeltes Gesicht ihn in den Augen der Mitreisenden einer Gesellschaftsklasse zuwies, mit der er bis dahin keine Berührung gehabt hatte. Junge Herren erhoben sich im Autobus von ihren Sitzen, machten ihm höflich Platz: Ein Krieger? Ein Schläger offensichtlich, der eben noch auf dem Fechtboden sich dem Gegner gestellt hatte. Ein Korpsstudent! Ein hohes Semester schon. Um so anerkennenswerter die frische Draufgängerei! Er brauchte in den Kaffeehäusern des Westens, die frische Zigarette im Munde, nicht lang in seinen Taschen nach Feuer zu suchen: aus entfernten Ecken kamen forsche Jungen, boten ihm, knapp sich verbeugend, das Streichholz oder den Benzinanzünder.
«Wo sind Sie denn aktiv gewesen?» fragte der Barbiermeister respektvoll den Gast, den der Lehrjunge nicht zu rasieren gewagt hatte. Öppi log etwas, versetzte die Stätte in eine recht entfernte Ecke des Reiches, verstummte hinterher so gründlich, daß der Mann nicht weiter zu fragen wagte.

In den Büchern konnte er Erläuterungen wie diese zur Sache finden: «Endlich sagte der Geheimrat: Junger Mann, nur wer einem Korps angehört, lernt die oberste aller Pflichten, die ihn befähigt, später zu den Ersten, den Führern seines Volkes zu gehören, die schwere aber schöne und erhabene Pflicht des Gehorsams, das freie Beugen vor der Autorität, ohne die nichts in der Welt bestehen kann. Die Narben im Gesicht des Korpsstudenten bürgen für den ganzen Mann, aber außerdem: wie wollen Sie vorwärtskommen? Wie anders wollen Sie es zu einer geachteten, einflußreichen Stellung bringen?»

Wenn Öppi, nach Luka fragend, mit seinen Schmissen an den Bühneneingängen erschien, ließen die Pförtner ihn respektvoll ein und durch die verbotenen Gänge nach den Ankleideräumen der Schauspieler gehen. Dort saß Luka und schminkte sich. Tat's mit Lust und Sicherheit. Rings um ihn redeten die Spieler frei von der Leber weg über ihre Angelegenheiten. Öppi war ein leicht absonderlicher Freikartengast, nichts weiter, in Lukas Schatten. Der spielte zur Zeit in einem Liebesstück zusammen mit einer berühmten Frau. Der Gang der Dinge brachte es mit sich, daß sie dabei zeitweise leicht bekleidet war, brachte es ebenso mit sich, daß sie an einer gewissen Stelle des Stücks abseits, den Zuschauern unsichtbar auf einem Balkon zu stehen hatte, während Luka, im vollen Rampenlichte bleibend, zu ihr sprach und um sie warb. Eines Abends öffnete sie in diesem Augenblick ihr Gewand und wies ihm ihre schöne weiße Brust. Spiel im Spiel? Mehr? Die Frage war, als Luka den Fall berichtete, keineswegs klar, denn die schöne Frau hielt es mit den Wagnissen. Was für zauberische Vorfälle das Theater zu bieten imstande war! Öppi machte einen Annäherungsversuch auf dem Wege über sein Versstück aus der Pariser Dachkammer. Luka war behülflich, aber die zuständigen Leute schüttelten nachsichtig den Kopf über dessen Harmlosigkeit.

Öppi sah die rote Irma von der Osten-Bühne, die nun die Geliebte eines lauten und berühmten Schauspielers war, die schmale Suse aber, die er in jener Nacht bei dem Dirnenwirt auf die Wange geküßt hatte, war nach der neuesten Mode gekleidet, sah beklemmend schön und sehr vornehm aus. Niemand hielt viel von vergangenen Dingen, man erinnerte sich kaum an den vorangehenden Tag, geschweige denn an vorgestern oder gar an die altertümelnden einstigen Öppi- und Blähgeld Zeiten.

Er traf John. Kein Wort fiel übers Vergangene. John spielte große Rollen am größten Theater der Stadt, verdiente Geld wie nie vorher, saß in einem auffallend weltmännischen Mantel bei den ersten Innenausstattern Berlins, wiegte einen Stock mit silbernem Griff in der Hand, wählte mit betont gutem Geschmack eben um diese Zeit eine fürstliche Wohnungseinrichtung aus und gefiel sich in der Rolle des reifen Schönlings.
Luka und Öppi kamen mit John nach einem Theaterabend in Lukas Wohnung zusammen. Die Schallplatten spielten. Eine Schauspielerin, neu in Berlin, war mit dabei. Sie tanzte nach der gespielten Musik, wie's grad kam, ohne sehr viel zu können, mit kleinen Schritten und Hüftenwiegen, daß die Taftröcke rauschten und so, daß die drei Männer die Augen nicht von ihr abwenden konnten. Sie hatte ein ernstes Gesicht, dunkel, ruhig wie die Bäuerinnen, von denen sie herkam, und etwas blaß. Sie lachte hinreißend, mit vollkommenen Zähnen und großem Mund. John warb um sie und redete stundenlang ununterbrochen, um sie zu gewinnen. Öppi verlor wenig Worte und war mit deren Wirkung nicht zufrieden. Sie kam aus dem Süden Deutschlands, vom Rande Helvetiens her, Öppis tief vergrabene Heimatliebe wandte verwandelt sich ihr zu und mit einem Anflug geheimen, scheinbar berechtigten Anspruchs. In den Gesprächen der kleinen Gesellschaft wurde Öppi der Platz eines Bühnenkenners und sachverständigen Liebhabers angewiesen. Das war wenig. Niemand wollte, wie das deutlich zu fühlen war, Hand zu seiner Rückkehr auf die Bretter bieten. So mußte er sich selber helfen. Er meldete sich erneut auf dem Theatermarkt, erschien bei einem Bühnenvermittler. Bilder, Gagenansprüche, Rollenverzeichnis, Erfolgsnachweise waren allemal in solchen Fällen in dem Büro des Agenten am Schalter zu unterbreiten.
Als das Fräulein vom Dienst nach Öppis Klingeln das Schalterfensterlein aufmachte, erschrak sie vor Öppis Anblick.
«Sie wünschen?»
«Ihre Engagementsvermittlung.»
Hatte sie recht gehört? Der? Auftreten? Mit dieser Visage!!
Käuze gab's!

Völlig undenkbar, lieber Herr, hätte sie sagen müssen, brachte den Mut nicht auf, nahm die Unterlagen in Empfang, trug seinen Namen in ein Buch ein, wo er ein für allemal begraben bleiben konnte. Den Schreibmaschinenmädchen im Hintergrund hatte Öppis Erscheinung und Verlangen die Hände gelähmt; alle Maschinen standen still. Er ging mit dem Eindruck weg, eins auf den Kopf bekommen zu haben.

Es gab überall viele Spieler ohne Beschäftigung. Das große Schauspielhaus suchte Tänzer, tanzbegabte Herren, wie es hieß. Für ein großes Ausstattungsstück. Öppi meldete sich. Die Zahl der Bewerber war groß. Ein Negertänzer schlug ein paar Takte mit den Beinen. Die galt es nachzumachen. Je ein Dutzend Herren hüpften zur Probe vor den Augen der Richter über die Bühne. Die besten wurden ausgewählt. Öppi hüpfte auch, fühlte sich ungeschickt, und seine Beine wurden ganz steif vor Scham. Er fiel durch, ging nach Hause, beschloß, das Tanzen zu lassen, das Theater endgültig aufzugeben und beim Sprechen zu bleiben.
Vor allem galt es, einen richtigen Plan für einen ganzen Vortragsabend zusammenzustellen. Irgend jemand würde dann schon zum Zuhören kommen. Wichtig war's, für die rechte Abwechslung unter dem Vorgetragenen zu sorgen. Mit Versen allein, das hatte er inzwischen eingesehen, ließ sich die Hörerschaft nicht fesseln. Ungebundene Form war zeitgemäß. Irgendeine Verblüffung gehörte auch zu so einem Abend, Verblüffung zum Beispiel durch ungewöhnliche Gedächtnisleistung. Die paar hundert Gedichte, die er auswendig kannte, machten es nicht, auch die Dramen alle nicht, die ihm im Gehirne ruhten. Prosa galt es auswendig zu wissen, die schwerste, die schönste, die kühnste, zum Beispiel Kleists Michael Kohlhaas, sechzig bis siebzig Seiten Gedrucktes, die wollte er ins Gedächtnis aufnehmen und frei an dem geplanten Abend herunterreden. Er machte sich ans Werk. Die Tage vergingen. Die Welt ging weiter. Er kümmerte sich nicht drum. Luka mochte staunen, wenn der erste Abend würde angekündigt werden.

Öppi nahm seine Bleistiftzeichnungen aus Paris und von der Insel und begab sich damit zu dem großen Zeitschriftenverlag. Solche Sachen sah man oft in den Blättern. Eva hatte die Stadtbilder und

Bäume mit Freuden gesehen, Kathrin hatte sie gelobt, Luka sie bewundert. Eine Beschreibung lag der Sache bei.
Zeichnungen von einer Insel? Haben wir eben gehabt! sagten die Herren. Nicht von Öppis Insel zwar, aber von einer andern, irgendwo im Mittelmeer gelegenen. Diese Ähnlichkeit genügte für die Ablehnung. Die Frage nach dem Wert der Sache stellte sich nicht. Es bestand, nach der Aussage der Herren, keine weitere Nachfrage nach Öppis Warenart. Er steckte die Abweisung ein und machte keine weitern ähnlichen Versuche. Nachfrage! Ein neues Wort. Sein leeres Angebot taugte nicht viel, es mußte auf die passende Nachfrage stoßen. Wenn er seine Blättchen und Schreibereien auf den Markt zum Verkaufe bringen wollte, waren sie eine Handelsware und den Gesetzen des Handels unterworfen.

Die Welt sah anders aus, als er sich's gedacht hatte. Sie wollte nicht, wie er wollte. Es war leicht, mit ihr umzugehen, solange er seines Vaters Geld ausstreute, sie nahm gern und gab ungern. Die Inschriften an den Häusern, die Geschäftsschilder mit den vielfältigen Namen und merkwürdigen Zusammenstellungen waren nicht allein fesselnde, halsbrecherische oder zungenbrecherische Wortgebilde, nein, das waren Fanfaren, Rufe, Kräfte, waren böse Gebilde zum Nehmen, zum Verdienen, ihm zu entreißen, was er hatte! Geldfallen und Verdienernetze! Die Menschen in den Straßen hatten keine Verse im Kopf, noch den Wunsch nach vollkommen Gesprochenem im Herzen, fühlten keine Sehnsucht nach entschwundenen Zeiten, die stießen sich, drängten sich, rannten, eilten, die wollten alle etwas und wußten, was sie wollten: Geld, Geld! Das ganze Land wollte Geld, lieh Geld, ermangelte des Geldes; die Gemeinden suchten Geld, die Fabriken suchten es, die Händler, die Banken, die großen, die mittleren und die kleineren Leute, alles verlangte nach Geld. Es fehlte, seitdem es knapp, neu und fest war, in jeder Ecke. Nun entlehnten und liehen sie. Von Staat zu Staat, riesige Summen. Gutachter und Makler reisten im Lande herum, prüften, wer des nachgesuchten Leihgeldes würdig war, preßten Menschen und Gesellschaften in Zinsknechtschaft, verdienten durch Leihen, ermöglichten Arbeit durch Leihen, machten reich durch Leihen. Selbst ein Sümmchen, wie Öppi es noch besaß, wäre an tausend Stellen hochwillkommen gewesen, wäre ein Anfang, eine Macht, ein erster Baustein zu einem Handelsunternehmen gewesen, und es gab große Werkherren, die mit weniger begonnen hatten, aber Öppi besaß einen Gaul, den er nicht aufzuzäumen verstand, er konnte nichts anderes mit seinem Besitztum anfangen, als es, immer noch, wie alte Großmütter tun, weiterhin langsam aufbrauchen und sich wie ein klappriger Rentner aufzuführen, der mit der Sprache buhlte.

Im Hause Schöller hätte man ihn auf sein fehlerhaftes Verhalten mit Leichtigkeit aufmerksam machen können, da wußte man, was Geld war, da lebte keiner vom eigenen Kapital, auch wenn die Vorräte für mehrere Leben ausgereicht hätten, das war auf Zinsen und Einkommen gebaut, aber im Hause Schöller befaßte man sich eben nicht mit anderer Leute Angelegenheiten, sondern nur mit seinen eigenen. Die Wohnung lag an einer der vornehmsten und teuersten Ecken im Westen. Die Geschäftsräume lagen auch an Ecken, nicht an einer, sondern an vielen Ecken in der ganzen Stadt. Stadtbekannte Ecken im Osten, im Westen, im Innern! Glänzende Läden. Schuhe! Schuhe! Schuhe! Für jede Größe, jeden Geschmack und jeden Preis. Immer kaufte in der Weltstadt irgendeiner irgendwo an irgendeiner Stelle Schöller-Schuhe, immer gingen Tausende und Tausende auf Schöller-Schuhen, in jedem Augenblick zahlte irgendeiner an einer Schöller-Kasse einen fälligen Rechnungsbetrag.

Mutter Schöller hatte vordem auch beim Kaufen und Verkaufen mitgemacht, jetzt nicht mehr, jetzt saß sie krank daheim in der Wohnung, die so groß war, daß alle Mietzimmer, die Öppi je innegehabt, darin hätten untergebracht werden können. Sie grollte dem Gatten, der draußen an den Seen mit einer jungen Geliebten wohnte und mehr Geld für jene ausgab, als er ihr auszugeben gestattete.

Eine Zehnzimmervilla für seine Hure, sagte sie.

Das war ein harter Ausdruck, zumal er die eigene Nichte betraf, aber Mutter Schöller liebte die harten Ausdrücke und war von Kindsbeinen an dran gewöhnt, seit sie in Vaters Schuhmacherwerkstätte die Muttersprache gelernt hatte. Sie hatte sich später in den Anfängen des Schöllerschen Hauses dann auch nichts draus gemacht, im Hinterraum des Ladens vom Essen aufzustehen, wenn ein Arbeiter zur Unzeit zum Einkauf kam, und ihm ein Paar

Stiefel an die Schweißbeine anzuproben. Das lag nun lang zurück. Sie erzählte nur noch bei seltenen Gelegenheiten davon, aber mit Stolz und so echt, daß die französische Gesellschafterin das duftende Taschentüchlein vor die gepuderte Nase hielt.

Mutter Schöller war Lias Mutter.
Öppi hatte im Hause Grüße von der Tochter aus Helvetien zu bestellen gehabt. Sein Mißgeschick, Spitalleben und zerschlagene Theaterkarriere waren ihr aus Evas Schilderungen bekannt. Die Empfehlung hatte zunächst auf eine vorübergehende Unterkunft gezielt und auch dazu geführt. Nach Öppis Übersiedlung zu Frau Oberstleutnant blieb er Hausfreund im Schöller-Haus. Der Teppich im Treppenhaus war der dickste Teppich, den er je betreten. Er war zur rechten Zeit gekommen. Mutter Schöller begann sich von langer Krankheit zu erholen, und es fehlte an der richtigen Gesellschaft. Öppi war der rechte Mann, nicht zu laut, nicht zu sehr Mann, einer, der mehr zuhörte als selber redete, ein unbeschriebenes Blatt, dem man die Sache mit dem ungetreuen Gatten so darstellen konnte, wie Muttchen Schöller sie sah. Er hatte Zeit, hatte nicht an Geschäfte zu denken, paßte gut auf, bekam große Augen beim Zuhören, derart, daß dem Erzähler immer mehr Wichtigkeiten in den Sinn kamen. So wie es mit Kathrin gewesen. Hier ging's aber weniger um Liebesgeschichten als um Geld, Geld, Geschäfte, Späße, Krankheiten, ärztliche Eingriffe, Bauchschnitte, Heilanstalten, betrügerische Krankenschwestern, Rauschmittel und nochmals um Geld und wieder um Geld. Öppi verstummte. Das war schon recht, war eher zuviel Mitgehens, denn wenn er sich so mitleidig zeigte, merkte Mutter Schöller erst recht, wie traurig das Ganze war, und bekam ihrerseits vermehrtes Mitleid mit sich selber. Aus solchen Lagen mußte dann Boy heraushelfen, Boy, die Krankenschwester, die gut aufpaßte, ihre berlinischen Bemerkungen zur rechten Zeit anbrachte und in der richtigen Menge, Boy, die in Krankheitsnächten vor Muttchens Türschwelle geschlafen, die ein blondes und zartes Geschöpf war, scheu und gewissenhaft und gut wissend, was sie im Hause für einen Ton anzuschlagen hatte.

Mo, die Gesellschafterin, hatte auch eine Reihe erheiternder Ausdrücke auf Lager, die allerdings schon etwas abgegriffen waren,

aber das tat nichts: etwas Dummes zur rechten Zeit gesagt, war immer noch besser als Schweigen zur unrechten Zeit.
Nach und nach kam auch Öppi hinter die Gesetze der Unterhaltung, lernte es, eine Schlagerzeile, den Anfang eines Operettenlieds oder einen Witz im rechten Augenblick anzubringen. Witze waren beliebt, vom harmlosen Kinderwitz bis zur leichten Zote, gut erzählt und mit soviel Maß oder Zurückhaltung, daß Muttchen Schöller immer Gelegenheit blieb, beim Erzählen am besten abzuschneiden.
Öppi zeigte sich höflich und zuvorkommend, er paßte ausgezeichnet zu der Stille des Hauses, und als es in Berlin ein paar unruhige Tage mit Straßenkämpfen gab, behielt man ihn als Schutz in den Nächten zurück.
Er lag dann, wie's zu Anbeginn gewesen, im Zimmer des Ladenbesitzers. Dessen Bett stand immer bereit, denn er hätte ja plötzlich seiner Geliebten überdrüssig werden und nach Hause kommen können. Öppi lag so vorübergehend an seiner Stelle im seidenen Bett, im großen teppichbespannten Zimmer mit der langen Flucht von Kleiderschränken und dem großen Waschbecken, das eine kleine Badewanne war. Er rasierte sich vor dem großen Spiegel, davor die vielen Flaschen mit Wohlgerüchen und Sauberkeitshilfsmitteln standen, und konnte sich für den Geschäftsherrn halten. Die Mädchen rannten, wenn er klingelte. Morgens konnte er in Hausschuhen allein durch die vielen Räume gehen: durchs Eßzimmer, das groß wie ein Rittersaal war, durchs Wohnzimmer mit den weichen Lehnstühlen, ins Billardzimmer, wo das Billard stand, drauf nie eine Kugel lief, konnte von da durch den immer leeren kleinen Salon ins Musikzimmer schreiten, wo der Flügel fehlte, weil die Tochter des Hauses ihn fortgenommen, wo nun nur ein armes verlassenes Marmorhäschen den Kopf aus einem Pelzsack streckte. Gleich daneben lag das Herrenzimmer, unbenützt, unbewohnt, mit Achatschreibzeug und Ledersofa, mit den besten Stücken, die es zu der Zeit gegeben, da man sich eingerichtet hatte. Auf Sockeln, Möbeln und Wandbrettchen oder Leisten standen allerlei Bronzen, Tiere, küssende Menschen oder auch einmal eine nackte Frau, es gab Bilder mit süßen Geschehnissen, einen Bücherschrank mit einem Wörterbuch des Weltwissens, mit allen klassischen Schriftstellern im gleichen Einband, von gleicher Größe und ungelesen.

Muttchen Schöller las nicht. Sie hatte nie gelesen. Sie hatte gehandelt oder befohlen. Das große Geschäft war zur Hälfte von ihr mitaufgebaut worden. Aber nun warf der Gatte das Geld für eine fremde Frau zum Fenster hinaus, und sie sollte sich bescheiden. Sie kämpfte, führte Prozesse um die Höhe ihrer Monatsrente und bestand auf ihrem Recht, in großem Stil auszugeben. Sie hielt an der großen Wohnung fest, obgleich sie häufig nicht die Kraft aufbrachte, von deren einem Ende bis zum andern zu gehen. Die Füße waren schwach und schmerzten, waren zuzeiten überhaupt nicht zu gebrauchen, lagen in Kissen auf eigens hergestellten Stühlen in Decken verpackt, und man fragte nach ihnen wie nach zwei selbständigen Wesen.
«Was machen Lukas und Anton?» sagte Öppi jetzt jedesmal, wenn er zum Essen kam: Lukas war der linke und Anton der rechte Fuß. Diese Bezeichnungen waren Boys Erfindungen, die sich mit dem Fußgebresten und allen anderen Leiden abzugeben hatte, die bestrahlte, massierte, Schlafmittel abzählte und nach heiteren Einfällen suchte. Lustige Einfälle! Von denen konnte man nie genug bekommen, und auch Mademoiselle hatte eine Anzahl Berliner Straßen- oder Unterweltsausdrücke ihrem Gedächtnis einverleibt, die sie bei allen passenden oder unpassenden Gelegenheiten vorbrachte, obgleich sie zu ihr wie die Faust aufs Auge paßten.
Schon ein Leben lang richtete sich Mo, eben Mademoiselle, in ihren Gewohnheiten und Schätzungen nach Muttchen Schöller, mußte das tun, denn Muttchen Schöller bezahlte sie, und was sie bezahlte, das gehörte ihr ganz und gar. Da durfte Mo, als die Sitte der kurzgeschnittenen Frauenhaare aufkam, gar nicht, wie sie wollte, auch ein wenig jung sein und sich die Haare kurz schneiden lassen. Die mußten lang bleiben. Muttchen Schöller bestand darauf, denn die langen Haare gehörten zu den Reizen der Frauen, zumal Muttchen Schöller einen schweren Kranz davon um den Kopf gewunden trug, welchen Kranz nun eine blödsinnige Mode plötzlich in ihrem Wert herabzusetzen sich erdreistete. Diesen Kranz in Ordnung zu halten, ihn jeden Morgen zu kämmen und zurechtzulegen, war Mos Sache. So gegen zwölf Uhr mittags geschah das, hinten, in dem großen Schlafzimmer, drin das mächtige breite Bett stand mit dem Seidenhimmel darüber. Die schönen Haare erinnerten noch an die Jugend. Sonst wenig

mehr. Der Mund wies auf grobe Genüsse. Die Augen blickten unter buschigen Brauen hervor, kalt, grau und so, daß sie das Feindliche und Verfehlte vor allem andern erblickten und das Verfehlte eher als irgendwelche Vorzüge. Das Unsichtbare in der Welt zählte nicht. Besitz war alles. Sie konnte freigebig sein, weil das die Beschenkten verpflichtete und ihr erlaubte, sich mächtig zu fühlen. Es gab für sie nur zwei Arten, mit Menschen umzugehen: feindlich oder familienmäßig. Mo gehörte längst zur Familie, Boy gehörte zur Familie, der Doktor gehörte zur Familie. Die Hotelwirte in Böhmen oder im Tirol, bei denen sie die Sommerwochen zubrachte, kamen im Winter zu Besuch nach Berlin und gehörten zur Familie. Auch Öppi wurde in den Familienkreis einbezogen. Er saß abends bei der großen Stehlampe in der Ecke im tiefen Sofa. Die Frauen häkelten. Die Weinflasche stand auf dem Tisch. Er bekam Magenschmerzen vom Weißen. Muttchen Schöller ließ Champagner bringen.

«Herr Öppi von Wasenwachs trinkt nur Champagner», hieß es im Hause.

Die alte Frau vertrug ihr gemessenes Maß und hatte einen guten Zug, aber Öppi saß bei seinem Champagnerglas, als habe er einen erfolgreichen Vortragsabend hinter sich, oder so, als sei er um anderer beträchtlicher Verdienste willen gefeiert.

Das Häkeln und Kissensticken wurde überaus wichtig genommen. Eines Tages galt es, eine neue Verzierung zu erfinden. Öppi zeichnete den gewünschten Schnörkel auf. Der Entwurf fand Anklang. Man kaufte Seide und besondere Stifte zur endgültigen Ausführung für ihn. Sein Ansehen stieg. Er war eine Art Künstler. Die hatte man gern, denn sie brachten Kurzweil in die Welt. Sie bevölkerten die Künstlerkneipen, gaben Anlaß zu Witzen und Kunstgesprächen, viele von ihnen sangen ausgezeichnet für gutes Geld, so daß die arbeitsamen rechten Leute abends im Theater zufrieden zuhören und sich gut unterhalten konnten.

Nach der Kissenstickerei-Zeichnung durfte Öppi Mos Namenszug auf ihre Seidenwäsche setzen. Hinter Muttchens Rücken natürlich, denn die sagte, daß nur die Dirnen am Werktag so durchtriebene Wäsche auf dem Leibe trügen. Aber Muttchen Schöller war halt keine französische Frau und verstand derlei Dinge nicht besser. Er kritzelte die nötigen Anfangsbuchstaben an den obern Rand der kleinen Hemdchen und Höschen. Dazu verdrehte er die

Augen oder schloß sie mit genießerischer Miene, und Mo sagte, daß er keinen Blödsinn machen möge. Es war aber doch hübsch, daß endlich einmal eines Mannes Auge auf die kostbaren Wäschestücke fiel, wenn's auch im taghellen Salon war und obgleich sie nicht selber in der Seide drin steckte. Kleine Abwechslung im täglichen Gang der Dinge und in den Ereignissen der großen Wohnung, die zugleich ein großes Gefängnis war. Die Jahre vergingen, man wußte nicht wie; das Spiel mit der Wäsche wog nicht schwer, denn sie war ja längst kein junger Mensch mehr, sondern eine Gesellschafterin mit vielen Fältchen im Gesicht, mit viel Vernunft, mit schmalen vertrockneten Lippen und viel Düften aus teuren Flaschen und Fläschlein.

Was Öppi eigentlich beschäftigte, womit er sich beschäftigte, kümmerte im Hause Schöller niemanden. Einzig von der kleinen Krankenschwester fühlte er sich gelegentlich erraten oder durchschaut, denn sie war selber noch schöner Lebensträume voll, die sie vor Mutter Schöllers scharfem Urteil verborgen halten mußte.
Mo nahm sich Öppis in der Weise an, daß sie seine Kragenbinden zurechtrückte, daß sie den Staub auf seinem Hut belächelte und ihn mit den Herren auf dem Kurfürstendamm verglich, die tipptopp waren. Sie bereicherte seine Wäsche mit Hemden aus dem Schrank des Schuhherrn, die ihm viel zu groß waren, bereicherte sie mit Socken aus des Doktors Vorräten, der davon verschwenderische Mengen besaß. Dieser Doktor trug immer ein weißes Tüchlein in der obern äußeren Tasche des Rocks, das er von Zeit zu Zeit mit spielerischer Gebärde an die Nase führte; er hatte keinen Staub auf seinem Hute liegen, war unterstrichen korrekt, bestrahlte Muttchen Schöllers gebrechliche Stellen, aß das gute Essen im Hause und spielte den Angehörigen mit dem Ergebnis, daß er die gut zahlende und sichere Kundin regelmäßig in seinen Behandlungsräumen sah.
«Kommen Sie mal öfters her», hatte er nach anfänglicher Zurückhaltung zu Öppi gesagt, der sich dabei wie eine Arzneiflasche vorkam, deren vermehrten Gebrauch der Doktor anordnete.
Er hielt mit seinen Besuchen im Hause mehr zurück, als man wünschte, denn dort war nie vom vollendeten Deutsch die Rede. Manchmal kamen ihm bei Tisch die Verse in den Sinn, dann

würgte ihn der Braten oder die auserlesene Nachspeise, die grad vor ihm stand. Das nächstemal spielte er wieder mit Lust den ausgehungerten Esser, wie's der Spaß am Tisch verlangte, und sagte nach der damaligen Mode «plemplem», wenn sich das Gespräch um irgendeine Dummheit irgendeines Zeitgenossen drehte.
Mo hätte gar zu gern gesehen, wie er wohnte. Öppi verhinderte den Besuch, weil er fürchtete, daß ihm in seinen vier Wänden, die vom Echo der Selbstgespräche hallten, die Verstellung schwerfallen würde. So nahm er nur die verschiedenen Flaschen süßer Schnäpse mit nach Hause, die Mo ihm zusteckte, weil ein Herr doch solcherlei Dinge im Zimmer haben mußte, um nicht mit leeren Händen vor Besuchern zu stehen. Mo hatte eben ihre bestimmten Begriffe von den Dingen, die zum Leben gehörten. Alle zeitgemäßen kleinen Haushalterfindungen, Verbesserungen, Sächelchen, Instrumentchen und Apparätchen kamen ins Schöllersche Haus, deren Handhabung die Zeit auffrißt und deren Störungen die Menschen unterhalten. Die teuerste Rauchverzehr-Einrichtung stand auf dem Kamin, aber sie wurde nie gebraucht, weil die zugehörige ausgiebige Rauchergesellschaft nicht vorhanden war. Ein kostspieliger Brotröster mit Stromanschluß zierte den Frühstückstisch, weil es Spaß machte, ein paar Brotscheiben selber zu rösten und damit das Frühstück zu verlängern, wenn auch in der Küche nebenan die Köchin auf Arbeit wartete.
Die Demoiselle war den Bequemlichkeiten des Lebens verfallen oder hatte sich ihnen geopfert. Man hatte ihr im Hause Schöller die Sorge ums äußere Dasein abgenommen, und sie fügte sich in die Entscheidungen, die man in ihren Angelegenheiten traf. Seit langer Zeit schon. Sie gehörte zur Familie, aber um den Preis, daß sie gehorchte. Sie weinte in die Kissen, als Muttchen Schöller ihr verbot, einer Einladung des Doktors zu folgen und mit ihm nach München zum Maskenfest zu fahren. Sie streckte Öppi den weißen Arm aus dem Bett zum Streicheln und Trösten, aber sie dachte nicht an Widerstand, der war längst gründlich gebrochen, und Mutter Schöller gönnte ihr kein Vergnügen, das sie nicht selber genießen konnte. So glänzend standen der kranken Frau noch die Freuden des Daseins und des bunten Lebens vor Augen.
Mo genoß das Vergnügen einer gewissen Überlegenheit im Umgang mit Boy, denn Boy trug mal ein Bändchen oder sonstigen Zierat am Kleid, der nicht die passenden Farben zeigte, trug

Dinge, die leicht vorjährig aussahen, die man nur mit mitleidigem Wohlwollen betrachten konnte. Gott, sie war ein kleines Ding, verstand auch nicht im geringsten mit Puder und Schminke umzugehen. Allerdings hatte sie das nicht wie andere nötig, denn das leichte Rot, das natürlich auf ihren Wangen lag, zeigte eine vortreffliche Tönung, übertraf an Durchtriebenheit sogar alle Farben aus Töpfen, denn es konnte sich von einem Augenblick zum andern verändern und wegen geringfügiger Zwischenfälle bei Tisch oder sonstwo eine völlig veränderte Tiefe annehmen. Wenn die Witze zu derb wurden, schaute sie in den Teller hinein oder warf zur Ablenkung einen Berliner Ausdruck ins Gespräch, der nicht minder schlagend, aber harmloser als das Erzählte war. Muttchen Schöller nahm Boy wegen mangelnder Lebenserfahrung und wegen ihres allzu rosigen Weltbilds nicht ernst. Manchmal war's, als rächten sich die beiden Frauen an dem Mädchen dafür, daß ihr die schönsten Freuden des Daseins noch bevorstanden und die Genüsse, die ihnen unerreichbar geworden. Boy verwaltete die Medikamente, war gewissenhaft, in allem voll Anteil und hoffte, daß der Schuhherr wieder in sein Zimmer im Hause zurückkehren werde. Die Verwandten des Hauses erhofften das Gegenteil. Die Erbstreitigkeiten waren unter ihnen in vollem Gange, und das große Vermögen richtete bereits bei Lebzeiten derer, die es erworben, schweres Unheil unter den Angehörigen an und machte die Menschen zu Geschöpfen ganz anderer Art, als sie in Boys Vorstellungen sich ausnahmen.

Öppi sagte ihr allerlei schmeichlerische Worte, die ihr gefallen mußten, aber sie hatte eine reizende Art, sich zurückzuziehen, die Aufmerksamkeit von sich abzuwenden oder Öppi drauf aufmerksam zu machen, daß Muttchen Schöller im Hause die erste Geige spiele.

Einmal vergaß er dieses Gesetz ganz und gar. Zu Pfingsten war's oder sonst an einem hohen Festtag, an welchem daheim die Kirchenglocken läuteten und die Wiesen blühten. Da rumorten die Verse ganz mächtig in ihm, und er wollte den Frauen etwas erzählen.

«Legen Sie los», sagte Muttchen und lehnte sich tiefer in den großen Fensterstuhl mit den vielen Kissen.

Boy schob ein Schemelchen unter den schmerzenden Lukas, ein anderes unter den schmerzenden Anton und packte die Decke

über beide. Dann setzte sie sich selber wie die andern in einen tiefen Sessel.
Es war ein großer Augenblick: Öppi ein Vortragskünstler, Öppi Rezitator.

Seit sieben Jahren feilte er an seinem Deutsch, seit sieben Jahren machte er seine Geläufigkeits- und Atemübungen. Sieben Jahre lang hatte er ums reine Deutsch geworben wie Jakob um Rahel. Nun galt's. Nun sollte er vor Hörern zu Worte kommen. Frau Zepke hatte seinerzeit in den Anfängen auch auf sein Reden aufgepaßt, mehr hinhorchend und nebenbei, beim Staubwischen oder von der Küche her, wenn er grad mal vor Hingerissenheit sehr laut geworden war. Geradezu ins Gesicht gesehen hatte ihm beim Versereden noch niemand. Vor Felsen hatte er gesprochen, in Wäldern, auf Küstenklippen, in Schnellzügen, an den Haltestellen der großstädtischen Bahnen; vor Kathrin, die ihn liebte, und im Zimmer in Paris, neben dem russischen Tippfräulein, oft auch vor Eva, aber nie vor Frauen, die sich erwartungsvoll in tiefe Polsterstühle setzten. Nun würde er sie erschüttern, so wie er ein beträchtliches Stück seines Lebens lang schon sich von den Versen erschüttern ließ.
Öppi saß leicht vorn an der Kante des mächtigen Sessels, drin der Handelsherr früher seine Zeitung gelesen, und im Hintergrund des großen Raums, der nicht viel kleiner als mancher der Vortragssäle Berlins war.
Er fing an, hob die Arme, verdeutlichte mit Gebärden die großen Vorstellungen, die ihn erfüllten. Aus ihm flossen die Verse von großen Dingen, vom inneren Glück, von der Erhabenheit der Armut, von rauschenden Wäldern, tiefen Nächten, von übermächtigem Glauben, zürnenden Gottheiten, gewaltigen Schicksalen, vom Schrecken der Schönheit und von der Schönheit des Schrecklichen. Öppi sperrte die Augen auf, sah durch Muttchen Schöller hindurch, durch die Zimmerwand hindurch, durch die Hausmauer hindurch in die Ferne und war sehr laut im Vergleich zu der Art, wie er sich sonst am Kaffeetisch mit den Frauen zu unterhalten pflegte.
Was hat er bloß? dachte Mo. Was ist in ihn gefahren? Was fällt ihm ein, jetzt von Tod und Schicksal oder gar von Gott zu reden, wo doch keineswegs der Augenblick dazu da

ist, wo er doch weiß, daß man vor allem für Humor zu sorgen hat. Muttchen Schöller war's auch nicht behaglich bei den Zeilen, die das Dasein um des Daseins willen priesen und ohne den Unterbau eines gut angelegten Vermögens; schließlich hatte sie das große Geschäft mitaufbauen helfen und ihr Leben lang nichts anderes beobachtet, als daß das Dasein erst preisenswert wurde, wenn der Mensch Geld besaß. Was die Götter betraf, die sie da fürchten sollte, das waren olle Kamellen, die hatten im alten Griechenland gelebt, über dessen Begriffe man doch längst hinaus war.

«Det's mir zu hoch», sagte sie, als Öppi eine Pause machte und auf eine Ermunterung zum Fortsetzen wartete.
Zu hoch? Es war seine tägliche Unterhaltung. Mo nahm ihn in Schutz, eine Entgleisung konnte jedem einmal widerfahren.
«Öppelchen», sagte sie, «was ist in Sie gefahren? Sie sind doch sonst nicht so schwierig.»
Boy litt für Muttchen, die unerwünschte Dinge mitanhören mußte, und litt für Öppi, der sich bloßstellte. Ihre zwiespältige Empfindung gestaltete sich schließlich zu einem Stoßseufzer: «Ja, ja, die deutsche Literatur.»
Öppi war's, als habe er eine Porzellanschale vom Tisch geworfen. Er tat sein möglichstes, um den ungünstigen Eindruck so rasch wie möglich zu verwischen. Glücklicherweise kam bald die Gelegenheit, sich bei den Vorbereitungen zu Muttchens Geburtstag nützlich zu machen.
Er zeichnete, wie man's wünschte, eine Tischkarte, drauf mit Goldbronze eine Anzahl umgestürzter Schnapsgläser gemalt war, um die erwartete Stimmung anzudeuten. Man bestellte Willkommsverse bei ihm, bestimmt für den sächsisch-böhmischen Gastwirt und dessen Frau, die zum Geburtstagsfest erwartet wurden. Ferner galt es, ein Begrüßungsplakat mit einer Zeile aus Lohengrin zu schreiben und eine Elster drauf zu malen, weil die sächsischen Gäste nämlich aus Bad Elster kamen. Dieses Plakat wurde mit Tannenreisig umwunden, mit Glühbirnen bekränzt, mit Leitungskabeln versehen an die Decke der Diele gehängt. Die Vorbereitungen erforderten äußerste Heimlichkeit, denn die Verwandten, die zum Gatten hielten, durften keinen Anlaß bekommen, an Muttchens schweren Krankheiten zu zweifeln, weil

diese Krankheiten für den schwebenden Prozeß mit dem treulosen Gatten um die Höhe der Monatsrente wichtig waren.
Öppi hatte für Muttchen einige Glückwunschverse geschrieben; sie trugen ihm einen Verweis ein, weil er das Erzeugnis nämlich schon um vier Uhr nachmittags vortrug, als niemand zur Stelle war, anstatt abends vor versammelten Gästen.
Gegen sechs Uhr sollte der Gastwirt eintreffen. Muttchen steckte eine große Blume an die Brust, nahm einen Heroldsstab und stellte sich hinter der Flurtür auf. Mo trug einen Kater auf dem Arm, Boy eine Silberplatte mit einem sauren Hering drauf. Auf der teuren geschnitzten Wandbank im Hintergrund stand das Zimmermädchen, stand die ernsthafte Köchin mit grimmigem Gesicht. Sie machten Pagen. Öppi hatte Lampenfieber und wiederholte leise seine Begrüßungsverse. Plötzlich ging die Klingel. Die schwere Tür mit den vielen Schlössern wurde geöffnet, und herein kam der hagere sächsische Gastwirt. Seine Frau war durch den Anblick der Empfangsgruppe so verblüfft, daß sie sich am unrechten Ort glaubte und wieder umkehren wollte. Muttchen Schöller schlug dreimal mit dem Heroldsstab auf den Boden, Öppi kniete nieder, sprach seine Verse und überreichte der dicken Hoteliersfrau einen Blumenstrauß.
«Dees fängd ja gud an», sagte der Hotelwirt, seine Frau aber schwieg, denn sie war schwerhörig und hatte von Öppis Rede kein Wort verstanden.
Gegen Abend kamen weitere Gäste. Keine Männer, nur Frauen. Muttchen Schöller saß auf dem teuren Sofa französischen Stils im Musikzimmer, wo der kleine Marmorhase aus dem Pelzsacke guckte, und ließ sich alles Gute wünschen. Sie trug ein teures Seidenkleid, ihre Körperfülle war am Hals und um die Schultern mehr als in der Regel sichtbar. Eine Witwe erschien, mit ihr zwei Töchter. Sie sah traurig, die Mädchen sahen gelangweilt aus. Eine Juweliersfrau mit grauen Haaren trug den einzigen Bubenkopfschnitt des Abends, sie war ungefähr so alt wie Muttchen Schöller, aber viel leichter und kleiner, und das himmelblaue Samtkleid saß ihr knapp wie angegossen auf dem Leib. Ein junges Ehepaar war zur Stelle, bei welchem man nicht viel Wesens aus dem Mann zu machen schien, bei dem aber die Frau viel Wesens von sich selber machte. Die beiden hatten wenig Geld, alle andern hatten viel, aber die geldlose Frau nannte die glatteste Haut ihr eigen

und die schönsten Haare und trug diese Besitztümer mit Hochmut durch die Räume.
Es gab Geburtstagsgeschenke, darunter eine kostbare Teepuppe mit weitem Seidenkleid. Öppi empfing sie zum Wegtragen aus Muttchens Hand. Er faßte das Ding sorgfältig, wie eine lebendige kleine feine Frau an, und Muttchen rief unter die Geburtstagsgäste, daß man sich diesen Öppi mal ansehen möge:
«Wenn der einer Frau mal unter die Röcke fassen darf, dann tut er's nicht.»

Man aß ein großes Essen, geliefert von einem ersten Haus, aber Muttchen Schöller war mit dem Gelieferten nicht zufrieden und nahm sich laut vor, am folgenden Tag eine tüchtige Beschwerde an den Mann zu bringen. Öppi klopfte ans Glas und pries beklommenen Herzens Muttchens Humor; der Doktor hinwiederum hielt eine Geburtstagsrede, die der genauen Kenntnis des körperlichen Zustands seiner Kundin entsprang, und in der Weise, daß er von den gut erhaltenen Zähnen bis zum ausgezeichneten Magen alle lebenswichtigen Teile pries, die vor seinem ärztlichen Urteil standhalten konnten.
«Öppelchen», flüsterte die Krankenschwester, die neben ihm an der unteren Schmalseite der Tafel saß, «machen Sie um Gotteswillen nicht so ein erstauntes Gesicht.»
Die Tischkarte mit den umgestürzten Schnapsgläsern fand allgemeinen Beifall. Der sächsische Hotelier mit dem schwarzen Bürstenschnurrbärtchen brach, als er genügend getrunken hatte, in Begeisterung über Öppi aus und wollte ihn zu den kommenden Fastnachtsbällen in sein Fremdenhaus einladen.
«Wozu?» rief Mutter Schöller dazwischen, die Öppi als ihren Narren und nicht als anderer Leute Kurzweil betrachtet haben wollte.
Öppi tanzte mit der kleinen Mutter Witwe und mit ihren zwei langweiligen oder gelangweilten Töchtern und wieder mit der Mutter, tanzte mit der Juwelierswitfrau im blauen, enganliegenden Samtkleid und mit Muttchen Schöller, die sich wie eine schwere Masse nach eigenen Gesetzen bewegte, so, daß Öppi nur wie ein baumelndes Anhängsel mithüpfte. Sie tanzte als besondere Abwechslung einen kleinen Seitenschritt, bei dem sie sich wie ein zu dick geratenes Ballettmädchen spielerisch in den Hüften wiegte, gab mit dem Kopf den Takt an und keuchte. Öppi

tanzte mit Mo, die sich an ihn drückte, und mit Boy, an die er sich drückte. Mo trug ein teures, knapp geschnittenes Kleid, drin man deutlicher als sonst die leichte Krümmung ihrer Beine sah und die etwas eckigen Bewegungen, die nicht zu den Seidentüchern und den Düften paßten, die aus dem Reiche der verführerischen und in allen Künsten fertigen Frauen entliehen waren. Er mied die hochmütige blonde Frau des Mannes, der kein Geld hatte, und sie bezeugte ihrerseits der Gesellschaft eine gewisse Nichtachtung, indem sie mit dem Doktor und einigen Gästen im Kreis zusammensaß und sich halblaut darüber unterhielt, was für Geheimnisse anständige Frauen allenfalls vor ihren Männern haben dürften. Öppi schaffte immer neue Champagnerflaschen herbei, wie's ihm von Muttchen aufgetragen war, erreichte eine große Gewandtheit im Entkorken, goß immer neue Schnäpse in die leergetrunkenen Gläser und war froh, daß ihn diese Beschäftigung des Zwangs der Unterhaltung enthob.
Gegen Morgen sagte die schweigsame Tochter zu der Mutter mit der leicht roten Nase, sie möge jetzt mit Trinken aufhören. Muttchen Schöller war fürs Gegenteil, blitzte Öppi mit den Augen an, so gut sie noch blitzen konnte, und deutete immer wieder nachdrücklich mit dem umgekehrten Daumen auf ihr leeres Glas, damit er's neu fülle. Hinter Muttchens Stuhl stand Boy und beschwor ihn mit Gebärden, ihrer Kranken nichts mehr einzugießen, denn die Herzkrämpfe, die Leber-, Nieren- oder Weinkrämpfe der folgenden Tage standen ihr schon vor Augen. Die blühende Gemahlin des hageren Hotelwirts wurde von einem Heulanfall heimgesucht, weil ihr Gatte zwar wacker die Gäste mit allerlei anrüchigen Witzen unterhalten, weil er auch eifrig mit Mo getanzt und sie gekniffen, seine eigene Frau aber nicht ein einziges Mal zum Tanze aufgefordert hatte. Man brachte sie vom Tische fort. Der Gatte blieb im Stuhl sitzen und sah grimmig drein.
«Nassen Schwamm jeben, nassen Schwamm jeben», schrie Muttchen Schöller durch die Räume hinter den Entschwundenen her. Der Doktor im schwarzen Schwalbenrock mit dem weißen Tüchlein im oberen Täschchen brüllte nach schwarzem Kaffee und verfiel in die Ausdrucksweise einer Studentenkneipe aus seiner Vergangenheit. Öppi küßte vorsichtig mit narbigem Munde Boy hinter der Wand des nächsten dunklen Zimmers.

«Lieben Sie Boy? Ein wenig wenigstens?» fragte sie, und Öppi sagte ja, weil ihm das die passendste Antwort zu sein schien.

Er besuchte mit der Regelmäßigkeit einer Uhr eine Tanzschule an der Uhlandstraße, obgleich er den Unterricht nicht in solchem Maße nötig gehabt hätte, aber es war schön, ein Schüler zu sein, und war ganz besonders schön, zu den fortgeschrittenen Schülern zu gehören. Es gab dort viele junge Leute, die aber ihn nicht bekümmerten. Er wechselte mit keinem ein Wort. Niemand erfuhr etwas von ihm. Die jungen oder liebenswürdigen Mädchen gefielen ihm zwar, wie jedermann, besser als die älteren oder hochmütigen, aber er ließ sich solche Unterschiede in seinen Empfindungen nicht mehr anmerken, nahm zum Tanz die Nächste oder die Sitzengebliebene. Dem Tanzlehrer und seiner Frau war er samt seinen Striemen hochwillkommen. Sie bevorzugten ihn schließlich in sichtlicher Weise. Öppi war glücklich über die Rückkehr in die menschliche Gesellschaft und konnte seinen Erfolg vor Luka nicht verschweigen, der mit Verachtung darüber hinwegging.

Auf großer Fahrt

«Sind Sie, Herr Öppi, bereit, nach dem Sinai, ins Rote Meer als Berichterstatter mit dem Schiff einer Stettiner Reederei zu fahren?»
So kam die Anfrage von Johns zu ihm.
Das Schiffahrtsunternehmen war im Begriff, einen Kahn auf große Fahrt zu schicken, der in der Regel nur in der Ostsee pendelte. Kohle war aus Cardiff in England für englische Rechnung nach Port Said in Ägypten zu bringen, Erz sodann auf italienische Rechnung nach Triest zu schaffen. Die deutsche Frachtrate lag niedriger als die englische. Die Berliner Blätter sollten zur höheren Ehre der Reederei Notiz von der Sache nehmen, einigen Reiseberichten ihre Spalten öffnen. Ein schriftstellerischer Auftrag, der einem Fähigen unter der Bedingung erteilt wurde, daß sein Bericht Platz in einem der großen Zeitungsblätter fände.
«Wunderbar! Herrlich!» riefen John und Frau durchs Telephon. Die Zusicherung des Zeitungsplatzes? Wie sie erreichen?

Öppi begab sich zu den Blättern, fuhr mit dem Fahrstuhl in großen Häusern in die Redaktionsstockwerke hinauf, wo die Namen an den Türen standen, die zum literarischen Leben der Stadt gehörten, die Namen ungefähr der gleichen Herren, die ihn als Schusterspielverfasser belächelt hatten.
«Wünsch'n bidde?» Kleine Jungen in süßen Uniformen fragten so, kühl, rasch und zum Mißtrauen abgerichtet. Es war klar: man hatte nicht auf ihn gewartet.
«Herrn XY wünschen Sie zu sprechen? In welcher Angelegenheit? Hier ein Zettel, schreib'n Sie's drauf bidde.»
Öppi schrieb. Manchmal wurde er empfangen, manchmal nicht. Eine Schiffsreise nach dem Sinai! Ob die Herren bereit seien, Berichte zu veröffentlichen?
Die Zurückhaltung war groß; Arbeitsproben hatte Öppi keine zur Hand, gab es nicht.
«Schicken Sie was, wir werden es prüfen.»
Mehr war nicht zu erreichen.
Öppi begab sich mit dem Bescheid nach Stettin zu den Schiffsherren. «Werner Kunstmann und Sohn» stand an der Tür. Er drückte eines Reeders Hand, die zu seinem Erstaunen nicht fest, sondern lumpig und lahm war. Ein blasser fetter Junge strich, seine Neugier schlecht verhehlend, durch den Gesprächsraum: der Reederssohn! Öppi wurde gemustert, aber nicht begrüßt. Seine Gegenleistung blieb, nach dem ausweichenden Bescheid der Zeitungen, in der Schwebe. Fragwürdige Lage! Dies um so mehr, als man einen vollamtlichen Zeitungsmacher, einen Redakteur des Achtuhrabendblattes, den Herrn von Wolff zur Hand hatte, der die Reise mitzumachen bereit war.
«Na ja», sagte zuletzt der Herr Reeder zu dem verunstalteten Öppi, leicht herablassend und mitleidig, «reisen Sie eben mal mit.»
Der Weg?
«Sie haben nach Cardiff-Harbor in England zu fahren, dort beim Kapitän Sankowski des S. S. Werner Kunstmann sich zu melden.»
S. S.? Sie wissen: Steamship, Dampfer. Dreitausend Tonnen.
Man gab ihm das nötige Reisegeld.
«Viel zu wenig», sagte Muttchen Schöller, als Öppi zur Berichterstattung bei ihr erschien. Es gab eben wenig Leute, die, außer ihr selber, etwas richtig machten.

Ein paar Tage später saß Öppi im großen Stadtbahnhof auf dem mitternächtlichen Bahnsteig, wo der große Schnellzug nach der Kanalküste wegfahren sollte. Er steckte, da es nach Afrika ging, einerseits in seinem leichten Sommermantel, andrerseits, der Berliner Februarkälte wegen, in vier übereinander angezogenen Unterhosen.

Reisen? fragte er sich eine Stunde vor Zugsabfahrt; nicht reisen? Reisen wozu? Welche Last! Welche Störung! Fort von den Dichtern? Ging denn nicht alles ums bessere Denken, Bedenken seines Schicksals? Wie lästig, soviel zu sehen, sehen zu müssen! Vieles Sehen lenkte ab. Scharfes Denken verlangte weise Zurückhaltung im Sehen; Angst mischte sich in die Überlegungen, Angst vor der Zerstreuung, vor der Anforderung, der Verpflichtung. Was sind, sagte er sich, alle Küsten und Fahrten, im Vergleiche mit den Urwäldern und Schlünden des inneren Daseins?

Der Zug kam. Er stieg ein. Einem Blatte gleich, das der Wind irgendwo aufhebt, irgendwo auf eine Treppenstufe hinlegt.

Er fand London und Cardiff-Hafen und auch das Schiff am Pier, eingehüllt in Wolken dunklen Staubs, Kohlenstaubs, der aus seinem Innern aufstieg, in dessen Tiefe hinunter, unentwegt über hohe Geleise anrollend, die Eisenbahnwagen ihre Kohlenladungen schütteten. Der Kapitän, vollwangig, kurznasig, Spitzbart und kleine Augen, begrüßte ihn mißtrauisch, eher unhöflich, als eine Nebenerscheinung. Hauptsache war, mit etlicher Spannung erwartet, der Herr Baron und Redakteur des Achtuhrblattes. Öppi begab sich nach kurzem Rundgang auf Deck in den Kohlenbunker hinunter. Ein Mann verteilte mit einer eigens zu diesem Zwecke geschaffenen, weitzinkigen großen Gabel die herabstürzende Kohle im Raum. Aus dem geschwärzten Gesicht leuchtete seltsam das Weiß der Augen.

Ob er je unter Tag, in einer Grube gearbeitet habe, fragte Öppi, erschrocken und ungeschickt.

«No. That's bad enough.» Ist schlimm genug, was ich da mache! Es klang nicht nach Versen! Öppi versuchte sich mit Anstand zurückzuziehen. Oben staubte es weiter. Staub drang in alle Fugen und Ritzen ein, setzte sich fingerhoch auf die Leisten und Gesimse. Ihm zu wehren, waren die Schlitze aller Kabinentüren mit Zeitungen zugestopft. Aus allen Gesichtern blitzten weiß die

Zähne und Augen. Ringsum Eisen, Staub, Kohle, Mauern, Bahnen, schmutziges, schwarzes Wasser.
Schließlich kam der Herr Redakteur.
«Haben Sie schon etwas geschrieben?» fragte er den erstaunten Öppi.
«Geschrieben? Wieso? Erst sehen, dann schreiben.»
Irrtum! Herr von Wolff hatte seinen Londonbericht vor aller Sicht verfaßt, während der Überfahrt von Calais nach Dover verfaßt, ihn in London pfiffigerweise eingeworfen. Da lag's: rechtzeitig einwerfen! Das Geschriebene war Gelesenes des Zeitungsmachers, konnte nichts anderes sein, gab sich aber anders, Wiederholungssalat, Lüge, Gedächtnisbrei! Das tat nichts, derlei machte den Lesern das Lesen leicht. Öppi sank das Herz in die Hosen! Ob er seiner Aufgabe überhaupt gewachsen war?
Herr von Wolff bekam die einzige Passagierkabine, oben auf dem Oberdeck, neben der Kapitänskajüte zugewiesen. Öppi schlief mittschiffs, auf dem Ladedeck, Wand an Wand mit dem zweiten Offizier, der ein magerer, mürrischer Mann war, mit vormals zerdrücktem Brustkorb, unruhig in den Nächten und von vielen Befürchtungen geplagt. Mittschiffs lag auch, höher oben, unter der Kommandobrücke, des Kapitäns Salon.
«Hier werde ich mein Büro aufschlagen», sagte der Redakteur, als er einen Blick hineingetan hatte.
Büro? Büro auf See? Lächerlich, dachte Öppi. Widerspruch aller dichterischen Vorstellungen. Dieser Baron? Fade Sache! Ein Ausweg für Öppis Beklemmung vor dem Wohlbestallten: der Hochmut! Auch deswegen willkommen und wohltuend, weil es peinlich war, sich selber einzugestehen, daß er noch nie den Finger auf die Tasten einer Schreibmaschine gesetzt hatte, auf ein Ding, das zu jenem wie Bürste und Kamm zu gehören schien.
Dem Staub zu entrinnen, begab sich Öppi zusammen mit dem Obermaschinisten gegen Abend an Land zu den Ladengeschäften. Er kaufte billig eine weiße baumwollene Seeoffiziersjacke mit gelben Knöpfen, ein unbrauchbares Traumstück, und ein nützliches, großes, blaues Halstuch, weil es klar war, daß der übliche weiße Herrenkragen des Festlands seine Daseinsberechtigung verloren hatte. Der Herr Baron band seinen Querschlips ange-

sichts des allgemeinen Schmutzes fester, trug unentwegt Handschuhe und spazierte, alle Berührungen mit dem Kahn vermeidend, leicht indigniert gelegentlich einmal über Deck. Er hatte einen breiten roten Mund wie eine Frau, war groß gewachsen, versprach sich von der Seereise brauchbaren Zeitungsstoff und eine Steigerung seines schreiberischen Ansehens.

Die Kohlen alle drinnen! Bei trübem Wetter die Anker gelichtet: vorwärts durch die Bristolkanalwasser. Wasser auf Deck! Kübel! Schrubben! Alle Mann beschäftigt. Waschen! Waschen! Unter Staub und Schmutz hervor kam nach und nach das Schiff deutlicher zum Vorschein! Der Redakteur immer noch in Handschuhen, Spaziergänge jetzt in reiner Luft, gemeinsame Blicke der zwei Berichterstatter vorn an der Bugspitze hinunter in die Flut, durch die das Schiff seine Bahn zog.
«Gelatine! Wie Gelatine schiebt sich's zusammen.»
Das war des Herrn Schriftleiters großgearteter Vergleich für die Wogen prall am Schiffsleib. Schmählich, fand ihn Öppi.
«Stundenlang zu schauen wär das Gegebene», fügte jener gedankenvoll hinzu, tat es aber nicht, wandte sich ab und ging in seine Kabine die Nägel feilen.
Öppi blieb zurück, verkroch sich in seinen Hochmut, gedachte der Dichter, blieb beunruhigt über seine Aufgabe der Berichterstattung, die dem andern offenbar so leicht fiel. Dann fiel's ihm ein: «Das schwarze Schiff». Ein Titel für den Herrn im quergebundenen Krawättchen. Er brachte ihn vor. Große Verblüffung: der Herr ging weg, tippte einiges auf der Maschine und setzte es drüber: «Das schwarze Schiff»! Öppi hatte ihn zu foppen gemeint! Der Gelatinekopf begann sich bald zu langweilen. Kein Kaffeehaus, keine Frauen, keine Straßenbahn!
«Lesen Sie manchmal das Achtuhrblatt?»
«Ich lese keine Zeitungen.»
Der Redakteur schluckte zweimal. Wann Öppi denn mit seinen Berichten zu beginnen dächte?
«Sobald ich genug werde gesehen haben.»
Der Schriftleiter lebte nicht mit oder von seinem Gesehenen, sondern von dem, was er anderswo gelesen hatte. Er hatte Geltungssorgen, aber keinen Sehhunger. Öppi dachte übers Sehen nach und trug's in sein kleines Notizbüchlein ein:

«Wer in die Welt hinaus läuft, um mehr als daheim zu sehen, sieht nichts. Wer nicht überall sieht, so viel sieht, daß er seinen Schritt verlangsamen möchte, sieht nichts.»
Der Kapitän schmeichelte dem Herrn von Wolff, dieser nannte ihn Käptn, was beide zu kühneren Seefahrern machte, als sie waren. Die große Reise bereitete dem Käptn Sorgen, Öppi hörte aus seinen Gesprächen heraus, daß er um seine Stellung bangte und mit den Reedern auf keinem guten Fuß stand. Das Schiff war deutscher Boden, und er fürchtete auf seinem großen Kahn die Arbeitslosigkeit, wie daheim unten in der Grube der letzte Hauer des Kohlenherrn sie fürchtete. Die Wirtschaft hielt alle klamm an der Gurgel, und auch der Schrecken der überstandenen Blähzeit des Geldes.
Man saß zu dritt am Tisch des Kapitäns. Er hatte einen verdorbenen Magen, redete viel von diesem, schalt auf die Arznei aus England, die er in eigenmächtig verzehnfachter Menge verschlang, schmiß sie schließlich fluchend über Bord und gedachte, eine andere im nächsten Hafen zu kaufen. Da war eine Ähnlichkeit mit dem Redakteur: er erzählte seine Erlebnisse mit Pest, Haien, Schiffbruch und Cholera, lauter gedunsenes Zeug, das er anderswo gehört hatte. Ein tief mißtrauischer Kerl! Fragte Öppi nach seiner Zugehörigkeit zur Bühne, um etwas Skandalös-Unsittliches zu hören, und es war deutlich zu merken, daß er von einer derartigen Beschäftigung nichts hielt. Über die Seefahrt war keinerlei brauchbare Aufklärung aus ihm herauszubekommen, er machte kein Hehl daraus, daß er seine beiden Passagiere für derlei einfach zu dumm hielt. Ansehen genoß, wer Geld hatte. Vor unangenehmen Überraschungen verschloß er zunächst die Augen, hernach eroberten sie sein Gemüt wie Überschwemmungen. Er verschloß sie, als der erste Offizier mit der Meldung kam, daß der schwedische Heizer einen geschwollenen Arm habe, nur beschränkt arbeitsfähig sei.
«Dick? Wird och wieder dünne werden», war die starke Antwort.

Nun schwamm man in der Biscaya. Das Wetter wurde mild. Öppi konnte eine Unterhose ablegen. Ein Wal spritzte fern sein Wasser hoch. Wenn es bei Tisch an Gesprächsstoff fehlte, hatte Spitz, der Kapitänshund, «hoch» vor Herrchen zu machen, oder

«ganz hoch», und die zwei Schreiber hatten sich immer aufs neue daran zu freuen. Nach des Redakteurs Vorstellung gab es keine rechte Schiffsreise ohne Sonnendeck und Liegestuhl, er ließ sich so etwas aufs Ladedeck stellen, setzte, angetan mit Reisemütze, Buch und Bügelfalte, sich hinein und sah aus wie ein Goldstück im Kuhfladen. In seiner Nähe beendigte der Schiffszimmermann den Holzkäfig, der auf Deck für das kleine Ferkel aufgestellt wurde, das der Kapitän gekauft hatte und fett nach Hause zu bringen dachte. Der Kochsmaat fütterte das Tier im Beisein einiger Zuschauer jeden Mittag mit Eßabfällen. Spitz begleitete kläffend den Vorgang. Einmal erschreckte er das Schweinchen, das aus dem Käfig entwischte und der Reling entlang rannte. Man fing es ein, brachte es in den Käfig zurück. Öppi und der Schriftleiter hatten die Sache vom Kommandodeck aus beobachtet.
«Guten Artikel hätte das geben können! ‚Schwein über Bord!'», sagte Öppi so hohnvoll wie möglich.
Der Schreiber setzte sich im Salon an die Maschine, log einiges zusammen und setzte drüber: «Schwein über Bord».
Man lag nun vor der spanischen Küste, Öppi konnte sich der zweiten Unterhose entledigen. Der Steuermann, erster Offizier, kam zum Kapitän mit der unangenehmen Nachricht, daß des Schweden Arm keineswegs dünner, sondern zusehends dicker werde und den Mann gänzlich arbeitsunfähig mache. Der Kapitän fluchte, besann sich dann zusammen mit dem Steuermann auf die seinerzeitigen Prüfungen und Kurse der Seeschule und auf das chirurgische Besteck oder Instrumentarium, das irgendwo an Bord für Notfälle und etwaige Eingriffe untergebracht war. Man holte es heran. Die zwei Männer begaben sich nach achtern, wo die Heizer und Kohlentrimmer dicht beim Steuerruder wohnten. Des Heizers Arm öffnen? Darum ging's. Unterwegs öffneten die zwei Mutigen das chirurgische Etui, drin das Werkzeug, fein mit Kohlenstaub überzogen, von der Seeluft rostzerfressen, ruhte. Sie klappten, von hygienischen Erinnerungen ergriffen, den Dekkel wieder zu, sahen sich des Eingriffs enthoben und verzichteten erleichtert auf den Besuch im Heizerlogis.

Öppi brachte dem Schweden um Evas willen eine Vorausfreundschaft entgegen und suchte ihn auf. Niegesehener Schlafplatz: acht Kojen in einem Raum, Schmutz und Lärm. Die schwere

Ruderkette führte als dicker Wurm längs der Bordwand hindurch, schlug bei bewegter See donnernd gegen deren Eisen. Da lag der Heizer mit den Leuten, die nicht grade Schicht hatten. Er erhob sich, hatte Waschtag gehabt. Blonde Löcklein waren aus dem Schmutz der Vortage siegreich auf dem Haupte auferstanden. Er trank Kaffee aus einem Konservenglas. Breite Backenknochen, ein stoppliger Schnurrbart. Sechzehn Jahre lang hatte er die Heimat nicht gesehen, seit sechzehn Jahren stand er in heißen und kalten Zonen vor den Feuern, verlor er in den Hafenstädten aller Länder, was er auf den Meeren mit Schaufel und Schürstange verdient hatte. Sein Arm? Eine Blutvergiftung? Ein Furunkel? Öppi glaubte sich in bezug auf das Bakterientreiben zuständig, ordnete warme Seifenwasserbäder an, besorgte das Nötige, machte seine Besuche und drückte, etwas zu selbstsicher, dem stöhnenden Heizer den Eiter aus dem kleinen Hautloch des Ellenbogens, der klatschend auf den Boden des Schlafraums fiel. Er erwarb sich die Zuneigung der Insassen. «Herr Doktor», sagte mit Spott und Zuneigung ein kräftiger junger Stettiner. Ali, der türkische Kohlenschaufler, richtete auf seinem Lager bei Öppis Eintreten sich auf und legte grüßend die Hand an die Stirne. Er war in Cardiff an Bord gekommen. Ein Makler hatte die Stelle vermittelt, Gebühren und einige Kleider waren vom Kapitän teuer bezahlt worden. Ali hatte das abzuverdienen. Ein Fluchtversuch über die Reling war ihm in Cardiff mißlungen, die Polizei hatte ihn an Bord wie in ein Gefängnis zurückgebracht. Öppi sah ihn mit Ehrfurcht abends beim Sonnenuntergang achtern auf Deck knien und sein Gebet verrichten.
Einer des Heizerlogis nahm keine Notiz von ihm: der trotzige, faule englische Kohlentrimmer. Gleichgültig gegen alles, mit Püffen zur Arbeit getrieben, legte er sich, meistens ungewaschen wie er dem Bunker entstieg, zum Schlafen in seine Decken. Auch der Reinlichste war an der Stätte nie richtig rein. Sonderbare Wirkung tat der stetige Kohlenstaub im Gesicht eines blassen, schmalen Jungen, der mit langer Mähne und auffallend rotem Mund in seiner Koje sozusagen zusammen mit einer Kabarettdame lag, deren Bilder, als einzige Zierde des ganzen Raumes, in vielfacher Wiederholung bald mehr, bald weniger bekleidet sie zeigend an der Wand klebten. Eine kleine schwarze Katze mit unordentlichem Fell hielt zu den acht, sie kam nur in Begleitung des

Schweden oder zusammen mit dem Liebhaber der Kabarettdame an Deck. Das Heizerlogis war ihr Haus, das übrige Schiff für sie nicht da. Öppi bei den Heimatlosen! Kein Familienbild am Orte. Entgleiste, aus der Bahn Geworfene. Beute der schuftigen Hände aller Hafenstädte, gewissenloser Heuerstellen, und doch: war da nicht tiefere Freiheit zugleich zu Hause, Freiheit von der Tyrannei des Besitzes und des Ansehens, von Ehrgeiz und Macht, von großer Pflicht und Gesellschaftszwang. Bleiben? Für immer? Was liebte er? Die Gebildeten? Die Ängstlichen um ihr Ansehen? Kannte er die Unscheinbaren? War er nicht ohne Heimat, seitdem er die Scholle verlassen hatte?

Des Heizers Arm blieb unbrauchbar. Obendrein erkrankte der blasse Kohlentrimmer. Der Engländer arbeitete schlecht. Der Dampfdruck fiel. Zu wenig Fahrt! Des Kapitäns Ansehen stand auf dem Spiel. Die festgelegten Ankunftsdaten im ägyptischen Hafen wurden fraglich. Transportverträge waren einzuhalten. Er fluchte. Öppi konnte nicht gleichgültig bleiben. Zugreifen! Uralte Erinnerung: wie er dem Knecht beizuspringen hatte, wenn er spät mit Roß und Wagen heimgekommen war.

«Ich gehe hinunter», sagte er zu dem Kapitän, «Kohle vors Feuer schaffen.» Die vorletzte Unterhose wurde ausgezogen. Er stieg in die Unterwelt hinab. Vor dem Feuer stand, als er die Eisenleiter hinter sich hatte, halb nackt und schweißbedeckt der junge Stettiner, die schwere Viermeter-Schürstange zur Hand, mittels der die Feuer richtig in Brand zu halten waren. Von der Schaufel flog, viele Meter weit und wohlgezielt, die Kohle durchs Feuertor auf den Rost des Kessels.

Öppi, ein Eindringling. Daß der Kerl, vors Feuer gebannt, nicht die Eisenstange ergriff und ihm auf den Kopf schlug! Nichts derlei! Er erhielt einen zustimmenden Gruß, stieg weiter nach den Kohlengründen des Bunkers, füllte die Karre und schob sie, eine nach der andern, während der Dauer einer Schicht vor die Feuer.

Wie er je wieder sauber zu werden gedenke, fragte krächzend Herr von Wollff, sitzend im besten Lederstuhl des Kapitänssalons, den wieder aufgetauchten Öppi, nannte ihn einen sensationslüsternen Menschen, weil jede andere Erklärung jenseits der Denkfelder dieses Zeitungskopfs lag. Langeweile, ja, mochte auch dahinter stecken, wie der Schriftleiter sie selber verspürte.

Öppi vertrieb sie ihm für eine Weile mit seiner Schilderung des Bunkertags, lieferte dem Macher zugleich einen Följetongtitel: «Ich als Kohlentrimmer». Der Redakteur ging hin, tippte das Erzählte, schrieb's drüber: «Ich als Kohlentrimmer», machte die Sendung postfertig, denn man näherte sich der sizilischen Küste. Der Kapitän hatte die Lohnlisten der Mannschaft zusammenzuzählen, kam nicht durch, rief Öppi zu Hilfe und war sehr beeindruckt, als der dreimal hintereinander dieselbe Endsumme feststellte, die vorher bei jedem eigenen Zählversuch gewechselt hatte.

In Messina ging der Herr Schriftleiter von Bord. Es hielt ihn nicht mehr auf See. Er hielt's mit sich allein nicht mehr aus. Das Berliner Büro gab mehr her als diese Reise ohne Neuigkeiten, ohne Lärm, ohne Häuser, ohne Frauen, ohne Nachtleben und Straßenbahn. Öppi brachte ihn zum Zuge.
«Schreiben Sie an meiner Stelle die Berichte aus Afrika für unser Blatt.»
«Gerne.»
Gute Wendung!
«Wenn Sie, Herr von Wollff, nun von Bord gehen, zurück zu den Leuten mit weißen Kragen, wie wär's mit einem Artikel: ‚Abschied vom Halstuch'?»
Der Redakteur reiste nach Berlin zurück, setzte sich hin und schrieb für sein Blatt: «Abschied vom Halstuch». Er hatte nie eins getragen, sondern war an Bord immer bei seinen Kragen geblieben.
«S. S. Werner Kunstmann» nahm in Messina Kohle auf, solche, die er verbrennen durfte, zum Unterschied von jener andern, unberührbaren, die er transportierte. Ein Geschäftskerl, Vertreter der Reederei, veranstaltete ein Land-Abendessen für den Firmensohn und dessen Freund, die sich, aus Deutschland kommend, eingefunden hatten, um die Reise bis nach Ägypten zu unternehmen. Eingeladen war auch der Kapitän, war Öppi, der in der Schmeichlergesellschaft ein kaum erträgliches Röllchen am Schwanze spielte. Die zwei Jungen traten an den Platz des ausgeschiedenen Schriftleiters. Da schwamm man nun unter neuen Sternbildern in einer gemeinsamen dünnen Schale auf dem Ozean, aber des Gemeinsamen war weniger als vorher zu spüren. Der Kapitän fürchtete den bübischen Prinzipalssohn, der offen-

bar als ein Spion und Beobachter an Bord gekommen war. Dabei spielte dieser weißgekleidete, auf Tropenreise frisierte Jüngling mit dem eingeladenen andern läppische Spiele süßer Freundschaft, liefen sie einander nach wie junge Hunde aus dem gleichen Wurf. Des reichen Burschen Gesicht bestand aus dicken Backen und einer Brille, mehr war nicht zu entdecken. Seine Abenteuer mit Bordellmädchen und zuhälterischen Droschkenkutschern in Neapel machten die Runde an Bord, handelten aber nur vom ausgegebenen vielen Geld, da nennenswertes Weiteres offenbar nicht zustande gekommen oder nicht gewagt worden war. Nicht nur der Kapitän war unterwürfig vor dem Jungen, es schien sich auch die Mannschaft weniger frei als vorher zu bewegen; man war an Bord auf deutschem Boden, stand unter deutschen Gesetzen, war drum geprägt von der Furcht aus der Blähzeit des Geldes und den Ängsten vor der Arbeitslosigkeit, die man erfahren hatte.
«So ein Artikel», sagte der junge Kerl abschätzig von Öppis Arbeit, «ist ja schnell hingehauen.»
Öppi, ein unsicherer Mensch, schwieg dazu.
«Armes Schwein», ließ der Junge als Bezeichnung in herablassender Unverschämtheit vor dem Türken fallen, als der Trimmer einmal beim Kapitän zu erscheinen hatte. Der schwieg auch, verstand gar nichts.

Es gab keine angenehmen Tischzusammenkünfte mehr. Öppi mied das Oberdeck und hielt sich, mehr noch als vorher, zur Mannschaft, hörte die Geschichte des ersten Steuermanns, der einen flickenbesäten Mantel trug, den ihm die junge Geliebte eines alternden englischen Kapitäns geschenkt hatte, als er noch ein dofer Hund war und nicht merkte, wieviel mehr sie ihm gerne geschenkt hätte. Er strotzte vor Gesundheit, ein begeisterter Esser, redete ein erbärmliches Sächsisch, schalt auf die Blähzeit des Geldes, da ihm der Ozean zum Berliner Müggelsee zusammengeschrumpft war, er nicht Erz und Kohle, sondern Schulkinder befördert hatte.
Es gab hinter Sizilien unruhige Tage mit stürmischer See.
«Seemannsbeene ham'se, richtige Seemannsbeene», sagte er zu Öppi, als sie auf schwankem Deck, mit nachgiebigen Knien wiegend und mit festgesetzten Fußsohlen auf dem gleichen Punkte ruhig stehend, ihr Gespräch zusammen führten. Wenn Öppi beim

Einnachten, angesichts der hoch anrollenden Wogen an Schiffbruch und Seenot denkend, an geschützter Stelle auf Deck stand, der Wind durchs Takelwerk pfiff, konnte es vorkommen, daß dieser Erste, es durch den Sturm schreiend, ihm zurief: «Morchen gibt's Linsen mit Speck!»

Öppi stand gern neben dem verwetterten zweiten Steuermann, der in den Häfen das Ankerspill bediente, unter schwerem Kettengerassel den Anker in die Tiefe im rechten Augenblicke sausen ließ, der nie eine Anrede gebrauchte, jede Unterhaltung mit einem Seitenstoß in Öppis Rippen begann, ein grober Mann, wie es scheinen mochte, der am liebsten vom japanischen Frühling erzählte, ein zartes Topfpalmenbäumchen in seiner Kajüte pflegte, welches das einzige Grün an Bord darstellte.

Am schönsten war es, dem zweiten Maschinisten zuzuhören. Was der erlebt hatte! Sieben Wanderjahre in den Staaten während des Weltkriegs, gefälschte Papiere, Flucht vor der Feindpolizei, Fußreisen von New Orleans nach New York, von da nach San Francisco, Kulissenschieber in der Metropolitanoper an Caruso-Abenden, Fleischschlepper in Chicagos Schlachthäusern, Hufschmied in Texas, Bettler am Mississippi, Heizer auf amerikanischen Schiffen! Was der zusammenrauchte! Wie gleichmäßig guter Laune er war! Was für prächtige Schultern und Arme er hatte! Welch einen Brustkorb! Bei schmutzigster Arbeit der reinlichste Mann an Bord. Wusch und nähte. Trug nie etwas Zerrissenes auf dem Leib.

Warum er nicht sofort schlafen gehe, fragte Öppi, als der Mann wegen eines Pumpenbruchs einmal sechsunddreißig Stunden hintereinander gearbeitet hatte und rauchend zuletzt auf Deck stand?

«Weil mir, fern von meiner Frau, am Schlafe nichts liegt.»

Sie lebte in Stettin, eine nordische Frau. Öppi dachte an Eva. In Port Said, am Eingang des Suezkanals, gab es Aufenthalt. Die Kohleladung wurde gelöscht. Man ging an Land. Öppi beugte zum Gruß das Knie nieder auf die afrikanische Erde. Der Schwede kam in ärztliche Behandlung, der aufgeschobene Armschnitt wurde nachgeholt. Hinterher verschwand der Kerl, kam erst nach drei Tagen sternhagelvoll gesoffen zurück. Die Schiffsküche brauchte Vorräte, kaufte frisches Gemüse und Fleisch, das ein Makler vermittelte, der die Reederei vertrat. Die geschäftlichen Beziehungen empfahlen eine Vorzugsbehandlung des jungen Herrn, Führung durchs arabische Leben, aufklärende Besuche dunkler Spelunken, Augenschein romanhafter Verrücktheit, wie Nesthocker sich derlei vorstellen.

Der Makler machte den Führer in die Araberstadt. Der erste Maschinist, der eine Knechtsseele hatte, ging mit, der Kapitän, die zwei Buben und ebenso Öppi. Ein junges arabisches Bürschlein, fast ein Knabe noch, wurde als Wegweiser gedungen. Nach allerlei Irrfahrten erstieg man eine armselige Treppe, kam zu einer Hure hinauf, die oben wohnte. Die europäische Gesellschaft wollte etwas Ausgefallenes, Einzigartiges sehen und verlangte einen Beischlaf. Der Junge führte mit der Hure ihn aus, die sich quer über das Bett legte. Den Sperrsitz hatte bei der Sache der Reedersjunge inne, zuhinterst stand Öppi, sah mit den Augen des Künstlers aufs Ganze, weil nämlich der erste Maschinist die Schiffslaterne zur Beleuchtung der Gruppe hinten hochzuheben hatte, so daß vielerlei großgeartete Schatten und Helligkeiten dadurch erzeugt wurden. Zuletzt griff die Dirne in ihren Schoß und strich den Schleim ihres Geschlechts mit Fingern auf dem eleganten Ärmel des Schiffsbesitzers mit abgründiger Verachtung ab.

«Schweinerei! Pfui Teufel!» waren die Abschiedsworte, die heuchlerischen Beschuldigungen der abziehenden weißhäutigen Gesellschaft, die sich mit kräftigen Getränken hinterher von sich selber zu erholen suchte.

Öppi unternahm am andern Tag einige Zeichnungsversuche an Land, geriet dabei nochmals in den Bereich des arabischen Viertels. Dort erblickte ihn der Junge des Vorabends, glaubte genau zu wissen, was der Europäer suchte, heftete sich an seine Sohlen, versuchte unermüdlich Öppi zum Ziele zu bringen. Der besah als ein Zeichner die armseligen, verlotterten Häuser, konnte ins Schauen sich so vertiefen, daß seine Geduld und seine Gelassenheit zuletzt die des Orientalen übertraf und überwand, der am Ende, völlig verwirrt und aufgebracht über den fremden Kauz, sich mit einer Verwünschung entfernte.

Die zwei jungen Herren begaben sich, mit Geld wohlversehen, nach Kairo, das Schiff durchzog in langsamer Fahrt, wie's vor-

geschrieben war, den Suezkanal. Die Langsamkeit rief vertieftem Beschauen, das Schiff glitt gewissermaßen durch die Wüste, Öppi ward feierlich zumute, Kamelreiter ritten vorüber, die Palmen standen auch nicht still, und die Welt war ein wundervoller Bilderbogen. Auf der Brücke stand neben dem Steuerruder nun ein englischer Lotse, wie das sein mußte; der leicht schmierige Kochsmaat stellte ihm eine Schiffstasse voll Schiffskaffee und eine Scheibe deutschen Bordbrotes hin, welche Dinge der Engländer mit einer Geringschätzung ohnegleichen zur Seite schob. Öppi sah verblüfft die mit weltpolitischer Bedeutung getränkte Gebärde, die Ablehnung, die ihm selber nicht möglich gewesen wäre, weil er sich in die Abhängigkeit von der Reederei und dem ganzen Unternehmen begeben hatte.
Im Roten Meer gab es auf der Sinaihalbinsel, am Ziel, keinen Hafen mehr. Unter schwierigen Manövern war es, mittels Ankerwurf, Dampf, Ruder, Trossen, mittels harten Griffen einer erfahrenen Besatzung möglich, das Schiff an eine zerbrechliche Ladebrücke heranzubringen. Jählings erhob sich ein steifer Südwind, der den Schiffsleib gegen die zerbrechliche Ladebrücke preßte! Alles auflösen, Anker hoch, hinausfliehen ins weite Wasser. Nachdem der Wind sich gelegt hatte, wiederholte sich das Anlegemanöver. Der Kapitän stand jetzt groß auf Deck, gab seine Anordnungen nach vor- und rückwärts und in die Tiefe nach der Maschine; es war packend zu sehen, wie da in einer einsamen Weite der blauen südlichen See, am Rande gelber Wüstenberge, am Strande, darauf ein paar Hüttchen standen, wie da die wenigen Leute mit schwachen, gut angesetzten Kräften, die Lehren der Mechanik praktisch beherrschend, das schwere Eisentier führten und banden, wo sie es haben wollten. Dann fingen, von den Lagervorräten des Strandes her, die Kipploren zu laufen, über die Ladebrücke zu rollen an, die das braune Erz, herkommend aus dem Wüsteninnern, donnernd in den Schiffsbauch hinunterwarfen, daraus es staubte, wie es in Cardiff gestaubt hatte. Dunkle Nubier, in Wellblechhütten etwas abseits untergebracht, schoben die Rollwagen, zitterten vor dem weißen Oberaufseher, der gelegentlich mit der Peitsche dreinschlug. Kein Grün weit und breit! Schatzgräberei war das und weltweite Geld- und Fabrikmachtzusammenhänge. Die industrielle Wirtschaft lag sozusagen nackt vor Augen, und die Schiffsbesatzung war ihr untertan. Öppi,

einst ein Student der Erzlagerstättenkunde, einst auf dem Wege zur gründlichen Kennerschaft der braunen Ladeware, die vor seinen Augen in die Tiefe kollerte – jetzt nur ein bedeutungsloser Zuschauer, Gast ohne Lebensplatz, ein Faß, ein Behälter schöner menschlicher, in Worte gegossener Vorstellungen.

Auf der Rückreise fand Öppi bei dem Reedereiagenten in Port Said einen Brief Evas vor. Sie war in Cheudra, lebte in Lias Haus. Ein Schnitt zu Heilzwecken war in das gemeinschaftliche Leben mit Carlo Julius gemacht worden. Sie führte keine Klage, nahm an Öppis Unternehmen und Aufgabe soviel Anteil, daß ihre eigenen Schwierigkeiten darunter verborgen bleiben konnten.

Auflösung

In Wahrheit war es bald an den Fingern abzuzählen, wie lange das ererbte Gut noch für die Ernährung der Familie und das Studium des Carlo Julius ausreichen würde, der nach wie vor vom gleichen teuersten Lehrer der Stadt sich unterrichten ließ. Wer würde dann, fragte sich Eva mit nie mehr ganz verschwindender Angst, wer wird dann, fragte sie Carlo Julius, unsere Kinder ernähren, ihnen Hosen kaufen, den Hauszins zahlen? Derlei Befragungen störten des Familienvaters Kreise, der Beunruhigungen gern auswich. Eva schob sie ihm, so sah's ihm aus, allemal dann zu, wenn er eben seine Gesangstöne hatte vornehmen wollen; die aufgerufenen Gespenster verscheuchten die Lust des Übens. Oft gab sie ihm darin recht, schalt sich selber und versuchte zu schweigen. Aber die Befürchtungen lauerten in jeder Ecke der Behausung, kamen zurück, wann es ihnen paßte. Carlo Julius schlief weiterhin, wie er's immer getan hatte, bis tief in den Tag hinein, forderte von ihr, was er immer gefordert. Sollte sie am Ende ein drittes Kind zur Welt bringen, da der Mann für die zwei vorhandenen zu sorgen nicht die Kraft hatte! Eva ging, die Freunde vermeidend, mit ihren Besorgnissen zu einem Arzt.
«Kann ich mich ihm versagen?»
«Können Sie nicht.»
«Er versorgt uns nicht, arbeitet nicht, verbraucht unser Gut.»

«Sie haben ihn geheiratet!»
«Kann ich ihm die Unterstützung entziehen, ihn zu handeln zwingen?»
«Warum? Sie glaubten bis jetzt an seine Sache! Wer a gesagt hat, muß auch b sagen.»
«Ich kann mich ihm nicht mehr hingeben!»
«Sie sind empfindlich. Sie müssen! Sie lieben ihn nicht mehr!»
War's das? Nein! Nicht wahr, nicht ganz wahr!
Eva ging ungestärkt fort. So ein harter Arzt! Ein Mann hatte zum Mann gehalten!
«Wenn ich Auftritte wie du mit meinem Gatten hätte, ich könnte ihn nicht mehr lieben», sagte die stolze Anna, die selbstsichere aus reichem Hause, die ihren anbeterischen, ältern, weisen Mann und milden Zahnzieher zur Seite hatte.
Evas schmerzliche Hände verlangten ärztliche Behandlung. Alle Freunde mahnten. Es gab, das Übel zu mindern, neuartige Verfahren, Einspritzungen in den Leib von Bienengift, Ameisensäure, Goldlösungen verschiedener Art. Sie untersagte sich diesen Beistand; der Mann empfing nach wie vor das Geld für teure Opernplätze von ihr, die zu Hause zu bleiben hatte.

Der kleine Jan ist unartig bei Tisch, schmeißt den Löffel auf den Boden. Die Mutter zupft ihn an den Haaren. Er schreit, kräht, schlägt. Die Mutter gibt ihm eins auf die Hand.
«Willst du artig sein?»
«Nein!»
Der Vater nimmt ihn, setzt ihn weg ins Nebenzimmer, schlägt aber nicht, sondern gibt ein paar Ermahnungen zum besten.
«Verständlich, daß er über den Haarrupf böse wurde», sagt er hinterher zur Mutter, «das ist's! Das darfst du ihm eben nicht antun!»
Das Mitleid überläuft den Vater, siegt; er holt den Jungen zurück, versieht sich, da er ihn im Stühlchen an den Tisch heranschiebt, klemmt ihn ein. Der Kleine brüllt! Schmerzens- und Racheschreie in unbestimmbarer Mischung.
«Müßtest besser acht geben», sagt zum Vater die beeindruckte Mutter.
Drauf er: «Nicht ich! Ich nicht! Du! Du sitzest davor, hättest besser als ich beobachten können, was unrichtig lief.»

Der Kleine starrt auf den Teller, merkt, daß das Wetter sich verlagert, macht den Betrübten. Die Mutter, um nicht ins Lachen zu fallen, greift nach einem Zeitungsheft.
«Auch Heft haben!» brüllt der Junge.
«Da hast du's», sagt der Gatte zur Gattin, «leg das Ding weg, du sollst ihn nicht reizen, seine Kinderseele versteht das nicht.»

Klein Yorik ist aus dem Garten heraufzuholen, ein Gewitter naht. Carlo Julius bringt ihn, der im Wägelchen sich losgerissen, die Wangen erneut aufgekratzt hat und blutet. Die Mutter, müde von allem, ist dem Weinen nahe. Der Gatte, lehrhaft besserwisserisch, die Gelegenheit zu einer Beschuldigung gerne ergreifend:
«Zu warm eingepackt.»
«Ach geh, laß mich, tu nicht wichtig.»
Dabei sitzt der pfiffige Jan, horcht, schaut!
«Aber Eva, wirklich, man soll ihn nicht so warm einhüllen, da juckt's ihn erst recht.»
«Laß mich!» sie geht hinaus.
Der Gatte: «Du willst nichts einsehen, hast dein Leben lang tun können, was du wolltest.»

«Schön guten Morgen sagen! Schöne Verbeugung machen», sagt Carlo Julius, aus dem Bett kommend, zu seinem Söhnchen. Die Mutter ist mit den Kleinen am Ausgehen. Unten im Garten kommt es Jan in den Sinn: der Vater hat ihm fünfzig Pfennige für die Stadt versprochen.
«Fünfzig Pfennig», ruft er.
«Ach ja» sagt der Vater, geht ins Haus, vergißt die Sache, kommt nicht wieder.
«Fünfzig Pfennig! Fünfzig Pfennig», schreit der Kleine.
Der Vater, wieder erscheinend, zu Eva: «Du mußt an derlei Sachen mich wirklich besser erinnern.»

Die große Uneinigkeit kam als Münze kleiner alltäglicher Streitigkeiten ans Licht. Das Zerwürfnis der Eltern wurde zum Zank im Umgang mit den Kindern. Klein Yoriks Schorf trat zurück, an dessen Stelle überfielen schwere Atemnotanfälle ihn in den Nächten. Was für Schreckerlebnisse verbargen sich in ihm? War der Tritt darunter, den die schwangere Mutter in den Leib bekommen hatte, darin er lag? Eva, um den Schlaf gebracht, saß neben ihm, hielt ihn aufgesetzt auf ihren Knien, weil diese Lage ihm besondere Erleichterung verschaffte. Die Atemnot trug dem Kleinen vermehrte Mutterliebe ein. Eva, abgemagert, großäugig, bot mit ihrer Haltung das Bild einer holzgeschnitzten Muttergottes aus alten Zeiten; niemand sah es. Monat um Monat ging dahin. Sie horchte mit Beben, wenn dem Sänger die hohen Töne gewisser Übungen nicht gelangen, wenn den Arien der Schmelz fehlte, wenn die Mängel der frühesten Anfänge immer wieder auftauchten, weil sie nie mit dem erforderlichen Ernst bekämpft worden waren. Sie horchte am Morgen, ob er wohl, im Wohnzimmer eingeschlossen, zu beginnen geruhte, oder ob ihm ein Spielzeug zwischen die Finger geraten war. Einst hatte er als Ungeschulter im Chor der Cheudrer Oper gesungen, konnte er nicht etwas Ähnliches, wenn auch Unansehnliches tun, seine Kinder erhalten und nebenher sich vervollkommnen?

O! Seine Abwehr war heftig. So etwas widersprach dem Lehrgang, dem Schulungsstil, es gab da um der erstrebten Vollkommenheit willen strenge Verbote, vorzeitig Töne, niedrigen Notwendigkeiten gehorsam, aus dem Halse zu entlassen, anstatt in allem sich ans Gängelband des Lehrers und der Methode zu halten.

War er denn nicht fertig genug, noch immer nicht weit genug, einem Bühnenvermittler oder dem Leiter eines mittleren Theaters sich zu stellen und an bescheidener Stätte mit den großen Gesangsrollen endlich zu beginnen? Die Frage stand in Evas Gesicht, stand bei allen Freunden, stand in der Luft.

Sofort hätte er's getan, aber nun gebrach es am richtig eleganten, gutsitzenden Anzug nach Maß, in dem man allein sich bei so einem entscheidenden Unternehmen zeigen konnte.

Daß ich so arm sein soll, klagte Eva und machte sich einen Vorwurf daraus, daß sie nicht ein viel größeres Vermögen geerbt hatte. Carlo Julius spendete heuchlerisch Trost, dahinter verbarg sich die Erleichterung darüber, daß er aus seinem Nest noch nicht aufzufliegen brauchte.

Noch einige Monate ungestörter Arbeit ohne jede Ablenkung durch Kinder und Haushalt, das wäre der Weg zum endgültigen baldigen Abschluß. Und vor allem: frei sein von Evas Unruhe, von ihrem Hören oder Horchen hinter den Türen, nicht hinter den Türen eigentlich, aber eben durch die Türen hindurch, wie es, wenn sie in der Küche oder in den Schlafzimmern sich befand, nicht anders sein konnte. Carlo Julius fühlte sich zu Zeiten von seiner Frau belauscht, das beunruhigte Gewissen verbog ihr Hören ihm zum Lauschen, zum störenden Be-lauschen.

Lia bot Eva und ihren Kindern einen Aufenthalt in ihrem Hause in Cheudra, in Helvetien an. Unterdessen wollte Carlo Julius für sich selber sorgen, mittels einiger Nebenverdienste aus Bildermacherei und Unterricht sich erhalten. Eva hatte weiterhin den Unterricht zu bezahlen und den Gatten je nach Umständen zu unterstützen. Im Schatten der schönen uneigennützigen Gefühle und Handlungen blühen die verfeinerten eigennützigen fort.
Lia langweilte sich neuerdings vermehrt an Dolfs Seite, denn das Rittergut war endgültig losgeschlagen, und die angenehmen Fluchtaufenthalte auf dem Lande fielen weg. Das immerfort erträumte höhere Leben war mit Dolf nicht zu verwirklichen. Er blieb hartnäckig bei Hab und Gut, Geld und Besitz. Sie las anspruchsvolle denkerische Bücher, weniger aus wahrem Bedürfnis als um deren Ruhm und Ansehen willen, und steckte sich das Reden darüber wie Schmuckstücke an. Das Rittergutsgeschäft war gut ausgegangen, der Verkaufserlös wirkte auf Dolf wie der Hafer aufs Roß. Obendrein war er, frisch versilbert konnte man sagen, zum Schwiegervater nach Berlin gekommen, das ihn immer zu Großem verleitet hatte.
Es traf sich, daß in jenen Tagen zwei dänische Erfinder der Stadt ihre Errungenschaften auf dem Felde des tönenden Films vorführten. Die Bildstreifen hatten von ihren Anfängen an bis dahin sich mit dem Sichtbaren begnügt, jetzt taten sie einen Sprung, wurden tönend, redeten, sangen, musizierten. Man erlebte die Augenblicke, von denen man sagte, daß sie in die Geschichte der Filmkunst eingehen würden, zugleich die Aussicht auf neuartige geschäftliche Erfolge. Dolf verfiel vor lauter Dabeiseinslust den frischen Geldträumen, sah Möglichkeiten, seiner Frau in neuem Lichte zu erscheinen, und kaufte die Herstellungsrechte tönender Filme nach dem vorgeführten Verfahren für Helvetien. Lia wollte Dolf nicht dienen. Grad an ihrem Dienen lag ihm, gerade das hatten die Frauen in dem Hause getan, drin er groß geworden.

«So gefällst du mir», rief er aus, als sie einmal bei seiner Heimkehr in der Wohnung mit dem Kehrbesen in der Hand stand. Daraufhin warf sie das Ding in die Ecke und faßte es nicht wieder an. Er konnte sie tadeln und von Verschwendung reden, wenn sie im Badezimmer mehr Zahnputz aufs Bürstchen strich als er. Der Schöller-Tochter kam das lächerlich vor, aber Dolf hatte als Junge Schläge von seinem sparsamen Vater bekommen, weil er die letzten Körner eines Hafersacks nicht sorgfältig genug ausgeschüttet, sondern mitsamt dem leeren Sack weggeworfen hatte.

Eva reiste mit den Buben nach Cheudra. Das war für Lia eine rechte Freude, auch eine Eroberung, auch eine Genugtuung, sie dem Carlo Julius für eine Zeit zu entführen und für sich zu haben. Lia brauchte Rat und Trost. Eva konnte man das Herz ausschütten, bei Eva gab es keine versteckten Rechnungen. Sie konnte zuhören, auch schonend mahnen, und hatte verschönernde Gedanken. Mit Eva konnte man Musikabende veranstalten, Gespräche über Gelesenes führen und vieles Schöne betreiben, von dem Dolf nichts begriff, nichts begreifen wollte, weil seine Frau aus ihrem Begreifen zuviel Aufhebens machte.
Klein Yorik sollte der Luftwechsel gut tun. Das Haus war groß, sah vom Cheuberg weit über die Stadt hin. Nun saß man aufs mal zu fünfen am Tisch. Lia ergriff, soweit Eva das zuließ, Besitz von Yorik. Dolf bekam keine Kinder von ihr. Sie war draufgängerisch, bestimmt, leicht abweisend; es war schwer, sie sich in zärtlichem Umgang zu denken, dran mochte die Scheu schuld sein, die auch zu ihr, dem Alleinkind aus den Schöllerschen Räumen, als etwas Wertvolles gehörte. Stuben voller Kinder, Ställe voll warmen Viehs, das waren Dolfs Jugendbilder. Neue Lage und uralte zugleich, Lebensanfang und Rückkehr in die Jugendzeit war für ihn dieses Sitzen mit Evas Kindern. Unarten riefen neugearteten Unterhaltungen. Dolf wurde umgänglicher, die Rolle des Familienvaters war kurzweilig zu spielen. Eva sah einen Mann, der für die Wirtschaft des Hauses sorgte, täglich das hierzu Nötige tat. Wie anders alles als bei ihr. Sie empfand Respekt vor Dolf, war höflich gegen ihn; Umgangsweisen, die seine Frau ihm nicht zugestand. Er genoß das Ansehen, das Eva ihm zollte, sah seine Frau um Yorik besorgt sein; schön wär's gewesen, auch einen Yorik zu haben.

Lia sah keinen Grund, ihren Mann seines Wirtschaftens wegen hochzuachten, solches Gehaben hatte sie von jeher bis zum Überdruß erfahren, dennoch erhöhte ihn Evas Respekt auch in ihren Augen ein wenig. Die Tischgespräche erfuhren eine Verschönerung. Eva fürchtete für den Bestand ihrer Ehe, Lia strebte fort von Dolf. Er war ein Bauernjunge gewesen, besondere Umstände, nach allgemeinem Urteil besonders günstige Umstände hatte ihm die Großstädterin zugeführt. Ein Haken war von Anfang an bei dem Gewinn gewesen: die Kaufmannseltern Schöller hatten die Ehe mit einem Vertrag ausgerüstet, der das Vermögen der Tochter, die Mitgift und das zu erwartende Erbe vom Gute des Gatten getrennt hielten. Dolf konnte nicht über den Besitz seiner Frau als Verwalter verfügen, wie das Gesetz es in allen Fällen anordnete, in denen nichts anderes ausdrücklich bestimmt wurde. Dolf war im Überschwang der ersten Eroberfreude leicht auf das Abkommen eingegangen. Mit der Zeit erkannte er dessen Nachteile. Kaufmännische Unternehmungen, die sich nach seiner Kreditwürdigkeit erkundigten, erhielten Auskünfte mit dem ausdrücklichen Hinweis auf die getrennten Vermögen. Der Schöller-Name, verwoben mit Dolfs Firmenbezeichnung, tat immer seine gute Wirkung, dennoch war die Aufhebung der Ehevertragsklausel wünschenswert. Lia hatte das Recht zu einer derartigen Änderung, aber Muttchen Schöller schalt auf das Vorhaben und die entsprechend dumme Tochter. Dolf war längst zwischen die Mühlsteine des Berliner Ehestreits gekommen, jeder Umgang mit der einen Partei zog ihm die Verdächtigungen der andern zu.
Lia wurde in Evas Gegenwart milder gegen des Gatten Vertragsbegehren gestimmt. Daß die Schöllers ihm grollten, war ein Grund mehr, zu ihm zu halten. Eva wirkte durch ihre Gedanken, ihre Anwesenheit, ihr treues Einstehen für Carlo Julius als Vorbild, als Ehekitt, sie dachte ausgleichend zwischen Dolf und Lia etwas Gutes zu tun, erwies sich auf diese Weise nicht leer mit Worten, sondern tätig helfend für den gebotenen Aufenthalt dankbar.
Lia war eine Hundemutter, drei kleine schwarze, stetsfort kläffende kugeläugige Schoßhündchen waren immer um sie, wurden immerzu gerufen, getadelt, gehätschelt, umsorgt. Wenn es den ewig unruhigen, flohhaften Schwarzen einfiel, die Kinder zu lekken, fand Lia das süß. Eva fand es eklig. Eva hatte unangenehme

frühe Erinnerungen an ein Hündchen, das von ihrer Mutter ihr vorgezogen worden, diese erwachten vor Lias Hundetreiben; die verborgene Regung der Eifersucht machte in einem unbewachten Augenblick sich Luft, als Eva zu Lia sagte, daß angesichts allfälliger Lebensgefahr diese doch früher nach den Hunden als nach den Kindern rennen würde. Man stieß an die Grenzen der Freundschaft.
Dolf machte Wagenreisen mit den Frauen, er durchschritt gern seine Fabrik mit solchen Besuchern an seiner Seite. Die Reisen brachten Unruhe und Zerstreuung, man bewegte sich sichtlich in Wohlhabenheit, und Eva ermaß deutlicher die armseligen Umstände, in denen sie mit Carlo Julius lebte.

Er schrieb. Er war erschrocken gewesen, sich aufs mal allein in der Wohnung vorzufinden, schrieb Briefe mit einer Mischung aus Klage und Überheblichkeit, ganz unvereinbare Dinge vereinbarend. Gefahr drohte ernstlich, das war zu fühlen. Die gescholtene, täglich hinderliche Familienanwesenheit, jetzt war sie aufgehoben, und er rief nach Eva wie das Kind, das im Walde die Hand der Mutter verloren hat. Seine Versäumnisse waren deutlich, nachholen schwierig, leichter war's, sich in Selbstanklagen zu ergehen. Er beschrieb seine trostsucherischen Gänge zu dem Zahnzieher-Freund, der ihm Geld lieh, beschrieb sich selber, den Heulenden und vor Verlassenheitsschmerz Brüllenden in der leergewordenen Wohnung. Evas Mitgefühl war den heftigsten Anstürmen ausgesetzt. Sie erhielt ein Telegramm, das sie, kaum bei Lia eingezogen, zurückrief, erhielt den Widerruf am andern Tag und den Bericht eines Verzweiflungsanfalls, der nur dadurch zu überwinden gewesen, daß er sich zur Gesellschaft ein Grammophon, wie immer von Evas Geld, gekauft hatte.
Mit aller Kraft, schrieb er, verlange ihn nach Erfolg, Stellung, Einkommen, schrieb, daß Schüler mit allen Mitteln beschafft würden. Zu diesen Mitteln gehörte die Reklame, gehörte nach herkömmlicher Weise das elegante photographische Bildnis, großformatig in den Schaufenstern der Musikalienhandlungen. Solche Aufnahmen kosteten viel; er, der auf seine Bildermacherei Stolze, ließ von einem Dritten sie um teures Geld anfertigen, blieb es schuldig, bekam die Betreibung ins Haus, aber keinerlei Platz in den Schaufenstern. Die Baronin sang weiter bei ihm, mit immer

schönerer Stimme, und er träumte von ihren gesellschaftlichen Erfolgen, die auch ihm, wer wußte wann, zugute kommen sollten. «Ich habe mich früher», schrieb er, «mit Singen beschäftigt, jetzt arbeite ich»; er schrieb von Kampftagen und Selbstüberwindung, große Worte für seine kleinen Verpflichtungen. Gleich daneben standen wichtige Anmerkungen über den Inhalt und die Tätigkeit seiner Kochkiste, übers letzte Gemüse, das er vom Rittergut erhalten; die Beschreibungen redeten nicht vom Essen, sondern in kläglichem Ton davon, daß er in Einsamkeit sein bißchen Kram hinunterwürge, was Eva an Dolfs gedecktem Tisch mit Beschämung glaubte lesen zu müssen. Der Gatte lieferte die Darstellung eines ausgiebigen Mahles, zu dem der scheidende Gutsverwalter ihn eingeladen, das man mit Sekt begossen habe, er beendigte sie mit seiner schadenfroh tönenden Anmerkung eines kleinen Nutznießers über die hohen Kosten des Abends, der als Sparer bei der Verschwenderei sich bewahrt habe.

Er hörte bei dem gleichen Verwalter einem Tenor zu, der nach zehnjähriger Ausbildung schlecht sang, den er nach den übernommenen Begriffen seines eigenen Lehrers in Grund und Boden verurteilte; der Vorfall machte ihm Mut für einige Stunden.

«Ich werde groß werden, bald engagiert sein, trotz euch allen.» Trotz euch allen! Eva erschrak. Dieser Versicherung folgte die Erwähnung eines großen Generalsbegräbnisses, das vor seinen Wohnungsfenstern vorbeigezogen war: militärischer Aufzug mit Kanonen, Musik, Degen, Fahnen, Reitern, Glanz und Orden. Lesend konnte man es förmlich vor Augen sehen: Carlo Julius am Fenster stehend, mächtig beeindruckter Niemand vor so viel Ansehen und Ehrenbezeugungen, alles zuletzt ohne jede Wirkung aufs eigene Treiben.

Er verkündigte gern große Grundsätze, pries die Härte, die man gegen sich selber aufzubringen habe, beklagte jetzt die Leiden, die Eva an seiner Seite erduldet habe; er erging sich in Selbstanklagen, warf die Frage auf, wieso sie überhaupt ihn noch zu lieben vermöge, da er es selber nicht mehr tue. Sie antwortete, tröstete, versuchte ihn aufzurichten. Unpassendes Wegräsonnieren nannte er tadelnd ihre Bemühung und verharrte für kurze Zeit bei der wohltuenden Selbsterniedrigung. Sie erzählte von den Buben und ihren Fragen nach dem Papa; er schalt daraufhin und verlangte, sich selber und Eva quälend, daß man den reinen und unschuldigen Kinderherzen nicht zuviel von ihm erzähle, sie nicht damit überanstrenge; er fabulierte davon, daß die zwei Kleinen es einmal besser haben sollten, als ihre vater- und mutterlosen Eltern es gehabt hätten; dabei lebte seine zierliche weißhaarige Mutter in ihrer Dachwohnung in der Hafenstadt und fragte bei Eva an, wann endlich ihr Sohn fertig studiert haben würde, ob solche Ausbildungen immer derart viel Zeit beanspruchten.

Gegen Weihnachten hin häuften sich die Klagen, kam die Wehmut beim Gedanken an ein allfälliges einsames Fest, das man mit Eva zusammen so oft und so schön gefeiert hatte. Die Rührseligkeit tat ihre Wirkung, Sehnsucht nach der Familie war Liebe, Eva konnte nicht abweisend sein, sie belud sich sofort mit der Sorge um eine Unterkunft, die man in Cheudra finden sollte, ohne Dolf auch noch um diese Guttat bitten zu müssen. Eine Professorsfamilie ihres Freundeskreises aus früherer Zeit war bereit, den Gatten zu beherbergen. Carlo Julius lehnte ab, er scheute vor der Frau, die ihm, wie er sich erinnere, zu männlich sei; das hieß, daß er kühle und präzise Fragen fürchtete.

Eines schien Eva bei dem Unternehmen wichtig zu sein: daß ihr Mann selber für die Reise sorge. Das würde ihre Freude erhöhen. Und singen sollte er in Cheudra auf alle Fälle!!

Carlo Julius wich sofort zurück! Freude? Ihm sei, schrieb er, nicht um Jubel und Freude zu tun, ernstere Dinge stünden auf dem Spiel. Hohle Belehrung! Er verlangte von Eva, da sie es für Dolfs Ehe habe, auch Verständnis für sich, verkroch sich geradezu, kniff aus auf jede Weise, beschuldigte im voraus ihre Umgebung einer unpassenden Schonung, die man ihm entgegenzubringen gedenke, wobei dann niemand wissen würde, wie ihm wirklich zu Mute sei.

Die Reisekosten aufbringen? Er griff, vielleicht ohne es zu wissen, zur List, tat klein, forderte von ihr den ausdrücklich ausgesprochenen Wunsch nach seinem Kommen, so daß mit ihrer Entscheidung auch die Verantwortung für die Fahrt und alles Drum und Dran ihr zufielen.

Auf und ab! Auf und ab!! Wankelmütig?

«Ich weiß genau, was ich will.»

Dies ausgesprochen, schwelgte er in der Vorstellung des Erstaunens, das die Cheudrer angesichts des Sängers empfinden würden, den sie einst als dummen und unreifen Jungen gekannt hätten.

Als die Festzeit da war, schrieb er an Eva um Geld, hatte nichts zustande gebracht, erhielt von ihr auch die zehn Sondergabe-Kronen der armen Tante Gilda im nordischen Walde, legte sich entgegen den gemeinsamen Abmachungen in die Polster des Schlafwagens und scheute die Holzklasse, drin Eva mit den Kindern die Reise gemacht hatte.
Er feierte mit den Seinen in der fremden Umgebung mit einiger Steifheit das Fest, bemühte sich zusammen mit Eva, die gemeinsamen Besorgnisse zu überspielen, sang etwas, ohne viel Eindruck zu hinterlassen, und reiste, wie er gekommen, im Schlafwagen auf seiner Frau Kosten wieder zurück.

Öppi, vom Sinai kommend, ging in Italien von Bord, machte ein paar Tage Halt in Rom, kaufte die spitzigsten Schuhe seines Lebens aus grauem Wildleder, überaus elegante und ausgefallene Stücke. Er hatte in Berlin seine Berichterstatteraufgabe zu erfüllen. Vorher sah er Eva in Cheudra, kam eben zur rechten Zeit, um sie mit dem Duben zum Hautarzt, Yoriks wegen, zu bringen. Er schob, ihr zur Seite, das Wägelchen mit dem Inhalt durch die Straßen, in denen er als Student gegangen war. Als es drum ging, das Wägelchen an der Ecke des Universitätsgebäudes von der Straße auf den Gehsteig zu befördern, löste sich das eine Rädlein von der Achse und rollte fort. Öppi bückte sich, kniete auf dem Randstein nieder, flickte notdürftig das vernachlässigte Fahrzeug und warf einen scheuen Blick nach der hohen Fensterreihe, dahinter man ihn einmal unterrichtet hatte, ihn, einen Versager vor der hohen Schule und lächerlichen Irrfahrer.
Eva war mit durchlöcherten Schuhen im Schnee und in der Nässe des Winters gegangen.
«Weißt du, Öppi», sagte sie mit einem schnellen Blick auf ihn, «damals hat ein Herr auf der Straße mich angeredet und mitzukommen aufgefordert. Einen Augenblick schwankte ich. Vielleicht hätte er mir ein paar Schuhe gekauft. Dann dachte ich an dich und lehnte ab. Hätte so viel wahrscheinlich nicht bekommen.»
«Mehr, Eva! Mehr! Hast jetzt Schuhe?»
«Ja, von Lia.»
Öppi kaufte ihr etwas Hübsches, Rotes, Koralliges, das sie ins Ohrläppchen klemmte, daraufhin sie neuartig fremd und reizvoll aussah.

«Willst du», sagte sie, «nicht in Cheudra und daheim bleiben, hier auf Grund deiner Begabungen eine Arbeit suchen?»
«Ein zwei- und dreifach Gescheiterter bin ich im Lande. Es gibt nur eins: Zurück in die Weltstadt!»
Eva kündigte Öppis Durchreise in Dresden bei Carlo Julius an, tief besorgt, daß die unterdrückte Eifersucht und neuerliche Abneigung ihres Mannes den Zusammenhalt mit Öppi gefährden könnten.
«Sei ruhig, ärgert euch nicht übereinander», schrieb sie ihm. «Es ist nichts zwischen Öppi und mir, was dich traurig oder ängstlich zu machen braucht, er ist unglücklich.»
Öppi sah den Freund, brachte ihm Taschengeld von Eva, Wurst für seine Mahlzeiten. Sie standen sich in etwelcher Entfernung gegenüber, wahrten den Anschein des früheren guten Einvernehmens. Carlo Julius war im stillen der Meinung, daß Evas bestimmter gewordene Anforderungen an ihn den Einflüsterungen Öppis zuzuschreiben seien. Vielleicht glaubte er das nicht so sehr wie er sich's einredete:
«Habe das Geld von Öppi für die Bilder bekommen, die ich vor langer Zeit für ihn gemacht habe. War unbeteiligt, hoffe, du seiest das auch bald. Nicht mit einem Wort hat er sich einzumischen gewagt, erst zuletzt, als der Zug, zu dem ich ihn begleitete, schon im Gange war, fiel's ihm ein, eine seiner beliebten Phrasen mir hinzuwerfen. Lachen muß ich! Unbändig freue ich mich, voll Schadenfreude bin ich im voraus, wenn ich mich als fertigen Tenor sehe, während er noch immer der gleiche eitle Schwätzer sein wird, der er immer war. Seine unreifen Theorien werden mir immer unerträglicher.»

Dolf und Lia, die neu Vereinten, Versöhnten, verlangten nach Zweisamkeit. Die Gütertrennung wurde aufgehoben. Lia unterdrückte ihre Enttäuschung darüber, daß Dolf das endlich Erreichte nicht so wichtig zu nehmen schien wie den seinerzeitigen Streit über die Sache. Muttchen Schöller schalt aus Berlin herüber. Eva fing an, sich im Hause als Störung zu empfinden. Sie hatte Dolf und Lia in ihrem Ehezwist beigestanden – konnte sie nicht selber dem Carlo Julius wieder näherkommen?
«Leg dich nicht im guten blauen Anzug schlafen. Wird der Smoking schön werden? Geh bitte zu unseres Kindchens Grab,

leg ein paar Blumen hin. Wie viele Jahre sind wir doch schon verheiratet? Wir wollen, wenn ich wieder bei dir bin, ganz anders miteinander in unserer Ehe umgehen. Die Trennung hat ihr Gutes gehabt, ich fühle es. Wenn du arbeiten willst, werde ich mir alles von dir sagen lassen. Nur lieb haben wollen wir uns, denn ohne Liebe kann deine Eva nicht leben, das weißt du. Alles Schwere sei vergessen.»
Die schlimmen Erinnerungen nahmen vor dem Verlangen nacheinander den Finkenstrich. Carlo Julius nickte in seiner Wohnung den Kindern auf den Bildern an der Wand bei jedem Vorübergehen zu, schrieb das Eva, küßte die Postkarten, die sie ihm schrieb, gelobte, alle schweren Hausarbeiten, wenn sie erst wieder da sein werde, ihr abzunehmen. Als sie zur Rückreise bereit war, fiel er um:
«Komm nur, wenn du kommen mußt. Von dir aus mußt.»
Die Verantwortung für alles Nachfolgende, hieß das, habe seine Frau zu übernehmen.

Als Öppi wieder nach Berlin kam, sah er zunächst nach, was unter seinen Titeln des «Schwarzen Schiffs», des «Schweins über Bord», des «Kohlentrimmers» und des «Abschieds vom Halstuch» der Herr Schriftleiter des Achtuhrblattes für Schwindeleien erzählt habe. Dicke Post! Was der log: von Schiffbruch, von des Kapitäns angeblicher Bibelstunde, vom geretteten Schwein, in dessen Augen die Dankbarkeit zu lesen gewesen sei. Das alles hatte er den Lesern der Weltstadt aufzutischen gewagt. Nun sollte Öppi pflichtschuldigst auch Seines auftischen. Er sah im Redaktionsvorraum die Herren Schriftleiter, das weiße Pochettchen aufgesteckt, aus der einen Tür heraus- in eine andere hineineilen und umgekehrt, hörte die Angestellten über eine teure ganzseitige Anzeige in der Gegenzeitung reden, die der ihrigen hätte zufallen sollen, und wäre gern ein Zugehöriger zum Ganzen gewesen. Herr von Wollff belächelte zu Öppis Verdruß dessen ersten Bericht: «Ihr Aufsatz? Über'n Nil! Bringt ein Huhn zum Lachen! Plaudern! Sie plaudern viel zu gezwungen.»
Aha, plaudern? Öppi hatte zu schreiben versucht!
Dann besann er sich auf den großen Eindruck der Kanalfahrt, schilderte sie nicht als ein Schiffsgast, sondern so, wie ein ferner Wüstenbewohner den Vorgang sah, setzte den Titel dazu: «Die

gewaltige Promenade». Er besann sich auf seinen Umgang mit der Besatzung, den vielerlei Männern, und verfiel auf eine brauchbare Bezeichnung für deren Gesamtbildnis: «Siebenundzwanzig Freunde». Jetzt war der Herr Schriftleiter zufrieden. Öppi kam ins Blatt mit der Sache, einmal, zweimal; mehr: Wollff schlug ihm eine Art Zusammenarbeit vor. Öppi, ein guter Beobachter, zuverlässiger Stoffsammler, sollte ihm die Früchte seiner Arbeit in die Küche bringen, die der Herr Schriftleiter mittels seiner Saucen den Lesern schmackhaft machen wollte. Öppi als Vor-Arbeiter! Keine Reisebeschreibungen, sondern pikante Geschichten, Kavalierserlebnisse, parfümierte Affärlein, am besten aus dem galanten Jahrhundert. Dort, in der Vergangenheit, setzte er Öppi auf die Spur eines Frauenjägers, von dem man nicht viel Genaues wußte. Das wenige Genaue sollte Öppi in der Bibliothek aus unbekannten Büchern ausgraben, dazu der Redakteur dann sein Ungenaues für den Geschmack der Abendblattleser setzen wollte. Vor allem ging es, neben Geldgier und Schurkereien, um Liebesgeschichten, ums Leibliche daran; das Blatt, die Setzerei und die Druckerei lieferten das Ihrige zum Erfolg dadurch, daß sie von Zeit zu Zeit ein paar Worte groß druckten, fett druckten, vom übrigen abhoben, wie das Bett-Wort und andere Bezeichnungen aus dem Liebes- und Verbrecherleben, die geeignet waren, die Aufmerksamkeit der Leser auf eine besondere Weise aufzurufen, die, so das Blatt einmal aufgeschlagen, sofort die Stellen erkannten, wo etwas Besonderes fürs Gemüt zu haben war.
Geschmacklos, niedrig und platt! Die nackte Geldlust stank aus den Spalten. Die Dummheit war mit Löffeln zu schöpfen.
Öppi, bis in die Knochen durchtränkt vom Schönen der Dichtung, von der Freude am schönen menschlichen Antlitz und der Dankbarkeit für das Empfangene, verzichtete blind, stolz und hochmütig, auf den einmal mehr ihm gebotenen Eingang ins wohlgeordnete ökonomische Leben, fand jedes Kohlenschippers Umgang von besserer Art als der war, den die Zeitung mit ihren Lesern pflog, und brach die Arbeitsgemeinschaft mit dem Redakteur ab.

... Komm tapfrer Taillefer, trink mir Bescheid,
    Du hast mir viel gesungen in Lieb und in Leid,

Doch heut, im Hastingsfelde dein Sang und dein Klang,
Der tönet mir in den Ohren mein Leben lang.

Schöner Taillefer! Wackrer Taillefer! Dientest und sangst. Tatst deine Sache recht! Offenbar war's: man konnte in Öppis Tagen ein ganz langweiliger, eitler Bursche sein, keine Augen haben, ein Abschreiber, ein Anpasser sein, liebenswürdig aufgeputzt, mit gutem Namen versehen, und einen bevorzugten, ja weithin sichtbaren Platz in der Weltstadt einnehmen. Warum nahm er, Öppi, keinen ein? Es lag nicht an der Weltstadt, lag an ihm. Die Worte, die großen, sinnschweren, sogen ihm das Leben aus. Die Tat, die Tat! war zu ergreifen, aber wie schwer, den Worten lebewohl zu sagen.

... Gott gebe mir nur jeden Tag
So viel ich darf zum leben
Er gibt's dem Sperling auf dem Dach,
Wie sollt er's mir nicht geben?

So hörte Öppi es von Ludwighardt, dem Vortragskünstler. Dieser Mann bat Öppi gern zu Gast an seinen Abenden, da hatte er dann einen in der vordersten Reihe sitzen, der sich aufs gute Zuhören verstand. Er lebte, nährte sich, bescheidentlich sicher, vom Gutgesprochenen. Ein reines Gewerbe das. Luka nährte sich auch mittels der Worte seines Mundes, dies im Spielen und zusammen mit vielen andern, als Teil eines Großgebildes, das man das Theater nannte. Kein Weg dahin zurück für Öppi. Er war mehr denn je auf sich allein gestellt. Obendrein schickte man ihm nach der Wiederkehr von allen Seiten alle Bühnenspiele zurück, die er den Theatern, damit man sie spiele, eingereicht hatte: das Spiel vom Grenzstein und der heiligen Vincenzia, das von Luka getadelte vom hohen Seil, und auch das Schuhmacherspiel kam nicht über Berlin hinaus. Unbrauchbar alles. Luka hatte recht gesehen. Weit zurück lagen schon wieder die Kohlenstaub- und Erzbrockentage, Öppi fiel seiner Traumwelt erneut anheim, der gleiche, der er gewesen, und doch nicht ganz der gleiche. Einzige, schmale, neu zu belebende Hoffnung: ein Vortragskünstler mit zersäbelter Backe, neue Verse, geschliffenere Sprache, größere Kraft. Neue Bemühungen im gleichen Zimmer des Herrn Oberstleutnants von vordem.

An den Sommersonntagen, wenn die Arbeitsamen ausflogen, wenn die Stadt sich leerte, die Schreibmaschinen ruhten und die Eingesperrten hinauszogen, wagte auch Öppi freier seine vier Wände zu verlassen. Stundenweit lief er durch die Wälder und an den Seen entlang. Ruderer schlugen das Wasser. Segler schwebten dahin. An den Ufern lagen die Badenden. Auf Schiffen tönte Musik. Zelte standen unter Bäumen. Schöngewachsene Menschen sonnten sich. Verliebte bargen sich hinter Büschen. Und die Farben leuchteten. In den Waldwirtschaften trank er nicht kühles Bier wie die andern, sondern heißen Tee, daß die schwitzenden Kellner die Köpfe schüttelten. Er kam auch da nicht mit den Gewohnheiten der Welt zurecht, sang laut auf den Waldstraßen, daß die andern Spaziergänger ihm verwundert nachschauten.

Einmal traf er zwei Mädchen, zwei Schwestern, die ihres Weges nicht mehr sicher waren, sie schlossen sich ihm an, aber die Strecken, die er zurücklegte, waren länger als die üblichen. Die Mädchen bekamen Blasen an den Füßen und hinkten. Öppi trug ihnen Fausts Verse vor, trank mit ihnen Kaffee in einer grünen Laube und erzählte von der andern Seite der Welt, wo er nie gewesen war. Abends, als man in die Stadt im Boot zurückkam, baten sie um seinen Namen. Er gab ihn mit leicht gönnerhafter Gebärde wie ein durchreisender Großer und küßte jeder der beiden Begleiterinnen zum Abschied die Hand, die in beiden Fällen rot und rauh vom Kartoffelschälen war oder vom Abwaschen. Die zwei Küchenmädchen oder Arbeiterinnen, dieser Umgangsweise ungewohnt, verstummten. Man stand mitten in einer Ausflüglermenge auf dem Bootsdeck. Eine sehr gut angezogene Frau beobachtete Öppis Abschied, verhehlte nicht ihre Verwunderung über die schlecht angebrachten Handküsse, die sie, das war deutlich zu merken, gern selber angenommen hätte. Öppi nahm keine Notiz von dem Entgegenkommen.

Die Unrast trieb ihn von Ort zu Ort, von Wald zu Wald. Mit jeder Faser seines Körpers hatte er das Gefühl des Unterwegsseins und mit jedem Gedanken. Die Gedanken klammerten sich an alles, was er sah, mit heftiger Zuneigung und ließen alles Ergriffene im nächsten Augenblicke wieder los. Er war Villen-

besitzer, solange er zwischen Villen ging. Er beschloß, Bauer zu werden, wenn die Felder unter seinen Füßen lagen. Er war Förster, Schiffer, Gastwirt, Sportler, Fabriksmann, eins nach dem andern am gleichen Tag. Rastlos spann sich Plan an Plan, zerrann Plan an Plan. Er heiratete bald dieses, bald jenes von den Mädchen, die er da oder dort einmal im Leben gesehen, oder bekam Kinder von der schönen Schauspielerin, die er in Lukas und Johns Gesellschaft getroffen, die ihn nach seiner Herkunft gefragt, die er seither nie mehr gesehen hatte. Mit zermartertem und müdegedachtem Hirn kam er abends zu Lene und zur Frau Oberstleutnant zurück, setzte sich an des Herrn Oberstleutnants Schreibtisch mit Aufsatz und schrieb's auf:
«Ich, in meiner Selbstherrlichkeit und Zurückgezogenheit, will lächerlicherweise auch die Liebe mit mir allein ausmachen, daher die Liebesgespräche, die ich führe, da die Mädchen reden, was ich grade gern höre, da ich, wie die Einsamen alle, bei mir beschließe zu lieben oder nicht zu lieben, dem Augenblick gegenüber ohnmächtig werde, da ich vorausdenke statt abzuwarten, vorgreife statt beim Gegebenen zu bleiben.»

Einst hatte er weite Wege durch die Wälder mit Luka zusammen gemacht. Mit leichtem Herzen und unter erfreulichen Gesprächen. Luka sollte wieder einmal mitkommen. Er kam auch. Es lag ihm nichts mehr am rastlosen Gehen oder daran, am Seeufer entlangzustreichen, wo doch fahrplanmäßig und bequem der Dampfer nach der Wirtschaft fuhr. Wozu die Unrast? Er war müde von der Vormittagsprobe. Anderntags stand ihm eine neue Probe bevor. Man mußte die Kräfte fürs Theater sparen, dort fielen die Entscheidungen; man mußte sich an die Menschen, nicht an die Wälder halten. Er saß breit auf der bequemen Bank an Deck, hatte den Hut weggelegt, ließ sich den Wind ums Gesicht streichen, und Öppi ärgerte sich, daß er darüber nicht wie ein Denker, sondern wie ein Genießer sprach. Früher hatten sie unterwegs bei bescheidenen Broten reiche Gespräche geführt, jetzt gab's bei bescheidener Unterhaltung ein reiches Essen, das Luka bezahlte. Öppi vernahm zuletzt, daß die ganze Reise, samt allen Haltepunkten und der Schiffsfahrt, die genaue Wiederholung eines Weges war, den Luka tags zuvor mit der schönen Schauspielerin gemacht, die Öppi bei ihm kennengelernt hatte und mit welcher er in seinen Gedanken manchmal einen Bauernhof bewirtschaftete und ein glückliches Leben führte. So kam er sich doppelt getäuscht und mißachtet vor.

Luka fuhr zweiter Klasse, Öppi wäre gern in die Holzklasse gegangen, die billiger war, in der er immer saß, aber Luka hatte sich an die Polster gewöhnt und wollte dabei bleiben, denn er gab auf dieser Reise den Ton an. Es begann zu regnen. Das Wasser rann an den Fensterscheiben des Wagens herunter. Sie saßen einander gegenüber. Keiner war mit seinen Gedanken bei dem, was er sagte. Mißmut, Enttäuschung, Neid und Eifersucht bewegten Öppis Inneres. Ein helvetischer Ausdruck kam ihm über die Lippen, aus lauter Ratlosigkeit, ein Straßenwort aus lang zurückliegenden Regentagen: «Es schifft.»

«Scheußlicher Ausdruck», sagte Luka und besiegelte damit seine Überlegenheit.

Luka hatte sich in Öppis Augen verändert, Öppi ebenso für Luka. Vorbei bei ihm die Munterkeit ihres Anfangs. Luka war immer noch munter, war es mehr denn je. Öppi gedämpfter. Was stand er still? Wartete worauf? Daß man ihm beistehe? Wie das? Da die Bühnen seine Spiele nicht haben wollten! Lästig, daß er sich's nicht besser gehen ließ. Sah er nicht dazwischen wie ein Anspruch, wie ein Vorwurf aus? Nicht frei von Wehleidigkeit!

«Wirst ein zerknautschter Kerl», hatte Luka, als rasche Zwischenbemerkung, die Aufrichtigkeit zu sagen. Ein kauziger Bursche also. Öppi behielt's im Ohr. Heimlich gekränkt zu sein war leichter, als Abhilfe zu schaffen.

«Schreib doch kleine Brettlverse, leichte Dinge von Puderbüchsen oder Schminkstiften, die sind beliebt, die wirst du los, das kannst du», sagte Luka.

Öppi stimmte ihm bei und dachte bei sich, daß die Freundschaft zu Ende sei. Er wagte nicht zu sagen, wie sehr er derlei Spielereien verachtete, wie sehr sein Herz an ganz anders gearteten Versen hing, aber diese andern, großen oder erhebenden Verse entfernten ihn von den Menschen, und er wollte doch zu ihnen zurück, zurück zu Luka und allen, um sich aus der Vereinsamung zu retten und die Angst vor der Verarmung loszuwerden, die ihn gepackt hatte.

Öppi fragte Luka nach Carlo Julius, der kurz vor Öppis Rückkehr bei den Berliner Theateragenten sich auf die Engagementssuche gemacht hatte. Luka war ihm dabei zur Seite gestanden, hatte ihn singen gehört.

«Wenig Aussicht, kühle Aufnahme», sagte er, «die Stimme schwach, alles vorsichtig vorgebracht, nicht überzeugend, keine Strahlung, nichts, das Kraft, Entwicklung, Erweiterung verhieße. Eine Zimmerpflanze, dieser Gesang.»

So war Luka: seiner Sache sicher, voll Wachstumsdrangs, voll Wollens, hart urteilend über das Unzulängliche.

Öppi begegnete der schönen Künstlerin, dem Wesen vom Rande seiner Heimat, nach langer Pause in Lukas Gesellschaft wieder, benahm sich ungeschickt, redete von seiner Arbeit fürs Abendblatt und seinen Zeitungen zu absichtsvoll, zu deutlich mit dem Bestreben, ihre Aufmerksamkeit zu erregen. Schalt sich hinterher aus! Er sah sie wieder, hoch auf dem Autobusverdeck sitzend, auf der Fahrt nach dem Stadtinnern zur Bühnenprobe, rief ihr, die Bibliotheksbücher unterm Arm, an einer Haltestelle seinen Morgengruß freudig zu, bekam den freundlichen Gegengruß, hielt die flüchtige Begegnung tagelang für ein großes Ereignis und lutschte an dem Vorkommnis wie ein Kind am Zuckerstengel.

An die Stelle der verlorenen, offenen Freundesgespräche von vordem setzte Öppi nun seine selbstbetrachterischen Notizen und stellte sich schriftlich selber zur Rede:

«Nach vielen Jahren der Freundschaft habe ich mich heute zurückgezogen. Luka hat eine Verabredung nicht eingehalten, war bei ihr, mit der ich gern meine Zeit zubrächte ... ich bin allein, er ist im Trubel, ich bin nichts, verachte mich, kann nicht dulden, daß er mich noch herabsetzt durch die Art, mit mir umzugehen. Habe mich Luka gegenüber wie ein Weib benommen, eifersüchtig, anstatt ihn zur Rede zu stellen, meinerseits nun eine Verabredung nicht eingehalten, den Gekränkten gespielt. Nach so vielen Beweisen seiner Achtung nun sein kleines Versehen benutzt, um meine große Verfehlung, Neid und Mißgunst zu verdecken.

Warum nicht ihretwegen Klarheit schaffen, eine lange Verbindung abbrechen? Kindisch: wenn ich jenes nicht haben kann, will ich obendrein verlieren, was ich noch habe ...

Ich glaube, daß ich in ihr allen Stolz, alle Leidenschaft und Kraft der Empfindung, Dauer, Wandlung in der Dauer, Wesensschön-

heit finde, die ich suche; glaube vor ihr erscheinen zu dürfen, wie ich im Grunde bin, ohne mich, um ihr zu gefallen, herabsetzen zu müssen. Immer mehr von sich zu wollen – sie verstände das! Herkunft und Blut, die Wahrheit, die Ordnung, aus der sie kommt – das ist meine uralte Heimat, mir ist, als liebte ich sie seit Hunderten von Jahren – wenn Luka das nun bekommt, bekäme! Ihn meiden, aus gekränkter Eitelkeit? Weil meine Werte nicht anerkannt werden? ... Die alte Verbindung mit ihm? – Ich breche! Ich ertrage es nicht, daß er sie und dazu einen Freund wie mich haben soll! Ich gönne ihm das nicht. Ich glaube, er schätzt sie nicht so wie ich. Auf andere Art vielleicht? Ich halte die meine für besser. Wie eingebildet, hochmütig, beschränkt! Wie eng, wie eng! Steht doch alles bei ihr.
... bei alledem: ich bin gespannt, neugierig, wie das werden wird. Wer kennt sein eigenes Herz!
Scharf hinsehen in solchen Augenblicken, da man noch glaubt, die Wahl der Handlungsweise zu haben, da doch eines Tages die Entscheidung ans Licht treten wird, die in mir schon gefallen liegt.
... auch dies: Wie fesselnd, das Ende einer Freundschaft zu betrachten. Woran sie stirbt. Wie sie stirbt. Selbst wenn das Herz dabei wehtut und das Verlangen nach Zugehörigkeit und Zuneigung so leidet, daß man weint ...
... Die Eifersuchtsgeschichte mit Luka – es gehört Schamlosigkeit dazu, das so auszusprechen. Überwindung auch. Mir ekelt vor mir. Wie erinnert mich das an frühe Erlebnisse meines Trotzes. Die ganze innere Landschaft sieht da gleich aus, wie sie einst aussah. Die gleiche Beleuchtung, die gleiche Bockigkeit, Erstarrung, selbstversponnene Art, wie gleich bleibt sich der Mensch! Wie wenig kennt er sich selber! Wie wichtig nimmt man seine guten oder großen Augenblicke, hält seine Ausnahmezustände fürs Wesentliche, denen in Wahrheit nur geringfügiges Gewicht im Rahmen des Ganzen zukommt ...
Jeder Mensch ist verdammt, nur ein Teil dessen zu sein, was er sein könnte! Hier liegt die Sklaverei, die Quelle der Sehnsucht nach Freiheit; verdammt nicht wegen des Zwangs der menschlichen Einrichtungen, verdammt dadurch, daß er ein Mensch ist, ein solcher, ein Einzelner, während er das Zeug zu einem völlig anderen auch noch in sich trägt ...

Luka nur von weitem nach langer Pause gesehen. Kühlen Blicks!
Wie? Man schlägt neu aus, treibt neue Zweige wie ein gefällter
Akazienbaum. Man überdenkt, be-denkt. Warum Schmerzen
mit sich herumtragen!
... Wieviel Erkenntnis, was für Erkenntnisse bringt das Wandern
am Rande der bewohnten Welt, dieses Auf-Bergen-Stehen, diese
Halbkrankheit des Geistes und des Gemüts. Wie anziehend
ist das, wie fesselnd! Wie gefährlich diese Dämmerung, dieses
Ruhen vor den Höhlen seines Selbst, dahinein man sich immer
wieder, aller Welt verborgen, zurückziehen kann ...
... Wagte heute, Luka nach ihr zu fragen. Daß ich sie liebe, hat
sie zu ihm gesagt. Sie weiß es und scheut. Eine schwere Sache,
fürchtet sie, würde das werden ... Eine Sache!»
Viel später: «Nochmals nach ihr gefragt. Lukas Auskunft: sie hat
einen Liebsten, bekannten Frauengast und unbedenklichen,
draufgängerischen Burschen und Betthelden.»
Ade!

Törpinghaus

Öppis Berichte im Achtuhrblatt richteten sein eingesunkenes
Ansehen da und dort etwas auf. Luka erwähnte sie, wo er sich
etwas davon versprach. Öppi kam mit ihm zusammen zu Törpinghaus und seiner Frau zu Tisch. Zur Zeit der Osten-Bühne
waren die beiden ein neuvermähltes und unzertrennliches Paar
gewesen. Die junge Frau hatte bei allen Bühnenproben ihres
Mannes mit großer Aufmerksamkeit und Geduld in den leeren
Stuhlreihen des Zuschauerraumes gesessen, auf ihn geachtet,
seine Angelegenheiten mit ihm besprochen, ihn ermuntert und
war bei den ausgedehntesten Bühnenproben bis zuletzt zur Stelle
geblieben. Ihre leise Art entzückte die lauten Theaterleute, sie
sah in ihrer Ergebenheit gegen den Gatten rührend aus oder leicht
lehrerinnenhaft, weil sie gelegentlich einen unvorteilhaften Hut
trug. Man wußte, daß Törpinghaus sie nach der ersten Begegnung
auf einem Ball schnurstracks geheiratet hatte und so, daß sie die
gelehrten Studien nicht hatte beenden dürfen, denen sie obgele-
gen. Sie hatte eine überaus liebenswürdige Weise gehabt, mit den
Theaterleuten umzugehen, hatte alle entzückt, weil sie scheu

und mädchenhaft war und von ihrer bevorzugten gesellschaftlichen Stellung nichts zu wissen schien.

Jetzt, als Öppi ins Haus kam, war sie anders. Scheinbar größer von Gestalt, schlank, modisch gekleidet, mit roten Lippen, viel sicherer, mehr im Vordergrund des geselligen Geschehens, gern lachend mit blitzenden Zähnen, die Augen dabei schließend, daß sie verführerisch aussah. Sie ging frei durch die weiten Wohnräume, daß Öppi ihr nachschaute, daß Luka ihr nachschauen mußte.

Nun saß Öppi in jenes Törpinghaus Wohnung, mit dem er während der ganzen gemeinsamen Osten-Bühnenzeit sozusagen nie ein Wort gewechselt, den er aber um so sorgfältiger beobachtet hatte. Törpinghaus litt, so wie Öppi an der Bühne gelitten: Unter der Scham, sich zu zeigen, auf Gefallen zu warten und mit fremden Worten und Gedanken sich zu zieren. Der Ehrgeiz trieb ihn, und die Angst vor dem Mißerfolg beraubte ihn der sorglosen Heiterkeit. Er schloß Verträge mit großen Theatern, die in keinem Verhältnis zu seinen Bühnenerfolgen standen, weil er einen großen Namen trug und von Hause aus den Stil derer mitbrachte, die von Menschen erreichen, was sie erreichen wollen. Dort war man gewohnt, die Zeitgenossen nach den eigenen Plänen zu zwingen und sie in Scharen ergeben kommen zu sehen: Arbeiter, Werkführer, Erfinder, Geldleute, Träumer und Rechner. Da rauchten die Kamine, dehnten sich die Fabrikräume, arbeiteten die Gehirne, rollten die Erzeugnisse Törpinghaus in die Welt. Da wollte der alte Törpinghaus seinen Sohn haben. Aber nun war er bei der Bühne, eigensinnig, trotzig und verbissen, und dachte in den Spalten der Zeitung mit nicht geringerem Ruhm zu erscheinen, als er im Handelsteil den Erzeugnissen der väterlichen Werke und den zugehörigen Wertpapieren zuteil wurde. Aber die Bühne widerstrebte seinem Bemühen.

«Sie haben's überwunden», hatte Törpinghaus zu Öppi gesagt, als dieser der Osten-Bühne den Rücken kehrte. Er warb nach so viel Jahren immer noch um den Erfolg und dachte, durch Fleiß und saure Arbeit die widerspenstige Bühne zu zwingen. Seine Frau aber war in der Zwischenzeit zur unentbehrlichen Mitarbeiterin und Lehrerin geworden. Ihr Ohr hatte sich verfeinert. Viele Nächte hatte man dem unersättlichen Theaterdrang geopfert. Ohne merklichen Erfolg. Manchmal war sie des blinden Eifers müde und mußte den arbeitenden Gatten mit jenen vergleichen, die Meisterleistungen lächelnd und ihrer nur halb bewußt vollbrachten. Zum Beispiel mit Luka. Ihm gelang mit Leichtigkeit, was jenem mißlang, und er hatte als Spieler alles das in Fülle, was dessen Frau immer deutlicher an ihrem Mann vermißte. Er kam oft zu den beiden Eheleuten zu Tisch, kam oft in Rollen mit Törpinghaus zusammen, die Arbeit ging in leichterer Weise mit ihm als sonst vonstatten, und es war in seiner Nähe leicht zu leben. Frau Törpinghaus bewunderte den aus dem Dunkel ohne jeden Helfer, nur durch seine Begabung ans Licht gekommenen Künstler. Einmal saßen sie zu dreien bei einer festlichen Vorstellung im schönsten Theater der Stadt. Luka neben Törpinghausens Frau. Er konnte nicht zuhören. Er mußte an die Frau an seiner Seite denken und daran, daß ihr Gatte sich zuwenig aus ihr und zuviel aus einer aussichtslosen Laufbahn mache. Ihr bloßer Arm lag neben ihm auf der Lehne des Theatersitzes. Das Schauspiel vor den Sitzen war Spiel wie immer und wie er's selber täglich trieb, aber der Arm an seiner Seite war eine neue und verwirrende Nachbarschaft. Er berührte den Arm. Ohne recht zu wissen, was er tat. Sie legte für einen Augenblick ihre Hand auf die seine. Hernach saßen sie alle drei beisammen im Licht. Törpinghaus redete von der Vorstellung, aber Luka und die Frau sahen sich in die Augen.

«Mein Gatte rührt mich nicht an», sagte sie, um sich zu verteidigen. Sie umarmte Luka im ehelichen Schlafzimmer, und er erfuhr alles, was sie von sich, von ihm, vom Ehemann und von ihrer Ehe gedacht und mit dem Gatten nicht besprochen hatte, weil er es nicht hatte hören wollen oder keine Zeit zum Zuhören gefunden hatte. Wenn sie nun alle zusammensaßen und der Ehemann mit seiner Unrast und Ungeduld, mit seinem Ehrgeiz oder mit seiner gewissen herrschsüchtigen Eckigkeit das Vergnügen des Augenblicks störte, nahm Luka bei sich in allem ihre Partei, nahm er sich in seinen Überlegungen das Recht, den Ungeschickten zu hintergehen.

Sie war die fertigste Frau, die angesehenste, die am besten gekleidete, am reichsten gebildete, von den besten Männern verehrte Frau, die ihn je geliebt, aus dem schönsten Hause und hinter dem Rücken des ungewöhnlichsten Mannes. Er war berauscht. Früher hatte er in Großvaters Kleiderkeller hinterm Ladentisch

geschlafen, nun in solcher Umgebung, und nur darum, weil er war, wie er war, und weil er spielte, wie er spielte.
Die Erfahrungen schüttelten ihn. Er mußte davon sprechen, anvertraute sich Öppi.
Dem fällt alles in den Schoß, dachte dieser und schlug sich auf die Seite des Ehemannes.
«Du mußt wissen, daß du seine Freundschaft aufs Spiel setzest.»
«Was liegt mir an ihm!»
Der Sieg über den Ehemann bläht ihn auf, dachte Öppi.
Luka vernahm von der vornehmen Frau die berauschendsten Geständnisse. Er war ihr erster Geliebter, auf den die vom Gatten Vernachlässigte oder von ihm Unentdeckte, ohne es recht zu wissen, gewartet hatte. Sie vergaß sich völlig an ihn. Die Unerfahrenheit machte sie unvorsichtig. Die Leidenschaft machte sie blind. Sie fuhren zusammen nach Liebesverabredungen im offenen Wagen durch die Straßen der Stadt, hinaus in die Wälder oder nach den Seen. Den Blicken der Straßengänger preisgegeben, lag sie glücklich in seinem Arm; der Wind blies ihr übers Gesicht und wehte durch die Haare. Sie kam in sein Zimmer, wo schon andere Geliebte bei Luka gewesen, setzte sich seinen heimlichen Vergleichen aus und den Beobachtungen des Mädchens, das die Tür öffnete. Wo war die gesellschaftliche Haltung, die sie vorher in den weiten Räumen der ehelichen Wohnung besessen? In den Gängen und halbverdunkelten Räumen des großen Theaters, wo der Gatte und Luka ein Stück einübten, fragte sie häufiger als früher nach Luka, und die feinen Ohren der anderen Frauen hörten den neuen Ton. Sie widersprach den Plänen einer ganzen Gesellschaft von Spielern, die zusammen eine Gemäldeausstellung besuchen wollten, weil Luka mit war, weil sie nicht mitgehen konnte, weil sie zur Teestunde in ihrem eigenen Hause erwartet wurde, und zwang, um Luka bei sich zu sehen, ihn und alle andern, das Vorhaben aufzugeben und den Tee bei ihr zu nehmen. Sie verlor jede Überlegenheit und Besinnung, ja den guten Geschmack, nahm, mit Luka im Wagen sitzend, seine Hand verliebt in die ihre, während vor ihnen der Gatte am Steuer saß, von dem sie wissen mußte, daß er ein unberechenbarer und gefährlicher Beleidigter sein würde.
Es war mehr, als Luka gewagt hatte. Die dauernde Gefahr des Entdecktwerdens und die immerwährende Heimlichkeit waren ihm

auf die Länge sehr unbequem. Sie verdarben ihm die wahre Freude an ihr. Die Liebe litt darunter. Sie merkte nichts und verschlimmerte dadurch den Zustand. Er wurde der Geliebten satt und versuchte, das Mißvergnügen, das er selber deswegen über sich empfand, durch ungerechtfertigte nachträgliche Urteile über die Geliebte zu mildern. Seine wachsende Zurückhaltung machte sie vollends wirr. Sie kämpfte um die Fortführung der Liebschaft, schminkte sich stärker und kam in auffällig betonter Eleganz zu ihm. Die Frauen am Theater waren inzwischen ihrer Sache sicherer geworden und tuschelten unverschämt über die beiden. Törpinghaus wurde aufmerksam.

Eines Tages, als Öppi wieder nach der Wohnung des Ehepaars kam, war sie leer. Eine kleine Krankenschwester huschte durch die Räume. Törpinghaus befand sich in einer Nervenheilanstalt, die Frau war fort.
Nach seiner Rückkehr klingelte der Gatte bei Öppi an. Öppi war Lukas Freund und mußte wissen, was zwischen diesem und seiner Frau vorgefallen war. Törpinghaus wollte im Grunde nichts wissen, wollte nichts wahrhaben, er fragte zwar nach den Geschehnissen, aber er schämte sich zugleich seiner Fragerei. Durch die Art, wie er frug, bat er gleichzeitig, daß an allem nichts Wahres sein, daß der Befragte keine Auskunft geben möchte. Er erwartete die Bestätigung der Untreue und fürchtete sie. Was hatte die Frau preisgegeben? Sich selbst? Oder auch ihn? Was von ihm? Wieviel von ihm und ihrem Leben zu zweit? Wußte Öppi, ob sie, Julia Törpinghaus, Lukas Geliebte gewesen? Wenn sie's nur nicht gewesen wäre! Wenn Öppi nur nein sagen würde, denn dem Öppi konnte man glauben.
Öppi sagte nein.
«Luka liebte und verehrte Ihre Frau, etwas anderes hat er mir nicht erzählt, und er hätte mir mehr erzählt, wenn ein Anlaß dazu gewesen wäre.»
Törpinghaus atmete auf. Die Theaterweiber allerdings boten ihm Beweise an, aber das waren untergeordnete Geschöpfe, und er lehnte es ab, sich mit ihnen über seine Frau zu unterhalten. Die Börsennotizen der väterlichen Werke machten von sich reden, es war peinlich, mit einer Ehegeschichte von sich reden zu machen. Sollte er Luka töten? Aber Öppi hatte gesagt, daß nichts vorge-

fallen sei. Immerhin, Luka hatte ihn schmählich hintergangen, und er würde natürlich im Leben kein Wort mehr mit ihm wechseln.
In der Wohnung herrschte ein großes Durcheinander, an manchen Möbeln hingen weiße Zettel, und die Bibliothek war geteilt. «Anna Julia» stand auf den Zetteln. «Die gehören meiner früheren Frau», sagte Törpinghaus, als rede er von einer Gestorbenen.
Die Frau war bei ihrem Vater. Im Weltbad. Sie ging dort an seinem Arm, groß, schlank, gut angezogen, und er war stolz auf sein Kind. Wie erfreulich, ein paar Worte mit der Gescheiten reden zu können, ohne daß der Schwiegersohn mit seinen absonderlichen Ansichten dazwischenkam oder mit seinem Eigensinn und unbequemen weltfernen Ehrgeiz.
Die Ehescheidung war nicht zu vermeiden. Die Nacht, die ihrer Trennung von Törpinghaus vorangegangen, ließ darüber keinen Zweifel. Und dann waren da die Erfahrungen mit Luka. Die Liebe! Aber davon durfte nichts an den Tag kommen. Die Zeiten waren hart, die Bequemlichkeiten des Lebens erforderten Mittel, Geld war schwierig zu erwerben. Die Rente mußte gerettet werden. Es durfte keine Schuld bei ihr sein.
Wer konnte allenfalls um das Vorgefallene wissen? Die Theaterfrauen. Mochten die ihre Vermutungen haben und äußern, deren Wahrheit konnte man leugnen. Wer sonst noch? Öppi vielleicht? Wenn Luka sich dem Freund anvertraut hätte! Sie kam zurück. Im ersten Hotel stieg sie ab. Wie eine Fremde. Öppi saß bei ihr, unten in der großen Halle zum Fünfuhrtee, wenn die Musik spielte. Sie trug einen schwarzen Samthut, von dem der Schleier ihr spielerisch bis über die Mitte des Gesichts herunterhing. Die Kellner bedienten sie mit ausgesuchter Höflichkeit. Sie sprach ausgezeichnet und sehr lebhaft vom Weltbad, aus dem sie kam, und von den überaus komischen Männern, die sie dort von ihrem Zimmer aus auf dem Dach des gegenüberliegenden Hotels hatte beobachten können, eine Art Mönche, die ihre Sonnenbäder genommen, ohne einen Badeanzug auf dem Leibe zu tragen. Derlei Schilderungen hatte Öppi nie von ihr gehört, als sie noch bei Törpinghaus durch den hohen Wohnraum ging.
Ob er Luka, seinen Freund, gesehen?
«Lange nicht», sagte Öppi.
Ob er aber von den dummen Redereien gehört, von dem sinnlosen Geschwätz, das sich in bezug auf sie und Luka herumgesprochen?

«Sinnloses Geschwätz», sagte sie, und «Sagen Sie Luka», fügte sie mit Eindringlichkeit hinzu, «daß er derlei Gerüchten nachdrücklich entgegentreten soll, da er doch am besten weiß, daß an all dem nicht ein wahres Wort ist.» Dabei sah sie über den Teetisch zu ihm hin, sah ihm stracks in die Augen. Ganz ruhig! So konnten schöne Frauen lügen! Das gab es!
Öppi verzog keine Miene. Hatte er je in einem Bühnenstück eine fesselndere Rolle gespielt? Was war auf der Welt alles möglich! Womit hatte er nur seine Zeit bis anhin zugebracht! Gott dafür zu danken, daß er ihm ein menschliches Antlitz gegeben und das schöne Vermögen, die Sonne sehen zu können und den Mond und die Berge. Was aber so ein schönes menschliches Antlitz alles verbergen konnte, darüber nachzudenken hatte er wohl bis anhin zuwenig Zeit verwendet.

Die Scheidung wurde eingeleitet. Die Rechtsanwälte der beiden Parteien hausten Tür an Tür. So war die Verständigung über die gegenseitigen Ziele leicht. Je leiser alles ging, um so besser. Vor allem handelte es sich drum, die Rente für die geschiedene Frau herauszuholen. Törpinghaus war bereit, sie zu zahlen. Warum? Was hatte er begangen? Wer hatte die Ehe gebrochen? Der Mann oder die Frau? Die Frau doch, wie Öppi wußte. Warum wollte er zahlen und der Schuldige scheinen? Aus Ritterlichkeit, aus Feingefühl, Feigheit, Stolz? Aus Dankbarkeit für die gemeinsam verbrachten Ehejahre oder um die Scheidung zu erleichtern und unangenehmen Fragen der Richter nach den Verborgenheiten seines ehelichen Lebens zu entgehen? Warum schonte er die Frau in ungewöhnlicher Weise? War er sich irgendeiner Schuld ihr gegenüber bewußt? Einer feineren Schuld, einer tieferen verborgenen Schuld als die war, welche er nun vor dem Gesetz auf sich nehmen wollte: Ehebruch.
Törpinghaus suchte einen Zeugen für seinen Ehebruch. Einen Zeugen für eine Verfehlung, die er nicht begangen. Einen lügenhaften Zeugen, der Törpinghaus einen Gefallen erweisen sollte. Man konnte solche Zeugen irgendwo in der Stadt für Geld haben. Unter seinen Anhängern hätte sich mehr als einer zu dem Dienst bereitgefunden, irgendein Schauspieler, der geeignet war, die Rolle eines Zeugen zu spielen, und dem sich so die Gelegenheit geboten hätte, näher an Törpinghaus heranzurücken. In Wirk-

lichkeit hatte ihn keiner je in anderer als in seiner Frau Begleitung gesehen, keine Frau des Theaters hatte hinter den Kulissen je eine Zärtlichkeit von ihm erfahren, weder eine wahre noch eine gespielte. Törpinghaus ehebrüchig? Das zu bezeugen, konnte für den Beklagten wie für den Zeugen zur Posse werden. Es handelte sich zwar nicht darum, als unmittelbarer Zeuge aufzutreten, der mit Augen gesehen, was er erzählen sollte, sondern nur als mittelbarer, dem Törpinghaus sich anvertraut hatte. Der Vertraute aber mußte sorgfältig ausgesucht werden, denn das Auftreten eines Unwürdigen oder allzu anders Gearteten machte Törpinghaus lächerlich vor den Richtern.

Er bat Öppi. Mit etwas starren, erschrockenen Augen und unter vielen Entschuldigungen. Es kam ihn sauer an, zu bitten, und Öppi empfand die Auszeichnung, die darin lag, daß Törpinghaus sich an ihn wandte. Er sagte zu. Er war einverstanden, vor den Prozeßbeteiligten als der Angeber zu erscheinen, der mit Törpinghausens vertraulich gegebenen Eröffnungen zu dessen Frau gelaufen war und geplaudert hatte.
Vielleicht konnte er Törpinghausens Freund werden? Er hatte keinen, wie ihm schien, und Öppi selber hatte den seinigen verloren. Nun schlug er sich auf Törpinghausens Seite. Aus alter Neigung und mit der Genugtuung zugleich, Luka die Untreue in der Freundschaft vergelten zu können. Die Vergeltung aber erhielt ihren besonderen Reiz und eine Art vollkommener Form dadurch, daß Öppi, rein äußerlich betrachtet, ja Lukas Sache mitvertrat, weil er des Liebhabers Geheimnis behütet, weil er als Entlastungszeuge für die ungetreue Frau erschien, weil er half, die Aufmerksamkeit vom Wesentlichen abzuziehen, sie vom geschehenen Ehebruch auf den erfundenen zu lenken. Oh, es war ein wundervolles Zusammentreffen erfreulicher Umstände: er diente Luka, er diente der Frau, er diente Törpinghaus, der ihn an der Bühne nicht beachtet oder nicht aufgefaßt, der, wie er, in Zimmern auf und ab gegangen und vor sich her geredet, um ein Bühnenheld zu werden, und doch wie Öppi mit viel Mühe wenig erreicht hatte, während die süßen Früchte des Ruhms andern mühelos in den Schoß fielen. Nun war er gekommen, damit Öppi für ihn vor Gericht ein falsches Zeugnis ablege.

Das zu tun war strafbar. Aber Öppi kümmerte sich nicht darum, er hatte ohnehin wider die Gesetze gehandelt, nicht wider die geschriebenen, aber wider die ungeschriebenen, nicht minder strengen des Lebens: sich rechtzeitig um einen guten Platz in der Welt zu kümmern, den täglichen Erfordernissen nachzuhängen, einen Beruf und ein Einkommen zu haben. Törpinghausens Vorschlag bewies es: leichter, aus einem Träumer ein Schuldiger vor den Gesetzen als ein wacher Tagmensch nach allgemeinem Zuschnitt zu werden.

Öppi erfand eine ehebrecherische Liebesgeschichte für Törpinghaus samt den Aussagen, die zu ihm selber zur Sache gefallen waren. Nur eben das Erforderliche! Nicht zuviel und nicht zuwenig. Er erfand die vorgekommenen heimlichen Zusammenkünfte und deren Orte samt einigen Aussprüchen der leidenschaftlichen Verliebtheit Törpinghausens zu der Frau, die es nie gegeben. Die also vorbereiteten Aussagen unterbreitete er Törpinghaus in dessen Wohnung, da, wo seine wirkliche Frau und Luka sich umarmt hatten. Der Mann wand sich wie eine Blindschleiche, der man auf den Schwanz tritt, aber er war zufrieden. Öppis Bericht tönte ungemein schonungsvoll.

Die Anwälte waren ihres Erfolgs sicher. Sie wollten mit der Scheidung glatt durchkommen. Die Herren hielten auf erstrangige Kundschaft. Ihr Ruf war glänzend, ihre Streitfälle erfüllten die Presse, ihre Preise waren sagenhaft hoch, ihr Verstand verblüffend. Törpinghausens Sache war bescheiden, trug aber den Namen der Großwerke, deren Erzeugnisse die Welt durchreisten und deren Papiere die Weltbörsen in Bewegung brachten. Man hatte Tee in Gesellschaft zusammen getrunken. Die rein sachliche Angelegenheit zeigte in diesem Fall einen freundschaftlich persönlichen Schimmer, und es galt, die Verhandlungen mit größter Schonung der beiden Beteiligten zu führen. Die Anwälte waren einig. An deren Übereinstimmung konnte es nicht fehlen. Die Forderungen waren abgestimmt. Die Richter brauchten bloß ja zu sagen. Es gab keinen ungewissen Punkt mehr. Nur der Zeuge Öppi konnte etwas Unvorhergesehenes sagen. Mit dem mußte man sich ins Einvernehmen setzen.

Törpinghaus brachte Öppi zum Anwalt. Es gab ein Zimmer mit holzgetäfelten Wänden und Leisten, viele Bücher hinter Glas, einen großen Tisch und reich geschnitzte Stühle, wie er sie bis-

her in friedlichen Wohnräumen, nie aber in Vorzimmern geschäftemachender Herren getroffen. War er vielleicht zu einer freundschaftlichen Unterhaltung eingeladen, zu einem Gespräch über seine Zukunft, weil er Törpinghaus den großen Gefallen tat?
Der Herr Rechtsanwalt aber, der schließlich erschien, sah nicht nach Umschweifen aus. Der war glatt, jung, korrekt, setzte sich Öppi gegenüber und ging, ohne jede Frage nach dessen Zukunft, stracks auf die Sache selber los:
«Herr Törpinghaus hat Ihnen einiges von seinen Zusammenkünften mit einer Frau erzählt, die nicht die seinige war. Wollen Sie mir wiederholen, was Sie wissen.»
Wie? dachte Öppi, der tut ja, als ob er von der ganzen Spiegelfechterei nichts wüßte? Die Frau ist doch meine Erfindung, grad für den Herrn Anwalt habe ich sie erfunden, und nun tut der so, als ob er sie für ein Geschöpf aus Fleisch und Blut hielte und den ganzen Zauber für Wahrheit ansähe. Der große Prozeßler spielte vor ihm in seinem vornehm getäfelten Zimmer den ehrlichen Rechtsmann. Der gebärdete sich so, als glaube er selber an den Zeugen, den er von Törpinghaus für den glatten Verlauf des Prozesses gefordert hatte. Aus Advokatenvorsicht. Um sich keine Blöße zu geben. Man traute ihm, Öppi, nicht. Man brauchte ihn, aber man hielt nichts von ihm. Man mußte sich für den Fall vorsehen, daß er hinging und die ganze Abmachung mit der falschen Zeugenaussage ausplauderte.
Das wurmte Öppi. Er zerstörte dem Anwalt die Rolle des Uneingeweihten, die er hatte spielen wollen.
«Machen Sie den Richter, Herr Doktor», sagte er, «fragen Sie mich so, wie der nach Ihren Erfahrungen allenfalls fragen kann, und ich werde mit meinen Erfindungen antworten.»
Der Anwalt tat's.
Öppi berichtete Törpinghausens Aussagen, ohne zu stocken. Er schilderte dessen verliebte Verabredungen und Entzücken mit gelassenen Worten, indessen Törpinghaus, der zu dem Probevorgang ebenfalls Mitgekommene, in der Ecke des Zimmers auf einem Stuhle saß und leidend aussah. Öppi hatte von seinen Dichtern genügend Wörter und Worte gelernt, um sich gut und mit Maß und Form ausdrücken zu können. Die Ehebruchsaussagen wurden in eine Art dichterische Höhe gehoben. Es gab

keine platten Aussprüche, keine gewöhnliche Redeweisen fielen aus der Geliebten und aus des Liebhabers Mund.
«Haben Sie den Erzählungen des Herrn Törpinghaus Glauben geschenkt?» fragte der Anwalt-Richter zuletzt. Törpinghaus hob den Kopf. Hier war eine Klippe. Ein Nein war unmöglich, ein glattes Ja aber warf kein gutes Licht auf die Klugheit des Zeugen. Es gab eine Pause.
«So, wie ich Herrn Törpinghaus kenne, hatte ich keine Ursache, an der Wahrheit seiner Berichte zu zweifeln.»
«Gut», sagte der Anwalt. «Wie lange kennen Sie Herrn Törpinghaus?»
«Seit mehreren Jahren.»
Seit mehreren Jahren. Das war gut für den Prozeß. Immerhin: der Anwalt kannte Törpinghaus gut, war von dessen Umgang im wesentlichen unterrichtet, aber von Öppi hatte er nie etwas gehört. Das war wohl einer von den vielen, die sich in Törpinghausens Kreise drängten, weil sie sich den oder jenen Vorteil davon versprachen.
Öppi witterte des Anwalts Gedanken. Sie beleidigten ihn. Auf der Straße entschuldigte sich Törpinghaus für die Unannehmlichkeiten, in welche er ihn verwickelte. Öppi stand vor großen Dunkelheiten. Warum zahlte Törpinghaus, wenn er doch ohne Schuld war, so bereitwillig die Rente, noch ehe ein Richter gesprochen? Was hatte seine Frau zu Luka gesagt: er rührt mich nicht an? Was verbarg sich da? Öppi war nicht neugierig. Törpinghaus würde als Freund ihm eines Tages die volle Wahrheit sagen. Er wartete umsonst. Törpinghaus schwieg, Öppi blieb ein Werkzeug, das er gebraucht hatte.
Der unmittelbarste Vorteil der Öppischen Zeugenschaft fiel der Frau zu. Er verschaffte ihr die Freiheit und die Rente. Sie rief ihn in das große Hotel, mitten in der Stadt, wo die Fürsten abgestiegen und wo es große Rechnungen gab, die Törpinghaus bezahlen mußte, da sie noch immer seine Frau war. Der Kellner brachte den Tee ins Zimmer, die schöne Frau lag auf dem bequemen Sofa und war liebenswürdiger gegen Öppi als je zuvor. Auf den Lippen lag deutlich das Rot, und das weiche Seidenkleid schmiegte sich eng an ihre Glieder. Draußen dunkelte es, und sie wußte allerlei Klatsch über das Liebespaar im nächsten Zimmer.

«Oh, er benimmt sich ja so schlecht», sagte sie von ihrem Mann, aber sie meinte damit nicht einen der Mängel, die man in der Regel mit diesen Worten bezeichnet, vielmehr dachte sie dabei an das eine oder andere Möbel ihres gemeinsamen Hausrats, das er nicht herausgeben wollte, an diese oder jene Bücher, an eine Kette, ein Schmuckstück, ein Schränkchen oder Bild, das sie gern gehabt hätte. Sie war im gegenseitigen Einverständnis inzwischen einmal in der ehelichen Wohnung gewesen und hatte die Zettel mit ihren Namen nicht auf allen Gegenständen gefunden, darauf sie nach ihrer Meinung gehört hätten. Die Frau hatte sich manchmal des leichten Umgangs mit dem großen Schwiegervater gerühmt und war stolz darauf gewesen, daß der große Fabrikherr sich mit ihr gut verstanden hatte, aber nun verfiel er der Ablehnung und einem Achselzucken vor Öppi, hatte Mängel des Wesens, die den mächtigen Mann erniedrigten und ihn klein vor den Gestalten der Verse werden ließen, die Öppis Gedanken erfüllten.
Ein wenig verwirrt nahm er endlich Abschied. Im Zimmer und in allen Gängen des Hauses lagen dicke Teppiche. Man hörte keinen Schritt. Unwillkürlich machte Öppi beim Weggehen die Türe hinter sich ganz leise zu, und als er lautlos den Gang entlang ging, kam's ihm vor, als habe er im ersten Berliner Hotel seine heimliche Geliebte besucht.

Frau Törpinghaus brachte ihn ebenfalls zu ihrem Anwalt, dem Geschäftsteilhaber des Törpinghausenschen Rechtsverteidigers. Sie saß nicht, wie ihr Gatte, zerknirscht auf dem Stuhl, um zu hören, was Öppi zu sagen hatte, o nein, da saß Öppi als Nebensache im Stuhl, sie aber stand vor dem Schreibtisch, lächelte, wiegte den Kopf, blickte durch den Schleier, klagte, jammerte, forderte dieses Schmuckstück und jene Perlenkette, die ihr gehörten, ein wenig hart, ein wenig laut; und ihr gegenüber stand der Anwalt, ganz jung, viel jünger als der erste gewesen, glatt wie ein Bub, mit schönem Kragen, mit sorgfältig gewähltem Schlips, mit glänzenden Zähnen und lächelte und grinste und scherzte, als stände es in seinem Belieben, ihr noch ein paar Schmuckstücke und Ketten mehr herauszuholen, vorausgesetzt, daß sie ihn nur genügend bezaubernd drum bitte. Öppi war wie Luft, man gab mit ihm sich überhaupt nicht ab.

Hernach ließ auf der Straße die kokette Frau ein abfälliges Wort über den schönen Anwalt fallen, das nach Entschuldigung klang. Öppi ging gern neben ihr zwischen den gutgekleideten Menschen auf dem großen Spazierweg und im Schein der abendlichen Lampen. Es war Spätherbst geworden, da man nicht mehr draußen herumstreifen mochte, Herbst, da das Licht abnimmt und die dunkler werdende Welt die Menschen näher zueinander bringt. Frau Törpinghaus kaufte an der Straße ein paar Quittenwürstchen, die sie als Kind gegessen, die Öppi ebenfalls als Kind gegessen; nur so im Vorbeigehen, mit zwei Fingern nahm sie die Dinger vom Verkaufstisch, spielerisch und zum Spaß, und gab Öppi auch davon. Später sah sie in einem Schaufenster eine große graue wundervolle Blume, die Blume, welche eben Mode werden sollte, die man oben an der Schulter ansteckte, ganz oben, daß sie neben dem Hals herunterfiel. Sie zeigte Öppi, wie die Blume fallen mußte, damit der rechte Schick zustande käme, und erzählte ihm dazu einen Witz, drin ein geiziger Ehemann eine lächerliche Rolle spielte. Öppi hätte ihr in dem Augenblick beweisen dürfen, daß er geizige Ehemänner aus dem Felde zu schlagen verstand, er fühlte, daß sie die Blume von ihm angenommen hätte, dennoch konnte er sich nicht zu dem Geschenk entschließen, es hätte genau so viel wie eine Monatsmiete gekostet, und er wurde ohnehin von Tag zu Tag ärmer.

Am Gerichtstag saß er viel zu früh im Gerichtsgebäude. Nicht allein! In allen Gängen gab's Menschen, auf allen Bänken saßen sie, kamen und gingen. Treppen hinauf, Treppen hinunter, Rechtsanwälte bogen um Ecken, Aktenmappen wanderten durchs Haus. Endlose Gänge, Türen, Türen, Türen! Hinter allen Türen wurde gesprochen, verhandelt, geurteilt. Man konnte hineingehen und zuhören. Öppi tat's, vernahm verblüfft manche Kleinigkeiten aus vielen Leben, von deren Dasein er im Augenblick vorher nichts geahnt. Häuser wurden aufgeschnitten und wiesen ihm ihren Inhalt: streitende Menschen; Wohnungstüren sprangen auf, Schiebladen gaben ihre Geheimnisse vor ihm preis, der nur ganz zufällig hergekommen und mit halber Scham anhörte, was ihn nicht betraf und was nur deshalb nun ans Licht kam, weil Streit war, weil die Anwälte an den Kleinigkeiten ihren Witz, ihren Verstand und ihre Fähigkeit beweisen sollten. Wirklich befaßten

sie sich mit größtem Ernst mit dem Kleinkram, den sie aufgetischt bekamen. Diese Menschen zankten sich, aber sie befaßten sich miteinander, er befaßte sich mit niemandem. Worauf wartete er? Warum nahm er nicht seinen gehörigen Anteil an den Kleinigkeiten des Lebens, die doch, wie's schien, das Leben selber waren? Öppi saß auf der Bank vor dem Zimmer, das man ihm bezeichnet hatte. Durch den Gang kam Frau Törpinghaus. Sie sah fertig wie zum Nachmittagsspaziergang aus und ging in den Saal hinein. Dann erschien Törpinghaus mit dem Anwalt. Er war blaß. Der Anwalt öffnete die Tür, sie gingen hinein, der Zeuge Öppi mußte warten. Es dauerte nicht lange, da kam Frau Törpinghaus durch die zweite Tür wieder zurück. Strahlend! Lächelnd! Mit einer Handbewegung gegen Öppi: das ist ja nichts. Sie war frei. Sie sah aus wie ein Befreiter, der beim Zahnarzt ohne Schmerzen davongekommen ist, und ging den Gang entlang fort. Bald darauf erschien Törpinghaus, bleicher als vorher, warf den Kopf in den Nacken, schaute weder nach rechts noch nach links und verließ das Haus.
Öppis Zeugnis war nicht nötig gewesen. Nun kümmerte sich niemand mehr um ihn. Eine Weile noch blieb er auf der Bank sitzen. Es war Nachmittag geworden. Jenseits des Wassers lag vor dem großen Gebäude ein weiter Park, die Sonne fiel auf die Bäume. Steinfiguren standen am Uferrand, und die Welt sah friedlich aus.

Frau Törpinghaus kehrte in das Haus ihres Vaters zurück. Öppi saß dort zu Tisch. An den Wänden der Wohnung hingen alte, berühmte Bilder. Das Essen war ausgesucht gut, und man ging mit selbstverständlicher Freundlichkeit mit ihm um.
«Haben Sie meine frühere Frau gesehen?» fragte Törpinghaus von Zeit zu Zeit. Mit Mißtrauen in der Stimme. Öppi gestand jedes Zusammentreffen, erzählte, was allenfalls gesprochen worden. Es lag ihm dran, in Törpinghausens Nähe zu bleiben. Er diente ihm. Der geschiedene Mann brauchte neue Möbel für seine leergewordenen Räume, suchte schöne Stücke bei Althändlern aus und hatte viel zu tun, das Passende an verschiedenen Stellen zusammenzusuchen. Er fuhr mit dem Wagen bei den Läden vor und wurde mit Bücklingen empfangen.
Öppi gab sich so, daß gelegentlich ein Bückling der Händler auch für ihn abfiel. Törpinghaus hatte seine ganz besondere Vorstellung von der zukünftigen Gestalt seiner Räume, beriet sich zwar dar-

über immer wieder mit Öppi, tat aber am Ende nur das, was er von Anfang an gewollt hatte. Es gab lange Verhandlungen wegen des Farbtons, in welchem die neuen Vorhänge aus chinesischer Seide einzufärben wären. Zu den Beratungen wurde auch die kleine Krankenschwester herbeigezogen, die seit den Scheidungszeiten im Hause war, die Törpinghaus in einem nächsten Augenblick mit beleidigender Nichtachtung behandelte. Manchmal redete er von den Leiden, welche ihm die aufgelöste Ehe in Gedanken oder in schweren nächtlichen Träumen bereiteten. Er lag dann wie ein Kranker zu Bett, und Öppi schrieb nach seinen vorgesagten Worten an solchen Tagen scharfe Briefe an lässige Möbellieferer, die ihren Versprechungen nicht nachkamen. Dabei kam ihm ein Rest von Kenntnissen der Kurzschrift zugute, welche noch aus der Schule stammten, die er nun für Törpinghaus schreibend anwendete, mit dem Erfolg allerdings, daß er das rasch Hingesetzte nachher nur mit Mühe wieder lesen konnte. Törpinghaus lachte darüber, wie nur ein Unternehmer über ein ungenügendes Schreibfräulein zu lachen sich gestatten kann. Öppi änderte in einem so vorgesagten Brief bei der endgültigen Reinschrift einige Worte nach seinem Gutdünken ab, wählte eine andere Fassung des Satzes, da ihm Törpinghausens Form mißfiel. Das aber mißfiel Törpinghaus, und er sprach es aus. Er saß ja im Verwaltungsrat des größten deutschen Fabrikrings, dessen Mitglieder er in verzerrter Weise nachäffen konnte, daß sie zu widerwärtigen Gestalten wurden. Dennoch sprach er häufig im Ton, der am Tische der großen Werkherren herrschen mochte, und reihte die Menschen nach Begriffen ein, die den Warengattungen angehörten. Die Papiere des Unternehmens standen an der Börse in schwindelhafter Höhe. Törpinghaus war allein auf Grund ihrer Kurse in einem Jahre dreimal so reich geworden, wie er ein Jahr zuvor gewesen. Als er aber einen alten Schrank nicht im Augenblick des Kaufs bar zahlen konnte und Öppi ihn zur Ausstellung eines Wechsels veranlassen wollte, sah er ihn wie einen Verführer an, der zu gefährlichen Geschäften riet.

Öppi brachte die Bücher auf dem großen Holzgestell im Hinterzimmer in Ordnung, reihte sie nach Wissensgebieten auf, machte ein Verzeichnis und bezog dafür eine Entschädigung. Es war seit vielen, vielen Monaten die erste Einnahme und kam von dem Mann, dessen Freund er gern geworden wäre.

«Sehen Sie Luka?» fragte ihn der.
Aber Öppi bekam Luka kaum mehr zu sehen und gab zu, daß der Freund sich in schwierigen Augenblicken von ihm entfernt habe.
«Schlechte Rasse», sagte Törpinghaus und warf den schmalen Kopf zurück. Öppi ließ den Schimpf auf Luka sitzen. Das war Verrat und Untreue, Rache für die Untreue des Freundes. Wenn er diesen aber traf, kamen ihm die Unterredungen mit Törpinghaus in den Sinn, und es war unmöglich, noch ein offenes Wort an den alten Freund zu richten.
«Was sagt denn Törpinghaus von mir?» fragte Luka.
«Er hat Angst! Daß du plauderst.»
Aber zu Törpinghaus sagte Öppi, daß er nie mit Luka über seine Frau noch über die Angelegenheit der Scheidung redete, denn er wußte, daß Törpinghaus es so haben wollte.
«Bitte, erzählen Sie meiner Frau nichts darüber, wie ich jetzt die Wohnung eingerichtet habe.»
Die Frau traf sich mit Öppi in dem Kaffeehaus mit den vielen Hinterstuben, wo die müßigen und gepflegten Frauen sich den neuesten Klatsch erzählten, damit sie dort von ihm erführe, wie ihres Mannes Wohnung denn nach ihrem Wegzug umgeändert worden sei. Öppi gab keine Auskunft; sie verzog schmerzlich das Gesicht und tat, als habe er durch die Weigerung ihr zartes Inneres verletzt.
Immer öfters dachte Öppi an die Werke, die zum Teil den Törpinghausens gehörten, dachte an die tausend und tausend Arbeiter oder Helfer, die dort Hand in Hand und unter einem Dache arbeiteten, für ihr Brot auf irgendeine Weise sorgten und zusammengehörten.
Warum konnte er nicht so ein Angehöriger der Werke werden und sein Teil dort wie die andern tun? Da doch Törpinghaus dem Verwaltungsrat angehörte!

«Sie wollen in der Industrie unterkriechen?» sagte der, als Öppi ihm seinen Wunsch andeutete. Der schwieg. Unterkriechen? Nein? Ja? In den Worten lag's: man kannte seine Sorte, die Erfolglosen, die nach Mißgeschicken und Abenteuern an fremden Küsten schließlich vor die Fabriktore kamen und um eine sichere Stellung bettelten, unterkrochen, wie Hunde vor dem schlechten Wetter. Er fühlte sich erraten. Durchschaut, konnte man fast

sagen. Er war jetzt nur einer von den vielen, die schon bei Törpinghaus angeklopft, um mit seiner Hilfe durch das Tor der großen Werke vordringen zu können. Öppi hatte ja selber an Törpinghausens Tisch vormals von ihnen gehört, von den Chemikern und Erfindern, von den Arbeitern des Geistes, Leuten, die etwas konnten und taugten, wie die Zeugnisse und Papiere bewiesen, die sie dem Werksohn auf den Tisch legten oder durch Mittelsleute legen ließen. Trotzdem hatten sie ihre Papiere immer wieder mit höflichem Bedauern zurückbekommen, weil in den Werken niemand nötig gewesen war. Wie sollte nun Öppi nötig sein, der ja keine solchen Papiere aufzuweisen hatte.
Dennoch bemühte sich Törpinghaus seinetwegen und brachte ihn zu einem Mitarbeiter seines Vaters, des Werkherrn. «Dieser Herr Öppi», sagte er, «schreibt einen glänzenden Stil. Sie haben für bestimmte Aufträge meines Vaters neue Helfer nötig. Nehmen Sie diesen, er ist's, den Sie suchen.»
«Sie schreiben einen glänzenden Stil?» wiederholte der Herr, als Öppi bei den abschließenden Verhandlungen mit ihm im tiefen Ledersessel am Tische saß. «Herr Törpinghaus hat mir's nachdrücklich eingeprägt.»
Aber Öppi dachte an die Dichter und ihr unnachahmliches Deutsch und wehrte bescheiden ab. Drauf wurde der Herr auch unsicher, denn er brauchte jemanden, der von der Vortrefflichkeit seines Geschriebenen ohne Einschränkung überzeugt war. Öppi war sein Mann nicht. Törpinghaus schüttelte den Kopf über das Ergebnis und bemängelte Öppis Verhalten.

In seiner Gesellschaft begegnete er immer öfter einigen Leuten von der ehemaligen Osten-Bühne, lauter solchen, die er nie gemocht, die ihn nicht beachteten. Sie traten bei Törpinghaus an die leere Stelle, die dessen Frau offen gelassen. Vor allem war da die blonde Tochter eines Bühnenleiters, die sich mit lautem Gebaren als die bevorzugte Beschützerin des verlassenen Ehemanns aufspielte, während sie eben vorher das meiste zum Klatsch über die Unstimmigkeiten in Törpinghausens Ehe beigetragen. Deren Gatte aber vergriff sich vollends im Ton und drechselte geschmacklose Schmeicheleien, die höchstens noch von den Redereien jenes Piehle übertroffen wurden, den Öppi vordem vor Goldberg dienernd getroffen, den er dann als Johns Parteigänger gekannt, der überhaupt sein spärliches Talent nur um den Preis immer wieder auf den weltstädtischen Bühnen aufpflanzte, daß er ohne Scham und stets zur rechten Zeit von stürzenden Machthabern zu den heraufkommenden hinüberwechselte. Diese Gesellschaft begrüßte den wiederauftretenden Öppi mit einer gewissen Vertraulichkeit als Gesinnungsgenossen. Das war das falsche Zeugnis, das er für Törpinghaus abzulegen bereit gewesen, mit dem er gewissermaßen ihr liebedienerischer Kamerad geworden. Törpinghaus behandelte ihn auch in durchaus gleicher Weise wie die andern oder jene andern wie ihn und schien keinen Unterschied in den Diensten zu finden, die ihm von den beiden Seiten erwiesen worden waren. Öppi war verletzt. Er hatte Törpinghaus um seiner selbst willen beigestanden. Um ihn zu gewinnen. Hernach freilich hatte er wie andere auf dessen Beistand zu hoffen begonnen. Was hinderte Törpinghaus, ihn nun mit den anderen zu verwechseln und ihm Beweggründe zu unterschieben, die nicht seine Beweggründe gewesen? Vielleicht mit Absicht? Um ihn fernzuhalten? Am Ende behagte es Törpinghaus, ihn mit den anderen zusammenzutun, um eine Nähe zu zerstören und eine Mitwisserschaft zu verwischen, die ihm nun unbequem war? So oder so, Öppi wollte diese Verwechslung nicht dulden. Es blieb ihm nur übrig, sich von Törpinghaus zu entfernen, dem er doch nahezukommen gehofft hatte.

In einer Gaststätte begegnete er dem jungen Anwalt, der Törpinghausens Frau seine schönen Zähne gewiesen, als sie von ihm die Herausgabe der Perlen verlangt hatte. Es war Frühling. Auf den Tischen lagen die weißen Tücher. Die Menschen waren guter Laune. Der junge Anwalt musterte ihn. Öppi grüßte, aber der Gegengruß blieb aus. Er war ja nur ein falscher Zeuge in einem abgetanen Scheidungsprozeß. Ach, es fiel ihm manchmal schwer, zu leben; im Zimmer drin ging alles gut, aber der Umgang mit Menschen brachte Wunden.

Wege zur Tat

Um diese Zeit hörte er wiederum Ludwighardt vortragen, den kleinen Mann mit dem großen Kopf, mit den Haarbüscheln an

den Seiten des kahlen Schädels, mit den schmalen Lippen und dem schönen Gedächtnis. Öppi saß in der vordersten Reihe der Gäste, hatte seinen Freiplatz, wie immer, bekommen. Kein Hauch entging ihm des Mannes, der den Saal voll Menschen bezauberte. Er kannte jede Zeile, hatte alle auch vordem hergesagt, irgendwo, bei Frau Zepke oder auf den Feldern draußen, aber Ludwighardt war ihm über, war ihm schon dadurch über, daß er wirkliche Zuhörer hatte, während Öppi es immer mit den eingebildeten gehalten hatte. Das kränkte ihn nun nicht mehr. Kein Gedanke an das entstellte Antlitz kränkte mehr, die Vollkommenheit entmutigte nicht wie früher, wenn Öppi ihr begegnet war. Dem groß Empfundenen zuzuhören war ein Glück.
Nun sah er diesen Mann, im Scheine einer großen Lampe neben einem Tischchen stehend, eine Hand aufgestützt, einen Arm in der Luft, und die Zuhörer unten im Saal klatschten Beifall. Sie klatschten für die Art, wie er das Geschriebene vortrug, dafür, daß er sie unterhielt und daß er angenehm oder eindrucksvoll aussah, wenn er die Zähne zeigte oder das Gesicht in Falten legte. Sie klatschten dem Spieler zu, nicht dem Taillefer, der auf Hastingsfeld gesungen und gekämpft hatte, nicht denen, die heldenhaft geliebt, mutig gestritten, groß gelitten hatten. Sie spendeten Beifall für den, der's erzählte, nicht für jene, die das Außergewöhnliche getan. Was lag am Entzücken solcher Zuhörer? Nichts! Aber alles lag an den Helden, an den Gestalten. Die hatten keine Zuhörer gebraucht, Taillefer hatte nicht für Zuhörer gestritten, und jener Mann, der täglich Gott dafür dankte, daß er ihm ein menschliches Antlitz verliehen, hatte das nicht vor Zuschauern getan, sondern für sich abgemacht.
Taillefer sein, ein Ritter sein, ein Lobpreiser des Daseins sein, das war's. Die Gestalten alle in den Versen hatten ihr Leben so gelebt, daß es sangeswürdig befunden worden. Was lag am Schwatzen! Sangeswürdig leben war alles. Sangeswürdig handeln! Wie der Postillon, der nachts sein Horn blies, daß es über die Hügel klang, wie Bertrand de Born und der König, der ihm die Fesseln gelöst, und wie alle andern, die so lange schon überall in Gedanken seine Gesellschaft gewesen. Die hatten es ihm angetan, hatten sich eingefressen in ihn, ohne daß er's gewahr geworden, dadurch verwandelt, daß sie ein Teil seines Selbst geworden. Was konnte nun noch an neugierigen Hörern

und vollen Sälen liegen, da die Gestalten täglich zu ihm sagten: Sei wie wir! Wie jener Bauer vielleicht, der mit seiner Frau den Rauhreif beschaute und so schöne Gedanken darüber hegte. Würde der sich jemals neben so ein Lämpchen hinstellen und vor Zuhörern schwatzen und sich beklatschen lassen, dafür, daß er tat als ob? Der pflügte. Der pries. Und wenn er starb, war er tot und stand nicht mehr auf, um sich zu verbeugen. Der tat! Nicht nur sagen tat er das Seinige, tun tat er's! Tue, sagten sie alle zu ihm. Vortragskünstler mit vollen Kassen? Das war vorbei. Es galt, ohne Zuschauer zu leben.

Was aber sollte er treiben? Seine Kasse, die er als Vortragskünstler zu füllen gedacht hatte, würde nun in Wirklichkeit bald ganz leer werden. Was dann? Die Kantonsbank schickte zwar, wenn er um Geld schrieb, ohne Zögern das Verlangte. Er schrieb darum, regelmäßig, immer noch jeden Monat. Viele Jahre lang schon. «Vom Vermögen reißest du!» hatte ein Schulfreund in Helvetien ausgerufen, als er Öppis Wirtschaftsweise erfuhr, und war erbleicht. Vom Vermögen, nicht vom Zins oder Einkommen oder Verdienst. Öppi erinnerte sich an den Vorfall und beschloß, dem Freunde nachzueifern, der viele Kunden und eine Buchführung besaß, die große Eingänge zeigte. Wenn die Anweisungen der Kantonsbank kamen, wurde er nun jedesmal nachdenklich. Sie waren vom Herrn Mötteli unterzeichnet und von einem andern Herrn, dessen Namen er nicht lesen konnte. Dieser Herr Mötteli hatte sicher seinen Vater noch gekannt, ihn gesehen, wenn er um Martini zur Bank kam, etwas Geld zum früheren legte und mit der schwieligen Hand die schönen Buchstaben schrieb. Herr Mötteli wunderte sich sicher, auf welche Weise er, Öppi, das Häuflein zum Schmelzen gebracht hatte. Bald würde er schreiben, daß nichts mehr da sei. Jeden Tag konnte das eintreffen. Öppi war nicht einmal imstande, zu sagen oder auszurechnen, wann des Vaters Ersparnisse endgültig verpufft sein würden. Herr Mötteli wußte das sicher ganz genau. Wie der wohl aussah? Kurzes Schnurrbärtchen wahrscheinlich, kleine Nase, wenig Haare, goldene Brille. Die Unterschrift war ganz fein, wie gestochen, aber gar nicht ängstlich, sondern selbstsicher ansteigend. Wenn Öppi den Zügen begegnete, glaubte er immer Herrn Möttelis vorwurfsvolles oder fragendes Gesicht zu sehen.

Was für Leute nahmen eigentlich sein Geld ein? Die Zimmervermieterinnen, die Lehrer für reines Deutsch, die Gaststätten, die Eisenbahnen, die Wäschereien und Kaffeehäuser. Konnte er sie daran hindern? Die Droschkenfahrten kosteten auch allerlei, wenn's Verspätungen einzuholen galt. Auf allen Plätzen standen die Taxen und warteten auf Fuhren. Die Fahrer saßen auf den Sitzen, stundenlang manchmal, ohne sich zu rühren, lasen oder schliefen. So wie er's daheim in seinem Zimmer trieb, was die machten, konnte er auch. Warten war ihm vertraut. Anstatt zu lesen, würde er leise Verse reden. Dazwischen konnte er einen Gast fahren. Er würde sein Geld verdienen und mit Menschen leben.

«Was tun Sie?» hatte die schmale Suse ihn gefragt, als er kurz vorher ihr zufällig beim teuersten Haarschneider der Stadt begegnete, wo sie mit frisch gewaschenem Kopf aus dem obern Stockwerk herunterkam und fremd tat. Er hatte keine rechte Antwort gewußt. «Taxenführer», würde er nun sagen, das war ein Sätzlein, das konnte sich hören lassen. Vielleicht würde sie ihn zu ihrer nächsten Fahrt rufen lassen. Bis sie aber kam, konnte er im Wagen sitzen und vor sich hin reden. Wenn sie aber überhaupt nicht käme, würden es andere sein, mit denen man nicht minder liebenswürdig umgehen konnte. Oh, es gab ganz merkwürdige Leute unter den Fahrern, Abenteurer, gescheiterte Größen, verkappte Fürsten und dergleichen. Einmal hatte er am Fenster eines Wagens einen Zettel gesehen, darauf der Führer sein Englisch und Französisch, sein Spanisch und Italienisch empfahl. Würde er nicht ebensogut ans Fenster seines Wagens dereinst schreiben können: «Gepflegtes Deutsch»?
Auf keinen Fall wollte er einen Wagen von der Art führen, wie sie schon zu Tausenden in den Straßen der Stadt zu sehen waren, vielmehr beschloß er, einen Zweiräder mit Seitenwagen anzuschaffen. Die waren billig, fuhren billig, drin war man ein halber Sport- und Rennfahrer, saß frei da und hatte das Seitenwägelchen gleichsam zum Vergnügen neben sich, gerade eben um zu zeigen, wie geschickt man damit zwischen den großen Wagen durch und um die Ecken flitzen konnte. Mit diesem kleinen Wagen fuhren alle jungen Leute gern und auch die flinken Mädchen, die wenig Geld, aber viel Reiz hatten. Er konnte bei dieser Beschäftigung

alle alten Anzüge zu Ende tragen und auch die dicke Manchesterjacke, in der er daheim auf die Berge gestiegen, die schon zehn Lebensjahre hinter sich hatte und bei seinem Zimmerleben gar nicht zur Geltung gekommen war. Nun würde er, in dieses dicke Tuch gehüllt, auf seinem Kraftrad sitzen, Verse reden, Benzindunst atmen, Ecken nehmen, geschickt ausweichen und die Luft durchschneiden; nach den Theatervorstellungen aber würden sich die Schauspieler drum reißen, von ihm nach Hause gefahren zu werden.

Luka erfuhr den Plan, hinter einer Mahlzeit sitzend, bei einer ihrer spärlichen Begegnungen. «Mach keine Witze», sagte er oder etwas Ähnliches, was ihm leicht von der Zunge ging. Es war peinlich, die Freuden des guten Essens durch derlei abliegende Sachen zu stören.
«Du wirst immerhin den Wagen nicht selber reinigen und besorgen.»
«Doch, das werde ich», sagte Öppi. «Je besser man das Triebwerk pflegt, um so länger arbeitet es.»
Der erwähnte Entschluß war ihm grad eben eingefallen. Die Antwort kam sachverständig. Luka mochte daraus sehen, was seinem Freund bevorstand: Wagenwaschen, schmutzige Arbeit und ölige Hände, während er bei der Bühne im Ruhme lebte. Öppis Herz wurde schwer vor Mitleid mit sich selber. Er erwartete, daß Luka gleich heftig widerspreche. «Öppi», sollte er sagen, «das ist Unsinn, dazu paßt du nicht, komm zum Theater zurück, meine Bühne soll dich verpflichten, das setze ich durch, und wenn ich meine eigene Stellung aufs Spiel setzen muß!»
Falls Luka das sagen würde, konnte er, Öppi, immer noch dankend abwehren, denn er wollte ja nicht mehr spielen oder reden, sondern handeln. Aber Luka sagte nichts dergleichen.

Am folgenden Tag ging Öppi nach dem großen Laden unten im Haus der Frau Oberstleutnant, gleich neben dem Tor, wo hinter der gewaltigen Scheibe die glänzenden Fahr- und Krafträder in Reihen zum Verkauf ausgestellt waren. Was ein Motorrad mit geschlossenem Seitenwagen koste? Die Summe war beträchtlich. Er hatte nie so viel auf einmal ausgegeben. Herr Mötteli von der Kantonsbank würde sich wundern. Er wollte von seinen Fahrgästen das Ausgegebene mit Leichtigkeit wieder hereinholen, wenn er nur die Erlaubnis zu seinem Unternehmen bekam. Die war auf dem Polizeiamt zu holen.

Öppi ging hin. Auf einer Bank saßen im zuständigen Teil des großen roten Gebäudes ein paar Berliner Fahrer, die ihn verwundert anguckten. Er sollte einen Gewerbeschein lösen. Gewerbeschein! Ein neues Wort. Nie ausgesprochen. Gewerbeschein war gutes Deutsch. Oh, es war sicher ein ganz ausgezeichneter Plan, den er da verfolgte. Auch der Beamte hinter der Tür der Ausfertigungsstelle fand Öppis Begehren durchaus in Ordnung. Er fragte nicht einmal, was er denn früher getrieben und weshalb er's aufgäbe, mit Versen zu leben, gab vielmehr völlig ernsthaft alle Auskünfte und mit solcher Wichtigkeit, daß Öppi von der Fruchtbarkeit seines Einfalls nun erst den richtigen Begriff bekam.

Die Erlaubnis zum Fahren war allerdings nicht so ohne weiteres zu erhalten. Erst mußte ein ausführliches schriftliches Gesuch an die Polizeioberleitung gerichtet werden. Gut! Das würde er tun. Öppi ging zufrieden fort. Verwandelt! Ein Beamter, ein Vertreter des Staats, hatte mit ihm wie mit einem Geldverdiener verhandelt, wie mit einem Kerl gesprochen, der gewohnt war, mit dem Rad sich einen Weg durchs Gewühl zu bahnen, nicht weil Öppi das in Wirklichkeit verstand, sondern rein deswegen, weil er's wollte. Da war's ja kinderleicht, ans Ziel zu kommen, die ganze Welt schob mit, und man war nicht so auf sich allein angewiesen wie beim Reden.

Draußen vor dem Gebäude standen in Reihen viele Räder, um eingetragen und genummert zu werden: Nebenbuhler! Öppi ging um die Reihen herum. Linksherum, rechtsherum. Besah Getriebe und Marken. Hernach querte er nicht wie sonst, summend und vor sich hin redend, die Straßen, sondern beobachtete die Fahrer auf dem Damm, ihre Art und Weise, um die Kurven zu steuern, und ihre meisterhaften Handgriffe an den Maschinen.

Es war eine Entdeckung. Öppi entdeckte den Tag, der ihn umgab. Die Anforderungen stürmten auf ihn ein. Die Verkehrsunglücke schlugen in seinen Bereich. Die Zeitungsnachrichten wandten sich plötzlich an ihn. Monatelang war er ohne die Blätter ausgekommen, die täglich Neues berichteten, während er täglich das Alte wiedergekaut hatte. Jetzt ließ er sich am Morgen von Lene die dicken Nachrichten neben die Teetasse legen. Sie waren voll von Anzeigen, die das Pflaster betrafen, drauf er nun rollen wollte. Er dachte über seine mutmaßlichen Einnahmen nach und versuchte eine Art Betriebsrechnung.

Es wurde überhaupt in der Welt viel mehr gerechnet, als er's sich vorgestellt hatte. Das sah man in den Zeitungsanzeigen. Da war immer von Preisen die Rede. Man konnte nicht nur Fahrräder kaufen, wie er's vorhatte, sondern alle möglichen andern Dinge, die zu einem Unternehmen nötig waren: Land für Hühnerfarmen, Land zu Gewinnzwecken, Buchdruckereien, Läden, Werkstätten und so fort. In der Zeitung waren auch Stellungen ausgeschrieben, Anzeigen, mittels welchen man nach gewissen Leuten wie nach verlorenen Nähnadeln suchte. Da brauchte es nicht einmal ein Rad zum Anfangen, sondern man konnte gleich drauflosverdienen.

Einem Reisehaus in Sevilla fehlte ein oberster Leiter. Nach Sevilla wäre er schon lang gerne gegangen. Über Reisen zu plaudern war ihm auch ein angenehmer Gedanke. Er bewarb sich, obgleich der Bescheid wegen des Kraftrads von der Polizeibehörde noch nicht eingegangen war. Wenn nur nicht beides zugleich eintraf: Die polizeiliche Erlaubnis und der Ruf nach Sevilla.

Das war ein Leben! An zwei Stellen der Welt befaßte man sich mit ihm, während vor nur einigen Tagen noch kein Mensch von ihm Notiz genommen hatte. Das war das Wollen. Hatte er je etwas gewollt? Nein, nur gewünscht. Wollen, das war ein Zaubermittel, da reckten die Menschen die Köpfe nach einem und setzten ihre Gedanken in Bewegung. Die Sevillaner allerdings wollten nicht, wie er wollte, sondern schrieben ihm einen Brief, der ihn von Sevilla fernhielt. Auf feinem Papier. Links oben in der Ecke stand der Firmennamen. Eine Reederei! Ein Schiffsbesitzer. Was hätte das werden können: Schiffe, Meere, Spanierinnen, Austern, Feste und Stierkämpfe, tagelang ließ sich das ausmalen. Alles ging ausgezeichnet. Er fertigte die Kunden ab und füllte die Schiffe mit Fahrgästen. Zu dumm, daß man ihn nicht hatte kommen lassen! Was fiel den Leuten überhaupt ein, ihn abzulehnen, da er ihnen die Ehre seines Arbeitsangebotes gegönnt hatte! Er wollte doch sehen, ob die Dinge bei der nächsten Gelegenheit nicht nach seinem Kopfe gingen.

Oh, es tat gar nichts, daß die Polizeileitung schrieb, die Taxen mit Seitenwagen befänden sich noch auf der Stufe der ersten Versuche, und es gäbe zurzeit keine Gewerbescheine von der nachgesuchten Art, nein, das hatte nichts weiter zu bedeuten, denn in dem fraglichen Brief war nicht der geringste Zweifel an seinen Fähigkeiten ausgedrückt; man hatte ihm auch keineswegs einen andern Bewerber vorgezogen, wie das in Sevilla der Fall gewesen. Der Bescheid war also leicht zu verschmerzen, um so leichter, als man ja täglich in der Zeitung arbeitswillige Leute suchte: Gerichtsberichterstatter, Pferdewärter, Klubkassierer, Nachtwächter, Versicherungsreisende, Anzeigenfänger. Überallhin schrieb er seine Briefe. Mit einer gewissen Herablassung, denn wenn aus der einen Sache nichts wurde, gab's am nächsten Tag neue Anzeigen.

Er bewarb sich auch um die schwedische Reederstochter mit der Viertelmillion Mitgift, deren Vater einen Mitarbeiter fürs Geschäft suchte. Für Reedereien hatte er seit der Sevillaner Sache eine besondere Vorliebe. Als er aber gar keinen Bescheid bekam, wandte er sich gleich am nächsten Tag jener Waisen mit dem Rittergut zu, der's an einem landwirtschaftlichen Gatten gebrach. Ein Rittergut! Öppi erinnerte sich an die Äcker der Heimat, an die Rebberge hinterm Dorf, an den alten Knecht, an die Wiesen im Langen und im Schalmen, auch an Dolfs und Lias Gut, und schrieb einen landsüchtigen Brief, auf den er nie eine Antwort bekam. Er überwand die Sehnsucht nach der Scholle, erinnerte sich an andere Briefe, auf welche die Antworten noch ausstanden. Diese Antworten ließen manchmal so lange auf sich warten, daß Öppi die zugehörige Bewerbung inzwischen aus dem Gedächtnis verlor. So gab's freundliche Überraschungen, unverhoffte Wiedersehen, sozusagen mit alten Freunden, und der Postbote hatte von ihm den Eindruck eines Menschen mit den lebhaftesten Beziehungen zu andern Menschen.

Vor und hinter den Anzeigen las Öppi die Nachrichten, die Berichte vom Gruppenleben des Volkes, die Schilderungen der Lage des Landes, er nahm Kenntnis von den neuesten Sorgen der Staatsführung, von den Widersprüchen im gesellschaftlichen Gefüge, vom Widerstreit der Mächtigen, der Armen und der Reichen und der politischen Richtungen. Diese Streitigkeiten verfielen eben der Verschärfung, da es der Wirtschaft weniger gut zu gehen begann, als es lange gegangen, und dies in der ganzen Welt. Sie beging offenbar große Irrtümer in ihren diesbezüglichen Entscheidungen. Wer wußte welche? Man erfuhr die Veränderung eben so, wie man jene des Wetters erfuhr. Das ausländische Kapital, das lange bereitwillig das Arbeitsleben des Landes gefördert hatte, begann rarer zu werden. Die Zahl der Erwerbslosen wuchs, und damit die Staatslast der Arbeitslosenversicherung, die Steuereingänge schrumpften. Es kam zu Lohnkämpfen und Aussperrungen in der Eisen- und Stahlindustrie. Es gab viele Hiobsposten. Klagen und Tadel. Der Staatskarren knackte, der Handel stockte. Die Geschäftsabschlüsse wurden ungünstig, die Welt feindlicher, die Zeiten schwerer, Hochöfen gingen aus, Dampfhämmer feierten. Auf den Bänken der öffentlichen Anlagen saßen junge Männer, die niemand beschäftigen konnte. Der Herr Hauptmann suchte noch immer umsonst einen passenden Arbeitsplatz. Der Staat entließ Beamte, die ein Menschenalter lang in seinem Dienst ihre Pflicht getan hatten. In den Gerichtssälen häuften sich die Prozesse, die Vergehen nahmen zu. Große Läden wurden geräumt, weil die Umsätze schrumpften, aber die Wohnungen der Armen waren überfüllt, weil die Menschen den Raum zum Dasein nicht mehr bezahlen konnten.

Der fühlbar werdende Niedergang wurde von den mächtigen Wirtschaftern und Unternehmern jenen Errungenschaften der Republik zugeschrieben, die ihnen ein Ärgernis bedeuteten: den geschützten Löhnen der Arbeiterschaft, den umfassenden Arbeitsverträgen, den Schiedsgerichten, der verminderten Arbeitszeit. Es war den Großen nicht so sehr um den Frieden in diesem ungeliebten Staat, als vielmehr um den Ausbau oder die Wiedergewinnung ihrer Macht zu tun. Sie waren insgesamt erst Wirtschafter, dann Staatsbürger. Ihre Macht sollte allerdings dem Staate zugute kommen, aber eben einem Staat, wie er ihnen genehm sein sollte, nicht dem, darin sie lebten.

Unter solchen Umständen wollte Öppi sich nun mehr ins Wirtschaftsleben einschalten, aus einem Geldverzehrer ein Sammler werden, Sammler in bescheidenstem Ausmaß, nur grade so weit, daß er als ein Tätiger für seinen Unterhalt zu sorgen gedachte.

Wenn er die Zeitungsnachrichten durchging, sank ihm der Mut. Es war unwahrscheinlich, einen freien Platz erobern zu können. Und unrecht! Er sperrte ihn einem andern. Der Schreibschwung ließ nach, ließ um so gründlicher nach, seitdem Öppi im Bewerbungsschwung auf neue Kolonnen gestoßen war: Geschäftsverkäufe. Die hatte er nie vorher beachtet. Da waren nicht die umständlichen und geheimnisvollen Anfragen unter Zeichen und Nummern an unbekannte Menschen, wie beim Stellungsmarkt, da stand vielmehr allemal Straße und Hausnummer deutlich zu lesen, wo es anzupacken galt.

Geschäftsverkäufe! Existenz! Goldgrube! Zufallshalber! Gelegenheit! Fünftausend erforderlich! Sechstausend, zehntausend erforderlich. Zehn Tonnen, fünfzehn Tonnen, zwanzig Tonnen! Bis hundert Tonnen. Was denn? Bier!

Zehn, fünfzehn, zwanzig Tonnen Bier waren in den angebotenen Kneipen im Monat zu verzapfen, oder die Leute kamen an diese Stätten in solchen Mengen und mit solchem Durst, daß der Wirt eintausendfünfhundert bis zehntausend Liter Bier im Monat los wurde. Das gab Geld!

Goldgrube, stand ja deutlich da. Immer wieder. Es gab viele Goldgruben. Wer wollte nicht eine Goldgrube haben? Die fünftausend, welche erforderlich waren, Mark nämlich, besaß er auch noch. Herr Mötteli würde sie herausgeben müssen.

Ganze Reihen von Tonnengeschäften waren aufgezählt. Die Wahl fiel schwer.

Ecke! Ecken waren die besten Geschäfte. Da strömten die Leute gleich von vier Seiten zusammen. Da blieb was hängen.

Viel Schnaps! Am Schnaps verdient man am meisten, sagte Lene, die sich auskannte, nicht weil sie trank, sondern weil sie in ihrer Jugend im Dorfkrug welchen ausgeschenkt hatte. Im übrigen war sie gar nicht dafür, daß Herr Öppi eine Kneipe kaufte, das sei ein schweres Geschäft, sagte sie, die Gäste ließen alle anschreiben und wollten hernach nicht bezahlen.

Öppi schwenkte also zu den Seifenläden und kleinen Kaffeehäusern, zu den Wäschereien und Plättläden hinüber. Er erinnerte sich aber bald daran, daß die Plättmädchen Kreislaufstörungen und Krampfadern vom vielen Stehen bekommen, woran er keineswegs schuld sein wollte, weshalb er bald zum Lesen der Kneipenverkäufe zurückkehrte.

Der Sommer rückte vor, Luka begab sich ins Seebad. Muttchen Schöller reiste zu dem sächsischen Hotelwirt ins Heilbad und weiter südwärts nach dem Vierwaldstättersee in Helvetien.
Boy, die Krankenschwester, kam nach Berlin zurück. Öppi unternahm mit ihr einen Waldgang vor die Stadt. Sie brachte Kirschen mit, saß neben ihm unter Bäumen, bot ihm von den süßen Früchten; er nahm freundlich dankend an und tat so, als erinnere er sich nicht mehr an die Tanzabende und die versteckten Ecken bei Muttchen Schöller, und der Tag war, allem Sommerglanz zum Trotz, trübe.
Helena aus Reval hatte ihm, als er im Spital gelegen, ein paar spöttisch tröstende Worte nach ihrer kühlen Art geschrieben; sie war, als er arg verändert wieder sich zeigte, über sein Erlebnis und ihren Irrtum tief erschrocken gewesen, ohne jedoch ein Wort darüber zu verlieren. Öppi war ihr insgeheim sehr zugetan, seine neu ausbrechende Lebenstapferkeit hatte sie mit einem Kuß auf sein Narbenfeld belohnt und war dann unter Hinterlassung einer italienischen Adresse in den Sommer hinausgereist.

Sechstausend Mark

Manche Tonnengeschäfte blieben wochenlang angezeigt. Öppi grüßte sie in den Spalten der Zeitung wie alte Bekannte. Andere tauchten auf und verschwanden wieder. Ein glücklicher Käufer hatte dann allemal eine gute Gelegenheit ausgenützt. Ganze Reihen von Angeboten trugen den gleichen Namen, das war der Name des Vermittlers, an welchen man sich wenden mußte, um so ein Geschäft zu erwerben. Es gab überraschende Gelegenheiten: alte Leute, die sich von der Arbeit zurückzogen und glücklichen Nachfolgern Kneipen von gefestigtem Ruf überließen; Todesfälle, die von einem Tag auf den andern blühende Unternehmen herrenlos machten; sonderbare Umstände, die von heute auf morgen Geschäfte käuflich werden ließen, zu denen kurz vorher niemand den Wunsch zu erheben gewagt hätte. Man brauchte nur zuzupacken. Warum nicht? War es nicht eine sangeswürdige Tat, Durstige zu tränken und ein selbständiger Mann zu sein mit Tonnen im Keller, zu dem man kam, wenn einem von der Sommersonne der Schweiß auf der Stirne stand?

Zum mindesten, dachte Öppi, konnte er sich einmal nach dem Verlauf eines Kneipenkaufs erkundigen und nach den Anforderungen, die man an ihn stellen würde. In der Potsdamerstraße fand er einen freundlichen Mann von seinem Alter, mit blondem Schnurrbärtchen, der bereitwillig Auskunft gab – mehr! –, der grad nichts Wichtigeres zu tun hatte und sich anerbot, Öppi eine Kneipe zu zeigen, die auf einen Menschen, wie er es war, gewartet habe. Hinterm Urbankrankenhaus! Wo die Ärzte, durstig vom Operieren, hinkämen, um ihr Bier zu trinken oder ihr Schnitzel zu essen!
Man fuhr hin. Mit der Straßenbahn vier. Der Wirtschaftsraum hatte große Fenster und war voll Licht, wie ein Malerraum. Der Wirt drückte Öppi die Hand, daß dem die Gelenke knackten. Er sprach ostpreußisch und war zwei Köpfe größer als Öppi.
«Das Geschäft ist kinderleicht hier», sagte er, «aber oben im Norden, da hätten Sie man sehen sollen, wo ich früher war, als Junggeselle mit einem andern zusammen, da ging's hart her, da hatten wir in der einen Hand den Bierhahnen, in der andern den Revolver und den Gummiknüppel unterm Ladentisch. Jeden Abend gab's Keile mit den Straßenkerlen. Einem habe ich einmal die Zähne eingeschlagen, aber wissen Sie, was der gesagt hat, als ich später wieder mal hinkam, nachdem die Kneipe schon durch mehrere Hände gegangen war? Ich sei doch der Beste gewesen, hat er gemurmelt. Na, ein zweites Mal möchte ich so was ja nicht mitmachen. Aber hier ist das Bierzapfen ein Kinderspiel – nur meine Frau, sehen Sie, ist keine Wirtin, drum verkaufe ich.»
Die Mittagssonne schien auf die Sonnendächer vor den Fenstern, ein gelber Widerschein tauchte die Bierkneipe in goldenes Licht, ein Liebespaar drückte sich hinter der nächsten hohen Banklehne. Öppi ließ sich die kleine Küche und den Keller zeigen. Vierzig Flaschen Champagner hatten die Gäste in der Neujahrsnacht ausgehöhlt! Das Geschäft war gut! Der Keller sah ordentlich aus, aber im Schlafzimmer lagen die Betten noch durcheinander, obgleich der Mittag da war. Da haben wir's, dachte Öppi, die Frau! Schließlich kam sie selber durch die Kneipentüre hereingeschwebt, sprach mit gekräuselten Lippen von den Gästen, die ihr frech begegneten, und tänzelte, nachdem sie sich genügend ins gute Licht gesetzt hatte, mit dem Körbchen am Arm, in die Küche hinaus.

«Na», sagte der Vermittler mit dem blonden Schnurrbärtchen zu Öppi, «was habe ich Ihnen erzählt: sie ist zu vornehm».

Der holte Rat bei Hoffmann. Hoffmann war Lukas Wirt. Sie setzten sich in Lukas Zimmer in die tiefen Sessel, um die Sache zu besprechen. In Hoffmanns eigenem Zimmer gab es keine solchen Sessel mehr, die waren längst verkauft. Er wohnte dort mit seiner Frau, mit dem kleinen Töchterchen und einer Helferin zusammen in einem Raum. Einst hatte er viele Räume besessen und viele Helfer, ein ganzes Kaffeehaus mitten in Berlin, mit Kellner und Köchen. Dieses Besitztum war verloren, und das Ansehen, welches damit verbunden gewesen, war auch verloren. Luka bewohnte die schönsten Zimmer, und die Miete, welche er zahlte, erhielt die Familie. Hoffmann lebte im übriggebliebenen Raum wie ein Maulwurf, den die Kälte von der Oberfläche vertrieben und in die Tiefe gejagt hat.

Er war ein Fachmann. Die Kenntnis des Gastwirtgewerbes verhalf ihm bei Öppi zu einer Bedeutung, die er lange nicht besessen. Er lächelte viel, zog die vollen Backen in die Breite und sprach in freundlichem Ton. Er schlief am Tage und las in den Nächten. Das Gesicht war grau vom Schattenleben. Nun begleitete er Öppi. Der zahlte die Straßenbahnfahrten, die für Hoffmann unerschwinglich geworden; sie saßen hinterm Urbankrankenhaus beim Bier, Hoffmann stellte fachgerechte Fragen und sah zufrieden aus. Vorn am Schenktisch stand ein Gast und trank mit dem ostpreußischen Wirt. Hernach kam der Wirt an Öppis und Hoffmanns Tisch, sagte, daß er besoffen sei, und rühmte den Gast vorn am Schenktisch, der jeden Tag schlags elf Uhr käme, der im Hause wohnte und ein ehemaliger Offizier war, mit dem Öppi, falls er kaufte, sich gut stellen und ebenfalls viel saufen müsse.

Am andern Tag läutet der Makler an: Herr Öppi möchte sofort nach der Kneipe hinterm Urbankrankenhaus kommen, die andernfalls ohne Rücksicht auf ihn einem neuen Mann verkauft würde. Der Nebenbuhler saß, als Öppi zur Stelle kam, bereits hinterm Tisch. Mit ihm seine Frau. Der Vermittler mit dem blonden Schnurrbärtchen entpuppte sich als belangloser Zutreiber und hatte gar nichts mehr zu sagen. Sein Brotgeber, der Herr Olschewsky, griff in diesem entscheidenden Augenblick persönlich in den Gang des Geschäftes ein, lief mit breitem Rücken, mit lebhaftem jugendlichem Gesicht und wundervollen vielen grauen Haaren zwischen den Beteiligten hin und her und sorgte in ausgezeichneter Weise dafür, daß Öppi und der neue Käufer, der ein Architekt war, keine Gelegenheit hatten, sich darüber zu unterhalten, wem von ihnen nun eigentlich mehr an der Kneipe liege, oder darüber, daß keinem von beiden viel daran liege. Er flüsterte jedem der beiden Herren so viel von der Kauflust des andern vor, bis ihnen beiden die Kneipe in begehrenswertestem Licht erschien. Zuletzt wurde sie dem Architekten zugeschlagen, der nun froh sein mußte, aus der Hand des Herrn Olschewsky seine Bierzapfgelegenheit zu erhalten, wenngleich er vielleicht am Abend zuvor noch geschwankt hatte, ob er wirklich vom Häuserbauen zum Zapfen abschwenken sollte.

Öppi sah ihn noch die Scheine der Anzahlung auf den Tisch legen und prägte sich deutlicher ein, daß er auch deshalb den kürzeren gezogen, weil die beim Abschluß fällige Summe nicht bar in seiner Hand gewesen. Sie lag noch daheim beim Herrn Mötteli. Diese Lage durfte sich nicht wiederholen. Also schrieb er nach Helvetien. Herr Mötteli verkaufte an der Börse die guten Wertpapiere mit staatlicher Bürgschaft, schickte eine Anweisung auf eine Berliner Bank mitsamt einer Schlußabrechnung des Inhalts, daß Öppi von der Kantonsbank nun nichts mehr zu verlangen habe.

Mit der Anweisung mußte begreiflicherweise etwas geschehen. Die konnte nicht in der Schieblade des Herrn Oberstleutnants liegenbleiben, sondern schrie nach Verwendung. Inzwischen waren eine Menge neuer Kaufgelegenheiten aufgetaucht. Und neue Makler. Ein derartiges Schild hing sogar am alten großen Platz, wo des Volkswirtschafters Wohnung lag: Burgdorf & Meyer, Grundstücks- und Geschäftsverkäufe, zwei Treppen.

Öppi ging hinauf und brachte sein Anliegen vor.

«Was sind Sie?» fragte Herr Burgdorf, der gleich an der Tür vor dem großen Schreibtisch seinen Platz hatte und Öppi nun sein käsebleiches Gesicht zuwendete, drin ein lehmfarbenes, vergilbtes Schnurrbärtchen saß. Auf der andern Seite des Schreibtisches, mehr hinten im Zimmer, stand im grünen Anzug der junge Herr Meyer mit braunem Gesicht.

«Was sind Sie?»

«Schauspieler.»

«Schausp ...? Schauspieler! Schauspieler! Wieviel haben Sie?»
«Sechstausend Mark.»
«Hat sechstausend», schrieb der käsebleiche Burgdorf schleunigst auf einen Zettel, auf den er bereits Öppis Namen gesetzt hatte.
«Wo wollen Sie hin?» fragte Herr Meyer im gutsitzenden grünen Anzug. Das war aber keine Frage nach Öppis innerer Entwicklung, vielmehr wollte Herr Meyer wissen, ob er fürs Bierzapfen einen bestimmten Stadtteil vor andern bevorzuge. Der verneinte. Meyer war zufrieden, denn die Unvoreingenommenheit erleichterte das Geschäft.
Öppi bekam eine lange Liste verkäuflicher Bierwirtschaften in die Hand, lauter ausgesuchte Gelegenheiten. Ob er verheiratet sei? Nein. Dann gab's nur eins: das Heidelberger Faß, gleich um die Ecke in der Passauer Straße, das war was für einen Schauspieler, da sollte er nach zehn Uhr abends mal hingehen und sich den Betrieb anschauen. Öppi gehorchte sofort, obgleich die Uhr nicht zehn Uhr abends, sondern zehn Uhr morgens zeigte. Demgemäß war auch das große Leben nicht vorzufinden. Ein vereinzelter junger Mann stand hinter dem Schenktisch, spülte Gläser aus und trällerte mit fraulicher Stimme den letzten Schlager. Zwei Bierfahrer füllten den übrigen Teil des Raumes aus. Die Tischchen standen eng wie Pflastersteine beisammen, über ihnen wölbte sich die Tonne, die dem Ganzen das Recht gab, sich Heidelberger Faß zu nennen, aber es war nur eine gerundete Decke aus Sackleinwand, drauf ein Maler etwas Farbe gespritzt hatte. Die Stätte mißfiel ihm gründlich. Die andern Adressen waren nicht besser: eine Reihe Spelunken, in denen die Dirnen herumsaßen und auf die Dunkelheit warteten. Burgdorf & Meyer konnten's ihm nicht recht machen. Er entzog ihnen sein Vertrauen und übertrug es auf einen neuen Makler in der Kommandantenstraße.

Dort klapperten in einem engen Raum ein halbes Dutzend Schreibmaschinen so laut, daß Öppi sein eigenes Wort nicht verstand. Das tat aber nichts, denn er kam ohnehin nicht zu Wort, weil ein junger Kerl zur Stelle war, der ohne weiteres ganz genau darüber Bescheid wußte, welcher Art Geschäfte für Öppi das Richtige waren, der ihm also mit vielen Worten sogleich eine Liste verkäuflicher Kneipen in die Hand steckte, die lang wie ein Shakespearisches Rollenverzeichnis war.

Öppi steckte die Liste in die Tasche und fuhr los. Tagelang, vom frühen Morgen bis zum späten Abend. Besichtigung reihte sich an Besichtigung. Die Welt der Kneipen tat sich in ihrer ganzen Fülle vor ihm auf. Kneipen im Osten, Kneipen im Westen, Kneipen an Ecken und fern von Ecken, Kneipen im Lärm und in der Stille, in allen Formen und Größen, saubere und dreckige, dunkle und helle, mit Gästen und ohne Gäste.

Was war Afrika! Was die Reise um die Welt und die Flüge des Zeppelins gegen die Reise von den Kneipen in Weißensee nach den Kneipen in Treptow! Jagte er nicht vom Omnibus in die Straßenbahn, von der Straßenbahn nach der Tiefbahn, jagte er nicht an Hunderten von Geschäftsschildern vorbei, trank er nicht Bier an den merkwürdigsten Stellen: jetzt bei einem Wirt, der Blut spuckte und ein Opfer seines Berufs war, weil er mit seinen Gästen so oft auf den Sieg der Umsturzparteien getrunken, bis das Trinken ihn gestürzt hatte; jetzt an einer Stelle mit großen Räumen und einem Bühnenboden, drauf Luka und Gustel sonntags für seine Gäste große Tragödien spielen konnten. Was war zu wählen: die Familienkneipe, die stille Ecke mit der Tochter, die dem neuen Käufer aus der gemeinsamen Kanne eine Tasse Kaffee eingoß, diese Stätte hinter dem Stadtbahndamm, wo die Fahrräder der Vereinsbrüder gehäuft im Hinterzimmer standen, oder eher jener Platz im Westen, neben den Werken an den hohen Mauern und im Bereich der geometrischen Baugebilde aus Eisen und Zement? Vollbusige Wirtinnen, Inhaberinnen gutgehender Weinstuben, geübt im Augenzwinkern und stolz auf ihre persönlichen Erfolge, belächelten seinen Plan, ihr Nachfolger zu werden. Müde und zerdacht sank Öppi abends ins Bett. Gleich hinterher aber kam der neue Morgen, kam Lene, um ihn an den Fernsprecher zu holen, an dessen anderm Ende allemal der Makler hing, der ihm neue ausgezeichnete Gelegenheiten und Angebote aufpackte:
Etwa das Kaffeehaus in Lichterfelde, wo ihm jener alte Herr entgegenkam, jener Großvater in Pantoffeln, der ein Musiker war und aus Wien stammte. So herzlich ging's da zu, daß Öppi gar nicht nach den geschäftlichen Dingen zu fragen wagte. Es war zu schön, wie sehr der alte Herr sich freute, daß gerade Öppi und nicht irgendein anderer zu ihm kam, ein Künstler, wie der Groß-

vater einer war. Ach, das Kaffeehaus war ihm nur so nebenbei aus einem Geldgeschäft in die Hände gefallen, nun mußte er's betreiben und brauchte so einen jungen Mann, der die Scherereien mit den Behörden übernahm und ein wenig Geld ins Unternehmen steckte, grad a kleins bisserl, um neue Teppiche anzuschaffen und die Öfen auszubessern. Öppi sollte seine besondere Wohnung mit eigenem Eingang bekommen, und der Großvater wollte eine Operette mit ihm schreiben, aber eben ein paar hundert Mark bat er ihn doch gleich am folgenden Tag als Zeichen dafür zu schicken, daß es ihm ernst sei, Großvaters Teilhaber zu werden.

«Kaffeehaus? Sehr gefährlich!» sagte Hoffmann. «Ein paar hundert Mark gleich schicken? Mit dem steht's schlecht, der ist übermorgen pleite. Da werden Sie von Ihrem Geld nie was wiedersehen.»

Frau Oberstleutnant war dafür, daß Öppi sich mit einem ehrlichen alten Mann zusammentue, der Herr Olschewsky aber, jener erste Makler von der Kneipe am Urbankrankenhaus, erhob, als er den Plan erfuhr, am andern Ende des Fernsprechers ein Wehgeschrei darüber, daß der sich nun mit diesem sattsam bekannten Kaffeehaus in Lichterfelde abgeben wollte, mit dieser Walstatt, drauf jede Woche ein neuer Unternehmer verblutet war, mit dieser Geldfalle, die Möbelfirmen das Leben gekostet hatte, dahinein er nun sein gutes Geld werfen wollte, weil er offenbar einem ganz gewissenlosen Ratgeber in die Hände gefallen sei.

Öppi schickte die paar hundert Mark nicht ab und ging nicht mehr zu dem Makler mit den langen Listen in der Kommandantenstraße, er konnte um so eher auf dessen Ratschläge verzichten, weil er nun Härtel kennenlernte. Hoffmann brachte ihn mit Härtel zusammen, mit dem Ausbund aller Makler, mit seinem langjährigen Bekannten Fritz Härtel, dem gegenüber das Vertrauen endlich angebracht war, das Öppi längst gerne auf so einen Geschäftsvermittler ausgeschüttet hätte.

Härtel & Sohn war ein ganz anderes Unternehmen als alle, die Öppi bis anhin gesehen. Ohne Lärm und ohne Schreibmaschinen. Vater Härtel saß allein im Hauptraum am Schreibtisch, als habe er auf Öppi gewartet, als sei ihm nichts wichtiger, denn ihm zu dem zu verhelfen, was ihm nötig war. Er war fett, klein, von glänzender Haut, mit zwei Wülsten im Nacken, ohne Haare, ein kurz-

gesäbeltes Schnurrbärtchen saß unter der Nase, ein Strich, an beiden Enden nach unten gekrümmt, fand sich da im Gesicht, wo sonst bei Menschen der Mund zu sehen ist.
«Gehen Sie an die Ecke Bärwald-Bergmannstraße», sagte er mit knarrender Stimme zu Öppi, «sehen Sie sich mal die Gaststätte dort an, sie ist etwas heruntergewirtschaftet, das wird Ihnen nicht entgehen, aber lassen Sie sich dadurch nicht zu sehr beeinflussen. Ich komme nach.»

Der Raum war fast so hell wie jener erste hinterm Urbankrankenhaus, aber lange nicht so groß, mehr gemütlich, stubenhaft wie daheim, mit vier oder fünf Tischen und von unregelmäßigem Grundriß. Das Mauerwerk bröckelte ab. Ein Sprechkasten brüllte. Dran lehnte mit aufgestülpten Hemdärmeln der Wirt, neben ihm sein Freund, das Bierglas in der Hand, eine Fliegererzählung im Mund und den Ausdruck eines Verbrechers im Gesicht. Der Wirt brachte Öppi den bestellten Schnaps, setzte ihn in etwas gezierter Weise mit märzenfleckigen nackten Armen vor ihn hin und kehrte zu dem Sprechkasten zurück. Öppi nahm die Zeitung zur Hand, um dahinter unvermerkt den Schnaps in den Aschbecher gießen zu können. Es gelang ihm. Schnaps und Asche gaben ein seltsam anzusehendes Gemisch, das wie ein widerwärtiger Sumpf den halben Aschbecher füllte.
Vorn an der Tür stand links vom Eingang der Schenktisch. Wer nach den Tischen im Raum kommen wollte, mußte längsseits am Schenktisch vorbei. Ein Aufsatz stand drauf, ein kleines Kästchen aus Metall und Glas, drin lagen in allen Kneipen die Brötchen zur Schau, der Käse, die Rollmöpse, die Schokolade und die sauren Gurken. Hier war das Häuschen leer, die Metallteile angelaufen. Hinter dem Schenktisch türmte sich das Gestell mit den Schnapsflaschen. Wie in allen Kneipen. Hier aber lagen zwischen Flasche und Flasche große Zwischenräume, wie man sie sonst nirgends sah; die Sorten schienen spärlich zu sein, viele der vorhandenen Flaschen sahen vernachlässigt aus und schienen, halb gefüllt wie sie waren, die fehlende Hälfte ihres Inhalts nicht an trinkende Gäste, sondern durch Eintrocknen verloren zu haben. Vor der Kneipe lag die Straße, still und breit. Auf der gegenüberliegenden Seite zog sich eine Mauer weithin an ihr entlang. Grüne Bäume ragten darüber. Unter den Bäumen lagen die Toten. Sechs Kirch-

höfe hatten sich da zusammengetan. Öppi war schwer ums Herz, es war ein Tag, wie tausend Tage gewesen, und doch ein ganz anderer Tag.

«Entschuldigen die Verspätung!» So Härtel, die Uhrkette auf dem Bauch, den Stock in der Hand, mit weißer Weste. Aus vornehmen Stücken etwas scheckig zusammengesetzt. Die Verspätung war nicht der Rede wert und die Entschuldigung nichts anderes als eine gutberechnete Ziererei. Der Flieger schlich sich fort. Willy Sadowsky, der Wirt, wurde schlapp wie ein Gummischlauch, dem die Luft entweicht.

«Das Bierbuch, bitte», sagte Härtel.

Das Bierbuch? Was ist das, dachte Öppi, aber er fragte nicht, sondern bemühte sich, sachverständig auszusehen, und unterließ es, mit in das schmutzige blaue Heftlein zu gucken, das Willy Sadowsky aus einer Schieblade herauskramte und in welchem eben die Tonnen aufgeschrieben waren, die man an dieser Ecke monatlich ausschenkte. Der Wirt sah wie ein Schulbub aus, der dem Vater das Zeugnis vorweist, drin nichts Gutes steht. Er dauerte Öppi. Härtel gewann gewaltig an Ansehen. Die beiden tuschelten. Öppi fürchtete zu stören. Gut, daß in dem Augenblick die Frau Wirtin kam, daß sie sich mit einer dicken Steinguttasse voll Kaffee in die nächste Ecke setzte, da konnte er auf begründete Weise von den zwei Herren wegkommen, konnte sich zu der Frau setzen und dem Ganzen ein wenig das Gepräge eines Fünfuhrtees geben. Die Frau war dickwandig wie ihre Steinguttasse, mit festen Armen und kräftiger Brust, schwarzhaarig und hatte volle Lippen.

Warum die beiden wohl die Kneipe verkauften? Vielleicht war's ein schlechtes Geschäft?

Er fragte.

«Es ist etwas vorgefallen», gab die Frau einsilbig zur Antwort.

Hernach ging Öppi mit Härtel zusammen fort. Auf der andern Seite der Straße blickte er aus einiger Entfernung nach der Kneipe zurück. Das ganze Eckstück war blau bemalt, auch das Mauerwerk, wie eine blaugeschlagene Nase. Der Anstrich zeigte wenig Geschmack, aber Öppi lobte die Farbe, um Härtel etwas Angenehmes zu sagen. Der antwortete als Makler: «Wir drücken sie noch.» Sadowskys nämlich.

«Den Allerwertesten sollte man den beiden vollhauen», fuhr er fort, «so ein Geschäft zu verkaufen! Ganz heruntergewirtschaftet

haben sie's. Er läuft mit der Ladenkasse fort und besäuft sich anderswo, wenn er dann heimkommt, kann sie den Mund nicht halten, und sie zanken und beschimpfen sich vor den Gästen.»
Ganz falsch, dachte Öppi, da werde ich ja viel klüger sein.
«Immerhin», fuhr Härtel weiter, «muß es ja solche Leute geben, wie sollten sonst wir unsere Geschäfte machen?»
Sie besahen zusammen noch eine weitere Kneipe, die Öppi gründlich mißfiel, denn es saßen Gäste drin, und er vermißte die Stille, die bei Sadowsky geherrscht.

Öppi suchte Hoffmann auf. Hoffmann saß mit ihm bei Willy Sadowsky und sagte zur Frage des Kaufs weder ja noch nein. Auf dem Heimweg tranken sie in der Kochstraße noch ein wenig Bier aus Kugelgläsern und saßen auf Fässern. Eine Wirtin schenkte aus, Taxenführer lehnten am Schenktisch, und das Bier schäumte.
«Die Kneipe habe ich der Frau vermittelt», sagte Hoffmann.
Das Geschäft ging gut. Man sprach vom Schankfach überhaupt, Öppi gehörte als Gleichgewerteter zur Gesellschaft und vernahm staunend das Wunder des Wilmersdorfer Bierpalastes, drin ein Wagenführer zapfte, eine ehemaliger Taxenfahrer, der an die dreißig Tonnen monatlich ausschenkte, ein glänzendes Geschäft machte und doch kein Fachmann war. Ganz wie der Herr Öppi.

Sollte er die Ecke kaufen? Täglich stak er bei Hoffmann. Hoffmanns Erlebnisse gaben vielleicht den Schlüssel zu den Rätseln des Kneipwirtslebens. Wie hatte der sein Haus geführt? Warum es verloren, wieviel verdient, wie lange täglich gearbeitet? Hoffmann selber mochte diese Besuche gern, denn es waren die einzigen, die er erhielt; sie gaben ihm obendrein Gelegenheit, von Zeit zu Zeit überlegen lächeln zu können, wenn er Öppis Fragen im tiefen Sessel sitzend beantwortete. Wer kümmerte sich denn noch um ihn, seitdem er nicht mehr zu Tausenden einnahm und ausgab, sondern sein Geld in Vorschußraten von Zwanzigpfennigstücken und Einmarkstücken von seinem Mieter Luka bezog. Wer fragte nach den vielen, des Erzählens werten Vorfällen; nach seines Vaters vornehmen Gewohnheiten, der sich zu Weihnachten reife Erdbeeren aus Paris besorgt hatte? Wer fragte nach den vielen Kellnern, die Hoffmann gehorcht hatten, nach den Abrechnungsumsätzen, nach seiner glücklichen und sorglosen Ju-

gend, nach seinen Grundsätzen der Kaffeehausführung, nach seinem freundlichen Geschäftsgebaren und den Klippen, an denen er schließlich mit seinem stolzen Haus gescheitert war? Wer wußte vollends von den aufregenden Stunden vor dem Kaffeehauszusammenbruch und von den Prozessen, die der Ruin ihm eingetragen? Wie giftige Pilze waren die aus den Trümmern aufgeschossen.
Die Übersicht darüber war ihm längst verlorengegangen. Es regnete Vorladungen, Einsprachen, unvorhergesehene Wendungen und Kniffe von allen Seiten. Unabsehbar würden sich diese Streitereien und Schuldverhandlungen durch sein weiteres Leben hinziehen, und es war besser, nicht an diese Widerwärtigkeiten, sondern an die bewegte Zeit des eben beendeten großen Kriegs zu denken, nicht an die Millionen Toten natürlich, sondern an die schmucke Fliegeruniform, die er getragen, und daran, wie er wartend hinter den Linien gelegen, wie er aufgestiegen war, gewendet, beobachtet, die Kiste herumgeworfen hatte, zwischen platzenden Schrapnellen hindurchgezirkelt, über Gräben gestrichen und vor Jagdfliegern geflohen war. Diese Abenteuer in der Luft, diese Kunststückchen um Kirchtürme, die fliegenden Kisten, die flandrischen Mädchen und der endliche Rückzug, das waren Dinge, bei denen die Gedanken mit anderm Anteil verweilten als bei dem niederträchtigen Haufen von Prozeßakten, den er, vom Gegenstand erfüllt, einmal um Mitternacht in einer Art lächerlichen Stolzes vor Öppi auf den Tisch packte.
Dieser Herr Öppi war auch lächerlich, denn er wollte sein Geld für eine Bierkneipe ausgeben, anstatt vor allem fliegen zu lernen und ein Flugzeug zu kaufen, mit dem sie dann zusammen irgendwelche einträgliche Dinge unternehmen konnten. Hoffmann gab sein letztes Geld für Fliegerzeitschriften aus; seine heißen Wünsche zielten nicht aufs Ende der schwebenden Prozesse, sondern dahin: noch einmal hoch oben im Äther allein dahinfliegen zu können, zur Sonnenuntergangszeit im letzten Licht seine Bahn zu ziehen, wenn unten, weit weg, die Erde im Schatten läge.

Die Unterhaltungen über die Kneipwirtschaftsfragen wurden zu Flugstunden. Es konnte dem Herrn Öppi auf alle Fälle nützlich sein, wenn er so im Klubsessel sitzend gleich die ersten grundlegenden Handgriffe erlernte. Hoffmann stand groß vor dem Sessel und kommandierte: «Los!» Öppi rückte seine linke Faust vom Platze, wo sie gelegen, und schob sie ein Stückchen auf der Lehne des Klubsessels nach hinten, denn die Linke bediente den Motor. Gleich danach aber hieß es auf die Rechte aufpassen, die leicht aus Anfängerangst oder Ungewohnheit zu heftig am Höhensteuer riß, das grad vor ihm stand und das in Wahrheit ein Knüppel war, ein alter Spazierstock, den ihm Hoffmann zwischen die Knie gesteckt hatte, den er da festgeklemmt hielt. Hoffmann selber spielte den himmlischen Vater, ließ Böen kommen, Windstöße auffahren, bald von rechts, bald von links und derart, daß Öppi mächtig mit den Füßen auf dem schönen Teppich zu scharren hatte, weil diese Füße das Seitensteuer bedienten. Gleichzeitig hielt Hoffmann ein Zeitungsblatt in der Hand, mit dem er alle schiefen und halsgefährlichen Lagen darstellte, in welche das Flugzeug durch Öppis Handgriffe am Spazierstecken und durch sein Strampeln auf dem Teppich gebracht wurde. So flogen sie eine Weile unter allerlei Fährnissen dahin, bis Hoffmann einen Landungsplatz entdeckte oder aber bis Öppi bei einer überraschenden Wendung die Kurve zu eng nahm oder zu rasch stieg, demnach über die Flügel abrutschte und mitsamt der Kiste zutode stürzte. Dann eiferte sich Hoffmann über des Schülers Mängel, empörte sich über die Mißgriffe und erläuterte ihm die mannigfachen Gefahren, die sein Ungeschick gegebenenfalls im Felde gehabt hätte, erläuterte es, indem er sich mitten im Zimmer aufstellte und gespannt auf den Fußboden guckte, das heißt eben nicht auf den Fußboden, sondern durch den Fußboden hindurch in den Keller hinunter und noch tiefer, viele hundert Meter hinunter nach den feindlichen Linien und Schützengräben, von wo die Schrapnellschüsse herkamen, die todbringenden weißen Wölkchen, die von Schuß zu Schuß immer bedrohlicher ans Flugzeug heranstiegen oder dessen Bauch kitzelten und denen es durch geschicktes Wenden, Steigen und Fallen auszuweichen galt.

So einem Laien wie dem Öppi konnte man die Sache gar nicht deutlich genug machen. Hoffmann zog die Arme an, stellte die Schultern hoch, stellte die Handfläche nach außen, das waren die Flugzeugflügel; dann drehte und wendete er mit geschlossenen Füßen am selben Platze stehend seinen feisten Körper wie ein Bauchtänzer, bog nach links, bog nach rechts aus, beugte die Knie, drehte, wendete, ging in die Tiefe, stieg steil auf; alles in fließenden, unerwarteten, weichen Bewegungen, als stände er nicht wie ein gestürzter Kaffeehauswirt auf dem letzten Teppich eines ausgemieteten Zimmers, sondern so, als fahre er auf wendigem Vogel siegreich durch das weite Reich der Luft, und seine blauen Augen leuchteten wie der Sommerhimmel ganz früh morgens.

Wenn Öppi spät in der Nacht von Hoffmann weg nach Hause ging, legte sich dieser nicht schlafen, sondern fing an zu lesen. Früher hatte er dazu keine Zeit gehabt. Nun pries er die Armut, die ihn mit den nachdenklichen Büchern bekannt gemacht, und las die Bücher, welche die Armut priesen. Er schilderte Öppi die Schönheiten des Tiergartens, welche er nun, da kein Einkommen und kein Geschäft ihn mehr beanspruchten, auf ratlosen Spaziergängen zum erstenmal bemerkt hatte; Öppi aber entdeckte, daß bei ihm selber die Gedanken an Sadowskys Kneipe an die Stelle der Betrachtung des Schönen zu treten begannen.
Sollte er die Ecke kaufen? Sollte er nicht? Die Entscheidung drängte. Härtel wartete auf Bescheid. Der Scheck in der Schieblade wartete auf seine Verwendung. Ab und zu durchlas er noch in der Zeitung die Reihen der feilgebotenen Kneipen, aber nicht so ruhig wie zuvor, sondern in Eile und mit dem Gefühl, als täusche er sich selber die Freiheit eines Entschlusses vor, die er nicht mehr hatte.
Einmal wollte er doch noch einen Blick ins Heidelberger Faß werfen, das Burgdorf & Meyer ihm empfohlen hatten. Das lag doch in der Passauer Straße, nahe beim großen Platz im Westen, wo er früher gewohnt, wo ab und zu ein alter Bekannter von der Osten-Bühne an der Tür vorbeigehen oder gar durch die Tür hereinkommen würde, während in allen andern Kneipen, die er inzwischen besichtigt, von derartigen Begegnungen nicht die Rede sein konnte. Auf dem Wege traf er auch richtig den blonden Gustel mit den ausrasierten Stirnecken. Der kam gleich mit, war Feuer und Flamme für Öppis Plan, der sich wie eine gut erfundene Filmgeschichte anhörte, in welcher Gustel im gleichen Augenblick mitspielen sollte. Die gewölbte Decke aus Sackleinwand steigerte seine Begeisterung, denn er hatte ja meistenteils mit Gebäuden, Wänden und ganzen Städten aus Pappe zu tun.

Der enge Raum machte einen ganz andern Eindruck als bei Öppis erstem Besuch. Der Gläserputzer von damals war im schwarzen Gesellschaftsanzug und sang die schmalzigen Lieder nicht trällernd vor sich hin, sondern vernehmlich und mit Hingabe zur Zither. Es standen keine großen Bierfahrer im Gang, sondern gutangezogene Gäste saßen an den Tischchen und sahen gepflegter aus als die meisten, die Öppi auf seinen langen Kneipenreisen getroffen. Da war auch der Besitzer oder also der Verkäufer, von großer Gestalt, ein wenig gebeugt, ein wenig lässig, mit einem blonden Haarschöpfchen neben viel Kahlheit, mit langsamen Bewegungen, gelassener Redeweise, überlegen schmerzlich lächelnd. Sein Name, Aegidius, hätte in einem alten Gedicht vorkommen können.
Ärgerlicherweise saß auch ein Käufer im Raum, ein junger Mensch, der schon sehr besitzerisch dreinsah und mit prüfenden Blicken das Ganze kühl abschätzte. Eine kleine Dirne hielt allein an einem Tischchen sitzend die Beine gegen den nächsten Stuhl gestemmt, daß man deutlich die Prachtsstücke hoher Lackstiefel sah, die ihr bis zu den Knien reichten, und auch die Knie, die draus herausguckten. Die Dirnen, das wußte er, waren gute Kunden, die schmissen Geld raus, wenn sie welches hatten, lebten drauflos und ließen leben. Ach, das war doch der Westen, wo die Menschen etwas zu verschwenden hatten, da saß ja schon Gustel bei ihm, der nun klotzig verdiente, die andern Spieler würden nicht ausbleiben, und Ludwighardt würde an gefühlvollen Abenden auf die Tischchen steigen und Verse reden.
Ein wahres Glück, daß der junge Mann am andern Tisch drüben noch nicht gekauft hatte, ein Glück, daß der überhaupt nicht allein hinter dem Schenktisch stehen, sondern mit einem angenehmen Zweiten sich zusammentun und in die Nachtarbeit teilen wollte. Er besaß Weinberge im Rheinland. Sein Geld lag auch noch dort. Anderntags wollte er hinfliegen, zur Mutter, um sich mit ihr zu beraten und das Nötige zu holen. Öppi durfte sich diese Gelegenheit, als Partner mitzutun, keineswegs entgehen lassen. Er bemühte sich, als er mit dem jungen Mann zusammenkam, so angenehm als möglich zu erscheinen, und wurde auch nicht abgelehnt.
Öppi rief nach Hoffmann. Hoffmann sollte das letzte Wort geben. Aber Hoffmann war nicht aufzufinden. Er kam auch am andern

Tag nicht ins Heidelberger Faß, obgleich ihn Öppi dringend drum hatte bitten lassen. An den kleinen Tischen fand Öppi am Abend dieses andern Tages zwei Gäste, die teuren Schwedenpunsch tranken, an dem ein Wirt groß verdiente, an dem er also viel verdienen konnte, wenn er nur zupackte und die gute Gelegenheit nicht vorbeigehen ließ. Das Herz klopfte ihm hörbar, als er heimging, aber Hoffmann war immer noch nicht zu erreichen, war um elf Uhr nachts nicht zu treffen, war um zwölf Uhr nicht zu finden, und Öppi fand keinen Schlaf, denn der Scheck von sechstausend Mark raschelte hörbar im Schreibtischfach des verstorbenen Herrn Oberstleutnant und wollte heraus.

Am Morgen surrte Härtels Anruf: «Herr Öppi, wie steht's nun? Wollen Sie kaufen oder wollen Sie nicht kaufen?» Die Kneipe an der Bärwald-Bergmannstraße mit dem blauen Anstrich! Er hatte sie fast vergessen.
«Ein gutes Geschäft», sagte Härtel am andern Ende. «Sagen Sie ja, sagen Sie nein, aber seien Sie gerade. Sie wissen, daß ich mich für Sie besonders bemüht habe. Also Offenheit, Mann gegen Mann.»
So ein Mann war Härtel! Und er, Öppi, hatte sich ins Heidelberger Faß verliebt, das nicht von Härtel kam.
Mann gegen Mann! Da wollte er nicht zurückstehen. «Um zwei Uhr bin ich bei Ihnen, Herr Härtel», sagte er und nahm sich vor, alles zu gestehen. Um so eher konnte er die Sache mit dem Heidelberger Faß weiter betreiben. Gegen zehn Uhr morgens erschien Öppi bei Burgdorf & Meyer, welche dieses Wiedersehen nie erwartet hatten.
«Ich will mich beteiligen. Am Heidelberger Faß.»
«Beteiligen?» sagte Burgdorf etwas zögernd. «Mit wem denn?»
Öppi beschrieb den jungen Mann mit den Reben am Rhein, der zu Mutter fliegen und Geld holen wollte.
«Ach, der? Warum denn beteiligen? Wenn Ihnen das Geschäft gefällt, dann kaufen Sie's doch selber. Oder haben Sie das Geld nicht?»
«O doch.»
«Haben Sie's flüssig?»
«In einem Scheck auf die Dresdener Bank.»
Burgdorf & Meyer standen von ihren Sitzen auf: «Ja, warum kaufen Sie denn nicht?»

«Eben, weil ich dem andern aus dem Rheinland versprach, mit ihm gemeinsame Sache zu machen.»
«Kennen Sie ihn denn?»
«Erst seitdem wir gemeinsame Sache machen wollen.»
«Na also! Der hat doch kein Geld. Wer zuerst kommt, mahlt zuerst.»
«Ich hab's ihm versprochen.»
«Versprochen? Was heißt versprochen? Warum teilen? Das Geschäft ist gut.»
«Aber Aegidius Scholz, der Verkäufer, will's ihm drei Tage freihalten, bis er das Geld aus dem Rheinland geholt hat.»
Burgdorf ergriff den Hörer. «Scholz! Aegidius Scholz, bitte! – Scholz? Hallo Scholz! Ist das Scholz? Ja! Wie ist das mit dem Geschäft? Herr Öppi kauft es.»
Kaufe ich es wirklich? dachte dieser.
«Was?» sagte Burgdorf in das Rohr hinein, «das Ehrenwort haben Sie ihm gegeben, dem andern! Zuzuwarten? Na ja, was ist Ehrenwort? Was heißt Ehrenwort? Hat er ne Anzahlung geleistet? Nein! Nun, dann kommen Sie sofort hierher!»
«Da machen wir gleich einen kleinen Vorvertrag», sagten die freundlichen zwei Herren zu Öppi, «damit Sie sicher sein können.»
«Das ist ein Geschäft», meinte Meyer im gutsitzenden Anzug, verdrehte die Augen und hörte überhaupt nicht mehr zu reden auf, teils vom Heidelberger Faß, teils von ganz andern, fernabliegenden Dingen. Öppi mußte zuhören, obgleich er lieber ungestört über den Kauf nachgedacht hätte. Meyers Erzählungen und Enthüllungen waren aber in ihrer ganzen Abenteuerlichkeit doch die reinen Kinderspiele gegen die Schmuggel- und Reisegeschichten, die der alten Dame widerfahren, welche nun zur Tür hereinkam, sich ebenfalls zu Öppi an den Tisch setzte, ihn zu seinem Kauf und Entschluß beglückwünschte und so viel Herzlichkeit entfaltete, daß es für mehrere Mütter ausgereicht hätte. Er wartete umsonst auf die Gelegenheit, der Frau leise zu widersprechen und ihr zu sagen, daß in dem Kneipenkauf noch keineswegs das letzte Wort gefallen sei. Ehe er aber dazu kam, tauchte der bleiche Burgdorf wieder auf, der den Aegidius Scholz in einer Taxe herangeholt hatte, damit dem lieben Herrn Öppi das Heidelberger Faß nicht entgehen könne.

Scholz weigerte sich, das Wort zu brechen, welches er dem Rheinländer gegeben. Burgdorf & Meyer redeten ihm gewaltig zu, das war so zwischen Scholz und Burgdorf eben vorher im Wagen vereinbart worden. Öppi aber bekam's mit der Hochachtung für den Mann zu tun, um so mehr, als er inzwischen vernommen, daß Scholz einen selbsterzeugten Schnaps unter seinem Namen, «Aegidius», in den Handel brachte. So ein Mann und Fachmann war das. Als der daher aus freiem Gedächtnis mit den Zahlen herausrückte, auf die es beim ganzen Kauf eigentlich ankam, wieviel Geld nämlich abends in der Kasse liege, wieviel Unkosten man zu berechnen habe und welcher Verdienst dabei bleibe, nun, da hörte Öppi gespannt zu, und es entstand ganz von selber ein hübscher Vertrag mit genauen Angaben, mit einer Verkaufsverpflichtung für Aegidius, mit einer Kaufspflicht für Öppi und mit einer Anzahlung von tausend Mark, die bei Unterzeichnung des Vertrages zu entrichten waren.
«Stimmt auch alles?» fragte Öppi zuletzt, damit Burgdorf & Meyer mitsamt Scholz sehen sollten, daß es nicht so einfach war, mit ihm Geschäfte zu machen.
«Es stimmt.»
«Setzen Sie, bitte, in den Vertrag hinein, daß alles stimmt.»
Also setzte man noch zu dem Geschriebenen hinzu, daß das, was im Vertrag stehe, mit dem übereinstimme, was in eben diesem Vertrag ausgesagt sei. Nun konnte Öppi unterzeichnen.

Warum nur Hoffmann nicht gekommen war? Am Vorabend nicht und am Tage vorher ebensowenig. Hoffmann sollte doch, ehe Öppi unterzeichnete, das Heidelberger Faß sehen. Er legte die Feder hin und bat um eine Bedenkzeit. Eine Pause entstand. Meyer im grünen Anzug sah gekränkt aus. Mit betrübter Miene nahm er den Kunden Öppi am Arm hinaus in den stillen Flur, weg aus der kühlen Geschäftsluft ins Halbdunkel, drin Öppi eben noch erkennen konnte, wie Meyer die gespreizte Hand auf die ehrliche Brust legte und ihm mit schmerzlicher Stimme versicherte, daß Burgdorf & Meyer doch behördlich zugelassene Makler seien, deren reine Absichten er nicht mißtrauisch verkennen möchte. Das wollte Öppi keinesfalls. Er kehrte mit Meyers Hand auf der Schulter ins Zimmer zurück und unterzeichnete.
Tausend Mark waren fällig.

Die behördlich zugelassenen Makler begleiteten ihn zur Bank, ins Innere der Stadt, dorthin, wo die Anweisung einzulösen war. Die Zeit drängte. Der Schalterschluß drohte. Man nahm einen Wagen. Die Makler zahlten. Alle drei betraten zusammen die Bank. Der Scheck verschwand im Schalterfenster.

«Heb em Sorg», hatte sein Vater am Sonntagabend jeweils zu ihm gesagt, hinten im Schreibzimmer des großen Hauses im Dorf, wenn er ihm das Geld für die Schulen in der Stadt in die Hand legte. «Es hängt mancher Schweißtropfen dran.» Drum war's auch keine faule Anweisung, die er da durch den Schalter gegeben, wie Burgdorf & Meyer leise zu fürchten schienen, sondern eine bodenmäßige gute Anweisung, an welcher die Herren der Bank gar nichts würden auszusetzen haben. In der Tat erschienen nach einer Weile die sechs Tausenderscheine im Schalterfenster. Öppi nahm sie. Einen davon reichte er dem käsebleichen Burgdorf. Dann fuhren sie zurück. Burgdorf war verwandelt. Er hopste auf den Polstern des Wagens wie ein kleiner Junge auf und nieder, lachte und schrie, drehte den Kopf nach allen Frauen, winkte den Dirnen auf der Straße zu und war so glücklich, daß Öppi an Burgdorfs Glück deutlich erkennen konnte, wie wenig glücklich er selber war.

«Mann gegen Mann» hatte Härtel mit ihm reden wollen. Um zwei Uhr. Nun war's drei. Öppi ließ den Wagen am Potsdamer Platz halten, verabschiedete sich, ging die Königgrätzer Straße hinunter und nach Härtels Kanzlei.
«Was ist los?» sagte der. Öppi stotterte etwas von westlichen Stadtteilen, von seinen Freunden, den Schauspielern, die da wohnten, große Zechen machten, und dachte nebenbei an die gepflegten Hände der Frau Törpinghaus, die früher oder später auch zu einem süßen Schnaps bei ihm einkehren würde.
Härtel wußte sofort Bescheid. Ob er etwas in Aussicht habe?
«Ja, in der Passauer Straße.»
«Doch nicht etwa das Café Martel?»
«Nein, das Heidelberger Faß.»
«Aber das ist doch das Café Martel! Haben Sie's gekauft?»
«Nur anbezahlt.»
«Wieviel?»

«Tausend Mark.»
Härtel sank in den Stuhl zurück. Öppi schämte sich, daß er geglaubt hatte, das Heidelberger Faß sei das Heidelberger Faß und sei es immer gewesen, während es vor kurzem noch als Café Martel auf dem Markt gelegen. Davon hatten Burgdorf & Meyer ihm kein Wort gesagt.
«Fritz», rief Härtel nach dem Nebenraum, «komm mal her und erzähle dem Herrn Öppi von Wasenwachs, was es mit dem Café Martel für eine Bewandtnis hat.»
Fritz hielt mit seinen Erfahrungen nicht hinterm Berg. Er hatte das Café Martel schon verschiedene Male hin und her verkauft, und Öppi mußte nun hören, daß sein Heidelberger Faß, drin er sich schon Ludwighardt vortragend gedacht hatte, über alle Maßen mit rückständigen Mieten belastet war, daß der frühere Wirt noch immer zu Unrecht einen Hausschlüssel in der Tasche trug und sich nachts zum Schlafen in den Keller schlich. Ob er, Öppi, denn nicht gesehen habe, daß es für zweierlei Menschen nur einen einzigen stillen Ort gab, wo die Gäste wieder loswerden konnten, was sie bei ihm getrunken, derart, daß die Sitten- oder Gesundheitsbehörde ihm jeden Tag die Bude schließen konnte? Und dann kamen um ein Uhr nachts von der Potsdamer Straße die Kellner mit verbotenen Neigungen dahin, die warmen Brüder oder Brieder, wie Härtel sagte. Davon abgesehen aber erreichten die Kasseneinnahmen auch nicht die Hälfte der von Scholz genannten Ziffer.
«Herr Öppi will nämlich das Café Martel kaufen», sagte Vater Härtel zum Sohn, «tausend Mark hat er anbezahlt. Bei Burgdorf & Meyer, die Brieder, die nicht einmal Mitglieder des Maklerverbandes sind. Da siehst du wieder, wie weit man mit der Anständigkeit kommt.»
Er sah enttäuscht aus. Öppi war bekümmert.
«Die tausend Mark kriegen Sie nie wieder. Folgen Sie mir und werfen Sie da kein Geld nach.»
Der ganze Härtel! Ehrlich! Geradezu! Aufrichtig! Erfahren! Und dieses Mannes Mithilfe hatte er ausgeschlagen! Öppi saß zerknirscht auf seinem Stuhl. Wie war das nur wieder gutzumachen?
Härtel gab ihm Gelegenheit. Er hatte einen Gedanken, wie die tausend Mark Anzahlung bei Burgdorf & Meyer wieder herauszuholen wären, aber es konnte ihm nichts daran liegen, Öppi auf-

zuklären, wenn der nachher hinging und bei irgendeinem Dritten anstatt bei dem treuen Härtel nachher eine Kneipe kaufte.
«Wissen Sie was», sagte er schließlich, «kaufen Sie jetzt sogleich die Ecke Sadowsky an der Bärwald-Bergmannstraße, und ich hole Ihnen die tausend Mark wieder.»
«Gut!» sagte Öppi. Die Kehle schnürte sich ihm zusammen vor Angst, aber dem Härtel mußte Gerechtigkeit widerfahren. Sie gingen zusammen nach der Ecke. Im Hinterzimmer zog Härtel dort einen Vertrag aus der Tasche. Er kommandierte, Willy gehorchte. Und Öppi auch. Der versuchte den Kaufpreis noch ein wenig herunterzudrücken, aber Sadowsky lehnte lärmend ab und Härtel schwieg. Sadowskys Augen guckten trüb und klein aus ihren Höhlen, er war halb betrunken, faselte, lallte und tuschelte viel überflüssiges Zeug. Härtel schnitt ihm das Wort ab, trat sicher auf und schüchterte ihn ein. Mit ungelenker Hand setzte er seinen Namen unter den Verkaufsvertrag, der ihn seiner Arbeits- und Verdienstgelegenheit beraubte. Öppi unterzeichnete ebenfalls und legte tausend Mark Anzahlung auf den Tisch, von welchen siebenhundert sofort als Verkaufsvermittlungsgebühr in Härtels Tasche verschwanden. Den Rest von dreihundert Mark steckte Sadowsky ein und sah aus wie einer, der zum erstenmal einem Zauberstückchen beiwohnt, das er nicht versteht. In Härtels Taschen wanderten auch die viertausend Mark Restkaufgeld, Öppis ganzer Besitz, den er dem vertrauenswürdigen Mann zu treuen Händen übergab, damit er's am Tage der eigentlichen Geschäftsübernahme dem Sadowsky auszahle. Mit geschwellter Brust ging der Makler nach Hause. Er schlief großartig in dieser Nacht.

Öppi kam, ohne einen Bissen gegessen zu haben, spät abends heim, um zweitausend Mark erleichtert und mit zwei Kaufverträgen in der Tasche. Auf dem Tisch lag ein Brief von Luka aus dem Seebad: Kaufe keinesfalls eine Kneipe für dich allein. Du mußt mindestens noch einen starken Mann neben dir haben. Besoffene Fahrer sind häufig und Keilereien gehören zum Ganzen. Zu spät. Er hatte gekauft, grad an dem Tage, an welchem fünfunddreißig Jahre früher seine Mutter ihn zur Welt gebracht hatte. Am andern Morgen wollte Öppi mit Härtel zusammen die tausend Mark bei Burgdorf & Meyer herausholen. Sie trafen sich aber nicht in deren Kanzlei, sondern beim Herrn Rechtsanwalt Stein-

witz. Der war grad aus den Ferien zurückgekommen, zeigte eine braungebrannte Glatze und wenig Anteil für Öppis Sache, sondern unterhielt sich mit Härtel über die schönen Frauen am Strande, den er eben verlassen. Schließlich legte er Öppi ein Papier vor: das war aber nicht der bewußte Tausendmarkschein, sondern eine Prozeßvollmacht, und er sollte seinen Namen darunter setzen. Öppi zögerte. Sein Name stand ohnehin schon auf allzuvielen Papieren.
«Haben Sie noch nie einen Prozeß geführt?» fragte Steinwitz in spöttischem Ton.
«Nein.»
Öppi fühlte sich verachtet, unterzeichnete, zahlte fünfzig Mark Gerichtskostenvorschuß und erkannte die Falle, in welche Härtel ihn gelockt hatte. Die tausend Mark blieben zunächst bei Burgdorf & Meyer ...

Von schlechten Haushaltern

In zwei Wochen sollte er die Kneipe betreiben. Bis dahin galt es, sich einzuarbeiten. Voller Vorsätze reiste Öppi täglich gegen Mittag nach der Ecke. Sadowsky schlief dann noch. Hie und da stieß er dort auf ein paar Gäste, aber nicht auf solche, die zahlten, sondern auf solche, die sich dort zu Hause fühlten; arbeitslose junge Leute, die am Familientische in der Ecke saßen, drauf das blaue Decklein lag, die nach Kaffeebohnen, Würstchen und Seife liefen, wenn solche Dinge im Haushalt fehlten. Sie gehörten zu den Vertrauten der Frau, wurden in den Verkauf eingeweiht, versprachen Verschwiegenheit und rannten um die Ecke, um die Neuigkeit weiterzuerzählen. Ein neuer Wirt! Ein Schauspieler! Das war ein Ereignis, zwei bis drei Häuser weit nach jeder Seite der Ecke! Was wollte der grad an dieser Stelle? Jedenfalls konnte man mit ihm reden. Wenn die Kaffeekanne auf dem Tisch stand und die Jungen mit Frau Sadowsky am Tisch saßen, konnte man allerlei von ihm erfahren. Im besondern saß der schmale Körber gern da, weil das Wetter anfing kühl zu werden und er nicht mehr, wie bis anhin, in den Müggelbergen im Sand und an der Sonne liegen konnte. Er sah braun und gesund aus. Aber sein Fuß war krank. Dafür bezog er eine Unterstützung von der Krankenkasse. Nebenbei zog sich sein Name durch die Listen der Arbeitslosenfürsorge, was ihm auch einiges einbrachte. So konnte er ganz erträglich leben. Nicht viele brachten ein derartiges doppeltes Einkommen zustande, aber Körber war ein leiser Mann mit sehr gescheiten, unruhigen Augen. Er redete mit gedämpfter Stimme immer nur von sichtbaren oder hörbaren Dingen, nie von Gedanken, der kleine Franz aber redete von Gedanken, denn er war viel dümmer als Körber. Franz sah aus wie eine bleiche Puppe aus einem Kinderspielzeugladen, trug seine Kleider wie eine Schaufenstergestalt, war ebenfalls arbeitslos, gehörte ins Herrenschneiderfach und erzählte Öppi ausführlich die Geschichte seiner Eidechsen, die sich zu der Zeit eben auf einer Ausstellung der Stadt Berlin befanden, von denen die eine dort merkwürdigerweise in dem Augenblick Eier zu legen angefangen, als der Herr Oberbürgermeister die Eröffnungsrede hielt.

Hie und da kam Härtel nachmittags zu einem Glas Bier, um zum Rechten zu sehen und um das Leben darzustellen, das in einer gutgehenden Bierwirtschaft zu herrschen hatte!
«Nun wird Herr Öppi mir den ersten Becher füllen», sagte er eines Tags. Der stellte sich hinter den Schenktisch, nahm das Glas in die Linke, den Hahnen in die Rechte und hatte Angst wie damals, als sich der Theaterleiter in Cheudra zur Probe hatte den Franz Moor von ihm vorspielen lassen. Das volle Glas zeigte zuletzt einen richtigen Schaumkragen von richtigem Ausmaß, Härtel nickte zustimmend und ließ es am Lob nicht fehlen. Man gab Öppi vielfältige Aufklärung, wo die Zigarren zu beziehen seien und wo nicht, wo die Würstchen und wo nicht, wo die Rollmöpse, wo das Eis und wo der Mostrich. Öppi schrieb alles auf. Wenn Sadowsky am späten Nachmittag, nach Bier und Schnaps riechend, über den Stehbiertisch vorn am Eingang lehnte und ihm seine Geheimnisse ins Ohr flüsterte, schrieb er's auch auf: Die Namen der Zechpreller und ihre Tücken, die Schuldenmacher und ihre Ränke, die Händelsüchtigen, die guten und die schlechten Gäste, viele Namen und Spitznamen, die alle am folgenden Tag wieder durchgestrichen wurden, weil Sadowsky dann von jedem das Gegenteil des früher Gesagten erzählte.
Einmal stand Öppi am Morgen sehr früh auf, um den Tagesanfang der Kneipe zu sehen. Bis dahin hatte er immer nur dem Ende bei-

gewohnt, wenn der letzte Gast fortging und die Rolladen heruntergelassen wurden, hatte aber nie den Anfang mitgemacht, wenn man sie hochzog. Zeitig stand er vor der Ecke. Immerhin kam schon die Sonne über die Bäume der Kirchhöfe gestiegen, warf ihre Strahlen in die breite Bergmannstraße hinein und an die Rolladen der Kneipe. Die schlief noch. Niemand war zu sehen. Nichts rührte sich. Nichts, am frühen Morgen, wenn der Fuhrmann gern seinen Schnaps haben wollte. Lotterei, dachte Öppi. Hab ich euch! Kein Wunder, daß ihr an der Ecke nicht vorwärtsgekommen seid.
Er hatte nicht ausgeschlafen und fühlte sich etwas müde. Von dem großen Friedhof aus konnte er die Ecke gut im Auge behalten. Öppi ging dorthin und saß lange auf einer halb verfallenen Bank unter mäßig hohen Rüsterbäumen hinter dem Kirchhofgitter, grad der blauen Ecke gegenüber. Es war ganz still wie auf einer Insel. Man begrub da niemanden mehr. Es war lange her, seitdem der letzte Tote angekommen war. Die ihn hergebracht und die um ihn geweint hatten, waren offenbar inzwischen auch irgendwo unter die Erde gekommen, denn es bekümmerte sich allem Anschein nach niemand mehr um die Gräber. Seinerzeit hatten die treuen Hinterbliebenen allerlei Bänklein an der Stätte aufgepflanzt, um drauf zu trauern und nachzudenken, aber nun waren die Bänklein verfault, zusammengesunken oder schwer schadhaft. Gras wuchs ringsumher. Es gab dichte Gebüsche, drin die Vögel zwitscherten und in denen es ganz dunkel war.
Öppi ging in dem Wirrsal herum, verlor sich drin, trieb ziellos dahin, las viele Namen auf verwitterten Steinen. Ein Bekannter war auch da: Schleiermacher. Ein Buchbekannter, eine bekannte Buchstabenzusammenstellung, nicht viel mehr. In der Schule in Helvetien hatte er einiges von ihm vernommen, möglicherweise auch ein paar Zeilen Geschriebenes vom ihm gelesen, aber davon war nichts im Gedächtnis zurückgeblieben. Schade. Doktor Sztern hätte ihm da sicher beispringen können. Aber der wohnte ja nicht mehr in Berlin. Nach einigen Schritten stieß er auf einen weiteren Bekannten: Menzel. Diesen kleinen alten Herrn kannte er besser, aus Zeichnungen, aus Lichtbildern, einige seiner Bleistiftstriche waren ihm gegenwärtig, ja sogar ganze Blätter, wie die erste Eisenbahn zwischen Berlin und Potsdam oder die Bäume im Park von Sanssouci oder der Dresdener Zwinger.

Als Öppi wieder nach vorn ans Gitter kam, war die Kneipe immer noch geschlossen. Hier, zunächst der Straße, zeigte sich der Friedhof noch verhältnismäßig gut gepflegt. In einer saubern kleinen Allee konnte man gedankenvoll auf und ab gehen. An deren Ende stand ein einzelner Grabstein von auffallender Form. Das Wasser tropfte von den Bäumen auf ihn herunter, grünes Moos überzog ihn zu großen Teilen. Ein paar griechische Worte, ein deutscher Name und folgende Verse standen drauf zu lesen:

> Sicher führet der Weg zum Hades,
> Ob du im Tode von Kekropias Flur
> Ob du von Meroë kömmst.
> Gräme dich nicht, wenn fern vom Vaterland
> Klotho dich abruft.
> Überall wehet der Wind
> Welcher zum Hafen dich führt.

Öppi schrieb die Verse auf die letzten Seiten seines Taschenblocks, auf dessen ersten die empfehlenswerten Mostrichlieferer und die mutmaßlichen Zechpreller aufgezeichnet waren.

Inzwischen hatte man an der Ecke die Rolladen hochgezogen. Die Türe stand gähnend offen. Drinnen stand die feste Wirtin mit dem Putzlappen in der Hand, ein wenig schlaftrunken noch, braunhäutig, schwarzhaarig, die sich schwer bewegte, wenig redete und mit den Augen beim Lachen blinzelte. Öppi begegnete ihr überaus höflich. Er fürchtete ihre Gedanken, aber sie dachte vielleicht gar nicht. Er wollte, daß sie freundlich zu ihm wäre, aber sie blieb gemessen, denn er war der Mann, welcher den Platz einnehmen wollte, den sie räumen mußten, ohne zu wissen wohin ziehen und was treiben. Die Kneipe war ohne eine Frau nicht möglich. Weil Öppi also keine hatte, galt es ein Fräulein zu suchen. Ein Schenkmädel. Eine kalte Mamsell. «Ein Fräulein zieht immer», sagte Frau Sadowsky nicht ohne Bitterkeit. «Wenn meine Schwester sich mal aus Ulk hinter den Schenktisch stellte, da hätten Sie sehen sollen, wie der Laden gegangen ist.»
Eine Frau? Eva? Ob Eva helfen könnte? Wo war sie?

Eva hatte nach der Rückkehr aus Cheudra nach Dresden bei Carlo Julius in ihrem Heim nicht bleiben können. Da hauste nun der Mann drin, lag in seinem Bett am Morgen, lange, wie er es immer getan, und die Ursachen der frühern täglichen Verstimmungen waren alle noch in Kraft. Evas Befürchtungen kamen verstärkt zurück. Einige Grade gröber als früher schalt der Gatte auf die störende Umgebung der Familie, die ihn an der Fortentwicklung hindere. Die gewechselten Sehnsuchtsbriefe hatten keine lange Nachwirkung. Eva räumte das Feld, fand sich vertrieben, folgte den Rufen ihrer Freunde im Norden; ein Arzt und guter Vetter wollte dort die Behandlung ihrer Hände übernehmen. Zunächst verschwand sie in den Wäldern ihres Jugendlandes.

Für Carlo Julius war das zeitweise heftig auftretende Gefühl der eigenen Unzulänglichkeit leichter zu ertragen, wenn er auch Eva der Unzulänglichkeit zieh. Dazu bot ihr Leiden Gelegenheit. Warum war sie von zarter Gesundheit? Konnte sie denn nicht stark sein, gesund zum Tagelöhnern, zur Lohnarbeit für die Familie!

In den Wäldern lebte Hilda, das märchenhafte alte Fräulein, die Volksschullehrerin, die Eva eine Mutter gewesen, im Norden lebten Fredrik und Tora, die Freunde, auch Gustav und Berta; die boten ihren Beistand an.
Die Sparsamkeit forderte, alle Hülfe anzunehmen, wenn auch das Schmerzliche damit verbunden war, daß die Helfer immer deutlicher einen Trennungsstrich zwischen ihr und Carlo Julius zogen, daß sie ihr wohl, aber ihm nicht mehr beistehen wollten, obwohl er doch ihr Gatte und der Vater ihrer Kinder war. Er hatte das Vertrauen vertan, das er einmal besessen. Sie litt bei dem Gedanken, war oft geneigt, den Mißtrauischen recht zu geben, und konnte doch so schwer der Pflicht vergessen, bis ins letzte für ihn einzustehen. Wo sie auch hinkam unter den Menschen ihres Lebenskreises, stand sie vor den gleichen unausgesprochenen oder ausgesprochenen Fragen nach dem Ehemann, nach des Sängers Kunst und Erfolg, nach den Ursachen der zeitweiligen Trennung, Fragen, die sie zum Vertuschen, zur Verstellung, zur Vernebelung des wahren Sachverhaltes zwangen, damit kein ungünstiges Licht auf ihr Eheleben und damit, in den Gedanken der Hörer, auf sie selber falle.

Am einfachsten, am leichtesten waren die Tage bei der Tante Hilda zuzubringen, an den Seen vor dem Dorf, im Walde vor ihrem Haus, bei den Steinen, den Pilzen, den Blumen, die blühten wie sie immer geblüht, bei den Bauern-Nachbarn, bei den Elstern der Gebüsche, bei den Schulfreundinnen, bei dem großen Stein am Waldweg, darauf der Großvater sich bei seinen Spaziergängen zum Ruhen gesetzt hatte. Da kam der Friede immer wieder über sie, da war ein weites Spielfeld für die Buben, da vermochte sie zwischendurch sich glücklich zu preisen, daß zum mindesten ein Teil ihrer frühen Träume sich erfüllt hatte: daß sie eine Mutter hatte werden dürfen. Warum aber, warum nur war der Vater nicht imstande, das Nötige für die Seinen zu tun, wie andere Väter und Männer es taten?
Die Höflichkeit gebot, auch war es Evas Wunsch, die zwei Kerlchen den Freunden vorzuweisen, da sie ja hocherfreulich anzusehen und so geeignet waren, der Eltern Ansehen zu festigen und den Eindruck eines guten Ehelebens aufrechtzuerhalten. Da der hilfreiche Vetter Folke ohnehin in der Stadt wohnte, war es auch geboten, zu den Stadtfreunden zu gehen, dahin, wo große Familienteile, Vettern, Kusinen, Onkel und Tanten besonders zahlreich beisammen waren, eine weitverzweigte Gesellschaft gehobenen bürgerlichen Standes, Ärzte und Juristen, stolz auf Namen, Ansehen und gesellschaftlichen Rang.
Einer von ihnen, hochangesehener Richter, Verwalter oder Sachwalter der geschäftlichen Dinge Evas, beauftragte seine Frau, diese Kusine unter vier Augen zur Rede zu stellen, nachfragenderweise und etwas verhörerisch zugleich, über die verblüffende Sorglosigkeit, die das Ehepaar in Dresden im Umgang mit dem Erbe an den Tag legte, und auch herauszufinden, wo die tiefern Ursachen dieses Verhaltens lägen. Die gepflegte, gutgestellte und reizende Frau tat das, zunächst mit kühler Zurückhaltung, dann in steigend teilnehmender Weise zuhörend und sehr betroffen vom Einblick in die Jahre, die Eva hinter sich hatte, und von dem Verhängnis, darin sie sich verfangen hatte, dieses alles im großen königlichen Garten, zu Füßen der hohen Statue des abenteuerlichen Königs Karl XII., an der Stelle, da Eva als ganz kleines Mädchen mit der Pflegemutter auf den Vater-Kapitän gewartet hatte, wenn er, von großer Fahrt kommend, an der Hafenmauer angelegt hatte, ausgestiegen war und sie auf die Arme genommen hatte.

Eva, auf dem Platze verweilend, dachte zurück, weiter zurück, als ihr eigenes Gedächtnis reichte:

Aus dem Bauernvolk des Landesinnern war ein Mädchen an die Küste gekommen, verdiente an der Kasse eines täglichen Kursbootes ihr Brot. Der Kapitän des Bootes verliebte sich in das blonde Geschöpf mit dem unvergleichlich liebenswürdigen Lächeln. Sie gebar ihm ein Kind. Eva. Es wurde unter ihres Vaters Namen ins Kirchenbuch eingetragen. Vater und Mutter wollten heiraten, nur eben, des Kapitäns Familie in ihrer sichtbaren, angesehenen Stellung hatte für ihr Teil sich etwas anderes ausgedacht gehabt, machte mittels standesgemäßer Überlegungen etwelche Schwierigkeiten ohne nennenswerten Erfolg, aber grade genug, daß über der Verzögerung das Unglück eintreffen konnte: der Seemann ging mitsamt seinem Schiff auf Grund, kam einfach nicht wieder, kein Mann der Besatzung kam wieder. Der Unstern stand da: eine uneheliche Mutter, ein uneheliches Kind.
Das kleine Mädchen wurde zunächst, da die Mutter für ihr Brot zu sorgen hatte, einer Pflegemutter in Obhut gegeben. Deren Mann, der Pflegevater, war ein Schmied mit schwieligen Händen und mit dem Herzen auf dem rechten Fleck; sie, eine gute Mutter für viele Kinder, die sie nicht selber geboren hatte. Später holte des Vaters Schwester, Hilda die Tante, das Fräulein, die Lehrerin auf dem Lande, das Mädchen zu sich in die Stille und Verborgenheit des Waldes, aber auch dahin folgten ihm die besondern Umstände seiner Geburt, und es blieb nicht aus, daß ein grober Schulkamerad, um sie zu erniedrigen, den Schimpf eines Tages ihr nachrief: Hurenkind! Weinend, fragend, bohrend fragend kam das Kind zu Tante Hilda. Worin sie denn von allen andern Kindern sich unterschiede? Was es denn mit ihr Besonderes auf sich habe? Fortan wußte sie es zuinnerst: immer konnte es Leute geben, die bereit waren, ihr den Makel ins Gesicht zu werfen. Kein Schutz war dagegen. Ihre Mutter nahm keinen Mann. Liebenswürdig, trotzig, kräftigen Wesens, in steter Anstrengung brachte sie es fertig, sich ein eigenes Unternehmen aufzubauen; sie bewirtschaftete zuletzt in der großen Stadt ein großes Haus an einem schönsten Platz, von bestem Ruf und mit vielen Gästen. Von ihr kamen an Festtagen auserlesene Dinge, Genüsse der Tafel zu denen, die Eva in Obhut hatten; bei ihr, auf der Höhe über dem

Hafen verbrachte Eva manche Ferienwochen, bei einer Mutter, die hart und zu einer Geschäftsfrau geworden war, die nie die Zurücksetzung ganz vergaß, die sie in ihren unschuldigen Jahren erfahren hatte. Eva liebte und bewunderte diese Mutter, empfand das Leid, das sie hatte erfahren müssen, empfand Mitleid mit der Mutter, die sie hatte im Leibe tragen, unter so ungünstigen Umständen hatte gebären müssen, war zur Abbitte dafür geneigt, daß sie mit ihrem Kommen der Mutter das Leben erschwert hatte. Welche Not! Sie sah sich als Last, war nicht mit Freuden, sondern als ein Unwillkommenes der Welt empfangen worden, zog aus solchen Empfindungen, ob sie nun richtig oder unrichtig waren, frühe Schlüsse: dienen, nicht fordern! Dienen, Schuld abtragen, nur ja niemandem fürderhin im Leben zur Last fallen, nicht im Wege sein!
Im Walde war es gut sein, bei Hilda war's gut, da war Liebe. Um Liebe dienen war gut, gut zu gehorchen, wo Liebe war. Nur die Liebe glich den Mangel aus, der Eva begleitete, die Liebe fragte nicht nach den Umständen der Geburt.
Die vielen Angehörigen der weitverzweigten Familie kamen im Sommer zu Tante Hilda, Vettern, Basen, Tanten, Onkel, Brüder, Schwestern führten ihr langes Ferienleben im Walde und an den Wassern im Walde. Unter ihnen lebte Eva als Teil der Familie, mit einem Unterschied: ihre eigene Mutter kam nicht, ihre eigene Mutter gehörte nicht dazu. Ihr Kind war aufgenommen, die Familie begnügte sich mit dieser Tat. Man verwies Eva die Anhänglichkeit an die frühern Schmiedsleute, an die schlichte Pflegemutter. Der Kreis, der sie angenommen, stellte seine Forderungen. Angenommen! Aufgenommen! Die andern jungen Leute waren in die gehobene Umgebung hineingeboren, da war weiter nichts dabei, das gab vielerlei Rechte, Eva empfand eine Dankesschuld. Sie diente um Zuneigung und Zugehörigkeit, alle andern hatten unbestrittene Ansprüche. Sie achtete scharf auf die kleinen Anzeichen der unterschiedlichen Stellung und lernte vieles unterscheiden, was die Gesellschaft unbesehen hinnahm.
Eine Unsicherheit war ihrem Leben in der Tiefe zugehörig, eine Furcht ließ sie nicht los: die Furcht vor dem Schimpfwort, so daß sie, groß geworden und den jungen Männern gefallend, bei Bezeugung ernstlichen Anteils, bei jeder werbenden Annäherung stolz, abweisend und zugleich in rührender Offenherzigkeit den

Erstaunten rasch es ins Gesicht sagte, ja mit einiger Betonung des fremden Worts: ich bin ein Bastard, oder gar, bewußt übertreibend, ins Romanhafte fallend: ein Rinnsteinkind. Sie konnte auch jetzt, in den Tagen, da sie mit ihren Buben an der Hand in den Wald zurückgekehrt war, das Haus noch sicher bezeichnen, drin jener junge Lehrer gewohnt hatte, der nach vorgebrachter Werbung und der darauf gefolgten Enthüllung Evas den Finkenstrich genommen und auf die Auszeichnung verzichtet hatte, in die angesehene Familie hineinheiraten zu können.
Nur nicht daheim bleiben, war ihre frühe Überzeugung geworden, nur niemandem zur Last fallen, nur fort aus dem Bereich der vorsichtigen Unterscheidungen, nur fort, fort aus dem Land. Draußen hatte sie Carlo Julius getroffen, den Anfänger bei der Bühne, den ungeschickten, für den die Begegnung mit dem schönen nordischen Mädchen ein Glücksfall gewesen. Ihm hatte sie liebend auch gedient, durch ihn war sie eine Mutter in geordneten Zivilverhältnissen geworden.
Und nun?

Nun saß sie wieder im Walde, mit ihrer eigenen Brut, arm geworden trotz aller Mühe und Gegenwehr, mit leeren und kranken Händen angesichts größter Ungewißheit, und fürchtete die Gedanken der Umgebung. Aus der Tiefe des eigenen Innern kamen die frühen schönen und auch die bittern Erinnerungen, die Bilder auch der Tage mit Carlo Julius an dem Orte, als die Hoffnungen alle in Blüte gestanden.
War es wirklich ihr Los, der alten Umgebung zur Last fallen zu müssen? Widerfuhr ihr jetzt, was sie gefürchtet? Die alte Tante Hilda war arm, war nicht mehr im Amt, lebte von einer kleinen Rente; sie hatte seinerzeit die gutgestellten vielen Familiensommergäste für wenig Geld beherbergt, Eva auch hatte dabei mit Hingabe ihren Dienst am Ganzen getan, ihren Platz als jugendliche begabte Köchin, arbeitend für alle, in gewisser Weise abverdient. Sollte sie jetzt um Almosen anklopfen müssen, wohlwissend, daß der Almosenempfänger früher oder später die Rolle eines Schuldigen zu übernehmen hat?
Was konnte sie anderes tun als erneut drängen, ihren Mann bitten, sich umzutun, was anderes, als ihn Genaues zu fragen, mit jedem Briefbogen mahnen, unter vielen Entschuldigungen bittend,

ihn an seine Aufgaben erinnernd fragen: wie lange noch? Wie viele Monate noch, da sie nun selber ganz genau wußte, wie nahe der Tag war, da sie ihm nichts mehr würde zu schicken haben? Und kein Brot für die Buben!

Carlo Julius kam ins Gedränge. Alle, alles wollte von ihm, was er bis dahin nicht geleistet hatte: eine Tätigkeit, irgendein wirtschaftliches Tätlein, einen Entschluß, für die Seinen sich zu rühren. Es wurde ihm immer schwerer gemacht, sich selber zu täuschen. Sein Schmarotzerdasein geriet in ernstliche Gefahr. Die Welt wurde ihm zum Gefängnis mit Mauern, die langsam aber stetig ihm näher auf den Leib rückten. Er war wehleidig genug, von Eva fortgesetzt stärkenden Zuspruch zu erwarten, zugleich fürchtete er beim Anblick der ersehnten Briefe im Kasten deren Inhalt und die präziser gewordenen Fragen. Er begann einem gejagten Tier zu gleichen, das, in die Enge getrieben, ohnmächtig in der letzten verbliebenen Zufluchtsecke sich auf die Hinterbeine stellt.

Wie lange noch?

Einen Monat, war die Antwort. In vier Wochen vielleicht, aber nur vielleicht! Nein, in zwei Monaten, hieß es im nächsten Brief. In drei Monaten würde er so weit sein, eine Stellung zu haben, die ihm gebühre, wie er sich ausdrückte. Ihm gebühre? Ja, da lag's, da steckte die blinde, selbsttäuscherische Überheblichkeit drin – die ihm gebühre. Ja, wenn nur das Fragen nicht wäre, wenn man, wenn Eva nur mit ihrem Drängen ihn nicht beunruhigen wollte, darüber ihn die Lachkrämpfe befielen, weil man mit der unpassenden Fragerei das Lebensglück aufs Spiel setzte, ihn in Unruhe im dümmsten Augenblick brächte, da das Ziel greifbar nahe vor Augen läge. In kurzem würde er alles geschafft haben, wenn das Schreckgespenst eines geforderten festen Termins ihn nicht in Angst versetzte, wenn Eva es unterlassen könnte, ihn eben in dem Zeitpunkt von hinten anzurufen, da er zum großen Endsprung angesetzt habe, daraufhin er begreiflicherweise unfehlbar stürzen müsse.

«Einst hast du in meinen Verzweiflungsanfällen mich getröstet, mir Zutrauen zu meiner Stimme eingeflößt, das ist jetzt, da ich etwas kann, nicht mehr nötig, aber ängstlich sein darfst du nicht, weil deine Ängstlichkeit der meinen ruft; warum ihr ruft? Weil

ich dich so unendlich liebe, weil ich mein ganzes Leben lang den Ehrgeiz hatte, in deinen Augen etwas zu sein, weil ich die ganze Welt dir zu Füßen legen möchte, weil ich alles für dich und die Kinder zu leiden bereit bin.»
Freilich, er gab es zu, war's nicht recht gewesen, sie nach ihrer Rückkehr von Lia ins Heim häßlich zu behandeln, abermals sich von ihr und den Kindern in seiner Arbeit stören zu lassen, da steckte eben die leidige Empfindlichkeit dahinter, das Gefühlsleben, das andrerseits dem Künstler so nötig, so unentbehrlich war. Evas Befürchtungen zu entwerten, sie abzuweisen gab es auch das Mittel der Ablenkung und Verdächtigung ihrer Beweggründe, die Frage, ob die Freunde, ob gar Öppi beteiligt sei, zumal er sehe, wie Evas ganzer Umkreis ja nur zerstörende Gedanken hege, seelische Krankheiten in sich trage. Am besten wär's, den Öppi überhaupt fallen zu lassen.

Eva starrte, am Ufer des Dorfsees sitzend, auf den letzten der empfangenen Briefe. Dasselbe wie immer! Das gleiche Geflecht von weichlicher Klage und unbegründetem Hochmut, von Selbstvorwürfen mit sofort nachfolgender Entschuldigung, von Zusicherungen, die in der zweiten Hälfte des Satzes aufgehoben waren, man wußte nicht wie. In ihrer Umgebung ging es lebhaft zu. Die Kinder badeten. Junge Mädchen hatten Yorik eines Tages mit sich am Seeufer fortgenommen, Yorik, den sie aufblickend aufs Mal nicht mehr finden konnte, plötzlich im Wasser kurz auftauchend und wieder versinkend entdeckte. Sie schrie, lief! Man holte ihn rechtzeitig noch an die Luft zurück, der nahe am Ertrinken mitten in dem Badetreiben gewesen war.
Ein Wink? Evas Gedanke: Soll ich fort, aus dem Leben gehen mit den Kindern! Mich wegräumen?

Es kam schlimmer. Die Nachrichten des Gatten verdüsterten sich. Zwar luden die Rabensteins ihn an einem Festtage zu Tisch, dahin er sich im fabelhaft gut sitzenden Cutaway begab: Geheimrats empfingen ihn, aber die Arie mißglückte, die er dort vorzutragen versuchte, und Frau Geheimrat hatte ihn über sein Versagen zu trösten. Die Zahnzieher-Freunde baten ihn zu sich, das Mißgeschick verfolgte beim Singen ihn auch dort, und die selbstsichere, künstlerische Frau mit Stimme sagte ihm unverblümt ins

Gesicht, daß sie an seine sängerische Zukunft nicht mehr glauben könne, daß er gut täte, sich das Mißlingen einzugestehen und irgendwie andere nützliche Beschäftigung zu suchen. Niederschmetternd! Wirklich niederschmetternd, zumal der große Lehrer hinter dem Urteil steckte, der bald darauf seinen langjährigen Schüler rief, um ihm dasselbe zu sagen: aufgeben. Etwas anderes ergreifen! Mangel an Fleiß, Mangel an Willen. Gesangslehrer werden!
Sonderbar, daß der Mann ihm das riet. Ein Gescheiterter sollte andere flottmachen? War's ehrlich? War's zu verteidigen, zu entschuldigen, daß der Lehrer so lange den Schüler behalten hatte, um zu diesem Schluß zu kommen?

Ein Notschrei zu Eva! Ein Trostbrief von ihr, der mühsam das tiefste Erschrecken verbarg. Dann, in seinem nächsten Schreiben, ein gänzlich unbegründeter Hinweis auf die endlich gewonnene Selbständigkeit des Arbeitens, eine lobende Erwähnung des hülfreichen Grammophons und seines eigenen angestachelten Fleißes, eine Beschuldigung des Lehrers und seiner Geldgier, eine Klage über die eigene nachteilige niedrige Herkunft und den Reichtum der Zahnzieh-Freunde, bei denen er eben einige Mark für seinen Unterhalt geborgt hatte. Im gleichen Brief kam auch der übliche teure Opernplatz vor, der ihm nötig sei; dazu die Bestätigung des empfangenen Monatsgeldes und der Hinweis auf einen neuartigen Bekannten, einen Fliegeroffizier aus des ehemaligen Kaisers Umgebung, einen Unwissenden vor Carlo Julius, der mit diesem Bekannten Rabensteins sich einen Abend lang in der großen Gartenbauausstellung jener Tage trefflich unterhalten hatte, von welcher Ausstellung Eva den kostspieligen, allerschönsten Katalog in den Wald, wenn sie's wünschte, geschickt bekommen sollte. Getrennt von ihr traf man neuartige Leute, es gab geradezu fesselnde Bekanntschaften, die durch diese Trennung ermöglicht wurden, ja man konnte auf Augenblicke sich sogar vorstellen, daß der Zustand, ohne Frau zu sein, Dauer annehme, daß man mit einem solchen Dreh mit einem Schlag alle Verpflichtung loswerden und aus der Zwangslage heraustreten könnte. Eva, die Ahnungsvolle, verfiel in ihrer Abgeschiedenheit neuer Furcht, schrieb ihm ihre neue Furcht: daß er die Sehnsucht nach den Seinen verliere!

«Arbeite, daß wir zusammen leben können, sonst gehe ich zugrunde.»

Eine Frau für Öppis Kneipe? Warum nicht einen zweiten Mann als Helfer? Carlo Julius zum Beispiel? Öppi schrieb:
«... eine Bierkneipe gekauft, um eine Arbeitsgelegenheit zu haben, die anderweitig fast unmöglich zu finden ist! Es gibt Schwierigkeiten mit Rechtsanwälten, Maklern, Betrügern, Likörreisenden und Wirtschafterinnen. Ich brauche jemanden, auf den ich mich unbedingt verlassen kann. Kassa usw. Ob das Geschäft gehen wird, weiß ich nicht, fremde Hülfen sind teuer, Betrug häufig. Du stehst nicht gut da; sieh der Sache ins Gesicht!
Ich wagte mein letztes Geld, habe alle bisherigen Annehmlichkeiten weggeworfen.
Komm sofort hierher Boden scheuern, Bier zapfen, zum Markt gehen – arbeiten. Wirf die großen Rosinen weg, um so eher kommst du voran. Ein Klavier ist da – für nebenbei! Ich schreibe auch nur – nebenbei. Ich biete dir keinen Freundschaftsdienst, sondern eine Arbeitsgelegenheit. Zunächst schläfst du hier bei mir; in zwei Monaten sehen wir, ob das Geschäft Zukunft hat. Komm sofort. Du brauchst nur deine alten Kleider.
Anbei zwanzig Mark Reisegeld. Telegraphiere: ja. Alles Nähere hier. Sei klug. Im Falle des Versagens bekommst du hier das Rückfahrtgeld. Dein Öppi.»
Die Antwort kam rasch und überraschend: «So etwas Einfältiges. Was fällt dir ein! Habe genug von deiner sogenannten Freundschaft. Mach deinen Kram allein, verschone mich. Kneif von mir aus das Schankmädel herzlich in die Wade oder sonstwohin. Schluß.»

Öppi suchte also eine Helferin voll guter Eigenschaften, stellte in der Anzeige sein Unternehmen ins schöne Licht der Ehrbarkeit und verschwieg nicht, daß er ein alleinstehender Gastwirt war. Die Antworten kamen in Menge. Seine Taschen staken voll Briefe. Viele enthielten ein Bildlein.
Im vollbesetzten Wagen der Untergrundbahn fiel ihm beim Lesen eins aus den Händen, flog schräg weg auf den Boden, mitten auf den Gang zwischen den sitzenden Menschenreihen. Das Gesicht des Fräuleins guckte nach der Wagendecke und lächelte. Die Fahrgäste blickten nach ihr hin, schauten nach seinen Taschen

mit den vielen Briefen, lächelten auch und machten sich ihre Gedanken übers Heiraten, nach den Erfahrungen, die ein jeder hinter sich hatte.

Unter den Briefen war auch Fräulein Gretes Angebot. Sie schrieb am natürlichsten. Achtundzwanzig Jahre alt, ansehnlich und gesund, stand da. Ansehnlich war ein gutes Wort. Arbeiten konnte sie auch. In einigen Tagen sollte Öppi die Kneipe antreten. Diese Grete Neumann wollte er sich auf alle Fälle einmal ansehen. Sie wohnte am Schlesischen Bahnhof in einem merkwürdigen speicherartigen Gebäude mit weiten Gängen und erstaunlich vielen Türen. War wohl eine Kaserne gewesen. Aus einem derartigen weiten Gang geriet Öppi unvermittelt in ein großes Zimmer, das eine ganze Wohnung darstellte und dessen plötzlicher fremder Anblick ihn so verwirrte, daß er nachher nicht wußte, ob ein Bett oder zwei Betten oder ob ein halbes Dutzend Betten drin gestanden hatten. Grete Neumann war da. Sie hatte geschlafen. Ein Mann drückte sich durch die Tür hinaus. Sie war barfuß. Ein wenig durcheinander, denn Kneipwirte kamen sonst nicht persönlich ins Haus. Sie wollte kommen und sich die Ecke ansehen. Es kamen auch andere, die er schriftlich zu einer Besprechung nach der Ecke bestellt hatte, darunter auch ein Fräulein, welches Härtel aufgefunden: dürr, unliebenswürdig, reizlos und tüchtig, mit schwer zerarbeiteten Händen. Öppi dachte an die Biere, die sie den Gästen vorsetzen sollte, und lehnte ab.

«Haben Sie die Hände gesehen?» sagte Härtel hernach zu ihm, «das Mädel kann arbeiten.» Aber Öppi blieb bei Fräulein Grete. Frau Sadowsky gab ihm recht, und der arbeitslose Gast Körber fand ihren Brief auch am besten.

Öppi führte die Verhandlungen mit ihr im hintern Gastzimmer. Sie war untersetzt, hatte volle Wangen, einen kleinen, etwas gewöhnlichen Mund und sehr viel blonde Haare. Sie erzählte von der Mutter in Pommern, lächelte sehr viel, zeigte hübsche kleine Zähne und zog das Bild ihres unehelichen Töchterchens aus der abgeschabten Handtasche, welches auch bei der Mutter in Pommern untergebracht war. Öppi schloß mit ihr ab und war dankbar, daß sie ihm zu Hilfe kommen wollte.

An den letzten Abenden, die Sadowsky als Kneipwirt noch blieben, herrschte Bewegung an der Ecke. Härtel erschien mit Sohn,

Frau und Tochter. Öppi durfte mit den Herrschaften am Familientisch in der Ecke sitzen, auf welchem das blaue Deckchen lag. Neugierige Nachbarn kamen. Ein Klavierspieler saß im Hinterraum und hieb die neuesten Schlager auf die Tasten. Öppi hielt zum Tanzen die große Maklerstochter im Arm und beobachtete über ihre Schultern hinweg, daß die zerrissenen Tapeten von den Wänden herunterhingen. Der Vater sprach von den Grundsätzen der Kneipenbewirtschaftung, empfahl Öppi, jeden Donnerstag Blut- und Leberwürste zu führen und die Ankündigung derselben ins Fenster zu setzen. Die Vereinsfreunde seines Sohnes sollten ihren Stammtisch bei ihm aufschlagen, dazu würden noch ein paar andere Vereine bei ihm heimisch werden, für welche Härtel und Sohn schon besorgt sein wollten, wenn Öppi endlich einmal als Wirt hinter dem Schenktisch stände.

An so einem bewegten Abend fiel der besoffene Simke ihm um den Hals, weil er nun bald in die Kneipe einzöge und sie Nachbarn würden, Öppi und er, der Hochbahnbeamte mit dem roten Schnurrbart, der im Nebenberuf mit alten Möbeln, Spieldosen, Porzellan, Münzen, Stichen und Zahngebissen handelte. Er hinkte und ging am Stock, der Zwicker saß schief auf seiner Nase, die langen Schnurrbartspitzen troffen von Bier, er tanzte ungeschickt, aber mit Heftigkeit mit seiner jungen, wohlgewachsenen Frau, die schielte und zugleich hübsch aussah.
«Heiraten Sie doch das süße Mädel, die Tochter des Herrn Vermittlers, das süße Kind», raunte und sabberte er in Öppis Ohr und machte sich selber, so gut es ging, in der Zwischenzeit an sie heran. Das süße Mädchen aber versuchte mit allen Mitteln, Öppi von den Gesprächen mit dem Vati-Makler loszureißen und zum fleißigen Tanzen zu veranlassen. Sie sah dem Vater ähnlich, hatte aber mehr Haare als er und keinen dicken Bauch, sondern war schlank und großgewachsen. Sie trug ein ärmelloses Kleid, und die hübschen Arme waren bis zur Schulter sichtbar. Öppis Gedanken blieben aber nicht bei ihr, sondern gingen nach dem Kneipengewoge, wo Sadowsky in Hemdärmeln die Gäste bediente, wo er vor Härtel die Hacken zusammenschlug und die Biere mit Schwung und leichter Ziererei auf die Tische setzte. Das schläfrige Säufergesicht war belebt, die brennende Zigarette, seine dauernde Begleiterin, verlieh seiner Tätigkeit einen Schimmer von

Überlegenheit und Spielerei. Er faßte die Maklerstochter wie ein Soldat fest um die Hüften zum Tanzen, verbeugte sich beim Zutrinken und brachte selbst Öppi mit kecker Aufforderung dazu, mehr Schnaps zu trinken, als er es je bis anhin auf einmal getan, so daß er vor Sadowskys Geschick einen späten gründlichen Respekt bekam und die ganze Überlegenheit verlor, die er einst frühmorgens vor dem geschlossenen Rolladen der Ecke empfunden.

Am Schluß des Abends begleitete Öppi die Familie Härtel nach der Gneisenaustraße zum Untergrundbahnhof. Das dunkle Mädchen kam an seine Seite. Sie gingen zusammen voraus. Öppi drückte ihren Arm, der rund wie ein Bierglas, aber weicher war. Nach einer Weile kam Härtel, der Öppis ganzes Vermögen in der Tasche trug, von hinten näher. «Vati kommt spionieren», sagte warnend das Mädchen.

In der letzten Straßenbahn traf Öppi eines Nachts einen jungen Mann, den er im Dienste des Vermittlers in der Kommandantenstraße kennengelernt hatte.

«Haben Sie gekauft?» sagte der.

«Ja.»

«Geben Sie acht, daß der alte Wirt, ehe er auszieht, auch alle Fernsprechgebühren bezahlt hat, dazu die Rechnungen für Gas und Licht bis zum Tage der Übergabe, sonst haften Sie für ihn.»

Das war aber nicht alles. Vor allem galt es eine Bierzapferlaubnis von den Behörden einzuholen, die war persönlich, um diese mußte Öppi sich selber kümmern. Ferner gab es gewisse Steuern, die nicht an dem Inhaber des Geschäftes, sondern am Geschäft selber hingen. Für die mußte er, wenn die Zahlungen im Rückstand waren, selbst aufkommen, falls Sadowsky nicht, ehe er auszog, die Sache ins reine brachte. In der Tat war der mit Zahlen im Rückstand. Öppi fuhr frühmorgens nach der Ecke, um ihn aufs Amt zu schleppen und zum Zahlen zu veranlassen, um ihn zu allen den Stellen zu ziehen, denen Kenntnis von dem Besitzwechsel in der Kneipe gegeben werden mußte.

Aber Willi Sadowsky war nicht anzutreffen. Willi schlief. «Willi», schrie die Frau durch die Türe des Schlafraums, «steh doch auf», und «Willi, mach doch vorwärts, es ist ja schon halb elf» oder «Willi, komm doch endlich, die Uhr ist halb zwölf». Schließlich

brachte sie ihm eine Flasche Selterswasser, gegen halb eins kam Sadowsky verschlafen unter die Tür des Zimmers und glotzte ins Tageslicht hinein. Gemächlich band er sich einen Kragen um, schlüpfte in die Schuhe und zog dann gegen zwei Uhr, aufgedunsen und aufgeschwemmt aussehend, mit Öppi los, so daß sie gegen drei Uhr vor die ersten Schalter kamen, vor die unrichtigen zunächst, vor die richtigen erst dann, wenn sie gerade geschlossen wurden.
Lächerlich, dieser Herr Öppi, dachte Sadowsky; was der für Sorgen hat! Was lag an den paar Gebühren und Steuern oder fälligen Rechnungen, wo er doch aus der Kneipe fort mußte, wo viel gefährlichere Gläubiger als diese belanglosen Amtsstellen drauf warteten, ihm den Rest des Geldes zu entreißen, den ihm Härtel noch herauszahlen würde, dieser Härtel, der ihm für ein paar Zeitungsanzeigen und die wenigen Besuche oder Bemühungen glatte siebenhundert Mark Vermittlungsgebühren abgezogen hatte. Wieviel ihm wohl letzten Endes bei dem ganzen Handel überhaupt noch bliebe? Sicher nur ein Teilchen der ganzen Summe, die er seinerzeit bei der Schutzpolizei in langen Dienstjahren erworben und dann nach seinem Abschied von der Truppe in der Kneipe angelegt hatte. Ach, das waren noch Zeiten gewesen, damals im Dienst. Viel bessere Zeiten, viel einfacher alles als jetzt, viel leichter. Befehl war Befehl gewesen. Man hatte genau gewußt, was zu tun war. Aber nun war die Karre verfahren, und er mußte das machen, was der verdammte Härtel ihm vorredete, der die Tausender des Käufers in der Tasche trug.
Öppi war seinerseits nicht wenig über Härtel verstimmt, weil der sich so wenig um die unbezahlten Lichtrechnungen und Fernsprechgebühren bekümmerte, aber Härtel verachtete Öppi, der noch nicht gemerkt hatte, daß das Klavier und alle Möbel, die er bar zu zahlen gedachte, bereits das Siegel des Gerichtsvollziehers trugen. Da staken die Forderungen der Herren Bierlieferer und des großen Selterswassermachers dahinter. Diese Herren wollte Härtel vor allem aus dem Vermögen des guten Öppi zufriedenstellen, ehe Sadowsky das Seinige davon in die Hände bekam. Auf diese Weise würde Herr Öppi am Abend des Kauftags sich nicht an ein Klavier lehnen, das am nächsten Tag dem Betreibungsamt anheimfiele. Die großen Gläubiger aber würden mit Härtel zufrieden sein, und das war gut, denn mit diesen Her-

ren gab's noch manches Geschäft gegen unfähige Kneipwirte zu machen. Neben den großen Gläubigern lebten auch kleine, wie das Mariechen, die magere Putzfrau aus der Mittenwalder Straße, und der wacklige Zeitungsverkäufer mit dem weißen Schnurrbart, der immer die Pfeife im Munde führte. Um die konnte man sich nicht kümmern. Mit denen würde im Leben kein Kneipenhandel abzuschließen sein. Sie kamen jeden Abend, die beiden, strichen um den Eingang der Ecke herum oder setzten sich an den vordersten Tisch und sahen so aus, als ob sie etwas erfahren wollten. Ob Willi Sadowsky verkaufte? Oder schon verkauft hatte? An diesen Herrn Öppi? Ob er ihnen endlich von der Kaufsumme das lang Geliehene herausgeben würde? Aber von Willi war nichts zu erfahren. Der hatte seine Verhaltungsmaßregeln von Härtel bekommen und war ein ganz anderer, als er zur Zeit gewesen, da ihm die beiden Alten mit ihren bescheidenen Ersparnissen aushalfen. Öppi empfand deutlich die feindliche Haltung der beiden Leute. Sie wollten ihn nicht anerkennen.

Es gab andere, die das ebenfalls nicht wollten. Ein Schauspieler! Was hat der vor? In keiner Kneipe des ganzen Viertels gab's einen Schauspieler. Der beabsichtigte wohl, ein neuartiges Vergnügungshaus einzurichten mit Knutsch-Ecken, Schauspielerinnen oder Champagner. Oho, sagte Frau Anton, da haben wir auch noch ein Wort mitzureden. Frau Anton besorgte das Zigarrenlädelchen, das zwei Eingänge weit von der Ecke entfernt lag. Sie war die Verwalterin des Hauses und hatte die Pflicht, den neuen Sachverhalt der Frau Justizrätin zu melden, denn die Frau Justizrätin hing mit großer Anhänglichkeit an diesem Hause, drin sie ihre Jugend verbracht und daraus sie nun immer noch die Zinsen zog, welche ihr den Aufenthalt fern davon im vornehmeren Viertel von Schöneberg ermöglichten. Sadowsky war mitsamt seiner Kneipe ein Mieter der Frau Justizrätin gewesen; wenn Öppi auch sämtliche Tausender für den Ankauf der Kneipe ausgab, hatte er immer noch kein Recht, in die fraglichen Räume einzuziehen, ehe nicht die Frau Justizrätin ihre Erlaubnis dazu gegeben. Das wollte sie ganz und gar nicht tun. Einen Mieter, der im Hause ihrer unschuldigen Jugend eine Nachtvergnügungsstätte einzurichten gedachte, war sie entschlossen, dort nicht einziehen zu lassen. Sie

hatte aber zunächst keine Gelegenheit, diese Meinung am entscheidenden Ort anzubringen, denn es fiel niemandem ein, sie nach ihrer Meinung zu fragen. Öppi schwieg, weil er von der Bedeutung der Frau Justizrätin nichts ahnte, Härtel schwieg, weil er das Geschäft unter Dach bringen und die Hausbesitzerin vor eine fertige neue Lage stellen wollte.
«Verschaffen Sie sich ein paar gute Empfehlungen», sagte er zu Öppi, «und am fünfzehnten wird übernommen.»

Also übernahm Öppi am fünfzehnten. Willi mußte mit der aufgehenden Sonne aus dem Bett. Härtel stellte sich mitten in die Kneipe, nahm Bleistift und Papier, schrieb alle Schnapsresten auf mitsamt den vollen Bierflaschen und dem Bierrest in der Tonne, die Selterswasservorräte und die Zigaretten, alles kam auf einen Zettel zu stehen, und Öppi kaufte die aufgeführten Dinge gesamthaft zum Selbstkostenpreis von Sadowsky. Was fortan ein- und ausging, war seine Sache und ging auf seine Rechnung. Er trat sein Wirtschaftsunternehmen an und hatte von dem Augenblick an allein das Recht, Hand an den Bierhahn zu legen. Um neun Uhr sollte das Fräulein kommen. Als sie um halb zehn Uhr noch nicht zur Stelle war, sagte Härtel, daß sie überhaupt nicht kommen werde, daß Öppi lieber die ihm empfohlene Dürre mit den zerarbeiteten Händen genommen hätte. Um zehn Uhr kam sie doch. Öppi schloß sie nicht in die Arme, wie er gerne getan hätte; er war nahe daran, für ihr Erscheinen bewegt zu danken, aber das ging nicht an, denn er war ja nun ihr Vorgesetzter und Arbeitgeber.

Die Kneipe bevölkerte sich an diesem Tage ungewöhnlich früh, ungewöhnlich dicht und mit ungewöhnlichen Leuten. Gottseidank, daß das Fräulein Grete zur Stelle war, sie schenkte aus und schwenkte wie ein gut gesteuerter Kahn zwischen den Tischen hindurch. Öppi machte große Augen, aber sie machte kleine und ging in selbstverständlicher Weise mit den Gästen um.

Hoffmann war auch dabei. «Geben Sie acht, er will Sie anpumpen», sagte Härtel zu Öppi, als sie Hoffmann auf die Ecke zusteuern sahen.

«Hat er Sie vor mir gewarnt?» flüsterte der nachher dem Öppi ins Ohr.

«Nein», log Öppi.

Was war mit den beiden? Wo war die langjährige gute Bekanntschaft, die sie verband, die Hoffmann angerufen, als er ihn zu Härtel geschickt?
Was wollte Hoffmann? Die Vermittlungsgebühr! Seinen Anteil an der Vermittlungsgebühr oder seinen Zutreiberlohn, da er doch den zahlungsfähigen Öppi zu Härtel gebracht und so das Geschäft ermöglicht hatte? Einen Bruchteil seiner Forderung sollte Härtel ihm zahlen, ein paar Mark nur, da sein Anspruch doch gesetzlich und fällig war, jetzt am Tage, da die Kneipe in des neuen Käufers Hände überging.
Wie war das? dachte Öppi: Hoffmann hatte mit ihm in Willis Kneipe gesessen, ihm mit keinem Wort zum Kaufe zugeredet, obgleich es um den Vermittlungsanteil ging, den er so bitter nötig hatte. Wie schlecht mußte die Kneipe sein! Oder wie gewissenhaft gewissenlos war Hoffmann gewesen. Der Flieger aus dem Weltkrieg hatte einen kleinen Verrat an Öppi begangen; nun wurde er rot vor ihm.
«Warum haben Sie mir nicht gesagt, daß Sie mit einem Vermittlungsanteil beim Kaufe rechneten, dann hätte ich ihnen den Abschluß sofort mitgeteilt, Sie wären bei der Anzahlung zur Stelle gewesen, und Härtel hätte Ihnen Ihren Anspruch auszahlen müssen.»
«Wieviel hat Härtel bekommen?»
«Unter uns gesagt: siebenhundert Mark.»
Hoffmann wendete sich zu Härtel.
«Nichts habe ich gekriegt. Gar nichts», zischte Härtel. «Fragen Sie den Herrn Öppi. Da steht er. Fragen Sie ihn. Der Kauf ist noch nicht abgeschlossen. Sie haben von mir nichts zu fordern.»
Hoffmanns sommerhimmelblaue Augen füllten sich mit Tränen.
«Meine Freunde fliegen nach Hamburg. Jetzt gleich. Sie nehmen mich mit. Ohne Zahlung! In Hamburg gibt's vielleicht eine Gastwirtschaft für mich, einen neuen Anfang, eine Rettung vor den Prozessen, aber ich habe keinen Pfennig zum Schlafen oder zum Essen.» Öppi lieh ihm das Nötigste. Der Flugplatz des Tempelhofer Feldes lag gleich hinter den Kirchhöfen.
«Leben Sie wohl», sagte Hoffmann, «der verweigerte Vermittlungsanteil: das gibt einen neuen Prozeß.»
«Hab' ich recht gehabt?» grinste Härtel, als Hoffmann weg war, «er hat Sie angepumpt!»
«Nein», sagte Öppi, «das hat er nicht getan.»

Im Hinterzimmer waren inzwischen die Herren Brauereivertreter und der gewaltige Selterswassermacher eingetroffen. Sie kamen Öppi, als er zu ihnen hineintrat, wie böse Tiere vor: harte Augen, schwarze tiefe Rinnen zwischen Nase und Mundwinkel im Gesicht des einen, grobe Stimmen, feiste Gestalten, haarlose Köpfe und gönnerhaftes Gebaren. Sie legten ihm allerlei Papiere vor, Verträge, Abmachungen, überlegen und überlegt, Härtel saß mit dabei und warf sich in die Brust, auf welcher die Brieftasche mit Öppis Vermögen ruhte. Härtel war der Mann des Tages, er gab seine Weisungen, und Öppi zog die Buchstaben seines Namens auf Papiere, deren Inhalt ihm nur zur Hälfte deutlich war.

Siebentausend sollte die Kneipe kosten. Viertausend wurden außer der bereits geleisteten Anzahlung von Öppi gefordert, zweitausend zahlte die Brauerei Löwen-Höhnisch, Gegner der Schultheiß-, Patzenhofer-, Engelhardt-, Kindl- und anderer Biere mit ihren Kellern voll Millionen Liter, welche alle um jeden Preis an den Mann gebracht werden und durch menschliche Kehlen rinnen mußten. Öppi übernahm dafür die Verpflichtung, kein anderes Bier als Löwen-Höhnisch auszuschenken und vom geliehenen Geld jeden Monat ein Häppchen zurückzuzahlen, ein paar Mark nur, damit er die Verpflichtung recht lange nicht los wurde, damit das blaue Biermarkenschild ungestört über seinen Fenstern am Hause kleben bleiben konnte.

Die zweitausend Mark waren in Wirklichkeit von der Brauerei schon dem Sadowsky vorgeschossen worden. Öppi übernahm einfach Sadowskys Verpflichtungen und mußte wissen, daß er zwar dadurch Bierzapfer für Löwen-Höhnisch geworden war, daß aber die Bierleitung, das Schnapsflaschengestell, die wackligen Stühle, die Tische mitsamt dem Glasschränklein für die Käsebrote, daß das alles den Brauereiherren als Pfand für die nie gesehenen zweitausend Mark verschrieben war. Das war lästig. Allzuviel konnte ihm der Bierzwang zwar nicht anhaben, da ihm eine Sorte wie die andere vorkam, während die großen Herren am Tische tiefsinnig auf die Blumen im Glase schauten, die Becher zum Licht hoben, den Schaum verfolgten und die Art, wie er sich am Glase festsetzte oder herunterrann, volle Gläser in die Kehlen schütteten und mit verdrehten Augen mächtige Unterschiede feststellten, wo alles von der gleichen Nässe war.

Vor allem galt es, von der Frau Justizrätin die Erlaubnis zu Öppis Einzug in die Kneipe zu erlangen, sonst hing der ganze Handel in der Luft. Härtel veranlaßte den Selterswassermacher, seinen Wagen vor die Kneipe zu rufen. Am Steuer saß des Selterswassermachers Sohn. Hineinstiegen Härtel, Öppi und Sadowsky. Zur Frau Justizrätin nach Schöneberg! Öppi führte seine Empfehlungsschreiben mit. Das wichtigste trug Törpinghausens große Buchstaben. Er rühmte Öppis Eigenschaften, die ihm zu den Ehescheidungszwecken dienlich gewesen. Am Ende des Schreibens stand der Name, der auch an der Spitze eines Millionenwerks stand. Härtel las und war befriedigt. Man stieg die Treppen hinauf. Leise! Dicke Teppiche lagen auf den Stufen.
«Seien Sie recht liebenswirdig! Sagen Sie: gnädige Frau. Im übrigen lassen Sie mich reden, wir kennen uns, wohlverstanden, schon lange.»
Soll ich umkehren? dachte Öppi. Liebenswirdig hatte der Kerl gesagt. Liebenswürdig hieß es, mit ü, nicht mit i. Ü! Ü! Schönes, reines, munteres ü! Hatte er viele Jahre lang an der richtigen Aussprache des ü gearbeitet, um nun zu erklären, er kenne diesen Trottel schon lange, der kein ü formen konnte und liebenswirdig anstatt liebenswürdig sagte? Wieviel Tausender er, Öppi, für die Bude mit den herunterhängenden Tapeten zu zahlen habe, das hatte er sich von dem Dicken sagen lassen, keinesfalls aber brauchte der ihm Vorschriften über den Umgang mit Justizrätinnen zu machen.
Das Dienstmädchen öffnete. Die Herren wurden erwartet. Sie kamen über allerlei Teppiche in ein Zimmer, drin viel zu viele Möbel standen. Nach einiger Zeit erschien die Frau Justizrätin, gefolgt vom Herrn Justizrat. Sie setzte sich zu den dreien an den Tisch. Der Herr Justizrat lehnte in einiger Entfernung an die Wand und beobachtete das Ganze. Härtel trug sein Gesuch vor, des Inhalts, die geheime gnädige Frau möge den Herrn Öppi in den Mietvertrag des Herrn Sadowsky eintreten lassen, da er diesem das Geschäft abgekauft habe. Sie wollte nicht. Der bisherige Gang der Sache hatte sie verstimmt, die Gerüchte hatten sie mißtrauisch gemacht. Sie hing an der Ordnung. Die Empfehlungen blieben nicht ohne Wirkung, aber die Frau bestand darauf, die Echtheit dieser ungewöhnlichen Zeugnisse erst nachprüfen zu wollen. Darüber würden drei Tage vergehen.

In der Kneipe warteten die Brauereiherren und der Selterswassermacher auf den Abschluß. Unten stand der Wagen. Das ganze Geschäft stand auf dem Spiel. In drei Tagen konnte Öppi umfallen und vom Kauf zurücktreten. Härtel durfte nicht unverrichteter Dinge abziehen.

«Gnädige Frau! Gnädige Frau!» So herum und so herum. «Gnädige Frau, sehen Sie ihn doch an, sehen Sie doch diesen Herrn Öppi an! Der anständigste Mensch, der mir je im Leben vorgekommen ist. Ein Mann mit solchen Empfehlungen! Finden Sie nie wieder. Der und ein Nachtbetrieb! Die kommen nie zusammen, da können Sie Gift drauf nehmen.»

Sie saß gemessen da, aufrecht, mit grauen Augen, mit gefälteltem Gesicht und abweisend. Ihre Antworten klangen bestimmt, hinter ihnen stand der Herr Justizrat, obgleich er an der Wand stand. Härtel verlor die Sicherheit. Er übertrieb. Da er glaubte, die Weigerung nähre sich allein vom Mißtrauen gegen Öppi, fing er den an in so schamloser Weise zu loben, daß dem Bloßgestellten das Blut in den Kopf stieg, daß ihn die Wut über die verwechselten ü und i erneut überfiel, daß er also ein verächtliches Lächeln deutlich in dem Augenblick auf seine Lippen setzte, als Härtel sich ihrer langjährigen freundschaftlichen Beziehungen rühmte.

«Der Herr grient ja selbst», sagte sie kühl und sachlich.

Härtel schwieg.

«Sie haben das Geschäft vermittelt?» fragte die Frau.

«Nein.»

«Frecher Lügner!», dachte Öppi. Die Frau Justizrätin behandelte Härtel mit steigender Verachtung. Sie konnte ihn nicht leiden, drum mochte Öppi die Frau Rätin immer besser leiden, obgleich ihre Weigerung ihm den Einzug in die Kneipe vorläufig verwehrte. An ihrer Entscheidung war nicht zu rütteln. Obendrein sollte Sadowsky nur gegen Hinterlegung einer Bürgschaftssumme für die nächsten Mietsraten aus dem Vertrag entlassen werden. Woher aber sollte Sadowsky das Geld dazu nehmen, da der Hauptteil der Kaufsumme den Biergläubigern zufallen würde? Öppi anerbot sich, die Summe vorzulegen. Man lobte ihn, aber der Herr Justizrat tadelte mit nachsichtigen Worten die Unordentlichkeit des Herrn Sadowsky und sein Säufertum. Der saß da wie ein Schulbub, stotterte allerlei Ausreden, sagte auch «gnädige Frau», aber viel flotter und selbstverständlicher als Härtel.

In der milderen Luft des Schlußgesprächs wagte der nochmals einen Vorstoß, um den sofortigen Abschluß zustande zu bringen, nachdem er inzwischen glücklich seine Zugehörigkeit zu den Freimaurern betont und seine Vergangenheit als Musiker erwähnt hatte, die darin bestand, daß er dreißig Jahre früher in einer Militärkapelle gezwungenermaßen Trompete geblasen. Der Vorstoß war vergeblich. Man verabschiedete sich.
«Darf ich noch einen Augenblick bleiben?» fragte Öppi.
«Bitte.»

«Es ist alles gelogen. Er ist der Vermittler. Ich kenne ihn nicht.»
Öppi meisterte mit Mühe die Tränen der Empörung. Die Frau Justizrätin drückte ihn aber keineswegs an die Brust, wie er's gern gehabt hätte, und strich ihm nicht tröstend über den Kopf, wie Mütter tun, sie sagte lediglich mit Schärfe «aha» und anerbot sich, das Zustandekommen des ganzen Handels dadurch zu verhindern, daß sie sich weigerte, mit Öppi einen Mietvertrag abzuschließen. Aber Härtel hatte ja schon die ganze Kaufsumme in der Tasche.
«Nun, was haben Sie noch erreicht?» fragte der unten auf der Straße.
«Gar nichts! Ich wollte nichts erreichen.»
«Sie haben mich doch nicht etwa Liechen gestraft?»
Das hatte noch gefehlt. «Liechen», sagte der Kerl, wo es doch Lügen hieß. Schöne, klare, feste, saubere Lügen. Der hatte sich als sein Freund ausgegeben. «Liechen gestraft!»
«Jawohl, das habe ich», sagte Öppi, «Lügen habe ich Sie gestraft, und sagen Sie nicht, daß das eine Dummheit war. Eine ganz große Klugheit war's. Denn Sie haben Ihre Art, und ich habe meine Art, und meine Art ist nicht Ihre Art.»
Ganz laut schrie er das im fahrenden Wagen des Selterswassermachers dem Härtel ins Gesicht, der zu seiner Linken im Polster saß. Sadowsky, vorn auf dem Klappsitz, hatte auch nicht gehalten, was er versprochen. Die Steuerbestätigungen nicht vorgelegt und anderes mehr im argen gelassen! Das konnte ihm Öppi bei der Gelegenheit an den Kopf werfen und bis zu einem gewissen Grade mit seiner Meinung herausrücken.
Sadowsky schrie seinerseits zurück, Öppi möge sich hüten, nochmals zu sagen, daß er lüge, was dieser gesagt zu haben bestritt,

worin Härtel ihm aus niederträchtiger Schmeichelei beipflichtete. Die Nachmittagssonne fiel schon schräg in die Straßen hinein, ringsum lärmte der Verkehr, fuhren die Wagen, gingen die Menschen, klingelten die Bahnen. Der Sohn des Selterswassermachers steuerte seine Fuhre durch die Straßen, aber die drei sahen nichts von allem, was rings um sie vorging, lagen verbissen im Zank, wie auf fahrender Insel, machten sich böse Gesichter und wurden erst in dem Augenblick ein wenig umgänglicher, als sie sich plötzlich wieder am alten Ort an der Ecke sahen, von wo sie einige Stunden vorher weggefahren waren.
Da ging's auch lärmend zu. Der Sprechtrichter brüllte, dicke Männer standen vor dem Schenktisch, alles troff von Bier, und Grete glühte. Härtel klärte die Brauer auf: der Mietvertrag ist nicht zustande gekommen. Woran es lag? An Herrn Öppi? Nein! «Der bringt Empfehlungen mit, daß wir uns alle verstecken können.»
«Was will sie denn?» sagte der Selterswassermacher und rieb den Daumen am Zeigefinger. Geld? Nein! Öppi dachte an das gefältelte Gesicht der Frau Justizrätin, besah den feisten Wasserhändler und verachtete ihn für seine Unterschätzung der Frau. Wem sollte er nur, damit sein Herz leichter würde, zeigen, wie sehr er die Dicken verachtete? Ach, da war ja Grete, die in der Zwischenzeit sein Bier verkauft hatte, die nun aus der Küche kam und ihm ein gebratenes Kalbsstück aufs Tischlein stellte, grad an der Tür vom vorderen zum hinteren Raum. Sie setzte sich auch zu ihm hin, denn sie wollte begreiflicherweise gern wissen, ob der Mietvertrag zustande gekommen oder warum er nicht zustande gekommen war.
Öppi ging leicht drüber weg, aber «sehen Sie», sagte er mit Nachdruck, «sehen Sie diese Dickbäuche, diese Tiere mit der nassen Haut, wie sie planschen, um die Klippen schwimmen und das Becken mit den Schwänzen schlagen, daß die Gischt zum Himmel spritzt, sehen Sie, wie sie die Biere einsaugen, daß man nur drauf wartet, die Flüssigkeit oben aus dem Kopf heraus und im Walfischstrahl zur Decke spritzen, auf den Rücken zurückfallen und an die Wände klatschen zu sehen.»
Grete guckte scharf hin: sie sah nur die Herren von der Brauerei um den Schenktisch stehen, die bis anhin kein Gastwirt mit Walfischen verglichen. Immerhin fand sie das Ganze neuartig genug,

um gespannt zu sein, wie die Dinge sich an dieser Ecke weiter entwickeln würden.

Die Biervertreter und der Selterswassermacher hatten ihren Tag vergeblich dran gegeben, um die Angelegenheit Sadowsky ins reine zu bringen. Öppis erstes Bierfaß war um ein gutes Stück geleert worden, und von den teuren Zigarren, die er für diesen Tag gekauft, waren viele in Rauch aufgegangen. Fräulein Grete hatte das Ihrige getan, um den Herren das Warten zu einem lustigen Nachmittag zu machen. Nun zählte sie Biere und Zigarren zusammen. Als das Ergebnis dalag, wußte man nicht recht, ob sie nicht einige Posten doppelt aufgeschrieben hatte. Aber das tat nichts, auf ein paar Mark kam's dem Herrn Selterswassermacher nicht an, er konnte dafür mit gutem Recht «verfluchtes Mädel» zu ihr sagen, sie in den dicken Arm kneifen oder auf den Hintern klopfen, um so mehr, als sie ihn ja schon in anderen Kneipen bewirtet hatte. Er zahlte und sparte nicht mit dem Trinkgeld. Die Herren gingen. «Ein feiner Mann, der Selterswasserne», sagte Frau Sadowsky aus aufrichtigem Herzen und fand, daß sie die Kneipe zu billig an Öppi verkauft hätten.
Während des ganzen Abends herrschte ziemliche Bewegung. Für Öppis Empfinden war es sogar ein äußerst lebhaftes Hin und Her, denn jeder neue Ankömmling bereitete ihm Sorge, bis er an seinem Platz saß und das Seinige bekommen hatte. Sollte er jeden persönlich begrüßen, oder sollte er es nicht tun? War's dem vereinzelten Gast angenehmer, allein zu sitzen, oder wartete er auf ein Wort? Auf einen Händedruck? Auf ein Nicken? Manche musterten ihn. Was wollten sie? Er wußte es nicht und ging vor die Tür hinaus, um aus der Sache zu sein, oder nach hinten in die Küche. Sadowsky stand immer noch hinter dem Schenktisch und stützte den nackten Arm auf den Bierhahn, obgleich Öppi doch den Betrieb übernommen hatte. Es war ärgerlich. Was sollte das Fräulein denken, da er doch ihr Arbeitgeber und Inhaber der Bierstube war? Irgendwie mußte er das dartun. Er strich also mehr als anfänglich um die Neuankömmlinge herum, lehnte sich grad vor dem Bierhahn rücklings an den Schenktisch und machte sich, wenn ein Gast zur Türe hereinkam, mit ihm bekannt als der neue Wirt. Den zufällig Eingetretenen machte das keinen Eindruck, wer aber die Ecke einigermaßen kannte, sah den Willi

Sadowsky wie immer am Bierhahn stehen, lächelte über den schlechten Scherz oder ärgerte sich über das Spiel, das man mit ihm zu treiben versuchte. Öppis Selbsteinführung entbehrte jeder Großartigkeit.

Der angenehmste Besuch war ein junger Mann in der Uniform der Schutzpolizei. Mit dem wurde er am besten fertig. Er trank sein Bier vor der Rückkehr in die Kaserne, Öppi führte ein leidlich flüssiges Gespräch mit ihm, drin er seine Hoffnungen und Gedanken über die Kneipe mit etwelcher Vorsicht streifen durfte. Der andere plauderte fast mit Herzlichkeit, zum mindesten mit fühlbarer Zuneigung, von seiner Heimat in Ostpreußen und verweilte mit weichem Herzen bei der Braut, die er dort zurückgelassen, um in Berlin seinen Dienst im Solde der Staatsmacht und zugunsten der guten Ordnung zu tun. Öppi war im Innersten froh über die Bekanntschaft, lagen so doch nicht nur der tote Menzel und die allfälligen Reste des alten Schleiermacher in seiner Nähe, sondern er hatte auch einen Bekannten in der Polizeikaserne.
Es kamen allerlei junge Leute, die «Willi» und «du» zu Sadowsky sagten, Mariechen die Putzfrau und der alte Zeitungsverkäufer waren ebenfalls zur Stelle. Auch Simke und die anderen nähern Nachbarn, wie Frau Schlosser, deren Küchentür der Öppischen gegenüberlag. Öppis Habseligkeiten und Bücher wurden angefahren. Eine, zwei, drei, vier, fünf Kisten voll Gedrucktes, Bühnenschicksale und Tausende von Versen. Hunderttausende von Versen. Simke von der Hochbahn nickte anerkennend bei jeder Kiste, die hereingerollt wurde, daß die Biertropfen an den Spitzen seines roten Schnurrbartes zitterten. Er nahm zwei alte Münzen aus der Westentasche, wies sie vor, nahm eine neue Münze aus dem Beutel, legte eine angefeuchtete Briefmarke darauf und warf sie mittels der Münze an die Decke hinauf, daß sie dort kleben blieb. Stimmung, Stimmung!
Öppis Bücherkisten wurden im Hinterzimmer aufgestapelt. Die jungen Leute tanzten dran vorüber. Alle rühmten die Kneipe, und Frau Sadowsky erklärte mit Tränen in den Augen, daß sie überhaupt nicht hätten verkaufen sollen. Es dauerte schrecklich lange, bis die Uhr endlich eins war, da man die Rolladen herunterlassen und Schluß machen konnte. Fräulein Grete war lange vorher weggegangen, denn sie wohnte hinter dem Schlesischen Bahnhof und

hatte eine weite Reise zu machen. Sie lag dort tief im Schlafe, als in der Kneipe der angetrunkene Sadowsky sich endlich bequemte, dem Inhaber Öppi die Zeche zu bezahlen, die das Fräulein im Laufe des Tages auf ein Blatt Papier geschrieben, welches sie Öppi, ehe sie ging, zum Einziehen des Betrags übergeben.
Es wollte Sadowsky nicht in den Kopf gehen, daß er, wie vordem, den Ellbogen auf den Bierhahn stützen und im gleichen Raum wie bis anhin schlafen sollte, ohne, wie bis anhin, trinken zu dürfen, ohne zu zahlen. Nach und nach rückte er auf Öppis sanftes Drängen mit dem Geld heraus. «Nun mach doch schon ins Bett», sagte seine Frau unwillig, aber Willi wollte noch dieses und jenes, wünschte noch einen Schnaps und noch ein Bier, und Öppi bewirtete tief in der Nacht den unberechenbaren Mann, weil er ihm nichts abzuschlagen wagte; er stand mit den beiden Wirtsleuten, die alles noch als das Ihrige betrachteten, allein in dem öden Raum und wußte nichts zu sagen, als Frau Sadowsky ihm bedeutete, daß das Fräulein ihres Mannes Zeche größer angeschrieben habe, als sie wirklich gewesen sei. Zuletzt schleppte man ein Sofa in die hintere Eßstube. Die Eheleute Sadowsky verschwanden in ihr Schlafzimmer. Öppi nahm die Kasse an sich, umstellte das Sofa, um die Decke zu halten, mit Stühlen, legte die Kasse auf den Stuhl zu seinen Häupten und schlief ein. Er schlief nicht lang, denn der frühe Tag kam bald über die Bäume des Kirchhofs herauf und drang durch die Fenster. Draußen begannen die Wagen zu fahren. Öppi zog die Rolladen hoch und sah im Morgenschein, daß alle Strippen, dran sie hingen, zu drei Vierteln durchgescheuert waren. Er schaute durch die Fenster, war ratlos und freute sich, als Sadowskys schweres Weib mit schläfrigen Augen aus der Kammer kam, eine Flasche Selterswasser für ihren durstigen Gatten zu holen. Sie zeigte Öppi, wie man das weiße Blech des Schenktischs und den Bierhahn mit Blitzblank putzte. Er holte eine alte Hose aus seinem Koffer, zog sie an und begann zu reiben. Der Schweiß trat ihm auf die Stirne. Schließlich kam das Fräulein. Sie war Frau Sadowsky im Wege, und die Frau war ihr im Wege. Grete behauptete, Sadowsky stelle ihr nach, dabei blickte sie aus den Augenwinkeln nach ihm hin, und Sadowsky maß sie wie ein Stück Hausrat, das ihm gehörte. Am Nachmittag trank Öppi Kaffee mit den Frauen. Er bezahlte die Bohnen und das Gas, Frau Sadowsky stellte die Töpfe und Tassen. Man saß zusammen an

dem kleinen runden Familientisch, aber jeder verwünschte den andern. Öppi steigerte seine Höflichkeit gegen Frau Sadowsky, machte sich so unscheinbar wie möglich und hätte sich am liebsten bei ihr dafür entschuldigt, daß ihr Gatte die Ablösung des Mietvertrags bei Frau Justizrätin nicht besser vorbereitet hatte. Er schenkte ihr Schokolade, die sie mit zusammengekniffenen Augen annahm, kaufte ihr die alten Vorhänge des Schlafzimmers ab, schmutzig wie sie waren, damit sie der Mühe des Herunternehmens enthoben sei, kaufte ferner ein altes Eisenbett, einen Küchenstuhl, einen schäbigen Küchenschrank, einen Putzeimer, ein paar rostige Pfannen und versprach, alles ihr persönlich und nicht ihrem Gatten zu bezahlen. Dazwischen ging er häufig auf dem Kirchhof spazieren.

Endlich kam der Anruf der Frau Justizrätin. Die Nachprüfung der Empfehlungsschreiben hatte befriedigt, der Bierbrauertag wiederholte sich. Ehe aber noch Härtel zur Stelle war, erhielt Öppi am frühen Morgen eine gerichtliche Verfügung des Inhalts, daß die Kaufsumme für die Kneipe dem Herrn Sadowsky nicht auszuzahlen, sondern nach Angabe des Gerichtes zu verwenden sei. Dahinter steckten Sadowskys Gläubiger. Was war zu tun? Öppi rief Härtel an.
«Den Mann müssen wir schitzen.»
Rasch erschien er bei Öppi. Im hintern Gastraum wurde von den großen Geschäftsmachern unter Öppis und Sadowskys Beistand dem Gericht und den abwesenden Gläubigern ein Schnippchen geschlagen. Alle sprachen leise, setzten gemeinsam einen anderen Tag auf die Quittungen und Verträge, als der Kalender zeigte, einen früheren, verflossenen Tag, derart, daß es den Anschein hatte, als sei die Verfügung des Gerichtes zu spät gekommen. Öppi beging mit diesen angesehenen Männern die erste Urkundenfälschung seines Lebens, an einem Sommermorgen und ohne genau zu wissen, was eigentlich vorging. Den Brauereiherren und dem Selterswassermacher zahlte Härtel mittels Öppis Restkaufgeld Sadowskys Schulden, Sadowsky selber, der Verkäufer, erhielt am Schluß vom Ganzen selber nur noch etwa die Hälfte, allein auch diese war Härtel gesonnen, ihm nicht zu lassen, denn er hatte schon in einem weit entfernten Stadtteil eine neue schlechtgehende Kneipe für den Ratlosen ausgesucht, und es war

klar, daß er dieses unbeholfenen Käufers Eigentum als seine sichere Beute betrachtete.

Spät am Abend erschienen an der Ecke Mariechen und der alte Zeitungsverkäufer, um von Willi ihr Geliehenes zurückzufordern, da die Sache mit dem Verkauf nun nicht mehr bestritten werden konnte. Sie sahen geflissentlich über Öppi hinweg. Des Zeitungsverkäufers volles Gesicht war noch bleicher als sonst, fast so weiß wie sein weißer Schnurrbart. Sie kamen ohne Geschriebenes, nur mit Bitten, erhielten drum nichts, sondern sollten nur den Zorn einstecken, den Sadowsky endlich loslassen konnte, den Zorn, den er den mächtigen Herren gegenüber nicht hatte zeigen dürfen, den Zorn darüber, daß ihm an Stelle des ganzen Kaufgelds nur so kleine Stücke geblieben waren. Es entstand ein Wortwechsel. Sadowskys Stimme ging ins Brüllen über. Dann besann er sich auf seine dicken Arme, faßte den alten Mann am Kragen, schob ihn am Schenktisch vorbei und stieß ihn zur Türe hinaus. «Willi! Willi, sei doch vernünftig!» schrie seine dicke Frau aus der Tiefe des Raumes. Öppi versuchte zu wehren, hing sich an Sadowskys Rücken und wurde beim ganzen Handel, wie eine Fliege dort sitzend, ebenfalls vor die Türe hinausgetragen. Der Vorfall sprach sich herum, und der Umstand, daß nicht Öppi den Sadowsky, sondern dieser Öppi auf den Rücken genommen hatte, bedeutete eine Schlappe, so weit die Kunde reichte.

Am andern Morgen kam ein Wägelchen und holte, ehe der Tag graute, Sadowskys Sachen ab, denn es galt, die Habseligkeiten unbemerkt wegzuschaffen, bevor noch eines weiteren unbefriedigten Gläubigers Hand sich drauflegte. Sobald die Sonne da war, kamen sie auch wirklich wie die Mücken, alle, denen er Geld schuldete, von Spandau aus dem Osten und aus Neukölln, mit der Hochbahn und mit der Straßenbahn, stellten sich vor den Schenktisch und verlangten den Wirt zu sprechen.

«Der bin ich», sagte Öppi.

Dann maßen sie ihn mit einem mißtrauischen Blick und fragten nach Sadowsky.

«Er ist fort.»

«Wohin?»

«Weiß ich nicht.»

«Müssen Sie doch wissen.»
«Ich weiß es aber nicht.»
«Mensch», sagte dann mancher, «ich bin ja nicht doof», ging und kam nicht wieder. Alle Unzufriedenen hielten Öppi für einen Helfershelfer und kamen nicht wieder, auch Mariechen und der alte Zeitungsverkäufer nicht. Härtels Tochter brachte in blauem Kleid und mit bloßen Armen einen Blumenstrauß, den Grete mit überlegenem und zudringlichem Lächeln auf das Glasschränklein stellte, dahinein die Rollmöpse und belegten Brötchen kommen sollten. Dort oben war er rasch verdorrt und vergessen, das Mädchen blieb weg, und auch der Vater legte gewaltige Pausen zwischen seine Besuche. Die Brauerei ließ Öppi zu sich rufen. Er war pünktlich wie ein Schüler. Ein wohlwollender Brauereidirektor belehrte ihn, am großen Schreibtisch sitzend, darüber, daß es nun gälte, möglichst viel Bier zu verkaufen. Dazu gehörte eine Frau, Öppi sollte sich eine nehmen.
«Ich will mich bemühen.»

Auf dem Heimweg traf er Suse. Suse?! War Suse zu fragen? Sie kam ihm abwehrend zuvor, erteilte ihren Ratschlag.
«Nehmen Sie eine Brauerstochter.»
Die Schöne hatte inzwischen ein Kunsthandwerk gelernt, machte kostspielige Einbände für ausgesuchte Dichterausgaben; sie hatte noch nie Bier gezapft, und in keiner Kneipe hatte er ein Wesen wie sie hinter dem Schenktisch getroffen. Sein Betrieb wollte nicht, daß er Suse früge.

Der Bierwirt

Die Kneipe war überhaupt etwas ganz anderes, als er sich's gedacht hatte. Er hatte sie bezahlt, aber es war, als habe sie ihn bezahlt. Er führte nicht die Kneipe, sondern sie führte ihn. Er schlief zwar in seinem eigenen Bett, hinter eigenen Fenstervorhängen, und es ging niemanden etwas an, daß er eine viel zu kurze, schlechte Strohmatratze und kein Kopfkissen hatte, sondern auf einer zusammengerollten alten Hose schlief, es ging niemanden was an, daß kein Schrank im Raum war, daß seine Kleider alle zusammen an zwei mächtigen Nägeln an der Wand hingen und, von einem Tuch bedeckt, wie zwei gewaltige Geschwülste in den Zimmerraum hereinragten.

Aber diese Freiheit dauerte ja nur kurze Zeit, dauerte vielleicht von zwei Uhr nachts bis acht Uhr morgens. Dann mußte er die Rolladen hochziehen und sich hinter den Schenktisch stellen. Das gehörte sich so. Wenn die Rolladen nicht hochgingen, erschrak die Stadt und vermutete einen Todesfall. Wenn er aus dem Schlafzimmer in den dämmerigen Schenkraum hinaustrat, strömte der Geruch des erkalteten Zigarrenrauchs in seine Lunge; zerkaute Stummel lagen auf dem Fußboden, Aschenhäufchen und eingetrocknete Bierlachen auf den Tischen. Die Strippe des großen Rolladens wurde mit jedem Tag dünner. Bald würde sie reißen. Wenn dann ein früher Gast zur Türe hereinkäme, würde der fallende Laden ihn treffen, ihn für den Rest des Lebens gebrechlich machen, und Öppi würde für den Schaden haften. Das brachte der Kneipenkauf mit sich. Es kam aber niemand zu so früher Stunde. Nur die Schulkinder zogen an der offenen Tür vorbei, gewaschen und gekämmt, so wie Öppi früher auch sauber gewaschen gewesen. Jeden Morgen rieb er Schenktisch und Hähne mit Blitzblank rein, wie Frau Sadowsky es ihm gezeigt hatte. Die Blitzblankbrühe verkroch sich gerne in Ecken und Winkel, von wo sie schwer wieder herauszuholen war. Blieb sie längere Zeit in den Verstecken des Bierhahns sitzen, war's kein Blitzblank mehr, sondern Schmutz. Mitten in der blitzenden Schenktischfläche lag eine Versenkung voll Wasser, eine Art Teich, um die Biergläser drin zu baden und mit dem Wischer auszureiben. Der Teich mußte auch von Zeit zu Zeit geleert und ausgewaschen werden, ebenso die Abläufe und die Untergründe des durchlöcherten Tropfbretts, sonst freuten sich die Schimmelpilze, und alles roch sauer.

Wenn Öppi mitten im Putzen und Schwitzen war, kam der Eismann, reichte ihm einen Brocken über den Schenktisch, wobei jedesmal die ersten Tropfen schmutzigen Schmelzwassers auf die eben getrocknete, glänzende Fläche fielen. Hernach griff Öppi zum Kehrbesen. Dann kam das Fräulein. Er drückte ihr den Kehrbesen in die Hand, ging in die Küche, um sich zu waschen. Wenn er dort mit nacktem Oberkörper vor dem Hahn stand und die Seife im Gesicht schäumte, kam das Fräulein nach, um Wasser für den Boden zu holen, und er fühlte ihre Blicke auf seinem Rücken.

Im Schlafzimmer standen zwei Böcke, drauf lagen zwei Bretter. Die trugen ein Emailbecken und das Rasierzeug. Aber Öppi durfte sich nicht mehr selber rasieren, das wollte der Nachbar Haarschneider besorgen. Dafür trank der abends ein Glas Bier an der Ecke und brachte die ausgelegten zwanzig Pfennig zurück. Auf dem Ereignis lag die Umsatzsteuer, das Ganze nannte man das Geschäftsleben. Wenn Öppi vom Rasieren zurückkam, stand das Frühstück auf dem Tisch. Grete setzte sich zu ihm und goß den Kaffee ein. Der Schlafzimmereingang war ihr untersagt. Öppi ließ Staub und Flaum unter dem Bett sich sammeln und wünschte nicht, daß fremde Augen seine kurze Strohmatratze streiften oder die Holzböcke und die Kleiderbeulen an der Wand. Wenn er aus der Kneipe ins Zimmer oder aus dem Zimmer in die Kneipe trat, öffnete er die Türe nur spaltweit, schob sich wie ein Papierblatt hinein oder hinaus, damit kein Unberufener das Waschbecken auf den ungehobelten Brettern sähe. Es war ärgerlich genug, daß die Leute den ganzen Tag durch die Außentür zu ihm hereinkommen durften, ungefragt und ungeladen, ohne Zögern, sicher und selbstverständlich, mit Mienen, als müsse er froh sein, daß sie überhaupt kamen.

Um die Frühstückszeit war's in der Regel noch ganz still. Grete machte ein niedliches Mäulchen beim Eingießen, schlug die Augendeckel auf und nieder und wollte nicht mehr vom Stuhle aufstehen. Manchmal versuchte er, sie zart zu verscheuchen, aber umsonst. Hie und da kam ein verfrühter Gast ihm zu Hilfe, indem er «Frau Wirtin» rief. Sie erhob sich dann lächelnd vom Sitze und ging zum Bierhahn. Das war auch eine von den Eigenmächtigkeiten der Leute, daß sie durchaus eine Frau Wirtin haben wollten. «Fräulein Grete», sagte er, «das geht nicht, die Frau Wirtin dürfen Sie nicht auf sich sitzen lassen, die Leute dürfen nicht in ihrem Irrtum belassen, sondern müssen aufgeklärt werden.» Sie errötete, sah in den Spülteich hinein, schaute verschmitzt aus, sagte ja, vergaß die Abmachung im nächsten Augenblick wieder, und Öppi mußte die Aufklärung selber besorgen. «Das ist nicht meine Frau», sagte er dann, wenn so ein Schlechtunterrichteter grade sein Bier von ihr vorgesetzt bekam, sagte es entweder zu früh oder zu spät, sagte es jemandem, der's nicht glaubte, oder jemandem, der sich nichts draus machte, sagte es zu Gretes Mißvergnügen, zu seinem eigenen Mißvergnügen, und niemand dankte ihm dafür.

Nach dem Frühstück nahm Grete Geld aus der Kasse und ging nach der Halle zum Einkaufen. Sie schlurfte über die Straßen, die Hausschuhe hingen ihr lose um die Füße, ihr kurzer Schatten fiel aufs Pflaster, die dicken Waden leuchteten noch von weitem durch die Kneipentüre herein. «Ansehnlich», hatte sie geschrieben, daß sie sei. Ansehnlich! Gutes Wort, dachte Öppi. «Und gesund.» Ihre Füße litten unterm vielen Stehen. Daher die Hausschuhe. Schließlich war sie von neun Uhr morgens bis gegen zwölf Uhr nachts unterwegs auf den Beinen. Das taten die Schenkfräulein in der Regel nicht, die hatten, wie Öppi wohl wußte, ihre abgemessene Arbeitszeit und eingeschalteten freien Stunden. Fräulein Grete konnte somit einen gewissen Anspruch drauf machen, als Frau Wirtin zu gelten. Auf dem Kopf trug sie einen gewaltigen Zopf aus blonden Haaren. Diesen Zopf verteidigte sie mit Heftigkeit gegen alle, die ihn für unzeitgemäß erklärten, rühmte sich, hinterm Schenktisch sitzend, ihrer Zierde und wollte, aller Mode zum Trotz, nie die Schere an sich herankommen lassen.

Sie tadelte die Kücheneinrichtung, die Öppi von Frau Sadowsky gekauft, und entdeckte jeden Tag neue Mängel. Öppi mußte eine Eisenpfanne zum Eierbacken kaufen und konnte auch nichts dagegen einwenden, daß sie einen hölzernen Bierabstreicher für zehn Pfennige anzuschaffen wünschte. Einen Quirl aus Holz für fünfundzwanzig Pfennige hätte sie auch gerne für die Küche gehabt. Den lehnte er rundweg ab. «Leihen Sie ihn bei Frau Spengler.» Frau Spengler wohnte grad gegenüber der Küchentür, hinten hinaus nach dem Hof. Dort saß sie unterm Fenster, hinter viel Grünem, und nähte feine Wäsche. Sie hatte einen Sohn, der am Stock ging, und einen Freund, der wie ein gesunder Bauer aussah und weit draußen in Marienfelde wohnte. Manchmal kamen sie zu dreien zum Bier. Der Freund war glücklich und wollte, daß Öppi ebenso glücklich wäre.

«Na, wie steht's denn mit euch beiden?» sagte er. «Wann wird's denn? Ich kenne euch ja, ihr wollt nicht herausrücken.» Dazu guckte er zwischen Öppi und Grete hin und her. «Die ist ja so tüchtig», flüsterte er vorwurfsvoll, wenn Öppi ihm nicht zufrieden genug aussah. Tüchtig ja, obgleich sie mehr Schnaps da-

neben goß als er und die Biergläser, anstatt sie zu legen, immer aufrecht in den Waschteich hineinstellte, so daß sie im Wasser herumtrieben und die Ränder gegeneinander schlugen, bis sie Risse bekamen. Zwar leugnete sie, dies zu tun, aber es war doch so. Die Biersuppe, ihm zu Mittag des öfteren vorgesetzt, war hingegen über alles Lob erhaben. Kalbskoteletten braten konnte sie auch. Bier einzugießen allerdings hatte Öppi inzwischen auch gelernt. Er hielt das Glas schräg unter den Hahn, drehte auf, drehte zu, und das Helle hatte seinen richtigen Kragen, nicht zu viel und nicht zu wenig. Mit den Schnäpsen war's schwieriger. Er konnte den Geruch nicht ausstehen, verwechselte Sorten und Preise. Die Gäste merkten das, glaubten, daß er sie übers Ohr hauen wollte, waren beleidigt, weil er's nicht für nötig gefunden, den Beruf gründlich zu lernen, den er betrieb, den Beruf nämlich, seine Gäste, die ihm ihr Geld brachten, in richtiger Weise zu bedienen. Sie mäkelten am Schnaps oder an ihm:
«Mensch, dein Korn! Da möcht' man ja nicht als Leiche drin schwimmen.»
Sie erwarteten eine derbe Anwort, um eine noch derbere drauf geben zu können. Öppi aber wurde höflich, mittels der Höflichkeit legte er eine Entfernung zwischen sich und den Gast, anstatt zur Stelle zu bleiben. Dieses Abrücken legte man ihm als Hochmut aus, ein haßerfüllter Blick traf den Gastwirt mit den Studentenschmissen, der da im abgeschabten blauen Anzug und in modischen Schuhen wie ein Fremdling stand, und ein haßerfüllter Blick Öppis traf den Gast, der ins Haus eingedrungen war, ohne daß man ihn gebeten hatte. Dann überließ er Grete das Geld, ging hinüber nach dem Kirchhof zu Schleiermacher und Menzel und zu dem Freiheitskämpfer mit dem griechischen Spruch auf dem Grabstein, oder lief ein paarmal planlos um den Häuserblock herum. Manchmal begab er sich auch nach dem Zigarrenladen oben an der Gneisenaustraße, wo ein blondes Fräulein ihn hinter dem Ladentisch hervor anlächelte, weil er Zigaretten im großen einkaufte und weil er der Inhaber eines eigenen Geschäftes war. Unterdessen saß Grete hinter dem Schenktisch, so daß man nur ihre blonden Zöpfe und nichts von den dicken Beinen sah. Sie tauchte, wenn ein Gast wissen wollte, wie sie hieß, den Finger in den Spülwasserteich, spritzte ein paar Tropfen nach dem Gast am Tisch und guckte aus den Augenwinkeln: «Ein schönes Mäd-

chen – heißt Gretchen.» Sie kannte viele Sprüche, aber nicht die gleichen wie Öppi, wiederholte diese nicht still für sich wie er, sondern nur vor Zuhörern. «Vierzig, und wer's nicht glaubt, der irrt sich», war der Spruch für die Bevorzugten unter jenen Gästen, deren Zeche vierzig Pfennige betrug; wer sie aber lobte, konnte mit Sicherheit auf die Zeile zählen: «Im Osten, da sind die Frauen auf'm Posten.» Daß die Spree noch immer durch Berlin fließe, war ihr unermüdlich wiederholter Gesang, sobald die diesbezügliche abgenutzte Spielplatte den alten Schlager aus dem Trichter schrie. Zoten hatte sie ebenfalls im Gedächtnis. Öppi merkte immer, auch wenn er weit weg saß, wenn welche mit den Gästen zur Sprache kamen: sie lachte dann allemal auf eine besondere Weise, gackerte und kullerte fast einen Atemzug lang, bis zuletzt ein langgezogener schamloser Lachschrei ans Licht kam. Die Zote selber wurde im Flüstertone vorgebracht, wobei Grete zu Öppi hinüberschielte; kam er näher, dann hörte sie auf und zeigte ihm, daß sie seinetwegen abbrach.
Sie sang und summte alle Schlagerlieder, freute sich, wenn die Leute ihretwegen sitzen blieben und mehr Bier tranken, als sie zu trinken vorgehabt. Wenn ein verliebter Gast sie zum Schnapstrinken einlud, schlug sie Sherry Brandy vor, der rot wie Sirup war, derart, daß sie das Schnapsglas heimlich mit dem Sirupglas vertauschen konnte, daß sie ein halbes Dutzend solcher Brandys ohne Schaden vertrug und eine Rechnung für ein Dutzend ausstellen durfte. Hatte sie so ein Spiel hinter sich, lachte sie aus vollem Halse, ergriff Öppi am Arm und zog ihn an sich, um ihm das Geheimnis ins Ohr zu flüstern. «Ihnen möchte ich mal 'nen richtigen Schwips anhängen», sagte sie dann und sah ihn verführerisch an, daß er unsicher wurde und eine heimliche Angst vor ihr oder vor sich bekam. Da es an der Ecke keine Gelegenheit für sie zum Ruhen gab, saß sie oftmals am frühen Nachmittag mit halb geschlossenen Augen schläfrig hinterm Bierhahn. Öppi versuchte, auf seiner Strohmatratze nebenan ein Schläfchen zu tun, aber es kam immer ein gelangweilter Arbeitsloser oder sonst ein armer Teufel, der einen gefälschten Groschen in den Spielkasten warf, daß er seine verstaubten Schlager zu brüllen anfing.

O dieser Trichter! Dem war Öppi auch unterlegen. Jeder machte sich dran zu schaffen, wie ein Allgemeingut stand er breit im

Zimmer, daß man ihn nicht wegzuschaffen wagte. Ein Mietstück! Die Miete bestand in den Zehnpfennigmünzen, die man für jede ablaufende Platte durch einen Schlitz in die Kastenkasse fallen ließ. Einmal im Monat schickte das Leihunternehmen einen jungen Mann vorbei, der die Kasse leerte. Neun Zehntel des eingeworfenen Geldes waren wertlose Eisengroschen, Überreste aus der Zeit des großen Kriegs. Wartet nur, hatte Öppi zu Anfang gedacht: euch werde ich erwischen, war mit gutem Beispiel vorangegangen und hatte als einziger die Musik des Trichters mit echtem Gelde bezahlt. Seine guten Münzen lagen allemal beim Leeren vereinsamt zwischen dem Eisengeld der anderen, ohne daß es ihm gelang, einen der Missetäter auf frischer Tat zu ertappen. Er gab's auf und erhielt seinerseits von dem Kassenprüfer eine Handvoll Eisenpfennige, so daß er sich nun im Verhalten zu dem Sprechtrichter in nichts mehr von seinen listigen Gästen unterschied.

Die Spielplatten lieh er sich von Hoffmann. Sie stammten aus Hoffmanns Glanzzeit. Die lag weit zurück. Die Schlager waren veraltet und verfielen dem Achselzucken der jungen Leute. Grete war mit den Platten zufrieden, denn sie spielten Melodien aus jener Zeit, da sie noch kein uneheliches Kind bei der Mutter in Pommern wohnen hatte.

Simke genügten sie auch. Der saß immer noch von Zeit zu Zeit mit der übrigen Nachbarschaft in der Kneipe, besonders am Monatsanfang, wenn's genug Geld gab, oder dann, wenn er ein gutes Nebengeschäft zu Ende gebracht hatte. Diese wurden allerdings immer schwieriger. Wegen der Zahnärzte. Die Zahnärzte stellten sich für Simke deutlich als die größten Betrüger der Erde dar, weil sie den Leuten für gutes Geld nicht Gold, sondern irgendwelchen wertlosen glänzenden Plunder in die hohlen Zähne steckten oder auf die abgefaulten Stumpen packten, derart, daß Simke beim Zähneeinkauf auf Kirchhöfen, bei Totengräbern und in Trauerhäusern mit immer größerer Vorsicht und allerlei Säuren und Probierstoffen zu Werk gehen mußte, um nicht goldenen Schein für Gold zu halten. Im ganzen war allerdings das Geschäft mit alten Zahngebissen immer noch besser als das mit den Uhren, Zylinderhüten, Schränken und Münzen, am angenehmsten war es allemal dann, wenn er zu so einem angekauften vollständigen Gebiß aus Hartgummi gleich einen passenden zahnlosen Mund auftreiben und es in diesen hineinverkaufen konnte.

Die jungen Leute bevorzugten den hinteren Raum. Es waren keine einträglichen Gäste, Burschen mit lauten Stimmen und ohne Geld. «Die würde ich alle an die Luft setzen», hatte Härtel gleich im Anfang zu Öppi gesagt. Warum? dachte der. Sie fühlten sich wohl bei ihm, weil sie lange sitzen konnten, ohne viel ausgeben zu müssen. Drei Brüder machten bei Öppi den Lärm, den ihnen der leberkranke Vater zu Hause verbot. Sie tranken zusammen ein Bier. Hie und da kam einer nach vorn an den Schenktisch und kaufte eine Zigarette. Einige Jungen grüßten ihn herablassend, denn Öppi war nur ein Kneipwirt, aus ihnen aber konnte noch was Großes werden. Ihre Taschen waren die Quelle der Eisengroschen, welche die Trichterkasse füllten.

Da ihnen die abgespielte Musik verleidet war, ließ Öppi einen Klavierspieler kommen. Der kostete drei Mark den Abend, zwei Biere und ein Paar Würstchen, mehr, als die Zeche der jungen Leute zusammen betrug. Der Klavierspieler war ein junger Mann, der die Rechte studierte, der sich mit dem abendlichen Spielen das nötige Geld dazu selber verdienen mußte. Die anspruchsvollen jungen Gäste machten sich wenig daraus, verachteten vielmehr den Klavierspieler, weil er aus guter Schule kam und die frechen Schlagermelodien zu scheu und zu wenig forsch für die Beine spielte. Manchmal waren auch ein paar junge Mädchen zur Stelle, die mit den Burschen tanzten. Tanzen war verboten. Öppi hätte dafür eine besondere Erlaubnis einholen müssen. Um die war er nie eingekommen. Nun stand er Schmiere vor der Tür oder guckte den Tanzenden zu. Eine gutgewachsene schwarzhaarige Schöne war darunter, mit schwarzen, schmutzigen Fingernägeln, und ein kleines blondes Ding mit hübsch geschwungener Nase und wissendem Gesicht. Ihre Röcke flogen, die dichten, wilden, kurzgeschnittenen Haare flogen, dazu sang sie mit hartem Stimmchen die Melodie der alten Platte:

> «Ich lass' mich nicht verführen,
> dazu bin ich zu schlau,
> ich kenne die Manieren
> der Männer zu genau.»

Öppi hätte ihr gerne das Gegenteil bewiesen, aber er wußte nicht, wie anfangen. Simke geriet in Streit mit einem ihrer Begleiter, der ein kaum erwachsenes Bürschchen war, gepflegt, von gelecktem Gebaren, blaß, aus dem Rechenmaschinengebiet, mit hochmütigem Gesichtsausdruck.

«Sie Lausejunge», sagte Simke zu ihm und «von wejen Lausejunge», sagte der. «Schmeißen Sie den Lümmel raus», forderte Simke von Öppi, aber der wollte sich gerecht zeigen und die Angelegenheit erst untersuchen. Das nahm Simke übel und blieb aus der Ecke weg. Alle zu ihm Gehörigen blieben weg. Der blasse Jüngling kam auch nicht wieder. Die drei Brüder blieben aus, als der eine von ihnen fünfundzwanzig Pfennige für Bier schuldete, die Öppi mehrmals umsonst angefordert hatte.

Körber kam immer noch. Wie ein Überbleibsel aus der Sadowsky-Zeit. Er hatte Arbeit gefunden, saß nicht mehr um vier Uhr am runden Tischchen beim Familienkaffee, sondern kam gegen fünf von der Werkstätte, trank ein Malzbier im Vorübergehen und kaufte eine Zigarette oder höchstens zwei, kein glänzender, aber ein sicherer Gast.

«Passen Sie auf», sagte Härtel, «der kommt wegen dem Fräulein.» Was ging das Härtel an? Gar nichts, er glaubte dabei lediglich dem Öppi etwas Unangenehmes erzählen zu können. Seitdem ihn der Dicke in der Frühe einmal beim Bodenkehren angetroffen und dafür gelobt hatte, konnte Öppi den Härtel ganz und gar nicht mehr ausstehen.

Zu seinen Freunden gehörte ein altes Ehepaar. Die beiden kamen öfters um fünf Uhr nachmittags, waren freundliche Menschen und verbrachten den Lebensabend zusammen. Sie tranken Berliner Weiße und ließen sich gerne von dem Wirt die Zeitung in die Hand drücken. Mit der Zeit wollte er viel mehr Zeitungen anschaffen, Zeitungen aller Art, schöne Bilderzeitungen, für jeden Gast ein Blatt, denn dann saßen sie alle still bei ihren Bieren und fingen keine Gespräche an, die er nicht fortzuführen vermochte. Der bleiche Eidechsen-Franz war hinter Grete her, aber sie schüttelte sich beim Gedanken an einen derartigen Liebhaber. Da waren Gerhard und Kurt denn doch zwei andere Kerle. Sie kamen in der Regel allerdings erst spät in der Nacht, wenn Grete schon nach Hause gefahren war.

«Mensch», hatten sie bei der ersten Begegnung mit dem zerhauenen Öppigesicht gesagt, «Mensch, du hast dir wohl immer alleene rasiert.»

Gerhard war Kneipwirtsohn, arbeitslos, dessen Stempelamt lag in Öppis Gegend. Runder brauner Kopf; Kurt, Arbeiter im Gaswerk, blaß, schmalköpfig, mit unwahrscheinlich blauen Augen. Sie waren, wenn sie nach der Ecke kamen, meistens schon betrunken. Im Rockaufschlag stak bei jedem ein Fähnchen mit der Aufschrift «Freundschaft». «Mensch», sagten sie zu Öppi, «weeßte, nun haste noch nicht eene Runde bezahlt und bist doch schon lange Budiker hier. Du kennst det nich, wissen wir und machen dir drum druff ufmerksam.» Öppi zahlte bereitwillig die Runde. «Mensch, hast een gutes Herz! Prost Öppi!» Damit hakten sie ihre Arme in die seinen ein und tranken Brüderschaft mit ihm. Das war der Anfang einer beständigen Freundschaft, die nie getrübt wurde, weil man nicht mehr als «Mensch», oder «N'Abend, Mensch», «Hör mal, Mensch» oder «Komm mal, Mensch» zueinander sagte.

Sie brachten ihm Mulleken ins Haus, Gerhards volle Schwester, Kneipentochter, die einen Nachmittag lang bei Öppi alle Böden eben aus Freundschaft aufwusch, so sich mühte, daß ihr Schweißgeruch in Schwaden durch alle Räume zog. Diese Luftveränderung war keineswegs rein unangenehm, aber doch so ausgesprochen, daß es zu keinen weiteren Gastspielen kam.
Der Umgang mit Paul Mamke war nicht so herzlich wie der mit den Fahnenfreunden, aber viel fesselnder. Öppi hatte den schmalen, blassen, übernächtigen Mann mit dem kleinen Schnurrbärtchen und der gutgeformten Stirn am Tage seines Geschäftsantritts zum erstenmal an den Tischen der Kneipe gesehen, hatte vor dem Gesicht an die Züge eines früheren Bekannten von der Bühne denken müssen und hatte den Eindruck nicht verschwiegen. Paul Mamke, einem Schauspieler ähnlich! Seither kam er regelmäßig zu dem liebenswürdigen Wirt an der Ecke, soweit bei ihm von Regelmäßigkeit überhaupt die Rede sein konnte. Paul Mamke, genannt Blumen-Paule, verkaufte Blumen, stückweise, in der Nacht, im Westen, am Kurfürstendamm, in den glänzenden Gast- und Vergnügungsstätten, wo die schönen Frauen in ihren besten Kleidern saßen und die Herren sich gerne freigiebig zeigten. Diese Blumen holte er am Morgen in der Markthalle. Wenige, mit Sorgfalt ausgewählte Rosen oder Nelken. Das bescheidene Bündelchen trug er immer in einem Körbchen nach Hause oder vielmehr

durch die Wirtschaften zwischen der Markthalle und seiner Wohnung. Oftmals war er, bei Öppi gegen Mittag eintretend, schon mehr oder weniger voll, aber nie laut. Sein erster Gedanke galt bei Öppi nicht sich selber, sondern seinem Hund, dem kleinen, kurzhaarigen und hochbeinigen Tier, das hinter ihm her durch die Türe schlich.

«Etwas Wasser für Chéri.» Öppi stellte das Schälchen hinter dem Schenktisch auf den Boden. Paule verwahrte den Blumenkorb. Aus der Zeitungshülle der Blumen ragten allemal ein paar Adjantumzweige heraus, jenes zierliche fremde Gras oder Farrengewächs, das die Blumenbinder in allen Ländern zu den Rosen und Nelkenkäufen gerne hinzufügen.

«'n bisken Adjantum jeb ick dazu», sagte Paule, wenn er von seinen nächtlichen Verkaufserfolgen und Verkaufsweisen sprach. «Heute hab ick janz besonders schönes Adjantum», wenn er nach einem Platz für seinen alten Korb mit dem bescheidenen Inhalt sich umschaute. Das war dann längst nicht mehr das Adjantum des Hallenhändlers oder des Pflanzenforschers, war kein Kraut mehr, Adjantum war das Schöne schlechthin, das Unerreichliche, Ferne, Geträumte. Und Paule setzte das Wort in sein Berlinisch hinein, daß es da wie eine fremde Perle schimmerte. Dann bestellte er seine Molle, sein Glas Bier. Er trank nie sofort, nie, ohne das volle Glas erst liebevoll und dankbar anzuschauen, nie hastig, sondern langsam Zug für Zug genießend. Hatte er einigermaßen Geld, gab's eine Zigarre, mit zwei Fingern behutsam aus dem Kistchen geholt, das Öppi ihm hinhielt. Mit zwei Fingern zog er die letzten Pfennige aus seinem Beutelchen. Am schönsten war's, wenn ein paar zahlungsfähige Gäste in der Kneipe saßen, dann konnte Paul mit Chéri allerlei Kunststücke vollführen, die ihm ein Umsonstbier oder mehrere Umsonstbiere brachten, die er alle mit der gleichen Andacht wie sein erstes trank. «Öppi, du bist 'n Mensch», war seine Rede, als der Wirt ihm einmal das Blumenkörblein beim Eintritt abnahm, um es wegzustellen. In keiner Berliner Kneipe war dem Blumen-Paule etwas Ähnliches widerfahren. «Öppi, bist 'n Mensch, du verstehst mich», sagte er, wenn ihm das Geld ausging, «du jibst mir noch ne Molle.» Dann gelüstete es ihn nach Musik: «Musik, Öppi, du weißt ja, wie ich die Musik liebe.» Der warf einen Eisengroschen durch den Schlitz des Kastens oder auch einen richtigen Groschen, heraus kamen

die Donauwellen; der magere Paule faßte Öppi um die Hüften und fing mit ihm zu tanzen an. Seine Brust war bemalt und mit eingeätzten Zeichnungen bedeckt, ein nacktes Weib mit Flügeln schwebte auf der blassen Haut seines Oberarms; Herzen, strahlende Edelsteine und kostbare Armringe bedeckten die Körperfläche dieses Armen. «Det sind Millionen Stiche», sagte er, wenn er das Hemd aufknöpfte, um sie irgendeinem gläubigen Zuhörer vorzuweisen, damit ihm als Belohnung für die alten Seefahrerzeiten, denen sie entstammten, noch ein Freibier zufalle.
So brachte er es bis zur Mitte des Nachmittags in der Regel zu einer beträchtlichen Trunkenheit, ohne aber jemals laut zu werden. Vollends leise wurde er, wenn gegen drei Uhr seine Frau in der Kneipe auftauchte: ein hakennasiges vollbusiges Weib, mit wildem Wuschelkopf und scharfen blauen Augen, die Öppi vertraulich begegnete und viel von ihren Angorakatzen redete. Sie gab dem Paule ein paar kurze Rippenstöße, die wie gewaltsam unterdrückte mächtige Schläge aussahen. «Warum kommst du denn nicht?» knurrte sie, und «ich komme ja schon», sagte Paule drauf, nahm sein Körbchen mit dem Adjantum, ging neben ihr her an der Kirchhofmauer entlang nach Hause, leicht gebeugt, mit angegrauten Schläfen, die Mütze in die schöngewölbte Stirn gezogen und von Chéri gefolgt. Hie und da, wenn's Bier umsonst gab, blieb sie ebenfalls in der Kneipe sitzen, legte dann ihr dick eingewickeltes Bein mitten in der Stube auf einen Stuhl, weil es krank war.
«Da's Wasser drin», sagte sie. «Das kommt davon, daß ich mit Paule durch ganz Deutschland getippelt bin, von der Donau unten herauf, im Herbst, beim scheußlichsten Wetter.» Dort unten hatte er sie getroffen, als Hausierer, abends auf einer Bank an der Donau, und hatte ihr, umgekehrt wie's im Paradiese gewesen, einen Apfel angeboten. «Ich gehe nach Berlin zurück, dann schicke ich dir Geld, und du kommst nach», hatte er hernach zu ihr gesagt. Aber Paule war ein unsicherer Kumpan. Sie zog es vor, gleich bei ihm zu bleiben oder ihn bei sich zu behalten, wanderte an seiner Seite, mit Nähnadeln, Sicherheitsnadeln, Seifen, Kämmen, Knöpfen und Schnürsenkeln handelnd und in Heuschobern nächtigend, durchs ganze Land. Jetzt besorgte sie die Geschäfte und Treppen eines großen Mietshauses. «Jeden Tag muß ich bei ihr ran», sagte der Mann zu Grete. «Die Frau kann nie genug

bekommen.» Grete schüttelte sich: «Nicht geschenkt wollte ich den Kerl haben.»

Die großen Möbelwerke der Gegend setzten eine Betriebsversammlung in der Ecke an. Öppi wurde benachrichtigt. Frau Simke und Frau Schlosser, mit denen das Einvernehmen wiederhergestellt war, klärten ihn über die Tragweite des Ereignisses auf und liehen ihm, da seine Möbel nicht ausreichen würden, ihre sämtlichen Stühle. Dann kamen die Arbeiter. Unaufhörlich strömten Schreiner und Tischler herein, gingen am Schenktisch vorbei nach hinten in den Versammlungsraum, bis der ganz voll war. Jeder Platz besetzt. Viele standen. «Herr Ober», riefen die Männer. Grete zapfte, er rannte. Kein Glas war unbenützt, die Kasten ausgeräumt, die ältesten Gefäße, die er Sadowsky bezahlt hatte, ohne zu wissen, was sie maßen, kamen nun aus den Tiefen der Schränke, wurden mit Bier gefüllt und einem Durstigen hingesetzt. Die Männer sahen blaß und ernsthaft aus. Sie riefen ihn, sagten ihm ruhig, daß er Gläser von ungenügendem Maß unter die von richtigem Maß mische und sich voll dafür bezahlen lasse. Öppi schämte sich, bat um Entschuldigung, gab einen Teil des Geldes zurück, und sie betrachteten ihn mit lächelnder Überlegenheit. Hernach begannen die Verhandlungen. Man schloß die Türen. Öppi wagte zunächst nicht mehr, den Raum zu betreten. Später rief einer nach dem andern nach Bier. Er ging auf Zehenspitzen zwischen den Reihen hindurch und hörte die Verhandlungen: es gab Streitigkeiten im Betriebe, Lohnfragen, Forderungen nach vermehrter Rücksicht auf die Gesundheit der Arbeiter oder nach verbesserten Schutzvorrichtungen vor gefährlichen Maschinen. Sie brachten ihre Angelegenheiten ruhig vor, vom Kollegen Schulze über den Kollegen Müller bis zum Kollegen Meyer, und so sicher, wie Öppi es mit den Seinigen nie gekonnt. Kollegen, so nannten sie sich.
Öppi kam das Latein seiner Schule in den Sinn, er verstand: es waren Collegati: Zusammengehörige, Zusammengebundene; sie wußten, daß keiner viel für sich allein war, daß ihre kleinen Meinungsverschiedenheiten vor dem großen gemeinsamen Geschick nichts bedeuteten. Der Holzstaub saß auf ihren Augenlidern. Wie ein Heerbann saßen sie da, verbunden gegen den Feind Ausbeutung, keiner konnte die Stadt verlassen noch den Beruf ändern,

keiner hatte Geld genug, um auch nur die Arbeitsstätte im Lande zu wechseln. Sie zahlten der Krankenkasse ihre Beiträge und wußten, was für Arbeit sie im nächsten Jahr machen würden, kannten den Kirchhof, der sie einmal aufnehmen sollte, wußten das Los ihrer Kinder, wußten auf lange Zeit hinaus, was sie verdienen konnten, jeder wußte es vom andern, und daß der Verdienst grad eben zum Leben reichen würde. Sie sprachen gemessen, unter Verwendung bestimmter Formeln, sachgerecht, nicht vergrämt, aber entschlossen, gleichgeartet, einig wie ein Feld voll Ackerhalme, derart, daß Öppi, sich als abseitiges vereinzeltes Kraut vorkommend, mit klopfendem Herzen an die Türwand lehnte.

Die Männer zahlten und gingen. Sie hatten mit wenigen Ausnahmen alle dieselbe bescheidene Menge Bier getrunken. Zusammen ein ansehnliches Maß. Das Faß hatte sich so rasch geleert wie nie sonst. Die Nachbarsfrauen bedeuteten Öppi, was für ein gutes Geschäft er mache, und er erkannte mit Verwunderung, wieviel Bier man unter Umständen auf einmal loswerden konnte.
In der Regel war's ganz anders: er mußte zufrieden sein, wenn die angebrochene Tonne nicht sauer wurde. Es kam kein Geld ein. Für die Mietezahlungen mußte er immer wieder nach dem baren Rest seines Vermögens greifen, ebenso, wenn es galt, Gretes Gehalt zu zahlen. Offenes Geheimnis: die Kneipe war ein schlechtes Geschäft. Ein junger fahrender Kartoffelhändler, der während eines langen Abends nie mehr als zwanzig Pfennig bei Öppi ausgab, sagte nach einigen Besuchen ihm ruhig ins Gesicht, daß er an der Ecke nicht werde bestehen können.
«Ich habe Angst», sagte Grete.
«Um was? Um Ihren Lohn?»
Sie sah gekränkt aus. «Um Sie. Ich habe mir gleich gedacht, daß das eine tote Ecke ist.»
Tote Ecke! Was tun? Verkaufen? Härtel machte sich anheischig, die Kneipe einem Dritten anzuhängen. Mit großem Verlust für Öppi und gegen eine bar zu zahlende Vermittlungsgebühr in etwa der gleichen Höhe, wie er sie kurz vorher Sadowsky abgenommen. Er schob Grete die Schuld zu und war immer noch ärgerlich, daß Öppi nicht seine Empfohlene mit den schwieligen Händen genommen. Er setzte eine Anzeige in die Zeitung, die Öppi bloßstellte und ihn als unfertigen Nichtskönner in ein paar hun-

derttausend Blättern dem überlegenen Schmunzeln der Leser preisgab. Ein paar Neugierige kamen, um sich über den öffentlich verkündigten Unfähigen lustig zu machen. Ein Schnapsreisender bot seine Vermittlung an, in Wahrheit lag ihm nur an der Freude, Öppis Geschäftsführung verspötteln zu können.

«Verkaufen? Bist pleite! Na, versteh' ich alles ohne Brille. Is passiert! Gute Ecke? Wieso denn! Hier stinggen die Katzen ja mieser wie woanders.»

Jedermann verurteilte die lange Kirchhofmauer, dahinter der schöne Spruch, der tröstliche vom Hades, vom Jenseits aufgezeichnet war; ebenso die lange Bretterwand auf der andern Seite der Ecke. Wo sollen da die Gäste herkommen?

«Da gibt's nächstens Autoschuppen! Neubauten, Fahrbetrieb.»

«Hat man Ihn'n wohl erzählt. Mir können Sie keene Müllschippe um'n Hals binden.»

Auf der kleinen Fensterscheibe über der Eingangstür stand immer noch Sadowskys Name und derjenige seines Vorgängers: «Hermann Schacht, vertreten durch Willi Sadowsky.» Von Öppis Namen keine Spur. Weil er nämlich die behördliche Bewilligung zum Bierausschank noch nicht bekommen hatte, ebensowenig, wie sie dem Sadowsky erteilt gewesen, der drum auf der Scheibe als Vertreter seines Vorgängers bezeichnet war. So umging man lästige Verordnungen. Die Eingeweihten aber stutzten. Sie lasen aus den Namen, daß die Beziehungen zwischen dem Amt und der Wirtschaft nicht geordnet waren und daß einem neuen Käufer daraus allerlei Folgen, möglicherweise sogar ein amtliches Schankverbot, erwachsen konnten. Als Öppi das merkte, nahm er eine Leiter, kratzte Sadowskys Namen herunter und malte mit weißer Ölfarbe mittels eines unzulänglichen Pinsels seinen eigenen Namen mit schwanken und wechselnden Buchstaben an dessen Stelle. Ein ostpreußischer Malermeister, der hie und da bei ihm ein Bier getrunken, nahm die Malerei übel. «Mensch, halt die Fresse», sagte er, als Öppi zu einer Entgegnung ansetzte, verließ den Raum und ließ sich nie wieder blicken.

Öppi bekam einen Brief vom Hauptzollamt, der allerlei fällige Beträge von ihm verlangte, weil Sadowsky in der Ecke einst ein paar Weinfäßlein stehen gehabt hatte, von denen schon bei Öppis erstem Auftreten nichts mehr zu sehen gewesen. Die Musiksteuer

häufte sich auf, weil er ohne Kenntnis der einschlägigen Vorschriften des öftern den verarmten Juristereistudenten kommen ließ, dessen Musik zwar niemandem gefiel, der aber den Abendverdienst nötig hatte. Grete hatte längst die Lust verloren, am Abend die Kasse zu zählen, wie sie's am Anfang gemacht. Man sollte die Umsätze steigern. Wie? Mittels einer Umtaufe? «Zum Pilsator» hieß die Sache jetzt.
Ein Biername bloß!
«Zum fröhlichen Schauspieler»? Paules Vorschlag. Im «Fröhlichen Hecht» hatte Öppi einst als Schauspieler gesessen. Der Anspielungen waren zu viele! «Zur blonden Helvetia»? Eine Bezeichnung, die jedermann auf Grete bezogen hätte.
Mittels Zetteln, die man ins Fenster hängte, drauf einfach die neue Bewirtung angekündigt war? Grete brachte die Zettel, aber Öppi verbot ihr, sie anzukleben.
Der Prozeß um die tausend voreilig an Burgdorf & Meyer entrichteten Mark kostete Nachzahlungen und Gebühren. Er zog sich in die Länge. Die beiden Geschäftskerle waren inzwischen längst zahlungsunfähig geworden. «Kaufen Sie die Pilsator-Ecke, und ich hole Ihnen die tausend wieder», hatte Härtel gesagt.

Achtzig Mark konnte Öppi jeden Monat sparen, wenn er Grete heiratete, konnte jede Woche einmal gute Biersuppe mit geschlagenem Eiweiß bekommen, das blank darauf wie die Eisberge auf dem Ozean schwamm. Alle wollten diese Heirat. Die Brauerei wollte es, die Nachbarn und Nachbarinnen wollten es, die Geldverhältnisse verlangten's, und Grete wollte es vielleicht auch. Denn sie träumte jetzt von ihm und erzählte das den bevorzugten Gästen. Sie hängte Hut und Mantel längst nicht mehr wie zu Anfang in der Küche auf, sondern in Öppis Zimmer an den Haken hinter der Tür. Die Holzböcke, Bretter und Wandgeschwülste waren ihr kein Geheimnis mehr. Lächelnd und siegesgewiß war sie eines Tages mit dem feuchten Bodenlappen gegen die Staubmengen unter Öppis Bett vorgegangen. Sie spritzte ihn in besonders freundlichen Augenblicken nun auch mit Wasser aus dem Spülteich an, und er wußte nicht, wie er sich dabei verhalten sollte. Es wurde immer schwieriger, der allgemeinen Meinung entgegenzutreten. Manche derartigen Versuche mißlangen ihm gründlich. So mit Mudicke.

Der kam eines Abends in vorgerückter Stunde: dick wie das Zerrbild eines Bürgers, drei Falten im Genick, blitzende Brillengläser, ohne Haare, wulstige Lippen. «Frau Wirtin», sagte er und tanzte mit Grete, breit wie ein Frosch, mit rundem Rücken, der prall im Anzug stak.
«Das ist nicht meine Frau», sagte Öppi, als der Dicke an den Schenktisch zurückkam.
«Freilich ist das Ihre Frau.»
«Nein.»
Grete sah zu Boden.
«Ihr seid doch verheiratet.»
«Nein», sagte Öppi.
«Aber das ist doch eine Schweinerei», schrie der Dicke, daß es durch die Kneipe dröhnte. «Schweinerei! So was! So'ne Schweinerei! Unerhört. Diese Wirtschaft betret' ich nie wieder.»
Damit ging er. Es war peinlich.

Die jungen Burschen wurden immer frecher. Sie brachen nicht nur gelegentlich einen alten Stuhl entzwei, sie rissen auch ganz nach und nach an friedlichen Abenden und in Öppis Gegenwart den Geldspielkasten mitsamt den eingegipsten Dübeln aus der Mauer. Zuerst war's nur ein Klopfen und leichtes Schlagen gewesen, um den Weg der eingeworfenen Zehnpfennigstücke nach den Gewinnummern hin zu beeinflussen, dann ein Drücken und Schieben, zuletzt ein Reißen, Zerren und Drehen, alles allmählich, und so, daß Öppi gar nicht zum Entschluß kam, in welchem Augenblick er hätte eingreifen und der Zerstörung wehren sollen. Es war nämlich ungemein fesselnd, zu sehen, wie die jungen Menschen sich um die möglichen Dreißig- oder Vierzigpfenniggewinne ereiferten. Tausende waren ihm zwischen den Händen zerronnen, diese rissen wegen ein paar Groschen den Kasten aus der Wand, ohne es zu wollen. So lange hatte er mit den Jungen in der gleichen Stadt gelebt. Das war's: die Menschen wußten nichts voneinander. Eine halbe Stunde weit war er gereist, von Westen nach Osten, und war in die Fremde gekommen. Da gab es Menschen, die fuhren nach Afrika um des Neuen willen. Lächerlich! Ein Fahrschein auf der Straßenbahn hatte genügt, daß er in Vergessenheit und Vereinsamung geraten war. So wenig Gewicht und Bedeutung hatte das alles gehabt, was er vordem geliebt, getan, gekannt.

Inzwischen war Luka aus dem Seebad zurückgekommen, gesund und braungebrannt. Was Öppi bloß angestellt hatte! Sich in eine Bierecke zu vergraben, mitten im Sommer, wo die verführerischen Frauen in Badeanzügen am Strande liefen. Ach, er kannte diese Kneipenluft ja, die Gespräche, die drin geführt wurden, und den Lärm, der manchmal aus den Türen nachts auf die Straße drang, alles kannte er seit damals, da er in Großvaters Kleiderkeller geschlafen. Das war die Jugendzeit, die Öppi heraufbeschwor, war der Stadtteil, dem er entronnen, von welchem weg er zu den Frauen gekommen war, die Zeit hatten, sich zu pflegen, Zeit hatten, zärtlich zu sein und durch weite Wohnungen ohne Mängel zu gehen. Die Begegnung mit Öppi barg mögliche Peinlichkeiten. Auf alle Fälle nahm er den Gustel mit, Gustels Gegenwart würde dem Besuch etwas Förmliches geben, denn mit ihm zusammen waren sie nie so gute Freunde gewesen wie zu zweien.

Eines Abends kamen sie an, gut gekleidet, mit wattegepolsterten Schultern. Öppi versuchte seine Verlegenheit zu verbergen oder sie Luka dadurch zu ersparen, daß er lauter war, als es zu ihm gehörte. Luka versuchte das gleiche, nahm das Wiedersehen leichter, als es ihm vielleicht in Wirklichkeit fiel. Öppi protzte in seiner neuen Umgebung mit den Freunden, die in jenen Stadtteilen wohnten, die nicht mit den Groschen ängstlich zu rechnen brauchten. Grete machte ihre schönsten Äuglein, und Gustel versprach ihr ein großes Bildnis mit eigenhändiger Unterschrift und Widmung als Zierde für die kahlen Wände. Luka lobte den Schweizer Käse, der vom Eis kam und über alle Maßen frisch schmeckte, Echo jener Abende bei Frau Zepke, da Öppis Einkäufe seines Freundes Beifall gefunden.
Plötzlich ging das Bier im Faß zu Ende. «Anstich, Anstich», schrie Grete. Öppi zitterte nicht mehr wie zu Anfang vor diesem Augenblick, brauchte auch nicht wie damals den Körber oder sonst einen ehemaligen Sadowsky-Gast zu Hilfe zu rufen; ruhig nahm er Schraubenschlüssel und Kellerschlüssel und stieg in die Tiefe. Luka und Gustel kamen auch mit. Unten stülpte Öppi die Hemdärmel zurück, rollte ein Faß heran, löste die Schrauben, schloß die Kohlensäureleitung ab, nahm die Röhre heraus aus dem alten Faß, griff zum Putzer, um die Röhre auszufegen, und weil die alten Freunde ihn beguckten, die doch keine Freunde

mehr waren, spielte er den stilgerechten Wirt, sprach die Zote aus, die zum Rohrausfegen paßte, und hatte seinen Erfolg damit. Dann kam das Rohr ins neue Faß hinein, wurden die Anschlüsse nach oben hergestellt. Als die drei wieder aus dem Keller heraufkamen, war der Blumen-Paule da. Betrunken.
«Mensch, Öppi», sagte der mit tieftrauriger Miene, «siehste, siehste, da hab ick nun schon wieder Unglück gehabt. Da hatt' ich nun noch so een langen, so een langen Zijarrenstummel, und der is mir jetzt in't Klosett jefallen.»
«Wie bei Zille!» meinte Luka. Wie bei Zille, dem Zeichner, der Bücher voll mit Gestalten des untersten Berlin gezeichnet hatte. Zilles Bücher waren Mode. Man konnte drin blättern und sie hernach wieder weglegen. Darin eben lag der Unterschied: Öppi konnte nicht umblättern, wenn ihm ein Anblick mißfiel. Luka hielt's nicht lange in der Stube aus, wurde des Kneipraums überdrüssig, als einer der Gäste ihn belästigte. Ein paar Leute riefen nach Bier. Öppi füllte sechs Kugeln und trug sie hin, trug sie an Gustel und Luka vorbei ohne hinzusehen, ohne zu winken oder zu nicken, nicht aus Absicht, sondern weil er über der kleinen Pflicht die beiden ganz einfach übersah und vergaß. Er bemerkte es mit Schmerz und Genugtuung.
Man fuhr auf dem Rücken der großen Autobusse zusammen ein Stück stadtwärts, so als reiste Öppi mit den beiden den alten Weg zurück zum Träumen und Spielen. Eine Weile lang wünschte er sich's, fühlte zugleich in seinem Innern die Unmöglichkeit und ertränkte die Entdeckung in übermütigem Abschiedsgebaren.

Gretes stete Gegenwart war ihm zeitweise lästig. Es war ein schlimmer Zwang, Tag für Tag mit ihr zusammengesperrt zu sein. Und doch war sie ihm nötig. Er fürchtete oft, daß sie seine unfreundlichen Gedanken erraten könnte, verdoppelte dann seine Liebenswürdigkeit, schenkte ihr die Schokolade aus dem Glasschränklein, die niemand kaufen wollte, und sang ihr helvetische Gesänge vor. Einmal in der Woche war sie am Nachmittag frei. Tiefe Stille herrschte dann in der Kneipe. Öppi stand einsam hinter dem Bierhahn. Die Türen blieben geschlossen. Wenn Tritte vorübergingen, erschrak er und war jedermann dankbar, der nicht hereinkam.

So einen Tag suchte sich der Schlächter-Maxe für seinen ersten Besuch aus. Schlächter-Maxe, ein untersetzter Kerl und gefürchteter Raufbold, den Öppi nie vorher gesehen, kam mit einer Kanne voll Bodenöl zur Tür herein.
«Das Fräulein hat sie bestellt.»
«Das Fräulein hat sie nicht bestellt.»
«Fragen Sie das Fräulein, sie hat sie bestellt.»
«Das Fräulein ist nicht da.»
«Sie hat sie aber bestellt.»
«Das Fräulein hat kein Recht, etwas zu bestellen.»
«Hat sie aber doch getan.»
«Überhaupt ist die Kanne ja viel zu groß für meine Bedürfnisse.»
«Aber das Fräulein hat sie bestellt und da ist se und so viel kost'se.»
Öppi weigerte sich, die Kanne anzunehmen. Der Schlächter-Maxe wurde immer dunkler. Zur Ablenkung spielten sie Würfel. Öppi kannte die Spielregeln nicht, aber er hatte Glück. Maxe verlor. An so einen Anfänger und Grünling. Er sprach immer abgehackter. Das Weiß der Augen blitzte böse. Kein Gast war da. Kein Laut fiel. Schließlich würfelten sie wortlos, und der Dicke schnaufte hörbar. Am Schluß schob er Öppi mit unmißverständlicher Gebärde die Rechnung hin. Fürs Bodenöl! Die Kanne stand schon hinter der Kellertür.
Eine Weile zögerte Öppi. Der Dicke stand neben ihm hinter dem Schenktisch. Neben der Kasse. Es war Gewalt! Am Ende zahlte Öppi das Öl, und Maxe ging.
«Dreimal hat er schon wegen Körperverletzung gesessen», sagten am Abend Willi und Kurt. Sie waren schwerer als je betrunken, trugen immer noch die Freundschaftsfähnchen im Knopfloch und erbrachen sich draußen in Öppis Abort: amerikanisches Büchsenfleisch, das sie bei Muttern oder anderswo gegessen. Er sah's, als sie weg waren, blieb gelassen und machte sich ans Aufwischen. Nicht ein Wort wollte er über die Sache verlieren. Man konnte darüber nachdenken, das war viel ergiebiger. Konnte über die Fleischfabriken von Chicago nachsinnen, die das Büchsenfleisch hergeschickt hatten, über die Geldleute, die ihre Millionen dran verdienten, konnte darüber nachdenken, warum die jungen Kerle so viel soffen und das teure Büchsenfleisch wieder auswarfen, wie der Sarg den toten Vater Hamlets ausgeworfen, so wie

er's früher tausendmal vor sich hergesagt. Man konnte darüber nachgrübeln, wie es kam, daß er nicht eine Büchsenfleischfabrik betrieb, und worin die Unterschiede zwischen ihm und einem solchen Fabrikinhaber bestanden, oder was für Fehler er wohl gemacht hatte, daß er nun ausgebrochenes Büchsenfleisch aufwischen mußte, wo er doch so schöne Worte im Gedächtnis führte, da er doch vor kurzem noch bei Muttchen Schöller Champagner getrunken und dem Törpinghaus bei der Scheidung behilflich gewesen war.

Boy kam zu Besuch, mit einer Flasche Boonekamp im Arm. Betriebsstoff! Guten holländischen Schnaps vom Bruder, der im Getränkehandel war. Er hatte sie ganz vergessen. Nun kamen ihm die Abende bei Mutter Schöller in den Sinn, da er mit ihr getanzt und sie an sich gedrückt, und auch jener Abend, da er sich seiner Verse wegen hatte schämen müssen. Er nahm die Gelegenheit wahr, sich an Boy für eine Enttäuschung zu rächen, die sie am wenigsten verschuldet hatte. Er zeigte sich unumgänglich. Ein Kneipwirt, nichts weiter, ohne Vergangenheit. Als sei er nie etwas anderes gewesen. Grete goß ihm mit betonter Vertraulichkeit den Kaffee ein. Ein angetrunkener häßlicher kleiner Kerl mit einer gefährlich aussehenden Narbe an der Stirn führte das Wort und belästigte die schmale Blonde, daß kein Gespräch noch ein Wort über die früheren Zeiten zwischen Öppi und Boy aufkommen konnte. Das grobe Gebaren verscheuchte sie, und Öppi ließ alles ohne ein Wort der Abwehr oder des Bedauerns geschehen.
Am Sonntag blieb die Kneipe nunmehr geschlossen. Entgegen den Gebräuchen der Gegend. Aus Rache! Es war eine Genugtuung, die Rolllädenstricke nicht anzufassen. Nur mit Hemd und Hose bekleidet ging er in der Stille im Halbdunkel des Schenkraums hin und her und besah sich die Samstagabendreste, schmutzige Gläser und Zigarrenstummel. Der Eisfuhrmann hatte lange vorher schon die Klötze auf die Schwelle vor dem Eingang gelegt. Die Sonne stieg und schmolz das Eis. Simkes Buben kamen schreiend vor die Schlafzimmerfenster. «Det Eies, det Eies.» Sie wollten ihn zwingen, das Vernünftige zu tun, das, was sich gehörte. Er tat's nicht, sondern schlich sich durch den hintern Ausgang an Frau Schlossers Küchentür vorbei und durchs Hoftor auf die

Straße. Nun sah er die Kneipe von außen. Alles geschlossen. Ausgestorben! Das schmelzende Eis hatte zwei Bächlein von der Türe weg über den Gehsteig gezogen, als ob zwei Hunde dagewesen wären. Mit Schadenfreude sah Öppi sein Besitztum erniedrigt, das ihn ebenso besaß, wie er das Besitztum besaß.

An der Ecke des nächsten Häuserblocks aß er zu Mittag, bestellte ein Bier und brauchte nicht nach dem Hahn zu rennen, um dem Gast Öppi das Glas zu füllen. Eine alte Frau besorgte das Nötige. Ohne Erregung. Ein Leben lang trieb sie das schon und wollte das Geschäft weitertreiben, solange dieses Leben eben noch ausreiche. Nach dem Mittagessen drückte er sich an den Häuserwänden entlang, ging in seine Kneipe zurück, setzte sich im Schlafzimmer an den wackligen Tisch und dachte darüber nach, ob er die Rolladen hochziehen sollte.

Einmal erschienen, als er eben mit dem Hochziehen fertig war, an einem Sonntagnachmittag, sehr zahlreiche neuartige Gäste. Sie hatten auf dem Tempelhofer Feld ein Flugfest gesehen. Öppi hatte von der Straße aus nach den großen Vögeln über den Kirchhofbäumen geguckt und die staunenden Menschen auf den Dächern der hohen Häuser beachtet. Nun strömten nach Schluß die dichten Scharen der Besucher vom Flugfeld zurück in die Stadt, überfüllten die nächstgelegenen Kneipen, denn es war ein sonniger Spätsommertag gewesen. Die anderswo keinen Platz zum Trinken fanden, kamen müde vom Schauen und Warten, mit Frau, Kinderwagen und Schwiegermutter bis zu Öppis Ecke und setzten sich auf die freien Stühle, Väter, Mütter, Onkel und Familienfreunde, alle Abstufungen der Zusammengehörigkeit. Sie bekümmerten sich kaum um ihn, sondern gegenseitig um sich selber, blieben auch nicht lange sitzen, sondern begehrten nach Hause. Eine Mutter ließ die Säuglingsflasche mit dem Gummischnuller auf dem runden Tisch stehen, grad dem Bierhahn gegenüber. Spät erst sah Öppi das fremde Gefäß. Die Familie war mitsamt ihrem Wägelchen schon weit weg. Eine Weile sah er das unpassende Ding zwischen den Biergläsern stehen, unschlüssig, was zu tun sei. Mit einiger Überwindung griff er schließlich darnach, rannte durch die lange Bergmannstraße hinter der Familie einher und brachte der Mutter die Flasche. Sie zeigte sich hocherfreut und dankbar, Öppi war mit seiner Tat zufrieden. Im Zurückgehen war's, als brennte ihm die Hand, die

Innenfläche, welche die Milchflasche getragen. Er fürchtete, sich vor den Gästen lächerlich gemacht zu haben. Er hatte das Trinkgefäß eines kleinen Menschen gehalten, eines kleinen wie er selber einmal einer gewesen, der Vater und Mutter hatte, wie er Vater und Mutter gehabt hatte. Sein Laufschritt durch die lange Bergmannstraße war eine Art väterlicher Handlung gewesen. Väterliche Handlung? Wenn man's überlegte: Vater werden? Ein Ausweg! Da lagen große Geheimnisse verborgen, von denen er gar nichts wußte. Da würde er mit Frau und Kind und der Milchflasche zusammengehören, jetzt gehörte er nirgends hin und wollte nirgends hingehören.
Väterliche Handlung? Vor Kurt und Gerhard konnte er sich väterlich besorgt vorkommen. Weil sie so viel soffen. Ihre Kotzerei ohne Ärger aufzuwischen, war ein väterliches Gehaben gewesen. Betrug er sich nicht auch den andern jungen Leuten gegenüber ähnlich? Gab ihnen die besten, die dicksten Sardinenbrote, den gepflegtesten Emmentaler weiterum, fürs billigste Geld, weil es eine Freude war, sie hineinbeißen zu sehen. Und der vaterländische Käse? Hatte er ihn richtig zu behandeln nicht daheim gelernt, vom Vater im Handroß in Wasenwachs? Lebte er mehr aus der Heimat, als er selber sich's zugestand? Schlug ein alter Strunk da neu aus? Tat die Gescholtene ihm Dienste, wo er es nicht erwartet hatte? Die Kneipe, ein Zerrbild des Gasthauses zum Handroß? Selbst die Karikatur hat ihre ernstzunehmenden Seiten des Zusammenhangs mit dem Urbild.

«Na, Herr Wirt, oller Helvetier, jodeln Sie mal!» hatten die Burschen auch zu ihm hinter dem Schanktisch gesagt. Öppi hatte die Nächte hinten im Küchengang zum Üben benutzt, sich Schaums, des Schulfreunds erinnert, ihn nachahmend eine Art heimatlichen Jodels den verblüfften Buben, am Bierhahn stehend, zum besten gegeben. Helvetische Herkunft: ein Vorzug in ihren Augen. Gehörte er, in heimlichem Verlangen, mehr dorthin, als er selber erkannte?
Der frechen Buben Antwort auf seinen Alpengesang: «Na – hätten wir Ihnen gar nich zujetraut.»

Öppi räumte an Gretes folgendem freien Tag Schmutz und Gerümpel im Keller beiseite, das dort seit Sadowskys Zeiten noch herumlag, stieß dabei auf eine lange Paketreihe unbenutzter Briefumschläge mit der Aufschrift des Herrn Schacht: Überländische Verfrachtungen. Schacht war der Mann, welcher Sadowsky die Kneipe angehängt hatte. Ein geriebener Kerl in der Erinnerung aller. Tausende von Briefumschlägen lagen da in Reihen auf dem Kellerbrett. In der Kellerfeuchtigkeit hatten sich die gummibestrichenen Stellen aneinander festgeklebt. Öppi nahm die Haufen nach oben, setzte das Wurstpfännchen mit Wasser aufs Gas, bis es kochte, hielt dann die Briefumschläge einzeln über das dampfende Pfännchen, so daß der verklebte Deckel sich löste und der Umschlag wieder brauchbar wurde. «Schacht: Zwischenländische Verfrachtungen.» Tausende von Malen. Da brauchte er nur den «Schacht» auszustreichen, und es stand nichts mehr im Wege, in dem Umschlag die eigenen Briefe zu Tausenden zu verschicken. An wen? Das würde sich schon geben. Die Bestimmungen würden ihm schon einfallen. Zunächst war's beglückend, ein Gut in den Händen zu halten, das ihm nicht von einem Brauereimenschen oder einem Schnapsmann anvertraut worden war, damit er's mit Gewinn wieder verkaufe. Es war schön, zu denken, wieviel vollgeschriebene und gefalzte Papiere er in die Umschläge stecken, an Leute schicken konnte, die ihn liebten und ihm wieder schreiben würden. Das Wasser im Wurstpfännchen brodelte. Er legte die fertigen Umschläge auf einen Stapel hinter den Schenktisch.

Ein Schnapsreisender störte, kein gewöhnlicher Schnapsreisender, sondern einer, der in Rußland gewesen war, in der großen russischen Ebene, wo Öppi vielleicht hinfahren konnte, wenn er einmal aus den vier Wänden fort und von den Kirchhöfen weg fliehen wollte. Er fragte den Mann nicht nach seinen Sorten, sondern nach seiner Vergangenheit. Dessen Schnäpse berauschten allenfalls seine Kunden, aber die Gedanken an die Vergangenheit berauschten den Mann selber, daß er nicht mehr aufhören konnte, von ihrem Glanz zu erzählen, von Petersburg, der Zarenstadt, von seinem glanzvollen Geschäft in der belebten Straße, von den herrlichen Sorten und von dem Ruhm, den großen Fürsten die teuersten Schnäpse liefern zu dürfen. Öppi hörte mit größter Aufmerksamkeit zu, so daß es dem Mann gar nicht einfiel, auch nur den Versuch eines Geschäfts mit ihm zu machen, daß er, ein

kleiner Schnapsreisender, es vorzog, diesem Gastwirt das bezaubernde Bild seiner glücklicheren Zeiten bis in alle Einzelheiten auszumalen.
Die Bierfahrer verscheuchten ihn. Nach den Bierfahrern kam ein neuer Unbekannter, der in einem ausgezeichneten Maßanzug stak: Reisender in Entstaubungsmaschinen, von Erinnerungen erfüllt, da er eben die Straßen des Öppischen Viertels durchstreift hatte, die sein Jugendland waren. Da konnte er ohne lange Vorbereitungen seinem Herzen Luft machen und vom Vater erzählen, der Wachtmeister bei der Wache gewesen, von der Lehrzeit, von der ersten Ausfahrt nach Afrika, da Vater und Mutter nach Hamburg zum Schiff gekommen und so im Abschiedsschmerz geweint hatten, daß dem wohlbestallten Entstaubungsreisenden nachträglich nochmals die Tränen des ausreisenden Sohnes in die Augen kamen. Öppis Augen blieben auch nicht trocken. Mit verschleiertem Blick schenkte er dem Gast eine neue Molle ein. Dann kam der Blumen-Paule dazu. Der war auch zur See gefahren. Aber nun saß er auf dem Trockenen. Die eine Molle war längst zu Ende. Für die zweite fehlte das Geld. Öppi erhob sich leise, ging, während der Entstaubungsmann die späteren Stufen seiner erfolgreichen Laufbahn zum besten gab, zum Bierhahn und stellte Paule die zweite Molle hin. Der begriff mit Leichtigkeit, woher der Wind wehte: es war ein guter Tag. Heimlich hob er ein wenig später die Molle, trank heimlich Öppi zu, mit unmerklicher Gebärde für die Spende dankend und mit so viel Feingefühl, daß dieser, glücklich über die Stunde und die Gesellschaft der Stunde, nun seinerseits den Gästen ein anderes Bild seines Daseins zu entwerfen begann, als dasjenige war, welches ihnen zu der Zeit vor Augen lag.
Die Seegeschichten waren vorbei, der Entstaubungsmann war aufs Gebirge übergegangen, als Öppi in die Erzählung eingriff und die Schilderung jener Zeiten begann, da er noch über Gletscher gegangen, über Schründe geturnt und an hohen Kanten geklettert war. Niemand konnte an der Wahrheit des Erzählten zweifeln, noch der Schilderung sich entziehen, denn Öppi, längst aufgesprungen, stand mitten im Raum auf dem geölten Boden vor dem Schenktisch und beschrieb mit allen zugehörigen Bewegungen und Wendungen die lebensgefährlichen Ersteigungen, die hinter ihm lagen.

Welch tiefe Lust bot es ihm, seinen Biergästen, seinen Tapeten, seinen Rolladen derart mit Nachdruck zu verkünden, daß er vielleicht nur vorübergehend ein Bierzapfer sei, daß er zum mindesten nicht immer abwärts in den Keller, sondern vormals aufwärts nach den Höhen gestiegen sei. Oh, es war berauschend, vor den Schnapsflaschen zu stehen, die Berge heranzuzaubern, auf schmalen Gräten zu schreiten, den Fuß vorsichtig auf die Gwächten zu setzen, in Abgründe zu schauen, daß der Kneipenraum sich wie ein Nebelgebilde auflöste, daß das ganze Gestell mit den Schnapsflaschen mitsamt dem Schenktisch, dem Spüleimer und den Bierfässern in die bodenlose Tiefe fuhr und in den Schründen zerschellte. Als der Entstaubungsreisende zuletzt wieder nach Berlin-Westen zurückreiste, hatte er das Gefühl eines ungemein angenehm verbrachten Abends. Der Blumen-Paule auch machte auf seinem Heimwege längs der Kirchhofmauer durch die Bergmannstraße um eben diese Stunde nicht die unscheinbare Figur wie immer, denn auf seinen Schultern wiegte sich das Prachtstück eines gelben Kronleuchters, ein Abbruchding aus einem Hause der prunkhaften Stadtviertel, das er in der Nacht zuvor auf seinen Gängen auf einem Schuttplatz oder irgendwo, weggeworfen, in einem Winkel gefunden hatte. Mit diesem Fund beladen ging er aus der Kneipe weg, der Prunk leuchtete auf seinen krummen Schultern fernher in der Sonne wie Gold, das seinen Gang längs der Kirchhofmauer zu einem weithin sichtbaren prächtigen oder fürstlichen Ereignis machte.

Der Nachmittag war schon weit vorgerückt. Das Postgebäude in der Ecke des großen Platzes hinter der Bretterwand warf seine Schatten fast bis zur Ecke hin. Da drin war es ganz still geworden. Die Tür stand offen, aber es kam niemand mehr herein. Selbst Körber blieb aus. Die Malzbierflasche wartete umsonst auf ihn. Auch die beiden alten Leute zeigten sich nicht. Tags zuvor hatte Öppi der Frau noch die Zeitung gereicht. Nun war sie tot. Er hatte es eben vornommen.

Als es dämmerte, kam Mudicke. «Schweinerei», hatte er bei seinem vorigen Besuch unter der Türe zurückgerufen. Jetzt rief er nichts. Sprach kaum. Die Stellung bei der Reichsdruckerei war ihm gekündigt worden. So viele Banknoten hatte er dort drucken helfen. Nun wollte man ihm keine mehr zu verdienen geben. Vier Häuser trennten ihn noch von seiner Frau. Dort stand auch die Tiegeldruckpresse. Er erzählte Öppi, was es damit für eine Bewandtnis habe. Seine Brillengläser funkelten. Die Zigarre rauchte zwischen den wulstigen Lippen, wie ein vierschrötiges Tier saß er stundenlang an dem winzigsten aller Tischchen und rührte sich nicht vom Fleck. Die Tiegeldruckpresse daheim neben dem Bett sollte ihn retten. Er hatte auch viel Satz, Schriften, Setzbuchstaben aus Metall, so viel, daß die untere Wohnung durch die Last gefährdet war. Das alles konnte man mitsamt der Presse zu Öppi herüberschaffen und sich zusammentun. Die Kneipeneinrichtung hinauswerfen. Drucken! Besuchskarten und derartiges verächtliches Zeug zu Anfang, dann aber immer Größeres und Besseres mit Schnelldruckpressen und gegen allerbestes Geld, bis sie zuletzt die schönsten Dinge der lautersten Dichter durch die Maschinen laufen ließen und lächelnd auf Bezahlung verzichteten. Gleich am folgenden Tag wollten sie die ersten Schritte tun, denn Mudicke konnte nicht ohne Verdienst bleiben. Als erstes sollte Öppi von ihm eine Besuchs- und Geschäftskarte bekommen, mittels der er nebenbei die ersten Aufträge für Mudickes Tiegeldruckpresse heranschaffen wollte. Mudicke trank unterdessen ein Bier nach dem anderen, gegen das Ende der Verhandlungen sank ihm der Kopf auf den Tisch herunter, und er schlief ein. Spät am Abend rollte ein Wagen draußen übers Pflaster und weckte ihn auf. Da erhob er sich und ging nach Hause, um seiner Frau zu sagen, daß er keine Arbeit mehr habe.

Draußen hatte sich ein Wind erhoben. Vom heitern Himmel her. Der Vorbote des Umsturzes. Es rauschte in den Bäumen des Kirchhofs und knackte im Hause. Öppi nahm die Schnapsflasche vom Gestell und goß ein. Eins, zwei, drei Gläser leerte er. Allein für sich. Zum erstenmal. Das beschäftigte den Gaumen und lenkte die Gedanken ab. Man konnte sich dran gewöhnen. Entweder war er ein Gastwirt, oder er war keiner. Jeder Kneipwirt trank. Was sollte die Ausnahme. Seine Gäste hatten das Recht, einen Kneipwirt nach der Regel zu fordern, so wie sie's gewohnt waren, einen, der sein gemessenes Maß vertrug und mit seinem dicken Weib und den Kindern im hinteren Raum wohnte.

Draußen rauschte der Wind immer stärker. Kein Gast kam. Öppi goß sich ein neues Glas Danziger Goldwasser ein. Was das wohl mit Grete gewesen war, damals in dem ungemein weiten Haus hinterm Schlesischen Bahnhof, an dem Sommertag, da er sie unangemeldet aufgesucht hatte, in dem großen Zimmer, drin sie bloßfüßig herumgelaufen, im Zimmer mit den vielen Betten? Oder täuschte er sich? Hatte nur ein Bett drin gestanden? Daß aber ein Mann zugegen gewesen, daran erinnerte er sich genau. Vor ein paar Tagen hatte ein Gast zusammen mit seiner reizenden Freundin bei ihm gesessen. Ein schlankes und schmales Mädchen. Sie hatte Öppi dankend angeschaut, als er ihr eine Zeitung zur Unterhaltung in die Hände gab, weil sie offensichtlich gelangweilt bei ihrem Begleiter saß. Als Wirtin für die Kneipe? Nein, da würde sie keinesfalls passen. Dann noch eher Mulleken, trotz ihres Schweißes, die war eine Wirtstochter und so fett, daß sie allen Erwartungen der Gäste genügen konnte.
Er warf einen Eisengroschen in den Schlitz des Grammophons. Der brüllte los, Öppi sang mit, laut und angeheitert.
Man klopfte an die Tür, herein kamen unter vielen Entschuldigungen wegen des späten Besuchs drei Gäste: ein sehr sorgfältig und ein weniger sorgfältig gekleideter Mann in jungen Jahren und eine ganz junge Frau von sehr schlichter Art. Er kannte die Leute. Sie waren zum erstenmal aufgetaucht, hatten ein Bier am Tischchen vorn an der Tür getrunken, als im hintern Raum die Schreiner-Betriebsversammlung stattfand, als Öppi, mit Bieraustragen schwer beschäftigt, ihnen keine Beachtung geschenkt hatte; ein zweites Mal waren sie in die Flut der Rückkehrer des Flugtages geraten. Sie wollten die Ecke kaufen, von deren Lebensfülle sie sich bei den zwei Stichproben hatten überzeugen können.
Der Abend war ja still, das lag an der vorgerückten Stunde und dem Wettersturz. Was den freundlichen Wirt betraf, den absonderlichen, der sich allein mit Schnaps und Geschrei vergnügte: klar, daß das nicht der rechte Mann für die Ecke war. Der elegante, schwarzhaarige der beiden Männer war Maßschneider, er stellte sein Geld dem bescheideneren Bruder und dessen Frau zur Verfügung, diesen beiden ausgesprochenen Fachleuten, die als Kellner und Gläserspülmädchen im gleichen Betriebe im Westen arbeiteten. Der Geldgeber stellte nur wenige Fragen, die deut-

lich den Stempel des Uneingeweihten trugen. Öppi antwortete, lässig, überlegen; der Schneider, sah er klar, steckte in der Rolle des Wohltäters, es schien sogar, als liebe er die Schwägerin, werbe um sie. Das in den Handel hineinspielende Gefühlige begünstigte den Geschäftsabschluß. Die vorangegangenen Besuche, zeitlich so vortrefflich zu Öppis Gunsten ausgewählt, hatten ihre sichere Wirkung getan: die Kneipe mußte gekauft werden.
Öppi veranlaßte in der Stille alles Notwendige, entließ Grete, machte den Eindruck eines Mannes, der in solchen Handänderungen sich auskannte. Die Zahlung erfolgte pünktlich, nicht ohne daß Öppi etwas Haare lassen mußte. Es kam ein Abend, der allen andern Abenden der Ecke glich, nur Öppi fehlte. Zwei neue Leute waren an seinen Platz getreten, er war verschwunden, wie ein Taschenmesser durchs Loch im Hosensack rutscht.

Kurz nach Öppis Angebot einer Mitarbeit in der Kneipe und dessen schroffer Ablehnung bekam Carlo Julius von Eva vertraulich und voller Hoffnung die Mitteilung, daß Dolf in Helvetien bereit sei, ihn bei seinem Filmunternehmen zu beschäftigen.
«Was hast du», schrieb er zurück, «für eine feine Nase gehabt, an den beiden, Dolf und Lia, festzuhalten.» Eva empfand mit Beklemmung die Enge oder ausnützerische Niedrigkeit der Auslegung, die ihrer Freundschaft zu Lia und Lias Anhänglichkeit in einem zuteil wurde: So schief begannen als Frucht seines Versagens ihm die guten Dinge der Welt zu erscheinen.
Carlo Julius, insgeheim von Öppis Vorgehen und Entschluß beeindruckt, teilte, etwas voreilig, Dolf seine Bereitschaft, dabeizusein, mit, zugleich auch die Verurteilung seiner bisherigen irrtümlichen künstlerischen Vorhaben und Träume. Der vorsichtige Dolf, bedenklich geworden, Verantwortlichkeiten fürchtend, fragte zurück, schob die Entscheidung ganz dem Carlo Julius zu, machte genauere Angaben, daraus hervorging, daß es sich nicht ums Auftreten als Leinwandsänger, sondern um präzise Arbeit und Anforderungen im Umgang mit Apparaten und vielerlei neuartige technische Dinge handle. Daraufhin ließ Carlo Julius die Sache mit einer verächtlichen Anmerkung fallen und mit dem jämmerlichen Hinweis, daß er lediglich den Einflüsterungen Evas vorübergehend erlegen sei. Sie konnte ihm weiterhin kein Geld mehr schicken, konnte nicht weiterhin, still ver-

armend, in der alten Umgebung fortwirtschaften, die das ohne Ausnahme verurteilte, unter den Augen von Leuten nicht, die alle und vor allem dafür sorgten, daß ihr Hab und Gut sich mehrte, beisammen blieb und für ihr Ansehen gutstand.

«Carlo Julius, mußt dir selber helfen, ich kann dich nicht weiter aushalten. Raff dich auf! Denk an die Kinder. Halte mich meinetwegen für spießbürgerlich, kleinlich, geizig – aber geh hin, sing um Geld, irgendwo, vielleicht bei Onkel Sven in Weimar.» Daraufhin begab sich der Aufgescheuchte zu dem besagten Gymnastikdirektor in das Haus, drin sein erstes, neugeborenes Mädchen gestorben war, als noch für ihn, Eva und Öppi es viele goldene Träume gegeben. Er lieh vom guten Onkel sich zunächst ein halbes hundert Mark, eröffnete seine sogenannte Notlage, wies auf den Abgrund hin, der zwischen seinem Können oder hohen Ziel und den platten Anforderungen lag, denen er ausgesetzt war, stellte sich kläglich bloß vor einem weichherzigen, nachgiebigen, etwas bequemem satten Mann, der zu einigen leicht erreichbaren Trostworten griff, die Carlo Julius bereitwillig in ihrer Wichtigkeit überschätzte. Von den unangenehmen Eröffnungen gingen beide Männer gern und leicht zu den Annehmlichkeiten des Tages über, und Carlo Julius sah mit Geschick und Genuß sich vor die Aufgabe gestellt, ein unbeschwerter Teilhaber bei Fünfuhrtees, Ausstellungsbesuchen, Filmabenden, Pferderennen und Konzertveranstaltungen zu sein. Onkel Svens Freundin, die Frau Generalmusikdirektor, kam mit dem Geschenk eines Opernplatzes; die Begegnung mit dem Gatten, dem Theaterleiter, Opernmann hingegen führte zu rein gar nichts. Warum nicht? Der Sänger hatte seine Erklärung zur Hand: die Stimme war fort. Umstürzendes Ereignis, umfassende Erklärung, tragischer Vorfall: er hatte seine Stimme verloren. Sie hatte ein für allemal Schaden genommen des Drängens wegen, des Fragens wegen, Evas wegen. Wie stand er da? Vor sich? Vor allen? Bedauernswert! Schuldlos! Onkel Sven erlebte die erste tiefgehende Enttäuschung mit seinem Verwandten, andere hinterher, die schließlich zur raschen Entfernung, ja zum Zwist und zur beschleunigten Trennung, ja zu einem Hinauswurf führten, ohne daß Eva dessen Hintergründe deutlich erfahren hätte.

Nun ließ Carlo Julius die Katze aus dem Sack, schrieb an Eva, daß er angesichts der veränderten Lage sich zur Wahrheit seiner Gedanken und zur Aufrichtigkeit durchgerungen habe, durchgerungen zu der Feststellung, daß von einem Zusammenleben mit ihr keine Rede mehr sein könne, daß sie ihn in ihrer gemeinsamen Wohnung nicht mehr antreffen werde, schrieb wie ein Fremder, schlimmer: wie ein lügnerischer Feind, daß er Eva nie aus eigenem Drang habe heiraten wollen, auf welche Behauptung hin sie, die Erschrockene, beim Lesen sich aufraffen und deutlich sich ins Gedächtnis zurückrufen mußte, wie er sie auf Knien, als sie zögerte, gebeten hatte, ihn nicht zu verlassen und zum Manne zu nehmen. Liebe? Nichts mehr davon im Brief. Liebe – war sie je gewesen? Konnte er – sie mußte das immer wieder lesen – konnte er es aussprechen, daß Freunde ihn, weil's praktischer und billiger sei, zur Heirat gedrängt hätten, es aussprechen, daß sie, Eva, seine Unreife damals hätte erkennen müssen und die dazugehörige Unfähigkeit, eine Familie zu ernähren. So stand es da, alles das stand vor Evas Augen. Daß er für die Kinder natürlicherweise sorgen, seinen gesetzlichen Verpflichtungen nachkommen werde, stand auch geschrieben da, leere Floskel, gefolgt von der zu allem passenden Einschränkung, daß dies geschehen solle, sobald eine Stellung und ein Einkommen werde gefunden sein.
Armer Carlo Julius! Nun war er sie los, die Last, mochte er denken, los die Verantwortung, konnte er glauben, die Schäden nicht ahnend, die er eben dadurch sich selber zufügte, daß er der Verantwortung sich entschlug. Ein Schein der Erleichterung wurde ihm zuteil, nicht mehr als ein Schein, weil er die Last abwarf, die ihm aus Evas Zutrauen, aus der Zuneigung, dem Vertrauen der Freunde nach seiner Auslegung erwachsen war, Last, die Wert war. Ein Rausch der Zerstörung verblendete ihn, und ein Behagen der Entblößung fiel ihn an. Er hatte es, mit seinen schäbigen Gedanken allein zu sein, nicht mehr ausgehalten.
Das Ende!

«Reise sofort zurück», schrieb Lia an Eva, «dein Mann wird, solange er in der Wohnung allein lebt, Stücke von deinen Möbeln verkaufen, um sich Geld zu verschaffen.»
Öppi bekam von Eva die telegraphische Mitteilung ihres Entschlusses zur Scheidung der Ehe. Sie verschwieg ihm das Vor-

haben und das Datum ihrer beschleunigten Rückreise in die Wohnung und der fahrplangerechten Durchreise durch Berlin. Öppi erhielt diese Mitteilung aus dem Kreis ihrer Freunde. Er holte Eva am Stettiner Bahnhof ab.
«Öppi, du da? – Verläßt mich nicht?» Er half ihr durch die Stadt, brachte sie mit den zwei Buben zum Abfahrtsbahnhof.

Evas Sache kam in eines Anwalts Hand, den Frau Geheimrat ihr verschaffte, der ein taktvoller und einsichtiger Mann war. Frau Käthes Zuspruch und Freundschaft wurden ihr vermehrt zuteil. Ihre Empfehlung tat wertvolle Dienste. Carlo Julius bekam die Mitteilung des eingeleiteten Scheidungsverfahrens. Keine Einsprache erfolgte. Er hatte unordentlicherweise einige Briefe in den Schubladen des Schreibtisches zurückgelassen, die, zu allem Ungenügen hinzukommend, den Beweis für den Umgang mit einer andern als seiner Frau und für eine Untreue ergaben, die des Anwalts Aufgabe vereinfachte. Der Sündikus des Glasverbandes und Dolfs ehemaliger Gutsverwalter waren in der Lage, die Klage als Zeugen zu unterstützen. Carlo Julius war zu Evas tiefer Beunruhigung im Besitz eines Wohnungsschlüssels geblieben, erschien auch unangemeldet, auf Grund heimlicher Erkundigungen bei der unzuverlässigen Hauswirtin, zu klein Jans Geburtstag bei den sogenannten Seinen in der Rolle des teilnehmenden Vaters, versuchte sein Nein zur Scheidung nachträglich vorzubringen und Eva umzustimmen.
Sie standen sich gegenüber, fremd einander in kurzer Zeit geworden, jedes der beiden vor ungekannten Seiten des andern. Eva sah ihn groß mit kühlen Augen an und war unzugänglich höflich wie mit einem unerwünschten Besucher aus früherer versunkener Zeit. Sie schüttelte den Kopf zu den vorgebrachten Vorschlägen. Hin alles: Zutrauen, Liebe, Hoffnungen, Kameradschaft, Gemeinschaft. Sein Ausweg: keine Scheidung, das war ihm zu radikal, getrenntes Leben ja. Eine monatliche Rente für ihn von ihr, und je nach Eingebung seine, des Familienvaters rührselige Besuche an Festtagen, von denen es so unvergeßliche mit bester Tafel durch Evas Kunst in der Vergangenheit gegeben. Darauf war nicht zu antworten. Was ging vor in diesem Kopf? Er wußte doch, wie mittellos sie geworden. Woher sollte sie's nehmen?

«Du hast mein Vermögen verplempert. Wovon lebe ich mit den Kindern?»
«Hast schlecht gewirtschaftet», gab er zurück.
«Das sagst du! Ich habe dich im Gefangenenlager fünf Jahre lang mit meiner Hände Arbeit unterstützt. Meine Hände schmerzen, ich konnte nichts rechtzeitig dagegen tun, unser Besitz war für dich da.»
«Du hast deine Verwandten, stehst besser da als ich. Glaubst du vielleicht, daß ich es leicht habe? Das mit der Gefangenschaft? Da hast du manches für mich getan, aber das mit Öppi war doch nicht recht.»
«Hättest mich fortjagen sollen. Oh, wie gut wäre das gewesen! Deine Einwände kommen zu spät, kommen erst, da ich nichts mehr besitze, sind Ausflüchte.»
«Geh zu ihm, er wird dich erhalten ...»
«So leicht habe ich mir's nicht gemacht.»
«... dir eine Rente aussetzen, ist ja reich.»
«Ist er nicht mehr.»
«Überlaß mir den Flügel, kann ihn brauchen für meine Arbeit.»
«Der Flügel muß bei uns bleiben, bleiben für die Buben.»
«Dann mindestens das Grammophon! Dir den Flügel, mir das Grammophon, sieht dir ähnlich! Immer das beste für dich, immer war es so, immer du zuvorderst, immer mußtest du in Gesellschaft glänzen, hatte ich zurückzustehen; betteln mußte ich, betteln für jeden Opernplatz, immer wolltest du dabei sein in deinem Mangel, ja, Mangel an allem häuslichen Sinn! Alle Menschen, die ich in unser Haus hereinholen wollte, lehntest du zum vorneherein ab, weil sie nicht von deiner Seite kamen! Waren nicht fein genug! Armer kleiner Jan, mir tut's in der Seele weh, wenn ich dran denke, wie du ihn mit deinen Verdrehtheiten verderben wirst.»
«Geh, ich bitte dich, geh!»

Die Türklingel ging. Ein Telegramm für Carlo Julius: die Mutter in der Hafenstadt gestorben!
«Du hast sie getötet. Ich wollte mit den Buben zu ihrer Großmutter auf der Rückreise aus dem Norden kommen, zu der Begegnung, auf die sie jahrelang gewartet hat. Du hast es verhindert, bist dazwischengetreten, hast ihr die Freude verdorben.

Dein schlechtes Gewissen hat es verhindert, deine Eröffnungen, die Enttäuschung haben sie getötet.»
«Nicht wahr, nicht wahr! Sie wollte dich nicht empfangen, du konntest sie mir nicht wegnehmen, meine Mutter, meine, meine, meine, meine, nicht deine! Gelt, die deinige hat mich damals abgelehnt, einen dummen Jungen, aber so dumm bin ich, daß du es nun wissest, doch nicht gewesen, daß ich nicht nach deinen Verhältnissen mich erkundigt hätte, ganz genau Bescheid habe ich gewußt, bin viel ausgerechneter, viel geschäftstüchtiger, als ihr ahntet! Überhaupt, da hast du es: ich habe nur des Geldes wegen mich mit dir verheiratet!»
«Geh fort, geh jetzt!»
Er ging.
Ob er wirklich, wirklich das Haus verließ? Es verlassen konnte, konnte? Wenn er's wirklich tat? Daß er's nicht täte! Nein doch, nein, es mußte geschehen. Sie erhob sich, wie eine körperlich Geschlagene, trat ans Fenster, sah ihn unten am Gartentor, sah ihn gehen, zum letztenmal, das erbeutete, nur zur Hälfte bezahlte Grammophon schleppend, erleichtert – sie sah es am Schritt –, erleichtert, trotz der Kastenlast auf den Schultern. Dann ging sie zu den Kindern.

Öppi bewohnte nach dem Kneipenverkauf ein dunkles ebenerdiges Zimmer hofseits in der Augustastraße im Westen Berlins, schlief am Tage, saß wach in den Nächten, besuchte eine Abendschule für englische Sprache und Handelskorrespondenz, versuchte einige Erzählungsstücke zu schreiben, für die er mehr Ablehnung als Zustimmung bei einigen Zeitschriften buchte. Er hörte die Frau des Hauses in einer derart liebenswürdigen, ergeben-verfeinerten, ja zärtlich-höflichen Weise mit ihren hochbetagten Eltern umgehen, die seiner Zimmertüre gegenüber wohnten, wie er es im Leben nie vernommen, achtete darum die Frau so hoch, daß es ihm ehrlich peinlich war, sie eines Tages tief betrübt zu sehen, weil er eines ihrer abgeschabten, in die Ehe vor vielen Jahren gebrachten, schwachgewordenen Handtücher beim heftigen Rückentrocknen am Morgen entzweigerissen hatte. Sie trat mit verzweifeltem Trauerblick unter die Zimmertüre, das Zerrissene ihm vorwurfsvoll vorweisend, ein lächerlicher und zugleich auch achtunggebietender Anblick: die Frau eines Abgeordneten der Arbeiterpartei, seit der Blähzeit des Geldes verarmt, so um das Ihre und die Ihrigen besorgt, daß Öppi einmal mehr erkannte, was für ein untauglicher Bursche er in vielfacher Beziehung immer noch war. Gelegentlich sah er im Vorübergehen den überbeschäftigten politischen Mann, dessen demokratische Arbeiterpartei mit den wachsenden Schwierigkeiten der Wirtschaft, mit der wachsenden Arbeitslosigkeit immer mehr in die Klemme zwischen den rücksichtslosen Gegnern auf der Seite des Militärs, des Geldes und des Grundbesitzes und jenen auf der Seite der rußländischen Umstürzer geriet.

Öppi versuchte schreibend auch eine Schilderung seines Eckenerlebnisses, wehmütig aber nicht anklägerisch, traurig-überlegen, als Geschlagener aber nicht Geknickter. Während der Arbeit gelang ihm ein Satz, floß eine Wortfolge ihm aus der Feder, gar aus dem Arm, dessen Art und Klang ihm selber neu war, ihn überraschte, ihm zuteil wurde, ein lächerlich-trauriger Satz, dessen Wortfolge, Wörtertakt, Lautreihe etwas Sachliches zwar treffend richtig sagte oder berichtete, zugleich aber derart überlegenen Geistes war, daß ihn, den Schreiber, das Gefühl eines Geschenks, einer schreiberischen Offenbarung überfiel, daß er den fruchtbaren Augenblick, das Walten des Geistes nicht zu stören, kaum es wagte, den Arm zu rühren; gebannt saß er am Tisch, in neuartiger Weise überzeugt, daß ihm mit den Jahren irgendwann einmal es gelingen werde, einiges von Dauer und tieferem Sinn schreibend zustandezubringen. Daß das Achtuhrblatt auch diese Arbeit zurückwies, konnte ihm wenig anhaben, da dessen arme Mittelmäßigkeit ihm zur Genüge bekannt war. Ihn hinderten nach der Kneipenlehre keine Träumerei und kein kurzfristiger Gebildetenehrgeiz mehr, das Angebot Dolfs zur Filmmitarbeit anzunehmen, das Carlo Julius ausgeschlagen hatte, das nun über Evas getreuliche Freundin Lia zu ihm kam.

Mit Öppis Zusage zu einer derartigen Tätigkeit war der Zwang der Rückkehr nach Helvetien verbunden. Er brach seine Zelte in der Weltstadt ohne Bedauern ab. Das Weihnachtsfest war nahe. Er kaufte einen Fußball, ein schönes Frauenkopftuch, ein Klötzchenspiel, holte am Stettiner Bahnhof in der Güterabteilung jenen Kinderklappwagen ab, der verspätet aus dem Norden, zu Evas

Reise gehörig, dort angekommen war, trug ihn, in seinem besten Anzug steckend, auf den Schultern durch die Stadt zum Südbahnhof und fuhr zu Eva.

Lia hatte ihr, zum Schutz und als Haushalthilfe, ein kräftiges, überaus humorvolles Mädchen besorgt und dessen Bezahlung auf sich genommen. Öppi saß mit den vieren am Tisch. Da er des Scheidungsprozesses wegen nicht im Hause wohnen durfte, nahmen Rabensteins ihn zum Schlafen auf. Öppi überreichte Eva und den Buben seine paar Gaben, spielte mit Jan am Ufer des Elbstroms das Ballspiel, sah den kleinen Yorik mit seiner Jugendatemnot kämpfen, tröstete die zerknirschte Hausfrau über die allzudunkel geratene Bratensauce des Hausmädchens, geriet eines Abends, an Evas Seite gehend, vor die lange Front des Krankenhauses, darin man ihm sein Gesichtsfell versäbelt, darin Eva ihn betreut hatte. Er legte den Arm um ihre Schultern.

«Eva – ich möchte dich heiraten.»
«Mich? Du?»
«Dich!»
«Öppi, wirklich?»
«Bist du einverstanden?»
«Und die Kleinen?»
«Die bringst du als Frauengut in die Ehe mit.»
Sie barg den Kopf an seiner Schulter. «Liebster, danke, ja.»
«Ich habe dich lieb, und es ist mir natürlich, dir beizustehen.»
«... daß ich so arm sein soll! Oder besser: So reich werden durch dich! Ob wir wohl bald zu dir kommen dürfen?»
«Sobald du frei bist. Inzwischen sorge ich für die kommenden Tage, will ich mir einen Platz in Helvetien schaffen.»
«Wir werden schrecklich Langezeit nach dir haben.»

Die Heimkehr des verlorenen Sohnes

Öppi bekam ein Zimmer in Dolfs großem Haus am Cheuberg zugewiesen. Er saß dort auch mit dem Ehepaar zu Tisch. Diese Regelung verminderte die Unkosten für das Filmunternehmen. Sparen war, nach der ersten Ernüchterung, Dolfs Haupteinfall zur Sache. Öppi war Gefangener in einem neuartigen Käfig, Angestellter mit zunächst durchaus geringer Entschädigung. Vor ihm stand die dringende Aufgabe, den Unterhalt für eine vierköpfige Familie zusammenzubringen. Er hatte seine Lohnkämpfe mit einem Arbeitgeber zu führen, war dessen ungewohnt und neigte dazu, jeglichen Widerstand der Gegenseite als Kränkung zu nehmen. Im Lande herrschte zunächst nicht die geringste Nachfrage nach Bildstreifen, wie man nach Dolfs erworbenem neuen Verfahren sie erzeugen konnte. Die Kunst, die bisher stummen Spiele tönend zu machen, rührte von unruhigen Geistern her, physikalischen Forschern, technischen Köpfen. In den Theatersälen verlangte man ernstlich gar nicht darnach. Man unterhielt sich im Zusammenhang mit Zeitungsaufsätzen allenfalls über neue filmische Möglichkeiten, ohne recht an die Verwirklichung zu glauben. Es gab ja so schöne, so spannende stumme Bilderzählungen, gab passende Musik der Kinoklavierspieler zu Liebe, Brand, Trauer und Streit, daß niemand das den Vorgängen innewohnende Geräusch oder Getön vermißte. Obendrein hatte das Fehlende des stummen Spiels, wie alle Mängel das immer tun, großen Gegenkräften gerufen, neuen Gebärden und Bewegungen und der Freude daran. Nun aber konnte man auf Probeteilstücken, die in Dolfs Besitz vonseiten der Erfinder gekommen waren, jedes fallenden Tisches Schlag, jedes Stuhles Rücken hören, konnte den Schnellzug von London nach Schottland stoßen und stampfen, seine Türen schlagen, seine Räder auf den Schienen in voller Fahrt vorüberdonnern hören. Verblüffend das alles! Dolfs Erwerbung stellte eine Lösung des technischen Vorhabens unter mehreren andern dar. Es gab in allen filmlustigen Ländern Laboratorien, drin man nach dem allerbesten Verfahren suchte, gab sie vor allem in den Vereinigten Staaten, wo große geschäftliche Spekulationen im Gefolge der Filmumwälzung im Gange waren. Riesige Kapitalien waren im Spiel, das Unterhaltungsgewerbe spitzte die Ohren. Außenseiter wie Dolf kamen zur rechten Zeit, um die Sache vorwärts zu treiben, ins Gespräch zu bringen. Die Proben in seinen Händen genügten nicht zu einer richtigen Publikumsvorführung. Sie mußten durch eigene Streifen vermehrt werden, damit man, alles zusammengenommen, eine einführende Nachmittagsvorstellung für geladene Gäste und für Kinotheaterbesitzer veranstalten konnte.

Es galt Künstler, Darsteller tönenden Charakters zu finden. Dolf und Lia begleiteten Öppi in die Tingeltangel-Wirtschaften Cheudras auf der Suche nach geeigneten Leuten, teils aus Neugierde, teils aus Vorsicht, damit er nicht auf allzu kostspielige Abschlüsse verfalle. Die Sparsamkeit gebot die Ausschau in den billigsten Vergnügungsstätten. Frau Lia erschien im Pelzmantel in den volkstümlichen Beizen. Öppi war seiner Sache zunächst gar nicht sicher, die Gesellschaft der beiden störte ihn, er machte an andern Abenden zusätzliche Alleinreisen, fand einen italienischen Gitarrensänger, dessen überraschender Trick darin bestand, in melancholischer Verzweiflung am Ende seines Lieds und an geeigneten Stellen zwischenhindurch mittels eines Handgriffs oder Schlags sein Instrument wie eine Eierschale zu zerdrücken. Durchaus geeigneter Gegenstand für eine kleine Szene, tönend wenn auch dumm, also tonfilmisch! Der Mann verlangte sein gut angesetztes Honorar. Dolf, ohne ihn gehört zu haben, bestand darauf, daß Öppi die Summe herunterhandle, überband ihm eine Aufgabe, zu der er weder Neigung noch Geschick hatte. Was man nicht ausgibt, ist schon verdient, war Dolfs Leitspruch bei Kleinigkeiten. Er hatte auch einen Sachverständigen, einen sogenannten Techniker, für sein Vorhaben verpflichtet, der zunächst auf sich warten ließ. Öppi war's recht, da konnte man, ehe blindlings etwas geschah, über die Sache weiterhin nachgrübeln, aber Dolf zielte aufs rasche Geldverdienen, dies um so heftiger, je weniger er die Wege dahin sich vorstellen konnte.

Der gemeinsame Mittagstisch in Dolfs Haus bot Gelegenheit zu wirren Vorschlägen von allen drei Seiten, das war günstig, weil man sich außerdem wenig zu sagen hatte. Öppi wäre in seiner neuen Lage gern rasch über seine Gehaltsaussichten ins reine gekommen, aber Dolf zog es vor, diese Sache so lange im dunkeln zu lassen, bis das Geschäft sich deutlicher abzeichnen würde.

Lia redete am Tisch ihr Deutsch mit dem berlinischen Tonfall und den zugehörigen Besonderheiten. Sie hatte Dolf, als er um die reiche Tochter warb, dazu gebracht, sich in ihren Gesprächen nach der Schrift auszudrücken; dies tat er mit der Bedächtigkeit, dem Ungeschick, der Lautfärbung, die ihm seine Herkunft aus dem Cheudrer Oberland ein für allemal mitgegeben hatten. Das war in dieser Zweisamkeit nicht von großer Bedeutung, weil er ja nicht auf Dichterworte ausging, weil er nicht auf den lebensgefährlichen Gedanken gekommen war, dieses Heimatgift ausrotten zu wollen. Sie hatte die rasche Zunge ihrer Heimat, er die langsame der seinigen. Öppi bemühte sich, angenehm nach beiden Seiten zu sein; er konnte sich's nicht verhehlen, daß er dabei saß, zu seiner Aufgabe gekommen war, weil Eva weiterhin Lias Beichtiger blieb und stetsfort bereit war, die unerfreulichen Ehegeständnisse von ihr anzuhören. Sie war schüchtern vor vielem, dann wieder zupackerisch, dieses auch der geliebten Musik gegenüber. Sie übte zeitweise fleißig, drängte sich in die Nähe der Künste; Öppi verstärkte durch seine bloße Anwesenheit ihre Stellung gegenüber dem banausischen Gatten; sie hielt bei Meinungsverschiedenheiten über filmische Dinge gern und meistens zu ihm, dem Künstler am Tisch. Alle drei hatten Ideen, so wie in jeder Sache die Nichtskönner und Ahnungslosen am leichtesten Ideen auftischen. Öppi war sich dessen bewußt, hielt sich zurück, aber Dolf verkündete auch die einfältigsten Einfälle mit der Sicherheit und dem Anspruch dessen auf Gehör, der das Geld für die Sache ausgibt.

Dolf machte sich gar nichts aus dem, was Öppi gewollt, so lange heiß erstrebt hatte. Niemand in der heimatlichen Umgebung machte sich etwas daraus. Schamvoll verschweigen war das Gebot. Kein Mensch, der in der heimatlichen Gesellschaft etwas gelten, der ernst genommen sein wollte, verfocht auf deren Boden, was er betrieben. Derlei? Wozu? Zum Spielen ja, aber dieses Spiel hatte er verloren. Schlimmer: wem es einfiel, das Leben zu treiben, wie er's betrieben, hohes Deutsch so hochzuhalten, wie er's getan, schloß sich aus. Der Gemeinschaft tiefstes Gesetz: so zu reden, wie er es bei sich bekämpft hatte. Wer der weltstädtischen, der reichsdeutschen Redeweise anhing, war ein Fremder, dagegen kam kein Heimatschein auf. Bemühung, die Spuren helvetischen Ursprungs aus seiner Sprache zu tilgen, galt als Verrat. Wem es gelang, war ein Entwurzelter, Ausgestoßener. Sieben Jahre und länger hatte er um die vollkommene Redeweise, wie Jakob um Rahel, geworben. Verlorene Lebensmüh! Verpuffte Zeit! Alles umsonst! Begraben alles. Wo war das Grab? In ihm! Er das Grab! Lebendiges Grab.

Im Allerinnersten verbarg sich und wirkte weiter das Herzblatt, der Urkeim der großen Bestrebungen. Nicht das Erreichte, nicht das Nichterreichte war zu bedenken; daß er sich auf den Weg gemacht hatte, darin lag der unverlierbare Gewinn. Die Leidenschaft, der er sich hingegeben, die er gelebt – da lag's! Da hatte er sein Selbst erweitert, sein Innenwachstum erfahren, Schüler nicht der Sprech-Erzieher, Schüler der Dichter war er gewesen. Sie hatten ihn neue Empfindungen gelehrt, neue Gedankenwege ihm gewiesen, den Geist als Sprache ihm dargelegt. Gleich einem Klosterschüler hatte er ihnen zugehört, ein Ergriffener, ein sich Wandelnder bis in die Knochen, bis in den Kalk der Knochen. Und doch: dieser Dolf an seiner Seite, am Tisch, der von all dem nichts wußte, all das nicht anerkannte, der war mit jedem ungehobelten Wort, war mit seinen vermantschten Vokalreihen, mit dem Verwischten zwischen a und o, mit dieser Sprache, die er mit bestem Gewissen nach der Mutter Art handhabte, in der kein großer Dichter, kein großer Erzähler geschrieben, in der es keine Bühnenspiele gab, in der kein großer Denker sich ausgedrückt – dieser rundköpfige, braunhäutige Kerl, dieser Bauernsprößling war sein Bruder auch, ein Herkommensbruder, eben darum, weil er redete, wie er redete. Insgeheim schöpfte Dolf aus dieser Gemeinsamkeit das Recht, Öppi bei sich des irrtümlichen Wollens zu zeihen, der schwanken Treue, und für nichts zu achten, was jener so lange betrieben hatte. Darauf antwortete Öppi mit versteckter ärgerlicher Abneigung.

Als der Techniker kam, stellte er sich als ein kleines reichsdeutsches Bürschlein von großem Selbstbewußtsein heraus, geschickt und voller Sicherheit, weil er auf einem Felde tätig war, das wenige erst bestellten, darauf überraschende Dinge wachsen sollten. Man bot nun den italienischen Sänger auf, dazu einen Zitherspieler, ebenso mit der Zeit eine spanische Tänzerin mit Kastagnetten. Dolf, der es an Höflichkeit seiner Frau gegenüber fehlen ließ, entpuppte sich als ritterlicher Unternehmer der Tänzerin gegenüber, erschien am frühen Morgen in den ungeheizten Aufnahmeräumen mit dem Pelzmantel Lias, um ihn der Tänzerin um die entblößten Schultern zu legen; leihweise nur!
Aufnahmeort: der Gesellschaftssaal einer großen Wirtschaft und deren Vereinsbühne in der Nachbarschaft einer elektrotechnischen Werkstätte, deren großer Motor jedesmal fernher seine brummende Stimme erhob, sobald man mit den Tonaufnahmen beschäftigt war. Dann gab es Wartepausen, die zu Dolfs Ärger die Unkosten erhöhten, die dem Technikerbuben Gelegenheit gaben, seine Steptanzkünste vorzuführen und Öppi in dieser Betäti-

gung als Nachholschüler zu Tageszeiten zu unterrichten, da dessen einstige Mitschüler aus ernsten Schulen im Lande ohne Ausnahme in ihren angesehenen bürgerlichen Stellungen beschäftigt waren. Die wenigen von der helvetischen Phonofilm-Gesellschaft Dolfs hergestellten Tonfilmstreifen wurden mit den vorhandenen der Erfinder zusammengeklebt. Öppi versuchte sich als Werber und Verbreiter, lud an einem Nachmittag viele Gäste zu einer Vorführung seiner Gesellschaft, mittels geschmackvoll gedruckter Karten in ein Kinotheater ein, ernannte Dolf auf den Karten zum Direktor und brachte ihn, um das Theater zu füllen, dazu, seinem Büropersonal einen freien Nachmittag oder den Teil eines solchen zu spenden.

«Eva, Liebste», schrieb Öppi, «gleich hörst du etwas von unserem Film. Erst noch die Hauptsache: danke für deinen langen Brief, lese alles gern, was du schreibst, alle deine sogenannten, so ganz lebendigen Kleinigkeiten. Mußt warten, warten! Hast schon so viel, so lange in deinem Leben gewartet! Oh, diese langsamen schneckigen Gerichte! Versuche hiermit dir die Zeit ein wenig zu vertreiben. Noch dieses vorher: Keine Gedanken meinetwegen, daß ich Schweres auf mich nehme! Schweres auf sich nehmen zu können ist ein Vorzug, es leisten zu dürfen ein Segen. Umarme euch! Eben bringt mir Lia zum Schreiben im Zimmer eine Tasse Kaffee, nachdem wir gestern an Dolfs Tisch, alle vier, er, sie, der Techniker und ich, uns am hellichten Tage mittels Dolfs Sekt beschwipst haben, weil er im ersten Taumel die Vorführung des Vortages für einen durchschlagenden Erfolg gehalten hat.
Zur Sache: Rein äußerlich ist alles gut abgelaufen. Dolf trug seinen besten Anzug und strahlte, weil ich ihn auf der Einladungskarte vor ganz Cheudra als Direktor bezeichnet hatte. Die Leute saßen mit viel Gleichgültigkeit, kärglichen Erwartungen und viel Mißtrauen in den Stühlen. Einige schüchterne Versuche der Aufgebotenen, das Gedonner oder Blechgeklapper des schottischen Schnellzugs und überhaupt die gezeigte Errungenschaft zu beklatschen, zerbrachen am Fels der allgemeinen Stocksteifigkeit. Am Schluß gab es einige Glückwünsche der Freikartenempfänger. Dolf rannte während der ganzen Vorstellung hin und her, hielt sich hauptsächlich an eine berühmte helvetische Erscheinung, den ersten Afrikaflieger des Landes, und sah in dessen An-

wesenheit eine Bürgschaft für den Erfolg seiner Erwerbung. Eine jüdische Familie, die Eltern des überaus tüchtigen zweiten Dolfschen Seidenverkäufers, stellten die lobende Umgebung dar, welche sich jeweils nach großen Theateruraufführungen um die Künstler zu scharen pflegt. Der aufgeführte Zitherkünstler bat dringend und betroffen, wir möchten seine unkenntlich gewordene Nummer aus dem Programm herauslösen. Dann verliefen sich die Frauen, die an Stelle ihrer arbeitsamen Männer erschienen waren.

Was sagten die Zeitungen? Ich habe dem großen Blatt noch vor der Aufführung einen aufklärenden Besuch gemacht und einiges Gute über unsere Sache zu sagen versucht. Vernimm hier des klugen Redaktors Anmerkung: Die innere Daseinsberechtigung werde den Filmgeräuschen überall da fehlen, wo Bilder allein deutlich erzählen könnten, was zu erzählen sei. Innere Daseinsberechtigung? Dunkles Wort, auf einen technischen Vorgang angewendet. Hochmütige Haltung bei wenig Nachdenken. Nicht das geringste Entgegenkommen. Daß mit dem neuen technischen Vermögen auch neuartige Erzählungsweisen auftauchen könnten, das zu ahnen sind die Herren nicht imstande. Zudem, oder gottlob, nannten sie den Dolf-Direktor mit Namen, auch der des Technikerbuben zierte den Bericht, nur den meinigen habe ich bei dem Werbebesuch offenbar zu leise hingehaucht; dessen Nennung ist gänzlich unterblieben.»

Öppi an Eva, einige Tage später:

«Liebste, sitze am Schreibtisch oder Pult in Dolfs Seidenhaus, trage deine gehäkelte, schöne Krawatte, dran die Halsader, heftiger bei deines Namens Nennung schlagend, sich vorüberdrückt, setze einen Satz vor alle andern hierhin, den ich in eines gescheiten Mannes Schriften eben fand: Eine neue Idee ist für den Helvetier vor allem und zuerst ein fremdes Tier, das man am besten meidet, dem man sich, wenn es durchaus sein muß, nur mit allergrößter Vorsicht nähert.

Mein Vaterland scheint mir ein Absatzgebiet für uns nie werden zu können. Die Filmleute beurteilen die Sache ungünstig. Ich hocke an der Filmbörse, also unter den Leuten des Filmhandels, wo an Kaffeehaustischen Bilderstreifen angeboten und zur Aufführung angenommen werden. Der einzige Theaterbesitzer, bei dem ich mit dem Vorschlag, unser tönendes Erzeugnis in sein

Abendprogramm aufzunehmen, überhaupt zu Wort kam, hielt es nicht der Mühe wert, bei diesen Verhandlungen auch nur den Zahnstocher aus dem Mund zu nehmen, und drehte sich, als er Dolfs geforderten Preis erfuhr, auf seinem Stuhl wie eine Signalscheibe der Bundesbahn um.
Kino, sagte mir ein anderer, ist eine Frauensache. Die meisten Kinogäste sind Frauen, sie sind der Anlaß, daß der Mann hingeht. Ein Film, der den Frauen nicht gefällt, ist kein Geschäft. Wehe: ich habe eine Neigung zu männlichen Unternehmungen, Erzgruben, Bauernhöfen, Fabriken, Reedereien, aber nicht zu Parfümerieläden und Warenhäusern. Das sogenannte Geschäft will sich nicht einstellen. Wir vermieten den Streifen nach andern Städten, müssen zwei Leute mit allem Drum und Dran hinreisen lassen, die Einnahmen decken nicht einmal unsere Gehälter. Ein Theaterbesitzer, besoffen aus der Landeshauptstadt abends in sein Kino zurückkehrend, drohte, uns hinauszuwerfen, wie stinkige Böcke zu werfen, weil zu diesem Zeitpunkt die empfindliche technische Einrichtung nicht einwandfrei arbeitete. Dolf hatte von raschen Einnahmen geträumt, jetzt, da sie ausbleiben, läßt er die Flügel hängen. Um Personal und Kosten zu sparen, stehe ich täglich stundenlang in Kinotheatern, helfe bei den Vorführungen, beim Verpacken, beim Kistenschleppen und Karrenschieben an Bahnhoframpen und spüre deutlich, wie weit Dolf, diese surrende Fliege, sich an diese Mitarbeit schon gewöhnt hat, sah deutlich, wie neulich der bloße Verdacht ihm das Blut in den Kopf trieb, daß wir für derlei untergeordnete Arbeit einem Dritten könnten ein paar Franken ausbezahlt haben.»
Öppi an Eva, einige Zeit später:
«Gestern, süße Eva, bekam ich mein Gehalt ausbezahlt. Schicke dir beigefügt ein Anteilchen, es ist jämmerlich wenig. Wut in mir, daß ich nicht das Drei- oder Vierfache verdiene! So ein Kerl wie Dolf hat eine Fabrik, hat einen Handel, wieso? O weh! – das tönt neidisch! Heiz deine Wohnung gut! Umarme dich!
Sah auf der Leinwand den Gustel von der einstigen Osten-Bühne, den stirneckig aufgemachten; ist Publikumsliebling geworden, macht jedes Jahr ein bis zwei große Filme gegen größte Honorare. Was ist an ihm? Wo diese Filmerei sich mit dem Schaffen, dem künstlerischen in einem Menschen, berührt, ist sie eine halbe Sache; ich begreife die Fähigkeit gar nicht, seine Phantasie rufen zu

können, wenn äußere Anforderungen dazu zwingen. Filme entwerfen? Da versenke ich mich in mich selber, suche im Reiche der eigenen dunklen Träume; was mir dabei einfällt, ruft nach Worten, nicht nach Bilderbändern.
Soll ich hier Sprecher beim Funk werden? Den Hörern unsichtbar, wie sich's für mich gebührt? Ist auch eine kleine dumme Halbheit. Verachte die Dinge, die man da treibt.
Dolf macht unerträgliche Anmerkungen bei Tisch, beim Mittagessen; Lia, die blumige Idealistin, setzt uns Froschschenkel vor, kocht solche an gewöhnlichen Werktagen, weil ihr, die ohne Haushilfe ist, nichts Volkstümlicheres einfällt, während wir zwei gegensätzlichen Männer an die Jugendzeit denken, da wir glücklich mit diesen Tieren, im Sommer, in Weihern zusammen geschwommen sind und nie daran gedacht haben, ihnen die Beine abzuschneiden. Dabei rufe ich mir dann in Erinnerung, was für eine gute Suppe du selbst aus einem Ziegelstein zu machen imstande bist. Wann kommst du? Ich zähle. – Deine kleine Landsfrau, die rothaarige scheue, die mit Joseph verheiratete, hat mir neulich gesagt, daß du jederzeit zu ihr kommen, jederzeit Platz mit den Buben bei ihnen finden könnest. Ich dankte, melde dir das, aber nicht wahr? – du wirst doch demnächst meine Frau sein? bei mir sein, mir nahe sein, zunächst sein, mein sein? Sei's! Wann? Wohnungssuche ist eingeleitet. Ich sah auch Joseph, ihren Mann, den man hier in eingeweihten Kreisen den Millionenjoseph nennt, ohne daß ich recht sagen könnte, ob er solche hat oder solche schuldet. Immerhin erzählte ich ihm, mit einigen Hintergedanken, von unserm Film. Obendrein machte ich einen Besuch bei einem Jugend-Spiel-Schulkameraden, der ein armer Bursche war, jetzt ein eigenes Bankgeschäft hat und ein überaus nachsichtiges Lächeln aufsetzte, als ich ihm mit meinen restlichen paar tausend Franken die Teilhaberschaft in seinem Unternehmen anbot. Zugleich hatte er den Hörer zu ergreifen, weil ein Kunde nach lukrativen Industriepapieren verlangte, nach deren allernächsten Gewinnaussichten fragte, dem Freund dienstfertig-vorsichtig mit heraushängender Zunge telephonisch Antwort gab, ganz in der Art, wie er's als Bub bei geistigen Anstrengungen in der Schulbank gehalten, so daß ich deutlich sah, wie wenig allen Hab-und-Guts-Verschiebungen zum Trotz sich in der Heimat geändert hat. Freunde, merke ich, sind zerbrechliche Einbildungsgebilde, hier

wie dort in der Weltstadt, diese Art Verbindung erscheint mir nachgerade als die berückendste Giftpflanze! Wie weiter? Neues Geld von Dolf für neue Verwirklichungen? Wird's kaum geben! Einfälle? Auswege? Insgeheim spüre ich's deutlich: dieser tönende Film, da wird viel in Bewegung kommen. Dabeibleiben? Oft, s'ist schrecklich, sähe ich mit Erleichterung den Zusammenbruch unseres Unternehmens.»

Es gab um diese Zeit eine störende Häufung von Krankheitsfällen unter Dolfs Leuten. Der Versand der fertigen Ware stockte. Öppi anerbot sich zu Aushilfsdiensten, nachdem der Hausherr am Mittagstisch seine Angel nach solchem Beistand ausgeworfen hatte. Frau Lia wollte nicht zurückstehen. In der Regel begab der Geschäftsherr sich im Tourenwagen nach der flachen Stadtseite hinüber zu seinem Firmensitz. Jetzt stand ihm die Laune nach der Straßenbahn. Man ging zu dreien das schmale Zier-Bergweglein hinunter. Öppi war der letzte der Reihe. Vor ihm ging Dolf. Wie er watschelte! Nicht schritt, watschelte. Offizier der Armee, konnte weder gehen noch reden! Dem dien' ich, murrte Öppi und biß auf die Zähne. Schreiben konnte er auch nicht! Das war zu hören, wenn das Maschinenfräulein sein Gestottertes abnahm. Daneben hatten die Geschäftsräume ihre fesselnde Seite. Hand anzulegen brachte immer seine Genugtuung. Da lag die gewobene Ware in aufgerollten Stücken, teure Gewebe, manche in unansehnlichem Rohzustand belassen, die er bis dahin immer nur fertig aufgemacht gesehen, zugeschnitten, den Frauen übergezogen, auf denen er das Zeug mit flüchtigen Blicken gestreift hatte, mehr dem Inhalt als der Hülle zugetan.
Öppi vor der Textilindustrie! Diese, ein langsam Gewordenes, uralte Überlieferung, Feld des Fleißes von Tausenden, Pfeiler der Wirtschaft seines Landes; Menschen, Maschinen, Geld; ein Kräftegewirk und -gewirr, und der Handelsherr, abhängig von der Nachfrage und Lage des Marktes, die rechtzeitig zu erkennen, nach denen rechtzeitig sich zu richten eine seiner Aufgaben war. Verstand und Willen galt es anzuspannen. Die Zeiten waren, wie man sagte, nicht leicht. Neue Gewebe, neue Fasern waren im Zuge, den alten, gewohnten den Platz streitig zu machen. Was sollte man, wie sollte man weben? Was für Fasern kaufen, was für Fäden, wie, in welchen Verknüpfungsweisen von den Arbeitern der Fa-

briken sie binden lassen, wie sie färben, wie sie veredeln, wo sie verkaufen und zu welchen Preisen? Öppi hörte Dolf mit Eifer ins Telephon reden, fremde Fachausdrücke in ungepflegter Redeweise, aber in offenbar richtigem Sinne im Munde führen. Helvetischer Beiklang tat der Sache nicht weh, tat weiterum allem Anschein nach einiges zu ihren Gunsten. Öppi fühlte sich an solchen Tagen auf eine eigentümliche Weise nützlich, wie vormals unter guten Umständen im Vaterhause, aber Lia ärgerte sich darüber, daß es dem Gatten Freude oder Genugtuung bereitete, sie in der Reihe seiner Angestellten zu sehen, und darüber, daß er auch vor Besuchern und Geschäftsfreunden sie drin beließ, ihr vor der Umgebung eine demütigende Lage zuwies.

Öppi sah auch, wie die Gewebekaufleute die Seidenstoffe fühlend, wägend, schätzend durch ihre Hände gleiten ließen, prüfend, wie die Bauern und Schlächter auf den Märkten dem Rindvieh ins Fleisch griffen, und fand den Umgang mit dem Vieh weit manneswürdiger als die weibischen Gewebegriffe, weil er nämlich einstmals ein Dorfprinz gewesen war. Es war unerfreulich zu sehen, wieviel Unterordnung und Duckerei Dolfs Angestellte vor ihrem Arbeitgeber an den Tag legten: das ältliche Fräulein, das seine erste Helferin gewesen, der grauhaarige Prokurist, dem man es ansah, daß er viele Gedanken über seinen Herrn vorsichtig für sich behielt, dann die kleineren Lohnempfänger: die Stückschauerin, der Fadenzähler mit der Lupe, der genau Bescheid über die vielen Fadenverknüpfungsweisen der Gewebe wußte, und der Packer. Zwischen allen Beteiligten hin und her flogen neuartige Zusammenstellungen von Zahlen und Buchstaben des Alphabets, mit denen man, nach freier Erfindung, die Erzeugnisse des Hauses abgekürzt bezeichnete. Öppi schichtete Kartonschachteln in Kisten zusammen, paßte den Holzdeckel darauf, schlug Nägeln auf die Köpfe und machte die Sache versandfertig, Dolf stellte sich wie ein Aufseher manchmal in die Nähe. «Pakken», schrieb Öppi an Eva, «packen ist herrlich, aber packen für Dolf ist lächerlich.»

Dessen außenseiterische Filmunternehmung schädigte, wenn sie kein Geld abwerfen wollte, seinen kaufmännischen Ruf. Das begann er zu fürchten. Seine Einfälle zur Sache zielten nur noch auf Erträgnisse, gar nicht mehr auf deren Entwicklung und Weg.

Er begann auf Staatsmittel zu hoffen, mit denen er Szenen aus dem Volksleben, Gesänge und Musik zu Archiv- und Museumszwecken herstellen wollte. Leben in Flaschen abgefüllt! Öppi witterte im Umgang mit dem Publikum immer deutlicher, daß er mit der Sache auf ergiebigem Neuland stand. Er sah den Spaß des italienischen Gitarrezertrümmerers die Leute erfreuen.

Konnte man nicht an Italien überhaupt sich halten? Da war Spiel und Gesang, Musik und Gebärde alle Tage. Er setzte sich hin, schrieb einen großen Vorschlag für einen viele tausend Meter langen tönenden Film an den damaligen Beherrscher des Landes, den man je nachdem den Diktator, den Tyrannen, den Duce, den Führer nannte, von dem längs der Landstraße, auf Mauern in großen weißen Buchstaben geschrieben stand, daß er immer und in allem recht habe. Von jeher war die Berührung mit diesem Lande für Öppi fruchtbar gewesen. So schrieb er die Vision eines redenden, rollenden, brausenden Arbeits-, Natur- und Daseinsfilms, in der die Vulkane zur Blasmusik rauchten, die Getreidefelder singend wuchsen, die Lazzaroni schuhklappernd zur Arbeit rannten, die Dampfhämmer Beifall zu den Reden des Tyrannen klopften; schrieb das in der Sprache des Landes, die ihn wiederum schreibend kühner, bildertrunkner werden ließ, als man in Dolfs Umgebung es sein konnte, die ihm Einfälle besonderer Art ganz im Einklang damit gab, daß das Land einst die Kraft gehabt hatte, ihn aus der wissenschaftlichen Bahn zu werfen, daß es ihm eine Nacherziehung hatte zuteil werden lassen, die jetzt eben in dem Vorschlag ihre Wirkung tat; auch bewirkte, daß als Hingerissener er seine Wirkung nicht verfehlte und von alleroberster Stelle eine geneigte Antwort bekam.

«Dieser Dolf», schrieb Öppi an Eva, «macht nicht mehr mit. Mein Italienplan ist dem Herrn in seiner Spießigkeit nicht faßbar, zu groß, zu weitreichend; nicht einmal mit den paar Franken für eine Werbevorführung jenseits der Grenze, wie die Italiener sie vorschlagen, will er herausrücken. Das ganze Vorhaben übersteigt seinen Kramstil. Dabei haben die dänischen Erfinder uns, mir haben sie, nach der Antwort der italienischen Regierung, freie Hand gelassen, dort mit ihrem Verfahren zu arbeiten; dies ohne jede Entschädigungspflicht, das heißt: wir hätten umsonst bekommen, wofür Dolf sein vieles Geld ausgelegt hat. Dieser

Dolf geht hin, erwirbt so abseitige Rechte, läßt alles dumm fallen, weil das Neue Zeit zum Reifen braucht.
Was tun? Versuche beim Millionenjoseph machen? Wann kommst du? die Buben? endlich?»

Öppi schrieb nichts davon, daß er, nach seinem früheren Verhaltensstil, das Geld für die Vorführungsreise hätte aus eigener Kasse noch nehmen können; die Denkweise der Umgebung, die bevorstehenden Vaterpflichten, sein Rückstand im bürgerlichen Leben mitten unter den einstigen Kameraden, die Rechnerei Dolfs, die Gleichgültigkeit vor seinen Vorführungen, die Vaterhausmaßstäbe, all dieses zusammen hatte ihn bereits so zerknittert, daß er, Dolfscher Bruder, den Mut zum Wagnis nicht aufbrachte und seinerseits auch auf die Fortführung des Begonnenen verzichtete. Stille Notiz auf seinen Blättern: In Helvetien verliert unsereins den Mut. Er schalt auf Dolf, entlud den Verdruß übers verlorene Traumleben auf den, der ihm ein erster Helfer geworden. So wie eben jedermann seinen Wohltäter, wenn er einen hat, eines Tages zum Sündenbock umstempelt, ihn mit den Vorwürfen belastet, die man sich selber nicht machen will, mit der Schuld daran belädt, daß man sich in die Lage eines Bedürftigen hat bringen lassen.

Eva verspürte zeitweise ähnliche Regungen gegen Lia, aber Lia war zugleich auf Eva angewiesen, Eva war der Gegenstand für Lias Liebe des Herzens, die sie nirgendwo sonst anzubringen Gelegenheit fand, die nirgendwo sonst so rein um ihretwillen und ohne Hintergedanken angenommen wurde. Die geldliche Hülfe stand für Eva jetzt unter besserem Zeichen, weil sie deutlicher den Charakter einer Zwischenregelung trug als zu den Zeiten, da Carlo Julius der gleichmütige Nutznießer von allem gewesen war. Es gab jetzt begründete Aussichten, aus der Abhängigkeit dank Öppi herauszukommen. Eva nahm auch den Beistand ihrer nordischen Freunde gelassener und mit dem haushälterischen Gedanken hin, die eigenen, wenigen allerletzten Kronen zu retten und sie Öppi in die Ehe zu bringen. Lia allerdings war drauf und dran, einen Schwur für Evas Buben abzulegen und insbesondere Yoriks Versorgung zu geloben, daraus heraus der verkappte Wunsch spürbar wurde, sich der Freundschaft mit Eva sozusagen

vertraglich zu versichern. Lia hatte als Freundin ihre Geltung bei Eva, sonst galt sie nicht viel, galt als Kind, das war zuzeiten bequem und angenehm, war wiederum unerträglich.
Sie wollte Geltung! Jene, die Dolf ihr zubilligte, galt nichts: er wollte lediglich als Haushilfe sie gelten lassen und als Gespielin in den Nächten, da er ihrer bedurfte. Sie konnte mit ihrer reichsdeutschen Redeweise im Lande nicht heimisch werden, fand keine Wärme in Dolfs Familienkreis, liebte die Berge und hatte mit dieser Liebe im touristischen Stande zu bleiben. Nun grübelte sie über die verlorene Liebe zu Dolf, zu der sie den Weg kaum noch gefunden gehabt hatte. Fort? Um sich zu besinnen? Wohin? Nach Hause? In die großen Zimmer, in diese geleerten Schachteln zurück, wo sie das kommandierte Kind gewesen, wo man sie als Partei im Ehestreit der Eltern und immer noch als dummes und unmündiges Ding betrachten würde? Hilfe wo? Hilfe bei Eva!

Wie hätte Eva, die in Dolfs Haus zu Gast gewesen, gegen die er sich gutmütig respektvoll und hülfreich als Hausherr verhalten hatte, wie hätte sie anders schreiben oder handeln können, als Lia zum Ausharren zu raten. Des Mannes haushälterisches Wesen mußte ihr, nach ihren Erlebnissen, als großer Vorzug erscheinen, den Lia nicht zu schätzen verstand. Lia las das mit Widerspruch und war über den Widerspruch bei sich betrübt. Haushälterisches Wesen? Davon hatte sie von jeher genug gesehen. Faul und bequem war Dolf im Seelischen, wie Carlo Julius es überhaupt gewesen. Wie, darin sich unterziehen? Bei ihm stehenbleiben? War sie denn sein Schatten nur? Gar nichts für sich? Eva versuchte umsonst und selber tastend, Lia zu einiger Selbsterkenntnis und aufopfernder Haltung hinzulenken, derlei gelang nicht; Lia war längst dazu übergegangen, gründliches Versagen im ehelichen Leben und alle Fehler ihrem Mann zuzuschreiben, sich eine Geltung im Übermaß dabei zuzubilligen, die sie in der Wirklichkeit vermißte. Sie schrieb ellenlange Briefe mit klagenden Ergüssen in weitgeblähten Buchstaben, die gleich aufgespannten Segeln oder Kinderballönchen über die Seiten hinschwebten. Sie griff zu pathetischen Wendungen; sie, die in Wahrheit ein nüchterner und redlicher Mensch war, pries die Leiden, die sie litt, weil sie las, daß Leidenkönnen auszeichnet; sie setzte sich im Abendschein ans Fenster der hohen Wohnung und kam sich wie eine

Gemäldegestalt der Sehnsuchtsmalerei vor. Sie suchte mit größtem Fleiß sich in der Musik von ihrem berühmten Lehrer als Künstlerin auszuzeichnen, der zu ihrer Enttäuschung und ihrem Zorn ihr diese Auszeichnung nicht zubilligte.
«Meine Seele ist krank, mein Gehirn trocknet ein neben ihm, ich bin ein Unkraut unter den Menschen, möchte sterben, möchte bei dir heulen, Eva, habe eine Sehnsucht in mir, die mich auffrißt.»
Sehnsucht wonach? Den Schlüssel hatte sie nicht, fand sie nicht. Sie konnte den Hochmut nicht erkennen, den die Herkunft aus dem geldstolzen Haus dem Alleinkind mitgegeben, Hochmut, den sie, die besser, reicher Geschulte, in den Zerwürfnissen mit dem Gatten aufrief, der erst recht auf seine Art sie zu demütigen Lust verspürte, Hochmut, der deutlich aus ihr sprach, wenn sie ihren Tadel, ihre Urteile über die Hausgehilfenschaft zum besten gab. Diesem Gehaben setzte Dolf kurzerhand seine groben Beschuldigungen entgegen, daß sie es heimlich mit einem andern halte. Was zierte sie sich? Warum versagte sie sich seinem Begehren? War es nicht ihre Pflicht, sich hinzulegen! Hatte er nicht das Recht, mit Gewalt zu nehmen, was sie ihm versagen wollte!

Seltsames reiches Haus am Berge in solchen Nächten, da ein Weib mit Abscheu und Ekel des Mannes Hand an ihrem Leibe spürte, noch die eben gelesenen großen Sprüche eines Denkers im Ohr, die ihr erlauben sollten, sich über den zu erheben, der so widerwärtige Rechte auf sie besaß! Dolfs oft wiederholten, redlichen Bemühungen, die gestörte Zweiheit zu flicken, trugen keine Früchte, Geschenke verfingen nicht mehr, große Geschenke hatte es im Schöllerschen Hause immer gegeben. Ob sie dorthin doch besser zurückkehrte? Manchmal beschloß sie bei sich, das zu tun, sobald der Vater ihr eine ausreichende sichere Rente zubilligen wollte, und endete solcherweise bei eben dem Gelddenken, über das sie so weit hinaus zu sein glaubte. Sie versuchte ihre gehobene Gesinnung dadurch recht deutlich zu machen, versuchte ihre Geldverachtung dadurch darzulegen, versuchte an Herkommen und Umwelt sich dadurch zu rächen, daß sie großspurig und in kindischer Vorwegnahme schwur, auf ihr Erbe und Vermögen dereinst verzichten, es der Menschheit zu hohen

Zwecken, einer Stiftung mit erhobenen Zielen wegschenken zu wollen. Derlei machte Muttchen Schöller vollends furibund, es gab Schelte, Lia sah sich im Licht einer kommenden Bedeutung, die niemand zur Zeit ihr zugestehen wollte.
«Hätte ich Kinder!»
Es blieb ihr nur die Rolle der Hündchenmutter. Dolf konnte sie nicht schmerzlicher treffen, als bei Trennungs- und Streitgesprächen zu sagen, daß er vor Gericht seinen Anspruch auf das schönste und liebste Hündchen erheben würde und mit Erfolg zu erheben gedächte. Nestwärme, Zärtlichkeit ohne Gier, Muttermilch und Geburtsfreuden gab es im Hause nur im Hundereich, da gab es echte Familiensorgen, Fürsorge, sogar seelische Gefährdungen und Schwangerschaftsvorfälle von der Art, daß die eine Hunde-Tochter aus reiner Einbildung sich einen dicken Bauch und Milch zulegte, weil die Mutter eben neue Junge bekommen hatte.

«Eva, Liebste», schrieb Öppi, «fort von Dolf! Bin's! Er hat mir zuletzt, weil die Filmsache nichts eintragen will, an Stelle meiner unerledigten Gehaltsforderung eine Beteiligung angeboten, Beteiligung an einem Geschäft, von dem er nichts hält. Ich ziehe aus, werde, wenn du dieses Schreiben erhältst, auf einem andern Aste sitzen. Heute morgen, als ich die Treppe herunterkam, zankten die beiden im Wohnzimmer. Ich blieb, das rasche Ende erwartend, zögernd im Vorraum stehen. Dolf hielt stockend eine Art kleiner Rede, darauf sie mit einem gewandten Wortschwall antwortete; er gab ungeschickt auf helvetische Art zurück, dann hat sie ihn, ins Gesicht ihn nachgeäfft, wie Gossenkinder es treiben. Ich erschrak und erwartete den Schlag, der auf diese Unverschämtheit folgen mußte. Nichts geschah. Ich halte das für einen Fehler. Komm aber trotzdem zu mir, hast in dieser Beziehung nichts zu fürchten. Liebste! Italien!
Das wär's gewesen! Linde Luft, deine Hände zu umspielen! Klage ich viel in meinen Schriften an dich? Mach dir nichts daraus. Du hast es längst gemerkt: ich muß mich ein wenig in Szene setzen, deine Bewunderung herausfordern, einiges Selbstlob begleitet meine Berichte über den Brotkampf, etwas Aufgeblasenheit, die Sicht aufs herumgeworfene Steuer! Etwa so: Ha, was hab' ich zustande gebracht! Bin zum Platzen voll Kraft für dich. –»

Eva an Öppi:
«... Retter, ja, bist du – aber was hast du getrieben an dem schrecklichen Tage, da der Kalender, der verhaßte, mir ins Gesicht sagte, daß ich ein Jahr älter geworden sei? Halb hatte ich vor, dich auf den Termin aufmerksam zu machen, um dir, bester Rollenspieler, die unpassende des fehlerhaften Liebhabers – noch nicht Ehemanns, leider – zu ersparen. Dann vergaß ich das, weil die letzten Gerichtsverhandlungen mich beunruhigten, vergaß es wirklich, nicht willentlich!»
Öppi an Eva:
«Schönste! Schöne Sache das! Geburtstag vergessen, verpaßt, übersehen, unterschlagen!? Wo war ich? Vielleicht unterwegs bei den Leuten, die in der Zeitung einen Metallhändler mit Sprachkenntnissen suchten. Sieben Jahre Arbeit fürs Dichterdeutsch! Aber nein, die haben gar nicht auf meine Bewerbung geantwortet, woraufhin sie eine geschriebene Zurechtweisung für ihr schlechtes Benehmen von mir bekamen! Man muß sein eigenes Verfahren in allem ausarbeiten. Oder war ich mit dem Filmentwurf für Buster Keaton beschäftigt? Nein. Sieh, ich traf Hanns den Bildhauer, meinen einstigen Lehrer, der, weißt du wohl, deinen kleinen Porträtkopf modelliert hat und brennen ließ, als wir uns einst in Cheudra trennten, wo ich nun auf dich wie ein unentwegtes Wartehäuschen lang warte, der also berichtete mir, daß damals, als du in Ton geformt in seiner Werkstätte standest, ein Besucher, ein Mann das Bildnis lange betrachtet und dazu sich äußernd mit Überzeugung und Nachdenklichkeit gesagt habe, daß eine so aussehende Frau, also eine wie du aussehende, eben das sei, was man heiraten sollte!
Recht gehabt hat er! Nur eben, ich entschuldige mich, hat's etwas lange gedauert, bis ich dahinterkam. Lang lebe die Königin! hatten wir als Anfänger oft auf der Bühne zu schreien!
Eines noch: Zähle nicht! Du wirst, wenn erst alles in Dresden zu Ende sein wird, am nächsten besagten, vergessenen, gefürchteten Tage nichts dazuzufügen haben, wirst einiges wegnehmen dürfen, so daß ich dir weit voraus an Jahren dann bin; obendrein legst du ein wenig Rot auf, das steht dir gut, ich muß ein gutes Einkommen haben, damit du die richtigen Kleider kaufen kannst, und wir werden deinem Aussehen und nicht dem Kalender glauben. – Hier in Cheudra spielt am Theater jener Schauspieler, dem einst in mei-

nem Schusterspiel die kleine Rolle des Steuereinnehmers übertragen war, der mich in etwas nüchterner Denkart auf einen Fehler aufmerksam machte, der keiner war: daß nämlich die Erwähnung einer Brille in einem römischen Stück geschichtlich gesehen nicht erlaubt sei; diesem Mann habe ich von dir, den Buben und unserm Vorhaben erzählt. Seine Antwort? Er beneidet mich! Da hast du's!
Dolf arbeitet mit einer Färberei jenseits der Landesgrenze, hat für die vielen Hinundhersendungen, die Zollkontrollen, Überwachungen einen Beauftragten, der nicht viel taugt. Soll ich in Dolfs Dienst nach dem Süden doch übersiedeln? Sollen wir's? Nein doch! Dieser Antreiber will lieber, daß etwas Dummes in seinem Dienste geht, als daß gar nichts geht. Ich bin maßlos trotzig, will sehen, ob ich diesen Geldverdienern nicht doch gewachsen bin. Ein Lumpenhandel, ein Alteisensammler? In jeder Sache kann vorankommen, wer Unternehmer ist. Werde nicht ruhen, bis ich mein Eigenes habe. Gestern verlangte ich mein Restgehalt vom Buchhalter, wie mit Dolf besprochen; er wußte nichts davon, gab es mit Vorbehalt. Schicke dir morgen etwas davon, tue es herzlich gerne. Erwerb macht Freude; ich nehme den Weg, den ich jetzt nach dem tätigen Leben hin gehe, wie eine Wanderung in bisher verschlossen gebliebenen Gefilden.»
Öppi an Eva, ein wenig später:
«Liebste, ich habe in einer alten Zigarettenschachtel aus der Kneipenzeit Bargeld gefunden: achtundvierzig rote Pfennige! Komm bald, die werden wir verjubeln und uns einen guten Tag zu vieren machen! Neulich war ich am steilen Schattberg ob der Stadt als Spaziergänger unterwegs, führte Jan und Yorik in Gedanken mit, habe lauter familienväterliche Phantasien, sehe alle Wege nur noch daraufhin an, ob sie mit den beiden zusammen begehbar seien. Neue gehäkelte Krawatte! Danke! Sehr schön. Ich legte sie mir um den Hals und dachte, du seiest es, die mich umschlinge. Anderer Gedanke: Kurze Lehrzeit in einem elektrotechnischen Unternehmen, dann wir alle fort nach Australien! Trockenes Klima für dich! Keine Angst – erst mußt du da sein! Sehe Arbeitsgelegenheiten, Tätigkeiten, viele, wie Wolkengebirge am Himmel. Ich höre auch den Ton der schönen Gespräche, die wir miteinander führen werden. Bücherschreiberei? Das liegt wie ein vergessener Apfel im Ofenrohr einer verlassenen Stube!»

Station beim Millionenjoseph

Öppi fand einen Platz als Sekretär, Mitarbeiter-Gehülfe und Geldverdiener-Lehrling beim Millionenjoseph in den Büroräumen der Architekten Richard und Bäumlein, im Unternehmen, dessen ungenannter kaufmännischer Leiter, Geschäftserfinder, Teilhaber dieser Joseph war. Öppis Filmplan und Einfall, den Tyrannen Italiens als Star in seinem entworfenen Tonfilmspiel zu gebrauchen, hatte seinen Eindruck auf Herrn Joseph nicht verfehlt. Die geplante Heirat mit der überall geliebten, betroffenen Eva verschaffte Öppi bei allen Gefühlsleuten einen Ansehenszuwachs, so auch bei Joseph und seiner scheuen Frau, die aus dem Norden wie Eva stammte.

Öppi steckte, ohne dran zu denken, in einer Nutznießerrolle, die, bei allen Unterschieden, nicht ohne Ähnlichkeit mit derjenigen war, die man einst dem Carlo Julius in Evas Nähe zugestanden hatte. Joseph, geschäftsschöpferischer Kopf der Firma, konnte das Abwegige einer Anstellung Öppis sich dank seiner Stellung in dem Unternehmen erlauben, darin er der findige Mann war, der rastlose Zahlenspieler, der Geldsucher fürs Ganze; ein Summenträumer, dessen Wirtschaftseinfälle wie das Kraut auf gedüngtem Boden wucherten. Seine Geschäftsvisionen führten ein unzüchtiges Leben untereinander in seinem Kopf, begatteten sich gegenseitig vorwärts und rückwärts, ehe die eine geschäftliche Sache recht ausgewachsen und fertig war, zeugte sie werdend schon die nächste, tat sich mit einer unfertigen zusammen, um eine weitere ins Leben zu rufen.

Öppi an Eva:
«Komm! Bin tätig beim Millionenjoseph. Habe ein Dachzimmer nahe beim See für mich gemietet. Man bedeutete mir ungefragt, daß es da oben keinerlei strenge Aufsicht über meinen Umgang geben werde. Könntest also ungescheut zu mir heraufkommen – ach, richtig: hast recht, wir werden ja zu viert sein! Also weiter die Wohnungssuche betreiben! Deinen vermessenen Wunsch nach einem Balkönchen als Beigabe hast du so scheu und zierlich vorgebracht, daß dieses Ding, wenn es so schön ausfallen sollte, wie deine Ausdrucksweise es ist, der bezauberndste Balkon Cheudras sein wird. Wie gut wirst du darauf dich ausneh-

men! Wie bevorzugt bin ich, der dann zu dir hinaufkommen darf!»
Richard und Bäumlein, Architekten, bauten Häuser voll Wohnungen für den Verkauf. Es fehlte in Cheudra an solchen, aber die Wirtschaft ging träge, stockend, und dem Wohnungsbau gebrach es an der rechten Unternehmungslust. Joseph trieb für die zwei Häuserkünstler Bauplätze, Kapitalien und Kunden auf. Ein Geldwanderer, dieser Joseph, ein Parzellenjäger, ein Schnüffler, Leute aufzuschnüffeln, die man zum Bauen überreden konnte, die Geld in Häusern anlegen wollten, eine Bauparzelle besaßen, sie verkaufen oder eine solche erwerben und ein Haus draufsetzen wollten. Seine Lust: sparsamen Reichen zu billigen Wohngelegenheiten zu verhelfen, Händlern zu Läden, biedere Handwerker zu Hypothekargläubigern zu machen; Joseph ein Kapitalienverbeller, spähend nach Geld in den Büschen der Wirtschaft, wie die Erdbeerensucher im Walde nach dem Versteckten unter den Blättlein fahnden. Seine Lust: Geld von Hand zu Hand gehen, es wandern zu sehen; Anstoß für solche Bewegung zu sein! Selbst das für ihn bestimmte kam nicht bis zu ihm hin, blieb nicht bei ihm, er schickte es weiter, ehe er's zu Gesicht bekommen, ehe seine Frau davon wußte, ehe etwas Spärliches für sie abfiel. Auf der Straße, auf dem Gehsteig gehend, hielt er sich mit Vorliebe dicht an die Häusermauern, ein Schleicher in Segeltuchschuhen, ein Mann auf dem Kriegspfad, der unterwegs, stetsfort träumend, Bestehendes abriß, Leeren bevölkerte, bei welchem Vorgang die Millionengewinne wie's Mehl zwischen den Mühlsteinen herausrutschten. Das wenige wirklich Erreichte oder Gewonnene verwendete er am liebsten als Anzahlung für ein neues Geschäftsprojekt. Ein Anzahlungsphantast, einem Fahrer zu vergleichen, der vor allem einmal die Zündung in Gang setzt, ohne Sorgen ums Benzin. Er sah glücklich aus, war rosig, rundlich, klein, glatzköpfig und lächelte viel, dabei sah man, daß er kein Geld für den Zahnarzt ausgab, es anderswohin statt zu diesem trug.

Öppi saß nun, halb nur eingepaßt, in Josephs Büro unter andern Angestellten der Firma. Aus Baukosten, Landkosten, Leihgeldzinsen, Hauskubikmeterkosten und Fertigstellungsdaten waren die Mieteinnahmen, die Zinserträgnisse zu errechnen, die ein vollbesetzter Bau allenfalls abzuwerfen imstande war, und auch das Planerhonorar der Architekten, draus man die Betriebskosten bestritt, und auch die Nebenkosten des einen melancholischen und des andern muntern und zufriedenen Firmeninhabers. Je mehr Häuser man in gleicher Weise, nach einem einmal geschaffenen Plan aufstellen konnte, um so günstiger für die Erträgnisse. Es waren schülerhaft einfache Zusammenzählungen und Teilungsrechnungen, die Öppi anzustellen hatte, er kam sich, aller gründlichern Kenntnisse bar, verdächtig und taschenspielerisch selber vor, wenn er, um die überhohen Ausgaben für einen Bau zu dekken, auf dem Papier rechnerisch die erwarteten Wohnungszinsen hinaufsetzte, das erfreuliche Architektenhonorar dabei herausspringen sah, das der Millionenjoseph, kaum daß er's auf dem Papier erblickte, sofort in eine neue Unternehmung hineinstopfte.

Er hatte lange vor Öppis Erscheinen die Überbauung nach Richard und Bäumleins Plänen eines großen, abhaldigen Geländes in Cheudra in Gang gebracht, an einer Stelle, die nicht leicht zugänglich, nicht in Gunst war, und zu einer Zeit, da die Unternehmer nach üblichem Zuschnitt keine so großen Vorhaben wagten. Während der ausgedehnten Bauzeit hatte eine Besserung der allgemeinen Verhältnisse eingesetzt, Geld war billiger geworden, die Firma war den Konkurrenten weit voraus gewesen und hatte die Sache mit beträchtlichen Gewinnen beendigt. Daraufhin waren die Pläne der drei ins ganz Große gewachsen; Joseph war, um Land für Bauten zu suchen und zu kaufen, mit spekulativen Bauvorhaben in den Balkan gereist, wo er aber, einer Eingebung folgend, das mitgenommene Geld nicht zu einer Baugrunderwerbung, sondern als Anzahlung für den Kauf eines Waldes verwendet hatte, eines Waldes allerdings, wie's in ganz Helvetien keinen Wald zu kaufen gab!
Was das für ein Wald war! Ein Riesenwald mit Eichen, mit Laub- und Nadelholz, geeignet, eines Baumenschen Herz zum höchsten Schlagen zu bringen, ein Wald mit Vögeln und Wild und einigen allerletzten Bären, die im Kaufvertrag nicht einmal gesondert aufgeführt waren; Holz, Holz, in der Nähe einer Hafenstadt, das heißt hinwiederum nicht gar zu nah, so daß Gelegenheit gegeben war, das Geschlagene des Waldes erst eine Bahnfahrt zu den Schiffen des Welthandels hin machen zu lassen, was

in ausgiebigerem Maße geschehen konnte, als es bis zu des Millionenjosephs Auftreten geschehen war, wenn man erst die Waldbähnlein der Holzgesellschaft einige Kilometer und mehr in die unzugänglichen Waldschluchten würde tiefer hineingetrieben haben und hin zu den Bäumen, wo sie am schönsten standen.
Holz, Holz! Immer hatte es im Handroß, bei Öppi daheim in Wasenwachs nach Holz gerochen. Josephs Holzerzählungen hatten ihn insgeheim in dessen Büro gezogen. Fort in den Wald!
Öppi nahm sprachlichen Unterricht bei einem Studenten aus dem Balkan-Holzland. Ehe aber die Rede davon sein konnte, ob man ihn und wie man ihn an die Stämme heranlassen konnte, war es notwendig geworden, daß die Herren Richard und Bäumlein mitsamt dem Millionenjoseph zu dreien nach dem Wald hinreisten, um nachzusehen, wo in dessen Dunkel sich ihr Geld auf Nimmerwiedersehen verkrochen hatte, weil nämlich die fehlende Waldbahn dessen Wiedergewinnung verhinderte, mehr: weil der Waldbahnbau noch weitern Geldern rief, die schwer aufzubringen waren, nachdem sich herausgestellt hatte, daß zugleich mit dem Wald auch die großen Steuerschulden der bankrotten Verkäufergesellschaft von den helvetischen Herren erworben worden waren.
Josephs Ansehen stand zur Zeit, da er Öppi zu sich kommen ließ, bei den andern beiden Herren nicht mehr allzuhoch. Er blieb rosig aussehend und versuchte zwischen Cheudrer Parzellen, baren Honoraren der Firma und dem Schuldenwald neuartige Brücken zu schlagen. Die anfängerhafte Kenntnis der fremden Waldlandsprache gab dem Öppi einige Abwehr- und Mißtrauensgefühle ein, als er sah, wie bedenkenlos Joseph zwei unverstandene, unzusammengehörige Wortteilstücke dieser Sprache keck zusammenleimte, ein neuartiges Kunstgebilde draus schuf, das einen ungerechtfertigten Petroleum- und Erdölklang enthielt, obgleich es im Grunde nur um zwei arme Ortsbezeichnungen ging, welches Wort er aber als weiteres Geschäftsschild an dem Garteneingang bei Richard und Bäumlein festmachen ließ, so daß die Besucher in staunende Ahnung über die weltweiten Geschäftsverbindungen und Gewinnmöglichkeiten der Herren gerieten.
Geld für den Waldabbau? Wenn er, Öppi, das fände! Ein derartiger Versuch fiel vor des Bankmann-Schulfreunds mitleidigem

Lächeln in nichts zusammen. Er machte mit halbem Herzen einen zweiten bei Kavestrau, dem Arzt, der eine leichtsinnige Ader und viele ernste Seiten hatte, der klug und mißtrauisch, kaum ihn ernst nehmend, Öppi in der unpassenden Rolle vor sich sitzen sah.
«Was, du, Öppi, in deiner Lage und am Ende deines Hab und Guts, sagst mir, daß du eine Frau mit zwei Kindern, eine Arme auch sie, heiraten willst? Tu das, und du rutschest unweigerlich in die Unterschichten unserer menschlichen Gesellschaft hinein! Ins Proletariat, du begreifst!»
Ein Schlag, das zu hören! Vom hochgeschätzten alten Freund, wohlbestallten Strahlenarzt und Bewohner Wittudaderdurs, dessen Schulorts und zu dessen besten Erscheinungen gehörend. Harte Worte eines Genossen aus der frühen Spaß- und Spielzeit des Lebens. Rücksichtslos offen, wie er immer gewesen, verletzend, aufreizend zur Zuwiderhandlung, wie's ihm gefiel. Immer hatte Kavestrau den Mut zu unangenehmen Wahrheiten aufgebracht, die auch mehr unangenehm als wahr sein konnten, Wahrheit bestand nicht für sich allein, Wahrheit brauchte den andern. Öppi war im Solde Josephs wie ein ungeschickter Verführer zu ihm gekommen. Kavestraus widrige Äußerung war ein Ausdruck, ein Beweis des ernstesten Anteils. Den Irrtum darin aufzuzeigen, war Öppis Aufgabe der kommenden Jahre.

Er blieb im Lande, blieb Lehrling bei Joseph, der ihn manchmal mißbrauchte, ihn, weil er höflich nach Evas Lehren auftrat und nach höherer Schulbildung roch, gern zu den Bankkassenschaltern schickte, wenn es drum ging, einiges von gewährten Krediten noch abzuheben, das, streng genommen, jenseits der gezogenen Grenzen lag, oder aber es früher abzuholen, als die Abmachungen lauteten. Da hatte Öppi kühle Ablehnungen oder auch schärfere Zurückweisungen einzustecken, hie und da gab es einigen Erfolg, manchmal auch einige Geringschätzung einzustecken. Er folgte dem Meister zu den Notariatskanzleien, um das Vorgehen, die Zeremonie zu lernen, die zu den Grundstückkäufen und Handänderungen gehörten. Er kam dort wegen Josephs gelassener Wurstigkeit und unbekümmerten Eingebungen oft ohne die notwendigen Unterlagen an und geriet ins unangenehme Licht eines völlig unwissenden Lehrbuben. Es galt, für die Firma die neuerstellten

Wohnungen möglichst rasch nach der Fertigstellung oder schon vorher zu vermieten, damit Geld einkam und auch darum, weil ein volles Haus leichter als ein leeres zu verkaufen war. Öppi hatte die musternden möglichen Mieter einmal mehr als Vorführer zu begleiten, hatte deren Einwände und Bedenken zu zerstreuen, das Lob der Wohnungen zu singen, die ihm gleichgültig waren. Bei einer solchen Besichtigung stieß er als Wohnungsführer eines Tages im obersten Stockwerk eines eben fertig gewordenen Hauses auf Wandschränke, deren Türen alle nicht schlossen, krummgezogen wie fallende Herbstblätter waren, deren Kanten absonderliche Kurven in den leeren Raum hinaus, wie zeitgenössische Blechbildhauereien, beschrieben: Folge schlecht getrockneten Holzes, das ein unordentlicher Bauschreiner hatte verwenden dürfen, weil die Aufsicht der Architekten Richard und Bäumlein offenbar zu schlapp gehandhabt wurde.

Eine Schlappe! Öppi hatte sie zu ertragen, weil er zur Stelle war, und verdachte das seinen Herren. Des Millionenjosephs eigene Wohnungen wechselten im Einklang mit seinen Geschäften. Seine Besitztümer ebenfalls. Seine Gattin kam in angenehme Verhältnisse, sie wußte nicht wie, wurde daraus wieder vertrieben, sie wußte nicht wie. Es gab im Auf und Ab des Liegenschaftenhandels, in dessen stürmischen Zonen immer wieder windstille Winkel, dahin man sich flüchten konnte, gab Häuser, Tauschobjekte, Abbruchbauten, herrenlose Räume, die den einen Beteiligten nicht mehr, den andern noch nicht ganz gehörten; so wie es zwischen Voran und Zurück den toten Punkt zu geben pflegt, so gab es stillstehende Handelsverhandlungen, Objekte mit ungeklärten Eigentumsverhältnissen, drin Joseph, wenn einige Mißerfolge ihn getroffen hatten, Unterkunft für Monate finden konnte; in Häusern allerdings, dahinein Strom und Gas überhaupt nicht mehr geliefert wurden, da er, in weiten Gängen wandelnd, still bei sich Phantasiemillionen verdiente, während seine Frau die paar notwendigen Haushaltfranken von ihm betteln mußte, die er, von kleinen Gefälligkeitsdarlehen sie abzweigend, aus der Westentasche klaubte. Sie bemühte sich gewissenhaft, die Familiennotwendigkeiten und die Aufzucht der drei Kinder aus den Geschäftsumstürzen des Gatten herauszuhalten. Ihren Sorgen begegnete er mit Herablassung, auch mit einigem Hochmut, fand sie höchst beschränkt, als eine rare Geldsendung von ihm, aus dem Ausland an ihre Adresse geschickt, den Weg zur Tilgung kleiner Schulden in die Läden fand.

Wie, einige tausend besaß Öppi noch? Wie konnte man so unbegabt sein, so arm an Einfällen, diese Summe gegen einige ärmliche Prozent Zinsen auf der Bank liegen zu lassen, anstatt nach Millionen damit zu zielen! Manchmal rief er, wenn man verhandelnd in seinem Büro saß, den Buchhalter herbei, der mittels gestochen geschriebenen Ziffern und in leiser Sprache seine ungünstigen Feststellungen anbrachte und die schwirrenden Einfälle des Herrn wie Bremsen verscheuchte, die auch wie Bremsen wiederkehrten und, etwas anders gemischt, sich erneut hinsetzten.
Joseph: ein Geschäftsdichter! Seine Redeweise barg Fallen. Er konnte mitten im angefangenen Satz, an entscheidenden Stellen, wenn der zahlungsfähige Zuhörer von den dargelegten Gewinnaussichten gefesselt zu werden anfing, abbrechen, ein hä? fragend einschalten, kein grobes hä, ein halbes hm mehr, ein Knurren wie das eines Hunds, der eine Fährte auftreibt, konnte einladend sein Gegenüber dabei angucken, vorsichtig ihm die Fortsetzung und zweite Satzhälfte überlassen, die wenigen Worte, die im Zuge des Satzes lagen – hä? –, mit denen jener dann, schwupp, in der zugeklappten Mausefalle saß, eine Zusage gegeben oder wenigstens halb gegeben, oder eingeleitet hatte, von der er im Augenblick vorher noch nichts bei sich gewußt hatte.

Bleiben? Bei Joseph bleiben? Zum erdewisserischen Studium an der hohen Schule zurückkehren? Einen Versuch machen, der ihm schon einmal in der Weltstadt mißglückt war? Öppi konnte das Unmögliche dieses Auswegs aus dem Antwortschreiben ersehen, das er auf eine derartige Anfrage hin von jenem jungen Gelehrten aus den einstigen Studienjahren erhielt, der inzwischen ein Universitätslehrer in der Landeshauptstadt geworden war. Er konnte aus dessen Zeilen das Stirnrunzeln erahnen, ja, den gewissen Ärger herauslesen, der den ernsten Forscher befallen hatte, weil Öppi leichthin der Wissenschaft glaubte sich wieder zuwenden zu können, die er leichthin vor so langer Zeit verlassen hatte.

Erfreulicher war's, daß ein dicker, würdiger Herr, Betreuer einer literarischen Stiftung, ihn eines Tages, ohne sein Zutun, zu

sich rief, ihm eine Anerkennungssumme mit einer Entschuldigung für den Umstand überreichte, daß man so spät erst im Lande auf sein Schusterspiel aufmerksam geworden sei. Der Schriftleiter des großen Blattes, der gleiche, der einst über dieses Spiel die abschätzigen Bemerkungen seines weltstädtischen Mitarbeiters so unbesehen aufgenommen, fand jetzt, als Öppi ihm gegenüber saß, dicke Worte des Lobes, fand auch eine präzise Antwort auf die aufgeworfene Frage, ob Öppi als Schreiber im Vaterlande seine Familie zu ernähren versuchen sollte:
«'s wär s'Betteln versäumt!»

Über all dem war der Frühling ins Land gekommen, war der Sommer schon spürbar geworden. Die Apfelbäume vor Cheudra und in Wasenwachs stellten ihre Riesenblumensträuße in die Landschaft hinein, weiß und wie das Morgenlicht rosarot. Der breite Bruder Gemeindepräsident wünschte Öppi die Rede vorzulesen und vorzulegen, die er am Dorfschützenfest, bei der Einweihung eines neuen Schießstandes zu halten hatte. Öppi konnte ihm ein paar nützliche Ratschläge geben und hörte mit Verwunderung die feierliche Getragenheit, die der Bruder bei dieser Gelegenheit aus den Tiefen seines Innern heraufholte. Öppi lag neben andern Dorfschützen im Gras, gab seine Schüsse auf die Scheibe ab und freute sich der wiederentdeckten Zugehörigkeit zu seinem Herkunftsort. Das taten die Seinen auch.
Seine neuesten Pläne konnten sie nach ihrem Wissen und Nichtwissen allerdings nicht gutheißen: eine Ehe zu schließen, wie er es vorhatte, er, der bis dahin als ein so schlechter Wirtschafter zum Vorschein gekommen war. Jeder Vater widerriet seiner Tochter in ähnlichen Fällen. Sie widerrieten Öppi. Zwar hatte der breite Bruder mit Eva an Öppis Spitalbett in Dresden gestanden, man versagte ihr weder Respekt noch Zuneigung, jenseits dieser Betrachtung standen jedoch die Erfordernisse des tätigen Lebens, wie die Brüder es kannten, stand die Befürchtung, daß Öppi sich überschätze, ihnen eines Tages zu vieren zur Last fallen könnte. Öppis Anhänglichkeit an Eva mochte man gutheißen, nicht aber die geplante Verschmelzung der Geschicke. Öppi nach seiner Kenntnis und Liebe konnte nicht anders, als an seinem Vorhaben festzuhalten, einmal mehr zu tun, was man in Wasenwachs nicht tat.

Eva ahnte die Gegnerschaft, empfand sie mit Beklemmung. Wie, wenn Öppi schwach, wenn er irre werden könnte! Ihrer bemächtigte sich, indessen sie auf das Ende des langsamen Gerichtsverfahrens wartete, die stets sprungbereite Angst, die Daseinsangst, die Angst, ihn zu verlieren.
Eva an Öppi: «Bin krank vor Angst! Es wäre mein Tod!
Die schöne Maja von Rabenstein trennt sich von ihrem Mann, oder er sich von ihr. Er wird mit seinem Namen, seiner Gestalt und Art eine reiche Frau erobern. Öppi, sind wir zuviel für dich? Frau Käthe nimmt mir alle Krawatten ab, die ich zu häkeln imstande bin. Tausende sind meine Fingerbewegungen mit dem langen Garn, aber ein Gedanke ist nur da von Anfang bis Ende, der Gedanke an dich. Die Buben reden von dir: Wann gehen wir zu Onkel Ö? Es tönt süß für meine Ohren, aber ich bin erschrocken über der schönen Anna Sicherheit, die freundlich-überlegen mich zu Tisch lud, stark sich fühlte, mich, Gast am Tisch des Hauses, mit Zuneigung und Spott ein Schaf um meiner vergangenen Eheführung willen nannte. Meine Dummheit war nicht nur Dummheit, ihre Klugheit ist nicht Klugheit allein. Du schreibst mir so schönen Trost wegen meiner Jahre, wirst es sehen, ich bin brav und grenzenlos dankbar. Liebster Öppi, schreibe, wenn du's kannst, meiner alten Tante Hilda im Walde ein paar Worte über unser Vorhaben, ihr als erster, sie hat es verdient um mich, wird glücklich sein über die Wendung der Dinge.
Ich will kein Stein auf deinem Herzen sein! Lia schickt mir regelmäßig jeden Monat den Betrag für meine wackere Haushilfe, aber sie schreibt, daß ihres Vaters Geliebte, der Grund des Zorns ihrer Mutter, auf den Tod krank zu deren Genugtuung liege – ach gebe Gott, daß wir dich gesund und lebend noch antreffen werden. Ich bin bange vor den Deinigen, weil ich nichts habe, aber sage ihnen, daß ich die Reise zu dir selber bezahlen werde. Vetter Folke, der Arzt, hat mir völlig von sich aus einen Beitrag an die Übersiedlungskosten geschickt. Wann wir wohl kommen dürfen – deine drei unglückseligen Anhängsel?»

An den Sonntagen war die Haushilfe frei. Eva ging dann gern mit den zwei Büblein still für sich in eine nahe Wirtschaft zu einem Mittagessen. Da konnte man Öppi sich leichter und ungestörter dazudenken als in der gewohnten, von Erinnerungen belasteten

Umgebung. Ein Mann, ein Gast mittleren Alters, sah einmal, zweimal beobachtend sie dasitzen, begann bei neuen Begegnungen ein Gespräch.
«Hübsche Nachkommen haben Sie da. Wo ist der Vater?»
Eva gab Auskunft. Der Mann kam an den folgenden Sonntagen wieder, höflich fragend, an den Tisch der drei, erfuhr Näheres. Er erzählte auch von sich selber und seinen Brauereiunternehmungen in Evas Heimatland, dessen Frauen ihn beeindruckt hatten. Ob Eva bereit wäre, ihn zu heiraten?
Eva an Öppi: «Ich war froh, wenngleich der Mann einen ordentlichen Eindruck machte, daß ich nein sagen konnte. Oder wär's dir lieber gewesen, ich hätte ja gesagt? Zufrieden war ich, einem Manne gefallen zu haben, deinetwegen war ich's und ihm dankbar, daß er mich gefragt hat.»
«Dein Verzicht auf den Bierbrauer, liebste Eva», schrieb Öppi, «von mir mit größter Anerkennung und Freude vernommen, hat meine Anstrengungen auf dem Wohnungsmarkt vorangetrieben. Dies mit Erfolg. Am Haus, das uns beherbergen soll, hängt auch dein ersehnter Balkon, so von den Armen einer kräftigen Rebe umschlungen, von ihrem aufstrebenden Wesen umfaßt, daß man, wie mir scheint, ruhig sich ihm anvertrauen kann.»

«Zuzug einer ausländischen Familie und ein Wohnungsanspruch?» sagte ein Beamter am Schalter des Stadthauses in Cheudra und machte ein bedenkliches Gesicht. Man war um diese Zeit grundsätzlich gegen solche Zuzüger eingenommen. Wovon denn die drei Leute leben wollten oder lebten, fragte man Öppi. Von Unterstützungen? Die mußten schriftlich bewiesen werden. Öppi schrieb in der ersten Überraschung etwas von diesen Hindernissen und Anforderungen an die so rasch erschrockene Eva. Sein Vorgehen und Verhalten war nicht ganz so frei von Eitelkeit, wie er selber glauben mochte. Er genoß seine Anstrengungen, er sonnte sich in seiner neu zutage getretenen Tüchtigkeit. Es gewährte Genugtuung, Evas Bewunderung und Anerkennung herauszufordern. Sie hörte diese Erwartung, hörte diesen besondern Klang in seinen Briefen mit Verständnis und spendete das Erwartete aus vollem Herzen, ohne daß sie zu heucheln brauchte. Mehr von der Liebe und weniger von seinen Leistungen zu hören, wäre ihr manchmal willkommener gewesen, aber sie vertraute auf die

Kraft ihrer Zuneigung zu ihm und auf ihre Gabe, ihn, wenn sie erst bei ihm wäre, zu freier strömenden Empfindungen wieder führen zu können, deren sie ihn fähig wußte.

«Ich kann wohl», schrieb Öppi im Zusammenhang mit seinen Schalterbesuchen, «erklären, daß wir heiraten werden, aber die Behörde denkt, daß sich dieses Vorhaben zerschlagen könne, daß du dem Armenwesen hier anheimfallen könntest.»

Das war der letzte Mörser. Tags darauf kam der Widerruf: Öppi hatte von einem untergeordneten Beamten sich unnötigerweise einschüchtern lassen! Es gab für Evas Reise keine ernstlichen Hindernisse mehr, und Schaum, der Schulfreund und Anwalt, war sogar imstande, die Abkürzung der Wartefrist für Evas Heirat mit Öppi bei den Ämtern zu erreichen.

Öppi und Eva

Gegen Ende des Hochsommers fällte das Scheidungsgericht in Dresden sein Urteil: Evas Ehe wurde unter Alleinschuld des Gatten getrennt, das Gericht sprach der Mutter die Buben zu, verpflichtete den Vater zur Zahlung eines Unterhaltsbeitrags, gestand ihm das Recht eines einmaligen Besuchs im Jahre und an einem Orte zu, den Eva bestimmen konnte. Sie lud die Frauen ihres Umkreises ein letztes Mal zu Gast, lieferte Frau Geheimrätin die letzte Krawatte ab und durfte das glückliche Gefühl dabei haben, daß eine herzliche Freundschaft zwischen ihr und dieser überaus liebevollen Frau aus der Dresdener bevorzugten Gesellschaft langsam und Dauer verheißend gewachsen war.

Dolfs einstiger Rittergutsverwalter lebte noch in der Stadt, half mit seiner Frau zusammen das Glasgeschirr des Haushalts sorgfältig einzupacken, auch der Sündikus und seine Frau taten Umzugshülfsdienste. Deren Bruder, der Mittelschullehrer, machte in letzter Stunde einen Versuch, Eva an seine Seite und an die Stelle seiner von ihm geschiedenen Frau als Gattin zu setzen. Der Versuch mißlang. Eva verschwieg ihn vor Öppi, verschwieg ihn zunächst, verschwieg ein anderes Vorkommnis dieser letzten Tage gar nicht, das ihr eine weibliche, eine besonders süße, eine unerwartete Genugtuung oder Stärkung bereitete:

«Öppi, Liebster», schrieb sie, «erlaube mir's zu sagen: Ich begleitete Frau Käthe ein letztes Mal nach dem Turninstitut, das du kennst. Dort sah ich das schöne blonde Mädchen, du weißt, die Enkelin der Glaswarenfabrik-Großmutter, die wir einst glaubten zu deiner Frau bestimmen zu müssen. Sie war nackt. Öppi – nein, keine Einzelheiten! – Nur: ich darf mich sehen lassen, nein, nicht sehen lassen, natürlich nicht, wie könnte ich, ich will sagen, ich brauche mich nicht – oder du brauchst dich nicht meiner zu schämen. Versteh: an deiner Seite – ich kann mich mit gutem Gewissen dahin legen, ohne dein Mißvergnügen fürchten zu müssen. Dazu die Kinderärztin: Sie war überaus zufrieden mit meiner leiblichen Verfassung, bin gesund und in Ordnung, kann noch viele Kinder bekommen, was ich gerne will, wenn du sie von mir haben willst.»

Der Tag erschien, an dem Eva mit den Buben nach langer Nachtfahrt im Grenzbahnhof ankam, die Tür des Wagens ging auf, der kleine Jan breitete seine Ärmlein aus und sank auf Öppi herunter, Yorik kam, dann Eva, zitternd vor Freude und Erwartung. «Willkommen, liebe Eva, willkommen alle.»
Es kamen all die schönen Möbel aus der Dresdener Wohnung und wurden in den Räumen untergebracht und aufgestellt, die Öppi gemietet hatte. Es ziemte sich für ihn, bis zum Hochzeitstage in einer Dachkammer des Hauses allein zu schlafen, damit man der bürgerlichen Ordnung gemäß sich verhielt und bei den übrigen, in geordneten Zuständen lebenden Hausbewohnern keinen Anstoß erregte. Eva hielt darauf. Ein bißchen Spiel spielte mit. Sie war, wie Öppi wohl wußte, im Umgang mit allen Mitmenschen, die widrigsten nicht ausgenommen, von größter Behutsamkeit.
Es gab gleich am ersten Sonntag einen Ausflug zu vieren, wie man zu zweien so viele unternommen, als Eva auf ihren Kriegsgefangenen gewartet hatte. Als die kleine Karawane von der belebten Landstraße unter die großen Obstbäume eines Wiesenweges abbog, schien der Augenblick für eine wichtige Bezeichnungsabänderung gekommen zu sein. Öppi, bis dahin Onkel Ö, wurde den beiden Büblein als Vater vorgestellt, welche Neuordnung sie ohne weiteres, ohne Fragen und ohne einen einzigen Rückfall ins Einstige annahmen. Am Abend des gleichen Tages hatte Öppi einem durchreisenden weltstädtischen Ehepaar

aus seiner Berliner Kostümballzeit die Veränderung seiner Verhältnisse zu eröffnen, die nicht minder gewandt sich in die neue Lage fügten: «Was», sagten die beiden, «mit gleich zwei Kindern! Na, dea macht sich's leicht!»

Am Hochzeitstage gab man die Buben bei Freunden ab. Öppi antwortete auf der Brüder Zurückhaltung mit Trotz und verzichtete überhaupt auf die Mitwirkung eines Familienangehörigen, obgleich es in den Häusern der Brüder junge Mädchen gab, die man gut zur Bereicherung des Festtages hätte heranziehen können. Auch mit gutem Erfolg! Eva sah das Eigensinnig-Nachteilige in Öppis Verhalten, hatte aber nicht den Mut zum Widerspruch, noch sah sie einen Weg, die Dinge zu ändern. Daß Öppis Leute sich fernhielten, barg eine Kränkung, die von ihr fernzuhalten oder zu mildern er zu ungeschickt war. Berechtigter Stolz verbot ihr zu schweigen, sich so übergehen zu lassen; sie nahm Zuflucht zu einem demütig-aufrechten Brief:
«Liebe Öppifamilie. Ein paar Worte, bevor Öppi mein Mann wird. Ich hoffe von ganzem Herzen, daß Sie mit der Zeit es fühlen werden: es kann gut mit ihm und mir kommen, ich kann ihm, wie er mir, eine Stütze sein. Wage zu versichern, daß wir ein gutes, rechtes Leben miteinander führen werden, versichere auch, nie bei mir gewußt zu haben, daß sich die Dinge einmal so fügen sollten. Es ist ein Geschick. Ich bin glücklich. Ich bitte Sie innigst, mich auch aufzunehmen, werde ihm nie in seiner Laufbahn im Wege stehen, habe ihm helfen können, denke weiterhin dazu imstande zu sein. Herzlich willkommen in unserem Heim; bin stolz, zu Ihnen gehören zu dürfen. Meine Familie im Norden ist auch zufrieden, es sind lauter rechte und tüchtige Menschen.»

Dolf hatte Evas wohltätige Wirkung auf seine ehelichen Zustände schon mehrmals verspürt; er hoffte, daß ihre endgültige Übersiedlung nach Cheudra und die Ehe mit Öppi weiterhin solche Ergebnisse für ihn zeitige, gehorchte daher nicht ungern Lias Aufforderung, seinen Tourenwagen den beiden als Hochzeitskutsche zur Verfügung zu stellen und das Seine als Fahrer zur Sache zu tun. Lia war mit dem Millionenjoseph Trauzeuge vor dem Trauungsbeamten. Öppi hatte Eva einen schönen roten Rosenstrauß zu dem Vorgang mitgebracht. Sie dachte mit einiger verborgener

Sehnsucht an das Kirchlein im nordischen Wald, wo der Pfarrherr sein Wort zu den Neuvermählten zu sagen pflegte, aber Öppi hatte den Zusammenhang mit der Kirche verloren und hielt sich für einen endgültig vom Jenseitigen Abgewandten, für einen rein diesseitig tätig Gewordenen, weil die diesseitigen Aufgaben, so spät ergriffen, ihm zurzeit so deutlich auf dem Buckel lagen. Dolf fuhr die Sechsergesellschaft, darunter auch Josephs federleichte Frau sich befand, eine Stunde weit an den Vierwaldstättersee, wo Muttchen Schöller bei einem ihrer Hotelwirtfreunde sich zur Kur befand. Eva trug ein blaues seidenes Kleid; eine große modische Chrysanthemen-Stoffblume, grau mit langen fallenden Blütenblättern, saß auf ihrer Schulter, ruhelos flatternd neben ihrem ruhigen Gesicht. Sie ließ Öppis Rosen nicht aus der Hand, tief den Segen des Tages bedenkend und tiefer darum wissend, als die jungen weiblichen Wesen drum wissen, wenn er ihnen, der Tag, zum erstenmal widerfährt.

Muttchen Schöller hielt Tafel, die dürre Demoiselle tat mit, alle Frauen fanden den Öppi mutig, ritterlich, endlich klug durch Evas Schöne geworden; der Wirt tat sein Bestes, Eva, vom Glück verwirrt, verlor vom Löffel ein Essensstück aufs Kleid, Öppi fand den passenden Schüttelreim zum Vorgang, wohl wissend, was zu Muttchen Schöllers Tischen gehörte: Lustigsein. Eva erfreute sich der Zuneigung aller an der Tafel. Die ordentliche, zur Sache gehörige Festrede kam allerdings nicht zustande, weil keiner der zwei Geschäftskerle dazu die Sprache fand; man setzte stattdessen sich zu einer Erinnerungsphoto zusammen, und Dolf hatte den humoristischen Einfall, den großen Terrassensonnenschirm zur Hand zu nehmen und als aufgespannten Hintergrund zu benutzen. Dann führte er das Hochzeitspaar über den Gotthard ins südliche Helvetien. Dort trennte man sich. Öppi reiste mit Eva ein Stückchen nach Italien hinein. Sie wußte aus vielen Erzählungen, wie umstürzend dieses Land einst auf ihn eingewirkt hatte, betrat es mit dem Gefühl einiger Vertrautheit, zugleich mit dem Erstaunen eines Waldkinds aus dem Norden. Die Kraft und Bereitschaft zur Verehrung verlieh ihr großen Zauber, wie das immer gewesen. Sie schliefen zusammen in einer kleinen Stadt. Am Morgen wies Evas Mund eine Stelle mit einer leichten Schwellung auf. Von den Küssen?

«Der Kellner wird das denken», sagte sie.

«Sind's wirklich die Küsse? Ist's ein Mückenstich?»
Oh, Mücken gab es zur Genüge: sie liebten Eva. So war's immer
gewesen. Mückenstich!! Könnte zu einer Vergiftung führen, zu
einer Geschwulst, wie Öppi sie gehabt hatte, damals in Dresden.
– Oh, jene schrecklichen Chirurgenschnitte! Jene Entstellung!
Das konnte kommen!
«Öppi, dann mußt du mich töten, versprich es!»
Er versprach, was der Augenblick forderte, und ahnte verdutzt
einiges von den neuartigen Aufgaben, Lagen, Überraschungen
und der Kurzweil, die einer Ehe mit einer phantasiebegabten,
liebenden Frau entspringen können.

Öppi blieb zunächst in seiner Stellung bei Richard und Bäumlein.
Das fesselndste Stück seiner Beschäftigung waren die gelegentlich
notwendigen Besuche auf den Baustellen, in den Häuser-Rohbau-
ten. Da gab es den Platz des Bauführers, der die Aufsicht über den
ordentlichen Fortgang der Dinge, über die Fertigstellungszeiten
und die Arbeit der vielen Handwerker zu führen hatte. Für Öppi,
den Bubenvater, fiel bei diesen Besuchen was ab: Holzabschnitte,
drei- und viereckige Brettleinstücke der Schreiner und Parkett-
leger, von denen er ganze Säcke voll als Spielzeug nach Hause bringen konnte. Mit einiger Verwunderung sah er aufs mal sich das
gleiche tun, was sein Vater für ihn getan hatte, sah sich nach dessen Vorbild handeln, der ihm die dicken Rindenstücke und Tann-
zapfen aus dem Walde vormals mitgebracht hatte, sah daraus
erneut, wie Helvetien, die Heimat, ihn geschult, seine Art tief
bestimmt und geprägt hatte, lange bevor er wissentlich um dieses
oder jenes Ziel der Bildung oder des Lebens sich bemüht hatte.
Bauführer bei Richard und Bäumlein? Lieber das, als Zinsbeträge
zu Lasten völlig unbekannter Zeitgenossen zu errechnen, die ihm
nichts Böses zugefügt hatten. Die notwendigen Baukenntnisse?
Wären allenfalls zu erwerben gewesen! Aber der Millionenjoseph
wollte keinen Dauerangestellten, sondern einen Geldverdiener,
Geldspieler aus ihm machen, versuchte, ihn zu eigenen Gehver-
suchen auf dem Grundstückhandelsfeld anzuspornen. «Etwas arrangieren» hieß für solcherlei Unternehmungen bei ihm der umfassende Ausdruck. Öppi wollte nichts arrangieren, wohl aber
etwas schaffen, erzeugen, machen. Beim Millionenjoseph war
seines Bleibens nicht länger.

Dolf dachte ihn zugleich mit Eva weiterhin und mehr als vorher als Ehebindstoff und Strick um seine berstende Hausgemeinschaft zu gebrauchen und schlug ihm die ernstgemeinte Mitarbeit in seinem sachlich ernsten Textilunternehmen vor, zumal Lia gehäufter von der endgültigen Trennung und der Heimkehr nach Berlin redete. Ob Öppi zu einem Verkäufer zu erziehen war? Ungewiß das. Im ganzen hatte er vor dem Seidenzeug sich nicht ungeschickt angestellt. Sprachkenntnisse waren vorhanden, die Fähigkeit, Briefe zu schreiben, ebenfalls, beides konnte man brauchen. Öppi war bereit, vom schwanken Boden bei Richard und Bäumlein auf den festern bei Dolf überzutreten, da mehr Strenge war, man Handgreifliches Tag für Tag erzeugte.

Der Übertritt ging nicht ohne einige neue Schulung ab. Erste Frage: ob Öppi bereit war, eine abgekürzte Webereilehre von einigen Wochen in der Fabrik auf sich nehmen? Er war's. Öppi kam in den Saal voller Webstühle, webender Frauen aller Jahrgänge, voll sausender Schiffchen, voll Motorenlärm, Maschinenlärm, voller unendlicher Fadenrollen, Zettelrollen, Seidenfaden, Webwerkeinrichtungen und drückte seinerseits auf den Maschinenhebel, sah die Schifflein fahren, Fäden sich kreuzen und verbinden, Tuch entstehen, Faden reißen, sah sich selber um Frauenwerk bemüht, Fäden durch Öslein ziehend, zerrissene flickend mit geringem Geschick und ungeübten Fingern, sah sich verbannt in die Nähe des Dolfschen Knechts, des Webereileiters, eines Mannes, der, nach mancherlei Mißgeschick von Dolf aufgenommen, mit aller Sachkenntnis ihm diente, ihm untertan war, Angst vor ihm hatte. Öppi sah bei alledem am eigenen Webstuhl dank großer Bemühungen zehn Meter eines Gewebes mit der Zeit entstehen, das man mit einem gewissen respektvollen Ton als Satin, Seidensatin bezeichnete.
Vom Web-Ort reiste Öppi abends mit der Eisenbahn nach Cheudra zurück, Eva kam mit den Buben ihn am Bahnhof abzuholen, sie schlangen die Arme um seinen Hals, sagten Vater, und er hörte das gern. Eva war bei sich der Meinung, daß es keinen zweiten so vortrefflichen Menschen wie Öppi geben könne, sie sah ihn in höherem Licht, das erleichterte, ölte den gegenseitigen heitern, liebevollen und respektvollen Umgang. Öppi schilderte ihr brühwarm seine Webereierlebnisse, sie hörte das Beschreibe-

risch-Geglückte, das sozusagen Schriftstellerische daraus heraus, aber Öppi hatte gesagt, daß sie seine frühern derartigen Bestrebungen nie erwähnen dürfe. Eva hielt sich daran, wartete klugerweise, bis er selber eines Tages mit einer geschriebenen Sache ankam, sie ihr auf der Abendbank am See vorlas, soviel Zustimmung und Zuspruch von ihr erfuhr, daß er die Arbeit der großen Zeitung anbot, die sie ohne zu zögern ins Blatt aufnahm.

Öppi besuchte die Weberei-Abendschule, saß mit den Lehrlingen der Fachabteilung zusammen, um zu lernen, auf wie viele Arten und Abarten sich Fäden zu Geweben verbinden ließen und was für einen Reichtum an Fadenarten es gab. Dolfs Gewobenes zu verkaufen, erheischte Briefe. Die dabei verwendete Sprache war formelhaft, mager, trocken, eine Gummistempelsprache, diente der Sache, unterwarf sich dem platten Zweck, zielte mit jedem Satz aufs Geld, ahnte nichts von großen Gedanken noch zauberischen Phantasien. Das geliebte Deutsch erschien da in abgetakeltem Zustand, kahl, wie von Maikäfern zerfressen. Öppi fügte sich in die gebotene Verarmung seines Sprachschatzes. Das mochte hingehen. Schwierigkeiten erwuchsen aus der Aufgabe, diese Gebrauchssprache nun auch in italienischer, französischer, spanischer Ausgabe anzuwenden. Derlei wurde den kaufmännischen Lehrlingen in jahrelangem Unterricht beigebracht. Öppi lief, voller Besorgnis, vor Dolf sich bloßzustellen, zu den Buchläden, fand ein dickes Werk, drin die Handelssprache, das, was er brauchte, in vielen Kolonnen zum Nachschlagen aufgezeichnet war. Er kaufte das Buch, schob es ins Pultfach neben der Schreibmaschine und machte sich an die Betätigung, die man fremdsprachige Korrespondenz nannte. Er streifte in den Buchkolonnen herum, wenn Dolf außer Sichtweite war, wenn er sich nahte, tippte Öppi voll Eifer mit zwei Fingern das eben Erfahrene auf der Maschine, legte hinterher das Zusammengeleimte dem Dolf vor, der anstandslos seine Unterschrift unter die fremden Wörter setzte, weil er für Sprache nahm, was ein Wörtleinhäcksel und -salat war. Da Öppi mit Überlegung zu Werke ging, hatte der Geschäftsherr, rechnerisch gesehen, seine blinde Unterschreiberei nie zu bereuen.

Öppi konnte sich's weder verhehlen noch vor sich leugnen, daß er jetzt mehr ein Angestellter und Bürostundenknecht war, als er das je bis dahin gewesen, abhängig von einem widrigen Herrn, wie die alte Stückschauerin und die nahezu ebenso alte Fakturistin, die ihren spärlichen Ansehensanspruch darauf gründeten, daß sie schon so lange trieben, was sie für Dolf trieben. Kräftiger als diese konnte der dicke Verkaufsreisende vor seinem Herrn auftreten, weil er die Kundenklagen als Schutz vor seine Beanstandungen des kleinlichen Dolfschen Geschäftsgebarens stellen konnte. Kecker noch als dieser Bequeme war der jüngere Verkäufer, der früh erfolgreiche, frecher in der Art seiner Einwände gegen das knickrige Verhalten des Chefs, mit denen er ihn in Zwiespältigkeiten zwischen Autoritätsanspruch und Geschäftsvorteilen versetzte.

Die gewobenen Stücke der Fabrik nahmen ihren Weg nach verschiedenen Färbereien, hatten dort Farbe nach Dolfs Vorstellungen oder auch nach eingesandten Mustern der Kunden zu bekommen. Diese Reisen der Stücke, die Lieferungszeiten, Farbabweichungen, Versanddaten gaben viel zu prüfen, zu mahnen, zu fordern, ein mannigfaches Hin und Her. Öppi schuf nach seiner Eingebung ein zeichnerisch-kalenderhaftes Übersichtsblatt, eine Verfallstafel, die das wirre Blättern in den Briefen ersparte, auf einen Blick hin Auskunft über den zeitlichen Stand der Dinge, über Verspätungen und Mahnnotwendigkeiten gab, eine Verbildlichung verschlungener Vorgänge, wie er sie für die Auftritte der Schauspieler an der Osten-Bühne einmal erfunden hatte. Um Auftritte und Abgänge ging es auch jetzt, um Ankunft und Versand; nicht Schauspielkünstler, Seidenstücke waren zu dirigieren. Der tüchtige junge Verkäufer spendete der Erfindung sein Lob. Am drauffolgenden Tag dachte er dem gelobten, kleinen Mitarbeiter eine untergeordnete Arbeit zu, die diesen ungefähr in den Rang eines Bürobuben versetzte, der die Zunge herauszustrecken hat, damit man die Briefmarken dran anfeuchten konnte.

Öppi war bereit, jeden notwendigen Dienst zu tun, war nicht bereit, zu gehorchen, wenn Rangspiel, Machtlust und Herabsetzung in die Anordnungen hereinspielten. Er weigerte sich, das Verlangte zu tun. Die Verhaltensweise des Verkäufers führte zu Dolf zurück. Der gab unüberlegte Befehle ins Blaue hinaus, bestand auf Versanddaten mit lauter Stimme, auch wenn er über deren Dringlichkeit nicht genau Bescheid wußte. Schlimm erschien Öppi die Weiberarbeit des Musterschneidens, Müsterleinklebens. Kleine Streiflein vom großen Stück abtrennen und zu schönen Grüpplein für die Herren Verkäufer-Reisenden bündeln – das konnte man nur in dem verborgenen Hinterzimmer, im Warenlager selber tun; da war es möglich, zwischenhindurchtanzend die verhaßte Schere wie einen indianischen Tomahawk über dem Haupte um die Seidenware herumzuschwingen, sich in einen Zustand zu versetzen, der jenem besoffenen Abend glich, jenem letzten der Kneipe in der Weltstadt, da er sein Danziger Goldwasser, begleitet vom lauten Gebrüll seines alten Sprechtrichters, in den Hals hinuntergegossen hatte.

«In Ordnung?» fragte Dolf eines Tages, als Öppi im Hauptraum der großen Stücke mit Farbvergleichen beschäftigt war.
«Nein», sagte er.
«Warum nicht? Was fehlt?»
«Nichts fehlt. 's ist etwas zuviel.»
«Wieso denn? Was denn?»
«Dieses», sagte Öppi und wies auf die Aschenspuren hin, die sich eben aus Dolfs Pfeife fallend auf dem Seidenstoff niedergelassen hatten. Der ging, schwieg, ging, rot vor Zorn.
Lia verließ Dolf unter Mitnahme der drei kleinen Hunde bei Nacht und Nebel. «Hier ist meine Heimat», schrieb sie aus Berlin an Eva, «hier kann ich atmen, möchte nie mehr zurück ins luftleere Cheudra, ohne Herzschlag, ohne Tempo.»

Öppi begann von neuem den Stellenanzeiger des großen Cheudrer Blattes zu lesen. Ein Bildredaktor war gesucht, ein Zeitungsmacher. Öppi wußte nicht genau, was unter der Bezeichnung zu verstehen war. Bilder? Vertrauter Gegenstand! War er nicht ein Zeichner? Ein abgefallener, stillgelegter Zeichner, aber doch ein lange Zeit hindurch fleißig gewesener. Bilder? Wissensmäßig, vergangenheitskennerisch hatte er auf dem Bilderfelde nicht viel zu bieten, aber Bilder als Stoff? Damit arbeiten? Das lockte. Das bloße Lesen des Angebots, des Gesuchs, das bloße Wort gab ihm eine rasche Sicherheit, die nicht aus Kenntnissen, die aus einer Anlage kam, die eben beim Lesen der Anzeige ihm deutlich wurde. Er bewarb sich um die Leitung der «Cheudra-Bilder», des illustrierten Wochenblatts neusten Schlages, dessen Verlagshaus hinter der Zeitungsannonce steckte. Er verfehlte dabei keineswegs, das offene Bekenntnis, daß er noch nie den Fuß in ein Redaktionsbüro gesetzt habe, an den Anfang seiner Bewerbung zu stellen. Daneben lieferte er einen gutgeschriebenen Brief, der nicht schwätzerisch, sondern durch die Tat bewies, daß sein darin erwähnter, unermüdlicher Umgang mit der Sprache der Dichter nicht ohne Nutzen geblieben war. Der Bildersinn wurde durch den Hinweis auf die Zeichnerei angedeutet. Die beigefügten Ausschnitte aus dem Berliner «Achtuhrblatt» und der großen Cheudrer Zeitung bildeten günstige Bewerbungsunterlagen. Die lange Liste der besuchten Schulen blieb nicht unerwähnt. Das Ganze eher kurz als langfädig dargestellt.

Man ließ ihn kommen. Ein Herr Verlagsleiter nahm den ersten Augenschein vor. Öppis einstige Bemühungen ums reine Deutsch brauchten vor dem Mann nicht ängstlich versteckt zu werden, da er aus dem Reiche kam. Die frühen Strapazen trugen einiges späte Wohlwollen ihm ein, obgleich der Mann denselben Bühnenspaß-Tonfall hervorbrachte wie Lehm, der Lehrer in Dresden. Eine Probearbeit war erwünscht, gewünscht. Öppi bekam einen alten Jahrgang der «Cheudra-Bilder» als Unterlage ins Haus geliefert. Tags darauf erschien er stockheiser im Seidenbüro.
«Um des Himmels willen, was fehlt Ihnen?» schrie der Prokurist. «Gehen Sie nach Hause, sich pflegen.»
«Aber die Sendung nach Südamerika muß heute ...»
«Hat Zeit, hat Zeit! Gehen Sie heim ins Bett.»
Öppi hatte gut gespielt, ging nach diesem Erfolg zu Eva zurück, nahm die Musterschneideschere aus Dolfs Büro leihweise mit, schnitt daheim einige langweilig geratene Seiten des alten Jahrgangs «Cheudra-Bilder» in Stücke, klebte sie neu, andersartig zusammen, frei und wirkungsvoll zu kräftigen Seiten zusammen, wie das Verlagshaus noch gar keine gedruckt hatte.
Nun rief ihn der oberste Chef, der Prinzipal, wie's da hieß, zu einem Treffen in eine weite, gut gelegene Wirtschaft, wo die Zeche, die er auslegte, in seine eigene Tasche ging. Zum Vertrage, den er mit Öppi zu schließen möglicherweise bereit sein konnte, war ihm keines Anwalts Beistand nötig, den stellte er sel-

ber dar. Die Bewerbung hatte ihm zugesagt, sogar der einschränkende Anfangssatz hatte seine gute Wirkung offenbar getan, wenngleich der Mann im Gespräch ihn nun zu Öppis Nachteil anführte. Als gewiegter Gerichtsmensch versetzte er diesen zunächst einmal oder im Laufe der Gespräche in eine Art Anklagezustand wegen seiner wechselvollen Beschäftigungen, die Zweifel an seiner Ernsthaftigkeit und Beständigkeit erweckten. Nun kam Öppis großer Trumpf: Frau und Kinder! Neuerdings zu ihm gestoßen und gleich zwei in einem Jahr! Das gab Gewicht, das verlieh Ansehen. Eva, glückliche Errungenschaft! Immerhin hatte der Zeitungsherr-Anwalt ihn in eine Verteidigungsstellung gedrängt, so daß es ihm auch gelang, vom geforderten Gehalt ein gutes Teil zum vorneherein abzuwacken. Durch Öppis Einverständnis ermutigt, fing der Mann von einer Probezeit zu reden an: ob er zustimmen könnte? Vorsicht, die Mutter der Porzellankiste! Den sichern Platz bei Dolf gegen einen bessern unter der Gefahr aufgeben, nach einigen Monaten leer dazustehen?
«Probezeit? Bin dabei! Ohne Angst.»
«Eva», sagte heimkehrend Öppi, «deine Gehülfenschaft! Sie lebe! Bin Leiter der Zeitung ‚Cheudra-Bilder'! Die bloße Erwähnung deiner – unserer Buben gab den Ausschlag! Gehalt: heruntergemarktet, aber viel besser als bei Dolf und zunächst ausreichend für uns alle.»

«Öppi! Wie ich froh bin. Jetzt hast du das Richtige, hast ein Richtiges für den Anfang. Hast es ganz von dir aus ohne mein Dazutun gemacht. Ohne meinen Anhang! Aber mein Anhang... war... ist...»
«Eva! Was fehlt dir?»
Sie setzte sich unvermittelt auf einen Stuhl nieder.
«Dir ist nicht wohl?»
«Öppi – doch – daß du es weißt – das ist – in mir – dein Kind!»
«Eva! Wie du mir beistehst: dereinstiges Titelblatt für ‚Cheudra-Bilder'!»
Der Verlag schloß den Anstellungsvertrag mit Öppi ab. Von der Probezeit war nicht mehr die Rede. Das Zutrauen des gescheiten Unternehmers stärkte Öppis Selbstvertrauen. Er trat die Arbeit an, seiner Sache im Grunde gewiß. Fast vierzig Jahre alt war er werdend geworden.

INHALTSVERZEICHNIS

Vorrede 5

Die Niete 9
Lehm, Öppi, Eva und die Heimkehr des Kriegsgefangenen 36
Marianna 61
Die Flucht nach Berlin 92
Öppi – die Nützlichkeit 115
Ein Dichter? Kein Dichter! 153
Öppi in der schönen Heimat 164
Frau Zepkes Mieter 173
Aus aller Ordnung 195
Öppi und die Sonne 248
In Paris 266
Der Windbeutel 292
Rückkehr zum geliebten Deutsch 314
Muttchen Schöller 342
Auf großer Fahrt 363
Auflösung 377
Törpinghaus 395
Wege zur Tat 414
Sechstausend Mark 424
Der Bierwirt 474
Die Heimkehr des verlorenen Sohnes 509
Station beim Millionenjoseph 527
Öppi und Eva 537

MEINE QUELLEN · Golo Mann: Deutsche Geschichte, 1919–1945 · Ernst Jünger: In Stahlgewittern · Die Weltbühne, Jahrgänge 1922, 1923 · Erich Eyck: Von Ebert bis Hindenburg · J. R. v. Salis: Weltgeschichte der neuesten Zeit, Band III · Hjalmar Schacht: Die Stabilisierung der Mark · Werner Schmid: Silvio Gesell · Kurt Zube: Radikaler Geist · Walther Rathenau: Von kommenden Dingen · Oskar Loerke: Tagebücher · Alfred Döblin: Berlin Alexanderplatz · Ufermann, Hügelin: Stinnes und sein Konzern · Stenbock Fermor: Deutschland von unten

Das "du" feiert zweitens seinen 50. Geburtstag. Und erstens seinen Gründer: Arnold Kübler.

Im März gibt es für den Preis von einem zwei "du"-Hefte: Das eine ist ganz dem Gründer *Arnold Kübler* gewidmet, der 1991 101 Jahre alt geworden wäre.

Es enthält einen bisher unveröffentlichten Entwurf zu Oeppi 5. Das allererste Editorial von *Arnold Kübler*, ein Gedicht, Zeichnungen zu Paris–Bâle à pied. Ein Portrait von *Arnold Kübler* von Dieter Bachmann und eines von *Küblers* Mitstreiter Walter R. Corti von Marco Meier.

Es erzählt von einem Besuch von Susanna Heimgartner bei *Ursula Kübler-Vian*. Enthält eine Würdigung von Felix Müller und einen Beitrag von Werner Weber. Und viel anderes, das *Kübler*-Kenner interessieren wird.

Zum Ergänzen Ihrer "du"-Enzyklopädie der Kultur oder Ihrer persönlichen Sammlung zum Thema genügt ein Anruf: Telefon 01/248 48 76.